한남문학선집

1956
2016

2017

한남문인회

[발간사]

전체는 부분의 합보다 위대하다

김완하(시인, 한남문인회장)

전체가 부분의 합보다 더 훌륭하다. 화합이 갈등을 이긴다. 현실이 사상보다 더 중요하다. 시간이 공간보다 우위에 있다. 이 말은 2014년에 한국을 방문했던 프란치스코 교황께서 한 말입니다. 이 말은 총체성을 찾아보기 힘든 우리시대에 대한 진정한 메시지라 할 수 있습니다. 저는 이 말을 한남문학과 함께 생각할 때마다 더 큰 울림으로 다가옵니다. 그것이 바로 문학의 힘이고 우리 한남대학교 동문들의 힘이라 생각하기 때문입니다. 우리 대학은 개교 60주년을 맞이하였고 그것을 기념하는 의미를 이곳에 담고자 하였습니다.

한남대학교가 낳은 큰 성과 중에 하나로 문학의 활동을 들고 있습니다. 그동안 한남대학교는 중앙 일간지 신춘문예와 주요 문예지를 통해 수많은 시인과 작가들이 배출된 곳입니다. 최근에 한국문단의 권위 있는 가톨릭문학상, 소월시문학상, 시와시학상, 김수영문학상, 송수권문학상, 풀꽃문학상 등 유수한 문학상을 휩쓸고 있습니다. 그것은 그간에 우리 대학이 쌓아온 저력이자 새로운 동력으로 한남대학교 발전에 힘을 더할 것으로 생각합니다.

한남문인회 회원은 이제 200여 명을 훨씬 넘어서 있습니다. 이들은 전국에 흩어져 활동해 가며 각자의 문학세계를 일구어 우리 대학 동문들의 자부심과 긍지를 살리고 있습니다. 또 매년 등단을 통해 새로이 늘어나는 회원, 꾸준히 이어지는 작품 활동과 작품집 발간 등으로 펼치는 문학 활동은 그 자체로도 대단히 가치 있고 소중한 것입니다. 그리고 동문들이 함께 어울리며 큰 정신으로 이어갈 때 더 큰 의미로 작용한다고 믿습니다.

개교 60주년을 기념하는 『한남문학선집』은 긴 시간과 공을 들여 완성이 되었습니다. 여러 회원들의 적극적인 참여와 협조로 빛나는 성과를 이룬 것입니다. 이를 계기로 회원 간의 결속과 동문의 힘으로 한남대학교 발전에 큰 힘을 보탤 수 있을 것입니다. 그동안 선집이 발간될 수 있도록 도와주신 주변의 모든 분들께 깊은 감사를 드립니다. 이 책이 동문뿐만 아니라 우리 주변을 밝게 하는 한남정신의 작은 촛불이 될 수 있기를 기원합니다.

새로운 60년, 도전하는 한남

이덕훈(한남대학교 제16대 총장)

1956년 미국 장로교 해외선교부에서 세운 한남대학교는 참된 신앙과 탁월한 학문을 겸비하고 국가와 사회 그리고 교회에 봉사하는 인재를 양성하는 아시아의 명문 기독교 대학입니다. 우리 대학은 지난 60년간 '진리', '자유', '봉사'의 정신으로 글로벌 시대에 적합한 인재양성에 최선을 다해 왔습니다.

도전하는 한남을 기치로 21세기형 글로벌대학(Global University), 연구와 교육을 선도하는 선도대학(Leading University), 개방성과 투명성을 강화하는 열린대학(Opened University), 지역과 적극적으로 교류하는 지역대학(Regional University), 활력이 넘치는 젊은 대학(Young University)을 만들어가려 노력하고 있습니다.

이를 위해서 우리는 기독교정신(Christianity)을 근간으로 변화(Change), 도전(Challenge), 창조(Creativity), 융합(Convergence)의 5C를 대학경영의 기본철학으로 삼고 있습니다. 이를 통해 한남대학교를 아시아 최고 명문기독교 대학으로 발전시키려 합니다. 우리에게 변화하지 않는 내일은 없습니다. 변화란 교육과 연구의 혁신, 수요자 중심의 사고를 통해 이뤄지며 한 단계 더 높은 도전을 통한 창조를 이룰 때만 가능한 것입니다.

그동안 우리 한남대학교 동문들이 보여주었던 문학적 저력은 놀라운 것이었습니다. 이번에 개교 60주년을 기념하여 발간한 『한남문학선집』에 담긴 문학정신은 곧 우리 한남의 정신이며, 한남이 우리 사회를 향해서 펼쳐 보이는 큰 꿈과 미래의 희망인 것입니다.

우리 대학의 주인은 하나님이시지만 동문과 학생은 그 주역입니다. 한남을 사랑하는 모든 분들과 따뜻하게 손잡는 동반자가 되어 동행하려 합니다. 아울러 변화와 혁신을 바탕으로 소통하고 더 뜨겁게 공감하고자 합니다. 반드시 지성, 덕성, 야성으로 교육개혁의 대상이 아닌 교육혁신의 주체로 나아갈 것입니다.

『한남문학선집』 발간에 즈음하여

도한호(시인, 초대회장)

1996년 4월에 한남대학교 출신 문학인들이 고 박요순 교수와 신익호 교수 등을 중심으로 한 자리에 모여 모교 출신 문인들의 문학적 성장과 회원 상호간의 친목과 문학을 통해 모교 발전에 기여한다는 취지를 가지고 「한남문인회」를 창립했습니다.

2년 후인 1998년 7월에는 『한남문학』 창간호를 펴내기 시작해 2015년에는 제5호를 이었습니다. 지나간 22년 동안 다섯 권의 책을 내기까지 여러 동문들이 헌신적으로 기여했지만 현 회장 김완하 교수가 실무의 중심에서 어려운 일을 도맡아왔습니다. 한남문우회 창립 22년을 맞으면서 전체 회원의 작품을 모아보자는 중론이 있어 이번에 문학선집을 펴내게 되었습니다.

우리 사회가 아직은 국가나 사회 발전에 문학의 가치와 기여도를 잘 이해하지 못하고 있는 것 같습니다. 애석하게도 문화 예술에 대한 이해 부족은 결과적으로 가난한 문학인들이 자비 출판으로 자신의 작품을 펴내야 하는 현재와 같은 풍토를 만들고 말았습니다.

그러나 생각해보면, 나라마다 정치와 경제 또는 사회 각 분야에 걸쳐 당대에 이름을 떨치는 인물들이 울타리나무처럼 많지만 세월이 지난 후 그 도시나 국가를 대표하는 인물로 기억되는 사람은 그런 사람들이 아니라, 추운 골방에 웅크려 앉아 그림을 그리거나 글을 쓴 이름 없는 문화 예술인들이었습니다. 문화예술인들이 생활비와 작품 발표와 전시 등 창작 활동에 구애받지 않고 창작에 전념할 수 있는 시대를 간절히 기대해 봅니다.

지난 20여 년 동안 한남 문인들의 창작과 대외 활동을 돌아보면 한남 문인들이 어려운 여건 가운데서도 창작과 발표에 비상한 열정을 가지고 분투하는 용기와 투지를 확인할 수 있었습니다. 동문들은 창작은 물론이고 발표를 포함한 문학 활동에서 입학이나 졸업년도, 학과라는 틀에 갇히지 말고 넓은 장에서 참여해야 합니다. 모든 대학인들이 앞으로도 이와 같은 문집 간행과 행사가 소수의 문인들이나 어느 학과 행사가 아니라 대학 전체의 축제라는 인식을 가지고 마음을 모아주기를 진심으로 바랍니다. 한남 문학인들의 장도에 분투와 아울러 문운이 깃들기를 기원합니다.

선집 간행은 동문의 저력

신익호(비평가, 2대 회장)

　오늘날 세상을 살아가는 데는 학연·지연·혈연 등 세 가지 인연이 있다고 한다. 그 중 가족 친척 간 핏줄로 맺어진 혈연과 삶의 보금자리인 동향에서 맺어진 지연도 중요하지만, 배움의 과정 속에서 맺어진 학연도 사회적 인간 관계 속에서 큰 비중을 차지한다. 우리 〈한남문인회〉도 이런 학연을 바탕으로 문학이라는 공동집합체를 통해 순수한 문학 활동과 친목을 도모하기 위해 만든 모임이다. 그 동안 회원도 20년 전 창립할 당시에 비해 많이 증가하여 현재 200여 명에 이르고, 문집도 5회 간행하였다. 원래 출발 당시에는 매년 혹은 격년으로 펴낼 계획이었으나 경제적 여건상 여의치 않았다.

　모든 회원들이 전국 각지, 다양한 분야에서 생활하며 개인적으로는 열심히 창작 활동을 하고 있지만, 파편화된 현대사회의 구조상 응집력이 미약해 문집 간행이나 활동이 소극적인 감이 없지 않았다. 이 각박한 시대에 글을 쓰면서 출판 경비까지 부담해야 하는 일이 그리 쉽지 많은 않은 일인 것 같다. 그러나 이런 여건 속에서도 문학이라는 열정이 우리들의 끈을 이어주고 있기에 새로운 도약을 기대해 본다.

　특별히 지난 해는 우리 대학교가 이곳에 설립된 지 60주년이 되는 해였다. 어느덧 60년의 세월이 흐르는 동안 대전은 교육과 첨단과학의 중심지로 성장하였다. 오늘날 국제화·정보화 시대에 대학의 생존경쟁은 치열하다. 그 동안 많은 인재를 배출하며 이 지역 사회에 이바지해 온 우리 모교는 이 무한경쟁 시대에 새롭게 도약을 하고 있다. 이런 분위기에 걸맞게 우리 〈한남문인회〉도 선집을 간행하게 되니 대단히 고무적인 일이 아닐 수 없다. 어려운 여건 속에서도 이번 선집이 간행되기까지 여러모로 도와준 주위 동문들에게 깊은 감사를 드린다.

문학선집 발간을 축하하며

박영진(수필가, 총동문회장)

『한남문학선집』 발간을 진심으로 축하합니다.

동문들의 옥고를 가려 뽑고 편집해서 교정을 본 뒤에 아름다운 책으로 탄생하기까지 수고해 주신 모든 분들에게 감사의 인사를 드립니다.

우리 학교 개교 60주년을 기념하여 문학 활동을 하는 동문들의 글을 엮어서 편찬하게 된 것은 매우 의미 있는 일이라고 생각됩니다.

우리가 살아가면서 남긴 흔적들이 모여서 생활이 되고 역사가 됩니다. 60여 년 전 이 청림동산에 학교의 터를 닦고 벽돌을 쌓아가면서 눈물을 흘리고 기도를 아끼지 않았던 선교사들의 노력과 열정이 오늘 이렇게 『한남』의 이름으로 꽃을 피우고 열매를 맺었습니다.

우리들이 살아가는 세상이 『한남』 문우들의 글을 통해서 사랑이 가득한 사회가 되면 더 좋겠습니다. 눈물 흘리며 마음 아파하는 사람들에겐 위로가 되고, 자랑스러워하는 사람들에겐 용기를 북돋우어 따뜻한 세상이 되기를 손꼽아 기다려봅니다. 그리고 우리들이 살아가는 세상이 『한남』 문우들의 글을 통해서 소망이 넘치는 사회가 되면 더욱 좋겠습니다. 출구를 찾기 어려운 어두운 공간에 새로운 빛을 비추어 주고, 작은 소리도 들리지 않는 이들에게 다가가서 내일에 대한 희망을 들려주어 기쁨이 넘치는 공동체가 되기를 기대해봅니다.

오늘 출간하는 『한남문학선집』이 우리들의 생활터전에 뿌리내려서 모든 이들의 삶이 풍요로워지기를 기원하며, 우리 한국문단에도 좋은 작품으로 자리매김하기를 기도합니다.

차례

시

소설

동화

희곡

수필

비평

제1회 한남문인상 심사(2006년 10월)

제1회 한남문인상 시상식(2006년 11월 25일)

제3회 한남문인상 심사(2008년 10월)

제4회 한남문인상 심사(2009년 7월)

제4회 한남문인상 시상식(2006년 11월 25일)

제7회 한남문인상 시상식(2012년 12월 8일)

2012년 한남문인의 밤(2012년 12월 8일)

2013년 한남문인 여름 콘서트(2013년 7월 12일)

제9회 한남문인상 시상식(2014년 12월 20일)

2015년 한남문인 여름 콘서트(2015년 6월 20일)

제10회 한남문인상 시상식(2015년 12월 11일)

제11회 한남문인상 시상식(2017년 3월 4일)

제11회 한남문인상 수상자(2017년 3월 4일)

2017년 한남문인 여름 콘서트(2017년 7월 1일)

저서 출간 축하 : 권선옥_시집 『감옥의 자유』, 이은봉_시조집 『분청사기 피
이재무_시집 『슬픔은 어깨로 운다』, 길상호_시집 『우리의 죄는 야옹』, 김미영_

일시 : 2017년 7월 1일(토) 오후 4시 | 장소 : 대전문학

2017년 한남문인 여름 콘서트 축하(2017년 7월 1일)

2017년 한남문인 여름 콘서트 회원들(2017년 7월 1일)

시

한남문학선집

섬강에서 외 1편

_ 도한호

섬강에 배를 띄우면
마음이 먼저 흐른다.

바람도 흐르고
구름도 흐르고
갈대숲 너머 기웃거리는
낮달도 흐르는 듯

피이 피이 부는 휘파람에
내 온갖 삶의 영욕이
해동하듯 풀려나고

바람 부는 선미에 앉아
나도 흐른다.

눈물

아내와 나는 함께 앉아 텔레비전을 보면서
가끔 감격하고 가끔은 울기도 한다
그것은 모두 우리 인생의 슬프고
아름다운 이야기들 때문이다
그러나 눈물 흘리는 쪽은 언제나 아내일 뿐
나는 마음과는 달리 눈물 흘릴 수 없다
그런 나를 보고 아내는 삭막한 사람이라 한다
굶주리다 못해 제 새끼를 삼켜버린 후에
뉘우치고 마음 아파해도 울 수 없는
늙은 악어처럼, 왠지 나도 눈물 흘릴 수 없다
아내의 눈물이 훌쩍거림으로 변할 즈음
나는 슬그머니 일어나 내 방으로 가서
황급히 아무 시집이나 빼들고 아무데나 읽는다
시는 이미 많은 뉘우침과 눈물이기 때문이다

도한호

한남대학교 영어영문학과 졸업. 1963년 《중도일보》와 『시문학』 등에 작품 활동 시작. 시집 『외출』, 『감격시대』, 『좋은 시절』, 『나무를 심으며』, 『언어유희』. 대전시문화상, 한남문인상 대상 수상. 침례신학대학교 총장 역임.

가을의 향기 외 1편

_ 이운룡

가을 속에서 햇살의 뉘를 골라내었다. 햇살을 가슴속에 퍼 담고 보니 가을 맛, 햇살 맛이 상큼 달다. 천사의 하늘말도 붉게 익어 향기가 천지사방 촘촘히 번져 난다.

가을에는 슬픔도 향기롭다. 속빈 과일 상자를 접는 노파의 땀에서도 쓸쓸한 향내가 난다. 낙엽에서는 주검의 향내가 낯선 길을 묻는다. 눈먼 지팡이처럼 세상을 더듬어보는 다슬기의 눈 그늘에도 향내가 묻어 있다.

저녁 햇볕에 말라가는 바람의 속살이 향기롭고, 투명한 주홍을 쟁여 넣은 홍시와 새까만 단내를 톡톡 터뜨리는 포도의 속내도 향기롭다.

나의 손금에서는 사과 깎는 냄새가 배어난다. 얼굴에는 햇볕의 향기, 가슴에는 사랑의 향기, 오곡백과가 붉고 노랗게 타는 것은 가을이 방화했기 때문이다.

사랑은 눈짓만으로도 인화된다. 가을에는 해걸음 늦은 저녁연기도, 밥이 다 된 당신의 사랑 한 그릇도 모두, 모두가 배부르고 향기롭다.

하늘새

나는 날개 없는 불멸의 하늘새다.
모세혈관으로 하늘이 흐르고
구름이 떠다닌다.

하늘이 숨 쉬고
하늘이 말하고
푸른 지상주의 시간은
나를 분해하여 날려버리고
그 이상은 영원이다.

나의 집은 우주,
나는
먼지의 입자이고 언제나 반짝이는 빛이다.

내가 날기 시작하면 온 세상이 환해지는
새천국.
살아서 집 떠난 적 없으매
나는 하늘텃새다.
나 홀로 절대이고
절대의 나는 천국의 하늘새다.

이운룡

1937년 진안 출생. 한남대 대학원 국문학과 졸업(문학박사). 1964~69년 『현대문학』 추천완료, 『월간문학』 문학평론 당선, 시집 『이운룡 시전집 1,2』외 단행본 15권, 저서 『직관통찰의 시와 미』 외 10권. 한국문학평론가협회상, 월간문학 동리상, 조연현문학상, 한성기문학상, 대한민국향토문학대상 등 수상. 전북문학관 관장 역임. 한국문인협회 · 한국현대시인협회 · 미당문학회 고문.

뒷굽 외 1편

_ 허형만

구두 뒷굽이 닳아 그믐달처럼 한쪽으로 기울어졌다
수선집 주인이 뒷굽을 뜯어내며
참 오래도 신으셨네요 하는 말이
참 오래도 사시네요 하는 말로 들렸다가
참 오래도 기울어지셨네요 하는 말로 바뀌어 들렸다
수선집 주인이 좌빨이네요 할까봐 겁났고
우빨이네요 할까봐 더 겁났다
구두 뒷굽을 새로 갈 때마다 나는
돌고 도는 지구의 모퉁이만 밟고 살아가는 게 아닌지
순수의 영혼이 한쪽으로만 쏠리고 있는 건 아닌지
한사코 한쪽으로만 비스듬히 닳아 기울어가는
그 이유가 그지없이 궁금했다

영혼의 눈

　이태리 맹인가수의 노래를 듣는다. 눈먼 가수는 소리로 느티나무 속잎 틔우는 봄비를 보고 미세하게 가라앉는 꽃그늘도 본다. 바람 가는 길을 느리게 따라가거나 푸른 별들이 쉬어가는 샘가에서 생의 긴 그림자를 내려놓기도 한다. 그의 소리는 우주의 흙 냄새와 물 냄새를 뿜어낸다. 은방울꽃 하얀 종을 울린다. 붉은점모시나비 기린초 꿀을 빨게 한다. 금강소나무 껍질을 더욱 붉게 한다. 아찔하다. 영혼의 눈으로 밝음을 이기는 힘! 저 반짝이는 눈망울 앞에 소리 앞에 나는 도저히 눈을 뜰 수가 없다.

허형만

1945년 전남 순천 출생. 한남대 대학원 국어국문학과 졸업. 1973년 『월간문학』으로 작품 활동. 시집 『영혼의 눈』, 『불타는 얼음』, 『가벼운 빗방울』 등 15권과 일본어 시집 『耳を葬る』(2014), 중국어 시집 『許炯万詩賞析』(2003). 활판시선집 『그늘』이 있음. 한국예술상, 펜문학상, 한국시인협회상, 영랑시문학상, 인산문학상 등 수상. 현재 목포대학교 명예교수.

별 외 1편

_ 권선옥

나의 어둠은 네 배경이다
이 땅의 사람들은
너를 바라보면서도
왜 네가 별이 되었는지는 모를 것이다
내 가슴에 떨군 숱한 눈물과 그리움
뉘우침 같은 것들로
빛이 되었음을 짐작이나 하겠는가
애초에 다만 하나의 별이 되어
반짝이고 있다는 무심한 사람들에게
나의 어둠을 말할 수는 없다
너의 배경에서 아무 흔적도 없이
사위어 가는 그 많은 날들의 그림자를
아무도 보지 못하였으리라
다만다만 하나의 반짝이는 너를
나는 가슴에 담고
앞으로도 너를
사람들은 별이라고 부르리라

연(鳶)을 날리며

때로는 우리의 근심이나 시름 같은 것들이
이렇듯 아스라히 멀어져 가기도
한단 말인가.
저 저 불타오르는 허드렛불 연기 사이로
훨훨 불타는 불꽃 사이로
온갖 걱정 근심이
한 발짝 한 발짝 물러나기도
한단 말인가.
흐느끼는 강을 끼고
사내 하나가 빈 들판을 가고 있다.
등 굽은 사내, 비틀걸음.
부는 바람에 하늘 높이 연을 띄워 놓고
바라보다가 바라보다가
탕 ― 바람이 차고 가 버린
작은 가오리면 찾아가는지
눈 먼 홀어미 찾아가는지

권선옥

한남대 국어교육학과 졸업. 1976년 『현대시학』 추천으로 등단. 시집 『풀꽃 사랑』, 『떠도는 김시습』, 『감옥의 자유』 외 다수. 충청남도문화상 수상. 건양대 겸임교수, 충남문인협회장, 연무고등학교장을 역임. 현재 논산문화원 부원장.

향일화向日花 외 1편
- 누가복음 15 : 11~32
_ 정순량

흐린 여러 날 동안 당신을 못 뵈온 채
주룩 주룩 비가 내리고 온 몸이 젖었는데도
마음은 떠돌이 구름 돌아올 줄 모릅니다.

나는 당신을 잊어도 당신께선 나를 못 잊어
하늘 밖 땅 끝까지 지켜보고 계시면서
언젠가 돌아올 날의 그 기약에 목멥니다.

천둥치고 벼락 때려도 놀랄 줄 모르던 내가
문득 어느 날 밤 밝혀드는 말씀으로
오늘은 당신을 따라 지친 발길 옮깁니다.

바람 따라 구름 보내고 새 하늘 맑힌 후에
당신은 그 옛처럼 미소 지어 반기오니
향일화 한 판 꽃으로 해를 쫓아 돌럽니다.

그 분 뜻대로
- 로마서 9 : 21

토기장이 손에 들린
한 덩이 진흙처럼

쓰임새 구상 따라
그 모양 달라지고

화염 속
연단을 거쳐
제 구실을 할 수 있네.

한 덩이 진흙으론
무용한 존재지만

토기장이 뜻에 따라
빚어 나온 그릇이라

제격에
알맞은 용도로
유용하게 쓸 수 있네.

정순량

1941년 충남 금산 출생, 한남대학교 화학과 졸업. 1976년 《대구매일신문》으로 당선, 1976년 『시조문학』 천료. 시조집 『향일화』 외 10권, 산문집 『빛 되어 소금 되어』 외 1권. 전북문학상, 전라시조문학상, 백양촌문학상, 한남문인상 대상, 우석대학교 명예교수.

무게에 대하여 외 1편

_ 구재기

무게를 가졌다는 것은
슬픈 일이다. 제 주어진 길을
가다가 멈춘 울산바위는 슬프다
멈춘다는 것은
제 무게로 제 자리를 가진다는 것
울산바위는 제 몸의 무게로
자리하여 멈추고는 마냥 슬프다

민들레꽃에게도 무게가 있다
그 꽃의 무게만큼
질기고 긴 곧은 뿌리를 가지고 있다
그 뿌리로 제 몸의 무게를 감당하다가
마침내 꽃을 피우고 씨를 맺는다

생애 중 가장 큰 무게를 가진
그 꽃자리에 돋아난 꽃씨
무게를 버리고 나니 가볍다
가벼울수록 멀리 날 수 있다

민들레 꽃씨는
바람과 함께 바람에 실려
울산바위 위를 가볍게 날아, 설악을 넘어
울산바위가 훤히 보이는 동해 바닷가
너르고 푸른 밭 언덕에 사뿐 자리했다

보물

박물관에서
속 찬 그릇 하나
본 적이 없다

빈 그릇들

모두
천 년을 살아온
보물들이라 했다

〈 구재기 약력 〉
1950년 충남 서천 출생
한남대학교 국어교육과 졸업
1978년 [현대시학] 추천으로 등단.
시집 『공존共存』과 시선집 『구름은 무게를 버리며 간다』 등 16권
충남도문화상, 시예술상본상, 충남시협본상 등 수상.
현재 40여년의 교직에서 물러나 〈산애재蒜艾齋〉에서 야생화를 가꾸며 살고 있음

구재기

1950년 충남 서천 출생. 한남대학교 국어교육과 졸업. 1978년 『현대시학』 추천으로 등단. 시집 『공존共存』과 시선집 『구름은 무게를 버리며 간다』 등 16권. 충남도문화상, 시예술상본상, 충남시협본상 등 수상. 현재 40여 년의 교직에서 물러나 〈산애재蒜艾齋〉에서 야생화를 가꾸며 살고 있음.

시 고용雇傭하다 외 1편

_ 이관묵

지하철 1호선 서울역 승강장

  스크린 도어의 시들이 제복차림으로 침침하게 서 있다 청마도 목월도 침침하게 서 있다 맨 뒤 용래 선생도 쪼그리고 앉아 훌쩍이고 있다 시들의 유일한 노동은 두 팔로 시를 열었다 닫는 일. 시의 방에 들어가 몸 덥혀 나오는 한 순간을, 시에 갇혀 덜컹덜컹 흔들리며 이쪽 삶에서 저쪽 삶으로 건너가는 한 송이의 시간을,

시들이 지키고 있다
시들지 않게 보살피고 있다

시가
시가
시가
시끌벅적한 삶의 문지기라니!
방금 도착한 발에게 추운 목례를 건넨다
방금 벽을 후려치는 주먹에게 언 문을 열어준다

비정규직으로 고용된 시들
이따금 파업에도 동참하는 시들
연금도 없이 노후에 고생하는 시들

저 시들의 자택自宅은 어디일까

모래의 잠

어제는
흰 눈 맞은 계룡산 연봉 아래서
삼십년 전 제자들과 밤새 소주잔 높이 들었고
봉우리들 곁에 내 뜻 없는 삶을 꿇어 앉혔다
허옇게 마른 개울바닥에 마음 부딪치다가
바닥에 바싹 말라붙은 갈팡질팡한 물길로도 닿을 수 있는 마음이 있다는 것을
나는 왜 아직도 이해하지 못하는 건가
잠 덮어주고 혼자 거실로 나와 나를 따라 마신다
아까징끼 번진 상처처럼 피어 있는 불빛들
캄캄한 삶 기슭에 돋아난 부스럼들
저들을 무릎 아래 둘러앉히고 도대체 연봉은 내게 또 어떤 하문下問을 놓는 건가
나는 또 저들에게 어떤 불빛으로 마주해야 하는 건가
퍼먹다 남은 안주냄비처럼 나는
식어버린 나를 삶 바깥으로 내 놓는다

이관묵

1947년 충남 공주 출생
한남대 교육대학원 국어교육과 졸업
1978년 『현대시학』에 시 추천
시집 : 「시간의 사육」 외 4권

이관묵

1947년 충남 공주 출생. 한남대 교육대학원 국어교육과 졸업. 1978년 『현대시학』에 시 추천. 시집 『시간의 사육』 외 4권.

龍山里 외 1편

_ 정진석

이슬을 행주질하고
봄보리랑 눈情 나눈
햇살이 내울 건너
열리는 마을

山 66번지 바람에
밀리고 밀리는 둑새풀이여
참새들은 풀파도를 타고

달구지 길 따라
山寺의 염불 내리고
씻김굿 巫女인 양
춤추고 鶴두루미

鶴춤에 고부라졌던 해가
소나무에 걸려
노을가루가 날린다

들녘에 녹아드는 어스름
옥싸라기 뿌리듯
정갓골 청솔바람이
달빛을 흩이고 간다.

죽어서 山으로 돌아간 새

산길 가다가
새 한 마리 보았다
날개가 어여뻐 외로운 새
혼자서 울고 있었다
안시러 잡아다가
우리 집 새장에 넣고
먹이를 주고
얼러 주어도
새는 울지 않았다
며칠이 지나도
뜨락으로, 돌담으로 이리 날고
저리 뛰며
재잘거리는 참새나
물끄러미 바라보던 새
어느 날 오밤중 카랑 카랑 들리는 소리
푸지게 울고 있었다
그 이튿날 아침
새는 뜨겁게 죽어 있었다.

정진석

1951년 전북 익산 출생, 한남대 국문과 졸업(문학박사). 1979년 《現代文學》 시 추천 완료. 1986년 《月刊文學》 評論 당선 시집 『沙月里 비타령』(1981) 외 다수, 편저 『趙南翼의 詩와 삶』(2003). 제1회 大田文學賞(1989), 제17회 한성기문학상(2010) 등 수상. 현재 부여시낭송회 대표, 부여시인협회 회장,

적소일지 · 3
– 개복숭아
_ 김석환

어느 씨족의 혈통을 이어 받아
개, 까투리
그 비천한 접두사를
멍에처럼 쓰고 살아야 하는가

산짐승 뱃속에 들어갔다가
비탈배기에 던져진 운명을 다스리며
돌 틈에 뿌리를 내리고
허공으로 가지를 뻗고

홀로 신명이 나서
꽃등을 켜 협곡을 밝히고 있노라면
날개 다친 벌 나비가 앉았다 가고
바람이 깃들어 잠들다 갈 뿐

스스로 죄를 고백하고
물고기 뱃속에 들어갔다가
다시 태어나 선지자가 된 요나여

나는 죄명도 모르고
모든 길이 닫힌 협곡에서
개, 씨족 목줄을 벗지 못하고

탁한 피라도 길어 올려
한 번도 본 적 없는 누구에게
연분홍 연서를 쓴다

적소일지 · 4
– 부르는 소리

와글거리던 개구리 합창이 잠시 멈춘 사이에 누가 부르는가 돌아누워 침대에 귀를 대 보면 지축이 흔들린다 몇 겹 지층을 뚫고 들려오는 굉음의 근원이 어디일까 천장이 흔들리고 벽이 기울며 홀연히 이는 회리바람에 모자와 옷이 벗겨지고 빈 내장이 드러난 채 쓰러져 눕는 허수 아비의 허상

침대 밑 어둠 속에 나 몰래 누가 숨어 있는 것일까 살점이 벗겨지고 뼈마저 풀어져 흩어졌다 다시 돌아와 제 모습을 찾은 내 귀를 당기며 들릴 듯 말 듯 소곤거리는 그에게 가까이 귀를 댈 수록 멀어지는 음성

내가 몇 켤레의 신발을 갈아 신으며 여기까지 왔는지 길을 걸어오면서 무슨 말을 했는지 다 알고 있다고 자백을 강요하다 두려워 떨고 있는 내게 이전 일은 다 덮어 줄테니 이름을 버리고 아침이 오면 새 이름표를 달고 새 길을 가라고 침묵으로 일러 주고 홀연히 사라지는 그의 행방

일어나 창문을 열어 보니 사자 별자리는 성큼 기울고 짙어지는 어둠 속 텃논 구석 웅덩이에 샘물이 솟아나는 소리 아무 일도 없었다는 듯 얼마 전 심어 놓은 모들이 땅 냄새를 맡으며 진 흙 속으로 뿌리 내리는 소리뿐

김석환

충북 영동 출생. 한남대학교 국어교육과 졸업. 1981년 《충청일보》 신춘문예 및 1986년 〈시문학〉 추천을 받아 등단. 시집 『어둠의 얼굴』 외 다수. 현재 명지대학교 문예창작과 명예교수.

영혼의 닻 외 1편

_ 김상환

달뜨지 않은 밤에 나는
심천 미루나무 숲속에
슬픈 짐승처럼 쭈그리고 앉아
그리스도를 증거하는 타는 음성을 듣는다

원무를 그리며
우리를 에워싸고 있는
간증의 불꽃은 삼경을 지나
더욱 간절한 몸부림으로 떤다

나는 살을 쥐어뜯으며
본향을 생각하다,
꿈에만 출항하는 영혼의 뱃고동 소리에
시선이 멎다

어차피 모래알처럼 부서질
너와 나는
일어나 숲속을 헤매이다,
깊이도 모를 바다의 숲속에
닻을 내린다

화엄, 경
– 비슬산 참꽃

내 증조할아버지 참꽃의 긴 암술에는 비파와 거문고 소리 깊고 먼 소리가 있다. 아니, 소리가 잇다. 그 꽃과 소리, 빛깔과 향기가 순전한 이음이라면, 올올이 봄날의 비슬산이 붉고 밝은 것은 참이다. 고원이 아득하다 아득하다 하는 것은 붉다 못해 검은 현玄이다. 누에나비가 잠든 사이 들릴 듯 말 듯한 돌의 숨은 말-꽃이 피고 새가 운다. 천지간 보이는 것은 내 할아버지의 어머니가 눈물로 읽었던 화엄, 경

김상환

1957년 경북 영주 출생. 한남대 영어교육과 및 영남대 대학원 국문과 졸업(문학박사).
1981년 『월간문학』 신인작품상 시 당선. 시집 『영혼의 닻』 및 페트라르카 시집 『칸초니에레Canzoniere』 번역(공역) 출간. 대구 소선여중 교사.

점등 외 1편

그믐밤
한 녘
그어댄 성냥불

까만 방
튕겨 나와
꽃불 밝히는
적요寂寥

진홍빛 꽃잎
- 동백

바다 향내를 먹고 사는
아씨의 이름으로 남아있는
동백

비와 눈 속에서도
늘 푸르름으로 남아
이 세상을 살아간다

푸른 잎사귀의
붉은 가슴
진홍빛 꽃잎
어지러운 향기

엄동설한에도 어김없이 찾아와
바다 저 편을 향하여
바람을 노래하는
동백의 날개

변재열

1946년 충남 공주 출생. 한남대 국어교육과 및 동대학원 국어국문학 졸업. 1981년 『현대문학』 등단. 시집 『겨울바다』, 『보이지 않는 江』, 『멀리서 가까이서』 외 6권. 충남도문화상, 대전문학상, 한성기 문학상, 황조근정훈장 수상. 대전시인협회 회장. 국제펜클럽한국본부대전지회 자문위원. 한성기문 학상위원회 감사. 백지시문학회 운영위원.

독백 외 1편

_ 김명아

달력을 넘기지 않는다고 세월 멈추는 것도 아니고
달력을 넘기려니 열없는 마른 홍역을 앓는다
도대체 나라는 게 뭔가?
보면 보이는 대로 울그락 불그락 들리는 대로 시시덕거리는
연못 같은 존재

하늘 쉬었다 가고 나뭇가지가 거꾸로 서 있다
노을이 빠졌다 갈 때 검은 물감 풀어 놓고 가는 연못
칠흑 같은 밤이 오면 별빛이 물속에서 흔들거리며
시린 밤을 꼬박 새울 때
달이 둥근 얼굴로 비벼주는 연못

아니다 연못이 아니라 호수다

고요한 호수에 드리워진 그림자
시시때때로 나타났다 사라지는 허상
오리가 할퀴고 지나가도 곧바로 상처를 지우고
배가 배를 가르고 지나가도
폭풍이 속을 뒤집어놓아도 고요를 회복하는 본능
보지 못해
고요한 호수
듣지 못해
조용한 침묵

왜가리

정뱅이
용바위 숲 속
왜가리 마을

엄마
어디 가
꾸르륵 끼룩

어딜 가긴
갔다 올게
왜가리

김명아

본명 김명순(金明淳). 1950년 계룡시 출생, 한남대학교 외국어교육과 졸업. 1982년 호서문학, 1997년 교단문학. 시집 『영혼의 호숫가에 이는 바람』 외 다수. 대전시민대학 healing poem 강좌 운영. 호서문학회, 대전문인총연합회, 국제펜클럽 회원.

가을 언덕 _{외 1편}

_ 이은봉

은행나무 줄줄이 서 있는
월산리 가을 언덕
샛노란 죽음들 우수수 떨어져 내린다

가득가득 널브러져 쌓이는
샛노란 죽음들 밟는다

밟을 때마다 샛노란 냄새가 난다
샛노란 구린내가……

생명들 만들며
자연이 제 뱃속에서 밀어내는

지독한 냄새들이다
단단한 정신들이다
깊고 그윽한 알들이다

저 알들 진설해 놓고
제사 지내야지 기도해야지

진실한 기도 끝에 다시 태어나는
샛노란 사랑들
밟을수록 싱싱한 저 생명들!

봄비소리

삼월 초사흘
창가에 서서 듣는 봄비소리
방울방울 자그만하다

찌지골찌지골
어린 참새들의 노랫소리
송글송글하다
잘 보인다 잘 들린다

푸른길 공원
여기저기 튀어오르는 봄비소리
눈 떠도 아스라하다.

이은봉

1953년 충남 공주(현, 세종시) 출생. 1984년 《창작과비평》 신작시집 『마침내 시인이여』를 통해 등단. 시집으로 『걸레옷을 입은 구름』, 『봄바람, 은여우』 등 10권. 현, 광주대학교 문예창작과 교수. 한성기문학상, 유심작품상, 가톨릭문학상, 질마재문학상, 송수권문학상, 시와시학상 등 수상.

승전목 외 1편

_ 류도혁

비가 내리네.
이배산 굽이굽이 찔레꽃 지네.

지금도 구룡리 골골엔
왜적들 총탄 소리, 웃음소리 들리는데
저 황토산에 무너져간 사람들
떨어져 하얗게 쌓이네.

푸른 하늘에 서러운 묘비명을 새기고
이제는 잊혀진 사람들.
채운벌 어디메쯤 다시 오고 있을까.
보덕포 흐린 바다에
맺힌 한을 씻고 있을까.

지금도 승전목에 가면
그 총탄소리 웃음소리 들리는데
비가 내리네.
잊혀진 이름들 위에
하염없이 꽃이 지네.

안갯마을 조카님께

안갯마을 조카님요.
올해도 소들부리 진달래는 지천으로 핀다네요.
꽃물 든 바다에 숭어들은 떼 지어 몰려 다닌다네요.

한 많은 이 세상 갯바람에 쓸리듯
허랑하게 사시다 훌쩍 떠나가신 조카님요.
작은터 잔솔나무 우거진 비탈에
호젓이 돌아앉아 무엇을 하시나요.
답답한 세상사 막걸리잔에 섞어 마시며
산등성이 넘어가듯 휘어져 돌아가신 조카님요.
비 내리는 산골짜기 쭈그리고 앉아
지금은 무얼 하시나요

돌아올 수 없는 저승의 江가에서
내리는 빗방울 젖혀가며
머나먼 이승길 자꾸만 고개를 돌리시는 조카님.
쏟아지는 빗물 해진 비닐우산으로 가리우고
공장문을 나서는 큰 딸을 생각허시나요.
납입금을 못내 사무실에 불려갔다 돌아오는
작은 놈의 비에 젖은 얼굴이라도 보시는가요.

억새꽃처럼 목을 굽히고 비를 맞으시며
이승의 산비탈 자꾸만 돌아보시는
안갯마을 작은 조카님요.
저승으로 돌아가는 길에도 노자가 모자라
검정고무신 기워 신고 터덜터덜 산길을 걸으시나요.

낡은 잠바 비에 적시며 빈손으로 가시나요.

올해도 소들부리 진달래는 지천으로 핀다는데요.
꽃물 든 바다에 숭어 떼는 떼 지어 몰려다닌다는데요.

류도혁

류도혁

1953년 출생. 한남대학교 국어국문학과 졸업. 저서 『우리 명산 답산기』, 『성자들의 시대』, 『숨, 명상, 깨달음』.

暴雪 외 1편

_ 전인순

살아생전 입맛만 다시던
맛 좋은 영광굴비
끄여 한 마리 잡숫지 못하고
외할머니 고만 돌아가시니
그것이 영 마음에 걸려
외삼촌은 볼일도 없으면서
장날이면 꼬박꼬박 장에 가시나
살아생전 입맛만 다시다
기어이 못 잡숫고 돌아가신 외할머니의
허옇게 센 머리카락 같은
폭설 헤치며

임리의 봄

내 돌아갈 노잣돈처럼
다순 햇살이 그렇게도 아쉬운 오후
잠깐 비치다 가는 햇살은
머리맡 물사발 속으로 가라앉는다
겨울 한철 길뜨내기로
떠돌다 머문 이곳에서도
날은 다시 흐려지려나
신열은 잉잉 달아오르고
겨우내 속옷에 가려진 채
조금씩 부어오른 늑골에서는
기침 한번 할 때마다
마른 살비듬만 부스스 쏟아져 내린다.
갑갑한 마음이 창문을 열면
아아, 저수지 둑 너머로 봄은 오는가
부옇게 쑥물 든 하늘 아래
이른 봄날 벌판 끝에는
마을 아이들만 울긋불긋 몰려나와서
냉이꽃만
그득 피어 팔려가누나.

전인순

1955년 충남 논산 출생. 한남대학교 국어국문학과 졸업. 1981년 『삶의 문학』 전신인 『窓과 壁』 3집으로 작품 활동 시작. 현재 충남인터넷고 교사.

노근리 외 1편

_ 전무용

봄이면 온 산에
진달래 철쭉 지천으로 피는 내 고향,
앞산 자락에 죽어 있던
겨레의 가슴에 총 겨누며 내려온 젊은이들,
뒷산 중턱에 죽어 있던
태평양 건너온 이국의 흑백 청년들,
그들은 알았을까,
자기들이 무엇을 위해서
왜 그 낯선 언덕에서 죽어야 했는지.

어릴 적에 동무들과 놀던
철도 쌍굴 다리 아래
그 시멘트 벽에 움푹움푹 패인 자국이
에므앙 총알 자국이라고 했지만,
우리는 아무도 몰랐다,
우리가 다니던 그 기차 공굴 길에
남녀 노소 할 것 없이
등에 업힌 어린이까지
흰 옷 입은 사람들
보따리 지게 솥단지 숟가락들과 뒤섞여
발 딛고 지나갈 틈도 없이
두 겹 세 겹으로 죽어 있었다는 것,
철길 위 곳곳에
흰 옷 입은 주검들 서넛 대여섯씩
지천으로 널려 있었다는 것,
우리는 아무도 몰랐다.

오십 년이 지나서야 입을 여신 아버지가
핏자국도 마르지 않은 수십 수백의
그 엄청난 주검들을 보셨다 하고
어머니는 쉬쉬하시면서도
피난 나선 사람들을 죽인 것이 누군지
마을 사람들은 다 알고 있었다 했다.
봄이면 온 산에 지천으로 피어나는
진달래 철쭉 붉은 자국이
그렇게 죽어가면서 남긴 핏자국인 것을
우리는 아무도 몰랐다, 오십 년이 되도록
그 주검들이 내 어릴 적 동무들의
형제 친척들의 주검인 것을 몰랐다.
아버지의 주검이 될 수도 있었다는 것을
몰랐다, 몰랐다, 몰랐다.

국립 4. 19 묘지에서

분노가 화산처럼 터져 나와 솟아 오른 봉우리,
더러운 욕망과 부딪쳐 피어난 분노의 꽃 4 19.
19세 20세 19세 19세 21세 14세 11세 14세
21세 14세 15세 19세 48세 19세 25세 31세
19세 20세 21세 19세 19세 18세 ……
그 분노의 시절에 나이가 정지한 분들,
40년이 지난 지금도 그 때 그 나이 그대로
이 곳 수유리 골짜기에 누워
그 분노들을 어떻게 곰삭이고 있을까?

하나 둘 셋 넷 …… 이백스물셋 이백스물넷
연못에 곱게 핀 수련 꽃의 숫자가 아니다
분노를 따라 피어난 꽃,
죽음을 따라 피어난 이름 이름 이름들.
삶이란 무엇일까 죽음이란 무엇일까?
이들의 죽음과 아프리카 임팔라의 죽음은
정말 어떻게 다른가?
이들의 죽음을 딛고 지나온
남은 사람들의 40년 세월은 무엇이었을까?

정의의 불꽃탑과 기념탑을 감돌아,
무덤 위를 지나,
이름들 꽃피어 있는 유영 봉안소를 지나,
봄 소풍 온 초등학생들의
박수 소리 웃음 소리 와아 소리

맑고 또롱한 노래 소리가
활짝 핀 수련 꽃 빛을 머금고
솔숲 사이로 들려오는 새 소리와 어우러져
북한산 자락에 투명하게 번져간다.

전무용

1956년 충북 영동 출생. 한남대학교 국어국문학과대학원 졸업. 1983년 『삶의문학』으로 작품 활동 시
작. 1990년 단편소설 「그믐밥」으로 대한기독교서회100주년 기념 소설 입상. 시집 『희망과 다른 하
루』. 현재 대한성서공회 번역실 국장.

뒤적이다 외 1편

_ 이재무

망각에 익숙해진 나이
뒤적이는 일이 자주 생긴다
책을 읽어가다가 지나온 페이지를 뒤적이고
잃어버린 물건 때문에
거듭 동선을 뒤적이고
외출복이 마땅치 않아 옷장을 뒤적인다
바람이 풀잎을 뒤적이는 것을 보다가
햇살이 이파리를 뒤적이는 것을 보다가
달빛이 강물을 뒤적이는 것을 보다가
지난 사랑을 몰래 뒤적이기도 한다
뒤적인다는 것은
내 안에 너를 깊이 새겼다는 것
어제를 뒤적이는 일이 많은 자는
오늘 울고 있는 사람이다
새가 공중을 뒤적이며 날고 있다

밑줄을 긋다

구름을 밀며 나는 새의 날갯짓에 밑줄을 긋는다

바람 없는 날 비단실처럼 흐르는 강물에 밑줄을 긋는다

자라처럼 목을 어깨 속에 감추고

언덕길에 질질 숨 흘리는 노인의 신발 뒤축에 밑줄을 긋는다

공중의 백지에 일필휘지하는 붓꽃 향기에 밑줄을 긋는다

늦은 밤 방범창을 타고 넘어오는

이웃집 여인의 가느다란 흐느낌에 밑줄을 긋는다

하늘 정원에 핀 별꽃 문장에 밑줄을 긋는다

이재무

이재무

1958년 충남 부여 출생. 한남대학교 국어국문학과 졸업. 1983년 『삶의 문학』과 『문학과사회』를 통해 작품 활동 시작. 시집 『섣달그믐』, 『슬픔은 어깨로 운다』 외 다수. 난고문학상, 편운문학상, 윤동주시상, 한남문인상, 송수권문학상 수상. 현재 한신대 외 여러 대학에서 시 창작 강의를 하고 있음.

당신의 물가에서 _{외 1편}

_ 황재학

내가 당신의 물가에 가만히 발을 들여 놓으면
당신은 흙탕물을 피우고 돌 틈 사이로 몸을 숨깁니다
잠시 뒤 뿌옇게 흐려졌던 물이 다시 말개지면
나는 어린 아이처럼 당신이 몸을 숨기고 있을 돌을 찾아
조심스레 하나하나 들추어 봅니다
그러면 그 중 어느 하나의 돌 밑에서
물살에 투명한 몸을 맡기고 가만히 흔들리고 있는
아 당신은 거기에 그렇게 있었습니다

너는 누구니?

 바람 부는 언덕에 너를 세워두고 싶어. 펄럭이는 세월에 그리움 같은 것은 어두운 마루 밑 구멍 난 고무신 같은 거지. 울음이 묻어 있는 봄빛도 돌아간 지 오래, 서러운 손짓들은 골목을 배회하지. 연탄불 위에서 끓고 있는 허기들이 깨어나고 있어. 시퍼런 생들도 저문 날들을 기억하지. 오므라드는 저 꽃, 꽃들. 한 번도 내게 오지 않은 여인의 거룩한 발걸음을 떠올리는 밤. 세상의 창가를 두드리고 돌아온 바람의 부은 발등에 입 맞추고 싶어. 너는 누구니?

황재학

1956년 경기도 안성 출생. 한남대학교 국어국문학과 졸업. 1984년 『삶의 문학』으로 작품 활동 시작. 시집 『당신의 물가에서』.

내 사랑은 47 외 1편

_ 신웅순

누군가를
사랑하면
일생
섬이 된다

유난히
파도가 많고
유난히
바람이 많은 섬

그래서
가슴에는 평생
등불이
걸려 있다

어머니 36

우수수 바람 불면 잎새들이 지는데

마지막
이름 하나
툭,
지는

천년 후 가슴에나 닿을
거기가 그리움입니다

신웅순 약력

신웅순

1951년 충남 서천 출생. 한남대학교 국어교육과 졸업. 1985년 『시조문학』 추천 완료, 1995년 『창조문학』 평론 등단. 시조 관련 논문 50여 편, 학술서 『한국시조창작원리론』 외 16권, 교양서 『시조로 보는 우리문화』 외 4권, 시 · 시조집 『어머니』 외 4권 외 평론집 · 동화집 · 수상록 등 11권. 창조문학대상, 한남문인대상, 한성기 시문학상 등 수상. 현 중부대 교수.

외산外山 가는 길 외 1편

_ 조기호

산 밖에 누가 있는가
아미산 중턱에 쌓인 탄가루의
작은 입자처럼 떠다니는 생애,
고사枯死하는 소나무의 뿌연 이파리

낙반사고로 허리 다친 최씨가
홀로 누운 방에까지 몰려오는 가쁜 숨
그 사이로 터지는 노동의 예리한 미열,
푸른 저 산 너머로 떠나는 새처럼
수업료 갖고 도망간 막내아들의
책상에도 쌓이는 탄가루,
그 아픈 탄가루를 갈라진 손으로 쓸면
깊은 회한처럼 끓는 가래,

삶의 얼굴은 아직 검은 것이어서
때를 씻으며 흐르는 냇물은
아직도 그 검은 얼굴을 비추지 않는데
성급한 청년들은 물 사이,
수초 사이를 더듬고 있다.

아, 저 산 밖에는 누가 있는가.

추석

둥두렷이 달이 떴다
마을회관에 모인 우리는
풍장을 쳤다
꽹매기를 들고 힘껏 두드리지만
어느새 어깨에 힘이 빠졌다
홀어머니 모시고 농사짓는 상근이가
어느새 가져온 막걸리
한 대접씩 돌려 마시고
돼지고기를 씹어도
남은 우리들이 안쓰러웠다
도회지 나간 친구들은 모두 떠났다
제 집 가서 쉬겠다고 일찍 떠났다
달빛만 저 혼자 환했다

조기호

조기호

1956년 충남 아산 출생. 한남대학교 국어국문학과 졸업, 동 대학원 수료. 1983년 『삶의 문학』으로 작품 활동 시작. 현재 예산여자고등학교 교사.

안면도, 넷 외 1편

_ 윤중호

비가 왔다, 부는 바람으로
올라오던 강냉이가 일제히 엎드려 있고
엎드린 채로, 허연 강냉이꽃을 터트려대던 지난 밤, 다락골
젊은 아낙네가 죽었다,
도열병은 번지는데
농약을 마시고
스물일곱 살의 한참 나이로 죽었다.
비탈 콩밭을 맬 때도
갯가 조개를 캘 때도, 한참씩이나
해찰을 해 쌓더니
죽기 전전날 밤엔가는
안개 속에다, 젖은 달빛을 뱉어대며 울었다든가,
서울에서 딴 살림을 차렸다는 남편은, 아직
기별도 없는데
새벽안개에 머리칼을 적시며. 누가
저리 섧게 우는가,
네 살박이 딸은
술래잡기에 신이 났는데, 눈이 시린가
바다는
구부정한 하늘을 핥으며 말이 없다.

안면도, 다섯
– 申哥야, 녹두꽃이 폈어야

우수수, 하얗게 탱자꽃이 떨어졌다.
한숨은
김발을 아무리 촘촘히 엮어도
잘만 새어가더라고

申哥야,
지게 하나 삼태기 하나로
산, 자갈밭을 일구어
싹이 나지 않아도 자꾸
씨만 뿌려대더니

申哥 니놈, 속이 탈 땐 땅을 판다든가.
늙은 엄니의 해소기침소리도, 저녁바다 부르는
과년한 누이의 유행가 가락도
탁배기 뚝심으로
옹골지게 파 제끼더니

申哥야 申哥야
녹두꽃이 폈어야

윤중호

1956년 충북 영동 출생(2004년 작고). 한남대학교 영어영문학과 졸업. 1984년 계간 『실천문학』을 통해 등단, 『삶의 문학』으로 활동. 시집 『본동에 내리는 비』, 유고시집 『고향길』 외 다수. 산문집 『느리게 사는 사람들』.

무우밭을 지나며 외 1편

_ 백남천

퍼렇게 시린 잎 달고
푸르게 푸르게만
쑥쑥 자라
조국의 푸른 하늘 머리에 이고
이 땅 온몸으로 끌어당겨
흙의 기다림으로 살아가는
무우밭을 지나며
그대를 기다리는 것은
우리들이 아님을 알게 된
오늘 산책길을 사랑합니다

별들의 전쟁

저 밤하늘은
큰 별이 빛날수록
아름다운 꿈을
이 땅에 비춘다.

이 땅 위에서는
별이 작을수록
비둘기의 희망을
부신 하늘에 날린다.

우리나라의 밤하늘은
별이 많을수록
우리나라 땅에서는
별이 적을수록

우리 시대
뜨거운 밥과 국의
평화를 나누는
그날이다

백남천

1952년 대전 출생(2010년 작고). 1984년 『월간문학』으로 등단, 『삶의 문학』 동인으로 활동. 시집 『새벽에 쓰는 시』, 『참꽃이 피면』, 여행산문집 『축제로의 여행』.

항아리의 사계 외 1편

_ 김영숙

속삭이며
속 삭히는 소리 들린다

바람과 비
쌓이는 낙엽과 겨울

톱니 같은 시간들
암실에 담아내듯

맛으로
색깔로 말을 하는
작은 우주

해 널어놓은
긴 그림자 따라가다

때론 복병을 앓기도 하던 너

여자의 자궁 같은
따스한 순종의 질그릇

어머니 탯줄로 붙어있는
기억의 강을 건너

욕심 없이
열린 만큼 하늘을 담는다

詩 作

가슴 속 묻어둔
넘치는 강물 위

수만 번 걸러내는
애끓는 언어들

탕약같은 작은 씨앗
소망처럼 견디다

온종일 시 다듬는 목마름 되었어라

목이 긴 분꽃 기다림으로

김영숙

한남대학교 졸업. 1985년 『시문학』 등단. 한국문인협회회원, 한국문인협회미 주지회 회원, 현 시카고문인회 회장.

전설 외 1편

_ 안용산

언제부터인지 우리 마을에 비밀을 간직한

산 하나 있어

사람들은 성산이라 하였지

산에 오르면 누구나 꽃을 꺾어 머리에 이고

꽃이름을 지어야 했지

꽃이름을 짓지 못하면 피를 토하고 죽는디

그것도 모두 다른 이름으로 불러야 했기에

마을 사람들 산이 두려워 함부로 오르지 않았지

함부로 오르지 않으므로 이야기는 이야기를 낳아

여름이면 여름 이야기를 만들고

겨울이면 겨울 이야기처럼 든든하게

마을을 감싸고 있었지

그러다 누구도 산을 오르지 않아 아니

오를 사람이 없어 비밀이 사라지고 이름이 사라져

그저 만악리 산 일번지가 되었지

그렇게 산이 무너져 산은 무너져

그 자리에 공장 하나 들어서고

비밀처럼 은밀하게 생수 만들어

서울로 서울로 실려가면서

마을에 남아 있던 늙은이

하나 둘 생수를 따라

서둘러 서울로 울먹이며 떠나갔지

배려 1

풀 하나 제대로
있지 못한다

자라기만 하면 여지없이 잘린다 잘릴 때 마다 냄새로 구름 씨앗을 키우더니 하늘로 올라 다
른 풀씨들과 더불어 비가 되어 내린다 비가 내리는 만큼 잘리지 않구 자란 풀들이 날카롭게 날
을 세우고 있다

폭우에도 끄떡하지 않을
논둑
세우고 있었다

안용산

1956년 충남 금산 출생. 한남대학교 국어교육과 졸업. 1985년 『좌도시』와 94년 『실천문학』을 통하여
작품 활동 시작. 시집으로 『향기는 코로부터 오지 않는다』 외 5권. 2000년 충남문학상과 2016년 한남
문인대상, 풀꽃문학상 수상.

별 외 1편

_ 김완하

별들이 아름다운 것은
서로가 서로의 거리를
빛으로 이끌어 주기 때문이다
하루의 일을 마치고
허리가 휘어 언덕을 오르는
사람들 발 아래로 구르는 별빛,
어둠의 순간 제 빛을 남김없이 뿌려
사람들은 고개를
꺾어 올려 하늘을 살핀다
같이 걷는 이웃에게 손을 내민다

별들이 아름다운 것은
서로의 빛 속으로
스스로를 파묻기 때문이다
한밤의 잠이 고단해
문득, 깨어난 사람들이
새벽을 질러가는 별을 본다
창밖으로 환하게 피어 있는
별꽃을 꺾어
부서지는 별빛에 누워
들판을 건너간다

별들이 아름다운 것은
새벽이면 모두 제 빛을 거두어
지상의 가장 낮은 골목으로
눕기 때문이다

눈발

내장산 밤바람 속에서
눈발에 취해 동목(冬木)과 뒤엉켰다
뚝뚝 길을 끊으며
퍼붓는 눈발에
내가 묻히겠느냐
산이여, 네가 묻히겠느냐
수억의 눈발로도
가슴을 채우지 못하거니
빈 가슴에
봄을 껴안고 내가 간다
서래봉 한 자락
겨울바람 속에
커다란 분노를 풀어놓아
온 산을 떼호랑이 소리로 울고 가는데
눈발은 산을 지우고
산을 지고 어둠 속에 내가 섰다
몇 줌 불꽃은 산모롱이마다 피어나고
나무들은 눈발에 몸을 삼켜
허연 배를 싱싱하게 드러내었지
나이테가 탄탄히 감기고 있었지
흩뿌리던 눈발에
불끈 솟은 바위
어깨에 눈 받으며 오랜 동안 홀로 들으니
산은 그 품안에 빈 들을 끌어
이 세상 가장 먼 데서
길은 마을에 닿는다

살아 있는 것들이 하나로 잇닿는 순간
숨쉬는 것들은
이 밤내 잠들지 못한다
맑은 물줄기 산을 가르고
모퉁이에서 달려온 빛살이
내 가슴에 뜨겁게 뜨겁게 박힌다
내장산 숨결 한 자락으로
눈발 속을 간다

김완하

1958년 경기도 안성 출생. 한남대 국문과 졸업(문학박사). 1987년 『문학사상』 등단. 시집 『길은 마을에 닿는다』, 『어둠만이 빛을 지킨다』 외 4권. 소월시우수상, 시와시학상 젊은시인상, 대전시문화상 등 수상. 한남문인회장. 한남대학교 국어국문창작학과 교수. 계간 『시와정신』 편집인 겸 주간. 고은문학연구소장.

나뭇잎 단상 외 1편

_ 박순길

나뭇잎을 눈여겨 봐라
짐을 쌓지 않으려고 끊임없이 흔들린다
작은 먼지라도
이슬로 씻어내고
비로 닦아내고
바람으로 날려 보낸다

잎마다 때가 끼지 않게
작은 바람에도 흔들리는 나뭇잎에
의미를 담아본다
큰 나무는 큰 나무대로
작은 나무는 작은 나무대로
작은 떨림을 계속하는 이유에 대해서

산

산은
어두울 때 내려와서
어두울 때 올라간다

산에 사는 나무에
햇빛 쟁이고 쟁여
팔뚝만한 뿌리 만들고
계곡 깊은 물줄기에
가재를 숨겨준다

산에 사는 나무에
햇빛 모으고 모아
튼실한 열매를 맺고
다람쥐 불러
산비탈을 끌어안는다

산은
제 품에 자란 생명을 깨우기 위해
햇빛 한 톨 아끼려고
거대한 몸을 이끌어
아침 전에 왔다
저녁 후에 간다

박순길

1951년 전남 장흥 출생, 한남대학교 교육대학원 국어교육과 졸업. 1987년 『시문학』 문덕수 추천. 시집 『남해에서』 외 6권. 대전문학상, 대전시문화상 수상.

고래가 사는 우체통 외 1편

_ 김광순

바닷가 우체통에 한 마리 고래가 산다
뱃길마다 햇살 부신 지느러미 길게 깔고
그리움 얼마나 크면 등에 푸른 혹이 날까

오늘도 수평선 너머 귀를 여는 아침이면
돌고래 타고 온 기다림을 걷어 내고
짧은 밤 기척도 없이 기대앉아 읽고 있다

그 파도 사이사이에 들려오는 하모니카 소리
어부의 안방처럼 한 폭 바다는 밀려와서
바닷가 빨간 우체통에 꼬리 붉은 고래가 산다

뼈마디 하얀 시

밤새 날개를 접어 가슴을 비웁니다
으슬으슬 한기가 간이역을 덮는 동안
등거죽 마른 책표지에
새똥 같은 달이 뜨면,

뜨겁게 울다 지친 한 사내의 눈물처럼
한사코 별을 지킨 내 뜨락의 꽃씨처럼
맨 처음 파종한 그 밤
한 줌 흙의 긴 묵도

가시에 찔린 밤 방울새의 외마디 같은
남루를 다 버리고 밤에 홀로 야위는
하현의 곧은 뼈마디
하얀 시를 씁니다

김광순

1960년 충남 논산 출생. 한남대학교 국어국문학과 졸업. 1988년 《충청일보》 신춘문예 당선, 『시조문학』 추천완료. 시집 『새는 마흔쯤에 자유롭다』(세종우수도서), 『고래가 사는 우체통』(현대시조 100인 선정) 외 다수. 〈한국시조작품상〉, 〈대전문학상〉, 〈한남문인대상〉 한국문화예술진흥기금 수혜, 한남문인회 사무국장, 오늘의시조시인회 부의장, 전, 대전시조시인협회 회장, 대전문학진흥회 공동대표.

타워 오브 테러 II를 타는 사람들 외 1편

_ 문희봉

25층 아파트에 100가구가 산다
새벽이면 가방을 메고 롤러코스터를 탄다
저녁에도 어둠을 헤집고 롤러코스터를 탄다
뚝뚝한 사람들이 모여 사는 공간이다
그러나 놀이공원은 늘 왁자지껄하다
반하여 내가 사는 아파트는 적막강산이다
아파트가 직장인 사람들도 상당수다
말을 트고 살고 싶어도 그게 잘 안 된다
케이지식 닭장에 갇혀 주는 먹이만 먹고
산란율만 높이는 데 익숙해진 사람들이어서 그럴까
문을 열어주어도 활동성이 약하다
눈을 아래로 깔고 시선을 고정시키지 못한다
문 밖은 고독을 떨쳐내라 유혹의 손길을 보내지만
쉬 동화되지 못하는 사람들이다
현대인들의 폐쇄된 생활양식 탓일 게다
가까스로 초등학생과 롤러코스터에서 친구가 됐다
내가 먼저 다가섰다. 그가 따라 왔다
대단지 문을 연 지 얼마 안 되어 그럴 게다
어떤 이는 한국어도 알아듣지 못한다
영어나 일어, 중국어를 하지 못하니 다른 소통법이 없다
나름 전망이 좋으니 자연과의 소통은 하고 있을 게다
파릇한 생명들과 검푸른 생명들과 노릇노릇 잘 구워진 생명들과 세탁이 잘 된 은백색 생명들과
그리고 총총하게 빛나는 은하계와의 소통에는 문제가 없을 듯하다
그래도 지능지수가 낮아 이해하지 못할 거라 생각된다
낮 시간 놀이터 아이들의 재잘거림 소리가 들린다
그네, 미끄럼틀, 정글짐과 아주 가까이 지내는 그들

입에서 튀어나오는 연한 옥타브
그들은 외로움을 외로움으로 느끼지 못한다
집으로 돌아가는 길 롤러코스터만 타면 그들도 입에 재갈이 채워진다
놀이터의 가르침을 잊은 아이들
부전자전의 영향일 거다
바닥만 바라보다 돌아서는 등 뒤로 밤하늘이 안부를 전한다
아파트에 사는 사람들은 가슴에 묵직한 돌 몇 개씩 쟁여놓고 사는가 보다
침묵을 하나의 종파宗派로 알고 사는 사람들
침묵은 금이라는 금언을 신조처럼 안고 살아가는 사람들
내일 아침에도 짧은 인사 없이 롤러코스터를 탈 것이다

* 타워 오브 테러 II(롤러코스터)는 오스트레일리아 퀸즐랜드 주 쿠메라에 위치한 놀이공원 드림월드의 롤로코스터로 1997년 1월 오픈하였다.

사다리를 탄 이발사

이발업을 천직으로 알고 사는 남자
기계음이 울리기 시작하면 서커스 단원이 된다
고공공포증이 없어서인가 로프도 없이 허공에 올라
자연의 머리에 가위질을 한다
사다리를 탄 남자, 무중력 상태에서 톱질을 한다
기계음 비명처럼 날아오르고
믿음이란 오직 네 바퀴가 받치고 있는 철제 사다리 하나
힘 주어 메스를 댄다
종양을 떼어낸 자리 아픔을 호소하지만
잘 다듬어진 몸통 보면서 그 남자
삶과 죽음의 경계를 톱질한다
바닥으로 수북하게 쌓이는 머리털을 보며
미소 짓는다. 가뜬해진 몸뚱이 보며 반기는 자연
가까이 들여다보니
십 년 묶은 때 닦아낸 시골 노인의 해맑은 얼굴이다
이런 작업 환경에 적응하는 자신이 미덥다
낯선 사내 얼굴에 번지는 미소
톱을 쥔 손에 희열이 무게를 더한다
누가 그에게 무등을 태워주었을까
자기의 삶을 확인하면서 혹한에 나와
뛰노는 식솔들을 생각한다
조용한 휘파람, 묻어나는 땀방울 팔꿈치로 닦아 내면서
거기 서서히 내려가는 보름달 같은 맑은 얼굴
사다리가 조금 내려오면
흘린 땀방울의 가치를 확인하면서
조용한 바람을 가슴에 안는다

톱질을 멈추고
잠깐 생각의 끈을 놓고
올려다 본 하늘
정처 없이 흐르는 구름을 바라보며
자연과 일체가 된 자신이 한없이 미더워
흘러내리는 땀을 닦는 일도 잠시 잊는다

문희봉

1947년 충남 당진 출생, 한남대학교 국어교육과 졸업. 1989년 『한맥문학』에 「소문만복래」 외 2편으로 시 추천. 시집 『당신을 닮았습니다』 외 4권. 수상, 素雲문학상, 大田문학상, 眞露문학상, 대전광역시문화상(문학) 등 수상. 중등학교장 퇴임. 한국문인협회 인문학콘텐츠개발위원(현), 대전광역시문인협회 회장 역임.

남쪽 외 1편

_ 송계헌

구름의 느릿한 산도(産道)를 지나 이 산중턱까지 왔다
서너 삽 흙을 슬픔으로 거두어 덮은 봉분 가장자리
그의 더운 입김은 숙여진 그들 검은 코트를 적시거나 이별 안쪽을 어루만진다
찬찬히 들여다보면 볕 바른 창보다 그는 더 멀리 와 있다
그의 불안은 그래서 어둠 쪽에 가깝다
빈 소나무 그림자가 아득해진 이유는 죽은 이의 몸속에 남은 마지막 사흘
갑작스런 재앙이 끝내 돌려주지 못한 고요 속을 장엄의 꽃이듯 노 저어 나간다

구름 저편 사라지는 것들은 얼마나 거대한 아군인가

그에게로 그에게로 깃들어
사람의 길을 쫓아
붉은 흙 엉겨 붙은 신발 위 바람깃을 쫓아
마지막 흙을 가벼운 신음으로 거두어 덮은 봉분 위
온기만 남고 본능을 버린 그의 어깨에 슬며시 머리 기대는 소나무 그림자

남풍과 햇빛 사이
이별을 짓고 부수는
슬픔의 잔해들 빠져 나간다

폐가

지독한 여름
풀들이 신발을 뚫고 들어왔다
아궁이를 뚫고 들어왔다
지붕을 뚫고 솟아올랐다

풀이 돌담벽을 옛 기억을 등 뒤의 운명을 먹어 치웠다

웃 자란 풀들이 잘 벼려진 劍인 것을 시간은 말해 주고 있다

푸른 녹이 덮힌 기둥과 서까래에
번뜩이며 날선 섬광 한 줄기

시간의 텅 빈 구멍에 눈동자를 끼워 넣으며
둥글게 제 몸 낮추는
푸른, 劍 한 채

송계헌

대전 출생. 공주 교대 , 한남대 사회문화대학원 문학 예술학과 졸업. 1989년도 『심상』 등단. 시집 『붉다 앞에 서다』 외 1권. 제9회 대전 시인협회상 수상.

겨울, 여름 나무 아래서 외 1편

_ 이강산

이 나무 아래, 여기가 맞다
그 여름을 만난 곳

나는 그때 여름이 감추어둔 겨울을 못 보았다

물끄러미, 세 사람이 나무 밑을 지나 카메라 속으로 들어간다
이제 곧 유리창이 열려있는 시내버스를 향해
찰칵, 찰칵 걸어갈 것이다
나무도 뒤따라갈지 모른다
버스를 놓치면 사람들처럼 그 여름에 닿지 못할 것이므로

이 나무 아래, 여기가 맞다
아이 셋 혼자 키우는 여자를 찍은 곳

나는 그때 여자가 감추어둔 아이들의 겨울을 못 보았다

여름이 그랬듯 여자는 내게 겨울을 감추었지만
카메라는 보았을 것이다, 생각하니 이 겨울이 그 겨울 같다
시내버스는 여름부터 유리창을 열어두었는지 모른다
여자의 겨울이 못내 궁금해 나처럼 가슴 한 겹을 뚫어놓았을 것이므로

여기가 맞다, 이 나무 아래
나 모르게 겨울을 향해 내가 떠난 곳

나는 그때 겨울이 되어서야 여름 나무를 올려다보는 나를 미처 못 보았다.

모항 母港

바다는 모두 떠나보내고 일몰만 남겨두었다
바다는 잘 익은 감빛이다

겨울 바닷바람에 떨며
나는 저 바다의 숲 왼쪽 모퉁이에 감나무 한 그루 서 있었으면 좋겠다는 생각을 한다
감나무 아래 장독대가 있고 앞바퀴가 휘어진 자전거 옆에 쭈그려 앉은 사람이 어머니라면 좋
겠다는 생각을 한다

그러면 나는 방바닥으로 뚝뚝 햇살방울이 듣는 붉은 기와집, 옛집 풍경의 갯벌 속으로 빠져
들 것이고
그러면 엊그제 마지막 남은 앞니를 뺀 어머니가 나를 향해 무어라 중얼거릴 것이다

보일듯 말듯, 한 번도 골짜기를 보여주지 않는 바다
한 번도 골짜기를 들여다보지 못한 어머니

그러나 뒤꼍 귀뚜라미 울음 같은, 그 어렴풋한 말이 무슨 말이든 나는 다 알아들을 것이므로
짐짓 못 들은 척 감나무만 바라보다가
나 홀로 서해까지 달려온 내력이라도 들킨 것처럼 코끝이 시큼해지다가

우우우,
원순모음이 새나오는 어머니의 닭똥구멍 같은 입 속으로 피조개빛 홍시 몇 알 들이밀 것이다

- 마포에서 탈출한 곰소 남자, 생의 절반을 잘라냈어요
- 지금쯤 청양 외딴집의 여자 가수는 밤바다를 노래하고 있을 거예요
- 다들 감나무만 바라보고 있을 거예요

바다는 일몰마저 떠나보내고 혼자 남았다

나는 저 바다의 숲 어딘가 틀림없이 감나무 한 그루 서 있을 것이라 생각한다

이강산

1959년 충남 금산 출생. 한남대학교 국어교육과 졸업. 1989년 『실천문학』에 시, 2007년 『사람의 문학』에 소설 등단. 시집 『모항母港』 외 4권, 사진집 2권. 한국문화예술위원회 아르코문학창작기금, 대전문화재단 예술창작기금 수혜.

쑥고개를 지나며 외 1편

_ 이규황

환상과 탐욕으로 휘청이는 도시
기지촌 앞에 서성이는
술집 작부와 거지들도
유 · 에쓰 · 아미, 플리즈 · 기브미 · 완딸라를 쉽게 말할 줄 알고
먼 바다를 건너온 영자간판 밑
주눅들어 옹그린 모국어도
쉽게 읽어낸다
중학교와 고등학교 도합 육 년을
외인종 부락에서 꿈을 키워온 나는
나보다 덩치 큰 이국인의 아이들에게
연탄과 백돼지 이름을 불러주었지만
그들은 웃고 있었다
해마다 칠월이면
팔월 십오일 광복절보다
유 · 에쓰 · 아미들의 독립기념일을
소풍날처럼 기다렸다
그날은
그들이 먹다 남은 레이션 박스를
통째로 얻을 수 있다는 기대감과
토스트 · 햄버거 · 초콜릿을 얻을 수 있다는 셀레임으로
그러나 지금 쑥고개를 넘으면서
그들이 독립기념일 밤하늘에 쏘아댄 폭죽이
포천 격전지에서 부상당한 아버지의
유탄이 되고, 예광탄이 되고, 조명탄이 되었을 거라는
사실을 이제야 알겠다
그날

유엔군 공병대가 이유 없이 논바닥을
밀어내고
최신예 병기가 안전하게 이착륙하는 쑥고개
모국어보다 더 큰 영자 간판과
흰둥이도 검둥이도 아닌 국적불명의
아이들이 기지촌 앞에서 서성이는데
말하라
누가 누구에게 고요한 입맞춤을
해야 하는가를
부황난 뱃속
쑥 뜯어다 쑥국 끓이던 아득한 그리움으로
쑥고개를 넘는다

동백꽃

가도 가도 흙먼지 三南의
억새풀 바람
걷고 있는 길 먼 저편에서
네가 마주 걸어오고 있음도 알지 못하는
답답한 갈증
밤 새워 걸어도 닿지 않는 네 뜨거운 손은
이미 먼 거리 지나쳐
설레임의 기다림마저 무색해 숙여 버린
동백꽃
일시에 던져짐 당할
핏빛 자결의 목숨
아, 그것으로도 네게 한없이 고맙고
뜨겁도록 사랑스럽구나
주인이 주인의 개를 기르고
개가 주인을 물어뜯는 이 땅의 사람 중에서도
완전한 절망을 할 줄 아는 네 순결한 영혼의 불꽃
태워도 태워도
재가 되지 않는 꽃잎
올 겨울은 이 땅에도
시베리아 벌판 바람이 매섭다고들 하는데
지고의 목숨, 하늘 끝까지
불붙이고 말 뜨겁도록 차가운 꽃잎

이규황

1961년 평택 서탄 출생(1997년 작고). 한남대학교 국어국문학과 졸업. 〈한반도 젊은 시인들〉로 작품 활동 시작, 1987년 『삶의 문학』 동인. 유고시집 『두 몸 강물 되어 하나로 흘러라』.

꽃살미 가는 길 외 1편

_ 이돈주

꽃살미 가는 길은
화창한 울렁거림
구부러진 모퉁이마다
해살거리는
바람꽃의 땅

꽃살미로 가는 길은
솔숲 내린 청아한 구름이
산 곳곳
바위 궁둥이 꼬집고
깔깔거리며
시누대 사이로 도망가는 길

꽃살미 가는 길은
잠든 웃음도 발딱 들리는
젊음 다린 속삭임
다정스러워
임자 없는 파랑새 날아다니는 곳

塔(탑)

뉘 한 바람에
귀 먹고
경배의 허리 굽힘에
눈 멀었다고
침묵하지 말아라

비 이슬 안개에 믿음이 실려
돌옷은 새로 피고
지고
구름 짓는 日月에 닳아지는
손 모두음

꿈을 꾸리라
새롭게 태어나는 너를
다시 또 보리라

이돈주

1954년 충청남도 공주 출생. 한남대학교 국어교육과 졸업 · 공주대학교대학원 국어교육과 졸업.
1989년 『詩와意識』 신인문학상. 시집 『고개를 넘으며』, 『마음의 길목』 외 다수. 한민족작가대상
수상. 충남문인협회, 홍주문학, 오늘의 문학, 시도 동인 활동. 한국문인협회 회원. 현 대전서구문학
부회장, 한국문협대전광역시 이사, 풀무문학 회장.

갯바위섬 등대 외 1편

_ 임영봉

백년묵은문어가밤마다사람으로변신하여그고을군하나착한처녀를꼬셨드란다온갖날다도해
해떨어지는저녁마다진주를물어다주고진주를물어다주고장인장모몰래서방노릇석달열흘진주
알이서말하고한되

처녀는달밤이좋아라달밤을기다리고그러던중무서워라냉수사발을떨어뜨려깨어진날먹구름
이끼고달지는어둠새끼손가락약속은무너지고사랑이보이지않는칠흑같은어둠속아주까리불심
지는뱀처럼흔들거려타는구나

이승에서의신표거울은몸안에돋는가시만보이다갈라지고모든주문들의효력도별처럼흘러가
고돌아오지않는사람을몸달아흘리는신음으로손에땀적시며문빗장풀어놓고동백기름먹인알몸
뚱이꼬며전신으로기다리는구나

돌연문빗살에엄지손톱만한구멍이뚫리고새가슴으로놀라는어머니한숨줄기눈물줄기앞서거
니뒤서거니줄을잇고아이고폭폭해서나는못살겠네보름달대신배가불러오는이유끝끝내는쫓겨
났드란다

그날이후로빛나는눈빛을생각하며바다를바라보며하루이틀사흘헤어보는손가락접고진주알
진주알문고리휘어지는아히를낳았고아히가자라면서바라보이는바다는부활이다부활이다

깊고넓은바다어둠파도따라하얀치마말기적시며죽음속으로떠난어메의유언을만나면틱고이
는아히는오늘도등댓불을밝히기위해섬을올라가는구나"깊은바다홀로외뜨신이여어메데불고
길잘돌아오시라"

불을밝힌다불을밝힌다

칡과 넌출

붉은 꽃이 피겠느냐
버릇처럼 너의 몸이냐 너의 몸이냐
푸른 햇살을 삼킬 수 있겠느냐
저 어둠을 엮을 수 있겠느냐
한 번만 엮으면 풀리지 않는 매듭이다
꽃 피면 돌아가는 매듭은 저승으로 통하는
현기증이다, 보라색이다
우리의 길은 천국을 향하여서가 아니라
어떤 꿈을 길어 올리는 뿌리를 위해서다
산을 지키는데 우리만한 장군이 없어
별 수 없이 뿌리를 부리로
올곧은 쓴맛만 보낼 뿐이다

임영봉

1959년 충남 금산 출생. 1990년 《중앙일보》 신춘문예 당선. 국어국문학과 졸업.

봄 캐는 아이 외 1편

_ 김숙자

봄을 캔다
어디에 숨어있다가
숨차게 달려오는지
아무도 알 수 없는
요술쟁이 비밀을

언 땅 밟고 일어나
해를 찾다가
산모퉁이 양지녘에
쪼그리고 앉아서
갈자진 손등으로
코 훔쳐대며

옹기종기 둘러앉아
도란도란 싱글벙글
거짓도 꾸밈도 없는
화안한 얼굴로

해맑은
봄을 캔다
봄을 그린다.

머리 핀

까아만 갈래 머리
곱게 빗어 내려
고운 나비 한쌍
사알짝 앉히고

긴 머리
쫑쫑 땋아내려
예쁜 꽃잎 한 장
뚜욱 떨궜지

머리 위에
폴폴 피는
봄나비의 꿈

머리칼 가닥마다
물씬물씬 꽃향 내음

김숙자

한남대학교 대학원 국어교육과 박사과정 졸업 1991년 『아동문학』 동시 신인상 당선 1991년 『월간
문학』 동시 신인상. 1997년 《대전일보》 신춘문예 동시 당선. 동시집 『모시울에 부는 바람』 외 5권,
동화집 『예쁜이가 내다본 세상』, 시집 『비울수록 채워지는 향기』 외 4권. 대전문학상, 대전일보문
학상 등 수상.

내 한 생의 ps
– 극단시劇短詩 1
_ 박헌영

나는 너에게, 너는 나에게 없다
무지개 저
헛것이 되고 싶다

첫눈길
검차원의 망치질 한 번에
철로 끝 소실점이 떨린다

한 세상 모든 바람을 향기로 바꾸는 이여
향기로 내 영혼을 꿰는 꽃이여
아름다운 고삐여

아래를 바라보는 자여
사랑하고 있구나

홍시
소아마비 내 친구가
그냥 지나가라 한다

사이에서
내 생일 전날 네 생일 다음 날,

한 해 중 금성 가장 밝은 천문天文

무화과1

　　사랑한다, 꽃탄성歎聲 없이
　　씨앗을, 불멸을 얻다니

너를 바라본다

　　나의 증거를

무애無碍

　　길 다 건너도록 바퀴들 공손히 기다린다
　　저 노후老後를 내 어디서 찾나

길 한 토막

　　내 어깨에서 네 어깨로 놓은 다리,
　　가난한 저 관

연옥煉獄

　　모과야, 다 익지 마라, 나무와
　　떨어진다 그러나

산것
　　이토록 가을 하늘 아래
　　제 정신인 게 이상하다

붉나무
　　다만 살아있는 나무에
　　누가 이름을 붙였는가

내 어쩌랴
　　갓난애도 빨래를 내놓는다니

김제 광활 붉은 지평선에서
　　해 건너간다

미모사
　　너에게 손댄 순간
　　내 눈은 시들었다

아이가 묻는다
　　바람이 부니까

풀밭이 다 넘어지네요

두 거울
네 안에 들어선 나에게서 나
한없이 멀어진다

저 달도 다 차면
새장처럼
위선 경선이 쳐지겠지

너를 여는 키가 내게 있다면
하지만 눈물 피범벅인 네게도 없다

박헌영

1957년 부안 출생, 한남대학교 문학예술학과 대학원 졸업. 1991년 첫 시집 『나 사는 집』 상재. 시선집 『즐거워라, 죽으러 가는 저 물소리』 외 10권. 시동인 「천칭」 회장.

입동 외 1편

_ 이면우

무우 속에 도마질 소리 꽉 들어찼다
배추고랑이 된장국 안에 달큰해졌다
어둔 부엌에서 어머니, 가마솥 뚜껑 열고 밥 푸신다
김이 어머니 몸 뭉게구름 둘렀다 우리는
올망졸망 둘러 앉아 한 대접씩 차례를 기다린다
숟가락 한번 들었다 놓고 젓가락 맞추고
크고 둥그런 상에서 가만히 기다린다
근데 모을 저녁은 왜 이리 더디냐
현관 문 찰칵 열리며 찬바람 휘이익 들어오고
다녀왔습니다 외치며 아이가 따라 들어선다 그때
주방 김 말끔히 걷히자 거기, 아내가 구부정이 서서
등 보이며 압력솥 뚜껑을 열고 있다

빵집

빵집은 쉽게 빵과 집으로 나뉠 수 있다
큰길가 유리창에 두 뼘 도화지 붙고 거기 초록 크레파스로
아저씨 아줌마 형 누나님
우리 집 빵 사가세요
아빠 엄마 웃게요, 라고 씌어진 걸
붉은 신호등에 멈춰 선 버스 속에서 읽었다 그래서
그 빵집에 달콤하고 부드러운 빵과
집 걱정하는 아이가 함께 있는 걸 알았다
나는 자세를 반듯이 고쳐 앉았다
못 만나 봤지만, 삐뚤빼뚤하지만
마음으로 꾹꾹 눌러 쓴 아이를 떠올리며

이면우

1951년 대전 출생. 한남대학교 대학원 문예창작학과 석사 졸업. 시집으로 『저 석양』, 『아무도 울지 않는 밤은 없다』, 『그 저녁은 두 번 오지 않는다』 등.

웃는 기와 외 1편

_ 이봉직

옛 신라 사람들은
웃는 기와로 집을 짓고
웃는 집에서 살았나 봅니다.

기와 하나가
처마 밑으로 떨어져
얼굴 한 쪽이
금가고 깨졌지만
웃음은 깨어지지 않고

나뭇잎 뒤에 숨은
초승달처럼 웃고 있습니다.

나도 누군가에게
한 번 웃어 주면
천 년을 가는
그런 웃음을 남기고 싶어
웃는 기와 흉내를 내어 봅니다.

산길에서

산길을 오르다
온몸으로
지팡이가 되는
나무를 보았다.
얼마나 많은 손길들
이끌어 주었는지
반질반질 닳아 버린 나무.
땀방울 뚝뚝 흘리며
힘겹게 올라오고
조심조심 내려가는
비탈길에 서서,
제 뿌리까지
슬며시 내밀어
사람들 손을 잡아 주는
나무들을 보았다.

이봉직

1965년 충북 보은 출생. 한남대 사회문화행정복지대학원 졸업. 2001년 《동아일보》 신춘문예 당선. 제1회 눈높이아동문학상, 제1회 박경종 아동문학상 등 수상. 동시집 『웃는 기와』, 『어머니의 꽃밭』, 『내 짝꿍은 사춘기』, 『부처님 나라 개구쟁이들』.

강 건너 저편 <small>외 1편</small>

강 건너 저편에
네가 서있다
아무 말도 없이
내겐 눈길 한번 주지 않는다
너에게로 가고 싶은 마음
내 몸을 온통 감싸고
물살 되어 강 건너려 해도
강물 너무 깊구나
너에게 다가서려 할수록
더 큰 물살 몰려 오는구나
강 건너 저편에
네가 서있는데
나 갈 수 없다

순간과 영원

아침 햇빛에 영원한 이슬
바람 한결 스쳐지나니
흔적도 없이 영원 속에 사라진다

찰나와 영겁이 한 지점에서
무(無)로 돌아가는 시간

너의 존재는
나의 모든 사유(思惟)를 뒤덮고

서쪽 하늘의 구름으로 떠 있다가
물들어가는 바다 속에
빨간 환상으로 피어오른다

홍기영

1949년 충남 예산 출생. 한남대 영어영문학과 졸업. 시집 『메릴랜드 언덕에 비가 내린다』, 『너에게로 가는 길』, 『자작나무 그늘 아래, 나는 알았네』, 『들판을 지나며』. 영어영문학과 명예교수.

화 외 1편

_ 정덕재

욕을 하거나
주먹으로 문을 치다가
발을 들었는데
찰 것이 마땅치 않다

굳건한 철제책상
며칠째 물을 주지 않아
목을 길게 빼고 있는 蘭
2초 남짓 들었던 발은
잠시나마 분노를 분석한다
발이 본 것은 단단하게 서 있는 책상과
가냘프게 연명하는 잎새

화가 발로 향할 때
판단하고 사유하는 발
세상의 씨발이 그렇게 태어났다

새벽안개를 파는 편의점

아파트 입구에
24시간 간판불이 꺼지지 않는 편의점이
검문소처럼 놓여 있다
잠시 자동차 속도를 늦추고
머뭇거리는 차의 대부분은
담배
맥주
스타킹을 사면서
스스로 검열대에 선다
아파트가 잠들지 못하는 이유 중 하나는
편의점이
새벽을 거부하기 때문이다
컵라면 뚜껑 사이로
따뜻한 김이
모락모락 피어오르는
새벽 다섯 시

편의적이지 않지만
편의상 너는 안개다

정덕재

배재대 국문과 졸업, 한남대 국문과 대학원 박사과정 수료. 한국예술종합학교 영상원 전문사 졸업. 1993년 《경향신문》 신춘문예에 시 당선으로 등단. 시집 『비데의 꿈은 분수다』, 『새벽안개를 파는 편의점』 등.

인어떼가 되어 외 1편

_ 빈명숙

목련꽃 피는 4월이 또 되었습니다
밤바다에서
소년소녀는 노래 부르고 있습니다
그리운 아빠 엄마 그리고 친구
섬바위에 모여 앉아야 외롭지 않습니다

섬으로 간다고 설레이며 배를 탔는데
마지막 여행 되어버린 304 이름을 부릅니다
인어떼가 되어
달빛 반짝이는 바다에서 놀고 있습니다
슬픔도 끝나고
이제 배는 육지로 돌아왔습니다
그들은 아직 바다에 남아
깊게 물속으로 물속으로
인어가 되어 몰려 다닙니다
갈 곳 없는
집 잃은 소년소녀들의 못다한 꿈이
사라지지 않고 있습니다

고향바다

파도가 가슴으로 밀려오면
기다리는 먼 소식을 싣고
섬을 안고 오던 그 시절의
연락선은 보이지 않네

오늘도
무심한 쌍발이 바다에 서서
배를 타고 놀던 친구 생각
그 이름 하나
푸른 물결에 적어본다

고향은 이제 타향이 되어도
낯선 풍경들이 길을 묻고
장터는 생계의 서글픈 아우성만 남아
물고기는 옛것이나 옛 맛이 아닌데
어린 날의 철둑길 갈대밭은 고층아파트 촌
갯마을 끝섬에서
키우던 거북이를 방생하는 것
잘 가라 소리도 없이

빈명숙

한남대 문학예술과 졸업.

문자들의 다비식은 따뜻하다 외 1편

_ 주용일

빈터에서 누렇게 바랜 책들을 태운다
책장마다 깃들였던 태양의 날숨이
노랗게 토해진다. 불꽃 속에서
활자로 박힌 숱한 영혼의 흔적들이 날아오른다
찰나와도 같은 생의 마지막 길에서
활자들이 꼼지락거리며 뒤척이며
뜨거워라 무서워라 소멸로 가는 길을 묻는다
이승과 저승의 뒤바꿈처럼
검은 활자가 희게 되고 흰 종이는 검게 변한다
많은 정신들이 종이 위 검은 육신을 얻었다가
하얀 사리를 남기며 사라지고 있다
불꽃 주위로 아이들이 모여들어
벌겋게 얼굴 익히며 둘러선다
한때 세상을 풍미했던 정신들,
푸석이는 한 줌 재로 감나무 밑거름이 될
불타는 문자들의 다비식은 따뜻하다

어깨의 쓸모

어스름 녘,
일을 끝내고 돌아가는 버스 안에서
꾸벅꾸벅 졸다가 어깨에 얹혀오는
옆 사람의 혼곤한 머리
나는 슬그머니 어깨를 내어준다
항상 허세만 부리던 내 어깨가
오랜만에 제대로 쓰였다
그래, 우리가 세상을 함께 산다는 건
서로가 서로의 어깨에
피로한 머리를 기댄다는 것 아니겠느냐
서로의 따뜻한 위로가 된다는 것 아니겠느냐

주용일

1964년 충북 영동 출생(2014년 작고). 한남대 국어국문학과 졸업. 1994년 『현대문학』으로 등단. 시집 『문자들의 다비식은 따듯하다』, 『꽃과 함께 식사』, 산문집 『시인할래 농부할래』.

화쟁和諍 외 1편

_ 이 섬

30년 우려먹은 오지항아리다
달빛도 기웃거리고 별빛도 찰랑대던
푸근한 몸매의 달 항아리다

이제는 귀도 어둡고 눈도 침침하여
실금가고 귀 떨어진 몸
쓸모없다고 내치지 않은 것만도,
버리지 않은 것만도 다행으로 여기는 듯
앉을자리 설자리 제 분수를 알아서 처신한다

헛기침하지 말고 고른 숨을 쉬어야한다고
숨구멍을 활짝 열어 안팎으로 기가 잘 통해야 한다고
통즉불통通卽不通, 불통즉통不通卽痛이라고,

햇살 받고 바람 통해 맛깔나게 익어가던 간장맛 된장맛
기가 잘 통한 것 같다

나도 오늘은 때깔 좋은 햇살과 눈을 맞추기로 한다

황촉규 우리다

첫물 뜨기로 뼈대를 만든다
뭉치거나 성근 데 없이 쪽 고르게
어깨는 벌어지고 척추는 반듯하고
위에서 아래로 균형을 잡아야 한다
좌우로 흔들어 살을 붙인다 흘림 뜨기 가둠 뜨기로
군살 붙지 않고 지방질 없이 미끈하게
골격근, 삼각근, 쇄골의 초콜릿 근육질이 단단하게
생기를 불어 넣는다
혼이 들어가고 활기 돋아 힘이 생긴다
살아 있는 것들에는 질기디 질긴 그 무엇이 있다
무섭게 몰아치는 겨울 눈바람에도,
한여름 쏟아지는 폭풍우도 잘 참는다
참는 데는 이골이 났다
방망이로 두들겨 맞고 치대고 쓸어내도
울지 않는다 더욱 팽팽해진다
한지韓紙의
질기고 매끄럽고 윤기 나는 자존을 위해
세상에, 아프지 않고 거저 얻어지는 것 없다는 것을
물에 젖지 않고 슬픔의 앙금 우려내기 어렵다는 걸
깨우쳐 준다

* 황촉규 : 한지 만드는데 쓰는 보조 재료, 닥풀이라고 함.

이 섬

1947년 전북 정읍 출생. 한남대학교 문예창작학과 졸업. 1995년 《국민일보》로 등단. 시집 『향기나는 소리』 외 7권. 〈국민문학상〉 시부문 이천만원 고료 당선, 김장생 문학상 대상, 한국시문학상 수상.

맛의 처소 외 1편

_ 함순례

물메기가 제철이라 했다
촌놈횟집 밥상에 올라온
별다른 양념 없이 구들구들하게 쪄낸 물메기찜
무르고 연한 살성이
처처 맛을 들인 곳간이라는데
너무 착해서 바보 같은 당신
너무 차가운 당신
너무 슬픈 당신
사람의 맛도 무수한 '너무'를 넘어서는 일
알 수 없는 곳으로 흘러가는 황금의 나라에서
때때로 아무것도 아닌 당신과 내가
모자라거나 넘치지 않는
부드럽고 찰진 사람의 낯을 간직하기란
얼마나 힘든지
내 이름에 달라붙은 순할 順
이 무구한 업을 시시하다 여기며
독하게 몸을 달궈온 날들이 차마 쓸쓸해졌다

감포

태풍이 몰아쳐도 오봉은 달린다
포구의 꽃 김 양은 거센 파도 밀려오는 선창에 스쿠터를 댄다

먼 바다와 맞장 뜰 일에 눈 벌겋던 사내의 어깨가
다방커피에 녹아들며 은근슬쩍 김 양의 허벅지로 쏠린다

서로서로 깍지 낀 채 스크럼을 짜는 폭풍전야

아가 어르듯 말 같은 사내를 받아내고 있는 저 무릎 안장에 엎드려
나도 그만 인간적으로, 수컷이 되고 싶은 그런 날이다

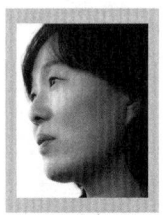

함순례

1966년 충북 보은 출생. 한남대학교 영어영문학과 졸업. 1993년 『시와사회』로 등단. 시집 『뜨거운 발』, 『혹시나』. 한남문인상 수상.

고무남자의 보행 외 1편

_ 이은심

콩나물과 담배꽁초와 검은 그림자 사이를 박차고 전진한다
쩌렁쩌렁 찬송가를 앞세우고 목석의 항목들을 파는
이 찬란한 난장에 잔디 깔린 후방은 없다

고무로 만든 하반신 속에 멀쩡한 다리가 자라고 있을 거라고
네가 우기는 동안
나는 줄곧 피죽도 못 먹은 바닥이다

육체는 희미하고 일생의 지도는 낡았으나
박수를 치던 손바닥도 알고보면 살 벗어지는 바닥인데

몇 그루 별마저 떠나간 이 시장통에서
그 날을 기다리는 내게 그 날은 없다고 앞을 가로막는 너희들

환도뼈가 내려앉은 밑바닥이라고 다 천박한 것은 아니다

자꾸 목이 쉬는 것은 엄마가 없기 때문이지만
질경이 사마귀풀과 사귀는 이곳은 신의 얼굴도 둥글게 펴지는
낮고도 그리운 세상이다

질퍽한 바닥에 귀를 대면 젖물 흐르는 소리
섬마섬마 어린 날을 휘돌아오는 소리

기저귀가 다 젖도록 화장실 한 번 못 가도
흙 묻은 가슴으로
세상의 마지막 계단을 쟁쟁하게 밀고 나가는
뭉개져도 씩씩한 포복이다

팔월생

커다란 리본이 케익의 입구를 막고 있다
비둘기는 나보다 개를 더 무서워한다
집안에 호랑이띠가 있으면 개가 잘 안된다는 옛말을 티슈처럼 톡! 뽑아들고
오래 바라보면 핀 적도 없이 나는 땡볕 아래 지고 있는데
꽃은 기다려 무엇 하나
길은 잃었다가 또 찾아서 무엇 하나

양수에 둥둥 떠서 흘러다니던 몸이 하아하아 살려달라 울먹이던 첫 순간
그때 내 외로움은 매자나무 붉은 색을 따라가고
나선형의 계단 아래 사금파리는 처녀가 될 운명의 옆구리를 찔러
기어이 풍선을 울음처럼 터뜨렸다

생일 없는 당신에게 내 방의 소품들을 빌려주고 싶다
배운 적 없이도 우리는 글씨체가 닮았고

파티는 없으나
손님으로 왔다가 손님으로 사라지는 구름이 축배를 들 차례

단 하루 살다 가는 기념일로부터
자정에 배달된 꽃의 안색은 당연히 푸르고
선물상자는 악착스레 선물을 끌어안는다

여러 번 보아도 정이 들지 않는 자축의 얼굴
길이길이 외로울 별자리의 굴곡을 연주하며
새끼 밴 짐승처럼 지극하게 우는 일요일의 창문들

딱 한 사람만 타고 있는 버스가 안개 속으로 사라진다

땅에 떨어진 것들은 모두 누가 떠밀어 아픈 것인가
백발이 무릎으로 떨어질 때까지 당신의 질문은 유효하다

이은심

1950년 대전 출생. 한남대학교 영어영문과 졸업. 1995년 《대전일보》 신춘문예 당선. 2003년 『시와시학』 등단. 시집 『오얏나무 아버지』.

공배를 메우며 외 1편

_ 임익문

얼마나 흘러왔을까
서녘 하늘 날아오르는 철새떼 속으로
새청맞은 기적소리 흩어져가고
추적추적 가을비에 속곳은 젖어
가락가락 늘어지는 육자배기에
몸피도 한없이 헐거워졌으리라

산다는 건 어차피 한판승부지
내기바둑으로 지샌 날밤들이 귀밑머리에서
희끗희끗 반란을 일으킨다
애시당초 고자좆이나 되려고
판을 벌인 건 아니었지만
쭉정이든 알곡이든 칠흑같은 밤에도
모두 가슴에 지등을 켜고
흐드러진 찔레꽃 날망을 꿈꾸었지만
진갈맷빛 대궁이 짙어만 가는
어둠조차 눈뜨는 작살비에
너나없이 우듬지를 향해 올라갔건만
꽃자리, 젖어미 살품을 파고들 듯 고이는 눈물
진줏빛 방울방울 회한의 눈물

너른 강심을 굳이 마다하고
샛강에 흘러들어 해찰만 일삼던 나날이여,
낮술에 취해 붉으레 물들던 조각달이여,
도깨비장난같이 끈덕지게 따라붙던 황톳길이여,
잉걸불처럼 타오르던 외사랑이여,
성성한 머릿단에 민낯을 묻던

124

억새처럼 하얗게 빛났던 젊은 날이여,
차마 돌아가진 못하리라

검독수리 정수리를 고눠
쉬임없이 던지고 던졌던 돌멩이
번번이 날카로운 역습을 받고 물러나는 사이
시난고난 사랑도 젊음도 떠나갔다
마지막 뒤집기 승부수를 띄웠지만
해뜰참에서 해넘이까지
한판승부는 없었다네

지노귀새남,
끝없는 윤회를 벗고
지평의 끝으로 소멸하길 바라노라
저무는 들녘에 떠도는 넋이여
들어라, 서릿바람 살풀이를
서으로 지는 꽃구름, 보아라

걸치고, 벌리고, 기대고,
두드리고, 때려내어 빚은 한 생(生)
마지막 남은 공배를 메운다
어찌 한 줄금 연기조차 피울 것인가

자작나무 숲에 들다

하늘선 고웁게 삐쳐내린 둑실마을
자작나무 은빛 가지 끝에 부리를 묻고
반갑다 인사를 건넸던가, 는개 속에
그대 슬핏 보였던가

돈절된 소식 타래를 잡고 살메언덕에 오르자
홀연히 막아서는 통나무집 미술관
자작나무 숲길을 달려와
선뜻 이마를 친다
점방을 지나 마을어귀 빨간 우체통에 서서
실개천 사이로 빠져나가는 시간의 관절을
속절없이 꺾고 또 꺾는 동안
부치지 못한 편지는 호주머니에 구겨진 채
땅거미 지고

껍질을 쓸어내자 창백한 얼굴
그대를 닮았네
굴참나무 쌓아놓은 빼치카
짙은 커피향에 묻어나는 그림자
에르미타주 박물관 고흐의 그림 속으로 걸어갔을까
레게머리 총각은 쑥대머리 한 대목 올려놓는다
펑펑 눈이라도 쏟아졌으면
점방집에 퍼질러 앉아
막걸리나 한 사발 들이켰으면
시린 발뿌리에 고단한 몸 누이고
한 켜 한 켜 벗겨낸 슬픔은

어느덧 나이테가 되었네

잉걸불은 알 수 없는 무늬를 슬쩍 튕겨놓고
빗당겨진 화살처럼 어둠속으로 사그라져가나니
안드로메다 성운 하얗게 빛나는
자작나무 숲
그리움은 흐르고 흘러
온밤을 밝히나니

자작, 자작,
불러보면
환한 웃음으로
그대, 걸어나올까

* 에르미타주박물관
  러시아 상트페테르부르크에 있는 박물관
  에르미타주는 은둔처란 뜻임

임익문

1958년 익산 출생. 한남대학교 사회과학대학원 문학예술학과 졸업. 1996년 월간지 『문학21』에 시부문 신인작품상. 현재 대전에서 법무사로 일하고 있음.

잡초 외 1편

_ 조완수

텃밭에서
주인의 억센 손이
하릴없이 났을 것 같은
잡초의 팔다리를 잡고 뽑아낸다
안간힘을 쓰는 잡초는
속절없이
주인의 힘에 저항하다
마침내 팔다리를 끊어내고
몸을 내어준다
밑둥 만을 남겨둔 채
여기저기 맨 살을 드러내는
땅 위의 가장 천한 것들
며칠 후 다시 땅위의 이슬을 먹고
남겨진 밑줄기에서
부드러운 잎을 피울 거야
다시 일어 설 거야
뜨거운 태양 아래 파리하게 누워
떨어져 나간 몸뚱이를 보며
내게 아직 뿌리가 있어
며칠 후면 보드라운 잎을
다시 피울 뿌리가 있어
미몽에 젖은
세상 가장 쓸 데 없는 것들
주인은 억센 호미로
뿌리까지 헤집어
풀더미 위에 던진다

세상의 좋은 색

아들 딸들아 너희들은
세상의 어느 색이 좋으뇨
초록이 좋으니
노랑이 좋으니
초록이 죽으면 무슨 색이 되느뇨
초록이 오기 전엔 무슨 색이었느뇨
혹 초록이 세상을 건너다
바람에 취하고 쐬기에 찔려
황색이 되고
황색이 모여 흑색이 되고
흑색이 마침내 검은 색이 되듯이
검은 색을 뚫고
힘차게 파랑 그 하늘에 닿으면
새 봄 그 속 아기새 부리같은
노랑이 움트나니
진실로 닮고 싶은
세상의 색은 무엇이뇨
아무 것도 누구도 숨길 것 없는
하양색을 찾을 것이뇨
조금도 거짓이 쌓이지 않은
파랑색을 찾을 것이뇨
아들 딸들아
너희들이 바람과 놀고
홍진에 물들며 우수에 떠는
저 산과 들 세상의 색으로
시작하는 작은 열매만 맺는다면

마침내 검은 색이 되어도
가볍게 산 것은 아니리니

조완수

1949년 대전 출생. 1996년 창조문학 시부분 등단. 시집 『강물은 걸어서 섬으로 간다』. 소설 『은빛 여우에 대한 단상』 1, 2권 출간.

동백 불꽃 외 1편

_ 김동준

이른 봄날
땅끝 마을 민박집에서
파도와 몸 섞은 빗소리를 듣는다
밤도와 내린 비는
몰강스러운 발톱을 숨기고 있었나 보다
그 발톱
동백꽃 목덜미에 얹혀지더니
천상의 불꽃송이
지상으로 난분분히 부려졌다
미황사 응진당에 매달린 풍경
쩌렁 얼음 갈라지는 소리 내며
매서운 계절을 건너는 동안
저 홀로 무쇠라도 녹일 듯 지핀
뜨거운 동백 불꽃 부려져
언 땅을 녹이나 보다

보슬보슬 부푼 땅을 딛고 맺힌 형형색색 꽃망울
일제히 포문을 연다

푸른 숨결 뜸들이다

제 한몸 송두리째 불태우려
불을 지핀다
이글이글 타오른다
푸른 숨결 끓어 넘친다
이때부터 불꽃 줄이고
뭉근하게 뜸들인다
골고루 색이 퍼지며 설익은 때깔 차지게 살아난다
자르르 윤기 도는
울긋불긋 뜸들인 단풍
저문 산을 훤히 밝힌다

밥물 끓듯 흘러넘친
그 센 불길을 잡는다
저물어 가는 생을 밝히기 위해
앞만 보고 숨가쁘게 달려온 숨결
이제 뜸들일 시간이다

김동준

1956년 대전 출생. 한남대학교 사회문화대학원 문창과 졸업. 1998년 『오늘의 문학』으로 등단. 시 『줄기산행』 외 2권.

막국수 외 1편

_ 양선규

바람, 물, 햇살 반죽으로
국수를 뽑으며 시를 쓰는 노 시인은
몸과 마음이 그렁저렁하다
굽은 길과 좁은 길 울퉁불퉁한 고갯길도
젖은 국수 가락처럼 이력이 되어
삶이 시이고 시가 삶이 된 지 오래다

마음과 몸 야윌 대로 야위어
가을 타작하다 남은 뒷목처럼 가볍고
실바람만 불어도 날아갈 것 같은
햇살에 드러난 실핏줄과 하얀 뼈는
비울 것 없어 영혼처럼 홀가분하다

시가 국수를 뽑고 국수가 시를 쓰는 생
듣고 보고 생각하는 일 한가로운데
툭, 오동나무꽃 떨어지는 소리에 젖다
어린 손자와 툇마루에 마주 앉아
뜨끈뜨끈한 막국수 후룩후룩 먹는다
따사로운 햇살 머무는 봄날 오후

댓글

생강나무, 노루귀, 산수유, 백목련, 홍매화, 개나리, 진
달래
꽃들에게 절로 이는 감 탄 사

나뭇가지 꽃잎 이파리마다 밤낮 시도 때도 없이
타전되는 저 꽃들의 메 시 지

꽃잎 흩날리는 저 푸른 허공, 벌떼 나비들의 댓글 무성
하다

양선규

충북 영동 출생. 한남대학교 미술교육과 졸업. 한남대학교 대학원 조형미술학과 졸업. 1998년 『현대
시학』으로 등단. 시집 『튼튼한 옹이』 외 1권. 2016년 대한민국 미술인상 수상. 현재 영신중학교 미술
교사.

134

더 낮은 모습으로 외 1편
- 늙은 역무원

_ 윤임수

기차는 빨라졌고
나는 늙었네
하루에 네 번 있는 완행도
서둘러 떠나는 시골 정거장
파란 깃발을 흔들어 기차를 보내고 나면
어느새 힘없이 늘어지는 오후
한때 팔딱거리던 근육이 쓸모없는 무게로
기차가 떠나간 곳 바라보는 눈길을 막아
힘겨운 걸음을 돌려 오는데
가을 햇살 아래 홍시 떠받친
불그름한 이파리들 서로 몸을 비비며
낮은 모습으로
더 낮은 모습으로
가슴을 여미라 하네
두고두고 허물어지지 않을 것은
이 땅의 낮은 것뿐
그 자리를 꼭꼭 지키라 하네

쉼표

막역한 여자 후배에게 작은 선물 하나 줬더니 늘 고맙다며 자기도 무언가 주고 싶다 말한다. 그렇다면 입술… 이라고 실없는 농담을 건넸더니 그건 좀 그렇지… 라며 살짝 눈을 흘긴다. 순간 드는 생각이 있었으니 그렇다면 입, 술… 두 눈 동그랗게 뜬 그녀, 그렇게 표현할 수도 있네… 하며 풀풀 푸른 웃음을 피워올렸다. 덩달아 나도 가볍고 즐거워졌다. 쉼표 하나 찍었을 뿐인데 마음이 부드럽게 풀어지고 있었다. 그래, 가끔 이렇게 쉼표를 찍자. 마침표 아닌 쉼표가 내 메마른 날을 촉촉하게 적시어주고 있다.

윤임수

1966년 충남 부여 출생. 한남대학교 대학원 문예창작학과 졸업. 1998년 『실천문학』 신인상 당선. 시집 『상처의 집』.

무서운 짐 외 1편

_ 고완수

꽃짐을 한 짐 지느라
벚나무가 불안한 밤이다
온몸으로 진 짐이 얼마나 무서운지
한 발자국도 떼지 못하고 헉헉거린다
거친 숨을 훅훅 내지를 때마다
뿌리로부터 빨아올린 악몽이
벚나무의 표정을 표백시킨다
꽃들의 잠꼬대가 유독 많은 것도 이 때문이다
수많은 꽃들이 한꺼번에 내지른 숨이
허공 가득 쌓여 혼령처럼 떠돈다
그럴 때 허공은 절망보다 무겁다
가끔씩 내뱉지 못한 숨으로 꽉 찬 달이
한 덩이 구름을 지고 환자인양 걷기도 한다
발걸음을 옮길 때마다
짐을 벗으려는 환부가 빗방울처럼 창백하다
별들도 어둠을 한 짐씩 지느라
거친 숨을 훅훅 내뱉는 밤이다
혼자 져야하는 짐이 얼마나 무서운지
퀭한 눈동자마다 공포로 글썽거린다

호부

아버지의 눈매를 빼다 박았다는
말을 들을 때마다 나무를
아버지라 부르고 싶었다

아버지는 계부였고
나는 사생아였으므로

아버지의 목소리와 판박이라는
말을 들을 때에도 흘러가는 구름을
차라리 아버지라 부르고 싶었다

종종대는 걸음걸이마저 닮았다는
말을 들을 때에는
날아가는 새를, 산을, 바다를 간절하게
더러는 어둠으로 잘 익은 우주를
미치도록 아버지라 부르고 싶었다

이미 나는 신앙을 버렸고
어머니는 동정녀였으므로

고완수

충남 보령 출생. 1993년 국문과 대학원 졸업. 1999년 《동양일보》 신인상 등단. 시집 『누군가 나를
두드렸다』 외. 석문중학교 교사.

노루귀 외 1편

_ 안후영

그렇게 봄이 가고 있다
턱 밑에서는 얼룩말처럼
목이 긴 노루귀 꽃이 피고
발길을 넘길 때마다
풍뎅이가 꿈틀댔다
학림산방이 노루귀꽃 향기에 잠기면
이웃집의 창도 활짝 열리고
불안한 예감이 코끝에 왔다
향내가 반딧불처럼 깜박여도
터널 끝 보이지 않을 것이다
다리를 타고 오는 소름이 차다
그리하여 봄은 가고
앞마당이 바다로 변하고 있다.

바람에 흔들릴 때

남 몰래 만난 우리이기에

당신과 헤어짐을

말없이 슬퍼 할 뿐

빈 들녘 잎 떨군 미루나무

바람에 흔들릴 때

내가 만일 당신을 만난다면

어떻게 인사할까

말없이 눈물이나

풀잎에 떨굴거나.

안후영

1942년 충북 옥천 출생. 한남대학교 사회문화대학원 문학예술과 졸업. 1999년 월간 『한맥문학』 신인상. 시집 『바람에 흔들릴 때』, 공저 『옥천의 마을시』, 『옥천의 역사문화인물』. 옥천문인협회장역임. 옥천예총회장역임. 한국문인협회원. 한남문인협회원. 문정문학회원 충북문학상수상. 옥천군민대상(문화부문). 동아시아 작가협회작가상. 한국농민문학상 수상.

말 빚 외 1편

_ 이현옥

살 스치는 칼바람보다
상처 위에 염장하듯 뿌린 소금보다
더 아픈 건
그대에게 따뜻한 말 한 숟갈
먹이지 못한 일이다

설익은 마음 목 세우고
아무렇게나 잣대 들이대고
어설프게 치수를 잰 일이다

혀를 통과한 말
결국 생각에서 나오는데
그 생각 고삐 잡지 못해
제 멋대로
말 씨 뿌린 일이다

지금 그 말씨 어느 가슴에서
뿌리 내리고 있을
지금 간 그대 가슴 무릎 꿇고
봉합하고 싶다
달큰한 꽃 젖 물리고 싶다

꽃씨

침묵으로 숙성된 작은 꿈
세상은 눈부셔라

껍질 열어
광년의 빛
별을 빚듯
온 세상
꽃밭을 품고 있으니

씨방 가득해지는
봄
웃음 터지고 말겠네

이현옥

1958년 충북 청원 가덕면 출생, 한남대학교 사회문화대학원 문예창작학과 졸업. 1999년 『조선문학』 등단. 시집 『아이야 우리 별 따러 가자』 외 7권. 진안문학상 수상.

폭포 외 1편

_ 이강철

스스로를
가차없이 내던지고서야
비로소, 쪽빛 정갈함으로 흐르는
그대는 폭포.

山가슴 언저리 언저리마다
품었던 응어리
한 타래, 한 타래 끌어 모아
온 산을 적시며, 물줄기 이루었다가

곤두박질 쳐보지 않고서야
삶의 깊이 알 수 없고,
송두리째 흔들려 보지 않고서야
뜨거운 사랑 알 수 없나니,
적시지 않고 오는 사랑이
어디 있으랴.

그래서 그대,
그 큰 웃음소리로
세상을 씻어 내는구나.
그리하여 그대,
스스로 하얗게 부서지며
기쁨 만끽하고 있구나.

이제, 그대
온 세상 아름답게 적시는
찬란한 사랑으로 영원히 흐르리라.

목련

눈빛 하나만으로도
심장을 멎게 할 만큼 절절한
그대는 목련.

겨우내 언 땅속을 그리움으로 흐르다
목이 메어도 좋다.
시린 바람도
나를 휘돌아 가면 따스해지리니
삶이 한번은
목련꽃으로 피어야 하지.

그저 가슴시린 사람들
스스로 목숨마저 다 내놓을 만큼
저마다 솟구쳐 흐르다
비로소, 하늘 길을 열고,

머언 먼 설레임이 잘 빚어낸
구백 구천 구만의 봉오리 봉오리마다
간절한 꿈 하나하나 터트려
세상의 봄을 여는 그대.

 **이강철**

1957년 부여 출생. 한남대학교 국어국문학과 졸업. 2000년 『오늘의 문학』으로 추천. 함께 행복 우분투 리더십아카데미 원장, 사단법인 한국청년회의소(JC)연수원 교수, 대한민국 자전거 출퇴근 운동 본부장.

바다를 건너며 외 1편

_ 강흥수

검게 일렁이는 포구에서
흙먼지 터벅거린 하루를 털며
흐느적거리는 나룻배에 어둠을 건넌다

기쁨과 희망 탄식과 회한이
수없이 건넜을 뱃길 따라
삐걱대는 노에
어둑한 이편을 새김질하여 뒤로 보내며
저 편의 세월을 좀 더 당겨 바라본다

지나온 일들은 먼 기억이 되었고
다가올 일들은 아직 상상의 별빛이다
무엇 하나 제대로 된 성공도
바람도 없는 단편들
눈부셨던 웃음도
간간이 스쳐오는 상상 속 희망가도
물보라처럼 잠시 부풀어 올랐다가 잠겨든다

뱃길만큼이나 흔적 없이 살아온 길
빈둥거리는 공휴일처럼 멍해지는 하루하루
숨겨진 오만함이나 과장된 몸짓도
물결 속에 미련 없이 던져 넣을 때
깊은 갈매기 주름 땀방울 이마에
시원스레 스쳐가는 한줄기 바람

먹이 낚지 못하여 허탕치고
물 차 오르는 물새 같은 일상에

영혼의 눈빛 반짝일 날은 언제일런가
갑자기 솟구쳐 오르는 은빛 물고기처럼
어두운 삶 속에서도
시간들은 삶의 물음에 대한 해답을 낼 수 있을까
억측만 무성한 공갈 숲을 만들지는 않을까
스솩스솩 갈대 같은 세상의 박수소리에도
현혹되지 않으며
쌓이는 푼돈 같은 명예에도
어깨 으쓱대지 않으며
신앙처럼 경건하게
햇살 싱그러운 거리를 걸을 수 있을까
마지막 날까지 자잘한 인생타령에
때로 밤을 지새우며 침묵으로 바라만 보아도
힘이 되어줄 이는 누구인가

귓전을 소용돌이치는 씁쓸한 혼잣말
북소리 울려대는 내 안의 나

나룻배
물살 격한 바다 복판을 넘어설 때
이 편의 초롱같던 불빛도
저 편의 신기루 같은 형광 불빛도
달빛 물들어 출렁대며 잠 못 이룬다

근황

가을바람이라도 났는지
매미는 비단외투를 떡하니 고목나무에 걸어놓고
한 달째 돌아오질 않는다

나는 말 많던 친구를 적막하게 생각하다가 불현듯
비단외투를 브로치처럼 가슴에 달아볼까도 하지만
점잖은 체면에 허락 없이 사용하는 것도 그렇거니와
낮잠 방해한다고 얼굴 붉힌 게 영 마음에 걸린다

해마다 가을이면
말 한마디 없이 훌쩍 떠나는 철새 같은 친구
지금은 어디에서 넉살 좋게 수다를 떨고 있을까

강흥수

1967년 충남 안면도 출생. 한남대학교 국문학과 졸업. 2001년 첫 시집 『마지막 불러보는 그대』로 문학 활동 시작. 2002년 『한국시』 및 『공무원문학』 신인상. 『마지막 불러보는 그대』 외 5권 출간. 공무원 문학상, 한국시 대상 수상.

감긴 눈 외 1편

_ 길상호

물 빠진 방죽처럼 휑한 눈에는
말라붙은 몇 가닥 실핏줄과
비린내 가득한 눈동자 한 마리

잘못 발을 담갔다가 익사한 달의 투명한 뼈
누군가 던져 넣은 돌멩이와
물안개로 덮어놔도 잦아들지 않던 파장

당신의 눈에서 오래 머물렀던 우리는
모두 흩어져버린 물그림자

깨지 않는 잠에 들 시간이라고
식은 눈꺼풀을 닫을 때
한 번 더 흔들리고 마는 물의 지느러미

당신의 따뜻한 눈물 받아
논밭을 일구던 사람들이 모여 부르는 망가
더 이상 물결이 가 닿지 않는 노래

이제 표정을 알 수 없는, 감긴 눈

물풀

물풀, 물풀 낮게 읊조리다 보면
입술 끝에서 추운 물결 한 가닥 흔들리네

바닥이 닳은 신발은 심장 가장자리에 벗어놓고
물길을 따라 조용히 떠난 사람이 있네

이끼가 낀 명치 웅덩이에는 눈먼 물고기,
사는 일 쪽으로는 지느러미가 휘지 않는다 했네

물풀, 물풀 입술이 흠뻑 젖어갈수록
가느다란 밤은 또 어두운 쪽으로 몸을 눕히네

여린 줄기에 목을 매고 죽어간 물고기 비늘처럼
별마다 비린내가 풍겨오네

출렁이던 물풀의 발음을 손으로 닦아내니
손금마다 검푸른 잎사귀들이 피어나네

길상호

1973년 충남 논산 출생. 한남대학교 국어국문학과 졸업. 2001년 《한국일보》 신춘문예 당선. 시집 『우리의 죄는 야옹』 외 3권, 사진에세이 『한 사람을 건너왔다』. 현대시동인상, 천상병시문학상 외 수상.

꽃 멀미 외 1편

_ 노금선

짧은 환상의 빛으로 다가와
황급히 떠나가는 저 영혼!

찰나의 청춘
서럽도록 아름다운
청춘이 있었다

안개인 듯
구름인 듯
환생인 듯 피고 지는 꽃차례에
내 마음 늘 울렁이고

그대 꽃 입술 바라보면
어느새 말갛게 씻겨 내리는
마음결이 보인다

사랑하는 이여,
천만년 살기보다
한 순간을 살아도
황홀하게 피었다 가고 싶구나!

꽃 다 진 등걸에 걸터앉아
아직도 나는
꽃 멀미에 취해 운다

가을 강

조약돌 투명한 가을 강에
나를 씻는다

덕지덕지 붙어 있는
영혼의 때 씻어버리면
물보다 더 맑은 세상 보이고
풀빛 기쁨 넘친다

겸손치 못하고
절제하지 못한 채 살아 온
오만과 방종 다 씻어내고
텅 비어 더 없이 깨끗한
가을 강

내 영혼 어디쯤에도
이렇게 맑은 강 흐르고 있을까

노금선

1947년 대전 출생 한남대학원 문예창작학과 박사 수료. 시집 『꽃멀미』 외 1권. 한남문인회 젊은작가상, 한국문화예술인상, 대전예술단체예술가상. 현재 대전문인협회 부회장, 선아복지재단 이사장.

젓갈 골목은 나를 발효시킨다 외 1편

_ 이가희

강경상회 이씨는
짠 손바닥에다 새우를 키운다
멸치떼도 몰고 다닌다
헝클어진 비린내를 신고 와
육거리 젓갈시장 골목 가득 풀어놓는다
날마다 그는 해협을 끌어다
소금에 절여 간간하게 숙성시킨다
그가 퍼 주는 액젓은
오래 발효시킨 수평선이다
그는 저울에다
젓갈의 무게를 재는 법이 없어
누구나 만나면
후덕하게 바다를 퍼 준다

저무는 수평선처럼 강경상회가 셔터를 내리면
골목에다 몸풀었던 바다 갯내음
썰물처럼 빠져나가고
싱거웠던 내 몸,
어느새 짭짤하게 절인
젓갈이 된다

빈들교회

새벽부터 잰걸음 걷던 바람도
대화공단 굴뚝 아래서 멈춘다
꼬막 등처럼 등뼈 접고 잠들었던 칠레 견습공 빤타레
물컹한 슬픔 안고 빈들교회로 간다

어쩌다 이 먼 곳까지 와 버린 것일까
처음 이곳에 발 딛던 2년 전
가슴은 마냥 별빛으로 출렁였는데
손가락 두 개가 잘려나가고
여섯 달 째 밀린 월급봉투는 아득히 표류 중이고
낯선 땅 서러운 노래
소주잔에 띄워 삭이곤 했다
눈만 감으면 두고 온 후타섬,
쪽빛 바다물결 눈썹 가까이 밀려오고
그 쪽으로 고개 파묻고
어설픈 기도문 통증처럼 뱉어내는 빤타레

거친 파도의 목청으로 울다 허리 꺾인
동료 외국인 노동자들과
그래도 또 다른 비상을 꿈꾸며
사장님 몰래 투서도 보내고
대사관 깃발 아래 탄원서 밭렸지만
이유 없이 몇몇은 본국으로 쫓겨 가고
몇몇은 저항 없이 도장을 찍고
더러는 기어이 날개는 꺾이고
상처의 휘장만 남았다

콧속 까만 분진들
곰삭은 천식으로 쿨럭대고
허물어지는 그의 생도 먼지 켜켜이 쌓이는데
손톱 밑 때 절은 노동의 시간은
신음하는 그의 입술을 훔치고 나와
하루 종일 빈들교회 십자가만 축축이 적시고 있다

이가희

1962년 충북 보은 출생. 한남대학교 대학원 졸업(문학박사). 2001년 《대전일보》 신춘문예 등단. 시집 『나를 발효시킨다』 외 1권. 한국스토리텔링연구원 원장.

산사 외 1편

_ 이명식

정갈하게 닦은
흰 고무신에
개미 한 마리
선 긋고 지나간다
노승은 차마
어찌할 수 없어
맨발로 뜰에 선다

옥천 장날

모닥불 장터
낯익은 사람들 찾아왔다
삶은 나물 한 줌
푸성귀 늘어놓은 난전
돌아보는 발걸음 싫지 않다
닷새마다 사람들 모이고
추억 포개져 장바닥 턱없이 비좁다
바닷가 태생인 건어물 장사치
어찌나 제 고향 자랑 늘어놓는지
멸치 한 마리 입에 넣는다
날 저물고 갑자기 날리기 시작하는 눈발
떨이요 떨이
장꾼 하나둘 짐을 꾸리고
야지랑 떠는 포장마차
이제 돌아가야 할 텐데
마지막 마을버스 시간까지 억지로 채우며
어수선한 장터 배회하는 사내
손에 코다리 한 쾌 들려 있다
아직도 취기 남아
갈지자 휘갈겨 쓰면서
가로등 불빛에 달려드는 눈발
장바닥 휘청거린다

이명식

1958년 충북 옥천 출생. 한남대학교 사회문화대학원 문학예술학과 졸업. 2001년 『아동문예』, 2003년 『시조문학』, 2007년 『시와정신』 추천. 시집 『개밥바라기』 외 5권. 산림문화대전 최우수, 공무원문예대전 우수. 백광홍 시조공모 대상.

호박잎 양산 외 1편

_김 숙

아기호박 더울까봐
호박잎 활짝 펴면

풀벌레 방아개비
염치없이 들어앉아

아기를
햇살 밖으로
가만가만 밀어내.

은구슬

채송화 꽃 쟁반위에
노랑 빨강 분홍 구슬

일개미 굴러보고
참새도 굴러보는

참이슬
모아 모아서
빚어놓은 은구슬.

김 숙

1952년 경남 창녕 출생, 한남대학교 사회문화대학원 졸업. 2002년 『문학사랑』 아침이슬 외 4편 당선. 시집 『천년초』 외 1권, 동시조집 『봄 꿈꾸는 제비꽃』 외 2권. 대전문학상, 대전예총문화상, 한국인터넷문학상, 현대동시조문학상. 한밭아동문학가협회 회장, 대전문인협회, 문학사랑협회 이사.

눈치 외 1편

_ 박세아

밥을 두 번 한 날
어렵게 차린 상이
들어오다 그만

밥공기를 깬 아들 녀석
아내의 깨진 목소리에
기가 죽어 화장실로 도망간다.

딸도 어색했는지
기운이 빠진 아들의 어깨를 데리고
운동한다고 밖으로 나갔다

밥하는 것도 실수
아들을 혼낸 것도 실수
나는 아내의 눈치만 살살 본다

텔레비전은 보는둥 마는둥
베란다 유리에 비친 아내의 얼굴을 보다
밖으로 나와 밤하늘에 숨을 뱉는다

어릴적 외할머니의 눈치를 보며
이를 갈고 원망하던 그 한숨이
오늘 밤 하늘에도 꽉 차있다

당신이 좋다

옛날 아플 적에 달려와 준 엄마의 손
옆에서 지켜준 눈동자
흔들리는 세상을
손잡고 걸어준 발자욱

이젠 멀어진 엄마의 손길 속에서
이해 못할 세상살이 힘에 겨워
정말이지 가슴 두근거리도록 싸워도 봐도
답답함에 후련치 않다

속 쓰린 맘으로 싸우다가도
어느덧 다가온 당신의 품속에 서면
저절로 눈물이 되어서 아픔을 녹이고
냉혈 같은 미움으로 금방 울다가도 웃는다

이젠 당신이 곁에 서서
힘들게 산에 오르는 나의 손을 잡고
하이얀 봄 동산에
행복한 수채화로 피었다

박세아

1969년 충북 영동 출생, 한남대학교 일반대학원 문창과 수료. 2002년 『포스트모던』에서 「기다림」 외 6편으로 등단. 시집 『누드언어』, 수필집 『미치도록 행복한 어린왕자』. 한국문학예술상 신인상 수상, 한국행복한재단 목사.

봄을 살해하다 외 1편

_ 양인경

전화벨이 울린다

햇빛을 찢고 싶다는 그의 목소리
문 밖을 나선다
거리는 침묵의 벽화들 무수히 지나간다

빛도 자살 하고
꽃도 숨, 멈추는구나

누구의 꿈인가

기억의 못이 툭, 뽑히고
봉인된 꿈이 풀린다

유년시절 테러 당한 검은 봄
정지 된 전경 속 갇힌 아지랑이는
땅 속으로 굴절하기도 했다.

제기랄,

새는 빛을 정면으로 마주하는데

내 봄은
고장 난 공중전화 부스 옆에서
조는 듯 웅크리고 있다.

아무런 일도 일어나지 않았다,

이별

어느 겨울
너 떠난 후
몸속의 혈은 다 빠져나가
내 안은 검푸른 얼음으로 꽉 차고
기어이 봄은 오는데
생각의 사슬은
늙은 기억만 기록한다.
내겐 삭제된 봄만,

양인경

부산출생. 2002년 『시현실』 등단. 현재 큰시 활동.

거미집 외 1편

_ 정대중

전 재산을 걸어
구멍가게 하날 차려놓았다

설중매

누가 저를 두고
맨 먼저 꽃핀다 하는가
차가운 눈발 속
은은한 향 익길 기다려
마지막 해 넘겨서야
꽃을 피우는 것이다

정대중

1957년 충북 영동 출생. 한남대학교 사회문화대학원 문창과 졸업. 2002년 『문학사랑』 신인작품상 수상으로 등단. 시집 『둑을 넘어 흐르는 물처럼』 외 3권. 2008년 정훈문학상 작품상, 2012년 대전문학상 수상.

후회 외 1편

_ 오희용

어머니도 없이
가을 들녘에 벼가 익어간다

고개 속인 통통한 수숫대
약빠른 살찐 참새
가을 들판엔 고추잠자리
하늘을 난다

오래 전 나는 어머니께
이제 힘들고 어려운 일은 물리라고
말하지 못했다
그렇게 해야 사는 것이어서

냇가에 주저앉아 돌멩이 던지며
자주 앞산을 울리고
나도 울고 울었다

꿈이었다고

언젠가는 내가 죽을 것이다
나의 무덤에 태양은 떠오르고 비도 오고
새들 노래하고 바람도 불겠지
내가 걱정했던 것들, 집으로 가고 싶던 마음
먼 세계의 동화처럼 그리울 것이다
언제나 꿈꾸는 것은 아름다운 것,
가슴 열고 시계도 달력도 없는 땅에 묻혀
솜털 구름 같이 육신 썩어질 때
하늘에서 나를 일으켜 세우듯 풀뿌리도
무성할 것이다 이것뿐인가
답답했던 심장을 뚫고 바글거리는
고 귀엽고 하얀 구더기의 만찬에서 나는
예수그리스도의 메시지를 전하듯
나의 모든 것을 생명들에게 내어 줄 것이다
썩는다는 것과 같이 아름다운 기도가 있을까
끝없는 세계 나는 추억의 휘파람 불며
은가루 빛 영혼 휘말리며 떠나는
나그네 될 것이다 오늘도 나는 꿈꾼다
내가 내 안에서 떠나가듯이
죽음에서 깨어난 벌레 되어 날아가고 있다

오희용

1943년 강원도 원주 출생. 한남대학교에 교직원으로 30년 근무. 2003년 시집 『박꽃』 출간.

용감한 하늘 외 1편

_ 안현심

 어머니의 자궁문을 밀고 나온 것은 깊은 겨울의 동틀 무렵이었다. 아무짝에도 쓸모없는 가시내가 왜 이렇게 실팍허댜. 할머니의 퉁명스런 첫인사가 또렷이 들려왔다. 가시내가 첫울음을 터뜨렸을 때 쨍쨍한 햇발은 부챗살로 환했다.

 인디언들이 지은 내 이름은
 용감한 하늘 같은 사나이.

 저 년은 햇살 퍼질 때 낳아서 팔자가 셀 겨. 상서로운 기운은 머슴애에게만 좋이 쓰이고 가시내에게는 금기라고 질투하던 하늘의 남신 문화. 어둠에 존재하기를 강요당하면서도 겨드랑이 깃털을 포기하지 않았다.

 콘도르를 숭배하는 내 이름은
 용감한 하늘 같은 사나이.

연꽃무덤

어머니의 주검을 닦아드리다가 짓무른 생식기에 손이 닿았다

탄탄한 자신감으로 생명을 피워 올리던 황금빛 바다

휘파람이 피어나고 풀잎이 피어나고 사슴이 피어나던 연꽃생식기

생명의 바다를 사모하다, 사모하다 스러진 연꽃무덤이다.

안현심

1957년 전북 진안 출생, 한남대학교 일반대학원 국어국문학과 박사과정 졸업. 2004년 『불교문예』 시 당선, 2010년 『유심』 평론 당선. 시집 『연꽃무덤』 외 4권. 평론집 『물푸레나무 주술을 듣다』 출간. 풀꽃문학상젊은시인상, 한성기문학상, 진안문학상, 한남문인상젊은작가상 수상. 현재 한남대학교 교양교육대학, 대전시민대학 출강.

푸른 집에 머물다 외 1편

_ 오유정

등나무 아래
한 사내가 잠들어 있다
꿈이 깊어지면 등나무 실감기를 시작한다
뿌리에 걸쳐놓은 실타래 돌아 나오며
점점 커지는 실뭉치처럼
사내의 삶이 부풀어오른다
한 잎 한 잎 눈망울 터트리며
실 꾸러미 한 채 집으로 남는다
둥글게 둥글게 말려 있는 집,
사내가 쪼그려 앉았던 발길을 열어
실을 따라가면
거기 열매처럼 달려 있는 집
둥근 창문 달고
차곡차곡 쌓여 있는 길을 올려다본다
이제 등나무 안에 삶을 시작한 사내,
상처로만 알았던 매듭 위로 햇살 내려와
툭툭 싹을 틔우면
25
눈물방울 같은 옹이를 턴다
등나무 줄기 하나 뻗어 내려와
사내의 뺨을 어루만진다

뜨거운 낮

개가 밥그릇 밀어내 놓자 기다리던 참새들 달그락거리
며 양재기 위에 둘러앉는다
참새가 식사하는 동안 발 접고 참선에 든 개, 눈 감고 후
끈한 바닥에 뺨을 비빌 때 감은 쇠줄도 느슨해진다 어미가
물려준 쇠사슬조차 잊은 채 햇빛이 써 내려가는 사경을 따
라 뜨거운 말씀 읽고 있다 늘어진 혀를 타고 아릿아릿 아지
랑이 몸 안으로 실려 들어간다
가르침을 삼키다 고개 쭉 빼고 두 다리 베고 엎드려 지은
죄 赦함 받으려는가 참새 몇 마리 날아와 머리 위에 앉는다
참새가 남겨놓은 밥알, 딱딱하게 굳은 밥알의 껍질 벗기며
밥그릇 더욱 고요해질 때 여름을 받아먹으며 점점 뜨거워
지는 개,
참새들 개의 땀방울 하나씩 물고 날아오른다

오유정

1962년 경기도 안성 출생. 한남대학교대학원 문학예술학과 졸업. 충남대학교 문학박사. 2004년 『시
를 사랑하는 사람들』 등단. 시집 『푸른집에 머물다』 외. 혜산 박두진 문학 작품상 수상.

비 오는 날 기차 안에서 외 1편

_ 윤선아

우리는 낯선 사람들 속에서 물먹은 표주박이다
그렇게 오랜 세월 말려져
부엌 벽에 걸려 웬만큼 검댕도 묻은
물먹어 소리 없이 무너져 내릴 표정을 하고
유리창에 부딪쳐 칼날이 되는 비와 기차의 속도
서울 대전을 오가며 우리가 본 것은 무엇인지
내리는 비처럼 우리도 마냥 흘러
이곳에 모여 있는가
습기 머금은 살갗 안에는 얼마나
푸석푸석한 삶들을 담고 있는지
아이가 떨어뜨린 사탕을 보며
단물이 고이는 입 안
아이의 혀에 묻어 있을 그
달착지근함으로 비가 내리면
창밖의 나무와 나무
선로와 선로의 거리에도
단 비가 내리치겠지
소시지를 까먹는 옆자리 학생
한 선의 이어폰으로 음악을 듣듯
서로의 삶으로 주억거릴 수 있는 것을
역 출구 빠져 나오며
내려놓을 것은 기차표뿐
서로는 표주박처럼 자신에 젖어 있다

멸치는 가슴으로 똥을 싼다

고향에서 올라온 햇멸치
개다리소반에 쏟으니
시월 바다 날 비린내
파란 물결로 퍼진다
혼자 살수록 뼈 부실해질까
검은 똥 빼며 먹어 본다
만만해서 똥이라 부르는
까맣게 말라붙은 내장
머리 향하여 꼬리 말린 모습
배곯다 잠든 새끼 고양이 같다
꼬리에 내장 있었다면
무거워 가라앉아 버렸겠지
근육만으로 물살 지피다 타 버렸다
쓴맛에 죽어서도 버려지는 또 하나의 생이다
흰 접시 위 수북이 똥처럼 쌓인 마른 바다
집 밖 화단 해당화 있던 자리에 묻는다
꼬리 아닌 가슴만으로 유영(遊泳)하기를
멸치가 마지막까지 품었던 바다
하나의 까만 섬으로 누운 것이다

윤선아

1974년 충남 태안 출생. 문예창작학과 졸업 박사과정 수료. 2004년 『시를 사랑하는 사람들』로 등단. 현재 방송작가.

길 가다 길을 만났다 외 1편

_ 김종익

길 가다 길을 만났다
내가 걸어가는 길을
다른 길들이 가로질러 가고 있었다
그 길들이 내 호기심 자극했다
포장된 길 걸어가기 쉽고
어렵지만 자동차 얻어 탈 수도 있다
다른 길 자전거 달리기의
짜릿한 재미 즐길 수 있다
한잔하고 노래 부르며 가는 길도 보였다
눈 돌려 검정 고무신 신은 내 모습을 보았다
내 옷은 나무껍질이었고
된장국과 진흙냄새 배어 있었다
내가 가던 길 계곡에서 나와 고개를 올라갔다
싱그러운 바람 떡갈나무 잎 흔들고
길 뒤를 따라 산으로 올라갔다
나는 가던 길 계속 가기로 했다
동행이 있었으나 발걸음이 나와 달라
혼자 터벅터벅 걸었다 갈증 나면 엎드려
계곡 물 마시고 산딸기 머루 다래 땄다
밤이면 별들 내려와 나와 놀아주었다
꽃이 피고 졌다
풀과 나무들 말을 걸어오기 시작했다
청설모의 흥얼거림과
개구리들 속삭임도 들을 수 있었다
길은 계속 산비탈 오르고
나는 천천히 길이 되어갔다

고해성사

어린 시절
개울에서 뛰노는
어린 송사리를
산 채로 삼켰습니다

재미로
이웃집 아이들과
도롱뇽 알을
후르르 마셨습니다

따뜻한
어느 봄날 웅덩이에서
개구리 잡아 뒷다리를
구워 먹었습니다

담배꽁초 마구 버리는
이웃을 원망하면서
당신의 아름다운 정원에
침을 뱉었습니다

김종익

1942년 강원도 인제 출생, 한남대학교 화학과 졸업. 2005년 『문예연구』 신인상. 시집 『길이 길을 묻는다』 출간. 한남대 명예교수.

펜 외 1편

_ 오진원

'펜' 자를 해석해 보면
'ㅍ'은 감옥 같고
'ㅔ'는 열쇠 같고
'ㄴ'은 의자 같다.

그러니까 펜이라는 건
열쇠로 감옥을 열고
의자에 앉으라는 뜻이다.

글을 쓴다는 건
자기 안의 감옥을
스스로 열고

마음의 의자에
앉는다는 것일까?

하늘 쪽으로

어물전 기둥에 매달린 명태들
파란 하늘이 바다인 줄 아는지
하늘 쪽으로 지느러미가 살랑거려

명태들은 바다가 보고 싶어서
하루 종일 입을 크게 벌리고 소리쳐

명태에게선 바다 냄새가 나고
명태에게선 파도 소리가 들려

명태들 고개는 하늘 쪽으로
댕그란 눈 속엔 바다만 가득

오진원
1981년 울진 출생. 2005년 한남대 문예창작학과 졸업. 2005년 『문학과지성』에 장편동화 「플로라의 비밀」로 당선. 2006년 최연소 대산창작기금. 장편 『플로라의 비밀』, 『꼰끌라베』, 『파파스』, 8인 작품집 『라일락 피면』, 2011년 동시집 『그래도 나를 사랑해』 출간.

종이 비행기 외 1편

_ 정용재

얼음장 밑 낮게 포복하다
발진을 준비하는 봄
목련 꽃잎 그 이후 예고하는
먹구름 몰려오고
기상악화로 흐려진 시야 너머로
예측할 수 없는 항로를 날다가
허무하게 추락할지라도
한번 핀 날개 결코 접지 않고
가벼운 날개 짓으로
다시금 이륙을 준비했던
이 봄, 참혹한 세월 속으로 진다 한들
누가 끝까지 기억하겠는가
밝혀지지 않는 음모가 점령한 하늘에는
새들도 날지 않는구나
날마다 불시착하는 꽃잎들
한 겹씩 접어 날린다

날아라

빵 굽는 시간

아침 저녁 하루에 두 번
자동차 시동을 켜면
부풀어 오르는 생각들
치대고 치댄다
가속과 멈춤을 반복하다 보면
가끔은 꿈이 차지고
구름은 쫄깃해지지만
숙성의 시간이 너무 짧아
맛있는 빵이 몇 개 없다
이십여 년 지났어도
제빵의 숙련도는 높아지지 않고
대부분의 반죽덩이
불완전 연소되어 배출된다
출퇴근길 따라나선 오더들
러시아워에 과열되면서
하늘로 시커멓게 날아다니는
구름빵 안개슈 노을바게트

시동을 끄면서
빵집의 셔터를 내린다

정용재

1969년 부여 출생. 한남대학교 정보통신공학과 졸업. 2005년 『시와정신』 등단. kt 근무.

실밥을 풀며 _{외 1편}

_ 김은순

옹골차게도 박아놓은
퍼런 면도날 주저 없이 세워
한 땀 뚝 끊는다
쌍쌍히 박혀있던 실
단번에 매가리 없이 터져
앙칼지게 옥죄던 손
슬그머니 놓는다
이젠 내가 이 자리 뽑히던 머물던
당신 손에 달렸으니 터진 올 잡아채
단번에 뽑아내든지 말든지 마음대로 하라고
멀뚱히 꼬나보는 꼬투리

풀어야할 실밥이라면
실마리 생겼을 때
확, 풀어버리는 게 나으려나

공갈빵

하나만 먹어도
요기는 되겠더라고
검정깨까지 솔솔 뿌려있어
제법 먹음직스럽기도 하고

도대체 무얼 공갈치나
먹어보고 싶더라고
덥석, 한 입 물었지
순식간,
빵은 오간데 없어지고
뻥,
허공뿐이더라고

바스러진 깨알들
손바닥 위에서
깔깔 거리며 웃고 있더라고

김은순

1959년 충남 금산 출생. 한남대 문예창작학과 석사 졸업. 2006년 「문예연구」 등단. 〈오정문학〉 동인.

이번 생은 여기까지란 말이 슬펐다 외 1편

_ 전건호

장미 한 송이 피어나는 시간
차를 마시던 여자와 헤어졌고
어둠의 입자들은 자욱한 포말이 된다

꽃이 피어나는 사연을 캐물은들 무엇하랴

벌어진 꽃잎에 숨어있던
한 점 어둠의 밀도가 점점 짙어지는 동안
내가 그린 그림을 알아보지 못하는
나를 외면하는 가로등

몇 개의 다리를 건너야
어둠의 심연 속
깊이 잠든 빛의 입자들이 깨어날까

붉은 꽃잎 흔들릴 때마다
비 맞은 나무들은 중얼거린다

꽃이 떠나가는 것은
바람의 수신호일 뿐
꽃이 변심한 것은 아니야

날마다 물 주어 키운 꽃이라도
사랑의 종점은 다르거든

우리의 종점은

당고개와 오이도

이번 생은 이게 전부란 말이 슬펐다

키싱구라미

입술이 닳아 없어질 때까지
입술을 마주대고 사는
물고기의 시간을 일 겁이라 한다면
그 일 겁 동안
길상사 풍경 끝에 매달린 쇠물고기는
윤회의 바다를 몇 번이나 건넜을까

암수가 입맞출 때는 파라다이스였던 산호초가
입술 떼는 순간
바다사막으로 변하므로
그 중 한 마리가 죽으면
다른 한 마리는 따라죽는다

혀끝으로 나눈 말들이
칠년을 상대의 몸속에 머무르며
영혼을 어루만져주는 동안
나는 팍팍한 바다사막의
단세포 플랑크톤이었으므로

내 유일한 소망은
내 고독과 그리움을 암수로 나누고
천년의 진화를 따로 거듭하다가
가장 고독하게 사무치는 어느 어스름
잃었던 두 반쪽이 마침내 만나
입술 닳을 때까지

뜨겁게 키스를 하는 것이었다

• 키싱구라미 : 키스하는 물고기

전건호

충북 영동 출생. 한남대학교 경영학과 졸업. 2006년 『시와정신』 등단. 시집 『변압기』, 『슬픈 묘
지』. (사)숲힐링문화협회 대표.

금혼金婚 사랑 외 1편

_ 양동길

전에
눈짓, 몸짓만으로도
죄 통하던 시절
돌아앉아 중얼거려도
다 알아들었지

이제
큰 소리로 외쳐도
듣지 못하네
소상히 말하려도
힘이 부치지

그래
말하지 않아도
막힘이 없고
모르고 살아도
따사롭기만 하지

혼자보다
무서운 게 없다네
언제나
가까이
있기만 하면 되지

사랑 연역법

한 발짝 떨어져 봐야
전체가 보이죠
돌아보아야
남은 반이 보여요
때로는
사랑도 그렇지요

양동길

시인, 화가, 국악인. 저서 칼럼집 『무지랭이의 노래』, 시집 『다시 산이 된 다랑
논』.

슈즈를 타고 외 1편

_ 이태진

슈즈 광택을 내기 위한 다양한 방법을 연구하는 것은
작은 발이 어색해 보여서일까
상실감에 대한 역설일까 생각해보다가
어느 순간, 광택은 계급과도 같다는 생각에
거리의 신발을 유심히 살펴보다가
신발은 언제나 두 개가 하나라는 사실을 알게 되었지
사랑에 목마를수록 광택에 열광하였고
이별이 많을수록 상처투성이 슈즈는 조용히 잊혀 갔어

슬픔을 신발 끈에 묶어 두고
군중 속으로 묻히고 싶은 도시에서
구두약을 바르고 마른 헝겊으로
슥삭 슥삭 정성들여 문질러 광택을 내는 일은
사랑하는 사람과
반짝이는 슈즈를 타고
강물 위를 날아가고 싶은 꿈

뒤에 서는 아이

줄을 서면 늘 뒤에 서는 아이가 있었다
앞에 서는 것이 습관이 되지 않아서인지
뒤에만 서는 아이는 조용히 서있기만 했다.

시간이 흘러 뒤에 선다는 것이
무엇을 의미하는 것인지 알고 난 후에도
늘 뒤에 있는 것이 편안해 보였다.

주위의 시선과 관심에서 멀어져 가는 것을
왜 그리도 익숙해하는지
도무지 이해할 수 없었지만

뒤에 선다는 것이 꼭 나쁜 것만이 아니라는 것을
침묵으로 대변하고 있다.

이태진

1972년 경북 성주 출생. 한남대학교 사회문화대학원 문예창작학과 석사. 2007년 『문학사랑』 당선, 시집 『여기 내가 있는 곳에서』, 『슈즈를 타고』. 제 11회 대전예술신인상, 제14회 정훈문학상 작품상 수상. 한남대학교 시설관리팀 공연장 담당, 현 (사)대전문인협회 사무국장.

겨울벽화 외 1편

_ 김종덕

먼저 창문을 열어둬야겠어 팔랑거리는 저 떠는 잎을 봐

우리 그날 주머니에 손을 움키며 길을 걸어갔지

당나귀마냥 저마다 어디론가 헤어지고 있었나봐

사막으로 강물 속으로, 너는 태양 너머로 뒷동산에는

계절이 지나가고 저 잎을 보렴, 들떠서 피다가 꽃물 들다가

타올라가서 불꽃으로 먼지 속에서 떠는 가을을

진부한 것들이 무너지고 있어, 겨울이 새겨지는 저 벽화 속으로

걸어가야겠어, 그러기위해서 창문을 열어두는 거야

입김이 나와 후후 불 때마다 나는 찬바람이 되어보는 거야

찬바람 깊이 헤집고 들어간 나를 흔들어 깨운다면

플라타너스, 아침부터 늙어버린 내 동전들을 생각해

우리는 그나마 허름한 바지나 튼튼한 장화에는 관심을 두지 않았지

떨어지는 너의 잎들을 어찌해야하는 걸까

계절은 꺾인 가지 끝에 무기력한, 장식으로 새겨지고

짧은 전신주 주상복합 아파트 창백한 하늘 별빛 없는 바람이 되어가는 시간들

풍경이 되어 말라붙어버렸지, 어쩌면 창문 밖에 그대의 벽화는

누군가로부터 멀어지고 문득 떨어지는, 그래서 너에게 바람이 불어

창문을 열어두는 거야, 그들이 우리를 망각의 상태로 이끄는 것에 대해

나는 크나큰 죄책감을 가지고 있어, 그리하여

나는 창문을 열어두는 거야, 마치 네가 찬바람 같거든

너의 얼굴에 나는 입김을 불어보는 거야, 호호 말라붙어버린

가을은 떠나고 나를 겨울벽화에 새기고 있어 사랑하는 앨런.

오체투지

사람들이 밀물 지어 오는 저녁
기차 떠나는 길목
몸과 다리 부재의 슬픔 동여매
고무 집에 목숨 말아 넣는 사람

아스팔트 바닥에 심장박동 새기며
그 힘으로 잡화 수레 밀고
다리 대신 휠체어 타지 않은
그리하여 바닥이 되어가는 그,

바닥 깊숙이 아픔 찔러 넣거나
더듬더듬 절망 고르는 동안
카세트에서 흘러나오는 찬송가
일생 하나님에게 오체투지

빌고 또 빌었을까
아주 신에게 쓰러져
이제 더 쓰러지지 않는 몸짓
찬송테이프 풀면서
밀고 밀어 건너는
붉은 신호등

김종덕

1980년 전북 남원 출생. 문예창작학과 졸업, 박사과정 수료. 2008년 『시와정신』 신인상 등단.

가자! 외 1편

_ 신영연

가자,
밥줄에 연연하지 말고
한 번쯤은 내 뜻대로
펀치를 날려보자

빨간 줄 파란 줄
내키는 문장에 덧칠도 하고
군중의 발소리 멀도록
어슬렁거리기도 하다가

어둠의 엉덩이서 태어나는 해의 산파도 돼보는 것이다

과감히 처버린 동어반복과
당신이 들려준 줄거리와
어젯밤 꿈을 편집해 만든 색동저고리 입고
서른여덟 번째 계단에서 피리를 분다

뼈로 서고 귀가 열리거든
소리야 가자
메마른 방죽에 단비로 가자
산비탈 피어난 캄파눌라 향기로 가자
찍히지 않은 새살에 손금으로 가자

아직은 백지 위를 뛰어도 될 싱싱한 시간이다

그만하신가

안녕이 저만치 걸어가네

나란할 수 없는 까닭에 무시하기로 하였다네
절벽을 건너는 연습이나 심심찮게 거들 참이어서 어우
렁더우렁 한가로운 슬픔을 매다는 중이라네

메아리는 공명으로 노크하네 차마 웅얼웅얼 답이 되려는
소리를 가로채 달아나는 참새를 하필, 강물이 비추고
있었다지 뭔가

하루살이가 지나가며 멘토링을 해주었네
지지고 볶는 건 나누어서 하는 거라고

하루 한 끼 먹고 사는 일보다 어려운 일이란 걸 누구보
다 잘 알겠지만 한 번에 한 가지만,
구호를 외치면서 말문이 트였다네

순리대로 안녕은 하신가

왼발과 오른팔이 짝이 되는 최면에 걸린 종족과 나란히
걷고 있는 중이라네 열한 살 안녕을 물으면서

신영연

1966년 충남 부여 출생. 한남대학교 대학원 문예창작학과 박사과정. 2008년 『시에』 등단. 시집 『안녕이 저만치 걸어가네』 출간. 한남문인 「젊은작가상」 수상.

삔투 외 1편

_ 이장근

관장님께 권투는
권투가 아니라 삔투다
20년 전과 바뀐 것 하나 없는 도장처럼
발음도 80년대 그대로다
가르침에도 변함이 없다
삔투는 훅도 어퍼컷도 아니라
잽이란다
관중의 함성을 한데 모으는 KO도
잽 때문이란다
혹이나 어퍼컷을 맞고 쓰러진 것 같으나
그 전에 이미 무수한 잽을 맞고
허물어진 상태다
잽을 무시하고
큰 것 한 방만 노리면
큰 선수가 되지 못한다며
왼손을 쭉쭉 뻗는다
월세 내기에도 어려운 형편이지만
20년 넘게 아침마다 도장 문을 여는 것도
그가 생에 던지는 잽이다
멋없고 시시하게 툭툭
생의 문을 두드리는 것이다
도장 벽을 삥 둘러싼 챔피언 사진들
그의 손을 거쳐 간 큰 선수들의 포즈도
하나같이 잽 던지기에 좋은 자세다

파문

결혼을 코앞에 두고
여자는 한강에 투신했다
이유를 묻지 않았다, 물은
여자를 결과로만 받아들였다
파문을 일으키며 열리고 닫히는 문
물은 떨어진 곳에 과녁을 만든다
어디에 떨어져도 적중이고 무엇이 떨어져도 적중이다
투신한 죽음도 다시 떠오른 삶도
물은 과녁을 만들어 적중을 알렸다
적중을 알리며 너는 왔다
온몸에 파문처럼 돋던 소름
빗나간 너의 말도 떨어지는 족족 적중했다
사랑처럼 민감한 것이 또 있으랴
이유 없이 떠나도 결과는 적중이었다
이유 없이 너는 가고
나는 안개 같은 거짓말로 너를
미워했다, 그리워했다, 지웠다, 썼다
사랑처럼 가벼운 것이 또 있으랴
구름이 되어 제멋대로 문장을 만들다
지치면 낱글자가 되어 떨어졌다
지금도 비가 온다 몸에 소름이 돋는다
네가 오고 있는 것이다
이 밤 이 세상에는 또 얼마나 많은
사랑이 투신할 것인가, 투신하는 족족

파문을 일으키며 적중할 것인가

이장근

1971년, 경상북도 의성 출생. 한남대학교 국어교육과 학사. 2008년 매일신문 신춘문예 시 부문 당선. 2010년 제8회 푸른문학상 새로운시인상. 시집 『꽨투』, 청소년시집 『악어에게 물린 날』, 『나는 지금 꽃이다』, 『파울 볼은 없다』, 동시집 『바다는 왜 바다일까?』, 『칠판 볶음밥』 등 출간.

이곳은 승차위치가 아닙니다 외 1편

_ 이혜경

낯선 곳으로
지하철을 타기위해 계단을 밟는다
한발 한발 내딛는 발자국이
솜털 구름이다
한발 한발 대딛는 발자국이
기우뚱한 일상을 날려 버린다
균형 잃은 생이 허공을 맴돌다
바닥에 널 부러 진다해도
나는 지금
머리맡에 똬리를 틀던 욕망의 주문을
허공 속에 채운다
낯선 곳에서 더욱 또렷이 빛나는 사물들
저마다 현란한 사연 움켜쥐고 헛기침이다
검열을 거부하고 죽은 시간을 거부하고
몸속 유전자가 발설하는
입 벌린 기억 속으로 투신해 버리는
새콤 달콤 부풀어 오르는 봄기운
나는 지금 봄기운 수열중이다
나는 지금 중심에서 멀어지려한다
지하철은 덜컹거리며 달려오는데
위치 포착에 실패한 두 다리 사이
바닥에 누워있던 자음과 모음이 벌떡 거린다

이곳은 승차위치가 아닙니다

고장난 자전거

나는 비로서
달리지 않아도 되는 자유를 누리고 있다
나를 목 놓아 그리던 무게도 촉감도
지나간 기억 속에 꿈틀거릴 뿐
피곤해도 쉴 수 없던 내 다리
비로소 자유로운 차디찬 인내력
날카로운 시간, 온몸에 새기며
줄타기하던 나의 이력은
아파트 담장에 빼곡이 진열된다.
내 곁을 지키는 고상한 폐품들
가쁜 숨 몰아쉬던
뒤로한 꿈들을 이야기한다
내가 간절히 바라던 것들은
침묵의 저편으로 날개를 접고
나를 간절히 원하는 것들을 위해
온갖 무게를 잠재우며 달렸다
이제, 죽음을 향한 속도는
또 다른 삶을 꿈꾸기 위해 열려 있다
분주한 바람은 빛바랜 세월만 이야기할 뿐
내 위에 어떤 무게도 잠재우지 않는다
등줄기를 타고 출렁이는 고독의 물결
새로운 자유가 선택되는 순간이다
기울어지는 노을의 화려함 속으로
푸른 생을 적시는
다리 하나 부러진 내 육체

아직 마침표를 찍지 않은 시간이다.

이혜경

1970년 대전 출생. 한남대학교 문예창작학과 대학원 박사 졸업. 2008년 『문예연구』 시 등단.

바람으로 가는 조각배 외 1편

_ 조재숙

아버지는 노도 덮개도 없는 조각배 타고
겨울이 오기 전 강을 건너려
봄꽃 피어나는지 여름나무 청청한지
가을 풍경을 바라볼 겨를도 없이
험난한 파고를 위태롭게 가르고 있었다

지켜보는 우리는 아슬아슬했지만
노를 젓는 법을 배우려 하지 않고
강둑에 앉아 들꽃을 꺾었다

하늘에 떠 있는 삿갓구름과
허공을 나는 기러기 떼 바라보며
강물에 돌 던지며 마냥 하하 대는 동안
아버지 뒷모습 보이지 않고 물만 흐르고 있었다

오랜만에 다시 찾은 고향
폐선이 되어버린 조각배 한 척
금강 하구 진흙바닥에 쳐 박혀있다
남들은 들판에서 가을걷이를 할 때
구멍 난 빈 배를 손질하던
어둔한 모습이 자맥질 당하고 있다

아는지 모르는지

마음의 주름살 펴지면
꽃구경 함께 가고 싶다한 사람
봄꽃 지고 여름 꽃 피었다 질 때까지
아무런 소식 없네

피었다 진 꽃들 다시 피어날 수 있지만
우리 인연 다시 피울 수 있을지
지는 꽃잎 보며 마음 태움 아는지 모르는지

여름나무 청청하고
햇살 눈부시니
푸르렀던 추억 바라보며
나무 밑에 서성이는 기다림

그동안 못다 하고 간직한 이야기들
가을꽃으로 피어나
만남을 재촉하는 듯 바람에 흐느끼네

조재숙

문예창작학과 졸업. 2008년 『시와정신』 신인상 등단.

ㅏ 외 1편
– 형에게

_ 한정근

풍네프 대교 아래로 흐르는 나쁜 피의 부드러운 물결, 서른 한 개의 백색 알약이 멱을 감는 그곳에서 흑발의 소녀들이 고아적으로 울고 있었어요 그들은 교수형 당한 언어를 들고 간혹 재잘대기도 하였지만 끝내엔 온갖 마비 서로와 서로에게 전염하였고

저는 보았어요 언덕 위에 쭈그린 채 깨진 붉은 다리꿈칠 꼭 안은 채 충혈된 복숭아뼈를 만지작이며 보았어요 저는 미술을 마셨던 걸까요, 걸까요, 저는, 걸 거예요, 선운사에 갈 거예요, 가서 회색의 단벌숙녀들을 붙잡고서 물음을 울음을 할 거예요,

나와 이혼해주시겠어요? 제발이지……

온통의 슬픔에 휩싸여있는 이들은 믿을 수 있어요 믿을 수 없어요 오후 네 시 두목교회에서 교인들이 미친 듯이 쏟아져 나오던 그 때, 전처는 정처 없이 떠났어요 흑인인 애인 따라 아프리카로 떠났어요, 오 년 전 그 사람은 흑석동 투다리 육 번 테이블에서 이렇게 말했지요

네 이빨을 구겨버리고 싶어, 몽땅

우리가 오열할 때 손으로 이마를 방어하는 연유는 대체 무엇일까요 아 아라리는 알레고리컬한 슬픔의 정물, 제겐 아들을 세상에 상재한 커다란 罪가 있지요 커다란 버려진 병든 늙은 애완견을 위로하는 노래를 부르고 싶어요 지혜로운 백치들이 고무적인 나무들의 쉬를 받아먹고 있어요 굳이 톱은 동공에 난 턱수염을 자꾸만 흐르고,

사라진느*가사라지는소리사라진느가사라지고있는소리

넉다운은 될 지언정 넛다운은 말아야겠지요 언필칭 그렇겠지요 이제, 사람이 개를 무는 시간이 와요 아아, 우리는 누구를 물어야 할까요 어디로 울어야 할까요 누구로 울어야 할까요,

아, 대관절,

* 발자크의 소설 작품

달

여자가 달을 먹고 울고
울어도 울지를 않네

립스틱 먹는 시간은 끝장!
이라 외치는,

이제 여자
사과나무에서 내려오질 않네

한정근

1981년 대전 출생. 한남대학교 문예창작학과 졸업. 2008년 『시와세계』 신인상으로 등단.

여름 외 1편

_손 미

누가 오래 잠수하나 내기할래?
왜 그래? 살아있는 것처럼
같이 가라앉을래?
나처럼 죽을래?

수돗가에서 오줌을 누면 시멘트 바닥에 검은 길이 구불구불
틈에서 나온 작은 풀이 쓰러지는데, 뭐라 말하는데, 너무 커서 못 듣겠다

징검다리를 건너다가 손을 놓쳤다
미역처럼 쓸려가던 몸은 누구 거지?

뚝, 뚝, 끊기며 물음이 흘러간다

왜, 그러, 지?
죄다, 나, 한테, 왜, 그, 러지?

사람에게 돌을 던질 때
징검다리에 젖은 발자국

따라가면 안 되는데

같이 죽을래?
모르는 사람과 죽을 순 없잖아
타고 있는 풀 하나가
툭, 툭,
운동화를 치는 거다

방석

앉았던 자국이 지워졌다
걸어가서 돌아오지 않는 사람처럼

니가 밀면 나는 바닥이다
반성하는 자세로 너를 본다

한 번도 만난 적 없는 사람들이 긴 꼬리를 덧바르고 갔다. 거기에 엉덩이를 대고 너와 밥을
퍼먹다가

어떤 날엔 방석 위에서 사주를 밀어 넣었다
우리는 어떻게 됩니까
우리는 너무 무겁습니다

실밥 터진 방석이 쌓인 고요한 식당처럼
기압이 높아 저절로 납작해진다는 어떤 행성의 생물처럼

딱딱하게 겹쳐지며 안심한 적이 있다

방석에 빠져 죽을까?

온몸에 힘주어 서로를 밀면서
그걸 사랑이라 불렀다
받쳐주지 않고,
내 모양만 찍으려 하고
사지를 벌리고 깔린 맹수의 가죽처럼
한 번도 투명해지지 않으면서

앉았다 일어나도
깊은 자국 하나 남지 않는
방석이 있었다

손 미

1982년 대전 출생. 한남대학교 문예창작학과 졸업. 2009년 『문학사상』 등단. 2013년 제32회 김수영문학상
수상. 시집 『양파 공동체』.

능소화 외 1편

_ 신현자

담장에 붙어 기어올라 환하게 핀 주홍의 나팔꽃
송이송이 애끓는 그리움 달고도 하늘 향해 의연한 듯 화려하고 우아한 자태 눈부시다
나팔인 듯 둥근 얼굴
뚝 뚝, 피 토하듯 떨어져 길가에 지천으로 쌓일지언정
시들지 않은 도도한 꽃송이.

곧게 들고 하늘 우러른 주홍빛 얼굴…
작열하는 태양마저 부끄럽지 않다, 당당히 맞서 쳐든 주홍빛 절개.
붉은 지존의 아름다움 그 피맺힌 열망을
하늘이어 보이시는가

꿈인 듯 잠시 스쳐간 정, 감히 꾸어본 꿈,
차마 잊지 못할 귀한 기억
목 메이게 그리운 임 계신 구중궁궐,
한없이 깊고 푸른 하늘.
수만 번 피고 지는 절절한 기다림

아름다움도 죄라 유배된 슬픈 몸
"나는 순결했소. 모함이나이다" 외치고 외치다 서럽게
지고 마는 꽃송이
하늘 향해 홀로 삭히는 울음.

행여 임께 잊혀질까.
가파른 담장에 기대어 더듬는 기억의 줄기
애처로이 기어오른 담 저편을 향한 간절한 염원
들으시는가, 하늘이여

반가의 담장에 주홍 꽃 흐드러지게 필 때면 들리는 옛 말
하늘을 조롱하던 전설 속 여심
오늘의 지성도 흔들릴 화두,
애틋하고도 당당한 꽃 말
그 이름 능소화.

나는 이미 빛이었다

내가 누구인지 모르던 날에도 나는 이미 빛이었다
밤이 깊을수록 더욱 반짝이는 빛의 속성
모두가 잠든 캄캄함 밤에도
어둠자락의 도움 없이는 아주 작은 움직임도 감출 수 없는
나는 이미 그런 빛이었다

하릴없는 어둠을 사느라 지쳐서
길가의 무심한 돌들이 더 가치 있어 뵈던 날
세상이 온통 어둠만 가득해 방향도 모르던
처음으로 내 안의 빛을 만난 절망의 끝에 선 그날

가치 있는 게 무엇인지도 모르고
말로만 베푼 사랑, 책임 없는 언어의 유희 속에서
머물 곳 찾던 시절
상처받지 않는, 소용 있는 무엇인가 돼보겠다는
결심이 선 이유조차도
내가 이미 빛이었기 때문

어둠은 빛을 늘 싫어해.
소외시키고, 덮어서 존재감을 없애려 한다.
어둠과 섞일 수 없는 빛
어둠에 갇힌 삶,
어둠속에서 빛은 늘 외롭고 고독하고 우울하다
하지만 빛은 온기로 껍질을 뚫고
사방을 밝히는 힘을 갖는다

아무도 알려 주지 않은
빛의 힘,
빛 이여서 누리는 편안함과 기분 좋은 행복감
해야 하고, 할 수 있는 일
빛으로 살아야 할 충분한 이유를 나는 안다

그러니 이젠 어떤 어둠도 두렵지 않다.
오너라, 어둠이여
너의 온갖 술수 모두가 그림자일 뿐
내 안에 빛이 있고
어둠을 이기는 것이 빛임을 이미 알았음으로.

신현자

1952년 부여군 석성면 출생, 한남대학교 사회문화행정대학원 문예창작과 석사과정. 2009년 『한울문학』으로 등단. 시집 『당신은 누구신가요』. 한울문학 신인상 수상.

반달처럼 외 1편

_ 이광석

구두를 닦는다 반들반들 구두코를 문지르면
세상이 살아난다 빌딩 모서리가 날을 세운다
늘씬한 처녀 다리가 비친다
두 다리 잃은 마흔 살이 번진다
두 다리 치고 달아나던 소나타 본네트가 스친다
한강 다리가 출렁거린다
파랗게 멍들어가던 물빛도 번진다
강물을 등지고 절망을 토하던 한 시절이 흐른다

구두를 닦는다
까만 구두가 더욱 까맣게 불탄다
구두 밑창만큼 눌려 살아온 반생이 빛난다
한 평 남짓 가건물이 솟는다
분기마다 찾아오는 구청직원 눈빛이 쏟아진다
요 며칠 반달이 유독 환하다
종이돈 몇 장에 중년 사내는 빛나는 하루를 산다
종이돈 몇 장에 뭇 처녀는 굽 높은 하루를 걷는다

어느새 반달은 유독 높고 살이 올랐다
의족은 흰 보자기로 가리우고
취한 듯 미친 듯 구두를 꿰맨다
흙먼지 털어 마시고
몇 천원 낮달 같은 인생을 닦는다, 빛난다

은사시나무

너무 오래 머문 탓이었을까
그대에게서 아직 꺼내오지 못한
숯덩이의 믿음이
하얀 손을 뒤집는 은사시나무 젖은 잎으로 떨리면
나는 또 잠시 떠나와
그대의 눈보다 더 깊게 빛나는
그리운 얼굴을 추억하면 되는 것일까

차창 밖으론 한가히 시소를 타는 아이들
생각해 보면 당신과 나
시소 같던 사랑
등극同極의 자성체처럼 들이댈수록 더욱
가까이 갈 수 없는
당신을 향한 내외로 된 집착

수신되지 않는 라디오
건전지를 다시 끼우는 동안
이 계절은 전혀 낯선 빛깔로
그리움의 안테나를 높이 뽑아 올리는데
오늘도 잠시 눈을 감으면
손에 잡힐 듯 깨어나 살아나는 건
은사시나무 이파리에 슬리는 바람일 뿐

이광석

1971년 부산 출생. 2009년 『오늘의문학』 등단.

자벌레 보폭으로 외 1편

_ 강은미

움츠리면 몸이었고 쭉 펴면 길이었을

연체의 습성으로 한 생을 주무르던

곱사등 연초록 일념이 산 하나를 넘는다

다 두고 나서는 길 하늘에 짐이 될까

절망이 늘 그렇게 희망 쪽으로 다리를 놓듯

내 삶의 가장자리엔 초록빛이 가득해!

인정 없는 세상에서 굽힐만큼 굽히리라

더도 아니 덜도 아니 딱 그만한 보폭으로

눈 뜨고 길 잃는 세상, 눈 감고 또 길을 낸다.

겨울 둑방길

혼자 걷는 둑방길엔 바람이 늘 따라왔다
혼자 걷는 노을길엔 슬픔이 늘 따라왔다
점과 점 직선거리의 독선들을 허물며

털끝 하나 다친 곳 없이 별과 달을 가뒀다가
해 뜨면 그 아래로 먼 데 산빛 가뒀다가
온전히 상처의 굽이를 그 아래로 감추던 길

물속에 비춰보면 세상은 다 슬픔이네
하얀 죄 값으로 하늘 아래 물구나무 선
초목들 물그림자의 정강이도 하얗고

한천에 이르러선 하늘보다 더 맑은 눈
슬픔을 참고 견딘 선한 이들의 침묵처럼
끊길 듯 갈대행렬이 멀리 점선 잇던 길

강은미

2010년 『현대시학』으로 등단. 2013년 시집 『자벌레 보폭으로』 출간.

모자의 그늘 외 1편

_ 김명이

안네 프랑크를 읽고 눈물 흘리지 않자, 넌 독해
내 의지 상관없이 피가 떨어지는 곳
비극의 시절 만난 운명이라고 생각했어요

다섯 살 제제의 뒤를 따르며
내게도 자라는 슬픔
작아질 수 없다는 것을
이해는 누군가 마치 인심을 쓸 때만 가능하여
홀로 쓰다듬기로 했어요

한스가 물 위에 떠서
하늘의 꿈을 품었는지 의문이었지만
그날 벗어놓은 내 신발 떠내려간 것이
손뼉치고 좋아할 일인 것을
아버지의 목청이 커지고서 알았어요

통과의례의 피를 본 듯
테스가 쓴 챙이 모자 쓰지 않겠다고 했지만
누가 만들었는지 모를 거대한 힘 굴복하며
모자를 몇 개씩 고르고
질적으로 다른 안네 프랑크와 마주쳤어요

그런 거예요 그런 거예요
태생적 한계에 맞선다는 것
저기 단상의 빛나는 이름의 그늘들이
해 지기도 전에 늘어만 가는

캄캄한 골목의 아이와
여인이란 순결의 악재를 즐기고 있어요

사과 이야기

면접관은 윤기 없는 얼굴로 지나가고
바구니에 담겨지기도 전에
아이는 떨어졌다
생이 다 익어버렸다고 방을 허물고 있다

달콤한 사과를 기억했어
태양의 몸살과 구름의 살점과 바람의 가시가 훑고 간 후에
매만져 주는 엄마의 손이 지문들을 지워갈 때 붉어졌지

힘주어 매달려 있으면
공중의 냄새를 맡던 콩새와
산란을 앞둔 벌레가 먼저 과즙을 빨아 맛집 내고
아 수상한 발자국의 이빨에 덥석 물리기도 했어

아이야 달콤한 사과 열리는 것을
내 무릎에 들어와 문곤 흡족해 했지
사과나무 지나갈 때 애기지구가 잘 돈다고 했던가

생리혈 묻어나온 속옷 축하 파티를 했는데
그 후로 드문드문해진 우리
다음을 들려주지 못한 채 풋사과 익어가고
나무에서 떨어지는 법을 몰라 헤맸어

거침없이 쏟아지는 네 방
저녁엔 오래전처럼 오래전과 다르게
고랭지 사과와 침 뽑힌 벌의 소식마저 전해줘야 할까

이제 사과밭을 떠나간 사과가
왕관 딱지를 붙이고 백화점에서 혹은
골목가게 인심을 쓴 만큼으로 놓이는지도
진짜를 말해줄 수 있을 때가 된 것 같아

그러니까 오늘 네 방을 실컷 무너뜨리고 슬프렴
참 오전에 동사무소에 다녀왔는데
아직 엄마의 지문이 싱싱해

김명이

한남대학교 사회문화대학원 문예창작학과 졸업. 2010년 『호서문학』, 『문학마을』 등단. 2016대전문화재단
창작지원금 수혜. 2016 한남문인 젊은작가상 수상. 시집 『모자의 그늘』 외 1권.

불통 1 _{외 1편}

_ 김채운

횟집 수족관 뜰채로 건져 올린 건
한 마리 활어活魚가 아니다
신음으로 팔딱이는 한마디,
활어活語다

부릅뜬 두 눈 부딪는
마른 허공에 대해
가까스로 아가미를 통과하는
들숨 날숨에 대해
뜯겨나간 비늘에 대해
난만한 꼬리지느러미에 대해
지리멸렬한 살점과
몸통의 남은 가시에 대해

생선으로 명명되는 순간
이미 내 것이 아닌 목숨일 뿐
달려나간 바다는 돌아오지 않는다

다만,
싱싱한 미각을 위해
잘 저며진
신음 한 접시

어지럼꽃 피었다 진다

진종일 아이는 강가에 서서
담방담방 물수제비 뜨고 있다
아이의 몸이 강물과 함께 기울면
속도를 실은 얄따란 돌멩이
한 땀 한 땀 수면을 깁고
접혀 들어간 잔볕의 허리 거꾸러진다
물수제비 뜬 자리마다
미세한 시간차로 살아나는 동심원
그 어지럼꽃 화안하게 피었다 진다
멈춘 시간의 문턱을 짚듯, 돌멩이
강바닥에 몸을 묻는다
아이가 던지는 둥그런 말들은
온통 강물의 꽃무덤 되어 흘러
기다림의 허기는 채워지지 않고
앞산이 강물 깊숙이 제 그림자 새겨 놓는데
저물도록 아이는 물수제비 뜨고 있다
불현듯 솟아오른 개밥바라기별
둥글고 얄따란 아이의 손을
오래오래 쓰다듬고 있다
물수제비 뜬 자리마다
어둠 삼키며 피었다 지는
어 지 럼 꽃

김채운

본명 김혜경. 1969년 충북 보은 출생. 한남대학교 대학원 국어국문학과 졸업. 2009년 『시에』로 등단. 시집 『활어』. 현 한남대학교 강사.

백일홍은 또 피었다 외 1편

_ 박인정

문둥이 남편 소록도 가기 전날 밤
들기름 고추장 비빔국수 한 양푼
뭉그러진 손 달그락달그락
젓갈숟갈 부딪치며 입술에 피운 백일홍
아내는 한 잎 주고 두 잎 받고
그 날 밤 기차소리 문지방 넘지 못하고
보름달빛도 창호지 너머 엿보지 않더라.

구멍난 창호지에
추석 전 옛 바람 우우 울고 있어라.

외딴집

큰 산을 등에 지고 있는 집은 무거움의 그늘에 눌려 있다 집나온 고양이가 마당을 어슬렁거리고 담장 밑 터져대는 꽃들과 텃밭 야채들이 파랗게 웃는 집 구멍 숭숭 뚫린 벌집 같은 주인 방으로 꽃술 먹은 일벌만 바쁘게 윙윙 드나들고 몇 개의 등을 달고 있는 매실 나무 그늘 아직 옅기만 하다

어둠 먼저 알고 찾아드는 집

밥상 위 놓여 있던 숟가락 하나 달그락거리며 설거지 끝내면 장사익 찔래꽃 흙벽 타고 흐르고 예술의 전당 관중들 환호소리 시골 외딴집 마당 불 밝히면 외로움도 별이 된다 음악소리 타고 산을 내려온 달이 오십 넘은 동자승처럼 가부좌 틀고 앉아 있다

박인정

1968년 충남 금산 출생, 한남대학교 대학원 문예창작학과 졸업. 2010년 『작가마당』으로 작품활동 시작.

라싸로 가는 풍경소리 외 1편

_ 박정선

잉태 중인 히말라야 여신
하나, 둘, 셋 엎드린 순례 길
라싸엔 내가 없다
빙하에 몸을 씻고
부처님 금빛 미소 기다릴 때
청장공로 낭떠러지에 매달린 새하얀 가사
온 몸으로 울고 있다
미라산 고비에서
산 아래 두고 온
두 짝 신발 발목 잡고 늘어진다
수행동굴이 바로 저긴데
너의 손을 놓아야 들어가는 문
라싸 가는 길
좁은 문엔 빈틈이 없다
설산에 앉아 쉬어가는
누더기 걸친 구름은 누구인가
검은 독수리가 쪼아먹는
침푸 계곡 조각 햇살이 신선하다
다음 생生 가는 길
맑은 풍경소리만 싣고 떠난다
이천백 킬로미터
티베트 창두에서
엎드려 오체투지
히말라야 라싸 가는 길

삼월 스무 아흐레

삼월 스무 아흐레
상가(喪家)집 대문 앞 백목련 피어 있다
검은 그림자 꽃등에 환한 불을 켠다
산 자들 신발 가지런히 벗고 국밥그릇 앞에 차례대로 앉는다
고목에 걸린 커다란 시계 아래 홀짝홀짝 소주를 마시며
한 점 기억들을 토해낸다 한바탕
휘몰이 장단이 남은 이들 가슴에 고인다
지나던 꽃샘바람 목련나무 두고 그냥은 못가겠던가
타는 냄새도 없이 흰 불꽃 요란하게 요동친다
죽은 자 기침소리 더 이상 들리지 않는다
백목련 상여 타고 먼저 떠났다
요절한 청춘과 함께 떠나는 마을이 검은 머릿속 같다
삼월 스무 아흐레, 누군가 저편으로
혼자 터벅터벅 걸어가는 발자국 소리 들릴 듯해
주정꾼의 고함도 끊어지는 봄 밤
구경꾼들 일찍 돌아가 버렸다

박정선

1964년 충남 금산 출생. 한남대학교 교육대학원 상담교육과 졸업. 2010년 『호서문학』 등단. 시집 『라싸로 가는 풍경소리』 출간. 대전비래초등학교 수석교사.

동굴벽화 외 1편

_ 백혜옥

주먹에 쥐고 있는 돌멩이에서
비릿한 냄새가 언뜻 스친다

그가 하룻동안
물소를 타고 물웅덩이에서
얻은 수확은
부레가 떨어져 나간
물고기 한 마리

한줌 햇빛은
지느러미와 살을 발라내고 있다

그는
마른 지느러미를 달고
물결처럼 걷고 있다

저녁 그림자

그가 떠난 자리에
서둘러 수선화 화분을 들여놓았다

봉우리마다 맺혀 있던
노란 꽃이 지고
빛이 들지 않은 그곳에서
꽃대만 멀겋게 길어졌다

나의 목도 가늘어지고 있었다

창밖 나무 사이로
어둠이 길게 흘러내렸다

백혜옥

전남 장흥 출생. 한남대학교 대학원 조형미술석사 졸업. 2010년 『시와정신』 신인상으로 작품 활동 시작. 시집 『노을의 시간』. 2016년 대전문화재단 예술창작지원금 선정.

왼손잡이 외 1편

_ 성은주

한 마리 새가 날개를 깃발처럼 펼친다

펄럭이는 방향으로 젖은 숲이 불쑥 팔을 내민다

푸른 겨드랑이 밑에서 그늘을 즐기던 아이들
녹아내리는 붉은 사탕을 양 볼 가득 굴린다

왼손으로 흙 그림을 그리던 아이, 날마다 뿔 달린 짐승을 그리던 아이가 저수지에서 돌아오
지 않던 날
쏟아지는 어둠 속에서 모깃소리만 귀를 잡아당겼다

눈물도 없이
무작정 발자국에 지워지는 그림을 바라보다가
왼손으로 사라진 그림을 채워 넣다가
왼손으로 글씨를 쓰다가
왼손으로 밥을 먹다가

어릴 때
슬프지 않았던 것이
커서 많이 슬플 때

예고 없이 떠내려간 이름 앞에 선다
나무 위로 구름이 물들고 새의 목소리가 떠도는 오후
내 그림자를 그곳에 내려놓고 왔다

이사

은둔을 즐기던 그가 오래된 창문을 뜯어내고 내려옵니다 105동 701호에 꽁꽁 숨어 있다가 부끄럼 없이 나체로 모습을 드러냅니다 먼지를 품은 피부에 이름 모를 꽃처럼 얼룩이 피어 있 네요

그를 따라 몇 개의 상자들이 미끄러져 내려오고 쿵쿵, 떠나기 싫은 듯 그가 소리를 냅니다 빨 리 가라고 뾰족한 마음으로 옆구리를 찔러 보았지요 그의 모퉁이가 서럽게 찢어지기 시작했습 니다 침묵하던 그가 흰 구름 같은 눈물을 조용히 흘립니다

햇빛이 그의 몸을 감싸고 마지막 인사를 나누는 동안 지나가는 계절이 잠시 등을 기댑니다 동네 떠돌이 고양이가 그의 품에서 낮잠을 자기도 합니다 숨소리가 나른해지기 전에 트럭에 태워 보내야겠어요 그가 감았던 눈을 떠 자꾸 떠밀지 말라며 다리에 힘을 줍니다

나는 검은 천으로 그의 아픈 몸을 다정하게 덮어주면서
우리 각자 새 주소로 가서 살자
손끝과 혀끝에서 늙어버린 말들을 지우고
아무렇지 않은 얼굴로 그리워하지 말자

당신과 나를 잇는 기척은 가끔 새로 이사 간 마당에 빗물이 고일 때 아주 작은 구멍을 떠올 려 보는 일이 전부일 것입니다
동굴 같던 구멍을 삼키고 삼키면 메아리처럼 멀어지겠죠

새로운 화분을 샀습니다

꽃들이 모두 같은 방향으로 고개를 돌리며 느슨하게 자라납니다 옆집에서 피아노 건반 소리 가 들려도 집 아무 데서나 잠이 듭니다 누군가 잘 던져놓은 것처럼 편안하게 누워 있다가 동네

를 하염없이 걸어보기도 합니다 우편함에 매달린 그의 소식이 더는 궁금하지 않습니다

성은주

1979년 충남 공주 출생. 2010년 《조선일보》 신춘문예를 통해 등단.

뒤 외 1편

_ 전명천

몰려드는 잎사귀들과 빛들은 사라져 버리고

멈춰 선 차 안에는 뒤를 보고 있는 그가 있었다
언제부터였는지

눈을 계속 또 계속 마주치고 있었다

젖은 날개를 털어내도 날 수 없는 어린 새를 마주친
능소화 핀 골목

우리는 오랫동안
남는 것과 떠나는 것에 대해 건조하게 말했었다

뒤를 보는 것은 미련에 관한 의식儀式이라고
그러므로

뒤로 향하는 시선은 결코 뒤를 넘어서지 않는 것이라고
질주하던 바람이 멈춘 순간

감은 눈*

당신이 눈을 감고 있다면
나는 바람부는 언덕에 서 있는 여인으로
영원히 당신의 곁에 남아
사랑을 다할 수 있다.
고요한 초원은 눈부시게 빛나지만,
당신의 꼭 감고 있는 두 눈, 그 눈물에
나는 오래 머물 수 있다.
당신은 나의 헝클어진 머리를 더듬거나
바래고 낡아가는 오후를 느끼겠지만
미동도 없이 벌어진 입으로 새어나오는 암흑을
나는 볼 수 있다.

눈을 감으면 간절해지는 세계가 있다.

* 감은 눈
프랑스 상징주의 화가 오딜롱 르동의 작품.

전명천

1974년 태백 출생. 한남대학교 사회문화대학원 문예창작학과 석사 졸업.

충혈된 4월 외 1편

_ 구지혜

봉인했던 얼굴
한꺼번에 드러내는 대지 속으로
나의 검은 꽃대도 천천히 빨려 들어가 꽂힌다
이미 굳게 닫힌 가슴에 봄은
총신을 겨누고 제멋대로 방아쇠를 당긴다
나는 정신을 놓을 뿐이다
꽃들은 언제나 환하게 절규하며
실팍한 꽃잎을 무리로 보내지만
나는 한 번도 꽃나무를 흔들지 않았다

오래된 기억들은 검은 그림자를 달고 와서
침묵으로 나를 이리저리 끌고 다닌다
꽃잎만큼 환한 햇빛들 속에서
곰곰이 늪을 생각한다

진흙 펄에 꽃을 찾아 뒹굴었던 적이 있었다
꽃의 흔적을 찾아 시들해진 지금
위기의 한 페이지도 가늠하지 못한 채
깨진 발목 근처에 팔랑대는 꽃잎
그러나 발 앞에 놓여있는 사월의 늪은
아무런 잘못도 없다

아침이면 자명종은 막 잠이 들고
내 머릿속에서 떨어진 검은 꽃잎들이
앞 다투어 시계 속으로 빨려 들어갔다

푸른 안개

각혈하듯 색을 뱉는 틈들
산통이 하얗게 타들어 가는 날,

   물소리 깊어지는 자리마다 거미줄에 걸린 물줄기가 쉴 새 없이 파란 거품을 일으켰다 저 너머 적막을 맞대고 있는 능선들은 아득한 언덕을 만들고 허공의 지퍼를 열면 내장이 비워진 환한 뼈의 숲으로 가는 길이 기다리고 있을 것 같아 나는 미로같이 얽혀있는 푸른 그늘 속으로 오래도록 갇혔다 그러는 동안 온몸에 열꽃이 돋았고 술잔 속에선 차가운 지문의 소용돌이가 여러 표정으로 출렁였다 점점이 피어나는 작은 그늘들 초대해 허물없이 잔을 돌리고 싶었다 때가 되면 태양이 어둠 속으로 몸을 기울이듯 구름도 지쳐 힘들면 시름시름 땅바닥으로 내려와 눕는다 나 또한 내 지친 정신을 푸른 그늘 속에서 싱싱하게 위로 받고 싶었다 나를 끌고 다녔던 몇 개의 길이 감정 없이 내 몸에서 풀려나오기를 바랐다 가장 뜨거울 때가 가장 푸르다 가장 슬프다 넘어지지 않으려는 방황이 잠시 내 곁에서 길을 잃는 시간, 몸의 앓은 자리마다 낯선 기쁨과 전율이 이끼처럼 피어났다 나는 깊이 젖지 않을 것이다 일박이일 푸른 비는 그치지 않았다

 **구지혜**

1969년 경북 영양 출생. 한남대 사회문화행정복지대학원 재학 중. 2011년 『시와정신』 신인상 당선.

원목 테이블 외1편

_ 노수승

오세아니아 수림에서 온 저 한 조각 편지에서
年輪의 메아리를 듣는다 원주민의 함성이 옹이의
뼈가 되고 치고 오르던 물고기는 강줄기를 벗어나
화석처럼 테이블 복판에 박혀 있다
사납던 산맥은 오후 두 시의 햇빛에 여러번 말린 후
비로소 평면 위에 능선으로 남았다

평면은 모두를 떠나 온 그리움이다

그리움 위에 시간이 쌓이고 마주 앉아도 그리운
사람은 원목 테이블 위에 옹이 하나로 남는다

높새

무논 바닥, 밭 이랑, 수목의 건전함, 농부의 주름골, 저수지의
자존심까지 그는 거대한 혓바닥으로 개걸스럽게 핥고 있었다

그는 한숨과 시름, 험한 민심의 주범이니 시간마다 들려오는 라디오와 TV 뉴스의 고정 출연
자를 만들게 되었고 朱夏의 뻐국새 소리는 한결 뜨겁게 열기를 토해내고 있었다 그의 고향인
태백 너머 동북쪽의 하늘도 멀거니 하릴없다는 눈치였다 풍경소리 그의 장단에 실려 버석거
리는 봄보리밭에 맴돌면 무심한 해거름만 다시 찾아 오곤 했다

그가 머무는 동안 시간과 시간 사이의 간격은 멀어만 가고
녹새錄塞라 錄塞라, 살곡殺穀이라 殺穀이라 부르며
신작로 기어가는 햇빛의 보폭만 행군처럼 씩씩했다

가뭄이 돌아간 뒤에도 그를 막을 길은 찾지 말라 했다

노수승

1960년 공주 출생, 한남대학교 사행원 문창과 재학. 2011년 『문학시대』 신인상. 시집 『놀리면 허허 웃고 마
는 사람』 출간. ㈜금강데코 대표.

늙은 개가 짖는 마을 외 1편

_ 도복희

개 짖는 소리가 골목으로 달려 나갔다

아무 일도 일어나지 않았지만 오후는 피로하다

아무 일도 일어나지 않았지만 장례식장은 북적거렸다

아무 일도 일어나지 않았지만 당신은 떠났고

호스피스 병동은 침대마다 얼굴이 바뀌었다

늙은 개가 짖는 마을에서 저녁을 바라본다

창백한 이름을 부르며

마을 한 바퀴 도는 것으로 오늘은 사라진다

꽃들은 꽃을 피워냈고

바람은 나뭇가지를 흔들었고

당신이라는 기억이 붉은 줄장미로 눈 뜨는 유월

파란 대문 모서리부터 녹슬기 시작했다

틈

나는 당신의 틈이고 싶다

바람 드나드는 길 막으면 막을수록 넓어져
햇빛 새어드는
그런 허술함이고 싶다

강둑으로 올라온 물고기의 불안처럼
나, 펄떡거릴지라도
그대로 달려가는 직진이 되고 싶다

당신에게는 감정 하나만 우뚝 세워
무너져 내리는 강둑이고 싶다

범람하는 강물에 다 쓸려가도록
무엇에도 연연하지 않는
그런 미친 물살이고 싶다

오래된 틈들이 자라고 자라
손을 뻗고
마음을 뻗고
내 모든 걸 들이밀어
구석구석 스며드는 달빛 품은 한 밤이고 싶다

도복희

1966년 부여 출생. 한남대학교 사회문화대학원 문예창작과. 2011년 『문학사상』으로 등단. 2016년 계간지우수작품상 수상.

새는 없다 외 1편

_ 박송이

우리의 책장에는 한 번도 펼치지 않은 책이 빽빽이 꽂혀 있다

15층 베란다 창을 뚫고 온 겨울 햇살
이 창 안과 저 창 밖을 통과하는 새들의 발자국
우리는 모든 얼굴에게 부끄러웠다

난간에 기대지 말 것
애당초 낭떠러지에 오르지 말 것

바람이 불었고
낙엽이 이리저리 굴러 다녔다
우리는 우리의 가면을 갖지 못한 채
알몸으로 동동 떨었다

지구가 돌고

어쩐지 우리는 우리의
눈을 마주보지 않으면서
체위를 어지럽게 바꿀 수 있었다
우리는 우리의 멀미를 조금씩 앓을 뿐

지구본에 당장 한 점으로
우리는 우리를 콕 찍는다
이 점은 유일한 우리의 점

우리가 읽은 구절에 누군가 똑같은 색깔로 밑줄을 그었다

새들은
위로 위로
날아
우리는 결코 가질 수 없는
새들의 발자국에게 미안했다

미끄럼틀을 타는 동안
우리의 컬러링을 끝까지 듣는 동안
알몸이
둥글게 둥글게
아침을 입는 동안

우리의 놀이터에
정작 우리만 있다

성락원

그녀는 병원에 누워 한쪽 가슴을 도려냈다
성락원 담장을 따라
장미가 피었고
피어서 아름다웠다
아무도 장미를 꺾어 가지 않는데
장미에게선 동그랗고 새빨간 사과향이 났다
나는 해바라기처럼 착하게
구름처럼 느리게
구름보다 천천히
그녀의 반쪽 가슴을 만져 보았다
베어 먹을 수 없는
못생긴 가슴 한쪽이
배시시 웃고 있는 거 같았다
떨어진다면
떨어질 수 있는
붉은 유월이었다

박송이

1981년 인천 출생, 한남대학교 국어국문학과 졸업. 2011년 《한국일보》 등단. 대산창작기금 수여, 한남대
학교 강사.

참, 좋은 꽃 외 1편

_ 설동호

부드러운 눈짓으로 내게 와서
슬픔의 잔 비워주고
과적過積된 고통 덜어주고
희망의 나침반 되어주고
환한 미소로
마음을 밝혀주는 너

너만 보면 입 맞추고
너만 보면 이슬 되고
너와 함께하고 싶어진다

빈 가슴에 그윽한 향기를 담아주고
내 마음 호수에서
노질 하는 너

너만 보면
너와 같이 흔들리고
너와 조용하고 싶어진다

마음에 빗소리 젖어들 때는

마음에 빗소리가 젖어들 때는
창밖을 보라
풀잎 귀 세우고 혹시나
누가 올까 기다리며
빗소리에 잠수하는 눈을 보라
가뭄에 굶주린 나무들
단비 맞으며
즐거워하는 모습을 보라

우리들 아픔이 얼마나 깊어져야
기쁨이 되는가를
잠시 멈췄다 사라지는 빗방울의
운명을 생각해 보라
어디 빗길에 떠도는
물방울만 해당 되겠는가

우리도
누군가의 귓가에 스며드는 빗소리
누군가의 가슴에 맺히는 물방울
누군가의 발에 밟히는 그림자인 것을

마음에 빗소리 젖어들 때는
씻기지 않는 고독을 섬기고
초연히 휩쓸리는
바람 소리 들어보아라
빗소리에 젖어

어둠 속에 홀로 깜빡이는
별 하나 생각해 보라

설동호

1950년 충남 예산 출생, 한남대학교 영어교육과 졸업. 2011년 『서울인문학』 시 신인상, 2015년 월간 『시사문단』 시 신인상 당선. 저서 『교육이 답이다』 외 1권. 근정포장, 황조근정훈장 수상. 대전광역시 교육감.

거울 속에 내가 외 1편

_ 박영섭

삶이 우리를 혼자이게 만들 때
가끔씩 마음속에
담겨진 진실의 깊이를 보려 한다
하늘이 호수에서 달빛을
비춰 보듯이

세월을 밟고 간 거울 속에는
저물어 가는 방랑자
오래된 겉모습만 보여줄 뿐
가슴속에 담긴 내면의 모습은
보여주지 못한다.

거울이란 모름지기 너로 하여금
내가 보여 지는 것
바쁜 삶속에서 내면의 세계를
망각한 채 외모에만 치우치다
웃음 깨어진 거울 속에 내가

황사 때문에 흐리게 보여
손으로 문질러도 보고
지나온 세월로 닦아도 보았지만
이미 깨어진 거울 속에는
내가 없다.

장가계 張家界

햇살을 가려주는
구름 위에 서서
자연이 만물을 쌓았다
허물을 벗겨내니
병풍처럼 펼쳐진 금편계곡

하늘가에 맞닿은
흘러가는 운하의 곡선은
신비함 더해가는
장엄한 풍경 눈을 감아도
환하게 아름답다

천 년 세월을 지키며
바위틈 사이로
뿌리를 틀어 감고
세월을 짊어진 낙락장송
굳센 삶의 의지를 만나고

뿌연 안개에 가려진
신이 만든 비경의 기암괴석
너를 바라봄은
지친 삶의 고픈 숨을
잠시 고른다.

박영섭

1963년 남원 출생. 한남대학교 문예창작과 졸업. 2012년 대전문인협회 추천 등단. 저서 『그대 그리는 강』 등 다수. 제16회 전국공무원문예대전 시 부분 장관상 수상. 충청남도 농업기술원 근무.

이불 외 1편

_ 박한라

이불 밑으로 어둡고 따뜻한 물이 가득 차오른다

물속에는 고래의 초음파 같은 허공이 가득 들어차있다
잠수할 때면 물보다 많은 허공으로 폐에 무리가 온다

나는 이불 밑으로 들어가
재떨이에 어둠을 털듯 젖은 호흡을 뱉어내는 수중 생물

나의 호흡은 바람이 되지 못해서
단 한 번도 물 밖으로 구출된 적이 없다

축축한 호흡이 이불 밑에서 종유석처럼 자라난다
피가 아래로 쏠려도 살로 자라나고 싶은 호흡들

나는 이불 밑으로 가라앉았다가
매일 아침 해변으로 밀려나듯 깨어나는
무던한 기생을 매일 실천한다

이불은 계절에 따라 두께를 달리하며 지상에 수중 생물들을 키운다

수중을 자유롭게 흐르는 바람은 없다
물을 덮고 자는 밤에는 헤엄을 치는 갈증이 가장 춥다

고양이 안테나

이십년 전 구름을 향해 꼬리를 들어 올린다
지난 하늘로부터 헤진 털이 과거를 수신하고 있다

햇살에 잘 말린 구름은 옛 사진첩에 앙금처럼 쌓여
이미 신호의 귓바퀴가 부식되었다

부드러운 털을 먹고 자란 무성한 시간은
바람 가운데 오래 버려진 고양이를 낳았다

보름달을 핥으며 서로 몸을 굴리던 하루들이
생의 마른 비듬처럼 싸락눈이 되어 떨어진다

고양이는 남은 털을 곤추세운다
이제 계절을 탄 바람의 끝자락이 강신호로 내려올 것이다

온기 품은 지푸라기를 도둑처럼 물고 온 날에는
빈 자궁도 무거워 덜 익은 저녁 속으로 눕는 일이 잦았다

파문처럼 이는 입 꼬리를 들고
부푼 고양이는 신호를 받기 위해 시간에 구멍을 뚫는다

그리하여 어느 기억 사이로 새는 바람의 음표들이 밤을 각색한다
생식기를 단 울음들이 와락 덤벼들어 어둠이 번식하는 도중에도
물고기를 낚아채듯 고양이는 전파의 입을 덥석 문다

십년 전 뜬 싱싱한 주파수가 꼬리에 붙어 전희처럼 내려온다

전파를 헤엄쳐 온 밤하늘의 음량이 점점 높아진다
지는 꽃잎처럼 오늘의 얼굴이 차츰 벗겨진다

내일은 고양이 자리 주파수가 새로 뜰 것이다

박한라

1987년 논산 출생, 한남대학교 문예창작학과 졸업. 2012년 『내일을여는작가』 신인문학상 등단.

씀바귀 외 1편

_ 우기식

서쪽으로 저리 기우는 붉은 땅거미 같았어
다시는 오지 못할 내일 같았어
그 어떤 봄밤도 더는 곁을 내주지 않아
푸석한 시간에 심겨져
더디 아물고 쉬 덧나는 상처들만
그와 정을 붙였어

그는 가끔
물안개를 피워 올리고 싶어했어
날마다 갉 갉 그를 갉아대는 잡초를 이겼으면 해서
단단한 줄기만 가졌으면 해서
흙냄새를 맡을 때마다
캄캄하였던
구린내를 풍기며
슬픈 기억 속에 처박히게 하는
낯선 바람의 체액도 지웠으면 해서

(미생물이 주입하는 마취제에
악몽에 사로잡히는 땡볕의 급류에
휩쓸리지 않았으면 해서)

그의 뿌리 만지지마
저주와 저주가, 고통과 고통이 전부라 해도
지상의 한 귀퉁이 숨을 나누며 가족끼리 저녁을 먹는
그의 꿈을 뽑지 마

장수풍뎅이

그의 고향은 눅눅한 종이컵
10cm와 10cm의 공간 차지한 그
검은 몸의 부화
그는 쿤타킨테
후예라 했다

자연에게 상속받은 참나무는 없다
투명 사각면체에 갇힌
숲 모르는 어미,
뭉개진 뿔로 미라 된 아비만 있다
투명한 창밖으로 쏘아올린 시선
대물림의 가난 물려받았다
그의 자유로 제 배를 불리겠다는 상인의 포로

어닐 소비자의 흥정
날개 대신 손아귀의 권력으로
수직 상승과 하강의 공포를 몰아넣는다
날개 퍼득거림 빼앗는다
날개 부러진 샐러리맨의 일상

여섯 개의 다리
만원의 인생 버둥거려
허공의 참나무 붙잡는 그
갇힌 어미와 아비 닮았다

우기식

1969년 충남 산산 출생. 문예창작학과 대학원 박사과정 수료. 2012년 『시와정신』 신인상 당선으로 등단. 늘기찬교회 담임목사.

할머니 마음 외 1편

_ 곽은희

딸랑 딸랑
강아지가 종을 친다.

그러면 문을 열어 주렴.
쉬를 하고 싶은 거야.

딸랑 딸랑
강아지가 종을 친다.

그러면 문을 열어 주렴.
응가를 하고 싶은 거야.

딸랑 딸랑
강아지가 종을 친다.

그러면 놀아 주렴.
공부방에서 나오라는 거야.

넷째 손녀 방문이 열리기를 기다리는
할머니 말씀.

가을 꽃

봄꽃으로 오신 선생님
가을 길로 걸어가시네.

분홍 저고리 검정 치마
일흔 해 뜰을 지나서

앉으시던 자리에는
책을 가득 쌓아두고

제자 사랑 예수 사랑
어허 둥둥 한글 사랑

봄 길로 오신 선생님
가을 꽃 되어 걸어가시네.

곽은희

1962년 대전 출생, 한남대학교 국어국문학과 졸업. 2014년 『시와정신』 등단. 저서 『희망을 꿈꾸는 한국어 교육이야기』 외 다수. 현 한남대학교 대학 강사.

몬드리안의 담요 외 1편

_ 배세복

성큼성큼 들어와 붉은 사각형을 담요에 던지며 그가 말했다 너희들에게 어울리는 빛이야 그 때부터 그는 우리집 벽에 살았다 어느 해 나는 내 서재를 한 번도 열어주지 않으면서도 간신히 아내의 장롱 속에 들어간 적 있다 캄캄했다 오래 전 걸어두었던 희망 같은 단어에 곰팡이가 슬 기 시작했다 그날 그는 검푸른 색깔을 마구 칠했다 살짝 혀 차는 소리가 들렸다 그 무렵 나는 회화에 관심을 갖기 시작했다 유사한 색깔의 연속은 불안을 가져온다 마치 잘못 맞춰진 목욕 탕 타일의 무늬처럼, 그리하여 바람 푸르던 날 우리는 감탄사들을 날려 보냈다 공중에서 흩어 지는, 알고 보니 겨우 몇 개 밖에 안 되던 노란 한숨같은 것, 올해에는 어떤 색을 보여줄까 형형 색색의 아주 큰 보석을 보여줄게! 그는 한 해에 하나씩 그린 아홉 개의 사각형에 테두리를 치 고 있었다 집을 지은 후 귀퉁이를 여러 날 마름질하듯 천천히, 잠이 덜 깬 우리들을 격자무늬 로 엮어주며 서서히 벽 속으로 사라져갔다

잠자리 날아다니다

    자주 그는 그림을 그렸지 메리야스 어깨끈 사이의 붉은 추상을 나는 종종 감상했었어 아침부터 그림도구를 챙겨 간 그는 해거름 녘이 지나서야 돌아오곤 했지 얼기설기 짚으로 꼬아 만든 질빵과 발채의 갖가지 짐들이 엮어낸 핏빛 그림들, 오늘 제목은 뭐예요 가을산? 혹은 불의 춤, 일렁거리는 세상의 한때? 환쟁이들은 제 눈에 비친 세상을 그린다고 했었지 지게꾼 그가 바라본 세상은 그렇게 금이 가 있던 걸까 푸푸 노새 되어 고갯마루 넘을 때 툭 불거지던 겹눈 그래서 그의 눈에 비친 마을은 늘 조각 조각 조각……… 아버지, 모자이크광(狂)! 고추잠자리 붉은 어깨로 아직도 저 세상을 날고 있을까

배세복

1974년 충남 홍성 출생. 한남대 국어교육과 졸업. 2014년 《광주일보》 신춘문예 등단. 충남여고 교사.

빙벽 외 1편

_정우석

벌거벗은 사내 하나
빙하 속에 스며 있다
오랜 그리움을 부여잡고
그는 아무도 모르게 조금씩
더 단단해지고 있을 것이다.

싸늘한 저 몸뚱이
오래 전 그 자리에는
뜨거운 심장이 펄떡이고 있었으리.

얼굴 한쪽 무너져 내리고
뼈마디 선명히 드러날 때까지
누구의 눈길도 닿지 않는 곳에 잠겨
홀로 뜨겁게 견디어 왔을 것이다
고독의 더께가 쌓이고 쌓여
저토록 단단해졌을 것이다.

아득한 기다림이 쌓아올린 절벽
갓 구워낸 도자기처럼 아슬하다
다시 수천 년 지난 뒤에
비로소 완전한 눈동자 하나 깨어나리.

히말라야

지나가는 구름을 불러와
벗은 몸 가려 보려 하지만
큰 몸뚱이 다 지우지 못한 채
앞가슴 훤히 드러나 있다.

어느 석공이 수천 년이나
공을 들여 깎고 또 깎아 놓았나
날카롭게 솟아 오른 기암괴석
녹는 것조차 잊어버린 만년설
암벽마다 하늘을 껴안고 있다.

검은 산양의 무리
구름의 경계를 깨부수려는 듯
가파른 벼랑을 치고 올라
눈밭 위를 타고 거침없이 달린다.

날개를 일자로 펼친
독수리 한 마리,
수차례 산 정상을 휘돌아
다부진 부리 꼿꼿이 세워
매섭게 적막을 쪼아대고 있다.

정우석

1987년 강원도 영월 출생. 한남대학교 문예창작학과 졸업. 2014년 『시와정신』으로 등단. 시와정신 편집인.

그믐께야 피는 꽃 외 1편

_ 오영미

그래, 그렇다 치자
숨은 그림자를 짓밟고 뛰쳐 나갈 건 뭐람

처제와 눈이 맞은 남편
아내에게 냉기를 뿜어대는
늑대의 뒤통수에 대고
서릿발을 쏘아 올리는 그녀

긴 머리를 땋아
책가방을 챙겨주었던
언니의 뱃머리를 돌리다 실종된 동생
초롱이 엄마를 망녀로 데려간 시작이다

코흘리개 동생을 업어 키우며
바지락을 캐던 그녀가
망나니의 칼춤보다 더한 몸짓으로
늙어빠진 늑대의 거기를 매일 물어뜯었다

그믐사리를 지나
이지러진 물결 따라 흐르는
그녀의 검은 달은
사월 그믐께야 갈색 목련으로 진다

좁은 문

온종일 비린내 나는 기억으로 옥살이를 해야 했다
내가 너를 데려온 후
앙칼지게 밤새 울어댔지만
그 밤, 그 바람 때문에 닻을 내렸던 기억
바람이 그림자를 데려갔고
흔들렸던 깃발은 접힌 채 유령처럼 서서 잤다
자정이 넘으면 빈 주점에서 너를 기다린다
너는 나에게 또 묻는다
바람 없는 신호등이 왜 모두 흔들리는지
횡단보도는 가로로 누워 나를 안으려 하고
검은 물기로 허공에 떠다니는 저 유령들
창밖에서 나를 훔쳐보는 것은 껍데기일 뿐이다
오늘의 비바람은 나에게 생선을 선물했다
밤마다 앙칼지게 울어대는 고양이에게 줄 선물
이미 어미의 뱃속에서 길들여진 물 발톱
바다보다 넓은 양수를 할퀸 죄인으로
닫힌 창 안에서만 바라볼 수 있다
내부의 잠든 것들은 고양이의 울음소리
나는 오늘도 유령처럼 접힌 깃발로 서서 잔다

오영미

1966년 충남 공주 출생, 한남대학교 대학원 문예창작과 석사. 2015년 『시와정신』 시 부문 신인상으로 등단.
시집 『모르는 사람처럼』 외 2권. 한국문인협회 서산지부장, 충남문인협회 이사, 충남시인협회 회원.

겨울바다 외1편

_ 장용자

여백의 도화지를 마주하다

다시 시작하는 점
태초의 시간들이 딸깍 소리내며 수면 위로 퍼지면
깨어나는 파도 마른바닥 문질러 생명을 돋고
찬 기운 덥히며 일어선다

1월의 바다

도시연가

당신은 나의 미움입니다

산허리까지 벗겨진 나무숲
철따라 피던 꽃들의 동산도 깎이고 다듬어져
당신을 낳았습니다
아스팔트위로 달리는 자동차가
탱자나무 울타리 지즐대는 새소리 감추고
마당의 병아리도 어디론가 사라져 버렸습니다

당신은 나의 희망입니다

문명으로 가득찬 당신은 성큼성큼 자라서
총명과 패기의 빠른 몸짓으로
우리들의 미래를 한올한올 풀어 주셨지요
앳된 꿈 잃어 진한 서러움으로
시간의 끈을 잡고 당기는
나의 꿈, 지혜와 용기입니다

당신은 나의 사랑입니다

자꾸만 커져가는 당신의 얼굴
그 이름 하나로의 풍요와
그 이름 하나로의 세련됨이
청정으로 소망하는 모든 것이 돼고
하여

나는 오늘도 당신의 품안에 있고
당신은 나를 품에 안고 있습니다

장용자

1958년 논산 출생. 한남대학교 행정학과 졸업. 2015년 『시선』 추천 등단. 동인시집 『행복한 동행』.

난설헌을 그리며 외 1편

_ 김선환

숨쉬기 어려워라 조선의 남자세상
여인의 세월들이 어둠에 빨려들고
답답한 초희 마음이 시 한 수로 빛나네

앞서 간 자식들을 눈앞에 두고두고
어깨 위 새벽별이 하얗게 부서질 때
그리운 서왕모 세상 망선요를 부르네

꿈꾸는 임 생각에 낮달이 흐려지고
나르는 외기러기 노을 빛 따라갈 때
붉은빛 부용꽃 하나 바람 속을 구르네

*초희 : 허난설헌의 본명
*서왕모 : 중국 신화 전설 등에 등장하는 여신
*망선요 : 허난설헌의 시

물의 꽃

물이 되고 싶어요
흘러가는 시냇물도 좋고
저녁 무렵 산 그림자를 담아 버리고
지는 노을에 반짝이는 강물도 좋아요
육지를 꼼짝 못하게 밀려왔다 밀려가는
속절없는 파도가 되는 것도 좋아요

당신 몸의 7할이 물이라고요
네 알아요 나머지도 물로 채우고 싶은 것이죠
마음도 골격도 피부도 물로 이루어진
순수한 물의 형상으로 살고 싶어요
물의 날개를 달고 날아오르고 싶어요
저 큰 세상을 내려다보며 구름으로 흘러가고자 하는
숨은 욕망이 있는 것이죠

잠든 산을 넘고 어둠의 바다를 건너
지구를 수없이 돌고 돈 후
긴 여행을 끝내고 나면
비가 되어 세상을 덮으며
다시 물로 돌아가는 갑니다

땅속 깊숙이 흘러들어가
미세한 공간을 비집고 들어온
뿌리를 타고 다시 올라갑니다
오르다 막다른 곳에 이르면

해가 비치는 하늘 속에서
바람에 흔들리며
활짝 웃는 꽃으로 피어납니다

물의 꽃은 온 천지 사방에
타는 불꽃으로 번져 나갑니다

김선환

서울 출생. 연세대학교 화학과 졸업(이학박사). 2016년 『문학사랑』 시 부문 신인작품상, 『현대시조』 신인
상. 2017년 『아동문예』 동시부문 문학상.시집 『달빛을 삼킬 때』. 한남대학교 화학과 교수.

얼룩무늬 사과 외 1편

_ 박은주

검푸른 멍이 얼굴에 살고 있다
사나운 바람이 지나간 흔적
거울을 보지 않아도 알 수 있다
검은 샘을 파내려는 사람들의 날카로운 칼날

비 오는 날이면 천둥이 따라온다 무르익은 술 냄새와 구부러진 헛소리가 밤을 쏟아내고 비틀거리는 바람이 가지를 때릴 때 투둑투둑 숨줄 끊기는 소리

돌덩이가 하늘을 가르면 붉은 과즙이 빗방울을 따라 흩어진다
속부터 썩기 시작해 껍질까지 번진 얼룩을 보고 나서야 거친 숨을 멈춘다

바람에서 태어난 상처는
비를 삼키고 이슬에 물들며 내가 되었다
일그러진 열매는 그늘에 묶이고
나무는 달아오른 열매만 돌처럼 쥐고 있다

책상 밑에서 술 취한 발소리가 잠들기를 기다리는 밤
도망칠 수 없는 이번 생의 가을

소원이라면
무덤에는 깨끗한 얼굴로 가는 것

꽃다발

죽을힘을 다해 죽어간다
말이 통하지 않는 무리에 끼어
고개 숙이지 않으려 머리카락을 쓸어 올린다
한 다발로 묶여도 섞일 수 없다
가시와 껍질로 칸막이 쌓으며 자리를 지킨다

반짝이는 포장 뒤에서 어깨가 어깨를 먹고
돌아갈 자리는 발 닿지 않는 곳에 있다

물속에 잠겨도 목이 마르다
꽃잎 마르기 전에 흩어지는 맹세
철사에 묶인 심장이 거꾸로 흐르며 수직으로 추락하는 얼굴

붉은 꽃잎도, 피다 만 봉오리도
한 번의 조명이 꺼지면
흐트러진 입을 애써 모으며
쓰레기통 속 광대가 된다

무른 발바닥이 간지럽다
뿌리가 돋아나는지 고름이 터지는지
부르튼 입술이 바스락거리는데

누군가 새로운 꽃을 꺾고 있다

박은주

1968년 충남 당진 출생. 한남대학교 사회문화행정복지대학원 문예창작학과 졸업. 2016 『애지』 여름호
신인문학상 등단. 한남대학교 중앙도서관 근무.

하얀 공룡 외 1편

_ 김다은

백지의 두려움과 맞서려고

책상 위에 하얀 종이 한 장 올려놓았다

한참을 앉아 있다가

하얀 종이를 한 손으로 마구 구겨버렸다

두려움은 이길 수 없어도 백지는 이길 수 있으니까

그날 밤 꿈에는

크고 하얀 알 속에서

작은 공룡 여러 마리가 기어 나와

내 잠을 마구 밟고 다니며 괴롭혔다

양파를 사랑한 구름

땅속에서 자라난 양파는
구름을 본 적이 없다
하늘의 구름은 양파를 알고 있다
동글동글한 주황 몸을 잊을 수 없다

어느 날 땅 속으로 이사한
양파를 본 구름은 그날부터
매일 양파 위에 떠 있었다

구름은 양파가 더울까 싶어
몸을 펼쳐 해를 가려주었다
양파가 추울지 몰라 금세 몸을 웅크렸다

양파가 잘 자라기만 바라던 구름은
양파와 하나 되고 싶은 욕심에
비되어 내려와 양파 속으로 스몄다

김다은

한남대학교 문예창작학과 졸업. 2017년 『시와정신』 신인상 당선.

봉숭아 외 1편

_ 박종영

손톱 위에 설핏 달 솟는다
봉숭아 꽃잎 다져 손톱에 물들이는 밤
꽃잎에 눈먼 나비 한 쌍
너울너울 춤을 춘다

고요의 한 쪽 끝
봉숭아 꽃물은 붉게 터지고
옷깃이 스쳐간 인연마다
몸 구석구석 상처투성이다

그리움의 마디를 동여매고
감나무 가지에 허공을 안고 살아간다면
손톱 위에도 환한 달이 뜨겠지
꽃의 혀가 손톱 위에 넘실대고
꽃잎 지는 밤엔 그대가 그립다

꽃의 뒤태

어디쯤에선가 아픔 참으며
숨죽여 내 뱉는 기침소리
아직도 밤공기가 차갑다

봄은 시간을 사이에 두고
인내하고 절제하며 온다
사는 게 다 그렇듯이
보석은 깨지고 부서지며 다듬어지는 것

내게 아름다운 꽃으로 맺어져 살다가
꽃잎 지며 마치는 삶
갑자기 더불어 사는 모습에 미안하다
미안해하는 것이 더 미안한 것
그냥 마음으로 읽어주는 것이 덜 미안한 법

가끔은 방정맞게 너스레 떨다가
뻔뻔스럽게 해찰을 떨기도 하는
눈물 나게 그리운 지난 삶

검버섯 하나 둘 피어나면
이젠 모든 것 하나 둘 내려놓을 시간
마음을 비우고 떨어질 듯이 붙어산다
누가 연명하는 삶이라 했던가?

흙으로 돌아가야 할 빈 몸

내 모습이 거짓 없는 참 모습이거든
긴 그림자 위로 꽃잎 한 줌 뿌려주게나

박종영

1960년 대전 출생. 사회문화행정복지대학원 재학 중. 2017년 『시와정신』 신인상 등단.

平濟塔有感 외 2편

_ 백승호

廣豁雙林址
孤尖濟塔懸
白鷗斜日去
金鮒靜池眠
主帥欣誇烈
亡君悔擅權
世人忘恨史
爾獨守千年

曉坐

深眠忽破漏鳴聲
遠客東窓暗未明
十載書床槐夢冷
單間貸屋蠹書清
曾乖世利休朝出
永保天慵待晚成
今日又無晨省禮
遙知老母隱憂生

登冠岳山戀主臺

巨壁衝霄擢又驍
群峰鎭壓峻巖標
讓寧遮日思君處
眉叟飛鳬極目嶢
映耀陽岡疑地鏡
隨風偃草似江潮
紫霞淸谷入吟袖
一瞥乾坤得邐迢

주석:
戀主臺有遮日巖
眉叟許穆八旬登戀主臺其步履如飛

백승호

1978년 충남 논산 출생. 서울대학교 국어국문학과 졸업. 저서 『정조의 신하들』 외. 한남대학교 국어국문·창작학과 조교수.

소설

한 남 문 학 선 집

지옥 이야기

오승재

박 전도사라고 말하는 부흥강사는 메마른 체구였지만 당당하고 확신에 찬 목소리로 청중들을 향해 외치고 있었다.

지옥은 분명히 있습니다. 저는 어려서 병이 있어 모든 병원에서 포기하고 있는 그런 병자였는데 예수를 믿고 병이 치유되었습니다. 19살에 내가 산 기도를 가서 기도하고 있던 중 주님의 음성을 들었습니다. "너는 내가 구령救靈의 종으로 삼겠다. 준비하라." 그런 음성이었습니다. 그 뒤부터 나는 기도원에 들어가 살면서 매일 8시간 이상 기도했습니다. 주께서는 내게 신유神癒의 은사를 주셨고 나처럼 불치의 병을 앓고 있는 사람을 치유하게 해 주셨습니다. 지금은 나는 세계 각 나라 집회에 다니면서 치유 은사 집회를 합니다.

그런데 어느 날 주께서는 천사를 통해 저에게 지옥을 보여 주셨습니다. 지옥은 어둠의 권세 자들이 모여서 아우성을 치는 곳이며 썩은 송장냄새가 진동하는 곳입니다. 나를 구령의 종으로 삼으신 것은 여러분을 이 지옥의 고통에서 구해내기 위해서입니다.

"이게 또 무슨 해괴한 소리야."라고 나는 생각했다. 나는 '예수천당, 불신지옥'이라는 기독교의 전도구호를 많이 들어서 이런 꿈을 꾸고 있는 것이라고 생각했다. 교회가 이제는 노방전도에 지쳐서 이런 전도사를 불러서 부흥회를 하고 있는 것이라는 생각을 했다. '예수천당, 불신지옥'이란 "넌 예수 믿고 천당 갈래? 안 믿고 지옥에 갈래?"라고 칼과 코란을 들고 믿음을 강요하는 회교도의 고전적인 방법 같다는 생각마저 드는 것이었다. 과연 지옥의 존재가 불신자에게 위협이 되기나 하는 것일까? 예수도 안 믿는데 지옥의 존재를 믿을 리가 없다. 그런 사람들에게는 지옥은 소귀에 경 읽기다. 그러나 모여 앉은 교인들은 한 마디라도 놓칠세라 너무 열심이었다.

전도사는 계속 말을 이어 갔다.

1.

한 마디로 지옥은 빛도 없는 동굴 속에 숨겨진 어둠의 세계입니다. 예수님은 빛이시지만 마귀는 죽음이요 어둠이기 때문입니다. 저는 앞이 안 보이는 어둔 동굴을 천사를 따라 한 없이 가고 있었는데 점차 오물처리장에서 나는 것 같은 송장 썩은 냄새가 나기 시작했습니다. 그러더니 서로 욕하며 헐뜯는 많은 사람들의 아비규환 속에 갑자기 "사람 살려, 나 좀 살려 주어." 하는 뚜렷한 소리가 들렸습니다. 어둠에 점차 눈이 익숙해지자 희미한 그림자들이 보이기 시작했는데 그들은 바다같이 넓은 큰 끓는 가마솥 속에서 서로 다른 사람을 밟고 일어서려 싸우고 있었습니다. 몸은 벌겋게 익었고 서로 끌어당기자 살갗이 찢어져 흰 뼈가 나왔습니다. 자세히 보니 그들 몸에는 구더기가 붙어 있었어요. 지옥은 뜨거운 물이 끓고 있었지만 물도 식지 않고, 사람도 구더기도 영원히 죽지 않는 그런 곳입니다. 죽고 싶어도 죽을 수 없는 영원한 형벌의 지옥이니 얼마나 무서운 곳이겠습니까? 그들은 소리치고 있었습니다.

"나는 세상에서 모든 권력과 재력을 다 쥐고 있어서 너희들이 원하는 것을 다 들어 주었다. 그런데 너희는 왜 나에게 한 번도 예수 믿으란 말을 하지 않았느냐? 모르긴 해도 너희도 나에게 예수를 전하지 않은 죄 값을 치룰 것이다. 이 나쁜 놈들아."

그들은 바다가 내어준 자들이고 사망과 음부가 내어준 자들입니다. 성경의 말씀을 듣고도 그 가운데 기록된 대로 지키지 못한 자들입니다. 에스겔서 3:18절에는 "네가 악인을 깨우치지 않거나 악한 길을 떠나 생명을 구원하지 않으면 내가 그 피 값을 네 손에서 찾을 것이라."고 하나님은 말씀하지 않으셨습니까? 그런데 지옥에 온 사람이 그 말씀을 알고 있는 모양입니다. 실제 이 지옥에 있는 사람들은 악인을 깨우치지 않았기 때문에 온 사람들도 많았습니다. 전도해도 그가 그의 악한 행위에서 돌이키지 않으면 그들은 죄 중에서 죽지만 만일 여러분이 전도하지 않아서 이들이 이 지옥에서 고통을 받고 있다면 이제는 여러분도 죽어 이곳에 올 것입니다. 여러분!아시겠습니까? 여러분도 전도하지 않고 죽으면 지옥의 형벌을 면치 못합니다. 아멘! "아멘입니까?"…

하나님께서는 사랑의 하나님인데 왜 이런 지옥을 만들어 영벌을 받게 하느냐고 묻는 사람이 있습니다. 그러나 하나님은 공의의 하나님이십니다. 불의한 자에게는 벌을 주고 의로운 자에게는 상을 약속하신 분입니다. 죽어서도 악인이 벌을 받지 않는다면 누가 이 불법의 세상을 의롭게 살겠다고 인내하고 살겠습니까? 따라서 세상에 살 때에 죄를 회개해야 합니다. 지옥에 와서는 너무 늦습니다. 아무리 외쳐도 천국에 옮겨질 수 없습니다.

회중들은 전도사의 말에 온 정신을 집중하고 있었다. 정말 부흥강사는 말을 청산유수처럼 잘 하는 분이었다.

천사는 저에게 말했습니다. 하나님께서 저로 하여금 이 지옥의 처참한 모습을 보게 한 뒤 온 세상 교회에 나가 전하라고 말입니다. 말세에 세상 사람들은 아무리 깨어 있으라고 해도 깊은 잠에 빠져 있습니다. 그들은 영의 눈이 가리어져서 죄가 무엇인지를 모릅니다. 여러분에게는 그들이 영의 눈이 떠서 죄가 무엇인지 깨닫게 해줄 의무가 있습니다. 이제 제가 전한 이 지옥을 세상 사람들에게 전해서 이 고통을 면할 수 있는 방법을 여러 사람에게 가르쳐 주십시오. 누가복음 16장에 있는 한 부자와 거지 나사로의 생각이 안 나십니까? 자색 옷과 고운 베옷을 입었던 호화로운 부자는 죽어서 지옥으로 가고 거지 나사로는 죽어 낙원에 가 아브라함의 품에 안겼습니다. 부자가 불꽃 가운데 괴로워하며 나사로의 손가락 끝에 물을 찍어 자기 혀를 서늘하게 해 달라고 했는데 낙원과 지옥 사이는 큰 구렁이 있어 건너 갈 수 없다고 했습니다. 그때 세상에 살아 있는 형제에게 지옥의 소식을 알려 그들이 회개하게 해 달라는 말을 기억 못하십니까? 그렇게 해도 회개하지 않을 것이라고 아브라함은 말했지만 여러분은 제가 이번에 본 '가마솥 지옥'의 끓는 물 심판을 알려 주십시오. 이것은 내가 직접 본 이야기입니다.

2.

그곳을 지나자 저는 유황 냄새가 숨을 막히게 하는 '불못 지옥'이라는 곳에 도착했습니다. 불못은 물이 있는 연못이 아니라 활화산의 분화구처럼 끓는 바위물들이 녹아 있는 곳입니다. 촛대 바위나 남근바위 등 쭈뼛쭈뼛 솟은 바위들이 아래서부터 녹아 용암이 되고 그 끓는 용암 속에 인간들이 불과 유황으로 타는 불못 속에 던져져 뒤엉켜 있는 것이 보였습니다. 이글이글 타는 불길이 온 연못을 덮고 있었는데 불못 안에서는 기포처럼 솟아 오른 것이 하늘로 치솟았다가 다시 내려앉았습니다. 이 속에서 허우적거리는 악인들이 가끔 공중으로 떠올라와 보였는데 이들은 낙지처럼 벌겋게 익어 있었는데 몸에는 벌레들이 엉켜 있었고 그 몸을 뚫고 속에서 나온 뱀이 몸을 칭칭 감고 있었습니다. 붉은 몸의 마귀가 흐느적거리는 모습으로 다가와 그들 몸을 도끼로 찍었는데 그들은 몸이 갈기갈기 찍혔으나 죽지도 않고 하늘을 향한 낙지 발 모양이 되어 위로 솟았다가 다시 가라앉곤 했습니다. 잠깐 세상을 지배하고 있던 것은 죄와 죽음과 마귀였는데 이 죄의 유혹을 이기지 못하고 이곳에 온 인간들이 아비규환을 하고 있었습니다. 이곳은 주로 유혹을 이기지 못한 성범죄자들이 있는 곳이라고 천사가 설명했습니다. 어린이들이나 지체 부자유자를 성폭행한 파렴치한 치한이나 성폭행을 남 몰래 저지른 기관의 점잖은 책임자들, 정부情婦와 함께 자기 아내를 살해해 토막 내서 버린 짐승 같은 자들, 연약한 소녀들을 이용한 성매매 업자들도 여기 끼어 있다고 했습니다. 노회老會에서 경건하게 목사 안수를 받고 교회에서 목회를 하고 있던, 내가 아는 목사도 그 속에 있었습니다. 그들은 한국 교회가 어떤 위기에 있는지도 모르고 교계의 물을 흐리게 하고 다니던 미꾸라지 같은 존재들이었는데 여기서도 미꾸라지처럼 용암 위를 기어 다니며 뜨거워서 이리 뛰고 저리 뛰며 몸의 중심을 잃은 채 다니고 있었습니다. 마귀가 불길에서 솟아오른 악인을 도끼로 치는 것을 상상해 보십시오. 이들은 사탄의 유혹에 빠져 여 성도들과 윤리적으로 문란한 행위를 하고 자기 행위를 정당화하기 위해 교회 내에 파벌을 만들어 교회를 분열시킨 자들입니다. 히브리서 13:17에는 성도를 인도하는 자는 그들의 영혼을 보살피며 마지막 날 하나님 앞에 설 때는 그 성도의 열매를 회계會計하는 것처럼 하나님 앞에 보고 해야 한다고 했습니다. 여러분, 하나님은 교역자도 심판하십니다. 아니 더 큰 심판을 하시는 것을 믿어야 합니다. 여러분 믿습니까? 아멘, 할렐루야.

구약의 바리새인, 서기관들, 제사장, 그리고 사울 왕도 그곳에 있었습니다. 아무리 기름 부어 세운 왕이라 할지라도 하나님의 뜻을 어기면 하나님께서는 버리십니다. 하나님의 사랑을 거역한 사람은 간음죄를 범한 사람입니다. 아말렉을 쳤을 때 가장 좋은 것, 기름진 짐승을 제사를 위해 남겼다 할지라도 선지자 사무엘상 15장에서 사무엘은 말했습니다. "주께서 어느 것을 더 좋아하시겠습니까? 주의 말씀에 순종하는 것이겠습니까? 아니면, 번제나 화목제를 드리는 것이겠습니까? 잘 들으십시오. 순종이 제사보다 낫고, 말씀을 따르는 것이 숫양의 기름보다 낫습니다."라고 말씀하셨습니다. 하나님은 대접심판으로 모든 통치와 모든 권세와 능력을 멸하시고 불못에 넣어 심판하십니다.

여러분! 말씀에 순종하십시오. 나는 또 대형 교회의 목사도 그곳에 와 있는 것을 보았습니다. 천사가 말했어요. 그는 성스런 교회에서 직분을 돈으로 사고 어려운 사람에게 갑질하고, 하나님의 은혜와 사랑이 넘쳐야 하는 곳에서 화평보다는 분쟁을, 용서보다는 저주를 일삼고, 교회를 거룩한 모습으로 도둑질하고 숨는 도피처로 삼는 자들을 모아 부자 목회를 하고 있기 때문입니다. 부자 교회와 가난한 교회가 생긴 것은 하나님 앞에 부끄러운 일입니다. 세상에는 빈부의 격차가 생기고 빈부의 양극화 현상이 일어 날 수 있다고 하지만 어떻게 교회가 그럴 수 있습니까? 농어촌 교회가 교인이 2, 30명밖에 되지 않고 일할 수 없는 노인밖에 없다면, 또 그런 교회 수가 많다면 부자교회는 몸 둘 바를 모르고 부끄러워해야 합니다. 히브리서 기자의 말대로 "우리도 그의 치욕을 짊어지고 영문 밖으로 그에게 나아가자" 하고 그리스도의 본을 받기를 바랐던 뜻을 따라야 합니다. 어찌 가난한 교회에게 하나님의 구원사역을 맡기고 평안히 있을 수 있습니까? 하나님의 진노가 미치는 것은 당연한 일입니다.

이사야 58:8에는 "내 생각은 너희 생각과 다르며 내 길은 너희 길과 다르다."고 하나님은 말씀하셨습니다. '하나님의 생각'은 무엇이며 '하나님의 길'은 무엇입니까? 그저 살다가 죽음이 삼켜버리는 인간의 생각이 아니며 위에서 내려온 생각, 영원에서 온 생각입니다. 성령의 불길처럼 전혀 차원이 다른 세계에서 오는 생각입니다. 그 길은 무엇입니까? 육을 가진 내 생각이 아니며 성령과 하나가 되었을 때 그가 지시하는 길을 따라야 하는 그런 길입니다. 부자 교회에서 편안히 살다 죽은 사람은 나사로를 업신여긴 부자 같이 이 불못 지옥에 던져질 것입니다. 여러분 회개해야 합니다. 노아의 방주에 앉아 불쌍한 형제 구원하려고 생명줄 던지는 노래만 부르고 있을 것이 아니라 믿기 전에 선한 사마리아인이 되지 못한 것을 회개해야 합니다.

여러분, 가난한 마음으로 기도해야 합니다. 눈물로 침상을 떠내려가게 해야 합니다. 예레미야 애가 2:18은 이렇게 말하고 있습니다.

"도성 시온의 성벽아, 큰소리로 주께 부르짖어라. 밤낮으로 눈물을 강물처럼 흘려라. 쉬지 말고 울부짖어라. 네 눈에서 눈물이 그치게 하지 말아라."

우리는 지옥에 있는 이들을 보면서 눈물로 회개의 기도를 해야 합니다. 이것이 저에게 '세상에 나가 네가 본 것을 전하라'는 하나님의 뜻입니다.

3.

나는 또 '토막지옥이'라고 불리는 곳에 갔습니다. 이곳은 인간의 몸 지체가 토막 나서 떠내려 가고 있는 곳이었습니다. 음식물 처리장 같은 곳으로 온갖 쓰레기가 용암 위를 떠내려가고 있었는데 그곳에 먼저 입술이 떠내려 오고 있었습니다. 남을 욕하고 저주하고 당 짓고 시기하고 분열을 일삼는 입술들이 몸통에서 잘려 이곳에 와 있었습니다. 아마 남을 속이고 재물을 축적한 악덕 기업자의 입술도 있을 것이고 권력을 탐하여 이곳저곳 빌붙어 다니며 거짓말과 공수표를 남발한 정치인의 입술도 있을 것입니다. 사탄 숭배자로 록 음악가a rock musician의 입술도 있었습니다.

이것이 남아 있는 유일한 해결책이다/ 자살하라. 자살하라/ 지금이 바로 시험해 볼 때다/ 자살하라. 자살하라/ 지금이 네가 죽을 시간이다.

이런 록 음악의 쉰소리가 들리는 것 같지 않습니까? 이 입술 때문에 얼마나 많은 젊은이들이 자살하여 지옥에 빠졌습니까? 사탄은 죽음을 주관하는 왕입니다. 죽음으로 얼마나 많은 사람을 두려워 떨게 했으며 죽음을 찬양하는 마귀의 글과 달콤한 노래로 얼마나 그들을 유혹했습니까?

"사탄아! 물러가라. 사탄아! 물러갈지어다."

여러분은 나약한 존재들입니다. 이 토막 지옥의 화를 면하기 위해서는 죽음을 이기신 예수님의 이름으로 사탄을 물리쳐야 합니다.

또 손과 팔이 잘려져 떠내려왔습니다. 도박을 하거나 마약에 중독되거나 도벽에서 헤어날 수 없었던 사람들의 손이나 팔입니다. 또 인터넷 중독에 걸렸던 어린 소년의 손도 있었습니다. 기능공, 기술자, 운동선수, 컴퓨터의 전문인들도 있었습니다. 그들의 재능을 마귀는 칭찬하기를 좋아합니다. 마귀는 결코 싫은 말을 하지 않고 듣기 좋은 달콤한 말만 합니다. 그래서 그 달콤한 말에 우쭐해져서 중독에서 헤어나지 못하고 이곳에 온 것입니다. 마귀는 하와를 유혹한 뱀처럼 간교한 자입니다. 그러나 그들은 자기 죄를 인정하지 않고 고래고래 소리를 지르며 세상을 향해 욕하고 있었습니다.

"내가 무슨 죄가 있어. 못된 생각은 몸통이 하고, 죄는 자기가 짓고 나는 하수인에 불과했는데 나를 잘라내서 이곳에 던지고 자기는 천국 간다고? 말도 안 돼. 이것이 개독교인의 수작이야. 눈에 보이는 팔과 손목 하나 잘라냈다고 자기 죄가 없어져서 자기는 천당에 가? 미친놈들. 손 발 다 붙이고 몸통이 회개하여 거듭나야지 손 발 잘랐으니까 자기는 거룩하다고 위선 떨 거야? 나는 억울해. 나는 억울해. 정말 지옥에 올 자는 그 위선적인 개독교인이야."

어린 손목도 소리 지르고 있었습니다.

"내가 PC 방에서 좀 놀았다고 죄인인가? 뭐 내가 중독자라고? 내가 중독자라면 세상에 중독자 아닌 사람이 어디 있어. 다 중독자지. 안방에서 TV에 미친 엄마 아빠도 중독자요, 쇼핑에 미친 자, 명품에 미친 자, 돈에 미친 자, 권력에 미친 자, 스마트 폰에 빠진 자, 자기 생각만 옳다는 자, 예수만 믿어야 천국 간다고 하는 개독교인도 다 미친 자 아니야?"

"나는 억울해. 나는 억울해. 누가 지옥은 만들어 놓은 거야. 사랑이 많은 하나님이 만든 거 맞아?"

하나님은 너무 늦었다고 말합니다. 지옥에 들어와서는 아무리 소리치고 욕해도 용서 받을 수 없다고 말합니다. 세상에 있을 때 예수 믿고 천당에 가야 한다고 말합니다. 그래서 저더러 이런 간교한 자들의 꼬임에 빠진 것이 얼마나 비참한지 본대로 여러분께 전하라고 합니다. 여러분은 마귀를 대적할 힘이 없습니다. 그러므로 하나님의 전신갑주를 취해야 합니다. 이것이 악한 날에 여러분이 마귀를 능히 대적하고 모든 일을 행한 후에 서기 위함입니다.

"주여, 이 손과 팔이 몸에서 떨어져 나와서도 자기 뜻대로 쾌락을 추구하지 못해 아우성을 치고 있는 것을 봅니다. 우리 몸을 쳐서 주께 굴복하게 하시며 주께서 우리를 대신해서 마귀와의 싸움을 승리하게 해 주시옵소서. 할렐루야, 아멘."

여러분은 예수님을 아셔야 합니다. 참으로 그분을 아셔야 합니다. 왜 하나님이신 예수님께서 죽지 않은 천서로 이 땅에 오지 않고 죽을 운명을 가진 사람으로 태어났습니까? 그는 육신의 아버지가 없습니다. 죄 없이 성령으로 태어나신 분입니다. 사실은 하나님이 아버지이십니다. 그런데 왜 그가 육신의 아버지를 가진 우리를 형제라고 부릅니까? 그가 인간으로 태어났기 때문입니다. 그것으로 충분합니까? 아닙니다. 그분은 우리의 죄를 위한 제물로 자신을 십자가에 못 박게 하여 돌아가시면서 우리 죄를 사하시고 우리를 하나님의 아들로 삼아 주셨습니다. 그래서 우리는 하나님을 아버지로 갖는 형제가 된 것입니다.

"여러분, 믿으십니까? 믿으시면 아멘 하세요. 예수님이 십자가에 돌아가시면 우리는 다 하나님의 아들이 되게 한 것입니까? 아닙니다. 우리는 그를 마음으로 믿고 입으로 그가 구주이심을 시인해야 합니다. 이때 성령이 우리 안에서 우리를 새 사람으로 변화시켜 주십니다. 디도서 3:5에는 '우리를 구원하시되 우리가 행한 바 의로운 행위로 말미암지 아니하고 오직 그의 긍휼하심을 따라 중생의 씻음과 성령의 새롭게 하심으로 하셨나니' 라고 씌어 있습니다. 거듭남의 체험이 없으면 구원을 받을 수 없으며 하나님의 아들이 될 수 없습니다. 교회에 나와 앉아 있다고 다 구원받으며 천당 가는 것이 아닙니다. 성령으로 거듭나야 합니다. '성령으로 아니하고는 누구든지 예수를 주시라 할 수 없느니라.' 라고 말하고 있습니다. 여러분 성령을 받으십시오."

불길 같은 주 성령 간구하는 우리게/ 지금 강림하셔서 영광 보여 주소서/
성령이여 임하사 우리 영의 소원을/ 만족하게 하소서, 기다리는 우리게/
불로, 불로 충만하게 하소서.
아멘.

이제 청중들은 부흥사의 말에 완전히 세뇌되어 있었다. 내가 보기로는 거의 반 중독이 되어 어떤 말을 해도 믿을 때가 되었다고 생각되었다. 교회가 부흥사를 청빙할 만하다고 생각했다. 지옥이란 얼마나 무서운 곳인가? 누가 그런 지옥에 가고 싶겠는가? 그곳 문턱까지 갔다 온 전도사의 말은 너무 생생하다. 지루한 강해설교보다 얼마나 좋은 청량제이며 효과적인 강장제인가? 그러나 기독교인은 우리에 갇힌 가금家禽의 무리처럼 길들여져서는 안 된다. 누군가의 손짓으로 부화뇌동하는 군중이 아니라 생각하는 기독교인이 되어야 한다. 예수 그리스도가 죽음을 이기고 부활해서 하나님 우편에 앉아 성령을 주셨을 때 우리는 이미 그 성령의 능력을 힘입어 그의 다스리는 백성이 되고 영생하는 낙원을 유업으로 받았기 때문이다. 그리스도께서 죽은 자 가운데서 살아 나사 잠자는 자들의 첫 열매가 되셨기 때문이다. 그러나 아직 그의 재림 때에 온전히 부활에 참여하여 영원히 낙원에 거하려고 기다리고 있는 백성이기도 하다. 우리는 바울이 말한 것처럼 "그리스도께서 우리를 자유롭게 하려고 자유를 주셨으므로 다시는 종의 멍에를 멜 사람이 아니다. 갈라디아 5:1" 죽음과 지옥이 우리를 구속할 수 없다. 또 지옥의 위협으로 다른 사람을 끌어들여 예수를 믿게 해서도 안 된다. 우리는 지상에 발을 딛고 죽음을 초월하여 영원한 낙원에서 살고 있기 때문이다.

이렇게 나는 외치고 있었다.

부흥강사의 이야기는 계속되고 있었다.

4.

내가 지옥의 이야기를 하려면 몇 달 걸려도 부족합니다. 그러나 시간이 없어서 하나만 더 말씀 드리고 마치겠습니다. 이곳은 '절벽 지옥'이라는 곳입니다. 이 길을 가고 있으면 아슬아슬한 절 벽에 이릅니다. 그 무서운 절벽 밑은 죽은 자들의 피 바다입니다. 억울한 성도들과 선지자들이 흘 린 피로 된 바다입니다. 이 절벽에 떨어지는 사람은 피 바다에 떨어지기 전에 뜨거운 태양에 의해 타 죽습니다. 그렇지 않으면 바다에 닿을 때 지독한 종기로 신음하며 혀를 깨물고 죽습니다. 이 곳은 고요한 곳이 아닙니다. 우레와 번개와 큰 지진이 있어 바다가 흔들리고 절벽이 큰 쓰나미를 만난 것처럼 무너져 내리기도 합니다. 그 바다 위로 일곱 머리와 열 뿔을 가진 짐승을 탄 여자가 피를 마시고 취해서 물 위로 올라오고 있었는데 자주 빛과 붉은 빛 옷을 입고 금과 보석과 진주로 꾸미고 있었습니다. 그녀는 절벽으로 오는 사람마다 잡아 자기 품 안에 넣었습니다.

내 눈에는 이렇게 무서운 절벽 아래 피 못이 보였는데 군중들은 앞을 다투어 그곳으로 뛰어가 고 있었습니다. 그들이 가는 목적지는 죽음의 피바다입니다. 나는 이들을 막아보려 했으나 막을 수가 없었습니다. 그 옆에는 루시퍼 천사가 박쥐같은 검은 날개를 하고 멸망의 가증한 수문장처 럼 서 있었습니다. 그는 소리쳤습니다.

"앞으로 달려가라. 집에 있는 것을 가지러 가지 말라. 옷도 가지러 가지 말라. 그리스도가 여기 있다 해도 따르지 말며 골방에 있다 해도 믿지 말라. 세상의 종말을 향해 너희는 달려야 한다."

나는 안타까웠습니다. 여러분은 그들이 멸망의 길을 가고 있는데 보고 있을 수가 있겠습니까? 나는 외쳤습니다.

"예수 믿고 천당 가시오. 믿지 않으면 지옥 갑니다. 왜 남이 달린다고 자기도 덩달아 따라 달립 니까? 그곳은 생명의 길이 아니고 사망의 길입니다."

그러나 아무도 내 말은 듣지 않았습니다. 천당 가는 길이 왜 하나뿐인가? 모로 가나 기어가나 천당만 가면 된다. 세상에 절대적인 가치가 어디 있는가? 모든 것은 상대적이다, 그래서 최선책 과 차선책이 있는 것이 아닌가? 하고 외쳤습니다. 그들은 그곳이 천당 가는 길로 착각하고 있는 것 같았습니다. 군중 속에는 돈을 뿌려서라도 권력은 잡고 봐야 한다는 각 종교단체의 총회장, xx 연합회 대표회장, xx 대책 위원회 위원장들도 있었습니다.

"이제 말세가 되었습니다. 이사야서 42장에는 '너희 못 듣는 자들아 들으라. 너희 맹인들아 밝히 보라'라고 이사야는 하나님의 말씀을 외쳤습니다. 하나님의 사명을 받고 보내심을 받은 지도자들이 영적인 맹인과 귀머거리가 되어 세상을 바로잡지는 못하고 세상의 물결에 휩쓸려 흘러 떠내려가니 말세가 아닙니까? 지옥은 이들 때문에 만원입니다. 여러분! 주님은 나더러 이 지옥을 본 대로 전하라고 하십니다. 여러분! 깨어 기도합시다. 이제 이 지옥들을 생각하며 영적 각성을 위해 기도합시다."

내가 보니 부흥회에 모였던 성도들이 기다렸다는 듯이 '주여!'를 큰 소리로 외치고 손을 들고 전후좌우로 흔들며 기도하기 시작했다. 믿음이 충만한 성도들 위에 충만한 성령이 부어져서 온 집회장을 감싼 듯이 느껴졌다. 희미한 불빛 속에서 그들의 움직임과 방언으로 외치는 소리는 내가 다시 지옥으로 들어가 그곳의 한 장면을 보는 듯했다.

여 전도사의 지옥 간증은 여기서 끝났다. 그러자 사회자가 단상에 나와 이들의 기도를 인도했고 키보드 연주를 따라 찬양 팀이 찬송가를 부르기 시작했다.

물 위에 생명줄 던지어라. 누가 저 형제를 구원하랴.
우리의 가까운 형제이니 이 생명줄 그 누가 던지려나
생명줄 던져, 생명줄 던져, 물 속에 빠져간다.
생명줄 던져, 생명줄 던져, 지금 곧 건지어라.…

여 전도사는 또 다른 바쁜 집회가 있는지 여기까지 불을 지펴 놓고 살며시 밖으로 빠져 나갔는데 이 때 나도 빠져 나와 여 전도사를 만났다.

"전도사님, 전도사님은 최근 언제 지옥을 다녀오셨습니까?"

그녀는 어처구니없다는 듯이 나를 쳐다보더니 말했다.

"나는 하나님의 계시로 수시로 지옥을 다녀옵니다. 뭐 묻고 싶은 것이 있습니까?"

"아니요. 저도 최근에 지옥을 다녀왔거든요."

여 전도사는 좀 놀란 듯 했다.

"그래요? 뭐 특별히 다른 것을 보았습니까?"

"제가 지옥에 갔더니 거기에는 사람이 하나도 없는 빈 지옥이었습니다."

"뭐라구요? 아브라함 품에 안긴 나사로에게 지옥에 있는 부자가 한 이야기를 안 들었습니까?"

나는 예수님께서 계시 중에 내게 해 주신 말을 해 주었다.

"마지막 날 백 보좌의 심판 최후의 심판을 하는데 그 때 죽은 자들이 큰 자나 작은 자나 그 보좌

앞에 서면 나는 그들의 행위를 따라 생명책에 기록된 대로 심판을 하는데 그 때 생명책에 기록되지 못한 자는 제2의 사망이라는 지옥에 던져 넣는다. 그런데 아직 내가 재림하지 못했다. 나는 지금 내 제자들이 세상 끝까지 전도하여 이방인의 수數가 차기까지 안타까운 마음으로 불신자가 돌아오기를 기다리는 중이다. 그래서 그 마지막 심판 때까지 지옥에는 아무도 없는 것이다."

이렇게 말씀했다고 설명해 주었다. 그러자 그 여 전도사는 불 같이 화를 내며 손을 들어 나를 치려 했다.

"이 마귀의 자식아, 이곳을 떠날지어다. 저주 받은 입술이여, 너는 잘려서 토막지옥에 던져질지어다. 주여! 이대로 이루어지게 하시옵소서."

그러면서 손칼로 내 입술을 쳤다.

나는 소스라치게 놀라 잠을 깼다. 얼마 동안 정신이 멍했다. 나는 꼬박 졸고 있었던 것이다. 그러나 나는 세상에 생명수를 공급할 교회의 교인들이 이런 지옥의 위협을 느껴서라도 정신을 차리고 변화되면 얼마나 좋을까 하고 한동안 생각했다.

오승재

1933년 전남 강진 출생. 한남대학교 수물과 졸업. 1959년 한국일보 신춘문예 당선. 작품집 『급매물 교회』 외 3권, 에세이집 9권, 번역본 4권 한국문학비평가협회 작가상, 제9회 한국장로문학상 현재 한국기독교문인협회 고문, 한국장로문인회 자문위원, 한남대학교 대학원장, 한남대학교 이사 역임.

초뻬이 죽다

강병철

큰형이 죽었다.

생의 9부 능선까지 초뻬이와 용역 대기자 문턱만 들락거리던 망자 백돈희다. '용역' '운반' '건설' '잡일' 이라는 코팅 글자판 앞에서 담배 연기 뻑뻑 죽이며 아침 시간을 때웠다. 그러다가 일배정 쪽지를 받으면 벽돌을 나르거나 전선줄이나 골재를 지고 허공 계단을 올랐다. 자투리 잡일은 농번기와 농한기의 차이가 컸다. '밭텡이' 라는 밭일 품팔이나 트랙터 대모도 일이 가장 많은데 그마저 동남아인들이 진출하면서 일거리가 쪼그라들어서 만만치가 않았다나. 일거리가 떨어지면 상갓집 초뻬이로 기웃거렸다.

용역깡패 노릇은 처음부터 제외시켜서 그나마 다행이었다. 만약 병구형이 시키는 대로 철거민 해체 재개발 현장에 투입되었더라면 그는 총알 대용 돌격대로 우르르 앞장섰다가 낙엽처럼 떨어졌을 것이다. 몸의 부실함을 잊은 채 철거민 스크럼을 향해 달려들다가 짚토매처럼 쓰러지면 그게 끝이다. 응달길 깨진 그릇조각처럼 아주 일찌감치 잊혀졌을 것이다.

큰형에게 전문성이라면 그나마 못 박는 기술이었다.

각못은 한 방에 쳤고 민머리못은 두 방, 대갈못은 일곱 번 만에 끝냈다. 눈썰미로 차분히 가늠해서 각도와 타격을 정확히 맞출 수 있었다. 못대가리 빳빳이 세우며 눈자위 바르르 떨던 순간이 가장 진지한 모습이었는데.

"1인치 각못은 '탕' 하는 단방 짜리고 2인치 민머리못은 두 방 '탕 탕', 한 뼘 가웃 대갈못은 '탕탕탕탕 탕탕탕' 일곱 방이야."

대갈못 박는 일곱 번째 굉음에서는 삼삼칠 박수처럼 우쭐대며 잘랐으니 그게 큰형의 유일한 에너지 넘치는 몸짓이었던 것 같다.

그 후 초뻬이 행태로 전락하면서 그런 몸짓은 아예 잦아버렸다.

초상집 출입에 맛들이면서 인력센터 출근부에 빨간 색 날짜만 부쩍 늘어났으니 그게 알콜 중독

드라마의 예고편이었다. 언제부터였나, 소리 시市의 모든 상갓집에 슬쩍 옷깃만 스쳐도 재빨리 끼어들어 술도가니 코스에 빠지곤 했다. 나중엔 세상이 술과 안주 두 가지 종류로만 보였는지 고추밭을 지나가다가도 입맛 쩝쩝 다시며.

'저걸 따서 고추장에 푹 집어넣었다가 쐬주 두어 병 비우면 하루가 신나게 지나가는데.'

하며 날름거렸다. TV의 '남극의 눈물' 같은 프로에서, 거대한 온난화 빙산 덩어리가 둥둥 떠다니는 '지구, 위기의 생태계' 장면이 방영되면.

'빙하 세상에서는 펭귄 고기 한 사라 생으로 잘라서 톡톡 튀는 배갈 한 병이 후끈후끈 추위도 가시고 아주 딱인데.'

심지어 인력센터 사무실 어항 속 열대어들이 햇살 받으며 알록달록 지느러미 흔드는 아스라한 장면에서조차 입맛 쩝쩝 다시며.

'금붕어나 참붕어나 똑같은 매운탕 거리인데. 미나리 모가지 잘라 수북이 얹어놓고 살짝 데치면 아주 죽여주지.'

모든 장면들이 맞춤형 술병에 바싹 붙어 안주로 둔갑하는 것이다.

그런 낭만적 상상력은 아무에게도 인정받지 못했다. 남들은 단지 그의 죽음도 초뻬이의 알콜 반사작용일 거라며 가볍게 정리했을 뿐이다. 그리고 사돈의 팔촌 장례식장에서 거나하게 걸치고 하얗게 날밤까지 새우고 돌아오던 날 아침, 프라이드에 받힌 것이다.

인터넷 신조어 초뻬이는.

'초상집 베짱이'의 줄임말이다. '초상집마다 잽싸게 끼어드는 문상객', 즉 상갓집 찾아다니며 밥과 술과 세월을 죽이는 반식객이다. 큰형이 정통 룸펜과 다르다면, 한 달에 열흘 이상은 노가다 전선에 임했다는 점과 그나마 가족이 있었다는 점이다. 나머지 시간은 그 부류들 행보대로 움직이면서 아예 생김새까지 바뀌었다. 상갓집 투명인간에서 어엿한 실세로 탈바꿈한 것이다. 선수급에 진입하면서 장지 문제나 호상꾼의 일처리 순서, 심지어 상주 앞에서 염의 진행 절차까지 브리핑하면서 밤마다 망자들의 추모 실세로 동참했다. 그 헌신적 투자의 동참기간 2박3일은 그야말로 주안상 천국이므로 당연히 인력센터에 출근하지 않았다. 상갓집 역시 '주(酒)사파'들이 있어야 조금은 어울리므로 합법적 공간으로 방치시켜 주었다.

프로 식객답게 장례식장 풍경의 서사성도 만들어내었다.

철공소 둘째 딸이 남편의 술주정에 맞붙다가 갓난아이 숨통이 끊어질 뻔한 스토리도 정통한 소식통으로 전달했다. 부부싸움 직후 남편이 먼저 푸르락푸르락 술집 찾아 뛰쳐나갔는데 곧바로 아내까지 머리칼 흐트러진 채 문을 박차는 바람에 갓난아기 혼자 꺼억꺼억 눈이 뒤집어졌다는 사연을 조물조물 풀어주었다. 신새벽, 술떡이 된 남편이 문을 열자마자 숨이 잦아진 갓난아이를 발견하고 119로 실어갔다나, 어쨌다나.

예순둘 생신, 경축날 비명횡사한 양파 농사꾼 박영감 사연도 그중 하나다. 저녁 식사 후 대청마루 둥근 상에 모인 온 식구가 하하호호 유희에 빠진 잔치의 파장이었다. 다섯 살 손녀딸이 할아버지 품에 폭싹 안겨.

'엄마 곰은 날씬해. 아기 곰은 너무 귀여워, 뒤뚱뒤뚱 귀여워.'

재롱잔치 중 갑자기 울음을 터뜨리며.

'할아버지가 죽었어.'

기함하며 소리치더란다. 아닌 게 아니라 손녀딸이 바싹 안기는데도 벽에 기댄 채 목석처럼 움직이지 않는 게 수상하긴 했었다. 노처녀 맏딸이 '아차, 아부지가?' 하고 손바닥으로 볼을 감싸 쥐었을 때는 이미 얼음장처럼 차가워 '아이구머니' 뒤로 넘어졌더란다. 그렇게 여기저기 장례식 사연을 짭짤하게 끌고 왔지만.

자전거 앞바퀴가 보행선 너머 튀어나온 게 이유였다.

그날따라 일이 없어서 아침부터 인력센터 그늘에 쪼그려 앉아 번호표 호출만 하염없이 기다리다가 집으로 돌아가는 중이었다. 큰형의 잘못은 딱 하나다. 앞바퀴가 신호등 노란 페인트 너머 우측 핸들 방향으로 나가있는 것을 깜빡한 것뿐이다. 직진하던 프라이드 운전자가 '빨간불로 바뀌기 직전의 노란불'을 빨리 통과하기 위해 과속 질주하는 그 순간 두 꼭지점이 정확하게 일치되었으니, 그게 운명이다. 아주 모처럼, 두 볼이 태양바라기로 불콰하게 달아오르는 찰나, '꽉' 소리와 함께 삭은 장작 몸뚱이가 허공에 '통' 튕겨진 것이다.

'하필 낡은 프라이드로 마감하다니.'

문상객들의 '함부로 넘겨짚기'도 억울한 장면이다. 그들은 망자의 죽음을 음주행태와 연결시키기 위해 연신 알리바이 꿰맞추기에 부심했지만 그건 진실이 아니다. 아스팔트가 술 냄새와 피 냄새 범벅으로 후끈후끈 쏟아졌다 치더라도, 큰형은 돌발사고 직전까지 분명히 교통 신호 규칙을 준수한 상태였다.

마지막 공간의 일치랄까.

바로 전날, 똑같은 병원 장례식장에서 술상을 받은 문상객이 다시 다섯 시간 뒤에 그 건물 옆자리 주인공으로 자리 잡은 것이다. 흔히 말하듯 얼굴엔 상처 하나도 없었는데 가슴 아래로 핏덩어리가 고깃덩이처럼 뭉쳐 있었다고.

망자의 빈소는 장례식장 전체에서 유일하게 조화가 없었다.

문상객 역시 설계사무소 큰 조카의 직장 동료 두 팀을 제외하면 피붙이와 형 친구들 몇몇이 전부였다. 그나마 한 무더기 모여 고스톱 소리 치며 훈기 남기던 바로 그들, 망자의 벗들이었다. 기십 년 전 소리시 C급 건달 출신들로 아슴아슴했던 얼굴들이 25년 지난 형상으로 가물가물 드러내려는 참이다.

'저 사람이…… 아, 그렇구나.'

반가운 해후는 전혀 아니었다. 시장패 언저리 새끼건달이나 장돌뱅이 스무 살을 보냈던 그들의 표정에도 세월의 신산고초가 덕지덕지 붙어 있었다. 창수형의 반백 스타일은 그런대로 평탄한 초로를 보여주고 있었지만 병구형 대머리에 움푹 패인 송충이 세 마리는 깊고 음습했고.

작은형은 여전히 깎은 밤톨처럼 단정했다.

집안 행사 차 얼굴을 비칠 때마다 항상 넥타이 정장 차림이었으므로 생김새부터 금세 차별화되었다. 당연했다. 우리 집 오리지널 핏줄 3형제 중 유독 작은형만 무탈했던 이유는 순전히 어머니의 가출 때 치마꼬리를 놓치지 않았기 때문이다.(지금은 남남으로 익숙하므로 미움이나 사랑도 없다)

작은형의 선택이 당연히 맞았다.

우선 공부를 할 수 있었다. 초등학교 졸업장이 전부였던 그가 1년 만에 검정고시를 통과했고 바늘구멍 공무원 시험에 합격해서 부동산 사업자를 아내로 맞이한 것은 순전히 어머니의 치마폭을 끝까지 따라간 탓이다. 그랬다. 만약에 작은형이 아버지를 선택했더라면 그도 큰형처럼 평생 노가다로 때우다가 '바람 빠진 풍선'처럼 푸석푸석 쪼그라들었을지도 모른다.

내(53세. 철공소 사장)가 염 행사 자리에 조금 늦게 들어왔을 때.

큰형은 흰 천이 깔린 철제 테이블 위에 고즈넉이 올려져 있었다. 염은 망자의 성인 가족들과 친구 딱 두 명만 간추려서 참관했는데, 미망인이 된 큰형수, 동생인 작은형 송민길(어머니의 재혼 후 작은형의 성은 '백'에서 '송'으로 바뀌었다) 부부도 입술을 굳게 닫은 채 자리를 지켰다.

흰 천을 걷어내자 냉동생선처럼 뻣뻣한 망자의 시신이 드러났다. 일체의 미동도 없었다. 눈동자가 아래로 쳐지면서 흰자위만 덩그러니 드러났을 뿐이다. 그때 나는 보았다. 그 흰자위 눈빛의 위력을 딱 한번 실감했던 기억 하나가 번뜩 되살아나기도 했다.

고추밭 독사에게 삽날 겨누던 그 눈빛이다.

벌판마다 시퍼런 물감이 뚝뚝 떨어지는 유월의 고추밭이었다. 풀갈이 밭텡이 중이었는데 발목장화 옆으로 하필 까치독사 한 마리가 혓바닥 내민 것이다. 인간과 독사는 단지 처음 만났다는 이유로 서슬 퍼런 싸움에 돌입해야 했다. 처음에는 독사도 만만치 않았다. 큰형이 번쩍 치켜든 밭두렁 각삽을 향해 부지깽이 몸을 곤추세우며 적의를 보였다. 팔 다리 전혀 없는 즘생 하나가 무장한 인간과 맨몸 대결 자세를 취하는 것이다. 아주 잠깐 침묵 후 독사가 '쉿' 혓바닥 세우며 고개를 내리찍는 순간 큰형이 흰자위 번뜩 드러내며 삽을 휘둘렀다.

딱.

독사의 몸이 두 동강 나면서 수직으로 쏟아지던 고추밭 땡볕들이 조각조각 흩어졌다. 고추나무들은 집단 수도하듯 묵묵히 엽록소만 끌어올렸을 뿐이고.

염장이들은 고인에 대한 예우가 깍듯해서, 순간이나마 이승과 저승의 거리를 까마득하게 벌여놓기도 했다. 망자를 아주 극진하게 만져주는 것이다. 알콜 헝겊을 손가락 사이에 끼고 발바닥부터 지성으로 닦아내더니 사타구니 맨살을 거쳐 서서히 배와 가슴 쪽으로 거슬러 올라갔다. 콧구멍을 깨끗이 비워내고 헝겊을 동그랗게 말아 끼운 염장이가, '보시오' 하는 눈빛으로 마침내 마감을 예고했다. 흰 가운을 차분히 여미다가 휙 돌아보더니.

"저승행 여비 풀어주세요. 마지막이우."

그 말이 떨어지자마자 고즈넉이 지켜보던 지인들의 눈빛에 자르르 동요가 일어났다. 그리고 쉽게 열리지 않던 지갑을 일제히 벌리기 시작했다. 그때.

"야이 나쁜 새끼야."

후엉후엉 소리가 터지는 바람에 망자의 배웅객들 모두 화들짝 놀란다. 초로의 사내는 배춧잎 세 장을 꺼내 휘이휘이 뿌리며.

"니가 먼저 나한테 전화했잖아. 홍합이랑 쏘주 한 판 삐뚜러지게 벌이자더니 왜 죽냐구? 스발 새꺄."

병구 형이다. 그가 망자와의 작별 표시로 3만 원을 적선한 것이다. 연탄불 석쇠로 굳게 닫혔던 조개들의 속살 끄집어내어 고추장 치자고 약속했던 빈한한 사연을 푸짐하게 털어내는 것이다.

"이거로 저승길 노자나 하게. 칭구."

양복 신사는 목소리가 낮은 만큼 차분하게 움직였다. 지갑에서 딱 만 원 한 장만 꺼내어 가슴 맨살 위에 살며시 얹어놓은 다음 뒷걸음질 친 건 필시 창수 형이다. 나도 냉동 시신 위에 지폐 두 장을 올리면서 그렇게 염장이와 혈육에 대한 예를 갖추며 곁눈질했다. 왼쪽 눈썹 아래 손톱만한 흉터의 기억을 더듬는 순간 병구 형과 눈빛이 마주쳤기에 재빨리 알아본 표정을 지어야 했다.

"동생 백창길입니다."

뜨악한 표정을 짓던 그가 마침내 알아본 듯 얼굴이 환하게 퍼졌다.

"알겠다. 아, 느이 집에서 라면도 마이 먹었지. 아이고 그거이 다 옛날이네."

남도 사투리가 묻어있는 목소리 여기저기에서 장똘뱅이 흔적이 묻어나왔고.

깨끗이 닦아낸 시신을 삼베옷으로 갈아입히더니 두 다리를 가지런히 모은다. 시인의 문장처럼, '죽어서야 처음으로 정갈한 삼베옷 한 벌 맞춰 입는' 중이었다. 수의로 갈아입힌 온몸을 꽁꽁 묶더니 시신을 담은 관까지 다시 겹헝겊으로 칭칭 동여매는데.

"아악!"

이번에는 큰형수다. 지아비의 염을 뙤똑하니 지켜보던 미망인이 단방에 자지러지며 수수깡처럼 목이 뚝 꺾이는 것이다. 눈동자가 풀리고 하얀 목살까지 바르르 떨리는 돌발 상황에 모든 동작들이 우뚝 멈췄는데.

"정신 차리세요. 아이고."

나머지 사람들도 화들짝 소용돌이치며 큰형수의 수수깡 몸을 부랴부랴 흔들었다. 금세 쌍초상이라도 벌어질 듯 술렁이는데, 순간 옆구리가 뜨끔한 것이다. 작은형수의 손가락 기습에 깜짝 놀란 내 군살이 딱딱하게 뭉쳤는데.

"걱정 마세요. 삼촌, 저건 형님이 쇼 하는 거니까."

귀엣말이 쩍쩍 달라붙는 동시에, '결국 이렇게 흘러가는구나' 하는 아찔함이 이마를 '딱' 때리는 것이다. 쓰뭉한 내 반응이 답답했는지 작은형수가 재차 입술을 붙이며.

"적당히 놀란 척 분위기 정도나 맞춰야겠죠. 시간이 해결해 주니까. 알겠죠?"

나는 발갛게 달아오른 표정으로.

"웬 쇼요?"

퉁방구리로 어리둥절 반문했다. 흩어졌던 하늘 조각들이 다시 쨍그랑쨍그랑 점액질 반죽으로 합체되는 중이었다. 그러거나 말거나 그미는 나의 반문에 더욱 고무된 듯.

"형님은요, 기절놀이로 사람들의 관심을 끌어보려는 거예요. 생각해보세요. 남편이 죽었는데 숨겨져 있으면 미망인 체면이 말이 되겠어요. 적당한 타임을 잡았네요. 유치찬란하긴."

기절 소동작전으로 상갓집 주역을 확보한다는 것이다. 아닌 게 아니라 큰형수는 예전에도 돈이나 집문서 문제로 가족갈등의 절정에 이를 즈음 느닷없이 배를 잡고 뒹굴어서 판세를 뒤바꿔 놓기도 했다. 소위 뒤집기 혼절 소동인데.

"나중에 화장터 불길 속으로 함께 들어가겠다고 데굴데굴 구르는 게 하이라이트일 걸요. 가스관 터뜨리고 같이 죽자며 고래고래 난리 부르스도 연출될 거고. 그게 죄다 부조돈과 연결될 테니. 풋."

기실 기십 년 내내 터지던 돌발상황의 연장일 뿐이다. 윗동서가 자지러지면 그렇게 아랫동서가 콧소리 쿵쿵 찍으며 잘라내던 영상이었다. 그러거나 말거나 작은형은 묵묵부답 고요하게 몸의 균형을 지탱하는 중이었고.

그 음습한 동굴 운명에 갇힌 것은.

아버지 탓이다. 아버지는 고무신 공장에서 쫓겨난 서른다섯 이후 단 한 번도 고정 수입을 가져오지 못했다. 우리들은 음습한 쪽방과 팅팅 불은 라면이 당연히 운명인 줄 알았다. 시장통 품팔이 그 곤궁한 생활이 큰형에게 고스란히 대물림되었는데, 그나마 그에게는 아버지와 달리 몇 명의 친구가 붙어있었던 점이 다르긴 했다. 그래서일까, 큰형은 소리시 골목길 토박이 친구들에게 유독 공을 들였다. 주머니가 바닥나면 가겟방 외상장부까지 거침없이 뽑아내었다. 그렇게 세간 뽑아내는 밑 빠진 독이었으므로.

집안에서는 작은형에게 밀리면서 애당초 맏상주 자리의 존재감조차 없었다.

작은형은 어렸을 때부터 소유물 개념이 분명했다. 자투리 장난감까지 품목을 정리한 종이박스는 창고처럼 채워져 아무도 손댈 수 없었고 틈틈이 공부도 챙기면서 성적도 중간 이상까지 올려놓았다. 물과 기름처럼 뱅뱅 돌던 큰형은 그나마 작은형과 헤어진 후 남남보다 더 서먹해졌다.

어머니가 벼랑 끝 선택으로 집을 나간 것도.

당연히 아버지 탓이다. 아버지는 품팔이 일당에 취할 때마다 술 냄새 풍풍 풍기며 아들 삼형제를 꿇어앉혔다. 그리고 '나도 왕년에 한 주먹 했다. 스쳐 맞으면 한 방이고 제대로 맞으면 뺐었다'라는 장똘뱅이 테이프를 재탕 삼탕 우려내었고, 그때마다 조무래기 삼형제는 무릎을 펴지 못해 머릿속까지 하얘지곤 했다.

지어미를 방심한 게 결정적 이유였다. 아버지가 어머니를 밀어붙이고 귀싸대기나 발길질을 날릴 때마다 삼류신파처럼 꺼이꺼이 들먹일 줄만 알았다. 맞으면서 독해지는 여자의 서슬을 놓친 것이다. 발길로 채일 때마다 '일어서라, 일어서라' 꺼풀 벗겨지면서 그미의 눈빛이 번뜩번뜩 빛날 즈음이다.

아버지의 손바닥에 머리칼이 한 움큼 뽑혔던 날.

마침내 어머니는 꽁꽁 묶은 보따리를 움켜쥐었다. 나(11세)는 울면서 묶인 보따리 옹매듭에서 어금니 깨무는 소리가 들린다는 걸 처음 알았는데, 그게 끝이었다. 떠나간 보따리는 다시는 집으로 돌아오지 않았다.

"어머니를 따라갈 거야."

작은형이 문지방 넘던 보따리 매듭을 잡아당겼다. 손목에 파란 핏줄까지 바르르 떨렸지만 움켜쥔 치마꼬리를 절대로 놓치지 않았다.

"어머니 말씀에 순종할 거야. 배가 고파 창자가 끊어져도 밥 달라고 안 하고 참아낼 거야. 독하게 공부해서 성공할 거라구요."

그렇게 차악의 선택으로 최악을 피할 수 있었다.

어머니의 새 남자는 돈줄이 그럭저럭 돌아가는 집이었다.

전축과 옷장이 있었고 침대까지 있었다. 무엇보다도 집안 여자에게 손찌검 따위를 벌이는 시정 조무래기가 아닌 게 가장 좋았다. 기생집 술청에 드나들망정 일단 집에 들어와서만큼은 화초에 물도 뿌리고 전구다마도 갈아 끼우며 새로 합친 가족들과도 무난하게 소통했다.

화단 앞에서 신문 보는 모습이 가장 새롭고 기품 있는 풍모였다. 새벽마다 벽돌의자에 앉아 돈

보기 너머로 신문을 훑는 가장의 모습은 품격부터 확연히 달랐다. 작은형이 고등학교 졸업자격증을 따고 공무원 시험까지 통과할 수 있었던 이유는 그렇게 어머니의 새로운 환경이 뒷받침되었다는 점이다. 남아있는 가족들은 그만큼 폭삭 주저앉았다. 몇 년 뒤 큰형도 집을 떠났기 때문에 나 혼자 떨어진 이삭을 챙겨야 했으니.

아버지는 대문 바깥만 나서면 단박에 무기력해졌다.

집 나간 지어미가 양평 어디쯤에 살림 차렸다는 풍문을 듣고도 농짝을 깨부수거나 석유통을 불사르지도 못했다. 포목상 사내와 눈 맞고 배 맞아 살림 차렸다는 소문이 문풍지 사이로 쏟아졌는데도 시불시불 소주병만 죽이며 나머지 아들 둘만 다그쳤다. 그런 아버지가 새파란 여자를 꿰어찬 것도 신기하다. 눈두덩이 시퍼랬지만 미인의 자태를 지닌 여자가 어느 날 갑자기 아버지의 방에 들어온 것이다.

동사무소 서류처리까지 모두 내가 떠맡은 이유는 아버지가 관공서 문패 앞에 서면 몸이 뻣뻣하게 굳었기 때문이다. 소리시로 이사 가면서도 전학 수속을 밟지 않은 것도 순전히 아버지가 동사무소의 행정 절차를 두려워했던 탓이다. 그 대신 나에게 하루 왕복 차비로 버스표 네 장 값 40원만 달랑 주었는데, 이문동까지만 왕복 네 시간이 걸렸고 버스에서 내려서도 꼬박 40분을 더 걸어야 했다. 그나마 배차 간격이 시간당 한 대씩이었기 때문에 행여 놓쳤다 하면 쪼그려 앉아 하염없이 기다려야 했다. 육성회비나 미술 준비물 때문에 '엎드려뻗쳐'에도 이골이 붙었던 어느 날이었던가, 35원으로 등교하는 상황이 벌어졌다. 동전 네 개 중의 하나가 5원짜리였던 것이다.

돈을 빌릴 엄두조차 낼 수 없었으므로 무작정 걷기로 마음먹었다. '죽이 되건 밥이 되건 하루는 흘러간다'는 배짱도 있었다. 하굣길 첫 버스에서 내린 후 오뎅 한 꼬치로 곱창을 채우니 몇 시간 버틸 만한 결의가 다져지기도 했다. 그렇게 세 시간쯤 지났을까, 골목길 깨진 가로등까지 회색빛으로 잦아지고 있는데, 문짝을 열자마자 바가지 깨지는 소리가 켁켁 터졌다.

"이 새꺄. 빨리 와서 방 닦고 설거지해야지, 쓸개 빠진 놈."

내가 훌쩍거린 건 아버지가 던진 플라스틱 바가지가 아파서가 아니었다. 어느 날 불쑥 합쳐진 새어머니까지 부부짬뽕으로 궁합을 맞추며.

"아가, 왜 속을 썩이닛?"

부엌 쪽으로 밀치는 척 몸을 가리더니 검지손가락으로 눈을 찌른 것이다.

늦게 만난 새 부부는 합동으로 때리고 합동으로 살을 섞었다. 나 혼자 건너 방에서 뽀드득뽀드득 공복을 견디고 있는데 그들 부부는 김치 한 접시 놓고 이마를 맞대었다. '묵으쇼' '잡숴, 당신' 하며 쎄쎄쎄 소주잔 각 일병씩 오순도순 비우며 전야제를 준비했다. 그날 밤 쪽방 너머로 중년 남녀의 깨꽃 같은 신음 소리를 들으며, 처음으로 수음을 했다.

아버지가 새 여자와 꼭대기 동네에 따로 떨어져 살면서.

큰형 친구들의 출입이 더욱 잦아졌다. 입대 영장 받기 직전까지 빈둥대는 백수들 아지트로 '입에 맞는 떡'이 뚝 떨어진 것이다. 그랬다. 학력 별무 백돈희는 교복 출신 백수들을 위하여 그렇게 자기의 노무자 일당을 떼거나 동생인 내 주머니까지 털어 기꺼이 수발했다. 나는 길바닥 동전까지 자린고비처럼 애지중지 품는 중인데, 그들이 풀방구리처럼 들락날락 축낸 게 문제다.

라면 안주로 대낮부터 소주병을 깐 뒤.

불콰한 낮술 기운으로 기타 치며 노래를 부르기도 했다. 그들은 쪽방의 음습한 분위기와 다르게 통기타와 포크송만 죽어라고 애창했다. 어니언스의 '저 별과 달을' 김정호의 '하얀 나비' 그리고 'Take me home country road'나 'Beutiful sunday' 같은 팝송까지 곁들이며 먹물식 낭만에 파묻히려 했다. 김세환의 '작은 새'나 양희은의 '아침 이슬'을 부를 때 얼핏 지적인 비장함까지 보였던 그 분위기를 큰형이 사무치게 동경한 것이다. 애창곡 십팔 번지는 송창식의 '날이 갈수록'이다. 캠퍼스 잔디밭엔 또 다시 황금 물결 잊을 수 없는 얼굴, 얼굴, 어얼굴들. 루루루루 꽃이 지네. 루루루루 세월이 가네. 그렇게 신기루 캠퍼스를 떠올렸다가 아슴아슴 지워내는 순간이 가장 행복했다. 그리고 다음 날 큰형 혼자 '남들이 캠퍼스'를 털어낸 채 질통을 지거나 방통을 쳤다. 골재를 퍼서 공사판 여섯 계단 일곱 계단을 하염없이 기어올랐다.

문제는 그 스무 살 백수들이 고스톱 치고 우르르 라면을 끓일 때마다 우리 형제의 주머니가 바삭바삭 말라간다는 점이다. 병구형이 기타 줄을 드르륵 긁으며.

"쥔 양반 돈희야, 라면 먹을 시간이 되었쇼. 우히히히."

그때마다 소주병도 자발적으로 운송해왔고 냄비에 부글부글 물도 끓였다. 솔직히 창수 형이나 진섭이 형은 돈을 내진 않았지만 설거지 자원봉사라도 했으니 기본 양심은 지키는 편이었다.

"대신 주방 시다바리는 제가 다 합니당. 밥값으로 됐지?"

너스레 떨면 얄미워도 그럭저럭 넘어갈 수 있었다. 라면과 담배와 소주까지 공짜 잔치 벌이는 병구 형이 당연히 미운 털이 되었는데, 그때마다 나는 밑바닥 훤히 드러난 라면 상자를 만지작거리며 부글부글 속을 끓였다.

'안 돼요. 함부로 몸을 열면 아무 것도 남지 않아요.'

라면상자의 아우성을 다독이다가 순간적으로 울화통이 폭발한 내(15세)가 기차 화통을 터치며.

"건드리지 마. 내 라면이야."

라면 봉지를 콱콱 밟자 '뽕뽕' 두더지 때리는 방망이 소리가 터졌다. 기타 소리 뚝 그쳤고 나는 더욱 목청을 돋웠다.

"그만 먹으라구요. 형들은 이게 간식일지 모르지만 이건 내 하루 식량이요. 내가 프레스 공장 멕기칠해서 벌어온 식량이니까 꽁으로 먹지 마세요. 형들이 라면 축낼 때마다 나는 밥을 굶게 된다구. 제발."

싸늘한 냉기가 쏟아졌다. 큰형은 홍당무 표정으로 '후우후' 고개를 돌리는데 병구 형이 먼저 혀를 끌끌 차는 척하다가 내 목덜미를 확 잡아당겼다. 나는 문지방을 잡고 시끈시끈 버티다가.

"놔요. 시발."

"니가 잘못한 거잖아."

큰형의 목소리가 '말리는 시누이'처럼 옆구리 찌르는데, 병구형은 기어이 골목까지 질질 끌고 나오려는 것이다. 똬리 틀며 버티는 나에게.

"형님들한테 시발이 뭐예요. 뒤에 두 번씩이나 '요'자도 안 붙이고, 이. 니 대가리가 쪼깨 두 꺼워진 건 알겠는데."

앞차기가 날아오는 줄 알고 몸을 뒤로 제꼈는데 혹이 들어왔다. 배를 쓸어안고 엎드리자 등짝으로 주먹이 박혔다. 한 방만 더 날아오면 와장창 엎어버리리라 마음먹는데 그대로 끝난 이유는 낡은 슬라브 때문이다.

"그러지 마웃. 자식아."

태권도 돌려차기 자세를 취하려던 그가 '흡' 소리를 지르며 얼굴을 감쌌다. 벗겨진 구두짝에 맞은 슬라브 모서리가 힘없이 무너지면서 병구 형의 면상을 그대로 긁어버린 것이다. 처음에는 가느다란 생채기였는데 벌어진 살갗 사이로 피가 뚝뚝 떨어지면서 금세 얼굴이 피갑칠이 되었다. 나는 아주 깜짝 놀란 척.

"괜찮아요? 형."

소매 끝으로 닦아주는 척 한 발 물러섰다. 혹시 하고 바깥으로 우르르 몰려나왔던 형 친구들이 하얗게 질려버렸다. 처음에는 나한테 얻어터져 피투성이가 된 줄 알고 납덩이처럼 굳어버렸는데, 다행히 병구 형이 먼저.

"헛발질에 넘어진 거야. 쪽 팔려."

하면서 일단락되었다. 그 흉터를 달고 그가 입대했던 게 엊그제 같은데, 벌써 초로의 세월이 흐른 것이다.

제대병 병구 형과 다시 관계의 끈이 이어진 시점은.

공사판 일손이 딸릴 때마다 큰형을 불러다가 시다바리로 써먹기 시작하면서부터다. 주로 나사 못 뽑기나 전선줄 운반, 청과물 시장 하역 작업이나 리어카 끌기 등 몸으로 때우는 단순노동인데, 몸의 손상을 마다하지 않는 큰형의 바닥 근성을 추켜 주면서 고무줄 일당의 유도리를 이용하는 것이다. 한 달 품값 중 보름치 남짓 정도만 쥐어줘도 관계가 끈적끈적 이어지는 건.

큰형의 외로움과 조급증 탓이었다.

작업 중 누군가 '백씨' 하고 부르는 소리가 들려야 마음이 놓였고 집에 들어가기 직전에 소주 서너 병은 비워야 하루가 채워지는 것이다. 그 틈새로 자리잡은 병구 형의 반쪽 공수표는 솔직히 입을 싹 닦은 것은 아니고 손이 끊어지지 않을 만큼만 배급을 주는 것이다. 한 달에서 일주일 치를 뺀다든가 보름 분에서 닷새 치를 삭감하면서 그렇게 '악어와 악어새'의 고무줄 공생이 수십 년을 이어갔다. 밀린 임금 지급 날짜의 저물녘 즈음 술집으로 호출해서.

"돈희야, 미안허이."

병구 형은 품값의 절반치를 마치 자기가 접대하듯 술값으로 헤프게 썼다. 시장통 뺀니 바른 아줌마까지 슬쩍 옆구리 가까이 밀어부치며.

"잘해 드려."

자기 돈처럼 거드름 피우면, 큰 누나뻘 작부가 화장품 냄새 스멀스멀 풍기며 '옵바 옵바' 달라붙어 허벅지도 비볐을 것이다. 처음에는 '업힌 새끼돼지 눈뜨듯' 조신한 표정을 짓던 큰형도 취중 배포가 커지면.

"친구끼리 시헐 무슨 돈 얘기냐. 그냥 마셔. 짜샤. 브라자."

젊은 날 뚫린 구멍이 주기적으로 길이 났지만 큰형은 죽기 직전까지 병구 형 브로커에 끌려 다녔다. 그렇게 고무줄 공생 관계로 생존전략 유지 중인데.

행운성 사고 직후 분가한 사건이 큰형의 전성기였던 것 같다.

여자를 만난 운명적 끄나풀이 부실한 서까래를 한동안 받쳐주었던가. 약국집 담장 벽돌을 나르던 짚신짝 연분 덕분이다. 그 반쪽 짚신 사내가 '굼벵이 뒹구는 재주'처럼 스물한 살 젊은 여자를 덜컥 꿰어찬 것이다. 그랬다. 약사네 식모는 둥그런 얼굴과 훤칠한 키 그리고 동치미 피부로 헤픈 백치미 웃음을 던져주곤 했단다.

나와 병구 형들과의 관계는.

큰형이 동거 신혼집 쪽방으로 옮겨지면서 사실상 끊어져 버렸다. 은밀한 사생활 커튼을 훌러덩 열어젖힌 채 히죽대는 반건달들의 웃음보를 도저히 봐줄 수도 없었다. 아이스크림으로 불러내었고 깨진 가로등 아래에서 치마를 올렸다든가. 하지만 시다바리 백돈희는 덩쿨채 굴러온 호박을 귀하게 모시지 못했다.

형수의 식당 서빙으로 월세 2만 원짜리 단칸방에서 살고 있었는데.

고주망태로 찐 채 밤 12시 이후에야 들어왔고, 12시가 넘지 않을 때는 꼭 도시락 반찬통처럼 두어 화상씩 옆구리에 달고 들어왔다. 지아비의 친구들은 소주상 받치자마자 오이조각 씹으며 음담패설을 와르르 쏟아내었다.

"언제 하냐?"

"문고리 열고 들어서자마자. 흐흐흐."

"완죠니 벗고?"

"흐흐. 설거지통 붙잡고 치마만 올리고."

큰형수까지 민망한 술상에 끼어 흘멍흘멍 웃는 것이다.

그나마 큰형수는 소소한 잇속을 챙길 줄도 알아서 옹색한 살림을 바깥에서 조금씩 채워갔다. 식당 손님들이 엉덩이를 툭 때려도 두르뭉슬 팁을 챙기며 속곳 깊숙이 채울 줄도 안다고 했다. 안에서 새던 쪽박이 바깥으로도 새면서 쬐끔씩 '돈의 맛'도 익힐 즈음이다. 더러는 아홉 시 퇴근 이후 노래방까지 합석하면서, 언제부터였나, 큰형수의 화장발이 진해졌고 술 냄새 짙어진 만큼 치마끈이 흩어지기도 했더란다. 그렇게 푼돈이 쌓이면서 큰형의 몸이 쪼글쪼글 쇠해지면서 인력센터를 빼먹고 초뻬이 행태로 물 타기도 하면서 '제 식구 파먹기'에 눈을 뜨기 시작했던가.

큰형은 유독 나(27세, 병마개 공장 공원)에게만 구두쇠 셈법으로 좁혀오는데.

바깥 생활의 깨진 쪽박 인심과는 정 반대로 집안 행사에선 움켜쥔 손바닥을 도저히 펼 줄 몰랐다. 아버지 환갑이 임박했을 때에도.

"형, 아버지 환갑은 어떻게?"

"……난 돈이 없으니까."

일단 미루면서 동생의 다음 패를 기다리는 것이다.

안쓰럽긴 했다. 어느 새 이마가 한쪽으로 찌그러지면서 비대칭 주름살에 눈꼬리 축 늘어지는 세월을 만난 것이다. 족히 스무 살 이상은 더 늙은 눈빛으로 힐끔거리는 게 이골이 나서 울화통을 지그시 누르고 있는데.

"요새 환갑…… 그냥 대충 넘기자. 국밥이나 먹덩가."

슬그머니 발을 빼는 것이다. 집안 대소사를 우물쭈물 떠넘기기 시작한 건 순전히 큰형 잣대로 가늠한 나의 경제력 때문이다. 나 역시 겨우 먹고 살 정도였지만 즈이 동생 아랫배가 튼실한 줄 알고 무조건 돈 문제를 떠넘기곤 했다. 나는 조건을 걸었다.

"잔치판은 내가 벌일 테니까 대신 여기 들어오는 돈에 형은 일체 손대지 마."

다짐을 받자, 머리를 조아리며 손바닥까지 비볐다. 초대장을 돌렸고, 나머지는 전화나 사발통을 띄우면서 생전 처음 사람 사는 맛을 보는 것 같았다. 드디어 우리 집도 남들처럼 집안행사를 치르는구나, 하는.

회갑 날, 작은형이 친엄마를 모시고 온 것이다.

어머니는 출가(?) 이후 확실히 몸이 풍만해졌고 볼도 장년의 태가 줄줄 흐르는 때깔로 보기 좋았다. 솔직히 양복정장의 사내가 모자 동반 출현한 것만으로도 눈이 부실 지경이었다. 그러나 정작 잔치마당 행보에서는 엉거주춤 아주 불편했는데, 그건 작은형도 마찬가지였다. 그나마 나에게는 악수를 청했지만 큰형에게는 눈인사 이후 고개도 돌리지 않았고 아버지에게조차 술잔도 권하지 않았다.

'저럴 거면 도대체 왜 등장했나.'

할 정도로 겸연쩍게 두리번대기만 했다. 어머니는 그렇게 한 시간쯤 머물다가 떠나기 직전에 헤어졌던 아들 두 형제를 찾아와 각자 십만 원 봉투를 하나씩 건네주었다. 먼저 큰형 뒷주머니에 봉투를 찔러준 다음 나에게 슬금슬금 다가오더니, 어깨 너머로 큰형수를 가리키며.

"창길아, 쟨 아주 몹쓸 년이야. 부조가 들어오는 족족 무조건 즈이 주머니에 쏙쏙 집어넣네. 너도 이 봉투 잘 챙기지 않으면 삼천포로 빠져나간다. 식당에서 배운 버릇 집안까지 끌고 들어오네."

송곳 안부는 한쪽 귀로 쓸쓸히 흘려들었다.

큰형수의 서빙 식당에서 손님들과의 행태 때문에 열이 받았던가. 만 원짜리 한 장에 허벅지 드러내더라는 그 문풍지 소문은 이쯤에서 끝내야 할 것 같지만.

큰형수에게 흘러갈 봉투를 잘 간수하라는 그 얘기는.

13년 후 아버지가 돌아가셨을 때 작은형수 입에서 또 나왔다. 그날은 중년의 아낙이 된 작은형수가 잰걸음을 보여서 음식 수발에도 모처럼 마음이 놓였는데, 하필 막판에 내(40세. 신문보급소 소장) 옆으로 다가오더니.

"부조금은 형님한테 절대로 주지 마세요. 요새 노름에 빠져 완전히 맛이 갔어요. 돈이 생기면 전부 그쪽으로 새어나갈 뻔하니 차라리 큰조카에게 주세요."

식당 서빙 실직 이후 큰형수의 낮술 화투판 소문이 더 커졌단다. 초장에 작은 판돈으로 시작된 화투놀이가 점차 배짱이 세지면서 하루에 십만 원 이상 잃을 때도 있으니 안팎으로 밑 빠진 독이 되었단다. 그 대신 큰조카 하나는 야무지게 커서 확실하게 중심을 잡을 줄 알았다. 주정뱅이 부모에게 매달 15만 원씩 부쳐주는 알토란 효자니 그쪽에 맡기는 게 안전빵 보증수표라는 것이다. 내가 받은 봉투는 그렇게 장부에 올리지 않고 큰조카에게 고스란히 전달해주었다.

큰형의 두 아들 모두 공부를 그럭저럭 감당했다는 점은 불행 중 행운이었다. 특히 큰조카는 20대 중반에 벌써 안양에 17평 임대아파트를 겨냥해서 입주 신청한 다음 나중에 갚아나갈 셈법이라니 알토란처럼 야무지다.

어쨌든 아버지의 장례식 부조돈 계산도 내 몫이었다. 더하고 빼고 나니 80만 원이 남았으니 애오라지 밑진 행사는 아니다. 작은형까지 3등분으로 나눌까 그냥 둘이서만 반 토막 낼까 망설이는데, 큰형수가 다가와.

"삼촌, 이 돈은 우리를 주는 게 좋지 않겠어요? 아이들 혼사 준비도 해야 하고."

그 한 마디에 나머지 부의금을 보따리 채 통으로 털어 주었다.

'마지막으로 한 번만 더 몰아주자. 더 이상은 진짜 없다.'

결정하니 마음이 편안해졌다. 곁눈질로 빙빙 돌던 큰형의 주름살이 한꺼번에 쫘악 펴졌고.

아버지의 죽음을 다시 되돌리자면.

큰형수의 SOS 호출로부터 시작되었다. 워낙 급박한 불똥인지라 해결사 노릇도 불가능했지만 설사 일찍 전갈이 왔더라도 마땅한 방책이 있었던 건 아니었다.

"삼촌, 아버님이…… 어쩌나. 대형사곤데."

고질병인 중풍이 막판까지 온 것이다. 3년 주기로 재발되던 병마가 잠시 소강상태를 지나 재발병을 반복했는데, 6년 만에 극한상황까지 온 것이다. 그즈음 아버지는 큰형 부부와 따로 떨어져 시속동 달동네에서 혼자 사는 중이었다.

새엄마가 지갑을 털어 집을 나간 후 그대로 주정뱅이 독거노인으로 주저앉은 것이다. 차마 아들네와 합칠 염치가 없어서 아버지의 막판 주량만 점입가경으로 늘어났다. 멸치 한 봉지로 참이슬 서너 병까지 해결했고 어떤 때는 밥을 두 끼씩 건너뛰면서 여섯 병까지 비우기도 했다. 작은형이 주선해준 최저 생계비로 버텨냈을 뿐이지 그마저 없었으면 벌써 끝장났을 몸이었다.

그 와중에도 큰형은 슈퍼 평상에서 페트병 맥주를 비우는 중이었는데.

기실 합석 중인 병구 형이 어른거리긴 했다. 반건달 양복 때깔의 사내 하나가 남루한 노무자의 나이롱 잠바를 다독다독 어루만지는 척 술잔을 나누며 벼룩의 간을 야금야금 빼먹는 중이었다.

"형님, 당장 택시 부르고 병원으로 갑시다."

퉁방구리로 쫘 부치자 흐느적흐느적 다가오긴 했다. 처음에는 앰뷸런스를 부르려 했지만 콜 한 번 값만 50만 원이라서 초장부터 엄두가 나지 않았다. 일단 택시를 잡아 만 원 한 장으로 흥정을 끝내니 당장 49만 원이 굳는 것이다. 어차피 모든 경비는 내 차지다. 작은형 송민길 공무원이 봉투를 가져오면 쬐끔은 삭감될 수 있지만 나머지 비용과 환자 수발은 죄다 내가 감당해야 한다.

납작 엎드리던 아버지의 표정도 가슴을 아프게 했다. 의식이 돌아오는 짧은 순간 제발 살려달라는 애절한 눈빛이 송곳처럼 가슴을 찌르는 것이다. 또 있다. 아버지의 몸이 너무 가벼운 것이다. 거구의 두상으로 어깨도 넓어서 자식 삼형제 중 부친보다 몸피가 좋은 사람은 없었는데, 막상 등에 업히자 짚토매처럼 서걱서걱 가뿐했다.

병원에 와서도 우왕좌왕 몸 둘 바 모르던 큰형이.

"집에 가야겠다. 차 끊기겠네."

뜬금없는 소리를 던져 울화통이 터졌다. 막내동생은 입원 수속과 응급조치에 동분서주 정신없는데 정작 집안의 만상주 자리가 맥을 자르는 것이다. 나는 일부러 어리둥절한 표정으로.

"……택시비가 얼만데?"

"아까 흥정했었잖아. 배추 이파리 한 장."

조간신문 배급소의 내 월수입은 50만 원 안팎이었다. 인건비를 건지기 위해 내가 시내 몇 구역을 직접 배달하지 않았더라면 30만 원 이하로 바닥 쳤을 지경이니 나 역시 바둥바둥 사는 중이었지만.

"이따가 만 원 줄 테니 기다렷."

버럭 소리를 질렀다. 그때부터 큰형은 괜히 주전자 뚜껑만 들었다 놨다 하며 연신 불안한 시간을 때우는 것이다. 비실비실 잦아드는 알콜 기운 행태가 안쓰럽긴 했지만 일부러 버릇을 길들이기 위해 부글부글 참는 중인데.

"인제 집에 가야 하니까 아까 준다고 했던 만 원 줘."

정이 뚝 떨어지는 소리를 던지는 순간 앗, 불길한 착시를 만난 것이다. 눈을 비벼도 또 그 환영이 나타나 가슴이 철렁했다. 택시비 확보의 안도감으로 돌아서는 그의 왜소한 어깨가 순식간에 푸시시 잦아지는 모습이다.

그게 끝이다. 이제 큰형도 이승으로 떠났으니.

마침내 초삐이가 아닌 상갓집 정식 주체로서 당당히 자리잡게 된 것이다. 다행히 토박이의 화장 가격은 턱도 없이 쌌다. 서울 시민은 기본 100만원인데 소리시 거주민은 6만원이니, '화장터 건립 결사 반대' 스크럼에 합세하지는 못했으나 지역민 혜택을 톡톡히 받은 셈이다.

'마지막 길이 외롭지 않도록 성심을 다해 배웅해 드립니다.'

현수막 그 문장은 살아있는 사람끼리 따뜻해지라는 뜻이리라.

사망진단서와 주민등록등본 1통씩 첨부한 화장 신청서를 접수시키고 5호기 화구를 배정받았다. 망자들이 마지막까지 두려워하던 관공서 서류를 해결했으니 이제 완전히 헤어진 몸이 되었다.

그리고 나는 평생 처음으로 큰형의 얼굴을 짯짯하게 살펴볼 수 있었다.

관을 얹은 대(臺)가 들어가자마자 화구문이 철컥 닫히면서 검은 커튼 위에 망자의 영정 사진이 세워졌을 때다. 주름살과 기미를 뽀샵하여 매끄럽게 세워진 얼굴이 망자로서의 품격이 보이는 것이다. 죽음으로 가는 표정은 모두 똑같이 고즈넉하구나.

그랬다. 큰형은 기껏 독사 한 마리 죽였을 뿐 한번도 동생들을 두들겨 패지 못했다. 외로운 반건달 친구들에게 술판을 마련해줬으며, 거리상으론 분명히 아버지를 가장 가까이 모셨다. 건달 친구들의 안식처 울타리였으며 바람 난 형수가 부은 발등 식힐 수 있는 그늘이었다. 문득 눈시울이 시큰해지면서 병구형들의 고스톱판에 지성껏 라면봉지를 뜯어바치고 싶어지는 것이다. 부디 저승에서는 맨살의 독사 향해 삽날 겨누지 말고.

'대갈못은 탕탕탕탕 탕탕탕 일곱 방 짜리야.'

그런 근육질 목공으로 거듭날 수 있는 세상으로 보내주고 싶다. 이제 병구형네들의 주물탕 손
장난에 허벅지도 대주고 사타구니도 바치고 싶다, 고 감상에 젖는 중인데.

"5호기 유가족은 유골 수습해 가세요."

마이크 소리와 함께 망자의 받침대가 서서히 밀려나오는데 아, 그 위에 남아있는 것은, 없다.
진짜 아무것도 없었다. 이상하다. 소금꽃 무더기 같은 하얀 재 한 줌뿐 형의 자취가 선명하게 사
라져버리면서 슬픈 안도감이 생기는 것이다. 장난 같은 망자의 생이 삽시간에 유유한 강물로 변
신하다니.

장례식 치르고 남은 돈 300만 원은 큰형수에게 통째로 넘겨주었다. 지아비의 마지막 선물을 건
네면서 갑자기 가슴이 서늘해지는 이유를 나는 분명히 알고 있다. 장례식장 기러기 떼로 어른거
리는 천상의 그림자가 '너는 지금 살아 있는 줄 알고 손 흔드냐'며 껄껄 웃는 것이다.

강병철

1956년 충남 서산 출생. 한남대학교 국문학과 졸업.1983년 『삶의 문학』 동인으로 작품활동 시작. 소설
집 『초뻬이는 죽었다』, 『작가의 객석』 외 15권. 한남문인상, 대산고등학교 교사.

안녕, 블루윈드

연용흠

1. 거꾸로 돌리는 시계

이름 모를 풀이 노란 손을 내민다. 사람들이 잘 다니지 않는 아파트 뒤편이다. 특별한 의도 없이 핸드폰으로 십 초쯤 동영상을 찍었다. 집에서 컴퓨터를 열고 확인해보니 애기똥풀이다. 산책할 때마다 매일 그렇게 잠깐 머문 시간을 남겼다. 벌써 18개째, 합친 것이 무려 3분이나 된다. 그것을 시간 순으로 붙여본다. 그랬더니 애기똥풀은 가만히 있지 못하고 꽃대를 이리저리 내고 바람에 움직이며 바삐 자라고 있다.

모든 실체는 참 애매하다. 빠르게 돌린 화상에서 싹이 자라고 줄기를 키우고 마치 동물처럼 꽃대를 밀어 올리는 모양을 보면 그렇다. 이렇게 시간이 더해지거나 빠지거나 하면 삶의 정체는 이상해진다. 기억도 금세 피었다가 사그라진다. 사실도 꿈처럼 애매해진다. 모든 게 그냥 시간의 궤적 같은 것인지 모르겠다. 어제가 오늘이 되고 내일이 과거가 될 수 있는 환상 같은 것.

호두까기인형의 어린 무희(舞姬)가 빙글빙글 눈앞을 지나간다. 기껏 상상할 수 있는 건 소녀의 깡총거림이나 손동작에 묶인 이미지다. 그것들은 어둠을 배경으로 하고 있다가 조명 하나로 선명해진다. 그곳에서 당신이라는 사람을 슬그머니 떠올려본다. 환시인 것처럼 컴퓨터 모니터에 떠오른 글자 위로 낯익은 얼굴들이 점점 오버랩된다. 당신은 그 중 하나다. 삶도 존재도 이런 찰나에 물려 어벌쩡하게 만들어지는 것이 아닐까. 그러한 것들은 언제 누군가와 어떻게 만나느냐에 따라 달라진다. 달에 의해 바다가 움직이는 것처럼 당신에 의해서 내 몸이 출렁거리기에 하는 말이다.

나를 정의하자면 나는 '당신이 현저하게 결핍되어 있는' 사람이다. 그래서 가능하다면 나는 늘 당신이라는 존재를 끌어들이고 싶어 한다. 당신이 내 안에 충만하길 바라니까. 그런 거다. 당신이 내 안에 있다는 건, 나와 무차별해진다는 건, 우리의 영(靈)이 그만큼 커졌다는 거. 나만 알고 사는 사람은 얼마나 비루한가? 당신과 내가 모두 우리로 통하면 괴로울 일이 없다. 내 안으로

303

어렵사리 모셔온 당신이 나를 빠져나가면 슬프게도 나는 곧 그가 된다. 아마 눈 동그랗게 뜨고 나와 그 사이에 위치한 '당신'이라는 존재를 놓치지 않으려고 노력하는 이유가 바로 여기 있는지 모르겠다.

2. 귀신을 만난 날

그는 PC방에서 고장난 컴퓨터를 수리하고 있는 중이었다. 흐릿한 불빛 아래 몇몇 소년소녀들이 열심히 컴퓨터 자판을 때리고 있었고, 그들의 모니터 안에서는 괴물과 사람이 피투성이가 되어 싸움을 하고 있었다. 지독한 싸움을 시키는 아이들은 아마도 학교를 가지 않았거나 일찍 도망쳐 나온 것이 틀림없는데, 아무도 그들의 일탈을 나무라지 않았다. 죽이고 치고 박고 피 튀기며 총질할 때, 그들의 손가락 끝에서 정말 불꽃이 튀었다.

그때 그는 주머니에서 계속 진동이 일어나고 있는 것도 잊은 채 가까운 거리에서 누군가와 채팅을 하고 있는 여자를 보고 있었다. 그리고 놀랍게도 여자의 손에 쥐어진 부채를 보았는데, 그것은 아주 좋지 않은 일을 기억하게 하는 물건이었다. 일을 하면서 그는 드문드문 그쪽으로 고개를 들었고, 그러는 동안 뜯어놓은 컴퓨터 세 대 중 두 대의 하드를 다시 포맷해버리고, 한 대는 파워서플라이를 교체하였다. 십자나사를 다 죄고 허리를 편 뒤에 비로소 주머니의 진동을 느꼈다.

"여보세요?"

그는 다른 사람이 방해받지 않도록 톤을 한껏 낮추며 컴퓨터에서 좀 떨어진 창 쪽으로 몸을 기울였다.

"왜 그리 전화 안 받니? 금방 전화 올 거다. 해결해."

〈컴박사네 집〉 윤 사장의 말에 의하면, 여러 번 전화가 걸려왔다고 했다. 바이러스가 먹었는지 컴퓨터가 열리긴 해도 제대로 동작을 못한다고, 아주 먹통이 되면 중요한 자료가 다 날아가게 될 텐데 걱정이라고, 와서 좀 해결해달라고, 어떤 여자가 부탁하더라는 것이다.

전화를 끊고 채 5분도 안 되어서 다시 핸드폰을 넣은 그의 주머니가 부르르 떨었다.

"실장님 맞죠?"

"네."

전화한 목소리는 여자였는데 그와 비슷할 정도의 나이로 느껴졌다.

"제 컴퓨터가요, 이틀 전부터 심각하게 체했거든요."

여자는 자초지종을 말했다. 그리고 몇 초 안 가서 귀에 들려오는 전화 목소리와 똑같은 외부의 소리를 듣고 그는 핸드폰을 귀에서 뗴었다.

"어쩐 일이래?"

여자는 웃으며 전화기 폴더를 닫고 그에게 인사를 한 뒤, "이 문제 빨리 해결할 수 있겠죠?" 하며 PC방에서 그를 데리고 나왔다.

그 여자가 바로 당신이었다. 당신은 PC방 컴퓨터 앞에 앉아 있다가 컴퓨터 수리기사를 만났고, 그에게 애로사항을 설명한 뒤 함께 그곳을 나와 치킨집과 슈퍼마켓이 있는 골목 쪽으로 한동안 말없이 걸어갔다.

은성아파트 후문 입구에서는 15인승 미니버스가 근처 어린이집에서 쏟아져 나온 아이들을 싣고 있었다. 5분이 채 되지 않은 시간에 당신은 그를 집으로 안내했다. 24평의 공간으로.

현관 앞에서 그는 그림이 무질서하게 벽에 붙어 있는 집안 풍경 때문에 잠시 머리가 혼미했다. 정신이 들자마자 거실 창가에 있는 책상 옆에 서서 컴퓨터의 파워 스위치를 올리고 자판을 두들겼다. 당신이 지켜보는 가운데 프로그램 파일로 들어가 골치 아픈 바이러스 감염원이 될 만한 프로그램과, 내부 설정이 잘못되어 충돌하는 프로그램을 찾아냈다. 그리고 빠른 속도로 그것들을 지워나갔다. 트러블이 모두 바로 잡혔을 때 당신은 매우 신기해서 그렇게 말했다.

"우와, 세상에, 귀신이네. 어떻게 그리 쉽게 찾아내요?"

"프로니까요."

그는 심드렁하게 대답하면서도 프로라는 말에 침을 꿀꺽 삼키고 호흡을 가다듬었다.

당신은 시험 삼아 리모컨으로 거실의 화면에 '흐르는 강물처럼'이라는 영화를 띄웠다. 브래드 피트가 플라이 낚시로 깊은 물속에서 굵직한 송어를 건져 올리는 장면이 나타났다.

"수리비는 직접 주시든가 가게로 나와서 카드로 결제해주시면 됩니다."

"아, 네."

당신은 '네'라는 말과 함께 말을 뚝, 끊고 베란다로 나갔다. 가게로 가서 주겠다는 말이겠지만 그리 친절한 행동은 아니었다.

3. 불행한 날의 행운

첫날은 그랬고, 다음날은 영상채팅을 위해 카메라를 달아줬으면 좋겠다고 해서 그는 당신의 집을 방문했다. 외눈박이 괴물의 눈 같은 카메라를 컴퓨터 앞에 두 개, 거실에 두 개, 해서 네 개나 달고 네 조각의 화상이 모니터에서 엉기지 않고 잘 보이도록 카메라의 위치와 각도를 조절했다.

"점심인데, 라면 먹을래요?"

"좋아요."

라면이 끓는 동안 그는 작업을 하면서 내내 망설이다 입을 열었다.

"여성의 나이는 묻는 게 아니라는데, 아주머니 나이가 궁금해요."

"아주머니? ㅎㅎㅎ, 난 시집 안 간 사람이에요."

당신은 한참 웃었다. 잠깐 동안 유쾌한 공명음이 방안에서 출렁거렸다.

"어리지요?"

"네. 군대도 아직…… . 사흘 후엔 입대하지만."

"큭, 아직?"

그는 아직이란 말이 걸려서 하던 말을 중단했다. 거실의 풍경부터 예사롭지가 않았다. 구석에 있는 낡은 오르간 위에 산세베리아와 벤자민 화분이 놓여 있고, 그 옆에 청동으로 빚은 토르소와 화구가 있고, 벽에는 여러 장의 그림이 압침에 꽂혀 있었다. 그림들은 하나같이 살아있는 몇 개의 선으로 액자 안에서 꿈틀거리고 있었기 때문에 묘한 느낌을 자아내었다. 성기를 내밀고 침대 위에 반쯤 누워 있는 남자도 있었고, 고개를 숙인 채 무엇에 화들짝 놀란 듯 잔뜩 웅크린 여자도 있었다. 처음부터 그의 신경을 곤두서게 하던 부채는 그리다만, 바닥에 누워 있는, 휘어 갈긴 그림 속의 성기를 슬쩍 가리고 있었다.

당신은 라면에 김치 한 접시를 내어놓고 느릿느릿 젓가락질을 하다가, 그가 라면 그릇을 비우자 일어나 책꽂이에 끼워둔 CD를 꺼냈다.

"들어볼래요? 난 투츠틸레망스의 하모니카 중 이 곡을 특히 좋아해요."

머리가 하얗게 쉰 외국 남자가 하모니카를 불고 있는 재킷이었다. CD를 물고 들어간 플레이어는 금방 감미로운 곡을 하나 토해냈다. 'The first time ever I saw your face' 라는 말을 듣고 더욱 기분이 좋아진 그는 목에 걸고 있던 16GB짜리 USB메모리를 당신에게 건네주었다.

입대 날짜가 가까워지고 있었으므로 혼자 있으면 하루가 초조했다. 일이 있으면 잠시나마 그런 기분을 잊을 수가 있는데, 배려한다고 윤 사장은 일을 맡기지도 않았다.

"걱정 말고 놀아. 그날 정시에 부대 앞까지 차로 데려다줄 거니까."

약속은 그렇게 받아냈지만 부모님 모르게 떠날 일이 자꾸 마음을 무겁게 만들었다. 그때 당신의 메신저에 떠 있던 '블루윈드' 라는 아이디가 생각났다. 그리고 우선 컴퓨터를 연 뒤 쪽지로 친구로 등록해주기를 청했다.

마침 당신은 메신저를 켜놓은 상태여서 즉시 회신해 주었다. 행운인지 불운인지 알 수 없었지만 그는 숨을 죽이며 '친구등록했어요.' 라는 문자가 대화창에서 자라나는 모습을 지켜보았다.

그는 마치 오래전부터 알아온 여자 친구를 만난 것처럼 편안하게 당신과 문자를 주고받기 시작했다.

"어제 끓여주신 라면 정말 맛있었어요. 저는 계란 한 개에 대파 썰어 넣고 화라락 뚝딱 끓인 라면을 음식 중에서 제일 좋아하거든요. 게다가 커피까지……."

어린애가 이모 같은 사람에게 작업 걸고 있다고 욕을 할지도 모를 일이었다. 그러나 누군가와 말을 하고 싶다는 게 뭐 잘못인가? 그가 느끼기에 당신의 태도는 분에 넘치게 사분거렸다.

"좋았다니 다행."

한동안 신속히 글자가 오갔다.

백육십 센티 정도의 키에 이백사십 밀리의 발에 호리호리하면서도 엉덩이와 가슴이 탄탄해 보이는 여자를, 머리를 감고 잘 빗으면 목까지 직모를 찰랑거릴 수 있는데다가 오똑한 코와 살집이 적당히 있는 입술과 눈이 살짝 접힌 듯 웃는 얼굴을, 게다가 치아는 교정기를 달고 있어서 그 우아함을 살짝 비틀어놓는 결함도 갖고 있는 여자를 그는 기억에서 불러내었다.

"그림 그리시나요?"

"응, 주로 누드 크로키. 누드는 정말 너무너무 솔직하거든."

4. 짧은 인연에 가능한 일들

그는 잠이 오질 않았다. 새벽에 컴퓨터를 켜서 메신저를 여니 조금 후에 당신이 따라 들어왔다.

"밤늦게 계시네요? 메신저를 켜놓고 보니 창문 너머로 님이 보였어요. 카메라를 켜주세요. 제 얼굴 보이나요? 직사각형의 공간에 글자가 총알처럼 들어와 박히는군요. 아, 화면도 올라왔어요."

"안 잤어?"

"네."

그가 먼저 마이크를 사용했다. 당신은 눈을 반짝이며 미소를 지었다. 그리고는 앞에 붙은 애기 주먹만 한 화상 카메라 뭉치를 움직여 그가 화면을 잘 볼 수 있도록 오른쪽으로 각도를 조금 틀었다.

"나도 잠이 안 와."

당신은 입이 찢어지게 하품을 하면서 손가락으로 카메라의 렌즈를 살짝 틀어막았다. 벌건 손가락의 표피가 모니터를 채운 뒤 금세 화상 전체가 컴컴해졌다.

"에이, 가리지 마요."

띠 동갑을 넘는, 나이가 반 토막밖에 안 될 것 같은 어린 자신이 그렇게 말할 수 있는 것이 신기했다.

"이 카메라, 성능은 좋긴 한데 너무 비싸서 기분 나빠요. 괴물 눈알만 쏙 빼다 놓은 것 같지 않나요? 어제 블루윈드님 방에 카메라 달고 나서 웬일인지 제 것도 달고 싶어졌죠. 이런 시스템만 가지면 방안의 모든 움직임을 다 잡아낼 수 있을 거예요. 음성도 문제없죠? 지금은 님의 숨소리까지 잘 들립니다."

"다행이에요. 근데, 이 시각에 만나서 우리 뭘 할까? 서로 숨겨놓은 얘기 같은 거나 할까? 군대 갈 사람이 나를 찾는 걸 보면 여자 친구가 없는 것은 확실하고……."

"네, 맞아요."

"집에 누구 있어?"

"부모님은 계시지요, 예전 살던 집에. 하지만 전 사장님이랑 원룸에서 살아요. 중3 때 집을 나왔거든요. 온라인 게임으로 아는 형들이 많았는데 누가 윤 사장님 가게로 데려가서 알바를 시켜줬어요. 그때부터 컴퓨터 가게 뒷방에 눌러 앉았죠. 그렇게 살다가 윤 사장님이랑 같이 살게 됐어요."

"어휴, 이게 무슨 일이래? 아니, 부모님은 코흘리개를 내쫓고 남의 집에서 살게 놔뒀어?"

"말을 안 들으니까요. 통제 불능의 애를 제압하는 방법은 굶기는 거밖에 없다 했어요."

"그래서 굶었나?"

"전, 그럴 리가 절대 없죠."

"컴퓨터 땜에?"

"네, 열서너 살 때부터 온라인에서 어른들하고 놀았어요. 사실은 놀은 게 아니고 살아남는 법을 익혔죠. 그래서 이상한 책도 많이 빌려 보고 컴퓨터라면 뭐든 잘해요. 이것저것 읽다 보니 많은 걸 알게 됐어요. 말 안 듣는다고 벌레 보듯 하는 아버지는 컴퓨터가 나쁜 장난감인 줄 알아요. 밥 안 주고 내쫓는다 하시길래 그러시라고, 그래서 정말로 나와 버렸어요. 학교 성적은 괜찮은 편이어서 장학금 받고 다녔죠."

일이 그렇게 된 것이었다. 당신은 새로 사귄 어린 친구에게 일어나 움직여 보게 했고, 컴퓨터 앞에 있는 카메라를 틀어놓아 방 전체를 보게 했다.

"TV 맞은편 액자 속의 사람은 누구야?"

"어머니. 그 미모의 여자 곁에서 혀를 쭉 빼고 손가락을 흔들고 있는 애가 아홉 살짜리 접니다. 저런 녀석이 중학교 2학년부터 속을 썩였지요."

"그랬구나."

"중학교 올라가자마자 유방암으로 돌아가셨어요. 두 번 수술을 했는데, 늦었대요. 열두 살 때였죠. 아버지는 지금 다른 사람과 살아요."

당신은 그 말을 듣고 한동안 어떤 소리도 내지 않았다. 그는 하지 않아야 할 말을 건넨 게 미안하기도 하고 기분이 쓸쓸해져서 두어 번 헛기침을 했다.

"잘 듣고 있어."

"남녀 사인 불가사의죠. 필이 꽂히면 그런가 봐요. 아버지가 만난 여자는요, 나중에 알게 된 건데, 우리 윤 사장님과 나이가 동갑이래요."

"난 윤 사장보다 나이가 더 많은데…… 새어머니보다 나이 많은 사람 사귀었다고 하면 놀래겠다. 그렇지?"

"ㅎㅎ."

"그런데 아버지 몰래 입대하면 섭섭해 하지 않으실까?"

"답답하시겠죠? 말 듣기 싫으면 나가버리라는 말을 했으니…… 개나 돼지도 한집에서 살면 함부로 안 하잖아요. 부모가 원하는 걸 못하는 자식은 자식 아닌가요? 아버지는 제가 필요 없나 봐요."

"그렇진 않을 거야."

"제 컴 실력 궁금하세요? 사장님이랑 둘이 머리 맞대면 뭐든 해내죠. 크흐, 아마 백악관 보안 시스템도 허물어버릴 수 있을지 몰라요. 그랬다간 아마 CIA 요원이 찾아와 빵, 하고 머리에 구멍을 내겠지만."

"정말 대단하다. 그런데 아, 시간은 없고…… 이제부터 우리가 뭘 가장 기분 좋게 할 수 있을까?"

"글쎄요, 컴퓨터가 말짱했으면 우린 모르는 사람 가운데 하나였을 거예요. 아니, 그보다 그날 그 부채가 아니었으면 우리가 어떻게 되었을지 모를 거예요. 생각해보면 사람을 알게 된다는 게 참 재밌어요. 세상에는 희한한 일 많잖아요."

"부채?"

당신은 부채란 말에 약간 반응을 보였다. 전혀 의식하지 않았던 일이었기 때문에 그랬을 것이었다. 맞다. 당신을 만난 날은 그 부채부터 기억해야 했던 것이다.

윤 사장한테 전화를 받고, 게임방에서 파워가 고장이 난 컴퓨터를 수리한 뒤 바이러스를 잡고 있을 때 하필 그 많은 자리를 마다하고 군이 컴컴한, 구석진 옆자리로 왔는지 그는 이유를 알 수가 없었다. 왜 그랬을까? 숨기 좋아하는 버릇 때문이라면 반대쪽 구석이 더 후미지고 비어 있었을 텐데. 물론 그 전화 한통으로 충분했다. 당신의 집 컴퓨터가 고장이며 그것을 수리하게 된 것은, 그러나 그보다 호기심을 갖게 한 것은 당신이 오른손으로 쥐고 있던 접는 부채 아바니코* 때문이었다.

그는 그것을 어디서 만드는지 잘 알고 있었다. 틀림없이 부챗살을 감싼 바깥쪽 대 밑에 작가의 서명이 들어가 있을 것이다. 당신이 그걸 직접 샀다면 말이다. 당신은 스페인의 산타크루즈 지구에서 세비야 카테드랄 가는 방향의 큰 길인 메테오스 가고스 거리(Calle Mateos Gagos)를 걸었을 것이다. 아마 10번지쯤에 가서 카테드랄 바로 앞을 서성거렸을 테지. 주변에 부채랑 다른 잡다한 걸 같이 파는 기념품 가게들이 많은데, 호기심이 나서 그 중 '엘 아줄레조' 상점을 들어갔을 것이고. 그 유리 진열대에 올려진 아바니코들을 보고 놀라지 않았을까? 그리고 눈요기를 하러 갔다 해도 당신은 순순히 지갑을 열었을 것이다.

　"제가 지난 봄 거기로 배낭여행을 갔다 왔거든요. 검은 실크로 감싼, 상아조각 무늬를 한 비싼 걸로 하나 사 갖고 와서, 밝힐 순 없지만 누굴 주었죠. 제가 누구에게 준 것과 비슷한 아바니코를 블루윈드님이 손에 쥐고 있는 것을 봤던 거죠."

　"아, 그랬나?"

　"통화하기 전에 블루윈드님은 핸드폰을 곁에 두고 두 손으로 컴퓨터 버튼을 누르면서 오른쪽으로 고개를 돌려, 컴퓨터를 수리하고 있는 저를 힐끔힐끔 바라보았죠. 양키즈 야구선수들이 즐겨 쓰는 모자를 눌러 쓰고, 긴 머리 사이로 내민 한쪽 귀엔 MP3 음악을 듣느라 이어폰을 꽂고 나머지 한쪽은 어깨에 흘러내리게 놔둔 채 채팅을 하고 있었어요. 혹시 힐끗 바라보았다 해도 기억하진 못하실 겁니다. 마침 귀에 꽂지 않은 한 쪽 이어폰에서 샘 브라운이 부른 'Stop'이라는 음악이 흘러나왔지요, 그때 차양의 그늘 속에 가려진 눈으로 틀림없이 제 쪽을 얼른 훔쳐보았어요. 저도 분명히 님을 봤죠. 순간, 허리를 비트는 듯한 노래가 몸을 흠칫, 건드리며 지나갔어요. 제 기억으로 그때 님은 자판 위에 있던 왼손을 움직여서 아바니코를 쥐고는 한 차례 차르르, 펼쳤을 겁니다. 게다가 조금 후엔 부채 끝을 손가락으로 만지기까지 했죠. 아마 무의식적인 행동이었을 거라고 짐작했어요.

　한편으로는 그런 고급 아바니코를 가진 사람이 유럽의 풍습을 모를 리가 없다고 생각했지요. 한때 귀한 신분의 여자들이 부채를 가지고 자기 마음을 드러내던 로맨틱한 시절이 있었다는 것 말이죠. 그 무언의 말을 해석하자면 님이 부채의 끝을 만진 건 틀림없이, 'I wish to speak with you'라는 의미인데. 정말 그런 생각을 하신 건 아니겠죠?

　바이러스를 잡는데 필요한 시간은 7분. 진행 시간을 알려주는 막대기 하나가 7분을 잘라먹으며 자꾸 자라고 있는 동안 다시 자판을 두드리기 위해 님은 부채를 내려놓았죠. 그리고 빠르게 날리던 문자 채팅을 끝내고 오른손에 든 마우스가 어떤 사이트로 들어가 지도를 끄집어냈는데, 그곳에서 한동안 머물다가 당신은 병원이 있는 곳을 찾았어요. 그리고 한동안 지도의 중앙에 있는 무슨 '동물병원'이란 글자 위에 커서가 머물고 있었구요. 가는 길을 찾나, 애완동물이 아픈가 보다, 했죠. 곧이어 그게 아니고 어떤 집에서 페르시안 고양이 새끼를 분양해 준다는 걸 얻어올까

310

말까 하다가 그냥 둔다는 걸 알았죠. 그 길로 당신은 홈 쇼핑에 들어가 회색 원피스 한 벌과 레드 와인 두 병을 골랐어요. 제 기억이 맞을 겁니다."

"놀랍다. 사소한 것까지 전혀 놓치는 법이 없네. 그런데 그 비싼 부채는 누구에게 줬어?"

"지금은 절 기억하지 않는 여자한테요. 그 여자는 아마 중국에서 어떤 남자랑 놀고 있을 거예요. 큰 회사 경리였는데, 자기 상사와 출장 가는데 동행해야 한다고 하더니 그담부터 소식을 끊었어요. 한 달 동안 소식이 없길래 전화번호를 확 지워버렸죠. 변심한 사람 기억해서 뭐해요? 120유로나 주고 산 건데, 미련 없어요. 덕분에 소중한 걸 버리는 연습 한번 했죠."

밤이 깊도록 그는 당신에게 끊임없이 종알거렸다. 화상 속에서 당신은 유쾌하게 그는 심각하게 이야기를 이어갔다.

5. 별자리 찾아내기

이제 하루가 남아 있었다. 시간이 짧아지자 그의 마음이 더욱 초조해졌다. 시간이 빨리 가서 그런 게 아니라 너무 느리게 흘러가서 그랬다.

컴퓨터를 열자마자 당신은 거기에 있었다. 특별 이벤트를 마련해주고 싶다며 문자를 날려왔다.

"주문한 물건이 둘 다 벌써 도착했어. 아주 맘에 들어. 우선 얼른 새 원피스 한번 입어볼까? 있다 이리 오면 술도 한잔 주고 춤도 춰줄게."

"와인을 마시고 부채춤을 보면 기막힌 밤이 되겠네요. 안주는 뭘 사 갈까요? 저 술은 많이 못해요. 같이 마시려면 좀 답답할 걸요?"

당신은 조용히 일어서서 카메라의 화상에서 잠깐 사라졌다가 회색 니트를 휘감고 나타났다.

"아, 옷이 잘 맞는군요. 애들처럼 수줍어하시긴……. 손 좀 치우세요."

당신은 손으로 카메라 하나를 가려버렸다. 그는 얼른 Ctrl 키와 B라는 글자의 키를 눌러, 갑자기 지워진 그림을 다시 띄우고 화면을 점점 확대시켜 당신의 얼굴을 선명히 보이게 했다.

"아무리 꼭 막아도 저는 볼 수 있어요. 컴 왕이니까요. 마음만 먹는다면 지문도 카피해서 은밀한 폐쇄공간까지 출입할 수 있죠."

"허걱! 그런 무시무시한 일도 해?"

"ㅋㅋ, 물론 남이 원치 않는 일을 해선 안 되겠죠? 그런 일은 할 수 있다 해도 절대 안 해요. 다시 Enter를 눌러 지난 화면을 살펴볼까요? 지금 님의 몸이 원피스에 반쯤 들어가 있네요."

"놀라워."

그는 회색 니트를 휘감은 몸을 보고 당황했다. 자신의 어느 구석에선가 성욕이 약간 삐져나왔다. 벽시계를 올려보았다. 저녁 6시에 만나기로 했는데 약속한 시간이 매우 느리게 흘러가는 느낌이었다. 시계상자 안에서 튕겨 나온 초침 소리가 매 순간마다 방안을 팽팽한 긴장감으로 가득 채우고 있었다.

6. 누가 총에 맞은 걸까

304호 현관문을 열었을 때 당신은 게임 중이었다. 혼자 게임할 수 있도록 되어 있는, 그가 아는 전투 프로그램이었다. 아군은 목적지를 선택하여 얼룩무늬 군인들을 쫓게 되어 있다. 장애물 뒤에서 총을 쏘는 적들을 하나씩 제거하면서 목적지를 향해 접근하는 일이다. 그가 가장 자신 있는 게임 중 하나인데, 일정한 고배당의 점수를 얻어내는 순간 보너스 인물을 준다. 탄탄한 근육을 가진 남자나 향기 나는 머릿결을 곱게 빗고 어린 신부처럼 앉아 눈빛을 빛내는 여자를 얻을 수 있는 찬스다.

"스테이지 나인을 통과하면……."

"평화모드?'

당신의 손에 들려 있던 마우스가 그에게 이동했다. 그는 왼쪽 버튼을 7번 빠르게 두드리고 난 후 총성을 기다렸고 두 번의 호흡을 참은 뒤에 오른쪽 참호에서 빠져나와 달리며 적이 숨어 있는 창틈으로 총알을 날렸다. 그 결과 적은 사살로 처리되고 십만의 점수가 계수판에 올라갔다. 그는 화면이 감미로운 음악과 함께 평화모드로 뒤바뀌는 것을 보았다.

평화모드에서 유저는 마음에 드는 인물을 선택할 수 있다. 어떠한 타입을 원하는가. 적어도 이 게임의 프로그래머는 승리자의 취향을 배려할 줄 알았다. 그는 두 번째 가면의 여인을 클릭했다. 그녀가 제일 스마트했다. 여인이 아군을 침실로 안내했다. 잠시 후, 여인은 커서의 움직임에 따라 조금씩 옷을 벗더니 결국 알몸이 되어주었다. 다음 스테이지의 전투에서 함께 적을 향해 총알을 퍼부을 수가 있도록 준비된 이 여인은 가상의 섹스 상대였던 것이다. 그는 잡고 있던 마우스를 내려놓고 의자에서 일어섰다. 화면이 민망스러워서 바라볼 수가 없었다. 혼자 하는 게임 상에서는 쉬운 일이 당신 앞에서는 그랬다.

"난 모델이 없을 때, 저 벗은 여인들을 그려. 1분씩 보여주는 다섯 개의 이미지가 그럴 듯해."

당신은 매우 흡족한 표정을 짓고 웬 상자를 들고 오며 말했다. 상자에는 가면이 여럿 들어 있었다. 그것을 쓰고 거울을 보니 얼굴을 반만 덮고 커다란 테가 있는, 위에 붉은 깃털이 올라앉은 방금 본 모양이었다.

"저거 보고 만들었어. 멋있지?"

"네."

그는 전투의 승리자에게 주어지는 선택된 인물이 된 듯한 느낌을 받았다.

그가 여러 가지 가면을 써보고 있을 때, 당신은 거실과 주방을 오가며 라면보다 더 맛있는 참돔 구이와 값비싸 보이는 포도주와 샐러드가 마련된 근사한 저녁식탁을 마련했다. 준비하는 동안 빔 프로젝터가 한쪽 벽 가득히 이상한 화면을, 보너스로 받은 스마트한 여자가 아직도 다리를 구부려 시커먼 거웃을 드러내고 있는 영상을 계속 내쏘고 있었다. 그는 화면을 바꿔버렸다.

이번에는 방안의 모든 움직임을 카메라가 잡아내었다. 거실의 대형 스크린 위에 당신과 그 두 사람이 나타났다. 그는 당신이 부어주는 술을 홀짝홀짝 마시고 있었다. 당신의 손은 식탁을 건너와 아직 짧지 않은 그의 머리카락을 곁에서 천천히 쓸어내렸고, 웬일인지 모르게 그는 한동안 반복되는 동작을 허용하고 있었다.

"소주는 얼김에 몇 번 마셔본 적 있지만 이렇게 순하게 받는 술은 처음이에요."

'그리 순하진 않을 걸?' 이라고 당신이 말했던가. 말이 잠깐 흐려지는 것을 그는 느꼈다. 벽시계의 시침과 분침이 일곱 시를 가리키자 발소리가 났고, 이어 현관의 벨이 울렸다.

"어서 들어와요."

그는 깜짝 놀랐다. 중년 남자 둘과 젊은 여자였는데, 여자는 큰 가방을 들었고 퍼머넌트를 한 머리를 밴드로 묶고 선글라스를 쓰고 있었지만 한눈에 알아볼 수 있었다. 끔찍한 공허감을 남기고 떠난 여자. 그 순간 총알이 가슴을 뻥, 뚫고 지나갔다. 그러나 그는 자신이 가면을 쓰고 있다는 것을 잊지 않았고, 잠깐 미간을 찌푸린 것조차 들키지 않을 만큼 침착했다.

그들은 서로 익숙한 듯 들어오자마자 포옹을 나눈 뒤 상자에서 가면을 골랐다. 잠시 후 모두 가면을 썼는데, 맨 얼굴인 것은 그녀뿐이었다.

"이쪽은 나랑 그림 공부하는 친구들이고 이쪽은 모델, 여기는 컴 선생님."

남자는 당신의 친구라고 했지만 제자들 같았고, 여자는 분명 몇 달 전 그가 핸드폰에서 지워버린 은경이었다. 그녀가 이렇게 나타난 것이었다. 그는 그들에게 '컴 선생님'으로 소개되었으므로 고개만 약간 숙이는 것으로 인사를 마무리했다.

"이거."

당신은 부채를 들고 있었다.

"아, 여기 있네. 잊어버린 줄 알고 얼마나 속상했는지 몰라요."

당신은 검은 빛 아바니코를 그녀에게 돌려주면서 무엇인가를 말하려는 듯이 그를 힐끗 바라보았다. 그는 끝내 모른 체했다.

은경은 아바니코를 가방에 넣고 거기에서 커다란 타올을 꺼내었다. 두 남자는 조명 스탠드를 켜서 약간 어둑한 실내의 빛이 그녀에게 집중되게 한 뒤 식탁을 치우고 종이를 펼쳤다.

그는 당신이 내미는 한 묶음의 종이와 먹과 붓 한 자루를 받아 쥐고 숨이 멎을 듯했다. 감정을 누르며 은경이 CD를 꺼내 플레이어에 집어넣고 옷을 벗기 시작하는 모습을 지켜보았다. 음악은 첼로로 연주된 조곡이었다. 음악에 젖은 몸이 카펫 위에서 자벌레처럼 둥글게 말렸다. 곡이 바뀔 때마다 자세를 조금 바꾸고 허리를 약간 비틀었다. 한껏 내민 가슴에 그의 시선이 쌓였다. 그녀의 왼손은 머리카락을 틀어쥘 듯 젖가슴을 슬쩍 가리고 오른손은 탄탄한 엉덩이와 허벅지를 향해 무방비로 늘어뜨렸으며 시선은 45도쯤 들려 허공을 따라가고 있었다. 거의 1분에서 3분짜리 동작이었지만 각기 다른 움직임이 짧게만 느껴졌다.

"배꼽은 발목에서 올라오는 힘을 쪽 빨아들이게 해봐요. 핀에 꽂힌 나비가 더 살아 있는 듯 보이는 것처럼, 알지? 선이 더 가볍게 움직이면 좋겠어."

당신은 드문드문 두 남자와 그의 손놀림을 수정했다. 당신의 목소리는 조금 전 식탁에서 그의 머리를 쓸어주던 손길과도 너무도 흡사했다. 그의 벗은 몸을 당신이 어루만지고 있는 듯한 느낌이 들었다.

그는 붓을 잔뜩 움켜쥔 손가락의 힘을 덜어내었다. 붓의 솔기가 은경의 몸 위로 슬며시 움직여서 사내의 체모처럼 자꾸만 빳빳해지고 예민해졌다. 그녀는 굳은 표정을 버리고 가면 속에 숨긴 눈길을 받으며 몸의 동선에 가벼움을 뒤섞고 있었다.

가끔 병든 노인을 안아주러 다닌다고 말했던, 부드러운 어깨를 가진, 음부가 다 보여도 부끄럽지 않을, 여백이 꿈틀거리는, 저 그림 속 벌거벗은 여자. 그가 은경의 알몸을 본 것은 그때가 처음이었다.

7. 에필로그

이젠 어떤 이야기도 싱겁다. 늑대인간, 에일리언, 좀비가 등장하고 예측불허의 판타지, 눈뜨고 보기 힘든 사건이 판을 치는 세상에 무슨 이야기로 재미를 만들어낼 수 있을까.

그래서 좀 더 가깝게 이야기가 전달될 수 있도록 당신이 무조건 등장하는 이야기를 준비했다. 우리의 주인공은 그나 그녀보다 당신이 훨씬 어울린다. 세상에서 제일 귀한 사람이 내가 현재 대면하고 있는 바로 당신이라는 존재 아닌가. 당신은 독자일 수도 있겠지만 나와 가장 밀접히 대면하고 있는 사람인 그대이기도 하고 친구 혹은 어머니이기도 하겠지만, 정확히는 이 소설의 반영자이고 시점자일 것이다.

나는 사람들의 호기심을 건드려 이야기를 여기까지 끌고 왔지만 당신을 이상한 장면 속으로 빠뜨릴 마음이 전혀 없다. 푸른 기운을 가진 여자가 헤프게 몸을 여는 것은 못마땅해 보인다. 좋은 이미지를 가진 여자가 빈터에 트럭을 세워 놓고 팔아치우는 성인용 인형 같은 꼴이 되어가는 건 너무 부당하지 않겠는가. 그래서 이 서사의 내용과 결말을 노골적으로 사실과 무관한 쪽으로 드러내고 만 것이다.

독자여, 플롯에 대한 그대의 믿음을 허물어버려서 미안하다. 아주 조금이라도 그 배신감의 뒷맛을 기대해서다. 또한 쓸데없는 횡포에도 불구하고 순순히 이야기 흐름을 따라와 준 것이 고맙다.

스토리 진행상 아무튼 한 여자는 끝까지 그렇게 옷을 벗고 있어야 한다. 심술궂은 이 소설가는 서사 안에서 신과 같이 시간을 정지시키거나 없애버릴 권능이 있다. 그래도 주인공인 당신은 그가 어릴 때 잃어버린 모성(母性)을 대신하는 인물로 족하다. 자, 소설이 끝났으니 이제 당신과도 작별해야겠다. 바이.

* 스페인의 세비야에서 특산으로 만드는 '접는 부채'. 주로 상아나 뼈, 나무 등을 투각하거나 채색한 극도로 화려하게 만든 부채살 위에 레이스, 자수를 놓은 비단 천, 얇은 송아지 가죽 등을 씌워 장식한 것이 이 부채의 특징임.

연용흠

1954년 대전 출생. 한남대학교 교육대학원 국어교육과 졸업. 1983년 중앙일보 신춘문예 등단. 소설집 『코뿔소 지나가다』 외 1권.

가을 소나타

채진홍

　교정은 적막했다. 파란 가을하늘은 숨도 쉬지 않았다. 나는 주변을 둘러보았다. 등나무 의자에도, 농구장에도 어디에도 학생들은 없었다. 가을 햇살이 내 이마를 따갑게 해보았지만, 그렇다고 소리가 날 리 없었다. 나는 몇 번 더 두리번거리다가 등나무 의자 쪽으로 나있는 인문대 곁문을 열었다. 건물 안의 공기는 오랫동안 멈춰있는 듯했다. 계단을 오르는 내 두 발은 주인이 시키지도 않았는데 숨을 죽였다. 아무런 소리가 들리지 않은 건 이층에서도 마찬가지였다. 교수 휴게실 안으로 들어가 보았지만, 바둑 두는 교수도, 담배 피우는 교수도, 한 사람의 교수도 없었다. 게시판에 붙은 몇 개의 글자가 내 눈에 들어왔을 뿐이었다. 서울 본교에 올라가 축구시합하고, 응원하고 등의 일로 휴강한다는 내용이었다. 생각해보니 지난주에 확인해두었던 글자들이었다. 내 망각의 장치가 나만 학교에 나오게 한 것이었다. 나는 허탈하지도 않았다. 연구실에 올라가 실컷 베토벤이나 두들겨볼까 했으나, 곧 그러기가 싫어졌다. 음악대학도 없는 이 학교에서, 문화콘텐츠학부라는 어정쩡한 곳에 발을 들여놓고 있는 내가, 음악전공자라는 이유만으로, 그것도 겨우 이론가 소리를 면치 못하는 처지에 연구실에 피아노를 들여놓고 소란스럽게 한다는 게 애초부터 염치없는 일이었고, 그래서 속 시원하게 손가락을 내둘러본 적도 없고, 그 사실을 새삼스럽게 또 확인한 이 순간, 이렇게 만물이 숨죽이는 상황에서, 창밖의 가을하늘을 외면할 특별한 이유도 없었다. 나는 이내, 내 발보다 먼저 숨을 죽였고, 계단을 내려왔고, 인문대 곁문을 열었고, 밖으로 나왔고, 다시 파란 하늘을 보았다.

　다안 단단 다안, 따안 딴딴 따안……

　강당 안에서 소가 신음하는 듯한 소리가 무겁게 울려나왔지만, 파란 하늘은 꿈쩍도 하지 않았다. 그것은 지난 내 젊은 나날들을 갉아먹던 뻔뻔스러운 소리이기도 했다. 나는 차 문을 열다말고 도로 닫았고, 강당 쪽으로 걸음을 뗐다. 어느덧 내가 그 뻔뻔함에 다시 끌려들고 있었다. 뒤를 잇는 빠른, 그렇지만 무거운 선율들은 내 걸음을 절뚝거리게 했다.

　검은 휘장이 늘어져 있었고, 그 옆에 커다란, 낡은 피아노가 희누런 건반을 드러내고 있었고,

316

건반을 두들기는 열 개의 손가락들이 서로를 빠르게 밀어대고 있었다. 절뚝거리는 솜씨였다. 하지만 그 어설픈 솜씨가 강당 안의 침침한 분위기를 오히려 끈끈하게 했고, 조율을 한 지 오래 되었을, 약속해놓은 음계를 제 마음대로 비켜 가는 피아노 소리가 그 끈끈함을 더 무겁게 하고 있었다. 손가락들 위로 뻗은 팔은 햇볕에 그을려 있었고, 그 위로 뻗은 목과 얼굴도 마찬가지였다. 그렇다고, 쉽사리 건강미를 찾아내기도 힘든 얼굴이었다. 양 볼에 붙은 몇 개의 여드름과 뻣뻣한 털을 갖다 붙인 속눈썹은 그렇지 않아도 조금 부은 그녀의 얼굴을 언제든 망가트릴 기회를 엿보고 있었다. 나한테, 지난주에, '전통음악의 이해'라는 수업시간에 그러한 모습으로 엉뚱한 질문을 던지던 학생이었다.

"임방울과 베토벤을 어떻게 비교해야 하나요? 옥중가와 비창 소나타 말이에요?"

입술에 붉은 색을 칠하다가, 그것도 수업시간에 버젓이 손거울을 이리저리 훑어보며, 그러다가 교수와 정면으로 눈을 마주친 직후 나온 질문이었다. 지금 생각하면 질문을 한 사람이나 대답을 한 사람이나 그리 엉뚱한 짓을 한 것 같지는 않았다. 나는 옥중가의 미학에 대하여, 임방울에 대하여 한창 아는 소리를 하고 있었고, 그래서인지 아니면 그녀의 얼굴이 쑥대머리의 한 가운데에 있어서였든지, 아무튼 난 내 논리 전개보다는 그녀의 그런 축축할 것 같으면서도 그렇지도 못한 얼굴에 끌리고 있었고, 그것은 지금 분위기와 닮은꼴이었다. 조선 놈은 조선 놈답게 독일 놈은 독일 놈답게 조선 놈 독일 놈 모두를 소름끼치게 했으니, 그것을 한으로 표현한들, 미움으로 표현한들, 사랑으로 표현한들, 악으로 표현한들, 선으로 표현한들, 그 음색 마디마디가 아름답지 않을 이유가 하나도 없다는 식으로 말을 해버린 교수의 답변이 아무리 학생의 특별한 얼굴 모습에 한눈을 팔고 있었다 할지라도 세계 음악사를 그렇게 비틀지는 않았다는 생각이 들었다. 둘 다 기꺼이 거지의 친구가 될 수 있다는, 학문적으로 검증인가 뭐가도 해보지 않은 발언을 해버린 것도 그랬다. 위대한 음악가들을 이왕 거지 친구로 비하한 바에야, 놈자 정도 붙인 것이 무슨 큰 수랴, 교수의 인격이 빠졌다면 그뿐, 이런 비틀어진 세상에서 아무리 거지를 성자로 생각한 내 마음을 알아주든 말든 시비를 가릴 일은 아니었다.

나는 그녀의 어설픈 연주를, 이 끈끈한 분위기를 멈추게 하고 싶지는 않았다. 밖에서 이 모든 분위기를 꾹꾹 눌러대고 있을 가을 하늘이 나에게 그런 정도의 염치를 강요하고 있었다. 세상 숨결을 다 먹어버린 가을 하늘은 아까부터, 내가 계단을 오르내릴 때부터 그러한 일을 꾸몄다. 그 덕분에 예쁘게 생기지도 않은 그녀는 명연주를 하고 있지 못하면서도 청승맞은 관객 하나가 숨을 죽이고 있다는 사실을 모른 채 함부로 손가락들을 몰아붙일 수 있었다.

삼 악장 끝 부분을 움푹짐푹 끝내버린 그녀는 어깨를 축 늘어트렸다. 나는 안도의 숨을 내쉬었다. 끝까지 가지 못하면 어떻게 하나, 그런 걱정까지 하고 있었으니, 그녀의 솜씨가 이 이론가가 생각한 기교와는 아예 상관이 없는 모양이었다. 어쨌든 끈끈함을 만들었고, 그것으로 이 한 사람의 관객을, 관객 전부의 마음을 움직였으니 연주가 성공리에 끝난 건 사실이었다. 나는 마음 놓고 발소리를 내며 뒤돌아설 수 있었다.

그러나 나는 곧바로 뒤돌아서고 말았다. "선생님 아니세요."라는 반쯤 남성 섞인, 서양 중세시대 여성 소리를 내던, 그런 거세된 남성의 소리를 듣고 나서였다.

"어떻게 오늘 같은 날 학교를 나오셨어요? 강의실에 아무도 없대요."

어떠한 연주를 했든, 사람이 입을 열기만 하면 세속적인 소리가 줄줄 흘러나오게 되는 것쯤이야 원래 삶이란 게 그러니까 진즉 알아채고 있었지만, 그녀는 내가 지금까지 제 연주 솜씨에 비해 터무니없이 살갑게 생각했던 끈끈한 분위기를 여지없이 흩어버렸다. 그렇다고 그녀의 어두운 얼굴이 금방 환해질 리도 없었지만, 제 선생을 보고 반가워하는 표정 또한 거짓은 아니었다. 어떠한 뜻에서 그런 질문을 했는지 다 알아낸 건 아니지만, 제가 나를 적어도 저와 크게 다르지 않은 부류로 생각한 것만은 틀림없었다. 그 놈의 못생긴 속눈썹 털들이 서로를 따로따로 비벼대며 관객에게 또 인사를 했다. 어쨌든, 그 여드름에, 그 인공적인 눈썹에, 그 반쯤 피식거리는 웃음은 세상의 우아하다는 것과는 거리가 먼 어떤 소용돌이를 준비하고 있었다.

"베토벤을 그렇게 고생시켜 쓰겠나? 그렇지 않아도 살기 힘들었을 텐데."

"네? 저요? 베토벤요?"

그녀는 다른 사람의 힘든 삶을 금방 제 것으로 만드는 그 나이 또래의 위력을 발휘했다.

"누가 힘들든 바람이나 쐬러 가자."

갑갑한 것쯤 견뎌내기에 익숙한 나였지만, 나 역시 그러한 세속적인 말밖에 할 말이 없었다. 나는 발걸음 소리를 크게 냈고, 그녀는 직직 운동화를 끌었고, 그렇게 밖으로 나왔지만, 푸른 하늘은 미동도 하지 않았다.

"어디로 갈까."

나는 시동을 걸며 그녀를 보지도 않고 물었다. 날 안 보는 건 그녀도 마찬가지였다. 나는 보지 않았지만, 그녀의 못생긴 얼굴이 푸른 하늘을 향해 쳐들려 있는 것쯤은 짐작할 수 있었다.

"날씨 죽인다."

방금 전까지 온갖 애틋한 분위기를 다 만들던 그녀의 얼굴이 뻔뻔하게 푸른 하늘을 향한 것이었다. 베토벤이 악성이라는 사실이 또 한 번 그렇게 입증된 셈이었다.

"어디로."

"그냥요, 고복저수지로요."

"거기가 어딘데."

"제가 가자는 대로 가시면 돼요."

교수는 학생에게 그렇게 거짓말을, 그것도 아무런 표정 변화도 없이, 해버려도 되는가, 나는 앞 유리를 통해 멀리 서쪽 하늘을 바라보며 그런 새삼스러운 질문을 던졌다. 학생은 겨우 수업시간에 몇 번 만난 교수를 실컷 만나고 놀고 한 사람처럼 대했다. 나는 가끔 교수들과 함께 점심시간에 나와, 저수지를, 호수 같은 것을 바라보며 닭다리를 뜯던, 그런 장면들을 떠올렸다. 저녁때는 소주를 그렇게들 많이 마시는데도 새우탕, 메기 매운탕이 줄어들지 않았다. 나같이 몸이 부실해 소주 몇 잔이면 끝인 사람이 보기에 그들이 마시는 소주는 머지않아 저수지의 수량을 따라잡을 기세였다. 학교 이야기, 교수 학생 누구누구 이야기, 정치 이야기, 매일 같은 소리를 하는데도 소주의 힘은 절대적이었다. 있어봐야 술도 못 마신다는 핀잔만 듣는 나는 적당한 때 빠져나와 저수지 주변을 거닐었고, 그것이 버릇이 되었고, 그런 저수지를 모른다 했으니, 정작 뻔뻔한 건 나였다. 하긴 악성의 위력이 나 같은 서생이라고 외면할 리 없었다.

차는 순식간에 교문을 빠져 나와 조치원 읍내에 들어왔다. 가을 햇살은 해묵은 아스팔트 길 위의 먼지들을 따갑게 하고 있었다. 그런 길을 지나는 데 걸리는 시간은 비창이 연주되는 시간보다 훨씬 짧았다. 금방 시골길이 나타났고, 양 쪽 배 밭에서는 까치들이 배를 쪼아 먹으며 태평성대를 구가하고 있었다. 내 귀엔 이쪽으로요 저쪽으로요 하는 그녀의 소리가 들리지 않던 모양이었다. 운전수도 모르게 그렇게 차가 달리고 있었다. 학생은 그걸 나무랄 필요가 없다고 생각했는지 '이리로요 저리로요 참 좋지요'를 연신 말하고 있었다. 나는 그럴 때마다 그녀가 연주하던 소나타의 마디마디가 분질러지는 것을 느꼈다.

"저수지에 가면 물귀신이 있나, 매운탕이 있나?"

나는 전혀 교수답지 않은, 음악평론가 답지 않은 말을 던졌다.

"네? 물귀신요? 선생님 지금이 어느 때인데요?"

학생은 실망하기는커녕 활짝 웃었다. 나는 비로소 학생의 얼굴을 들여다보았다. 그렇다고 그녀의 얼굴에서 뻔뻔하고도 어두운 흔적이 완전히 가실 리 없었다.

"선생님, 귀신 믿으세요?"

"귀신은 위대한 음악을 만들어내지."

나는 위대한 음악이라는 말로, 내가 생각하기에도 형편없는 말로 내 텅 빈 속마음을 이렇게 저렇게 해버렸다.

"그래요?"

그녀는 앞 유리창을 통해 먼 곳을 바라보았다. 그러한 그녀의 얼굴에서는 웃음기운이 가시고 원래 있던 어두운 그림자가 제 자리를 찾고 있었다. 그녀가 무슨 귀신과 위대한 음악의 관계에 대한, 특별한 생각을 해서 그런 것 같지는 않았다. 그건 그녀의 버릇이었다. 어쨌든 귀신이라는 말과 위대한 음악이라는 뜻 없는 말이 그녀의 버릇을 일깨워 준 것만은 사실이었다. 그녀 또한 뜻 없는 말을 내뱉는 것처럼 입을 달싹거렸다.

"그 귀신 저도 좀 봤으면 쓰겠네요. 뭐 사랑할 만하겠네요."

"이제야 실토를 하는군."

"네?"

그녀는 조금 긴장한 표정으로 내 얼굴을 바라보았다. 나는 미안하다는 생각이 들었다. 그녀의 눈자위에 붙은 어두운 그림자를 건드릴 필요는 없었는데, 그런 짓을 저지르고 만 나였다. 그렇다고, 내가 꼭 그녀에게 얽혀있을지도 모르는 어떤 사연을 알아서 그런 건 아니었다. 잠깐 말이 끊어졌고, 그 사이를 봐주지 않고 차는 느릿느릿 저수지 주위를 돌고 있었다.

"이 정도면 호수급이죠."

학생은 곧 마음을 수습했다는 표정을 지었다.

"호수라는 말도 좋네."

"네?"

"아니."

"왜 그렇게 모를 말씀만 하세요? 제가 미우면 그냥 밉다고 하세요."

"예뻐."

그녀는 얼굴을 붉혔고, 그에 힘입어 여드름들이 그만큼 성을 냈다.

"예쁘다니까, 그냥 믿을게요."

웃었지만, 그녀는 내심 그 말을 전혀 믿지 않는 기색이었다. 그녀는 어느 누구한테도 예쁘다는 소리를 들어본 적이 없는 것 같았다. 정말 그렇다면 그녀의 인내력은 대단한 것이었다. 처음 예쁘다는 소리를 듣고도 그렇게 담담한 체를 한다는 것은 그 뻔뻔스러운 소나타를 절뚝거리면서도 끝까지 연주해버린 뻔뻔함과 같은 것이었다. 우리가 아무리 이 말 저 말을 늘어놓는다 해도 저놈의 하늘은 꿈쩍도 하지 않을 거라는 말을 하려다 말고 나는 꿀꺽 침을 삼켰다. 조금 품위를 지켜야겠다는 속된 생각을 했고, 그런 내 자신이 우습기도 했다.

저수지엔 푸른 하늘이 그대로 잠겨 있었다. 구불구불한 길이 있고, 오래된 다리도 있고, 입구 쪽에 새로 들어선 몇 층짜리 여관들, 음식점들만 없다면, 푸른 하늘을 서운케 하지 않을 풍경이었다. 다리를 건너자 여기저기 낚시꾼들이 눈에 뜨였고, 울퉁불퉁한 시멘트 포장길 옆으로 배 밭이 있었고, 밭둑에서는 노란 들국화와 보랏빛 구절초 꽃이 언제든 한 번만 바람이 일면 마음 놓고 한들거릴 준비를 하고 있었다.

"조심하세요."

내가 잠시 꽃들에 정신을 빼앗긴 순간을 놓치지 않은 그녀였다. 나는 이대로 물속으로 들어가 버리자고 말을 하려다 만 내 자신을 또 비웃었다. 그녀는 정말 그렇게 하자고 할 만한 사람이라는 생각이 들었고, 그렇다면 아직 아무런 죽을 이유도 찾지 못한 나는 말만 날리는 비겁한 사내로 낙인찍힐 판이어서였다. 나는 슬그머니 새우탕 집 앞에 차를 세웠다.

"좀 걸을까, 먼저 한잔 해?"

"선생님 술 잘 하시죠."

나는 고개를 저었다. 사실 술을 잘 마시고 아니고 문제가 아니었다. 아무리 걷는 일이 버릇이 되었다지만, 따지고 보면 잘 알지도 못하는 여학생하고, 아무런 설렘도 없이 그냥 가을 길을, 그 것도 호수 같다는 저수지 길을 걷는다는 게 서먹한 일이었다. 새우탕을 놓고 마주 앉아도 오붓한 느낌이 오갈만한 이유도 없었다. 그렇지만 차는 섰으니까 내려야 했고, 저수지 쪽과 매운탕 집을 번갈아 바라보던 나는 결국 학생의 얼굴을 빤히 들여다보았다.

나는 공연한 걱정을 했다는 생각을 했다. '선생님 술 잘 하시죠'는 그저 인사말이었다. 그녀는 내가 술을 마시든 걷든 제 낯을 그렇게 들여다보든 상관하지 않을 기세였다. 정작 그녀가 제 여드름과 인공속눈썹과 함께 물속으로 들어간다 해도 나와는 아무런 상관이 없을 거라는 지극히 당연한 생각을 지금에서야 한 나였다. 그녀의 눈길은 다리 아래, 저수지 끝에 가 있었다. 거기에는 자그마한 배가 떠 있었고, 배 위에선 건장한 남자가, 어깨가 구릿빛으로 그을린 남자가 노를 젓고 있었다. 낚시꾼들에게 낚시 용품, 소주, 라면 등 이것저것을 날라다주는 청년이었다. 나도 그를 여러 번, 주로 점심을 먹으러 올 때쯤 본 적이 있었다. 나는 그의 넓은 어깨와 움푹 패인 눈을 알았고, 낚시꾼들이 뭘 물어도 별로 대꾸를 하지 않는다는 사실까지 알고 있었다. 술 마시는 대신 걷기를 좋아하는 내가 그 정도를 알아내는 건 자연스러운 일이었다. 안다기보다는 이미 그 사내에게 내 자신이 끌리고 있었다. 천천히 노를 저으며, 먼 산을 보며, 두 눈을 감았다 뜨는 모습, 오늘처럼 맑은 햇살이라도 내려 쏘이는 날이면 금방 판소리 한 가락이 흘러나올 것 같은 분위기를 만들어내는 그였다. 그녀가 어떻게 그를 알았는가는 내 알 바 아니지만, 그녀 또한 그에게 끌리고 있다는 사실만은 분명했다. 그것도 나와는 비교될 정도가 아니었다. 그녀는 '비창'을 연주할 때 절뚝거리는 부분을, 제 여드름과 인공속눈썹이 말해주는 젊음의 온갖 찌꺼기들을 그에게 쏟고 있었다. '고복저수지요'도 마찬가지였다. 교수가 속인 게 아니라 학생이 교수를 속인 것이었다. 나는 그녀에게 고용당한 운전기사였다.

"그 놈 제법 생겼다."

"그렇죠?"

여자는 날 보고, 그것도 내가 저를 빤히 들여다보던 솜씨로 날 뜯어보며, 그게 사실이라는 동의를 또 한 번 구하는 눈빛을 보내며 수줍은 기색까지 내보였다. '술 잘 하시죠'를 말할 때와는 역시 비교도 안 되는 표정이었다.

"너, 양가 규수구나."

"제가 그렇게 보여요?"

그녀는 사뭇 놀라는 체를 하며 제 차림새를 훑어보는 시늉을 냈지만, 당황하는 표정을, 뭔가 들켰다는 표정을 감추지 못했다. 무릎과 허벅지 살이 드러난, 헤진 청바지와 구겨 신은 운동화, 빛바랜 검은 색 티셔츠, 이런 것들이 제 출신성분을 감추는 데 안성맞춤이라고 생각한 모양이었다.

"글쎄, 나도 눈이라고 붙었는데, 저놈처럼 깊어 보이진 않겠지만."

"규수까지야 뭐하고, 그저 집안이 빵빵하다고들 그래요."

그녀는 남 이야기처럼 하는 시늉을 내는 것으로 얼버무렸지만, 그 이야기의 주인공이 제가 아니었으면 하는 마음은 진실한 것으로 보였다.

"이름이 순득이라면 좋겠구나."

"선생님들께서 학생들 이름 모르신다는 것 정도는 저도 알아요. 저 응표예요. 홍응표요."

"양가 규수답게 소란스런 이름이구나."

그녀는 나한테 눈을 흘겼다. 그렇게 하면서 웃었지만, 그것이 애교가 될 수는 없었다. 그녀는 제 이름을 정말 싫어하고 있었다. 그녀의 절뚝거리는 솜씨에 의해 숨 허덕이던 2악장이 떠올랐다.

"순득이가 좋긴 좋네요. 그냥 그렇게 불러주세요."

"저놈은 응표를 아나?"

"몇 번 말을 걸어봤는데, 제 이름까지 말해줄 기회를 잡지는 못했어요. 도대체 반응이 있어야죠."

"태워달라니까 순순히 태워주던가?"

"처음엔 고개를 끄덕여서 마음 설렜는데, 그냥 그것으로 끝이예요. 저수지만 한 바퀴 돌았어요. 매번 그랬어요. 잘나긴 했나 봐요. 무슨 마음먹고 태워주는지 모르겠어요. 한두 번도 아니고."

"순득이처럼 착한 구석이 있으니까 태워주고 싶었겠지."

"못생겼으니까 마음이 놓였겠지요."

그녀는 내가 하려다 만 말을 마저 해버렸다. 그리고 또 웃었다. 꼭 못생긴 얼굴만은 아니었다. 제법 이름값을 하는 구석이 있어 보였다.

"못생긴 판은 아니지, 그랬다면 저놈이 태워주기나 했겠어?"

"정말 그래요?"

가을햇살은 그녀의 수줍어하는 낯빛을 또 들춰냈다.

"또 태워달라고 해봐."

"보트라고 저렇게 작아서 원, 셋은 못 탈걸요."

"나도 그건 알지. 둘이 타야 경치가 되지. 임방울이 토해낸 놈과, 베토벤이 배설한 년."

"질투하기 없기예요."

"응, 뻔뻔한 건 아까부터 알아봤어."

나는 몸을 돌렸다. 머리가 희끗한 교수에겐 국화꽃이 제격인가, 나는 그런 호사스런 생각을 하며 피식 웃었다. 내가 그렇게 젊은 여자를 포기하는 사이 구릿빛 사내는 못생긴 여인을 제 배에 실었다. 배가 둑에서 조금 멀어지자 그녀는 나를 향해 손을 흔들었다. 저는 한참 애교를 떠는 몸짓이었지만, 내 눈엔 기사노릇 해준 데 대한 인사 정도로 보였다.

가을햇살은 두 사람의 모습을 환하게 비췄다. 자신의 입술이 제법 두툼하다는 사실을 망각한 채 쉬지 않고 입을 놀리는 여자, 남자의 묵묵한 턱, 그리고 여자의 눈자위에 남아있는 어두운 흔적까지 남김없이 비췄다. 나는 돌연 그 남자가 알에서 태어났다는 생각을 해 보았다. 제 어머니 뱃속에서 사람 꼴을 갖추고 세상에 나온 게 아니라, 그냥 큼직한 알이 되어 밖으로 나온 것 같았다. 그것을 개돼지에게 주어도 먹지 않았고, 길에 버려도 마소가 비켜갔고, 들에 버려도 새와 짐승이 품어주었다는, 그런 괴력난신 시대의 알이 생각났다. 그렇다면, 그의 어미가 하백의 딸인가, 그 딸의 아들은 활을 잘 쐈다는데, 활 잘 쏘는데 일엽편주인들 못 저을까, 압록강의 정기를 받고 태어났을 터인데, 나는 그런 수천 년 전의 일을 떠올리며, 허탈하게 웃었고, 힐끗 국화꽃을 되돌아보았고, 나도 모르게 매운탕 집으로 들어가 버렸다.

나는 늘 하던 대로 저수지가 한눈에 보이는 통유리 창가에 앉았다. 점심때도 저녁때도 아니어서인지, 집안엔 주인밖에 없었다. 이마가 벗겨졌고, 좀 마른 편인, 육십이 조금 넘어 보이는 그는 나를 보며 반기는 대신, 의아스럽다는 표정을 지었다.

"오늘 어떻게……, 학교에 나오셨나 보네요?"

아무리 동네 사정을 속속들이 아는 토박이 촌로라도 그렇지, 그는 나보다 학교 사정을 잘 아는 것 같았다. 나는 아무런 대꾸 없이 창밖을 응시했다. 주인이 잠시 그런 내 눈길을 살피다가 물수건과 잔을 날라 왔다.

"소주로 하실 거죠. 오늘은 빠가가 맛있는디, 안주는 탕으로 허시죠."

"예."

나는 건성으로 대답했다. 남녀를 실은 배는 벌써 저수지 한가운데에 가 있었다. 임방울의 특특하면서도 청아한 선율이 베토벤의 반음과 맞부딪치면서 가을햇살을 몇 번 비틀었다. 여자는 아직도 입을 움직이는 채였다. 물 밖으로 나온 물고기가 입을 벌름거리는 모습이었다. 남자는 그저 노만 저었다. 반찬이 나오고, 술이 나오고, 잠시 후 자갈거리는 탕이 나와도, 마다하는 주인에게 술을 권해도, 주인이 나에게 잔을 돌려도 그 짓은 계속되었다.

"오늘 학교에 무슨 볼일이 있으신 모양이죠?"

"아뇨. 그냥 이 집 술 생각이 나서요."

나는 터무니없는 거짓말을 하고 말았다. 그리고 금새 그 말에 책임을 져야 한다는 생각이 들었고, 빈 잔을 채웠고, 거듭 한 잔을 비웠다.

"하 이거 고맙네요. 오늘은 그냥 지가 대접허겠습니다."

"사모님한테 혼나실려고요?"

"하하, 사모님은 무슨……, 교수님들 아니면 이 장사 해먹지도 못하죠, 뭐 그나저나 하면 하는 거죠."

나는 별로 사양하고 싶지도 않았다. 기분도 그렇고, 술도 잘 못 마시는 처지에 촌로의 술대접을 받아보는 호사를 누릴 만한 날씨라는 생각이 들었다.

"두 분이 다복하게 보이시대요. 자녀분들은 다 내보내셨겠네요."

"그렇지요. 즈들 밥벌이는 허고 살죠."

공짜 술 인사를 흔쾌히 받아들인 그는 내 빈 잔에 술을 채웠고, 나는 또 단숨에 잔을 비웠다.

"천천히 드시죠……."

내 표정을 살피는 그의 눈에는 세월이 쌓여 있었다. 그는 얼마든지 나에 대해, 그만한 나이엔 다 그렇다는 둥의 괜한 걱정을 할 자격이 있어 보였다. 그 또한 내가 거짓말을 한 것에 대한 응보이니, 어쩔 수 없는 일이었고, 그래서 나는 촌로의 지극히 정상적인 상상력을 무시해버리는 실수를 저질렀다.

"저 사람 잘 아세요?"

"예?"

내가 배 위의 사공을 가리키자, 주인은 실망할 틈도 없어 보였다. 그러면서도 그는 금방 안정을 되찾았다. 하기야 꼭 나만이 그의 걱정거리가 되라는 법은 원래 없었다.

"예에, 저 학생은 방금 교수님이 데려오지 않으셨던가요?"

"학생 말고, 그 앞에 앉은 청년 말입니다."

"그러게요! 아시는 줄 알았는디요."

"왜요?"

"저 학생 여기 올 때마다, 저렇게 배를 태워줘서 별 일이다 했더니, 교수님이 아는 학생인 줄은 몰랐었는디, 아 참, 그러니께 자에 대해 알아보실 일도 있겠고만요."

촌로의 정상적인 상상력이 가정의 행복이라는 쪽으로 기울었지만, 어쨌든 그 사내에 대해 아는 체를 할 것 같아, 나는 그대로 귀를 기울이기로 했다.

"참 요즘 여대생들은 별 일이데요. 어떻게 저런 애하고 저렇게 흔연스럽게 지내는지 모르겄어요. 부모들이 걱정도 되기는 허겄어요."

"왜, 불량배라도 되나요?"

"그렇지야 않죠. 사람이사 착허죠. 근디 착허다고 다 되는 세상인가요? 서울 사람들이 어디 우리 맘 같어야죠. 뻔헌 일인디, 걱정이 안 되겄습니까."

나는 하마터면 '두 사람이 결혼이라도 한데요'라고 언성을 높일 뻔했고, 촌로의 상상력에 또 먹칠을 할 뻔했다. '우리 맘 같어야죠'를 새기면서, 나는 고개를 끄덕였고, 배시시 웃는 체를 했다.

"두 사람이 인연이 있긴 있는 것 같습니까?"

"글쎄요, 그거사 아무도 모르겄지요. 하늘이 정해준 일이라면 누가 말린다고 되겄어요?"

나는 하늘이라는 말에 문득 또 수천 년 전의 인물을 떠올렸다. 천제의 아들이라는 해모수의 모습과, 압록강변 아늑한 집에서 유화와 정사를 벌이는 장면, 그로 인해 아버지 하백에게 쫓거나 큼직한 알을 낳는 장면이 연이어 그려졌다. 둥그런 알을 낳는데, 산통은 있었을까, 그런 생각을 하며 나는 이번엔 정말 배시시 웃었고, 촌로를 향해 훨씬 대담해질 수 있었다.

"그거야, 그렇겠고요, 그 착하다는 청년의 내력이나 좀 들어봅시다. 말은 하고 살아요?"

나는 대담하다 못해 촌로의 말대로 서울사람 같은 말을 던지고 말았다. 그래도, 다행히도 촌로는 그런 내 말을 무시해버렸다. 하기야 하늘론을 들고 나왔는데, 그 정도야 성에 찰 일이 아니었다.

"자도 생각하면 팔자 기구허죠. 자가 이래봐두 장부잣집 큰손자요."

"아직도 이런 시골에 부잣집이 있나요?"

나는 조금 긴장했고, 그래서 엉뚱한 소리를 했다. 눈에 세월을 담은 덕에 다행히 촌로는 내 같지 않은 말에 대꾸를 하지 않았다.

"자 아버지가 서울서 뭐신가 유명한 화가라더고만, 어렸을 때 한두 해 같이 핵교에 댕기긴 혔지만, 서울로 전학을 갔다던만, 우리 같은 사람하고는 뭐 어울릴 일이 있었어야죠."

화가라, 예술가라, 나는 갑자기 부잣집 출신이라는 것까지 역겹게 느꼈다. 나는 방금 전 결코 같잖은 소리를 한 게 아니라는 사실에 위안을 받았고, 좀 냉정해질 수 있었다.

"소문은 무성했죠. 어쩌다 고향이라고 한 번씩 내려오기는 했다는디, 뭐 읍내 요정 마담이 좋아서 그렇게 죽고 못살았대요. 그 인물 갖고, 뭐가 아쉬어서 넘 남자 상관했는가 모르겠대요. 허기사, 인물값이라는 것도 있겠지요. 남자야 별로 간섭도 안 혔는디, 여자가 알어서 아들도 낳고, 그러구 잘 키우는가 허더니, 본 마나님 등살을 견뎌내기가 어디 그게 쉬운 일이어야죠. 그냥 그 아들 하나 보고 살려혔겠지만, 그것도 어려웠던가보대요. 그냥 저그, 시방 배가 떠있는 그 자리겠고만요. 날도 안 궂었고, 멀쩡한 날에 빠져버렸어요. 그냥 뱃놀이 왔는가보다 혔지, 누가 그렇게 죽을 맘을 먹었는지 알었간요?'

여자는 여전히 남자를 향하여 지껄이고 있었다. 가을햇살 뭉치가 저수지 밑바닥으로 서서히 가라앉았고, 떠올랐고, 또 가라앉기를 거듭하였다. 한 여인의 귀신이 그렇게 물속을 오르내렸고, 수많은 물귀신들이 그 여자 귀신을 옹위했다.

"할머니는 일찍 세상을 뜨셨고, 즈 할아버지가 데려다 키우고, 핵교도 보내고 혔는디, 할아버지 상 치르고는, 핵교도 관둬버리드만, 저 짓만 허고 살어요. 고등과나 마칠 일이지, 저 먹고살 것은 노인네가 다 혀놨을 것이고, 대학을 갔어도 누가 뭐라고 헐 사람도 없는디, 핵교서 공부도 잘혔다고 허드만. 저렇게 시키지 않는 일만 허고 살어요. 품삯을 준다고 혀도 안 받고, 집이도 안 가고, 그냥 여그저그 점방에서 숙식하고 보내요."

나는 냉정해진 덕분에 피는 못 속인다는 속된 말을 꺼내지 않아도 되었다. 그래도 그 자식이 아비보다 훨씬 품격이 높다는, 어쩌면 그 아비가 상상도 할 수 없는 행위예술을 시연하고 있다는, 지긋지긋하게 못생긴, 평론가다운 생각까지 하고 말았고, 그에 이어 곧 그건 그 아비의 관점일 뿐이지, 그 놈은 아직 젊은 주제에 삶과 예술을 완벽하게 일치시키는 진짜라는 생각이 내 심장을 찔렀다. 그놈 앞에서 이것저것 지절대는 년이 제정신이 아니라는, 그 미친놈의 소나타를 절뚝거리며 연주할 만한 년이었다는 사실이 분명해졌다. 나는 더 이상 냉정함을 유지할 수 없었다. 주인이 몇 마디 더 했지만, 나는 듣지 않았고, 연거푸 술만 마셨다. 그는 술대접하는 일에도 인색하지 않았다. 몇 병을 더 가져다 놓았다. 나는 그 놈이 몹시 부러웠다. 나는 갑자기 내가 술을 잘 마신다는 생각이 들었다. 저수지는 따가운 햇살과 푸른 하늘을 떠받치느라 꿈쩍도 하지 않았다.

수없이 많은 세월이, 겨우 십 년의 세월이, 단 몇 시간의 시간이 그렇게 흘렀다. 역겨움과 연기와 안개가 그 세월이 버려 둔 공간을 메웠다.

"선생님, 이제 정신이 좀 드세요. 무슨 술을 그렇게 많이 드셨어요."

저수지도 호수도 햇살도 배도 사공도 아무 것도 없었다. 형광등 불빛에 드러난 여학생의 못생긴 얼굴만 있었다. 나는 눈을 몇 번 감았다 떴다. 비릿한 냄새가 내 가슴을 스쳤다.

"이런 것이 바로 여학생의 원룸 자취방이라는 곳이구나. 그 놈은 어디 갔어?"

"눈 뜨시자마자 또 질투예요? 운전해드리고 제 집으로 모셔왔으니, 저 선생님께 빚진 것 다 갚았어요."

중성의 소리를 내면서도 여자는 되도록 환하게 웃으려고 노력하는 것 같았다. 눈자위에 붙은 어두운 그림자가 제법 엷어지기도 했다. 나는 아직도 저수지 한가운데 깊은 곳에서 헤어나지 못하고 있었다. 아무리 그렇기로서니, 꼭 그렇게 죽어버려야 하나, 나는 그런 속된 질문까지 던져보았지만, 가슴이 미어지는 건 주체할 수가 없었다.

"물 한 잔 갖다 드릴까요?"

나는 고개를 저었다. 술을 못 마신다 해도, 지금 나에겐 그깟 술기운이 문제가 아니었다. 그냥 아팠고, 세상은 아름다웠고, 살만한 곳이었고, 살만한 데는 한 곳도 없었다.

"그 놈이 그렇게도 좋은가?"

나는 두 여자한테, 죽어 물귀신이 된 여자와 살아 있는 여자한테 질문을 한 셈이었다. 침대 머리맡에 앉아있는 여자의 어두운 그림자가 조금 살아나는 듯했다. 그러면서도 그녀는 슬그머니 웃었다. 그는 아직도 그곳에서 배를 젓고 있었다. 여자는 몇 번 입을 달싹거리다가 겨우 한마디를 던졌다.

"말을 안 해요."

여자는 남자를 원망하는 것 같지는 않았다. 자신이 밉다는 생각을 하는 것 같았다. 물귀신이 된 여자도 마찬가지였으리라, 나는 촌로의 말끝들을 생각하며 피식 웃었다.

"왜요? 제가 우습죠?"

여자는 갑자기 비장한 표정을 지었다. 그녀의 손가락들이 건반 위에서 그렇게 하듯 절뚝거렸다. 나는 그 잘난 한 번의 웃음 덕분에 정말 교양 없는 사람이 되고 말았다. '우스워서가 아니고 그 반대인데' 라는 변명을 할 틈도 없었다. 나는 본능적으로 고개를 내저었지만, 그건 나 자신에 대한 모멸감의 표시일 뿐이었다.

"선생님은 다르실 줄 알았어요. 아까 강당 밖으로 나오실 때는 참 멋있었는데요."

나는 당황하지 않을 수 없었다. 뭔가 기댈 곳을 찾아야 했고, 그러다 보니 촌로의 눈에 담긴 세월이 떠올랐다. 나는 그의 가정 행복론으로 도망칠 수밖에 없었다.

"가정적으로 불행한가?"

나는 내 자신이 그렇게 뻔뻔해질 수 있다는 구석에 놀랐다. 그녀는 그런 나를 보며 엷게 웃었다.

"정말 선생님도 어쩔 수 없는가 봐요. 그러시면서 오늘 같은 날 뭐 하러 학교에 나오셨어요?"

나는 또 고개를 내저었다. 그녀의 웃음은 한층 옅어졌다. 그녀는 날 비웃고 있었다.

"불행하긴요? 행복에 겨워 못살 지경이죠. 저 이래봬두 고위층 딸이에요."

그것도 촌로의 말이 맞았단 말인가, 나는 그런 생각을 하며 갑자기 세상 사람들이 다 외롭다는, 외로워 죽을 지경에 이르렀다는 생각을 했다. 그리고 곧 지독히도 평범한 생각을 한 내 자신이 우스워졌다. 나는 속이 뒤틀렸고, 화가 나도 화를 낼 수 없었고, 그저 촌로의 상상력과 맞서는 일에 몸을 맡길 수밖에 없었다.

"사랑하면 되지, 뭐가 걱정인가."

여자는 이제 비웃음을 감추지도 않았다.

"글쎄 말이에요, 그 놈 되게 잘난 체만 해요."

그러면서도 그녀는 젊은 뱃사공을 두둔하는 표정을 만들어냈다. 나는 목이 말랐다.

"물 한 잔 갖다 주겠어?"

"그래요."

나는 주방 쪽으로 직직 발을 끌어가는 그녀의 뒷모습을 바라보았다. 그녀는 수업시간에 거울을 들여다보고, 화장 고치는 준비를 그렇게 하고 있었다. 나는 몸을 가누고 일어나 그대로 침대 위에 앉았다. 쪼글쪼글해진 회색 면바지와 남색 남방셔츠가 주인의 심사를 대변해주고 있었다. 그래도 양말은 벗겨 있었다. 수업시간에 화장 고치는 여학생 치곤 제법 얌전을 떤 모양이었다. 물 잔도 받침대 위에 놓여 있었다.

"양가 규수 이름값을 하는고만."

"이 정도는……, 언니에 비하면 아무 것도 아니에요. 완전히 모범생이에요. 오빠도 그렇고요. 둘 다……."

그녀는 말끝을 흐렸다. 그녀는 자신이 흐려 놓은 부분에 스스로 지쳐 있었다. 나는 이곳 지방 분교의 실정과, 학생들의 마음을, 외람되게도 너무 잘 아는 처지였다. 나는 그것이 별것도 아니라는, 평범한 일이라는 사실을 아무 때나 학생 누구에게나 자유롭게 말할 자신이 있었고, 그렇게 해왔다. 그렇다고 무슨 자신감까지 심어줄 생각까지는 해본 적이 없었다. 발 디디는 곳이 저 사는 곳이라는 사실을 깨달으면 될 일이었다. 그렇다고, 수천 년 내려온 계급사회에서 그게 어디 쉬운 일인가, 선생들이 먼저 그런 열등의식에 사로잡혀 사는 세상인데, 그렇다고 그 사실을 극구 이겨댈 필요가 있는가, 나는 물 한 모금을 넘기며, 이런저런 생각을 하며 그녀의 여드름을 빤히 들여다보았다.

"그래도, 그 놈이 오라비나 언니보다는 훨씬 낫겠구나."

"그거야 말하면 뭣하겠어요. 선생님하고 저하고 이제 좀 통하네요."

역시 진리는 평범한 데 있는가, 나한테 흥미 없는 사실을, 이토록 진지하게 받아들이다니, 나는 순간 그녀의 부모와 오빠와 언니 등의 거만하고 당찬 체하는 모습을 떠올렸다. 그녀의 절뚝거림의 원인이 겨우 그런 데 있다니, 세상이 다 그런데, 그 정도 등쌀을 못 이겨내다니, 나는 실망을 금할 수 없었다. 순간 나는 그런 내가 비겁하다는 생각이 들었다. 방금 전, '사랑하면 되지'를 뇌이지 않았던가, 임방울도 그렇고, 베토벤도 그렇고, 인간은 누구나 다 그렇게 절뚝거리다가, 진짜로 절뚝거린다는 사실을, 거침없이 비극을 만들어내고 제 것으로 만들어낸다는 사실을 다시 확인한 것이었다. 감히 부잣집 예술가를 사랑한 여인도, 스스로 말문을 닫아버린 그 아들도 다 그 경우일 터인데, 저라고 예외일 필요는 없다는 생각을 하다 보니, 나는 갑자기 그녀가 예뻐 보였다. 그리고 그녀가 물귀신이 되어버렸을지도 모를 그 여인처럼 정말 죽어버릴지도 모른다는 생각을 해보았다. 옛 그 여인이 꼭 사랑 때문에 죽은 것은 아니라는 생각이 들자, 내 온 몸이 오싹 해졌다. 그녀가, 이 학생이 그 잘난 놈을 꼭 사랑해서라기보다는 제 마음 둘 곳을 그렇게 찾고 있었다. 내가 하찮다고 정해버린 그런 세상의 등쌀 때문에 그렇다는 것이었다. 나는 갑자기 그녀가, 이놈의 학생이 미워 보였다.

"너도 아까 보니 제법 생겼더라. 그 놈한테 꿇릴 것 없더라."

여자는 수줍은 기색까지 머금었다. 나는 어느 여름방학 때이던가, 시골 교회에 박혀 온종일 비창 소나타를 연습하고 있던 학창시절을 떠올렸다. 피아노도 없는, 촌놈 음대생이 기댈 곳은 교회밖에 없었다. 덕분에 연주 실력보다는 말솜씨만 늘어버린 나였다.

"선생님, 저 살고 싶지 않아요."

그녀는 젊은 뱃사공을 바라보듯 나를 바라보았다. 그렇지만, 나는 그녀에게 그 놈처럼 진지한 눈빛을 날릴 수는 없었다.

"아무리 양가 규수라도 그렇지?"

나는 쓸쓸하게 고개를 저었다.

"죄송해요. 제가 괜한 말씀을 드렸나 봐요."

"아니야, 나한테 그렇게 격식을 차릴 필요는 없어. 어차피 이렇게 술꾼으로 신세를 지게 되었는데. 너 독문과 다니지?"

나는 말꼬리를 시시한 데로 돌리고 싶었다.

"어떻게 그런 건 기억하시네요. 집에선 그 놈의 과 소리도 지겨워요."

"응, 워낙 모범생이라, 수업시간에 거울이나 만지작거리고."

"못생긴 것까지 구박이예요. 한두 번이 아니예요. 딸이, 동생이 못생긴 게 그렇게 못마땅한가 봐요. 차라리 내가 다리 밑에서 주워온 아이였으면 해요."

그녀의 눈에 물기가 고였다. 평론가의 말솜씨로도 소용없는 일이었다. 그녀의 엄숙한 진실 앞에서, 지방 분교에 다닌다는 엄숙한 진실 앞에서, 그녀의 부모와 형제들의 야유 앞에서, 못생겼다는 스스로의 핀잔이, 평계가, 위로가 될 이유가 조금도 없었다. 그녀는 그러한 기준에서, 제 아버지의 기준에서, 제 형제의 기준에서 나를 바라보았다. 나도 지방 분교에 근무하는 교수일 뿐이었다. 나 또한 그녀의 그러한 배려를 부인하고 싶지도 않았다. 그런 걸로 보아도 그 놈은 대단한 놈이었다. 도대체 여자에게 눈물을 보일 틈도 주지 않는 놈이 바로 그 놈이었다. 하기야, 그렇게 크고 단단한 알을 깨고 나온 놈이니까. 나는 이를 악물고 침대에서 일어났다. 나는 그녀가 정말 자신을 다리 밑에서 주어온 아이라고 생각하기를 바라고, 그만큼 자유로워지기를 바라고 있었다.

"가시게요. 아직 약주가 덜 깨신 것 같은데요."

"응, 괜찮아. 가을엔 새벽길도 좋아. 안개가 있어."

"그러니까, 위험하잖아요. 더 쉬었다 가세요. 아침에 진지도 지어드릴게요."

"진지는 무슨? 너 정말 양가 규수구나?"

"선생님까지 그렇게 놀리시면 어떻게 해요?"

여자는 물먹은 큰 눈을 껌벅이며 웃었다. 나는 그녀를 놀린 게 아니었다. 그냥 그렇게 계속, 지방분교 독문과 졸업장을 딸 때까지, 그 동안 저를 놀려대던 부모 형제를 비롯해 세상 전체를, 그 졸업장 가지고 마음 놓고 야유할 수 있을 때까지만이라도, 그 놈에게, 그 잘난 놈에게, 이 세상의 모든 아비를 확 무시해버리는, 그 숭고한 놈에게라도 의지했으면 하는 간절한 마음의 표현이었다.

"그 놈 따라 다니기 전에, 우선 다리 밑으로 들어가라. 이왕이면 압록강이 좋겠다."

"네?"

"니 고향 말이다."

나는 그녀의 곁을 도망 나오다시피 했다. 바닷물이 들끓는 일도 아니고, 태양열이 식은 것도 아니고, 아무런 문제도 되지 않을 일이 그렇게 문제가 되는 세상에 나는 더 이상 발 디딜 용기가 없었다. 내가 지금까지 이렇게 목숨을 부지하는 게 다 비겁한 덕분이라는 사실을 다시 확인하는 순간이었다. 나라도 그 놈 대신 그녀를 따뜻하게는 그만두고라도, 그냥이라도 어루만져주었어야 할 일이었다. 그까짓 것 임방울도 있고, 베토벤도 있고, 그런데 나 하나쯤, 그것도 조금 속되게 산다고 달라질 게 없는 세상인데, 그 덕분에 그녀의 비뚤어지고 늘어진 연주가 제자리를 찾으면 될 터인데, 나는 숨이 막힐 지경이었다.

한 주가 그렇게 흘렀고, 나는 교수 휴게실에 앉아서 또 먼 산을 바라보게 되었다. 바둑돌 놓는 소리가 인간이 토해내는 시끄러운 소리에 묻혀들고 있었다.

"일 학년 여학생이라면서요? 거 당신 과 골치 아프겠어! 상담 좀 잘해주시지 그랬어?"

"상담은요? 다 그런데요, 뭐."

"하기야, 뭐, 그렇지. 뭐 하러 분교는 만들어놓고는."

"분교라도 없으면 누가 월급쟁이 시켜 주나요?"

"하기야……, 그런데 그렇게들 몰랐나요? 시신에서 구더기까지 나왔다면서."

"날씨가 덥다 했더니, 엘니뇨인가 뭔가 기상 이변이래요."

'기상 이변이라니, 더러운 새끼들', 나는 그렇게 숨을 죽이고 일어섰고, 휴게실 문을 열었고, 계단을 내려갔고, 열린 인문대 곁문을 지났고, 푸른 하늘을 바라보며, 강당 쪽으로 눈길을 돌리지 않으려고, 소의 신음소리를 듣지 않으려고 애를 써야 했다. 나는 불현듯 그 사공놈이 밉다는 생각이 들었다. 그리고 그와 동시에 그 놈이 보고 싶어졌다. 차 앞으로 다가와 차 열쇠를 만지작거리다가 그냥 지나쳤다. 걷고 싶었다. 그놈의 저수지에 도착하기 전, 수많은 구더기들이 나를, 이 세상을 청소하기 전에, 따가운 가을햇살이 나를 녹여버렸으면 했다.

채진홍

1955년 전북 옥구 출생. 한남대학교 국어국문학과 졸업. 1983년 『삶의문학』 등단. 작품집 『놀강의 목어(장편)』 외 12권, 뮤지컬 Paul, The Man Who Belongs to Jesus Christ 제작 연출 외 2편. (현)뮤지컬 기획 연출.

등 뒤에서

김미영

    오후의 햇살이 폭포처럼 쏟아지고 있었다. 비가 내린 뒤였다. 나는 교장 수녀의 책상 위에 사직서를 올려놓았다. 그녀는 의아한 듯 잠시 그것과 나를 번갈아 쳐다봤다. 무더운 날이었다. 방학이어선지 성당 쪽으로 나 있는 오솔길에는 아무도 보이지 않았다. 교장실 창 밖 조금 멀리에 서 있는 느티나무가지 위에 새들이 앉아 있는 것이 고작이었다.

    교장수녀의 손가락 끝에서 사직서가 펼쳐졌다. 그녀가 그것을 읽어 내려가는 동안, 잎새 하나 흔들리지 않는 느티나무를 스치며 새들이 날아오르고 있었다. 읽기를 끝낸 교장수녀는 말없이 자리에서 일어나 인사기록카드를 가져왔다. 그녀는 그것을 책상 위에 내려놓고 다시 자리에 앉았다. 연신 땀방울이 맺히는 그녀의 이마 위에 희끗희끗 세기 시작한 머리카락 몇 올이 머리수건 사이로 언뜻 드러나 있었다. 그것을 보자 문득 알지 못할 고집스러움이 느껴졌다. 그것은 기실 잔설처럼 희끗희끗한 머리칼의 박 교수를 볼 때마다 느껴지던 것이었다. 그의 연구실에서 책상 위에 무언가 용건을 올려놓고 말없이 그의 처리를 기다릴 때면 엄습해오곤 하던, 어떤 두렵기조차 한 엄격함 같은 것이었다.

    졸업을 앞둔 그 해 이월, 지금 사직서를 제출하고 서 있는 이 여자고등학교에 이력서를 내기 위해 추천서를 받으러 간 적이 있었다.

    밝은 겨울날 오후였다. 햇빛이 조금씩 녹아내리는 땅에서 허연 김이 피어오르고 있었다. 나는 연구실 밖에 외투를 벗어놓은 채, 한껏 예의를 갖추고 연구실로 들어갔다. 연구실은 썰렁했다. 박 교수는 난롯불도 지피지 않은 채 낡은 외투에 쌓여 무슨 책인가를 들여다보고 있었다. 그가 추위로 빨개진 코끝을 들어 웬일이냐고 물었다. 나는 그의 책상 위에 추천서 용지를 내밀었다.

    "선생님께 추천서를 받았으면 합니다."

    박 교수가 말없이 나를 쳐다보았다. 처음에는 대수롭지 않게, 나중에는 깊은 생각에 잠긴 사람처럼 굳은 표정으로.

"추천서라고."

그가 나직하게 중얼거렸다. 그리고는 잠시 뜸을 들였다가 말했다.

"추천서라면 다른 교수께 가보지."

나는 한동안 그를 멍하니 바라봤다. 내게 추천서를 써줄 권한이 없다는 것인지, 내가 추천서를 받을만한 자격이 없다는 것인지 혹, 이도 저도 아닌 다른 이유 때문인 것인지 전혀 알 수가 없었다. 나는 난감해져서 고개를 떨구었다가 다시 그를 바라보며 말했다.

"선생님, 저는 그 말씀이 무엇을 뜻하는지 모르겠습니다."

박 교수가 표정 없이 내 눈을 마주 쳐다봤다. 나는 그의 시선을 피하지 않고 조심스레 그의 표정을 살폈다. 머리칼에 잔설이 덮이기 시작한 육순의 나이, 우직한 성품으로 원칙 이외의 어떤 타협도 거부하는 노인의 표정 없는 시선에서 오는 고집스러움이 점차 나를 곤혹스럽게 했다.

"선생님."

무슨 생각에서인지 박 교수가 눈을 내리 감았다. 창 가까이에 바람이 지나갔다. 어느새 기웃한 해가 연구실 깊숙이 햇살을 들이밀고 있었다.

"선생님, 대체 왜…."

그러나 내 말이 미처 끝나기도 전에 그가 입을 열었다.

"나는 자네 같은 제자, 둔 적이 없네."

나는 멈칫했다. 그건 무슨 뜻인가. 다음 순간 나는 어떻게 입을 열어야 할지 알 수 없었다. 나는 잠시 말없이 서 있다가 이내 정신을 가다듬고, 한 걸음 앞으로 다가가 손끝으로 책상을 짚으며 말했다.

"도대체 무슨 이유인지를 알고 싶습니다."

손끝이 시렸다. 기온이 내려갈 무렵이어선지 남아 있는 햇살마저 싸늘했다. 외투를 벗어놓고 들어온 것이 괜한 짓인 듯싶었다.

"선생님."

"자네는 나를 스승이라고 생각하는가?"

무슨 말을 하려는 것일까. 나는 잠깐 그를 바라보다가 곧 자세를 추스르고 정색을 하며 대답했다.

"물론입니다."

그것은 사실이었다. 나는 한 번도 그를 스승이 아니라고 생각해 본 적이 없었다. 그의 원칙론 앞에서 많은 학생들이 불만을 터뜨리고 화를 낼 때에도, 나는 늘 그의 완고하면서도 당당한 태도에 존경스러움을 느끼고 있었다.

사 학년 일 학기, 학생들이 한참 민주화를 부르짖으며 거리로 뛰쳐나갔을 때, 나는 그가 빈 강의실에 혼자 서서 그가 맡고 있던 예술론 강의를 하는 것을 본 적이 있다. 그때 대부분의 학생들이 그를 미쳤다고 매도했지만, 나는 실로 감동에 가까운 신뢰와 존경심을 맛보고 있었다. 더욱이 시위와 관련해 징계처분을 받게 된 과 학생을 그가 열렬히 옹호했던 일은 우리를 얼마나 혼란한 뜨거움 속으로 밀어 넣었던가.

찬찬히 나를 바라보던 박 교수가 이윽고 말했다.

"가보게."

바람이 가볍게 창을 흔들고 지나갔다. 회색빛 하늘에 번지기 시작한 노을이 연구실 저편 자작나무 숲을 부드럽게 감싸고 있었다.

"자네는 내 추천서 없이도 그 학교에 취직을 할 수 있을 걸세. 자네의 실력은 누구라도 인정할 테니."

그의 목소리는 눅눅하게 젖어 있었다. 그러나 여전히 무표정한 얼굴이었다. 거기에서 그의 감정을 읽어내기란 참으로 어려운 일이었다.

"저는 선생님의 추천서를 받고 싶습니다."

"그건 안 되네. 가보게 그만."

"왜 안 된다는 거지요?"

그는 다시 생각에 잠긴 얼굴이 되었다. 흔들리지 않는 굳은 표정으로 잠시 나를 바라보던 박 교수가 한참 만에 엄격함을 되찾은 목소리로 말했다.

"자네는 분명 훌륭한 학생이네. 성실하고 재능 있는, 게다가 자네는 소신대로 행동할 줄도 아네. 나는 그런 자네를 좋아하네. 그러나 자네의 소신을 펴는 그 방법론은 찬성할 수가 없네. 이를테면 자네가 운동권 학생들의 물주였을 때라든지, 대자보의 삽화를 그렸을 때라든지."

"선생님, 그건…."

"그건 그렇게 나쁜 방법이 아니었다고 말하고 싶겠지 자넨. 혹은 어쩔 수 없었다고. 그렇네. 어쩌면 내가 자네 입장이었더라도 그랬을는지 모르네. 그러나 자네가 대준 돈이 결과적으로 수업을 거부하고 방해하는데 쓰였다면 과연 자네가 취한 행동이 정당한 것이라 할 수 있는가?"

그는 잠시 말을 멈췄다가는 다시 천천히 말을 이었다.

"나는 어떤 경우라도 옳은 주장을 관철시키기 위해서는 올바른 방법론이 뒤따라야 한다고 생각하네. 가장 원칙적인 것을 주장하는 자네들이 그 원칙을 관철시키기 위해 수업을 거부하고 연구실에 못질을 했을 때, 나는 자네들을 향한 내 가슴에 못질을 했네. 또한 자네가 대자보에 삽화를 그린 행위를 용납할 수 없네. 자네가 학생운동에 가담했다는 이유 때문이 아니네. 순수해야 할 예술을 수단으로 사용했기 때문이네. 그것이 어떤 좋은 목적을 위한 것이었든지 다른 것의 수단으로 쓰였다는 것은 우리가 추구해야 할 예술과는 위배되는 것이네. 내가 한 개개인의 존재로서 자네들을 받아들일 수 있다고 해도 제자로 인정할 수 없는 이유가 여기에 있네. 그때 이미 자네들이 나와의 사제관계를 포기해버렸기 때문이네. 물론 자네도."

"그렇지만."

"가보게."

박 교수의 얼굴에 무겁게 그늘이 내려앉았다. 바로 그 일 때문이었다. 마지막 학기, 거리에서 학교로 돌아온 학생들은 이제 총장 이하 어용교수 퇴진을 요구하며 단식농성에 들어갔다. 그때 나는, 그 동안의 대회 때마다 번번이 특선을 받아온 덕으로 요행히 학교에서 주는 공로 장학금을 받은 적이 있었다. 그것을 나는 몽땅 배고픈 동료들을 위한 헌금으로 내놓았다. 갑작스레 생긴 많은 돈을 어떻게 써야 할지 망설이던 판에 동료들을 위해 헌금을 하자는 구호는 다소 매력적으로 들려왔다. 그래서 나는 거의 충동적으로 그 돈을 모두 내놓았던 것이다. 반면 대자보의 삽화는 자의에 의한 것이었다. 제한된 공간이 아니라 어떤 공간에서든 자유자제로 그림을 그려낼 수 있어야 한다고 생각하던 내게 대자보가 갖고 있는 공간이 흥미로웠던 것이 사실이었다. 나의 주 관심사는 대체로 그림과 그를 포함하고 있는 공간과의 연계성에 있었기 때문이었다. 그것이 예술에 대한 엄격성 앞에 선 박 교수에게 수업을 받은 제자로서 경솔한 결정이었음을 인정하지 않는 바는 아니지만.

자작나무숲 가까이 새 한 마리가 내려앉아 있는 것이 보였다. 바람이 불자 새는 그 자리에서 벗어나지 않으려는 듯 날개를 퍼득였다. 제자리를 지키고 선 채 바람에 부딪고 있는 새를 바라보다가 나는 얼른 자세를 정돈했다.

"알겠습니다. 그것 때문이라면 더 이상 부탁드리지 않겠습니다. 그럼, 건강하십시오."

나는 박 교수를 향해 정중하게 인사를 했다. 그때까지 그는 아무 표정도 없이 나를 바라봤고, 나는 그렇게 연구실 문을 열었다.

"잘 가게."

그때였다. 내 등을 미는 나지막한 박 교수의 목소리가 들려왔다. 나는 몸을 돌려 그를 바라봤다. 희끗희끗 잔설이 덮인 머리칼에 노을빛을 받으며 박 교수는 엷은 미소를 띠고 있었다. 착각이었을까. 역광을 받고 있어서 침침한 눈가에서 무엇인지 축축한 것이 반짝이고 있었다.

나는 다시 한 번 깊숙이 고개를 숙여 보이고 나와서 등 뒤로 문을 닫았다.

"정 그렇다면 허 선생님, 사직서를 수리하도록 하겠습니다."

교장수녀가 내 인사기록카드를 들여다보다가 탁 소리가 나도록 힘주어 책상에 내려놓았다. 나는 교장수녀의 이마에서 얼른 시선을 떼고 다음 말을 기다렸다. 타이머가 다 돌아간 선풍기가 푸르르 멈춰버렸다.

"아시겠지요."

그녀는 더 이상 할 말이 없지 않느냐는 눈길로 나를 쳐다봤다. 그리고 나서 그녀는 자신의 표정이 딱딱하다고 생각했는지 미소를 지으려고 애썼다.

"그렇게 해 주신다니 감사합니다."

그녀가 겨우 미소를 지었을 때, 나는 그녀에게 조금 고개를 숙여 보이고는 느릿느릿 교장실을 나섰다. 교무실로 향하는 복도 깊숙이 온통 햇살이 밀려와 있었다. 교무실 앞에 왔을 때 나는 누군가가 자박자박 걸어오는 발소리를 들었다. 가볍게 흩어지는 바람소리에 섞여 들려오던 발자국 소리가 햇빛 속으로 들어와 뚝 멈췄다. 나는 물끄러미 그를 바라봤다.

명제였다. 빛을 등지고 선 명제의 주위에선 갈꽃이 일렁이는 듯한 선연함이 감돌았다. 명제의 얼굴은 사루비아처럼 빨갛게 그을려 있었다. 명제가 살그머니 웃어 보였다. 볼우물이 패이면서 그 아이의 웃음소리가 햇빛을 타고 넘실넘실 다가왔다. 나는 명제를 향해 어색하게 웃어 보였다. 환영이었던 모양이다. 아무도 없었다.

무릎까지 오는 몸에 잘 맞는 스커트, 약간 헐렁해 보이는 티셔츠. 생기 있는 눈빛으로 늘 귀엽게 웃던 아이, 그 애를 바라보면 항상 기분이 좋아지곤 했다. 그러나 명제는 이제 여기에 없다. 복도는 금세 끈적한 나른함 속으로 가라앉기 시작했다.

"허경선 선생님, 선생님 반의 윤명제 학생 말입니다."

여름방학을 이레쯤 앞둔 어느 날 교무회의 시간이었다.

"어떻게 생각하시는지요?"

교감선생은 그렇게 운을 뗐다.

"착실한 학생인데요. 여러 방면에 소질 있고요."

"착실하다고요? 그 학생 지도가 필요하다는 중론인데요."

"글쎄요- 저는 교감선생님께서 무슨 말씀을 하시는지 잘 모르겠군요."

명제. 문제라면 문제였다. 그러나 나는 짐짓 모르는 체하면서 다른 교사들을 슬쩍 둘러봤다. 눈이 마주친 몇몇 교사들이 슬그머니 시선을 피했다. 언제나처럼 무표정한 회색지대였다.

"구체적으로 말씀해주셨으면 합니다."

"그건 허 선생님이 더 잘 아시는 일이 아닌 가요? 수업시간에 말없이 사라지는 일이 그렇게 빈번해서야."

"아, 그 일을 말씀하시는 거군요. 그 일이라면 담임인 제게 좀 더 맡겨 두시는 것이 우선 좋지 않을까요?"

"하지만 그 학생의 행동이 다른 학생들에게 영향을 미칠 수도 있지 않습니까?"

불쑥 날카로운 목소리가 끼어들었다. 학생과장이었다. 그는 언제나 교감선생 편이었다.

"물론 그럴 수 있겠지요. 하지만 그보다 먼저 그 학생의 행동에 대한 질책보다는 오히려 학교 측의 세심한 배려가 있어야 하지 않을까 싶습니다. 가령⋯."

"가령, 뭡니까?"

"수업시간에 들려오는 총소리라든가 하는."

"총소리라뇨?"

"총소리요. 유 신부님의 공기총소리 말입니다."

"아, 그거요⋯."

그러자 교사들이 조소하듯 입을 모았다. 학생과장이 재빠르게 말을 이었다.

"그것이 어떻다는 거지요?"

"어떠냐고요? 학생들의 수업시간에 총을 쏘는 신부님의 행위가 정당하다고 생각하십니까?"

"그것이 왜요? 신부님은 총을 쏘면 안 됩니까?"

"아니, 그 시간과 장소 말입니다."

학생과장은 그에 대해 무어라 대답하려다가 입을 다물었다. 잠시 어색한 침묵이 흘렀다.

"제 생각에는"

침묵을 깨며 나는 조심스레 말을 이었다.

"이건 주제에서 조금 벗어난 얘기일는지도 모르겠습니다만, 어떤 사람에겐 총소리가 몹시 고통스러울 수가 있지 않을까 생각합니다. 어떤 연유에서건."

"다른 학생들은 잘 지내고 있지 않은가요?"

"물론 그렇지요. 그러나 다른 학생들이 모두 잘 지낸다고 해서 나머지 한 학생이 겪어야 하는 고통을 묵과한다는 것은 부당한 게 아닐까요? 그리고 나머지 학생들이 이미 그 앞에서 반응이 마비된 상태라면 더욱 불행한 일이 아닐까요? 그것이 우리 귀에 하나의 폭력처럼 자행되고 있는데 말입니다. 더구나 한 개인의 취미생활 때문에 말입니다."

"얘기의 비약이 너무 심하신 거 아닐까요?"

유 신부의 공기총소리에 초점이 맞춰지자 교감선생이 나서서 대충 얼버무렸다. 교사들은 그 틈에 다시 무표정한 얼굴로 되돌아갔다.

"좋습니다. 그럼 그 학생의 행동은 좀더 두고 보도록 합시다."

회의는 일단 그렇게 끝났다. 그러나 나는 명제에 대해 어떻게 해야 좋을지 알 수 없었다.

그런데, 사태는 엉뚱하게 진행되고 있었다. 그날 오후, 유 신부의 공기총이 없어져버린 것이다. 그것은 학교 건물 뒤편의 성모동굴 앞에서 발견됐다. 머리 판이 부서지고 총구가 돌로 짓이겨져 있었다. 그 바로 옆의 느티나무 아래에는 명제가 몸을 잔뜩 움츠린 채 엎드려 있었다. 꼼짝도 하지 않는 명제의 몸체 위로 느티나무 잎새가 새의 깃처럼 펄럭이며 커다란 그림자를 덮고 있었다. 잎 사이로 젖어드는 노을 빛 속에서 명제는 기묘하게도 막 비상하려는 황금빛 새 같았다.

황혼 속에 아무렇게나 내던져진 명제를 보는 순간 나는 내 기억의 심연 깊숙이 단단하게 고리져 있던 무엇인가가 꿈틀꿈틀 일어서 걸어 나오는 것을 느꼈다. 그것은 짓이겨진 총구처럼 둔탁한 균열과 함께 기억의 덧문에서 조심조심 빗장을 내리며 모습을 드러내고 있었다.

"다 모였나?"

아직 국민학교를 다니고 있을 때였다. 나는 일종의 유희로 습자지를 바른 유리창 틈으로 비쳐 들어오는 햇살이 황혼에는 어떻게 변하는가를 바라보는 것을 좋아했다. 여름방학 전 즈음해선 한 번도 고개를 들이밀지 않는 햇살이 겨울방학 전 즈음해선 창가로부터 다섯째 자리까지 밀려 들어오곤 했다. 노을빛이 하늘을 적실 때면 유리창마다 제각기 붉은 해가 출렁였다. 그러면 교실은 수십 개의 석양판으로 온통 타오를 것만 같았다.

육 학년이 된 지 며칠 되지 않아서였다. 수업은 진즉에 끝났고 아이들 몇이 교실에 남아 담임 선생의 말을 듣고 있었다. 나는 창 가까이에 앉아서 유리창 틈으로 시선을 주었다. 습자지에 닿은 빛들이 창틈을 통해 교실 안으로 비실비실 밀려들고 있었다. 나는 햇빛을 따라 창틈으로부터 시선을 움직였다.

"자! 집에 가서 부모님께 말씀드려라."

낮게 고개를 숙이고 제법 깊숙이 밀려온 햇살이 내 손등을 타고 흘러내렸다.

"너희들은 내일부터 선생님과 과외공부를 하는 거다. 알았지?"

"예."

아이들의 대답이 은밀하게 햇살 속으로 스며들어갔다. 나는 손등의 햇살을 털어 내고는 책상에 내려앉은 햇살 위에 다시 손을 덮었다.

"저는 안 하겠어요."

햇살을 털어 내면서 나는 대수롭지 않게 말했다. 과외공부를 하고 싶지 않았을 뿐, 별다른 이유가 있었던 것은 아니었다.

햇살이 다시금 책상 위에 투명한 모습을 드러냈다. 나는 그 햇살 위에 다시 손을 덮으려다가 그대로 멈춰버렸다. 무언지 모를 끈끈함과 답답한 고요가 감돌았다. 그제야 나는 햇빛으로부터 천천히 고개를 들었다.

나는 그때까지 그렇게 뜨악한 시선을 본 적이 없다. 무언가 불안한 표정, 놀라움과 경멸의 표정, 그 순간 나는 어이없게도 무슨 큰 잘못이라도 저지른 사람처럼 머뭇머뭇 그들을 바라보았다. 의외였다, 그런 내 어깨를 너그럽게 웃으며 두드려주던 담임의 태도는. 그러나 그것은 정작 내게 감당하기 어려울 만치 과중한 대가를 요구하고 있었다. 그날 이후, 나는 거의 날마다 매를 맞았다. 동화책을 학교에 갖고 왔다느니 공책이 지저분하다느니 혹은 복장이 단정치 못하다느니 하는 지금 생각해보면 대체로 유치한 이유들 때문이었는데, 그는 늘 그런 조야한 이유들을 들어 매를 대곤 했다. 그러자니 내 몸은 온통 멍투성이였다.

오월 초였다. 그날 당번이었던 나는 새벽길로 학교에 갔다. 누구보다도 먼저 도착한 운동장 한 켠으로 이제 아침이 시작되고 있었다. 나는 상쾌한 기분으로 교실에 다다랐다. 교실에는 벌써 누군가가 와 있었다. 나는 같은 당번이라 생각하고 아침인사와 함께 문을 열었다. 그러나 다음 순간 나는 깜짝 놀라 그만 그 자리에 우뚝 서버리고 말았다.

담임이었다. 그가 한 아이를 끌어안고 그 볼에 입술을 부비고 있었다. 눈을 감고 말없이 서 있던 그 아이는 우리들 중에서 꽤 숙성한 아이였다. 나는 어떻게 해야 좋을지 모르고 그대로 서 있었다. 담임이 자리에서 일어나 천천히 다가왔다. 그리고는 알 수 없는 미소를 지으며 내 어깨를 부여잡더니 거칠게 내 상의의 단추를 끄르기 시작했다. 그것이 무엇을 뜻하는 것인지를 생각할 겨를도 없이 속이 메스꺼워지기 시작했다. 곧 구역질이 날 것만 같았다. 나는 그의 손을 저지하며 주춤 뒤로 물러섰다. 그가 바짝 다가섰다. 다음에는 내 양 볼에 그의 커다란 손바닥이 몇 차례 세게 지나갔다. 나는 얼굴을 감싸고 몸을 돌렸다. 말없이 지켜보고 서 있는 그 아이의 눈동자가 내 얼굴에 닿고 있었다. 그가 다시 내 어깨를 부여잡고 나를 돌려세웠다. 나는 이제 겁에 질려 바들바들 떨다가 교실 밖으로 도망쳤다.

뒷산은 따뜻했다. 바람이 불 때마다 나뭇잎들이 서로 몸을 비비며 기분 좋은 소리를 냈다. 풀잎에 내려앉은 이슬이 햇빛 속으로 소리 없이 녹아들고 있었다. 나는 마른 풀 위에 앉아 얼얼한 볼을 문질러 주었다. 수목 사이를 지나온 바람이 코끝에 향긋한 내음을 전했다. 어느새 아카시아 꽃이 활짝 피어 있었다. 나는 부드럽게 뒤덮인 향기를 헤집으며 무릎걸음으로 걸어다녔다.

멀리서 수업종 소리가 들려왔다. 아득하게 멀리 느껴졌다. 더 멀리로 기차가 지나가고 있었다. 기적소리는 기차가 들을 지나 저쪽 산모롱이를 완전히 돌아갈 때까지 꽤 오래도록 울려왔다. 다시금 숲의 고요가 나를 에워싸고 수목내음이 부드럽게 어루만져졌다. 나는 그제야 아카시아나무 아래 쭈그리고 앉아서 숨죽이고 울기 시작했다.

무언지 축축한 느낌이 들었다. 깜박 잠이 들었던 모양이다. 나무들 사이로 햇살이 기웃이 비춰들었다. 산그늘이 내려앉고 있었다. 나는 후다닥 자리에서 일어났다. 담임선생의 무서운 얼굴이 떠올랐다. 숨죽여 바라보던 아이의 표정 없는 눈동자도 보였다. 또 매를 맞을 거야. 나는 교실을 향해 뛰기 시작했다.

교정에는 아무도 없었다. 자습 시간인가 보다. 숨을 헐떡이며 나는 복도 안으로 몸을 디밀다가 주춤 물러섰다. 담임선생이 복도에 서 있었다. 다행히 그는 나를 보지 못한 것 같았다. 나는 간신히 숨을 가누고 살금살금 운동장 쪽으로 가서 창문을 통해 교실을 들여다보았다.

아이들이 고개를 숙이고 자습지를 풀고 있었다. 교실 안의 동정을 살피면서 나는 조심스레 내 자리 쪽을 더듬어 보았다. 가방이 보이지 않았다. 이상한데. 고개를 갸웃거리다가 나는 교탁 위에서 시선을 멈추었다. 가방이 거기 놓여 있었다. 나는 그것이 정말 내 것인가를 확인해볼 양으로 창턱 가까이로 바짝 머리를 끌어당겼다. 그러다가 그만 머리를 창문 안으로 들이민 모양이었다. 누군가가 고개를 들다가 짤막하게 소리쳤다.

"경-선-"

그러자 아이들이 한꺼번에 고개를 들었다. 그것은 화살처럼 빠르고 날카로웠다. 그에 당황한 나는 그 화살에 심장이 꿰뚫린 들짐승처럼 사납게 창을 뛰어 들어갔다. 그리고는 교탁 위에 놓인 책가방을 집어 들고 다시 창을 뛰어나왔다. 거의 동시에 아이들의 놀라움에 내지르는 탄성, 나를 잡으라고 소리치는 담임의 목소리가 뒤죽박죽 들려왔다.

우르르 아이들이 쫓아 나왔다. 아우성, 발자국 소리, 내 몇 발자국 뒤에서 씩씩대는 숨소리.

나는 헉헉거리며 논둑으로 내질렀다. 석양이 무논에 부딪쳐 사방에 피처럼 붉게 떠 비쳤다. 아이들은 이제 손이 닿을 정도로 가까이 달려왔다. 나는 앞뒤를 생각할 겨를도 없이 첨벙 무논에 발을 들이밀었다. 연분홍 자운영이 개구리밥 사이로 아른아른 흩어졌다. 거머리 몇 마리가 슬금슬금 종아리에 달라붙기 시작했다.

아이들이 혹- 숨을 들이마셨다. 뒤쫓아온 담임선생이 논가로 내려서려다가 멈칫했다. 그 순간 나는 본능적으로 나를 방어할 수 있는 방법이 무엇인가를 느낄 수 있었다. 나는 내 가까이 다가온 아이들을 바라보며 첨벙첨벙 무논 한 가운데로 걸어 들어갔다. 논가로 빙 둘러선 아이들의 등 뒤에서 노을빛이 흐벅졌다. 노을 속에서 담임이 소리를 질렀다.

"허경선, 이리 나와라."

소리는 무논을 한 바퀴 돌아서 자운영 꽃잎처럼 개구리밥 사이로 흩어졌다.

"빨리 나와."

"제발."

"경선아…."

그들이 제각기 소리를 질러댔다. 소리들은 한데 뒤섞여 꿀벌 떼처럼 웅웅거렸다. 숨이 답답했다. 소리의 전장 속에서 사정없이 조각나버릴 것 같았다. 땀이 온몸으로 치솟아 올랐다. 그러나 나는 책가방을 끌어안은 채 몸을 똑바로 펴고 있는 힘을 다해 그들을 노려봤다. 자못 거만하고 당당하게. 소리가 멈췄다. 자운영을 삼키며 개구리밥 위로 서서히 바람이 일렁였다. 잠시 침묵이 흘렀다. 그때까지 무논에 성큼 발을 들이미는 사람은 없었다. 아무도.

담임은 마침내 아이들을 재촉해 학교로 돌아갔다. 아이 하나가 마지막까지 남아 있었다. 그러나 그 아이도 결국 발걸음을 끌며 돌아가기 시작했다. 아이의 등 뒤에서 농익은 황혼이 가라앉고 있었다.

바로 그 순간, 나는 커다란 날갯짓으로 날아오르는 새를 보았다. 새는 긴 그림자를 끌며 천천히 내게 다가왔다. 그는 내게 깃털을 떨어 주기라도 하려는 듯 날개를 펄럭거리다가는 땅거미를 이끌고 사라져갔다.

그제야 나는 조심조심 무논을 빠져 나왔다.

"어떻게 하기로 하셨나요?"

누군가가 불쑥 말을 건넸다.

"네?"

나는 깜짝 놀라 움칠 몸을 움직였다. 그 바람에 조심스레 모습을 드러내던 것들이 섬광처럼 재빨리 기억의 저편으로 돌아가 그 문을 닫고 있었다. 나는 그 문고리를 한 손으로 움켜쥐고 소리 나는 쪽을 향해 몸을 돌렸다.

일직인 강 선생이 교무실 창으로 삐쭉 고개를 내밀고 쳐다보고 있었다. 이 학년 국어담당으로 퍽 유능하다는 평을 받고 있는 사람이었다. 그의 눈까풀이 몇 번 깜박였다. 내 시선이 어설펐는지 그가 소리 없이 웃었다. 표정의 변화가 서서히 진행된 탓으로 그의 얼굴이 나른하게 느껴졌다.

"아, 네에. 이젠 책상 정리하는 일만 남았지요."

강 선생의 표정이 일순 미묘하게 흔들렸다. 동정의 시선인 듯도 했고 조소와 경멸을 감추지 못해 난처해하는 표정인 듯도 했다. 그런 그의 애매모호한 표정은 늘 그의 기민함을 교묘하게 은폐시키곤 했다.

"다시 생각해 볼 수는 없나요?"

그는 은근히 동류의식을 담고 있는 투로 물었다. 나는 그를 쳐다보며 피식 웃었다.

"무얼 다시 생각해야 하지요? 사직서는 이미 수리하기로 했는데요."

그러자 그는 잠시 설마 하는 표정을 지었다가는 조심스레 입을 열었다.

"그 일이 허 선생님께서 꼭 그런 식으로 책임져야 할 정도로 중요한 일입니까? 그건 전적으로 윤명제 학생에게 책임이 있다고 보는데요."

나는 그를 똑바로 응시했다. 그러나 대답은 하지 않았다. 대신에 나는 막 빗장을 걸고 있는 기억의 덧문 저편에서 소란스럽게 들려오는 어떤 소리를 잡으려고 애썼다. 무슨 소리인가가 한꺼번에 떠올라 와글와글하다가 사라졌다. 우르르 마룻바닥에 걸상이 밀리는 소리, 탁탁탁… 슬리퍼 끄는 소리, 풍금소리, 그 왁자지껄한 틈새로 이번에는 금속성의 높은 사이렌이 울리고, 갑자기 덧문이 열리며 사방은 일순에 조용해졌다.

이제 나는 고등학교 이 학년 때의 내 교실에 앉아 있다. 방금 육 교시 종이 울렸고, 음악시간이었다. 우리는 모두 음악실로 가 있어야 했지만, 우리들 중에 누구도 음악실로 간 학생은 없었다. 다음 날부터 학기말 시험이었고, 우리들 사이에서는 시험공부를 하고 있자는 은밀한 묵계가 이루어져 있었다.

날은 끈적하고 지루했다. 여름에 지친 해가 운동장 한가운데서 곤두박질을 하고 있었다. 십분쯤 지났을 때였다. 음악선생이 달려왔다. 거칠게 교실 문이 열리고 우리들은 보던 책들을 후다닥 책상서랍에 집어넣었다. 그가 나지막이 그러나 한껏 성을 삭이고 있는 목소리로 물었다.

"너희들! 왜 음악실에 안 오나?"

아무도 대답하지 않았다. 할 수 없는 것이 당연했다. 교실 안에는 삽시에 불편한 침묵이 흘렀다. 그는 굳은 표정으로 교단을 왔다 갔다 했다. 탁탁탁… 슬리퍼 끄는 소리가 불안하게 교실을 돌아다녔다. 그럴수록 교실 안은 점차 침묵 속으로 빨려 들어갔다. 잠시 후에 그는 터리개를 하나 집어 들고는 교탁을 두어 번 내리쳤다. 이어서 우리 모두의 손바닥을 한 대씩 때리기 시작했다.

"자 이제 이유를 말해봐."

그의 목소리는 아까보다 노기등등했다. 마음 약한 아이들의 눈에서는 벌써 눈물이 그렁그렁했다. 그러나 교실 안에서는 대답은커녕 숨소리 하나 크게 들리지 않았다.

"자, 빨리"

그가 다그쳤다. 대답을 하지 않으면 또 다시 매를 들 기세가 역력했다. 그러자 누군가가 기어들어가는 소리로 그러나 몹시 다급하게 입을 열었다.

"저… 종소리를 듣지 못했습니다."

우리들은 잠시 말을 잊고 그 아이를 쳐다봤다. 그러다가 가슴을 쓸어내리며 안도의 숨을 내쉬었다. 하지만 그것은 너무 이른 판단이었다. 그는 잠시 무언가를 생각하는 듯하더니 그 아이를 불러 세웠다.

"그래? 그럼 넌 이리 나와 서라."

그는 다시 매를 들었다. 그 아이를 뺀 우리들 모두에게 또 한 차례 매가 지나갔다. 그가 다시 물었다.

"자, 너희들 중에 종소리를 듣지 못한 사람은 앞으로 나와라."

우리들은 무언지 모를 불안함을 느꼈다. 그가 다시 소리쳤다.

"어서."

눈치를 살피던 아이들 몇이 쭈빗쭈빗 일어나 앞으로 나갔다. 자리에 앉아 있던 아이들에게는 또 한 차례 매가 돌아왔다.

"또 종소리를 못 들은 사람!"

이번에는 회유하듯 부드러운 목소리였다. 그 의외의 태도에 좀 더 많은 학생들이 몰려나갔다.

"자, 너희들 중에 또 종소리를 못 들은 사람!"

종전보다 더욱 나즉한 목소리였다. 이번에는 우르르 몰려나갔다. 아이들이 자리에서 일어날 때마다 나도 모르게 내 엉덩이도 들썩거려졌다. 묘한 부끄러움이 그때마다 내 몸을 훑고 지나갔다.

다시 매가 지나갔다. 이번에는 나도 자리에서 일어나 다른 아이들 틈에 섞여 들어갔다. 자리에는 이제 단 하나만이 남아 있을 뿐이었다. 혜자였다. 평소에는 거의 눈에 띄지 않는 혜자의 표정에는 놀랍게도 흔들림이 보이지 않았다. 잠시 말없이 혜자를 바라보던 음악선생이 기가 막히다는 표정을 지었다. 숨죽이고 선 아이들의 눈동자가 호기심으로 반짝였다. 팽팽한 긴장감이 느껴졌다.

"유혜자! 그래, 너는 종소리를 들었는데도 음악실로 오지 않았단 말이지?"

"예, 저는 종소리를 들었어요."

"그래? 그렇다면 왜 다른 학생들에게 알려주지 않았지?"

"그건… 그건 다른 학생들도 아마 종소리를 들었을 거라고 생각했기 때문에…."

그러자 그가 우리들에게로 얼굴을 돌렸다. 백여 개의 눈초리가 혜자를 쏘아보았다. 그가 비아냥거리듯이 우리에게 물었다.

"너희들도 종소리를 들었나?"

"아-뇨-"

우리들은 부인했다. 일순 그의 입가에 가볍게 비웃음이 떠올랐다가 사라졌다. 결국 혜자는 남은 시간 내내 종아리에 피멍이 들도록 매를 맞았다.

방과 후였다. 아이들이 다 돌아가고 나자 혜자도 절뚝이며 교실을 나섰다. 걸음을 옮길 때마다 자꾸 굽어드는 등이 절망적으로 보였다. 창가에 서서 혜자의 뒷모습을 바라보고 있던 나는 느닷없이 바늘에라도 찔린 듯한 섬세한 고통을 느꼈다. 나는 절대 종소리를 듣지 못했다고 거듭 다짐하다가 급히 자리에서 일어났다. 혜자에게 무슨 말이라도 해야 할 것 같았다. 그녀는 벌써 운동장을 가로질러 교문을 빠져나가고 있었다. 노을이 운동장너머 낮은 산등성부터 짙게 깔려 있었다. 그 아래로 바람이 일렁이며 지나갔다. 노을빛이 진진한 하늘 속으로 새 한 마리가 날고 있었다. 그는 무르익은 황혼 속에 살아 있는 아름다움이었다.

돌연 어디선가 매가 한 마리 날아들었다. 매는 과녁을 향해 활시위를 떠난 화살처럼 곧바르게 그를 겨냥하여 수직으로 내리꽂혔다. 놀란 새가 황혼 아래로 떨어져 내렸다. 그리고는 불쑥 내 가슴속으로 날아 들어왔다. 나는 황급히 가슴 깊숙이에 그를 숨겼다. 어둠 저편에서 황혼이 그 문을 닫고 있었다.

나는 강 선생에게서 시선을 떼지 않고 고개를 가로 저었다. 강 선생이 말없이 나를 바라봤다. 이미 그에게서는 아무런 표정도 읽을 수가 없었다.

나는 책상정리를 하기 위해 교무실로 들어갔다. 책상에 있는 것들은 몇 권의 책 이외에 지우개 연필 따위의 소모품들뿐이어서 별로 정리할 것도 없었다. 나는 책들만 대충 뽑아 정리하고 미술실로 갔다.

고요했다. 고요는 한줌 재처럼 혹은 유령처럼 불안하게 공간을 채우고 있었다. 미술실을 둘러보다가 구석에 놓여 있는 그림 앞에서 나는 눈길을 멈췄다. 명제의 것이었다. 미완성의 그림 속에서 아이를 밴 여자가 겁에 질린 표정으로 귀를 막고 나무 아래에 숨어 있고, 그 발치엔 한 마리의 검은 새가 총상을 입고 처참하게 죽어 있었다.

명제의 언니라고 했지. 이제 막 스물이 될까 말까한 앳된 얼굴, 세 해 전 내가 이 학교에 막 부임했을 때 졸업생 중에서 가장 우수한 학생이었다고 칭찬이 자자하던 아이.

"언니는 대학에 다니다가 이 학년 때 그만 두었어요. 학생시위에 참가했다가 제적당하고 집에 와 있었어요. 그런 어느 날 새벽에 또 낯선 남자들에게 끌려갔는데, 몇 달 후에 돌아왔을 때 이미 배가 불러있었어요."

집에 돌아왔을 때는 진작 미쳐 있었다고 했지.

"언니는요, 짐승처럼 방안을 기어 다니며 으르렁댔어요. 아버지는 언니를 방에 가두고 열쇠를 채워버렸어요. 언니를 미워했어요. 언니는 문을 열어달라고 소리쳤어요. 아버지는 아무도 열어주지 말라고 했는데 제가요, 제가요 문을 열어줬어요. 그런데 그만… 언니는 아버지의 엽총을 훔쳐내 머리를 쏴버렸어요. 언니는 피투성이였어요. 총상 입은 새 같았어요. 싫어요. 저 총소리, 저 총소리…."

명제가 울부짖었다. 여자의 초점 잃은 눈동자가 허공에 매달려 같이 울부짖고 있었다.

헉! 나는 낮은 신음을 토해냈다. 갑자기 공기마저 차단된 밀폐된 육면체 속에 갇혀버린 듯 답답해졌다. 안에서는 밖이 보이지 않지만, 밖에서는 안이 환하게 들여다보이는 투명한 공간이었다. 그것은 시시각각 좁혀들고 있었다. 나는 숨이 가라앉기를 기다려 그림에서 얼른 시선을 거두어냈다.

"한동안 붓을 잡기가 힘들 거야."

나직이 중얼거리며 나는 주섬주섬 화구들을 챙겼다. 놓여 있던 그림들을 모아들고 소각장으로 갔다. 나는 그것들을 몽땅 소각장에 던지고 성냥을 그었다.

가슴 깊숙한 곳에서 깃털이 파란 새가 하나 파닥거렸다. 나는 가슴을 열고 새를 꺼냈다. 그리고는 두 손으로 모아들고 조심스럽게 새를 놓아주었다. 새는 손바닥에서 몇 번 파닥거리다가 파르르 깃을 채더니 천천히 날아올랐다.

"잘 가게."

갑자기 내 귀에 뜻하지 않은 목소리가 들려왔다. 그것은 부드럽게 내 뒷덜미를 잡아당기는 박 교수의 나직한 목소리였다. 불현듯 내 기억의 문이 다시 열리기 시작했다.

나는 잠시 꼼짝도 하지 않고 문고리를 잡은 채 서 있었다. 다음 순간 나는 그 문빗장을 활짝 열어젖히고 그 속으로 한 걸음을 내디뎠다. 무논에 성큼 발을 들이밀 때처럼. 거머리가 달라붙는지 내 몸 어디에서 깃털이 돋고 있는 것인지 온몸이 근지러웠다. 어깨 너머로 검은 새 한 마리가 푸드득 지나갔다. 등 뒤에서 막막한 고요가 덮쳐왔다. 황혼이었다.

김미영

충남 서천 출생. 한남대학교 국어국문학과 졸업. 1983년 『삶의 문학』에 단편소설 발표. 1988년 《가톨릭신문》에 단편소설 「등 뒤에서」 당선. 저서로 『美침』 외 2권. 2016년 호서문학상 수상. 세명대 교수.

그 나라로 간 사람들

한창훈

어제 완성한 망루가 오늘 아침 풍랑에 넘어졌습니다.
이곳 바람은 가히 살인적입니다.

소대장이 사령부로 보낸 첫 번째 전문이었다.

측량사와 마흔 명의 소대원이 본토와 멀리 떨어진 섬으로 온 이유는 앞으로 있을지 모를 국토분쟁에 대비하기 위해서였다. 국가는 병사들에게 장기 주둔이 가능한지 시험하라고 명령했고 측량사에게는 섬의 크기와 높이, 각 지형의 특징을 파악하도록 했다.

그들이 오기 전까지 섬은 수만 년 동안 무인도였다.

파도가 진지 안까지 쳐 올라와 모든 병사가 푹 젖은 채 잠을 자야 합니다.
이곳 파도는 가히 살인적입니다.

두 번째 전문이었다.

섬의 좌우로 급한 해류가 흘렀고 거센 바람과 만나 걸핏하면 풍랑이 일었다. 병사들은 부서진 진지와 막사를 다시 만들고 길을 보수하느라 날마다 초주검이 되었다.

측량사는 그동안 산을 측량했다. 산은 높았고 꼭대기에 커다란 분지가 있었다. 그곳에는 여러 가지 꽃이 피어 있었다.

'이런 곳에도 꽃이 피는구나.'

그는 꽃을 만지며 생각했다.

젖은 쌀을 말렸더니 갈매기가 달려들어 먹어치웠습니다.
어쩌나 사나운지 전투라도 치러야 할 형편입니다.
이곳 갈매기는 가히 살인적입니다.

세 번째 전문이었다.

측량사는 벼랑과 갯바위를 측량했다. 바다는 푸르고 맑았다. 항구에서 본 것과는 전혀 달랐다. 한 바가지 떠다 끓이면 푸른 사파이어가 남을 듯했다. 떼를 지어 날아오는 물새는 바다 때문에 더욱 하얗게 보였다.

병사 하나가 정신이 이상해지기 시작했습니다.
어제는 돌멩이를 쌓아두고 자신의 무덤이라고 우기더니 오늘은 이상한 노래를 종일 불렀습니다.
딱히 방법이 없어서 꽁꽁 묶어두었습니다.
이곳의 외로움은 가히 살인적입니다.

네 번째 전문도 이랬다.

측량사는 늪지대를 측량했다. 돌아오는 길에 날이 저물었다. 막사 근처에서 그는 발걸음을 멈추었다. 밤하늘에 은하수가 흘러가고 있었다. 너무 맑고 또렷해서 빗자루질이라도 하면 후드득 별이 떨어질 것 같았다.

그는 어렸을 때 천체물리학자가 되고 싶었다. 그러나 측량사가 되고 말았다. 별자리 대신 건물 지을 언덕의 길이와 넓이를 계산하며 살아온 것이다. 그래서 포클레인과 트럭과 착암기 소리를 날마다 들어야 했다.

그는 오래도록 밤하늘을 올려다보았다. 갈수록 별은 많아지고 밝아졌다. 별이 반짝이는 소리까지 들리는 듯했다.

병사들의 집단 전역 요구에 깜짝 놀란 사령부는 귀국을 허락하지 않을 수 없었다. 마침내 배가 도착했다. 짐을 챙겨 든 병사들은 시합하듯 서둘러 올라탔다.

측량사가 소대장에게 말했다.

"나는 남겠습니다."

"무슨 말이요? 나는 당신을 무사히 데리고 돌아가야 할 임무가 있소."

"이곳이 마음에 듭니다. 내가 이곳에서 살겠습니다."

소대장은 급히 마지막 전문을 쳤다.

측량사가 남겠답니다.

그를 두고 돌아가도 괜찮겠습니까?

사령부는 곧바로 허락했다. 국가 입장에서는 한 사람이라도 사는 게 이득이었다. 그렇게 해서 섬에는 측량사 한 명만 남게 되었다.

측량사는 이제 측량을 할 필요가 없었다. 그는 진지의 부서진 물건을 섬 안쪽으로 옮기기 시작했다. 괭이로 땅을 파고 기둥을 세우고 지붕을 만들었다. 라디오는 분해되어 귀이개와 손톱 청소기가 되고, 소대원이 버리고 간 실탄 박스는 화분이 되었다.

어느 날 밤 풍랑이 일었다.

다음 날 아침, 측량사는 배의 잔해 사이에서 쓰러져 있는 사내를 발견했다. 사내는 본토 출신 선원이었다. 둘은 친구이자 같은 주민이 되었다.

선원은 측량사의 노트에 끼워져 있던 클립을 구부려 낚싯바늘을 만들었다. 그런 다음 밧줄을 풀어 가늘고 튼튼하게 실을 꼬았다. 바늘에 조갯살을 끼워 던지자 커다란 민어가 물었다. 수영도, 낚시하는 법도 몰랐던 측량사는 그게 신기했다. 선원은 그에게 낚시하는 법을 가르쳐주었다.

두어 달 뒤, 이번에는 열다섯 명이나 되는 사람들이 구명정을 타고 표류해 왔다. 측량사는 그들에게 꽃이 피어 있는 분지와 늪지대와 밤하늘의 은하수를 보여주었다.

구조선이 왔을 때 여덟 명만 돌아가고 일곱 명은 남았다. 그들도 주민이 되었다. 사람이 늘자 집과 낚시채비도 늘었다. 밭을 더 만들고 늪지 근처에 큰 우물도 팠다. 마을까지 이어지는 수로를 만든 것도 그때였다.

강한 해류에 풍랑이 잦다 보니 조난해 오는 사람들이 계속 생겨났다. 3년이 지나자 주민은 스무 명으로 늘어났다.

어느 날 가장 최근에 조난을 당했던 원주민 사내가 말했다.

"남서쪽 저만큼에 내가 살던 섬이 있습니다. 그곳에 내 아내와 아이들이 있습니다. 데리고 와서 같이 살고 싶은데 괜찮겠습니까?"

주민들은 회의를 했다. 원하는 사람은 살게 하자는 말 한마디에 모두 동의했기 때문에 회의는 오래가지 않았다. 그들은 산에서 가장 큰 삼나무를 베어 왔다. 그것을 켜고 이어 배를 만들었다. 군용 천막은 튼튼해서 돛으로 안성맞춤이었다.

원주민 사내는 자신의 가족뿐 아니라 마을 처녀들까지 데리고 돌아왔다. 측량사가 주었던 측량용 망원경을 닭과 염소와 바꾸는 것도 잊지 않았다.

몇몇 남자는 처녀들과 결혼을 했다.

닭은 알을 까고 염소는 새끼를 낳고 사람은 아이를 낳았다. 마을이 생겼다는 것을 알고 지나가던 어선과 화물선이 찾아오기도 했다. 그들은 물과 신선한 채소를 원했다. 주민들은 그것을 주고 필요한 물건을 받았다. 본토에 있는 가족을 불러오거나 친구를 초청하기도 해서 사람이 점점 더 늘었다.

측량사가 섬에 남은 지 10년째가 되자 주민은 여든 명으로 불어났다.

어린아이가 늘어 학교를 지었다. 사람이 많다 보니 글자와 셈법을 가르치는 선생도 나왔다. 약초를 찧어 약을 만드는 노파도, 그물을 유난히 촘촘하게 만드는 사람도, 국수를 잘 만드는 여인도 있었다.

그렇다고 사람 많은 게 다 좋은 것은 아니었다.

사람마다 개성이 다르고 의견도 달랐다. 새벽잠 없는 사람은 늦게 일어나는 사람을 게으르다고 나무랐다. 한 달 동안 계란을 하나도 먹지 못했다고 불평하는 사람도 생겼고 이웃집에서 너무 많은 물을 써버린 탓에 자신의 수로가 말랐다고 항의하는 사람도 나왔다.

큰 도시에서 살다 왔다는 사내가 말했다.

"이제는 법이 필요할 때입니다. 법을 만들어야 합니다."

법이란 게 무언가, 누군가 물었다. 사람들 사이에 지켜야 하는 약속과 같은 거라고 그는 답했다.

"약속이 필요하면 그때그때 하면 되잖소?"

"일일이 하기 귀찮으니 만들어놓자는 거요. 내가 살았던 곳에는 법이 2만 3000개가 있었어요."

다른 사내도 끼어들었다.

"내가 살았던 나라에서는 화장실 사용 시간에 관한 법도 있었어요."

다들 그렇게 많이 만들었다고 하니 몇 개쯤은 있어도 나쁠 것 없다고 사람들은 생각했다.

"그렇다면 우리도 만듭시다."

측량사는 사람들의 의견을 하나씩 적어갔다.

자주 보는 사이니 인사는 아침에 한 번만 하는 것으로 하자, 가 첫 번째 의견이었다. 끄덕이는 사람도 있었고, '그런 게 법인가?' 갸웃거리는 사람도 있었다. 배를 사용하고 나서 뒷정리를 안 한 사람에게는 마을 청소를 시키자는 의견도 있었다. 아직까지 셈법을 못 깨우친 아이는

349

차라리 낚시하는 법을 가르치자, 땅을 경작할 때 게으름 피우는 사람에게는 장작 열 단을 해오게 하자, 한낮에 낮잠 자는 사람들이 많은데 차라리 한꺼번에 자자, 는 의견이 더 나왔다.

적다 보니 너무 많아졌다. 측량사가 말했다.

"법이 너무 많으면 헷갈리기 쉬우니 딱 하나만 합시다."

사람들은 법이든 무어든 헷갈리는 것은 싫었기에 그러자고 동의했다. 그러나 그것도 쉽지 않았다. 모두들 자기가 중요하다고 생각하는 것을 하나씩 말했기에 법은 다시 수십 개가 되어버렸다.

하나만 만들기 위해 모두 끙끙대고 있을 때 누군가 말했다.

"우리의 삶은 바다에 의해 정해집니다. 남풍이 불면 비가 오고 동풍이 불면 파도가 거세지지요."

사람들은 그를 바라보았다.

"서풍이 불면 파도가 자고 북풍은 밤하늘에 별을 뜨게 하고요. 어디 그것뿐인가요? 밀물이 들면 밭을 갈고 썰물이 나면 가재와 게를 잡으러 갑니다."

"그래, 그게 어떻다는 거요?"

누군가 대꾸했다.

"바다가 우리의 법을 알려줄지 모릅니다."

"그렇다고, 바다가 시키는 대로 하자고 할 수는 없잖소?"

"생각해보면 좋은 법이 만들어질 겁니다."

주민들은 바다에 대해서 궁리하기 시작했다. 몇 시간씩 바다를 바라보기도 했다. 푸르다, 짜다, 깊다, 파도가 친다 정도의 특징밖에 알 수 없었다. 하루 이틀 사흘 나흘…… 그렇게 여러 날이 흘렀다. 그러는 동안 비가 내렸고 파도가 솟구치다가 잦아들었다.

깊은 관심은 끝내 해결책을 찾아내는 법이다. 바다를 바라보던 어린 주민 하나가 문득 손뼉을 쳤다.

아이가 말했다.

"바다의 특징은 잔잔하거나 파도가 치거나 똑같이 한다는 것이에요. 그제는 한 팔 정도의 파도가 쳤는데 모두 그 높이였어요. 어제는 가문비나무 높이만큼 치솟았는데 모든 파도가 그랬어요. 오늘은 보시다시피 똑같이 잔잔해요."

"과연 그렇군."

모여든 사람들은 고개를 끄덕였다.

"파도처럼 하면 되겠군."

드디어 그들은 법을 만들었다.

법은 이랬다.

어느 누구도 어느 누구보다 높지 않다

그들은 그 법으로 살았다. 어느 누구도 어느 누구보다 높지 않았기에 어느 누구도 다른 사람보다 낮지 않았다. 그들은 그 법이 마음에 들었다.

아침에 만나면 서로 손을 뻗어 어깨에 대는 것으로 인사를 했다. 그 인사는 '저는 당신보다 높지 않습니다' 라는 뜻이었다. 아무도 법을 더 만들자고 말하지 않았다. 그것으로 충분했기 때문에 별다른 고민 없이 감자와 옥수수를 심고 생선을 잡고 열매를 주워 말렸다.

어느 날 국가가 보낸 배가 섬으로 찾아왔다. 선장이 말했다.

"이곳에서 곧 화산활동이 시작됩니다. 지진과 해일도 일어날 겁니다. 늘 국민의 안녕을 걱정하시는 우리 지도자께서 여러분을 속히 모셔오라고 지시했습니다."

주민들은 회의를 했다. 화산이 폭발하고 지진과 해일이 일어난다면 아무도 살아남지 못하기 때문에 회의는 오래 걸리지 않았다. 그들은 필요한 것을 챙겨 배에 올랐다. 그동안 만들어놓은 집과 밭과 우물과 학교가 텅 빈 채 남겨졌다. 사람들은 갑판에 서서 남아 있는 그들의 자취를 바라보았다.

그것은 천천히 멀어졌다.

배는 사흘 만에 본토에 닿았다.

항구에는 많은 사람이 마중 나와 있었다. 악대가 행진곡을 연주하고 예쁘게 치장한 소녀들이 꽃다발을 전했으며 시장이 나와 악수하고 포옹을 했다. 주민들은 의아했다.

환영식이 끝나자 관리가 그들을 중앙청사로 데려갔다.

관리가 말했다.

"그동안 우리나라 영토의 끝을 지키며 사느라 고생하셨습니다. 여러분 덕에 우리 국가는 넓은 해역을 지킬 수 있었습니다. 지질학자 말에 의하면 맞물린 두 지각이 서로 다르게 움직이기 때문에 화산과 지진이 일어난다고 합니다. 화산활동이 끝날 때까지 본국에서 편히 쉬시길 바랍니다. 우리 정부는 여러분의 안전을 최우선으로 삼고 있습니다."

사진기자들이 사진을 찍었다.

다음에는 고위 관리가 나왔다. 그는 관리가 했던 말을 되풀이했다. 사진기자들이 다시 사진을 찍었다.

마지막으로 지도자가 나왔다. 지도자도 관리가 했던 말을 그대로 했다. 사진 찍는 기자들은 훨씬 더 많았다.

지도자는 지금까지 있었던 과정을 전 세계에 전문으로 보내게 했다. 그 전문에는 지도자와 손잡고 있는 주민들과 섬 사진, 섬을 포함한 지도가 들어 있었다. 국토 분쟁이 일어날 소지가 있는 나라에는 세세한 내용까지 보내게 했다.

다음 날 관리는 주민들을 데리고 산업 시찰을 갔다.

그들은 커다란 굴뚝과 어마어마한 용광로, 끝이 보이지 않는 벨트컨베이어, 개미처럼 붙어 일하고 있는 사람들을 구경했다. 제철소, 자동차 공장, 비료 공장, 화학 공장 순서로 다녔다.

공장을 옮겨 갈 때마다 그들은 머리가 어지럽고 속이 불편했다. 한 사람이 참다못해 이렇게 외쳤다.

"정말 대단하오. 하지만 이게 우리와 무슨 상관이죠?"

관리가 대답했다.

"발전된 고국의 모습을 보시는 게 기쁘지 않나요?"

"커다란 공장과 아무 말 없이 일만 하는 사람들을 보는 게 어떻게 기쁠 수가 있죠?"

"조금 전에 보신 자동차 공장에서는 로봇들이 차를 만들잖습니까? 최근에 개발된 혁신 기술이죠. 외국에서는 모두 부러워합니다."

"기계가 기계 만드는 것을 왜 부러워하는 거죠?"

"공장이 싫다면, 이번에는 새로 단장한 축구 경기장을 구경하시죠."

"그곳에 가면 아이들이 공놀이를 할 수 있나요?"

"그것은 안 됩니다."

"그렇다면 이제 그만 우리를 놔주시오. 이 짓을 계속하다가는 죽을 것만 같소."

관리는 난감한 얼굴을 했다. 그의 업무가 없어져버렸기 때문이었다.

주민들은 비어 있는 학교로 안내되었다. 그들은 마당 한쪽에 닭장과 염소 막을 만들고 몇 개의 교실을 방으로 꾸몄다.

그곳으로 방송기자나 신문기자가 찾아왔다. 국민들이 아주 먼 섬에서 온 그들을 궁금해하기 때문이었다. 기자들은 이름과 나이를 묻고 사진을 찍어갔다. 주민들은 묻는 대로 답하고 요구하는 자세를 취해주었다. 하지만 정부에서 음식을 제공하겠다는 것은 거부했다.

"우리는 스스로 먹을 것을 만들어왔소. 이곳에서도 그럴 것입니다."

그러나 바다는 멀었고, 나무는 주인이 있어서 함부로 열매를 딸 수 없었다. 밭을 만들어 감자를 심는다고 해도 그걸 캐려면 몇 달이 걸렸다.

그들은 일을 하기 시작했다. 그들을 필요로 하는 일은 많았다.

가장 먼저 측량사가 쓰레기 치우는 곳에 취직했다. 사람들이 버린 쓰레기를 수거해 매립지로 옮기는 일이었다. 그 일을 하려는 사람이 없어 애를 먹고 있던 회사 사장은 몇 사람을 더 원했다. 그 덕에 상당히 많은 주민이 그 회사 직원이 되었다. 쓰레기는 결코 줄어들지 않았기에 실직할 염려도 없었다.

파출부로 들어간 사람은 빵을 굽고 청소를 하고 설거지를 했다. 다른 사람들은 환자 목욕시키기, 가로수 정비, 심부름 같은 일을 시작했다. 아이들을 제외한 모든 사람들이 일을 할 수 있게 된 것이다. 새로운 숙소가 생긴 사람들은 떠나고 남을 사람은 남았다.

월급을 받으면 저금을 했다. 음식 재료 사는 것 외에는 돈 쓸 곳이 없었다. 그중에는 돈이라는 것을 처음 만져본 사람도 있었다. 휴일이면 모두 학교로 모여들었다. 서로 손을 뻗어 인사 나눈 다음 간단한 점심거리를 만들어 뒷산으로 올라갔다. 그곳에는 널찍한 언덕이 있고 멀리 바다가 보였다. 그들은 두고 온 섬에 대하여 이야기하다가 배가 고프면 점심을 먹고, 그리고 가만히 앉아 바다를 바라보았다.

"휴일에는 쇼핑도 하고 파티장에도 좀 다니지 그러세요."

종종 찾아오는 신문기자가 말했다.

"그것을 하면 어떤데요?"

주민 중 한 명이 물었다.

"즐겁고 만족스럽죠."

"지금도 충분히 즐겁고 만족스럽습니다."

"어떻게 가만히 있는 것으로 만족을 하죠?"

기자는 이해가 되지 않는다는 얼굴을 했다.

"우리는 열심히 일을 했습니다. 오늘은 쉬는 날이죠. 그래서 이렇게 쉬고 있습니다. 물고기나 새도 활동을 하고 나면 쉬죠."

물었던 이가 답했다. 남은 주민들은 고개를 끄덕였다.

"글쎄, 제 말이 그 말입니다. 휴일이면 쉬는 것답게 쉬어야죠."

"이보다 어떻게 더 잘 쉴 수가 있지요?"

기자는 더 이상 할 말이 없었다.

그는 주민들이 무언가를 몰래 할 것이라고 생각했다. 그래서 돌아가는 척하고 약간 떨어진 숲으로 들어간 다음 카메라를 나뭇가지 사이에 숨겨두고 그들만의 비밀스러운 어떤 행위를 기다렸다. 그러나 기자의 노력은 수포로 돌아갔다. 주민들은 저녁노을이 질 때까지 그곳에 앉아서 이야기하며 그냥 있었다.

어느 날은 법학자가 찾아왔다. 법학자가 물었다.

"그 섬의 법이 단 한 줄이라고 들었습니다. 어떻게 단 한 줄의 법만으로 살 수 있는지 아주 흥미롭군요."

"……."

"본토의 법은 음식을 훔쳐 먹은 사람은 음식값의 열 배에 해당하는 돈을 내거나 감옥살이를 해야 합니다. 그곳에서는 어떻게 하나요?"

"누가 배가 고파 찾아오면 나누어 먹죠."

다들 대답을 했기에 마치 합창을 하는 것 같았다.

"음…… 좋습니다. 개가 남의 집 정원을 망쳐놓으면 사흘 안에 말끔하게 보수해주는 게 이곳 법입니다. 그곳은 어떻습니까?"

"우리는 개를 야단친 다음 쓰다듬어 줍니다."

주민들은 그렇게 답을 했다.

"음…… 이번엔 다른 것을 여쭤보죠. 서로 자기 땅이라고 이웃 간에 분쟁이 나면 국가가 나서서 조정을 해줍니다. 그곳에서는 누가 조정을 하나요?"

이번에는 아무도 대답하지 않았다. 질문의 내용을 이해하지 못한 것이었다.

"음…… 그럼 다툼이 일어나면 어떻게 합니까? 설마 사소한 다툼마저 없다고는 안 하시겠죠?"

법학자의 물음에 측량사가 답을 했다.

"흥분은 결국 가라앉기 마련이죠. 거센 풍랑도 언젠가는 가라앉듯 말입니다."

한동안 말이 없던 법학자는 결코 받아들일 수 없다는 표정으로 이렇게 말을 이었다.

"그게 다 주민 수가 적어서 가능할 겁니다. 이곳 본토의 도시처럼 사람이 많아지면 여러분 생각도 달라질 겁니다."

이번에도 아무런 대답이 없었다. 지금보다 주민 수가 더 많았던 적이 한 번도 없었기 때문이다.

시간이 갈수록 방송과 신문의 관심은 식어갔다. 반 년이 지나고 1년이 지나자 찾아오는 사람이 아무도 없었다. 의심을 완전히 지우지 못한 신문기자와 섬 생활에 매력을 느낀다는 어느 부부만 간혹 찾아오는 정도였다. 사람들은 이제 그들이 있는지도 잊고 살았다. 그러나 주민들은 주말 모임을 한 번도 거르지 않았다.

그사이 아이가 하나 태어났다. 그들은 태어난 아이를 축복하고 이야기를 나누고 언덕에 앉아 바다를 바라보았다.

화산활동은 2년 동안 계속되었다.

어느 날 관리가 찾아와 화산활동이 마침내 끝났다고 전해주었다. 2년은 짧지 않은 시간이었다. 측량사를 비롯한 많은 사람은 여전히 같은 일을 하고 있었으나 몇몇은 변화가 생겼다. 한 사람이 옷감 장사에 재미를 보고 있었으며 그 사람의 아이는 피아노에 푹 빠져 날마다 배우러 다니는 중이었다. 본토 청년과 연애 중인 원주민 아가씨도 있었다.

주민들은 회의를 했다. 돌아갈 것인가, 말 것인가를 정하는 자리였다. 옷감 장수 가족과 연애 중인 아가씨 한 명을 제외하고는 모두 돌아가기를 원해서 회의는 길지 않았다.

지도자가 본토 출신들만 돌아가기를 원한다고 관리는 말했다. 다른 나라 사람이 뒤섞여 사는 것은 영토 문제에 이득이 없기 때문이었다.

만약 그렇게 해준다면 공병 부대를 먼저 보내 커다란 저택과 농장과 선착장을 만들어주고 그외 필요한 모든 것을 마련해주겠다고 덧붙였다.

이 부분은 회의할 필요가 없었다. 어디 출신인가로 사람을 나눠본 적이 없기 때문이었다. 측량사는 답했다.

"우리는 그동안 저금한 돈이 충분하니 무엇을 사는 데 어려움이 없습니다. 다만, 올 때처럼 갈 때도 배를 한 척 내주면 고맙겠다고 전해주십시오."

자신의 업무가 잘 풀리지 않자 관리는 곤란한 표정을 지으며 돌아갔다.

"섬으로 되돌아간다면서요?"

신문기자가 다시 찾아와 물었다.

"그렇습니다."

"섬이 어떻게 변해버렸는지 아시나요? 용암과 화산재가 마을을 완전히 뒤덮었다고 합니다. 그런데 그런 곳으로 다시 가겠다는 말입니까?"

"그곳이 우리 마을입니다."

"용암이 바위로 굳어 괭이질도 못 할 정도일 거라고 들었습니다."

"맨 처음 시작도 그랬습니다. 또 시작하면 되죠."

그들은 씨앗과 가축과 한동안 먹을 식료품을 사서 배가 있는 곳으로 갔다. 간혹 찾아오던 부부가 합세했다. 올 때와 달리 환송하는 인파는 없었다. 남게 된 주민 네 명과 신문기자만 그들을 배웅했다. 그들은 그게 이상하지 않았다.

2년 만에 배는 섬으로 돌아갔다. 다음 날 기자는 이렇게 기사를 썼다.

네 사람을 남겨두고, 새로운 세 사람과 함께 그들은 돌아갔다. 단 한 줄의 법조문만 있는 그들의 나라로.

한창훈

1963년 전남 여수 출생. 한남대학교 지역개발학과 졸업. 1992년 《대전일보》 신춘문예 당선. 작품집 『행복이라는 말이 없는 나라』 외 15권. 한겨레문학상, 요산문학상, 허균문학작가상 수상.

롯의 아내

김해미

"뵙게 되어서 반갑습니다."

"저도 마찬가지예요."

"점심은 드셨나요?"

"그럼요, 커피까지 들고 왔답니다."

의례적인 인사가 오가는 동안에도 나는 여자의 얼굴에서 눈을 떼지 못했다. 꼭이 어디를 꼬집어 아름답다고 할 수는 없는 얼굴이었지만 나름대로 사람의 시선을 끌기에 족한 얼굴이었다.

앉음새를 고쳐가며 여자의 얼굴을 뜯어보는 동안, 나는 꺼진 눈두덩과 함께 나이와 달리 세상살이에 달관한 듯한 눈빛이 자아내는 여자의 묘한 분위기에 빠져들었다. 거기에 선이 분명한 입술. 무엇보다도 그 모든 것이 조화되어 피어나는 여자의 미소는, 어떤 알지 못할 마력이 되어 온 방안을 압도하는 것 같았다.

됐다. 저 정도의 얼굴이면 예상외의 수확을 얻을 지도 모른다. 나는 속으로 쾌재를 불렀다.

소개를 해준 미세스 유가 과장하여 나의 이력사항을 피력하기 시작했다. 적당한 대목에 이를 때마다 여자는 잊지 않고 고개를 끄덕여 보였다. 이윽고 미세스 유의 설명이 끝나자 여자가 내 눈을 똑바로 바라보면서 속삭이듯이 말했다.

"몇 달째 남편이 외국에 나가 있답니다. 남편을 위해 특별히 선생님을 모신 거예요. 부끄럽긴 하지만 여자 분이시라 용기를 낼 수 있었구요."

그러고 보니 가구며 소파, 벽에 걸린 세 점의 유화작품, 페어 그라스를 통해 바라보이는 베란다의 벤자민 두 그루까지가, 며칠 전 이웃집에서 빌려 본 '거실 인테리어' 라는 책에서 제시한 기본 모델과 거의 다름이 없었다. 예외가 있다면 한쪽 벽면의 거의 대부분을 차지하고 있는 족히 이백호는 될 듯싶은 대형 그래픽 작품인데, 이것은 아파트의 단조로움을 깼을 뿐만 아니라 이 집의 전체적인 분위기를 고양시키는데 한몫을 단단히 하고 있었다.

이때껏 적지 않은 집을 방문했지만 이 집처럼 극도로 절제된 가구가 꼭 필요한 자리에 제대로 박혀있는 집은 드물었다. 커튼은 물론이려니와 방석과 쿠숀, 그 밖의 자질구레한 장식품 일체도 일류 디자이너의 손으로 만들어진 것같이 새로우면서도 조형적인 세련미를 보여주고 있었다. 빼어난 안목이었다. 웬만한 재력 아니면 감히 흉내도 못 낼 일이기는 했다.

아르바이트를 통하여 내가 만나게 되는 예사의 집은 비록 고가의 가구들로 들어차 있다 해도 언제나 나에게 쓴 웃음을 짓게 했다. 알만한 건축가가 설계했다는 집조차 주인의 대단치 않은 안목 덕분에 형편없는 실내 분위기를 연출하는 것도 여러 번 목격한 바 있다. 더욱 어처구니없는 일은 그런 집의 안주인일수록 자기 자신과 가족에 대해서 터무니없는 자랑을 가지고 있는 점이다.

"카세트테이프도 해보내고 편지도 자주 하지만 이번에는 제 모습이 담긴 사진을 보내서 남편에게 기쁨을 주고 싶어요. 곧 남편 생일이 돌아오거든요."

남향인 아파트의 실내는 자연광만으로 촬영이 가능하였다. 나는 되도록이면 자연광을 이용하여 '여자의 하루'를 촬영하기 시작했다. 특히 예의 미소를 중요시한 것은 말할 것도 없다.

북향인 부엌에서는 후레쉬를 사용할 수밖에 없었다. 그리고 예정된 마지막 스케줄로 나는 여자의 누드를 찍게 된 것이다.

언제나처럼 침실에서부터 촬영에 들어가기로 했다. 아마추어 모델의 경우 자기 집 침실만큼 안정감을 주는 장소는 드물다. 아무리 스스로가 원해서 마련한 자리라 해도 서툰 모델 노릇은 진땀이 나게 되어 있다. 모든 사진이 다 그러하지만 누드 사진의 경우 모델의 심리상태는 기가 막히도록 정확하게 작품에 반영된다.

가능한 한 모델의 기분을 쾌적하게 해줄 것. 친구처럼 언니처럼, 스스럼없이 대해줄 것. 어떻게든 가급적 빨리 한마음이 될 것. 이것이 다시 인물 사진을 하게 되면서 내가 터득한 좋은 사진 만들기 첫째 단계이다. 거기에 아름답게 찍히려는 모델의 노력과, 보기 좋고, 더욱 기억에 오래 남을 작품을 만들겠다는 찍는 이의 마음이 합쳐진다면 보나마나 그 사진은 성공이다.

여느 집 침실에 들어설 때마다 나는 그 방의 주인이 풍기는 각기 다른 개성의 분위기에 움찔한다. 대부분은 안주인의 분위기에서 그 집안의 전체적인 분위기가 추측되고 그 추측은 일단 정확하다. 그러나 웬걸. 거실은 돈만 많이 들인 대신 별다른 개성이 없는 반면, 침실만큼은 최대한으로 평안하고 안락하게 꾸며져 있는 것을 숱하게 체험한 나였다.

역사는 밤에 이루어진다잖아. 성공한 남자 뒤에는 반드시 어떤 면으로든 탁월한 아내가 있기 마련 아냐. 그렇게 베갯머리송사라는 말이 나왔지. 아르바이트를 주선해 준 정애에게 감사하는 마음으로 저녁을 사면서 그동안의 느낌을 말했을 때 그녀가 의미심장하게 웃으며 덧붙였다. 배워, 배워서 남 주니?

이 집도 예외는 아니어서 거실과는 전혀 다른 분위기의 침실에 들어서면서 부터 나는, 나도 모르게 피식 삐져나오는 웃음을 삼켜야 했다. 우선 눈에 들어온 것이 대형 더블 침대였다. 그 것은 그 굉장한 크기로 나를 압도했는데, 특히 머릿장 부분에 붙어있는, 발가벗은 남녀가 엉켜 있는 목각장식은 흡사 로댕의 작품 '지옥의 문'을 연상시켜 나를 혼란시켰다. 벽면에 부착된 두 점의 판화 역시 춘화나 크게 다를 바 없었다. 허긴 피카소도 저만한 그림은 에칭으로 숱하 게 남겼지 않았던가. 유명화가가 그렸으면 명화이고 그렇지 않으면 춘화로 보이는 내 눈에 이 상이 있는지도 모를 일이었다.

불현듯 ㅋ동에서 있었던 촬영 장면이 떠올랐다. 스물다섯 안팎의 그녀는 침대 윗부분에도 네 군데 기둥을 세우고 핑크색에 흰 점을 찍은 중세풍의 레이스 커튼을 쳤었다. 커튼을 부제로 한 그녀의 누드 사진은 얼마나 선정적이었던지! 바로 그 사진 뒷면에 자신의 연락처를 명기하면 만사 오케이가 될 것이라며 그녀는 기뻐했었다. 나이보다도 앳되어 보이는데다가 해맑은 피부 를 가지고 있어서 언뜻 보기에는 대학 2학년생 밖에는 보이지 않던 여자였다.

후에 그녀는 내게 자신의 친구 몇을 더 소개하여 주는 친절을 잊지 않았다.

예행연습과도 같은 몇 커트의 침실촬영이 끝난 후, 이번에는 거실을 배경으로 한 촬영에 들 어가기로 했다. 삼십 후반이 되었다고는 좀체로 믿어지지 않을 만큼 탄력 있고 아름다운 여자 의 누드를 화인다를 통해 본 직후에 결정한 일이었다. 더구나 이 집의 거실은 사진촬영을 위한 세트로도 손색이 없지 않은가. 거실 곳곳에서의 촬영이 끝난 후에는 양탄자 위에 드라이플라 워와 생화 몇 송이를 배치한 후 역광을 이용하여 촬영하기도 했다. 그 순간만큼은 나도 마치 이 계통의 귀재로 알려진 '자크 알렉상드로'라도 된 기분이었다.

"이런 포즈는 어때요?"

여자는 천부적인 모델이었다. 나는 신이 났다. 모처럼 사진다운 사진을 찍는구나. 정애에게 이 사진을 보여주면 무어라고 할까. 그보다 이 여자와 함께 야외촬영을 하면 어떨까. 얼마 전 동해안 여행 중에 보아두었던 청송리, 바로 그 괴암의 신비한 자연과 이 여자는 얼마나 조화로 울까. 아니 나의 임의대로 분위기를 연출하여 다시 한 번 촬영에 임할 수만 있다면.

나는 마음껏 셔터를 눌러댔다. 찰칵. 차아-ㄹ칵. 셔터 속도에 따라 달라지는 셔터음을 즐기 며, 나는 일찍이 느껴보지 못한 기쁨과 기대감에 부풀어 있는 내 자신을 깨달았다. 참으로 오 랫만에 느끼는 신선한 포만감이었다. 이제야 말로, 나도 무엇인가 새롭게 시작할 수 있을 것 같은 예감까지 들었다.

"팔이 떨어져 나갈 것 같아요."

실내용 조명등을 들고 나의 작업을 돕던 미세스 유의 말이 아니었다면, 나는 더욱 셔터를 눌 러댔을 것이다. 나의 첫 고객이기도 했던 그녀는 최근 사진에 매료되어 시간이 날 때마다 자신이 찍은 사진을 가지고 와서 내게 조언을 구하기도 한다. 그녀는 내게 심심치 않게 고객도 소개해 주고 있다. 뿐만 아니라 내가 요청만 하면 아무리 바쁜 날이라도 시간을 쪼개 달려와 나를 거들어 주곤 한다.

"아직 몇 커트 더 찍을 수 있지요?"

미세스 유를 쉬게 하고 여자의 은밀한 시선을 따라 침실로 들어섰다. 별다른 생각 없이 따라 들어서기는 했는데 막상 단둘이 되고 보니 일순 이상한 기분이 되었다. ㅌ동에서의 별스러운 촬영장면이 새삼 떠올랐던 것이다. 단순히 일진이 나빴다고 치부해 버리기에는 영 개운치 않던 뒷맛. 그날 이후 나는 얼마나 의기소침했던가. 또다시 그런 일이 생긴다면 그냥 귀싸대기를 후려치고 말테다. 나는 적어도 사진작가야. 그처럼 너절한 점박이 찍기 따위는 사양하겠어.

북두칠성 같이 일곱 개의 점이 있다는데 당최 보여야 말이지요. 사례는 따로 후하게 드릴 테니 그걸 꼭 좀 찍어줘요. 같은 여자니까 부탁하는 거예요. 그 점에 내 복이 다 들어있다지 뭐예요? 얼마나 궁금했다구요. 내 몸 중에 제일 중요한 건데 제대로 보고나 죽어야 할 게 아니겠어요.

대체 저 나이에 무슨 심정으로 볼품없는 제 나신을 사진으로 남기고 싶을까 생각되는 여자였다. 그러면서 엉뚱하게 자신의 은밀한 부분에까지 카메라 렌즈를 들이대게 하는 철면피한 면상이라니. 아니 무엇보다 그런 지경에 이르러서도 태연을 가장하며 촬영을 마친 내 자신에 대한 혐오감이 더 견딜 수 없었다, 단지 돈 때문이었을까. 새로 마련하느라 애먹은 독일제 중형 카메라 핫셀 때문이었을까.

내 고객들은 자신의 모습이 그대로 재현된 상태라 해도 더러는 불만을 표시했다.

- 내가 이렇게 볼품없이 늙다니 세월이 참 한스럽군요.
- 눈가에 생긴 이 주름살을 좀 제거해야 할까 봐요.
- 이번에는 가슴의 성형수술을 받아 볼까요?

그런가하면 일 년에 7kg의 살을 뺐다는 ㅈ동의 여사장은 제가 생각해도 대견한지 만족한 표정을 지으며 말했다.

- 비만관리실을 그만 다녀도 되겠지요?

더 늙기 전에 정말 꼭 한 장 가지고 싶었던 사진이었노라고 고백하는 측들도 예상외로 많았다. 제 서랍 깊숙한 곳에 넣어두고 은밀히 자신의 나신을 바라보는 기쁨.

그들의 심리상태를 모르는 바 아니므로 나는 틈나는 대로 앵그르의 '오달리스크'나 '발팽송의 욕녀'의 명화 같은 보조 자료를 통한 포즈 연구, 또 적절한 인화기법을 동원하여 그들에게 단순한 '사진' 이상의 낙(樂) 하나를 제공하고 있는 셈이다.

다행히도 여자는 가슴 선을 강조하는 토르소 형식의 사진을 부탁했다.

"사진이 마음에 들면 확대해서 걸어두고 싶어요. 얼굴이 없으면 주인공이 나인지 알게 뭐예요? 침실에 걸어두면 참 재미있을 것 같아요. 선생님, 잘 좀 부탁해요."

남다른 욕심을 가지면서도 나는 끝내 여자에게 모델제의를 하지 못한 채 아파트를 나서고 말았다. 비밀이 보장된다는 전제 아래서 맺어진 거래이기 때문일까. 운을 떼기가 여간 망설여지는게 아니었다. 어쨌든지 사진만 잘 좀 나와 주라. 사진을 건네주며 부탁을 해도 결코 늦지는 않을 것이라 여겼다.

토요일 오후 1시, 행복 미용실에서 2시 예식의 신부 J양. 일요일 오전 10시, 무지개 미용실에서 12시 예식의 신부 K양.

스튜디오에 들어서자마자 서둘러 내 스케줄이 메모되어 있는 흑판에 다가갔다가 나는 곧 당혹했다. 남편은 주말마다 반복되는 나의 근무를 일단 긍정적으로 받아들여가고 있을 것이다. 그것은 파리유학을 담보로 한 아버지와의 치열한 신경전 끝에 남편을 택한 이후, 내가 감당해야만 했던 적지 않은 질곡에 대한 그의 보상심리와 무관하지 않을 것이다. 내가 지나가는 말처럼, 영상 스튜디오에서 사진기사로 나오라는데 나가볼까, 했을 때 남편은 눈을 반짝 빛내기까지 했었다. 내 주 업무가 고작 남들의 애경사(哀慶事)를 촬영하러 가정을 방문하는 이른바 출사촬영뿐임을 알렸을 때조차, 그는 무조건 환영하는 뜻을 표했었다. 연애시절까지만 해도 친구들의 결혼식장에서 후레쉬 펑펑 터트리고 다니는 내 모습이 별로 보기 좋지 않다던 이였다. 왜 그렇게 티내고 다니니. 알아줄 사람은 다 알아주는 실력 아냐? 좀 조신하면 좋겠어. 그렇게도 말했던 것 같다.

약혼, 결혼식은 왜 주말에만 이루어질까. 평일에 그러한 행사를 하면 나 또한 주말을 가족과 함께 보낼 수 있으련만.

스튜디오에서의 내 일은 약혼, 결혼식 한두 시간 전에서부터 시작하여 예식의 전 과정을 촬영하는 연출사진이다. 일생에 가장 아름다운 날을 위하여 신부는 정성껏 화장을 하는데, 나는 신부의 화장하는 모습부터 놓치지 않고 카메라에 담는다. 촬영의 재미로 말하면 이보다 더 즐거운 일은 없다. 세상에서 가장 행복하고 아름다운 한 쌍의 남녀, 그들의 사랑스러운 모습을 담는 일은 아름다운 세상을 확인하는 일이기도 하다. 화장이 끝나고 결혼식이 시작되기 전까지 예정된 시간 안에 촬영을 마치고 돌아와 다시 결혼식 광경을 마무리하려면 최소한 세 시간은 소요된다. 식장 주변에 대학교라든지 공원이 있다면 일이 조금 수월하기는 하지만 어쨌든 사전답사는 필수적이다.

문제는 이번 일요일만큼은 아이들과 약속이 있으니 양해해 달라고 누누히 말해 두었는데도 불구하고 또 스케줄이 잡혀 있다는 점이다. 토, 일요일을 위한 출사기사라고 해도 과언이 아닌 내가 어찌 예정된 일을 피할 수 있을까. 주말에 국한되다시피 하는 일을 택한 것 자체가 애당초 주부로써의 내 위상에 적지 않은 타격을 준 셈이다.

그러나 이번은 엄연히 내 입장을 사전에 충분히 설명하여 둔 바 있는 터이다. 그럼에도 굳이 내 스케줄을 잡아 놓은 것은 무엇 때문일까. 누구에게라고 할 것 없이 화가 치밀기 시작했다. 따져 볼 양으로 장(張)에게로 갔다. 장은 '스튜디오 영상'의 책임자급 사진 기사이다. 그는 며칠 전에 부탁받은 식품회사의 홍보사진을 정리하느라고 눈코 뜰 새가 없다.

나를 힐끗 쳐다본 장이 나의 항의를 받고 나서야 생각난 듯이 내뱉었다.

"모델을 한번 보고 나서 말씀하세요. 정 선생님에게 딱 어울리는 모델이라서 나도 모르게 정했는데…. 그런 모델 놓치면 후회하실 걸요."

연출사진의 경우 모델이 웬만하면 촬영도 자연 흥미로워지게 되어 있다. 작품으로서의 품격을 결정하는 것이 모델이기 때문이다. 동료들 사이에서도 모델 복이 있다는 부러움을 받게 된 이면에는, 모델 덕분에 어부지리로 좋은 작품을 많이 낸 나에 대한 시새움이 섞여있다는 것도 나는 안다. 반드시 미남 미녀가 아니어도 사진이 될 확률이 많은 모델이 있는 법이다. 신부 화장을 한 후에 완연하게 달라지던 여자애들의 얼굴. 이상하게 내게는 그런 모델이 잘 걸려들곤 했다.

결국 스케줄의 그물은 '모델'인 셈이다. 이 그물에 걸려든 이상 나는 또 물러서게 되어 있다. 남편은 이번에도 두 아들을 데리고 미술대회에 참석해 줄 것이고, 큰애는 언젠가처럼 '엄마는 사진에 미쳤다'고 일기에 쓸 것이다. 사진에 미친 엄마. 나는 처음 그 대목을 읽고 황당하여 눈물이 찔금 나올 지경이었다. 그날 나는 학교에서 돌아온 큰애를 붙잡고 물었다.

"엄마가 사진에 미쳐서 많이 불편했니?"

"아—니."

"그럼, 사진에 미친 엄마가 미워?"

"아—니."

"엄마가 사진을 그만두고 예전처럼 집에만 있을까?"

"사람은 누구든지 자기가 하고 싶은 일을 할 때, 제일루 행복한 거래. 그런데 내가 왜 그걸 막아? 내가 그림 그릴 때 지호가 심술 부리면 한대 맥여주고 싶은데…."

다만 이따금만이라도 가족 동반하여 나들이를 하고, 함께 미술대회 같은데도 가자는 것이다. 꼭 집에 있겠다고 약속한 날에, 〈엄마, 사진 찍으러 급히 나간다.〉는 메모를 보면 얼마나 맥 빠지는지 모른다는 아이의 말이었다.

내가 영상 스튜디오에 애착을 가지고 있는 것은 암실 이용이 자유롭다는데 있다. 매일 근무가 아니고 필요할 때만 호출되어 일을 맡고 있는 이상, 암실 이용을 제한받는다 해도 어쩔 수 없는 일이다. 그런데도 이곳에서는 아침 7시부터 밤 12시까지 암실을 개방하는 편이다. 암실이 없는 내게 이것은 얼마나 큰 혜택인가 말이다.

머지않아 나는 내 개인 명의의 스튜디오를 갖게 될 것이다. 필요하다면 조수 한두 명 고용하지 말라는 법도 없다. 되도록이면 주말 출사촬영은 삼갈 작정이다. 그렇게 되면 더 이상 아들애에게 사진에 미친 사람으로 몰리지 않아도 좋을 것이다.

장의 말대로 내가 만나 본 두 쌍은 누구나 탐낼 법한 모델이었다. 나는 내 스튜디오를 가지게 될 때까지 아무래도 사진에 미쳐있어야 되겠다고 생각을 고쳐먹었다.

그토록 나를 들뜨게 했던 여자의 사진은 몇 커트를 제외하고는 쓸만한 게 없었다. 그 몇 커트도 나의 기대에는 훨씬 미치지 않았다. 역시 광선이 문제였다. 광선이 약한 탓으로 이거다 싶은 작품이 없는 대신 분위기는 그런대로 잡혀있는 셈이었다. 약간의 조명장비를 보완하고 배경처리를 좀더 꼼꼼하게 한다면 좀 더 나은 사진이 나올 텐데…. 아니 그보다도 광선이 분명한 야외에서 다시 한 번 촬영할 수만 있다면. 하지만 이제 와서 더 이상 뭘 어쩔 수 있겠나. 나는 결점을 보완하기 위하여 꼴라즈, 몽따쥬 방법까지 동원해 가며 인화를 해나갔다.

– 누우드 사진은 반드시 처녀 모델이어야 해. 제 아무리 아름다운 누우드라도 카메라는 못 속이거든.

광선과 사진. 사진과 여자 모델. 누우드 사진과 숫처녀…. 반드시 숫처녀의 누우드이어야 사진작품으로의 품격이 형성된다고 열변을 토하던 진 교수가 생각났다. 내가 찾은 모델을 본다면 그는 뭐라고 할까. 항상 예외는 있는 법이니까, 눙치며 시침을 뗄 지도 모르겠다. 모델 찾기가 제일 고심꺼리라면서 여름이면 아예 해수욕장에서 살다시피 하는 그. 세월이 갈수록 눈에 드는 모델감이 줄어든다고 개탄해 마지않던 누드 사진 전문가. 창조주의 선물 중 가장 으뜸이 여인의 육체라며 결코 궤도수정이란 있을 수 없노라고 고집스레 자기 길을 걷던 분. 그 분을 만나본지도 정말 얼마나 오래 되었나. 내 재능을 인정해 주고 꿈을 갖게 해주던 분. 원한다면 자신의 모교인 파리 제 3대학에 스칼라 쉽을 받게 해주겠다고 나를 부추기기도 했다.

그 놈과 헤어지기만 한다면야 프랑스 유학 쯤 못 보내줄 것도 없지. 인물이 변변하냐, 집안이 그럴듯하냐. 장남만 아니어도 내 이렇게 답답하지는 않을게다. 도대체 그 놈 어디가 그렇게 좋은 게야? 혼사란 어느 한쪽이 기울어서는 안 되는 법이다. 누가 봐도 안 되는 혼사야.

무엇이 그리도 아버지의 마음을 완강하게 하였을까. 눈만 뜨는 닥달해 대는 아버지로 하여 나는 한때 심각하게 남편과의 별리를 생각하기도 했다. 유난히 그림 그리길 좋아했던 어릴 적부터 파리는 내 꿈의 도시였다. 파리유학은 그즈음의 나에게는 꿈의 실현이나 다름없었다. 그러나 나는 남편의 곁을 결코 떠날 수 없었다. 후회하지 않을 자신이 있으면 나에게 와. 난 너

363

의 아버지를 이해할 수 있을 것 같아. 네가 나를 떠난다 해도 그것 역시도 이해할 거야. 나는 널 행복하게 해줄 자신이 없어…. 남편이 내게 적극적으로 매달렸으면, 그랬으면 돌아설 수 있었을까.

연년생으로 두 아이를 낳아 기르면서 나는 더 이상 카메라를 만지지 않았다. 그 무궁무진한 소재를 흘려보내면서도 나는 조금의 아쉬움도 없었다. 적어도 그러려고 노력했다. 나도 모르게 남편을 의식한 탓도 있었을 것이다. 사진작가가 아닌 아내의 길을 택한 이상, 나는 최선을 다해 내 가정을 지킬 의무가 있었던 것이다.

모든 부모가 자기 혈육의 모습을 담기 위해 동분서주하고 있을 그 시각에, 나는 4B연필로 천천히 잠자는 아이의 얼굴을 그렸다. 아이의 활동량이 많아질 즈음에는 바삐 뒤를 쫓아다니면서 재빨리 크로키하기도 했다. 신통치 않은 나의 크로키와 소묘실력과 함께 내 아이들의 유년기는 그렇게 흘러갔다.

내가 다시 카메라의 먼지를 턴 것은 큰 아이의 일곱 번째 생일이었다. 마악 미운 일곱 살에 접어든 아이는 그때 앞 이빨이 두 개 빠져 나갔다. 곱슬머리에 짱구이며 웃으면 보조개가 깊이 패이는 녀석의 천진난만한 모습. 그것이 나로 하여금 가능하면 잊으려고 애썼던 사진에의 향수를 부채질한 셈이었다.

칠 년 가까이 벽장 속에 갇혀있던 카메라였는데도 작동에 이상이 없었던 점은 지금 생각해도 이상한 일이다. 카메라와의 오랫만의 해후는 참으로 가슴 벅찼다. 한때는 나의 분신이나 다름없었던 카메라. 대학 입학 기념품이기도 한 이것을 둘러매고 나는 얼마나 원대한 희망에 부풀었던가. 살아생전 한 장의 사진조차 남겨놓지 않은 할아버지로 하여 '사진'의 한을 가진 아버지. 내게 퍼부은 그 분의 전폭적인 지지에 힘입어 사진과 더불어 했던 나의 청춘은 한껏 푸르르기만 했다. 늘 기지개를 키고 있는 우리 사진계에게 저항하며 새로운 무엇을 보여주겠다고 기고만장하게 굴 수 있었던 젊은 시절의 나.

앞니를 드러내고 마음껏 웃는 큰애와 역시 그런 그의 친구들을 찍기 시작했다. 거의 세 통 가까운 필름을 소모하였을 때, 이거다 확신이 서는 작품이 찍혔다. 동네 D.P.E점에서 확대하여 판넬을 한 후, 종일토록 들여다보면서 나는 좋은 작품은 바로 이런 거다. 있는 그대로의 진솔한 삶을 담는 것. 흥분하여 혼자 중얼거렸다. 그 옛날에 벌써 이 사실을 간파하고 그 유명한 사진전 '인간가족'을 주관했던 에드워드 스타이겐에 대한 생각도 새로이 했다.

사진은 사진으로써의 영역이 엄연한데, 구태여 회화의 영역을 침범하지 못해 안달을 하던 예전의 나에 대한 자못 깊은 통찰의 시간도 보냈다.

그 흥분 끝에 정애에게 연락을 넣었다. 캠퍼스 커플이었던 정애는 신접살림을 아예 스튜디오 한켠에 차리더니 근래는 주로 화랑 측과 손잡고 개인전 팜프렛과 미술작품 촬영에 열을 쏟고 있었다. 같은 길을 걷는 부부의 경우, 대개는 아내 편에서 자기 일을 포기하는데 비해 정애 부부는 여전히 사이좋은 친구처럼 무슨 일이든지 함께 해결해 가고 있어 옆에서 보기에 아주 마음이 편했다.

맘 잘 먹었어, 영상 스튜디오를 연결해 주며 정애는 자신 있게 말했었다. 우물쭈물하다 보면 아까운 시간만 가잖니? 당분간 세상 구경한다 생각하고 무조건 덤벼보는 거야.

취업에 이어 내게 '색다른 아르바이트'의 길을 모색해 준 것도 바로 그 애였다.

처음 이 일을 권유하면서 정애는 자기 나름의 몇 가지 조언을 덧붙여 주었다. 첫째, 전문가 연 할 것. 앞으로 네가 상대할 마나님들은 전문가에 약하다. 그것만큼은 돈으로 살 수 없다는 것을 누구보다도 잘 알고 있기 때문이다. 둘째, 대가는 두둑하게 요구해라. 그것은 이중의 효과를 거둔다. 절대 비밀이 보장된다는 것과 그럴만한 가치가 있는 작가와 동참한 작업임을 강조하는 의미가 된다. 셋째, 죄의식은 금물이다. 특히 내 윤리의식을 건드리는 그녀의 마지막 주문은, 내 성격을 가장 잘 안다고 여기는 정애가 조심스럽게 언급한 것이었는데 그것은 단순히 그 애의 기우였을 뿐이었다. 오랜 동안 가정이란 울 속에서 안주하고 있던 내게도 이처럼 쏟아져 들어오는 일감이 있다는 것은 정말 뜻밖의 기쁨이 되었다. 아무리 천한 일이라 해도 그것이 건강한 노동이면 가치가 있는 것인데, 내가 내 노동과 그 대가를 부끄러워할 까닭이 뭐람. 말로 만 듣던 심각한 빈부격차에 대해 직접 체감하게 해준 이 일에 내가 왜 죄의식을 가져야 되는가 말이다.

예기하지 않은 소득원이 생긴 덕분에 나는 사진을 시작하면서 입게 된 경제적인 압박에서도 얼마간 벗어날 수 있게 되었다. 이제 나도 남편 눈치 보지 않고 새 기재를 사 모아도 되는 것이다. 내가 잠자고 있는 동안에도 세상에는 참 많고도 새로운 기재가 나와 있었다.

얼마 지나지 않아 그 일은 나로 하여금 독립의 꿈을 갖게 하는 변수로 작용하게도 되었다. 바보가 아닌 다음에야 죄의식이라니, 천만의 말씀이다. 나는 내 스스로 죄의식을 다 버렸다. 나는 그만큼 때가 묻었는지도 몰랐다.

모든 예술은 애당초 상류사회를 즐겁게 하기 위한 도구로 출발 했었다. 상류사회가 없었던들 베토벤도, 모짤트도, 요한 스트라우스도 없었을 것이다. 미켈란젤로나 루벤스, 로댕 등의 작품 또한 그들을 즐겨 찾던 부유층의 후원이 없었던들 오늘날 남아있기나 했을까.

나는 새로 태어날 내 작품을 위해 부딪치게 되는 모든 이들을 일단은 나의 파트롱 자리에 놓아두려 한다.

"당신, 요즘 어째 점점 야해지는 것 같애."

저녁을 들면서 남편은 그에 참지 못하고 한마디를 했다. 어제 저녁 일없이 빨간 색 매니큐어를 칠했더니 그게 눈에 설었나. 찬 없는 밥이래도 맛있게 먹어주길래 그게 고마워서 작은 애의 궁둥짝을 토닥여 주었더니 그때 눈에 띄었나 싶어, 이거 말예요, 하며 손을 들어 보이니까 남편이 그게 아니라며 고개를 저었다. 꼬집어 말할 수 없지만 요즘 들어 내가 문득문득 낯설어 보인단다. 큰애도 그래, 맞아. 엄마 요새 조금 이상해. 반찬도 제대로 안 해 주고. 제 아빠를 거든다. 그래, 만인이 다 이상하다면 이상한 게지. 나는 괜히 심드렁해져서 수저를 놓고 일어섰다.

석간신문을 챙겨들고 거실로 나왔다. 신문 한 귀퉁이에는 일본의 인기 스타 미야자와 리에라는 열여덟 살짜리 여자애 누드집이 나와 일본 열도가 들끓고 있다는 토픽이 실려 있다. 사진을 찍은 이는 시노야마 키신이며 사진을 찍은 장소는 산타페로 사천오백 엔의 사진집은 불티나게 팔리고 있단다. 사진의 주인공은 18세의 아름다운 순간을 남기고 싶어 옷을 벗었을 뿐이라고 당돌하게 답변하여 주위를 또 한 번 놀라게 했다나.

언젠가 한번 시노야마 키신의 작품을 본 기억이 있다. 참으로 맑고 투명한 영혼의 소유자일 거라는 생각이 들만큼 깨끗하고 군더더기 없는 사진을 찍고 있었다. 그이라면 모델의 마음에도 흡족해 할 사진을 찍었을 법했다. 미야자와 리에라는 모델 자체가 대단하다는 생각도 들었다. 한 장 한 장 잘라내 액자에 넣어 방을 장식해도 좋을 사진집을 만들어 주세요, 애당초 그녀는 사진작가에게 당당하게 요구했단다. 그건 바로 예술성 높은 작품을 말하는 건데 18세밖에 안 된 소녀의 주문으로는 당차지 않은가.

그래, 바로 그거다. 포스타리제이션 기법. 기사의 어떤 부분을 읽다가 그런 생각이 불쑥 들었는지 나는 그때까지 잊고 있었던 '포스타리제이션' 기법에 생각이 미쳤다. 바로 그거다. 바다건너 어떤 일이 벌어지던 간에 내 알 바 아니지. 나는 서둘러 집을 나섰다.

마지막으로 작업을 끝내고 퇴근을 하려는 동료에게 열쇠를 건네받고 나서야 나는 가쁜 숨을 몰아쉴 수가 있었다. 진작에, 왜 이 기법을 생각해 내지 못했을까. 서둘러 원판을 찾아 원판에 직접 솔라리제이션 처리를 한 후 인화를 하였다. 노출 과도의 경우 한번쯤은 생각해 보곤 하던 이 기법을 여태껏 기억하지 못하다니, 아무래도 나이 탓인 것 같다. 대나무 핀셋으로 현상액 속에 든 인화지를 건져 올리며 나는 조금 조바심을 냈다.

희미하게 여자의 가슴선이 드러나더니 마침내 유연한 곡선이 확실해졌다. 재빨리 인화지를 건져내어 이번에는 정지액에 집어넣었다. 정착액을 거치기 전 나는 심호흡을 한번 했다. 아아, 이거다. 나를 괴롭히던 사진의 결점은 순식간에 보완되고 내게는 거의 완벽한 한 장의 누드 사진이 들려져 있었다.

수세의 시간을 단축하기 위해 아유산소다 용액을 사용하기로 했다. 준비해 놓은 판넬에 물기가 가시지 않은 사진을 붙이면서 나는 콧노래라도 부르고 싶은 심정이 되었다. 이 정도의 사진이면 여자도 나의 모델제의를 거절하지는 않겠지. 다른 사진과 달리 처리된 이 작품을 보고

366

그녀도 뛸듯이 기뻐할 거야. 그리고 나의 제의를 쾌히 수락한다. 그렇게만 된다면 나는 기필코 내 생애에 한 획을 긋게 될 작품을 만들고 말리라.

내게는 작품의 건조를 기다릴 시간이 없었다. 서둘러 만든 판넬을 들고 나는 여자의 아파트로 향했다.

벨을 누른 후, 아파트의 문 앞에서 여자의 기척을 기다리는 동안에도 나는 흥분상태에 있었다. 내게는 오로지 여자의 반응만이 관심사였다.

약간의 시간이 경과한 후에야 전혀 예기치 않은 음성이 누구세요, 를 거듭 외쳤다. 순간 나는 집을 잘못 찾아오지 않았나 하는 생각에 허둥거리지 않을 수 없었다. 더듬거리며 나는 간신히 대꾸했다.

"아, 은미 언니요?"

현관문이 화락 열리며 하얀 나이트가운 차림의 젊은 여자가 물이 똑똑 떨어지는 머리카락을 동색의 수건으로 동여매면서, 순식간에 내 눈 앞에 나타났다. 수일 전 바로 여자가 입었던 눈에 익은 가운이었다. 이 가운을 입은 여자의 모습을 나는 최소한 네 커트 이상 찍었었다. 그날 나는 남태평양의 해변 가에서 거의 비슷한 모양의 비치가운을 걸친 유명 모델의 상큼한 모습을 상기하며 셔터를 눌러 댔었다.

"언니가 요새 정신이 헷갈려, 자기 오는 날도 제대로 기억 못하고. 언니는 월, 수, 금에만 여기 와요. 내일 오시면 만나실 수 있겠군요."

들고 있던 사진 판넬을 옆구리에 고쳐 끼면서 돌아서려는데 중년 남자의 경박한 목소리가 내 귀를 후려쳤다.

"여어, 뭐하는 거야. 빨리 문 닫고 이리 와 봐. 나 지금 바쁘다구. 그 여자 이뻐? 이쁘믄 들어오라 그러든지. 함께 놀지 뭐."

"아무나 넘보지 말아요."

등 뒤에서 탁 소리 내며 닫치는 철문. 그 너머로 여자의 목소리가 아득히 멀어져 갔다. 뭐, 함께 놀자고? 얼굴이 홧홧 달아 오는 것을 느끼며 반사적으로 뒤를 돌아보았다. 굳게 닫힌 진회색 철문이 눈에 들어왔다.

그때 왜 내가 생뚱맞게도 '롯의 아내' 생각을 했는지 모르겠다. 그녀는 신의 분노로 멸망하고 있는 소돔과 고모라 성이 아무래도 궁금하여 뒤돌아보았다가, 소금기둥이 되어 아직껏 사해에 남아있다고 했다. 롯의 가족 넷 중에서 소금기둥이 된 단 한 사람….

그러다 보니 불쑥, 바로 내가 움직이는 소금기둥이 아닌가 하는 생각이 들었다. 그 생각은 점점 내가 바로 움직이는 소금기둥이라는 확신을 갖게 하더니, 끝내는 내가 영락없이 살아있는 '롯의 아내'라는 심증으로 굳어져 갔다.

나는 허둥대며 아래층으로 향하는 계단에 발을 내딛었다.

김해미

1952년 대전 출생. 1977년 한남대학교 미술교육과 졸업. 1993년 대전일보 신춘문예에 소설 「좋은 그림 찾기」 당선. 작품집 『좋은 그림 찾기』. 대전일보문학상 수상. 현재 대일문인협회 회장.

장미와 버섯

안일상

　나는 걸음을 멈추고 산 아래를 내려다봤다. 까마득히 멀리 도시의 잿빛 하늘이 안타까움으로 다가왔다. 회색 도시가 마음에 거슬렸지만 산행이 끝나면 또다시 돌아갈 곳이었다. 그러나 지금은 그것을 생각할 때가 아니었다. 갈 때 가더라도 상쾌한 공기와 푸른 하늘 그리고 따뜻한 햇살을 즐기는 게 우선이었다. 또 막 피어오르는 연초록 이파리의 싱그러움이 좋았다. 나는 햇살이 따스하게 내리쬐는 바위에 지친 몸을 의지하며 이마에 흐른 땀을 닦았다. 숨이 찼지만 있는 그대로가 좋았다. 힘든 산을 왜 오르느냐고 하는 사람도 있겠지만 어느 누구의 말처럼 나도 산이 있기에 오르는 것뿐이었다. 산을 정복한다든지 호연지기를 기른다든지 하는 목적이나 의미는 애초부터 생각해 본 적도 없었고 그것은 지금도 마찬가지였다. 오르기만 하면 그만이었다.

　잠시 숨을 고른 뒤 몸을 일으키려던 내 시야로 무엇인가가 들어왔다. 눈을 크게 뜨고 물체를 살폈다. 숲에 가려 잘 보이지 않았고 움직임도 없었지만 그것은 분명히 사람, 그것도 여자였다. 산행을 하는 사람이려니 생각하며 무심코 발을 옮기려던 나는 퍼뜩 뇌리를 스치는 이상한 생각에 다시 여자를 바라봤다. 아무래도 정상적인 상황은 아닌 것 같았다. 그곳은 바위로 이루어진 가파른 절벽이었고 자칫 추락이라도 하면 목숨마저 위험한 장소였기 때문이었다. 걸음을 옮기려 했지만 발걸음이 떨어지지 않았다. 잠시 그녀를 바라보던 나는 괜한 걱정을 한다는 생각을 하며 몸을 돌리려 했다. 그러나 뭔지 모를 이상한 감정이 한사코 걸음을 붙잡았다. 노파심에서인지 아니면 상대가 여자였기 때문인지는 몰랐지만 왠지 그냥 돌아서서는 안 될 것 같았다. 조심스럽게 몸을 움직여 그녀를 관찰하기 좋은 곳으로 장소를 옮겼다.

　그녀는 바위와 하나가 된 듯 꼼짝도 하지 않았다. 꽤 오랜 시간이 지났는데도 미동도 하지 않는 그녀를 지켜보던 나는 문득 자신이 한심스럽다는 생각이 들었다. 도대체 무슨 짓을 하고 있는지 스스로도 이해할 수가 없었다. 지루하고 답답했다. 별 일이 없을 것이라는 생각에 몸을 일으키려 했지만 생각과는 달리 눈은 그녀를 좇고 있었다. 그녀는 여전히 움직임이 없었다. 혹시 죽은 것이 아닌가 하는 의심이 들기도 했지만 가끔 미세하게 들먹이는 어깨의 움직임을 보면 죽은 것 같지는 않았다. 다시 시간이 흘러갔고 태양은 서산을 향해 빠르게 치닫고 있었다. 지루함보다는 빨리 하산을 해야 할 것 같은 조바심이 일었다. 더 이상 그녀만 바라보고 있을 수는 없었다. 괜한 일을 하고 있었다는 자책을 하며 몸을 돌렸다. 그녀가 어떤 갈등을 하고 있는지 알 수는 없었지만 길게 갈등하는 사람치고 큰일을 저지를 가능성은 적었다. 그러나 기분이 묘했다. 그냥 가자니 뭔가 억울하다는 생각도 들었고 그냥 내버려둔다는 것도 왠지 꺼림칙했다. 하산할까, 말까. 잠시 망설이던 나는 기어이 그녀를 향해 걸음을 옮겼다. 그냥 돌아서기에는 미진한 것이 너무 많았다.

"저기요."

내 목소리에 영원히 움직이지 않을 것 같던 그녀가 깜짝 놀란 듯 고개를 돌렸다. 그러나 이내 절벽을 향해 눈을 돌렸다. 아주 잠깐이었지만 나는 그녀의 눈가에 눈물이 맺혀 있는 것을 보았다. 그것을 보자 갑자기 뭔가를 해야 한다는 막연한 의무감과 괜한 초조감이 밀려들었다. 그러나 침착해야만 했다.

"내가 생각하고 있는 게 맞나요?"

나는 최대한 부드러운 목소리로 물었다. 잠시 무거운 침묵이 흘렀다. 나는 그녀의 반응을 기다리며 침을 꿀꺽 삼켰다. 긴장이 됐다. 그러나 그녀는 절벽 아래에 시선을 박은 채 아무런 반응이 없었다. 그 모습을 보자 괜한 일에 참견한 것 같은 기분이 들었다. 멋쩍었다. 쓴웃음을 지으며 몸을 돌이키려 할 때 그녀가 천천히 고개를 돌렸다. 눈과 눈이 마주쳤다. 순간 나는 그 눈이 너무나 아름답다고 느꼈다. 맑은 호수를 담은 듯한 눈을 보며 아름다움을 떠올리던 나는 당황스러움으로 얼굴이 붉어졌다. 이런 순간에 아름다움을 느낀다는 것은 제정신으로 할 수 있는 일이 아니었다. 나는 당혹스러움을 감추고 그녀의 눈을 바라봤다. 분명 아름답기는 했지만 그것은 겉으로 드러난 모습일 뿐 그 눈동자 속에는 원망과 좌절, 회의, 분노 등 세상의 모든 부정적인 것들로 가득 차 있는 것 같았다. 그 눈동자를 보자 그녀가 극단적인 생각을 하고 있다는 확신이 생겼다. 갑자기 애틋한 슬픔과 함께 안타까움이 밀려왔고 그녀를 그런 극단적인 상황으로 몰고 간 알 수 없는 상황에 대한 작은 분노도 일었다. 어떻게든 그녀를 구해야 한다는 생각이 들었다.

"하루만 미뤄요. 내일도 같은 생각이라면 어쩔 수 없지만. 그리고 거기에서는 성공할 수 없어요. 몸만 상할 뿐. 같이 내려갑시다. 다시 한 번 내일을 기대해 봐요."

침착하려 했지만 목소리가 떨리는 것 같았다. 나는 조심스런 걸음으로 그녀에게 다가가 부드럽게 팔을 잡았다. 움찔 놀라던 그녀가 내 손을 떨쳤다. 그러나 그것이 거부의 몸짓이 아니라는 것은 손을 통해 전해오는 느낌으로 충분히 짐작할 수 있었다. 나도 그녀의 심정을 이해할 수 있었다. 삶을 포기하기로 작정했던 사람이 시도도 못해보고 낯선 사람의 손에 이끌려 간다는 것은 자존심이 허락하지 않았을 것이었다.

"괜찮아요. 눈을 감으면 모든 것은 이내 사라지지요. 조금 있으면 어두워질 거예요. 자, 갑시다."

나는 그녀의 팔을 잡아끌었다. 그녀가 마지못한 몸짓으로 몸을 일으켰다. 그러나 그것은 그녀가 바라고 있던 것인지도 몰랐다. 자의를 타의에 의지하는 것. 바로 그런 모습이었다.

주차장에 내려오자 어둑어둑 옅은 어둠이 깔리기 시작했다. 그녀와 한 시간 가까이 산을 내려왔지만 대화는 한 마디도 없었다. 많은 말을 할 수 있을 것 같았는데 막상 말을 꺼내려 하자 무슨 말을 해야 좋을지 막막하기만 했다. 가끔 비틀거리는 그녀를 부축하는 것이 고작이었다. 그것은 차를 탔을 때도 마찬가지였다. 딱 한 번 대화가 오가긴 했다. 내가 목적지를 물었고 그녀가 대답한 것 그것이 전부였다. 사는 도시가 같다는 우연에 놀란 것 외에는 달리 할 말이 없었다. 같은 공간에서 공감을 찾지 못한 침묵은 답답하기만 했다. 그렇다고 선불리 위로의 말을 꺼낸다는 것도 어설픈 짓이었고 왜 그런 일을 벌였냐고 묻는 것도 좋지 않은 화제였다. 그녀를 구해야겠다고 마음먹었던 아까와는 달리 괜한 짓을 했다고 후회를 하던 나는 목적지가 가까워지는 것을 보며 마음이 가벼워지는 것을 느꼈다. 나는 차를 천천히 몰며 입을 열었다.

"어디쯤 내려드릴까요?"

"술 한 잔 사 주시겠어요?"

질문과는 너무 동떨어진 대답에 나는 깜짝 놀랐다. 그러나 이내 고개를 끄덕였다. 모든 것을 제쳐 놓고 단순히 생각을 해도 그녀의 마음을 이해할 수 있었다. 이대로 집으로 돌아가고 싶지는 않을 거라는 그녀의 심정을 헤아리던 나는 천천히 고개를 끄덕였다. 이왕 이렇게 된 이상 오늘 만이라도 그녀를 지켜주는 것이 옳다는 생각이 들었다. 물론 그런 생각의 저변에는 그녀의 아름다운 외모도 한몫 했지만 그렇다고 그 모든 것이 외모 때문만은 아니었다. 그녀의 말이 아니더라도 나도 한 잔 하고 싶은 생각을 가지고 있었다.

"고마워요."

식당에 들러 식사와 반주를 마주했을 때 그녀가 잔을 들며 말했다. 미소를 띠고 있었지만 왠지 낯설어 보이는 미소였다.

"후회하지 않는 것 같아 기쁩니다."

"후회하지 않는다는 말은 아니에요."

"그렇군요. 무슨 사정이 있는지는 모르지만 이왕에 나온 소풍 아닙니까? 왔으니 즐겁게 놀다 가야지요."

"소풍이라니요?"

"어느 시인의 말입니다. 태어난 것은 소풍 나온 거라고."

"아, 네. 그러나 소풍도 소풍 나름이지요."

"예전에 아버지가 한 말이 생각나네요. 옛날에 소풍을 갈 때는 점심도 가져가지 못하는 학생들이 더러 있었대요. 요즘 같으면 그런 학생들은 가지도 않겠지만 그때는 의무적으로 가야 했나 봐요. 어쨌든 그런 애들에게 소풍이 무슨 재미가 있겠어요? 어쩔 수 없이 끌려가는 꼴이지요. 소풍을 다녀온 후 선생님이 물었답니다. 재미있었냐고. 거의 다 재미없었다는 학생들의 대답에 선생님은 이렇게 말했대요. 재미가 있고 없고는 누가 만들어 주는 것이 아니라 스스로 만드는 것이라고. 다음 소풍 때는 재미있다고 대답한 학생들이 많았다고 하더군요."

"모두가 다 재미있었던 것은 아니잖아요?"

"물론이지요. 결국 즐길 수 있는 사람만 즐기는 거지요. 하긴 나도 소풍이 재미있었던 적은 별로 없었어요. 그래도 즐기려고 노력은 했지요. 노력한 만큼 재미있었던 것은 아니지만 전혀 효과가 없었던 것은 아니었어요. 희망이라는 사기꾼을 믿고 한 번 노력해 봐요. 그냥 가기엔 살아온 인생이 너무 억울하잖아요?"

내 말에 그녀는 눈을 내려 깔았다. 나는 물끄러미 그녀의 모습을 바라보았다. 처연한 표정이 보는 사람을 슬프게 만들었다. 마음이 바뀌어서 쾌활한 모습을 볼 수 있었으면 좋겠다는 생각이 들었다. 그래서 열심히 지껄인 것이고. 물론 말을 하면서도 그녀가 내 말에 마음을 바꿀 것이라고는 조금도 기대하지 않았다. 그냥 어설픈 충고이고 기대일 뿐이었다.

"글쎄요. 모르겠어요. 정말."

들릴 듯 말 듯 한숨 섞인 소리가 새어나왔다. 그 한숨 소리는 모든 것을 포기한 듯한 음성이었다. 더 이상 할 말이 없었다. 분위기는 점점 서먹해졌고 그런 가운데에서 애매하게 술병만 늘어갔다. 식사는 거들떠보지도 않은 채 서로 잔을 주고받았다. 술기운 탓인지 그녀의 얼굴이 점점 홍조를 띠기 시작했고 표정도 전보다는 많이 밝아졌다. 말도 많아졌다. 포기를 했는지 아니면 희망을 가졌는지 알 수가 없었지만 그녀의 밝아지는 표정을 보자 나도 기분이 좋아졌다.

"희망이라는 사기꾼을 위하여!"

내 건배 제의에 그녀가 잔을 마주 들었다. 어줍은 미소를 띠며 화답하는 그녀의 모습이 무척 매력적이었다. 얼마 되지는 않았지만 만난 이후 처음 보는 미소에 내 가슴은 방망이질을 하기 시작했다. 언제까지나 그녀의 모습을 지켜보고 싶었다. 나는 그녀의 미소를 안주 삼아 많은 술을 마셨다. 그녀도 마찬가지였다. 꽤 많은 술잔이 오갔다. 나는 취기가 올라오는 것을 느끼며 시계를 봤다. 가야 할 시간이었다. 연인이라면 밤을 새워도 좋겠지만 아무리 매력적이라 해도 헤어질 사람이라면 그만 일어서는 것이 좋겠다는 생각이 들었다.

"바쁘신 모양이군요. 나가서 한잔 더 하고 싶은데. 거기까지 함께 해달라는 건 무리겠지요?"

내 눈치를 알아챘는지 그녀가 선수를 쳤다. 그녀의 말에 나는 잠깐 고민을 했다. 이미 많이 취했는데 더 마신다는 건 무리였다. 그렇다고 그녀를 두고 혼자 자리를 뜰 수도 없었다. 결국 나는 그녀의 뜻을 따라 자리를 옮겼다. 자리를 옮긴 그녀는 쉬지 않고 술을 마셨다. 아까 이루지 못한 것을 술로 대신할 것처럼 마셔대는 그녀를 보자 은근히 겁이 났다.

"이제 그만 마셔요."

"왜, 겁이 나요? 걱정 말고 가세요."

말짱한 듯 말을 했지만 이미 혀가 꼬이는지 목소리가 어눌했다. 나는 억지로 그녀를 일으켜 세웠다. 축 늘어진 몸이 생각보다 무거웠다. 끌다시피 모텔로 들어선 나는 자꾸만 무너져 내리는 그녀를 겨우 침대에 눕혔다. 큰 짐을 벗은 것처럼 한숨이 나왔다. 숨을 몰아쉬며 그녀를 바라봤다. 잠시 뭐라고 중얼거리던 그녀가 이내 잠속으로 빠져들었다. 가만히 그 모습을 지켜보던 나는 조용히 방을 빠져나왔다.

다음날 아침 나는 다시 그녀의 방을 찾았다. 이미 사라지고 없을지도 모르지만 어쨌든 확인을 해야겠다는 책임감 같은 것이 나를 이끌었다. 노크를 하고 방문을 열자 화장을 마친 그녀가 나를 보며 어설픈 미소를 짓고 있었다. 그래도 어제 보단 훨씬 좋아 보였다.

"미안해요. 어디서 주무셨어요?"

"옆방. 다음부터는 그렇게 마시지 마요."

"알았어요. 앞으로 이런 일은 없을 거예요."

그녀의 대답을 들으며 나는 은근히 놀랐다. 내가 내뱉은 '다음부터'라는 말과 그녀가 대답한 '앞으로'라는 단어는 아무 의미가 없는 단순한 말일 수도 있지만 달리 생각하면 새로운 만남을 전제로 하고 있다고도 해석할 수 있었기 때문이었다.

사랑이 시작되는 건가?

잠시 당혹감이 밀려왔지만 그렇다고 싫지는 않았다.

"속이 쓰릴 거예요. 나가서 해장이나 합시다."

이글거리는 태양이 자그마한 백사장을 뜨겁게 달구고 있었다. 아무도 없는 단 둘만의 백사장이었지만 내가 있고 그녀가 있었기에 조금도 외롭지 않았다. 그녀는 맨발로 백사장을 거닐며 콧노래를 흥얼거렸다. 그 모습을 보자 절로 미소가 피어올랐다.

"아무도 없는 무인도에 가 봤으면……."

피서를 가자는 내 말에 그녀가 먼 하늘을 바라보며 꿈을 꾸듯 중얼거렸다. 그런 그녀를 보자 나도 아련한 그리움이 느껴졌다. 꿈과 낭만이 있는 곳이라면 어디든 함께 가보고 싶었다. 그녀와 둘이라면 더욱 좋을 것 같았다. 나는 그런 장소를 찾기 위해 많은 노력을 했고 그 결과 몇 가구만 사는 작은 섬에 민박을 구할 수 있었다.

그녀는 저만치에서 파도와 장난을 하고 있었다. 파도가 밀려오고 밀려갈 때마다 뒤로 물러섰다 앞으로 다가서기를 계속하며. 한참 장난을 하던 그녀가 싫증을 느꼈는지 숫제 발을 담그고 조금씩 앞으로 나아가기 시작했다. 부서지는 파도가 그녀의 하얀 종아리를 넘어 허벅지까지 밀려 왔지만 그녀는 마냥 즐거운 듯 까르르 웃으며 먼 바다를 향해 손나팔을 불었다. 십대의 어린 소녀 같은 그녀의 모습은 바라보는 것만으로도 행복했고 나도 뭔지 모를 아련한 향수 같은 것을 느꼈다. 한참을 뛰놀던 그녀가 펑퍼짐한 바위가 있는 곳으로 걸음을 옮겼다. 햇살이 바위를 달구었을 텐데도 뜨겁지 않은지 맨발로 바위 위를 걸었다. 잠시 걸음을 옮기던 그녀가 무엇인가를 발견한 듯 바위 옆에 앉아 고여 있는 물웅덩이를 바라보았다. 한참이나 웅덩이를 바라보던 그녀가 웅덩이 속으로 발을 내디뎠다. 그리고는 두 손바닥을 펼쳐 물을 떠내고 있었다. 무엇을 하려는지 알 수는 없었지만 뜻대로 되지 않는 모양이었다. 조심스럽게 물속을 살피며 계속 물을 떠올리는 모습이 무척 진지해 보였다. 나는 궁금증을 참지 못하고 그녀가 있는 곳으로 다가갔다.

"뭐해?"

"작은 고기가 있는데 안 잡혀요."

바닷물이 빠진 조그마한 웅덩이에는 미처 빠져나가지 못한 실치 같은 작은 물고기 한 마리가 바위틈에서 헤엄을 치고 있었다.

"잡아서 뭐하려고?"

"살려주려고요. 물이 말라버리면 죽을 것 같아요. 저를 살려주려는 줄도 모르고 도망만 다녀요. 바보같이."

진지한 표정으로 말하는 그녀의 얼굴에는 안타까움이 배어 있었다. 작은 물고기 한 마리 때문에 그런 표정을 짓는 그녀를 이해할 수 없었다. 잠시 그녀를 바라보던 나는 어쩌면 그녀가 물고기와 자신의 처지를 동일시하고 있을지도 모른다는 생각이 들었다.

"걱정 마. 죽지 않을 테니까."

나는 일부러 밝은 표정을 지으며 그녀를 잡아끌었다.

"정말 안 죽을까요?"

"그렇다니까. 내 말을 믿어."

"그럼 다행이고요."

그녀가 활짝 웃으며 팔짱을 꼈다. 모래가 부서지는 소리를 들으며 조용히 걷던 그녀가 바다를 바라보며 입을 열었다.

374

"얼마 만에 느껴보는 행복인지 모르겠어요."

말과는 달리 그 목소리에는 뭔지 모를 우수가 담겨 있었다.

"이제 항상 그런 기분을 느낄 수 있을 거야."

나는 의무감처럼 그녀를 위로했다.

"정말 이런 날이 계속됐으면 좋겠어요."

"걱정 마. 바라는 대로 될 테니까."

나는 미소를 지으며 그녀를 바라보았다. 그녀의 까만 눈동자 속으로 슬픔과 애틋함이 스며나고 있었다. 왠지 안쓰러웠다. 그것은 그녀만 보면 항상 느끼는 감정이었고 그 슬픔을 치유하고 그리움을 채워주는 것이 내 몫이라는 생각이 들었다. 나도 모르게 그녀를 쓸어안으며 살며시 입술을 가져갔다. 뛰는 가슴을 진정시키며.

음─. 놀랄 줄 알았던 내 생각과는 달리 그녀는 전혀 놀라지 않았다. 얼굴을 돌리지도 않았다. 그러나 호응도 없었다. 갑자기 목석이 된 듯 미동도 하지 않았다. 그것은 분명 거부의 몸짓이었다. 나는 멋쩍은 기분을 느끼며 슬며시 팔을 풀었다.

"미안해요."

가라앉은 그녀의 낮은 목소리가 들려왔다. 그 목소리를 듣자 내 기분도 착 가라앉았다. 그녀는 병적일 만큼 신체접촉을 싫어했다. 손을 잡거나 팔짱을 끼는 것은 스스럼없이 하면서도 더 이상의 접촉은 허락을 하지 않았다. 그녀의 그런 성격을 알기에 나는 가급적 신체접촉을 피했다. 언젠가 그녀가 먼저 다가오기를 기대하며. 그런데도 불구하고 내가 입맞춤을 시도한 건 아까 민박집에 들렀을 때에 있었던 일 때문이었다. 배에서 내려 민박집을 찾아들었을 때 민박집 할머니는 우릴 반갑게 맞으며 노인답지 않게 호들갑을 떨었다.

"신혼여행 온 것 같네."

그 말에 나는 어떻게 대답해야 좋을지 몰라 얼굴만 붉힌 채 우물거렸다. 그때 그녀가 나서며 자연스럽게 대답을 했다.

"네, 그래요. 할머니."

"그래, 잘 왔어. 요즘은 해외다 뭐다 하며 밖으로만 나도는데 사실은 이런 데가 훨씬 더 좋지. 방해하는 사람도 없고 간섭하는 사람도 없이 둘만 지낼 수 있으니 이보다 더 좋은 데가 어디 있어? 경치도 좋고. 안 그래, 색시?"

"그럼요. 저희도 그래서 이곳으로 온 거예요. 잘 부탁해요."

그녀는 정말 결혼식을 하고 온 부부처럼 행세를 했다. 너무 능수능란한 모습에 나는 빤한 눈으로 그녀를 바라봤다. 지금까지 전혀 볼 수 없었던 모습이었다. 그러나 그녀는 내 시선은 아랑곳하지 않고 우리가 묵을 방을 찾아 짐을 옮겼다. 나는 흐뭇한 미소를 지었다. 그녀의 심경에 변화가 왔다는 생각이 들었고 그런 확신이 있었기에 자연스럽게 입맞춤을 할 수 있었다. 그러나 그것은 내 착각에 불과했다. 그녀는 전혀 변하지 않았다. 나는 슬그머니 몸을 일으켜 바위 위로 몸을 옮겼다. 멀리 작은 섬들이 손에 잡힐 듯 다가왔고 바닷물에 부딪친 햇살은 거울처럼 반짝거렸다. 눈이 시려왔다. 문득 그녀가 미워졌다. 여기까지 와서 무슨 짓을 하고 있는지 한심하다는 생각이 들기도 했다. 사랑한다면 서로를 원하는 것이 당연한 일인데도 왜 그렇게 자신을 피하는지 알 수가 없었다.

병인가? 아니, 간직하고 싶은 거겠지. 누구를 위해서? 상대가 나일까? 어쩌면. 또 아닐 수도 있고. 그렇다면 그녀에게 있어 나는 어떤 존재이고 그녀는 내게 어떤 존재인가?

나는 그녀의 실체에 대해 생각하기 시작했다. 그러고 보니 그녀에 대해 아는 것이 거의 없었다. 이름과 전화번호 외에는 요양 병원에 입원해 있다는 아버지와 대학에 다닌다는 동생에 대한 것이 전부였다. 직장을 다닌다고 했는데 직장의 이름이나 위치 같은 것에 대해서도 전혀 언급을 하지 않았다. 물을 때면 이름도 없는 작은 회사라는 말로 둘러대곤 했다. 뭔가 비밀이 많은 여자였다. 어쩌면 이름까지도 본명이 아닐지도 모른다는 생각이 들었다.

도대체 지금 무슨 생각을 하고 있는 거지? 나는 깜짝 놀라며 그녀에 대한 생각을 떨쳐버렸다. 의심을 하면 진실도 거짓으로 바뀔 수 있다는 생각을 하며. 그러나 가라앉은 기분은 좀체 나아지지 않았다.

"화났어요?"

나직하게 들려오는 목소리에 나는 눈을 돌렸다. 언제 왔는지 엉거주춤한 모습으로 나를 바라보고 있는 그녀의 얼굴은 어찌할 수 없는 안타까움으로 가득 차 있었다. 뛰어들 수도 뛰어넘을 수도 없는 안타까움. 그것의 정체가 무엇인지 알 수는 없었지만 금방이라도 울음을 터트릴 것 같은 모습에 나는 긴 한숨을 내쉬었다. 그것은 나도 어찌할 수 없는 높은 벽이었다. 노력으로 되는 일도 아니었다.

"아니, 화날 게 뭐가 있어? 조금 힘들 뿐이지."

"미안해요. 나도 이런 내가 싫어요."

"됐어. 다 이해하니까."

나는 그녀의 등을 토닥여주며 바다로 눈을 돌렸다. 서산으로 지는 태양이 바다 위로 길고 붉은 길을 만들어내고 있었다. 문득 그 길을 따라 걷고 싶은 망상이 뇌리를 스쳐갔다.

모닥불이 점점 사그라들기 시작했고 주위엔 술병들이 어지럽게 나뒹굴고 있었다. 저녁을 먹고 기분을 전환시키기 위해 나왔지만 아까의 울적한 기분은 조금도 나아지지 않았다.

무엇인가? 그녀를 둘러싸고 있는 안타까움이. 아무리 머리를 쥐어짜도 제자리를 맴도는 생각들 때문에, 아니 취기 때문인지도 모르지만 머리가 무거워지기 시작했다. 나는 벌렁 모래밭에 몸을 뉘었다. 하늘에는 수많은 별들이 반짝이고 있었다. 별들이 저렇게 많았던가. 도시에서는 거의 볼 수 없는 수많은 별들을 보자 새로운 것을 발견한 듯한 기분이 들었다. 존재 속의 부존재. 문득 그녀의 사랑도 그런 것인가 하는 생각이 들었다. 분명 존재하는데, 그것도 무엇보다도 찬란하게 빛나고 있는데 내 눈에 씐 욕망 때문에 느끼지 못하고 있는 것인지도 몰랐다.

"운명이란 게 있나요?"

옆에 쪼그리고 앉은 그녀가 허공에 눈을 둔 채 물었다. 삶에 대한 불신과 회의가 물씬 배인 자조적인 목소리였다. 자신의 처지에 대한 불만의 표정이 역력했다. 나는 선뜻 대답을 할 수 없었다. 운명이란 것에 대해 깊이 생각해 본 적이 없었다. 막연하게 운명은 개척해 나가는 것이라고 생각하고 있었을 뿐이었다. 잠시 머뭇거리던 나는 천천히 입을 열었다.

"글쎄, 확신은 없지만 난 운명이란 것은 없다고 생각해."

"그래요? 전 있다고 생각해요. 누구는 갖은 자로 태어나고 누구는 없는 자로 태어나는 것 그 자체가 운명이 아닌가요?"

"결과만 보면 그렇지. 특히 일이 잘 안됐을 땐 더 운명이라 생각하지. 그렇게 핑계를 대는 게 편하거든. 노력을 하며 개척해 나간다는 것은 두렵기도 하고 너무 힘들거든."

"노력의 힘으로도 안 되는 것이 더 많지 않을까요?"

"물론 노력으로도 어쩔 수 없는 것이 많아. 그렇다고 그걸 운명이나 팔자로 돌린다는 것은 삶에 대한 회피지. 웬만한 일은 헤쳐 나갈 수 있다고 생각해. 큰 욕심만 부리지 않는다면. 운명이라는 것이 있다고 생각하면 무기력해지고 체념만 남을 뿐이지."

"그럴까요? 뭐가 뭔지 전혀 모르겠어요."

"그런 건 신경 쓰지 말고 우리 일이나 생각하자. 우리 만남만 해도 그래. 그것도 운명일까? 만약 그게 운명이라면 나는 그날 필히 거기에 가야 했고 또 말을 걸었어야 했어. 자기도 거기에 꼭 있어야 했고. 그러나 그렇지 않거든. 내가 꼭 거기에 갈 이유도 없었고 말을 걸어야 하는 것도 아니었으니까. 그렇게 회의적으로 생각하지 말고 힘내자. 내가 열심히 이끌 테니까 따라오기만 해. 아니, 손만 잡고 있어. 행복은 내가 찾을 테니까 그걸 같이 나누기만 해면 돼. 알았어?"

나는 그녀의 손을 꼭 움켜쥐었다. 그러나 그녀의 손에는 힘이 전혀 없었다. 그녀의 동공으로 쓸쓸한 바람이 스쳐갔다.

낙엽이 우수수 떨어지고 있었다. 나는 커다란 둥구나무 밑의 벤치에 앉아 하얗게 쏟아지는 햇살을 바라보았다. 이따금 불어오는 바람에 낙엽이 우수수 떨어졌고 그 바람을 따라 풍겨오는 마른 풀잎의 냄새는 아련한 추억들을 불러 일으켰다. 저만치에 추수가 끝난 가을 들판을 바라보고 있는 그녀의 모습이 보였다. 옅은 베이지색 코트를 입고 하염없이 들판을 바라보는 그녀의 뒷모습으로 애잔한 슬픔이 배어나오고 있었다. 왜 그녀만 보면 슬픔을 느끼게 되는지 알 수가 없었다. 처음 만났던 때가 안타까워서 그런 건가? 아니면 첫인상이 뇌리에 박혀서인가? 아무리 그렇더라도 이젠 그런 것들에서 벗어날 때가 된 것 같은데 아직도 그런 감정에서 벗어나지 못하는 이유를 알 수가 없었다.

작은 회오리바람이 바람개비를 돌리며 허공으로 치솟았고 그 바람을 따라 낙엽들이 그녀를 휩싸고 지나갔다. 그녀가 깜짝 놀란 듯 몸을 돌리며 나를 바라봤다. 입가엔 환한 미소가 어려 있었다. 그 미소를 보자 갑자기 낯설다는 느낌이 들었다. 평소 봐오던 그녀와는 너무 달랐다. 잠시 그녀의 미소를 바라보던 나는 가만히 고개를 끄덕였다. 이유를 알 것 같았다. 지금까지 한 번도 그렇게 밝은 미소를 본 적이 없다는 것이 생각났다. 그러자 그녀만 보면 왜 슬픈 감정을 느끼게 되는 것인지도 알 것 같았다. 나는 다시 그녀를 바라봤다. 그녀는 여전히 미소를 짓고 있었다. 참 보기가 좋았다. 내 얼굴에도 미소가 피어났다. 그녀가 긴 슬픔의 터널에서 벗어나고 있다는 생각은 들자 지금까지 그녀를 잘 지켜왔다는 자부심이 생겼다. 몇 달 지나지 않았지만 내게는 길고 긴 시간이었다. 물론 나 혼자 노력한 것은 아니지만 그녀의 기분에 따라 내 기분도 좌우되는 것을 느꼈을 땐 정말 모든 것을 포기해버리고 싶은 생각이 들 때가 한두 번이 아니었다.

"우리 저쪽으로 가 봐요."

내게로 다가온 그녀가 들판 건너 낮은 야산을 가리키며 말했다. 여전히 미소를 머금은 채. 나는 천천히 몸을 일으켜 걸음을 옮겼다. 들판을 가로지르는 농로를 지나자 비탈진 언덕이 나타났다. 그녀가 손을 내밀었다. 그것도 지금까지의 그녀와 사뭇 다른 모습이었다. 내가 손을 잡자 그녀가 안기듯 다가왔다. 그녀를 이끌며 비탈을 올라가자 평퍼짐한 공터가 나타났다. 작은 잡목들로 둘러싸인 공터는 아늑한 기운을 품고 있었고 나는 이상하게 감싸오는 평화로움을 느끼며 그 자리에 앉았다. 내리비치는 햇살의 따스함이 간지럽기까지 했다.

"참 좋아요."

그녀가 내 옆에 앉으며 팔짱을 꼈다. 그리고는 어깨에 머리를 기대 왔다. 향수인지 체취인지 분간하기 어려운 냄새가 코끝을 어지럽혔다. 야릇한 흥분이 밀려왔다. 그녀는 몸을 더 밀착시켰고 나는 팔을 빼서 그녀의 어깨를 감싸 안았다. 그녀가 나직한 신음소리를 내며 나를 바라봤다. 빤한 눈동자 속에 어떤 갈망 같은 것이 서려 있었다. 가만히 그녀의 눈동자를 들여다보던 나는 자신도 모르게 그녀의 입술을 찾았다. 예전의 목석같은 반응이 올지 모른다는 생각이 들었지만 한편으론 전과 다른 느낌이 있었기에 은근한 기대도 했다. 그러나 역시 처음의 예상이 들어맞았다. 좀 전의 다정하고 들떴던 표정과는 달리 그녀의 몸은 싸늘하게 식어갔다. 괜한 눈물이 나왔다.

아직도 때가 오지 않은 것인가. 나는 나직이 한숨을 내쉬었다. 그녀가 원치 않으면 언제까지라도 지켜줘야겠다는 다짐을 했지만 아쉬움이 남는 것은 어쩔 수 없었다. 그때가 언제일까. 아쉬움 너머로 쪽빛 하늘이 눈에 들어왔다. 그러나 하늘이 파란지 검은지 분간하기도 어려웠고 마음은 무겁기만 했다. 그때 그녀의 입술이 내 이마에 닿았다. 나는 깜짝 놀랐다. 그녀의 능동적인 행동은 처음이었기 때문이었다. 아쉬움도 서운함도 이내 사라져갔다. 그녀가 변하고 있다는 것만으로도 행복했다. 너무 기뻐 버럭 소리라도 치고 싶었다.

나는 별장이라고 보기에는 초라한 산채 뒷길을 오르기 시작했다. 하얀 눈이 온 산을 뒤덮고 있었고 나뭇가지마다 맺혀있는 눈꽃들은 환상의 세계에 온 듯한 착각을 불러일으켰다. 눈은 계속 내리고 있었고 내리는 눈들은 발자국을 옮길 때마다 새로운 길을 만들어내고 있었다.

"춥지 않아?"

그녀가 고개를 저었다. 나는 나뭇가지의 눈을 뭉쳐 그녀를 향해 던졌다. 때리려고 던진 것이 아니라 받으라고 던진 것이었다. 손을 내밀어 눈덩이를 받은 그녀가 눈을 한 입 베어 물더니 나를 향해 남은 눈덩이를 던졌다. 나도 그녀를 흉내 내듯 한 입을 베어 물고 그녀를 바라봤다. 그녀의 입가엔 채 녹지 않은 눈가루가 묻어 있었다. 내가 장난스럽게 입술을 내밀자 그녀도 입을 내밀었다. 생각지도 않았던 반응이었다. 나는 가슴이 뛰는 것을 느끼며 한 발 앞으로 다가갔다. 입술과 입술이 가까워졌고 가쁜 숨소리를 느꼈을 때 갑자기 그녀의 몸이 중심을 잃으며 눈밭으로 미끄러졌다. 나는 깜짝 깜짝 놀라며 그녀를 내려다봤다. 다쳤나 걱정을 하면서. 그러나 그녀는 그대로 누운 채 나를 바라보며 배시시 미소를 지었다. 웃는 모습이 장난꾸러기처럼 익살맞아 보였다. 얼굴만 빠끔히 내 놓은 그녀의 입가에는 하얀 입김이 서려 있었다. 모자와 등산복, 신발까지 하얗게 변한 모습은 귀여운 새끼 곰을 연상시켰다. 나도 얼른 그 옆에 몸을 눕혔다. 계속 내리는 눈이 몸 위로 쌓이기 시작했다. 이대로 눈 속에 묻혀 하나가 되고 싶었다. 그녀가 곁에 있었기에 행복하기만 했고 그녀와 함께라면 세상 끝에 선다 해도 걱정할 것이 없을 것 같았다.

그녀가 누운 채로 내 손을 잡아왔다. 차가웠지만 그 손엔 힘이 있었다. 나는 반쯤 몸을 일으켜 그녀를 바라봤다. 살짝 감긴 눈이 나를 끌어들이고 있었다. 마치 다가오기를 기다리는 모습이었다. 이것도 착각인가. 나는 착각을 현실로 바꾸고 싶다는 생각을 하며 입술을 가져갔다. 순간 기대하지 않았던 그녀의 행동에 내가 당황스러웠다. 그녀가 내 목을 끌어안으며 적극적으로 다가왔다. 차가운 입술과는 달리 뜨거운 기운이 온몸을 훑고 지나갔고 그 기운은 이내 전신으로 퍼져갔다. 뭔지 모를 야릇함에 온몸이 타버릴 것만 같았다. 이런 느낌은 처음이었다. 사실 나는 동정은 아니었다. 다른 여자를 안아 본 적도 있었다. 그런데 그때와는 모든 것이 전혀 달랐다. 입맞춤만으로 다른 여자를 안았을 때보다 더 큰 흥분을 느낀다는 것이 이해가 되지 않았다.

"꿈을 꾼 것 같아요."

격렬한 입맞춤의 흥분이 채 사라지기도 전에 그녀의 나직한 한숨 소리가 들려왔다. 나는 아직도 온몸에 퍼져있는 아쉬움을 털어버리며 그녀를 바라봤다. 붉게 물든 그녀의 얼굴로 진한 안타까움이 스쳐갔다.

"꿈이 아니야. 이제 현실로 만들어 가면 되는 거야."

나는 들뜬 소리로 힘차게 말을 했다.

"고마워요. 그러나 자신이 없어요."

말을 하는 그녀의 눈동자엔 작은 물방울이 어려 있었다.

"바보 같은 소리 그만 하고 힘 내. 우린 잘 할 수 있어."

"인생도 눈처럼 하얗게 바꿀 수 있을까요?"

그녀는 내 말에 대답은 않고 엉뚱한 질문을 해왔다. 뜬금없다는 생각이 들었지만 구태여 그 의미를 따지고 싶지 않았다.

"왜 그런 걸 물어? 바뀌지도 않겠지만 바뀐다 해도 때는 다시 묻어. 과거가 어쨌든 현재를 사랑하는 것이 행복이야."

나는 무슨 말인가를 더 하려는 그녀를 쓸어안으며 산장으로 몸을 돌렸다. 그녀의 심정이 어떤지는 잘 알 수 없었지만 이제 그녀를 잡을 수 있다는 확신이 생겼다. 눈 속을 헤집고 산장으로 향하는 내 발길은 가볍기만 했고 지금까지 가슴을 짓누르던 초조함이 편안함으로 바뀌는 것을 느꼈다. 진정한 사랑이 시작되는 기분도 들었다.

방안에는 은은히 촛불이 어둠을 밝히고 있었고 벽에 붙어 있는 벽난로는 한겨울의 추위를 막아주고 있었다. 나는 둥근 원탁을 사이에 두고 그녀와 마주 앉았다. 잔에 담긴 붉은 와인이 촛불과 달빛 그리고 눈빛과 어울려 이국적인 정취를 자아냈다.

"신혼여행 온 기분인데."

나는 잔에 입술을 축이며 장난스럽게 말했다.

"행복해요. 내게 이런 날이 올 줄은 상상도 못했어요."

그녀도 웃으며 입으로 잔을 가져갔다.

"이제 행복만 있을 거야. 우리 결혼하자."

나는 바싹 몸을 당기며 심각하게 말했다.

"나도 같이 살고 싶어요. 내가 결혼을 할 수 있다면 분명 태섭 씨랑 할 거예요. 그러나 아직은, 아니 모르겠어요."

"뭐 때문에 그러는 건데? 우린 서로 사랑한다고 하면서도 겉만 도는 것 같아. 어려운 일이 있으면 숨기지 말고 얘기해. 어떤 일도 다 해결할 수 있어. 둘이 함께라면."

나는 그녀의 아픔을 건드리지 않으려 했던 그동안의 인내를 깨며 다그치듯 물었다. 이제는 알아야만 했다. 그녀가 내게 다가올 수 없는 이유를. 언제까지 겉바퀴만 돌며 속을 끓일 수는 없었다. 내 다그침에 그녀가 고개를 돌리며 내 눈을 피했다. 내 눈을 마주하기가 두려운 눈치였다.

"괜찮아. 말해 봐. 다 감당할 수 있으니까."

나는 안타까움을 느끼며 달래듯이 말했다. 그녀가 고개를 들었다. 나는 잔뜩 긴장을 하며 그녀의 말을 기다렸다. 그러나 무슨 말인가를 하려던 그녀는 갑자기 몸을 일으켜 밖으로 뛰쳐나갔다. 나는 당황스러움을 느끼며 얼른 그녀를 뒤를 쫓았다. 그녀는 나무 기둥을 붙들고 오열하고 있었다. 속으로만 삼키는 그런 울음이었다.

"말하기 어려우면 하지 않아도 돼."

괜한 말을 했다는 자책감을 느끼며 그녀의 뒤로 다가갔다. 그리고는 부드럽게 그녀를 감싸 안았다.

"어떡하면 좋아요?"

그녀가 몸을 돌리며 내 품에 얼굴을 묻었다. 그리고는 참았던 울음을 터트렸다. 들먹이는 어깨 위로 자신조차 주체할 수 없는 듯한 처연함이 배어 나왔다. 왠지 환한 달빛이 원망스럽게 느껴졌다. 차라리 모든 것을 감출 수 있는 어둠이었으면 좋겠다는 생각이 들었다.

"축하해요."

여기저기서 내 승진을 축하하는 소리가 들렸다. 나는 그들에게 답례를 하면서도 그녀에게 제일 먼저 이 소식을 전하고 싶었다. 무얼 하고 있을까? 궁금했다. 산장을 다녀온 후 그녀의 고민이 깊어진 것 같았다. 잠시나마 그녀의 고민을 알아봐야겠다는 생각을 했지만 이내 포기하고 말았다. 그녀의 뒤를 캔다는 것은 신뢰의 문제라는 생각이 들어서였다. 잠시 휴대폰을 들여다보던 나는 문자를 보냈다. 이내 축하한다는 답장이 왔다. 그 문자는 다른 모든 사람들의 백 마디 말보다 나를 더 기쁘게 만들었다. 당장 그녀를 만나고 싶었다. 그러나 시간을 낼 수가 없었다. 축하주를 마시자는 동료들의 성화도 문제였지만 그녀의 시간이 어떨지 알 수 없었다. 우리 만남은 항상 그녀의 시간에 맞추기 때문이었다. 그렇다고 재촉할 필요는 없었다. 그녀가 곧 연락을 해오리라는 확신과 믿음이 있었다. 그것이 그녀와의 사랑 방법이었다.

퇴근 시간이 되자 동료들이 나를 잡아끌었다. 당연히 생각했던 일이었기에 나는 그들과 어울려 술집으로 향했다. 자리에 앉기가 무섭게 술잔이 돌았고 나는 여기저기서 건네는 술잔을 받기에 정신이 없었다. 얼마의 시간이 흘렀는지 알 수 없었지만 꽤 많은 시간이 흘렀고 밤이 깊어진 것 같았다.

"이차로 가야지. 어디가 좋을까?"

"룸살롱. 어때?"

누군가의 말에 몇 사람이 함성을 질렀고 나는 그들에게 이끌려 홀로 향했다. 마음이 내키지 않았지만 거절할 수가 없었다. 전에도 분위기에 휩쓸려 몇 번 간 적이 있었지만 좋았던 기억이 없었다. 왠지 거부감이 들었지만 마냥 거절할 수도 없었다.

룸 안은 어둑하고 찐득한 기운이 배어 있었다. 기분이 좋지 않았지만 나는 동료들과 자리에 앉았다. 다 가버렸는지 남은 사람은 넷뿐이었다. 술과 함께 여자들이 들어왔다. 자기소개를 하려는지 테이블 주위에 늘어선 여자들을 바라보던 나는 까무러칠 듯 놀랐다. 그녀, 분명히 그녀가 거기에 서 있었다. 짧고 까만 원피스에 어깨가 드러나는 얇은 옷 때문에 잠시 혼란이 일었으나 틀림없는 그녀였다. 습관적으로 미소를 지으며 우리를 바라보던 그녀가 나와 눈이 마주치자 감전이라도 된 듯 몸을 부르르 떨었다. 비명도 놀람의 몸짓도 없었다. 정신이 나간 사람 같았다. 그건 그녀보다 내가 더했다. 허깨비를 보았다는 생각도 잠시 나는 갑자기 구역질이 솟구치는 것을 느끼며 룸을 뛰쳐나왔다.

꿈을 꾼 건가? 전혀 기억이 나지 않았다. 어제 그곳을 뛰쳐나온 것까지가 기억의 끝이었다. 술을 얼마나 마셨는지 또 어떻게 집에 왔는지 뇌리에 남아 있는 것은 아무것도 없었다. 머리가 지끈거리고 천장이 도는 것을 느끼며 가만히 눈을 감았다. 감전된 듯 부르르 떨던 그녀의 모습이 떠올랐다. 역겹고 가증스러웠다. 룸살롱이라는 곳의 실체를 조금은 알기에 그 역겨움은 더했다. 그런데도 그렇게 순진한 체하다니. 속은 것이 억울했고 농락을 당한 것이 분했다. 너무 천연덕스러웠기에 그것이 연기인지조차 깨닫지 못했다. 허탈하기만 했다. 가장 난잡한 그런 여자를 세상에 다시없을 순수한 여자처럼 대한 자신이 바보같이 느껴졌다.

잊어야지. 그래도 한 때 가장 순수한 사랑을 했었는데. 나는 솟구치는 분노를 달래며 억지로 몸을 일으켰다.

하루하루가 어떻게 지나가는지 느낄 수가 없었다. 모든 것을 상실한 사람처럼 무기력한 나날이 지나갔다. 의욕도 식욕도 없었고 심지어 욕망까지 사라진 느낌이었다. 그녀에 대한 미움을 떠올리는 것도 억울했다. 빨리 잊는 것이 최대의 복수였다. 모두 잊고 그냥 그렇게 살아가면 그뿐이라는 생각이 들었을 때 그녀로부터 긴 문자가 왔다.

태섭 씨. 고마웠어요.

그날 산에서 태섭 씨를 처음 보았을 때 이 사람이라면 도박을 해 볼 수 있겠다는 느낌을 받았어요. 세상에서 손가락질을 받는 여자지만 순수한 사랑을 할 수 있겠다는 생각도 들었고요. 태섭 씨를 속이려고 했던 건 아니에요. 내 욕심이 과했던 거죠. 만날 때마다 백마를 탄 왕자처럼 다가오는 태섭 씨를 보면 도저히 고백을 할 수가 없었어요. 때로는 첫날밤을 기다리는 숫처녀처럼 두려움과 흥분에 떨기도 했어요. 그랬기에 태섭 씨가 다가올수록 도망갈 수밖에 없었어요. 태섭 씨에게만은 순수한 사람으로 남고 싶었으니까요. 이런 감정 이해해 주리라 믿고 싶어요. 정말 사랑했으니까요.

이제 미련 없이 멈췄던 길을 갈 수 있을 것 같아요. 내 가슴 속에 남아 있는 순수한 사랑을 간직한 채. 수희 올림.

그녀의 메시지를 읽은 나는 정신이 번쩍 들었다. 비로소 안타까움에 떨며 몸을 사리던 그녀를 이해할 수 있었다. 누구에게도 자신만이 홀로 간직하고 싶은 소중한 사랑이 있고 그녀는 그녀 방식으로 나를 사랑했다는 확신이 들었다. 몸이 망가졌기에 가장 깨끗한 정신으로. 무엇에 놀란 사람처럼 급히 밖으로 뛰어나온 나는 사방을 둘러보았다. 그러나 어디로 가야 할지 방향을 잡을 수가 없었다. 멍한 눈동자 속으로 처연하게 몸부림치며 오열을 삼키던 그녀의 모습이 스쳐갔다.

안일상

1949년 충남 계룡 출생. 1993년 『문예사조』 등단. 저서 『무화과』 외.

기다림

최창수

1.

지하철 6호선 망원역 3번 출구 앞에서 나는 담배에 불을 붙이고 있었다. 얼마나 기다려야 할까. 내 앞으로 한 사내가 지팡이로 바닥의 장애인 인도 블럭을 더듬거리며 조심스레 발걸음을 옮기고 있다. 문득 어제 병원에 갔던 일이 생각난다.

하얀 벽 사이로 알코올 향기가 가득한 병원의 내과 접수대 앞의 환자 대기석에 앉아 덤덤히 차례를 기다리고 있었다. 옆에는 기침하는 젊은 남자, 지팡이를 짚고 있는 할아버지가 티브이를 보고 있었다. 나는 잠시 머리를 뒤로 젖히고 졸음을 쫓는다.

"황신락(黃神樂)님 들어오세요."

진료실 왼편은 갈색 침대 옆의 벽에 인체해부도가 걸려 있었고, 오른편에는 안경을 낀 서글서글한 표정의 의사가 데스크에서 나를 기다리고 있다.

"판막증입니다, 심장이 많이 손상되어 있네요. 완치하려면 빨리 수술을 받아야 합니다. 게다가, 환자분께서는 호흡이 불규칙하군요. 심장과 폐의 혈관도 많이 손상되어 있고……."

의사의 전문적인 말은 제대로 들리지 않는다. 내 시선은 데스크 앞에 놓인 십자가에 집중되었다. 근엄한 상징 앞에 앉아 있으려니 몸이 못 견딜 것 같다.

진료실을 빠져 나온 뒤 처방전도 받지 않고 병원 밖으로 나갔다. 더 이상 그곳에 있고 싶지 않았다. 병원 입구에서 주차장으로 가려고 했을 때 앰뷸런스가 내 앞을 가로막아 섰다. 차 뒷문이 열리고 그 속에서 나온 피투성이의 여자가 이동식 병원침대에 실려 들어갔다. 갑자기 구역질이 나기 시작했다. 아까 먹은 햄버거를 쓰레기통에 토해냈다. 코로 시큼한 위액이 올라온다.

생각해 보면 그것은 중학교 3학년 때 학원에서부터 시작되었다. 성적 향상을 위해 들어가야만 했던 그 통조림 공장은 얼마나 역겨운 부속 도서인지 나는 전혀 알 수 없었다.

'서연고'라는 훈장과 '과학고' '민사고' 따위의 무의미한 직함은 레프트, 라이트 놈들 할 것 없이 목을 매다는 것이 현실이다. 나 자신도 부모에게 떠밀려 그런 것을 위해 이미 입시 준비반 따위에 들어 있었다는 것을 지금 생각해 보아도 먹었던 것을 토하고 싶은 심정이다.

연필을 가지고 연습장에 낙서를 하면서 지루한 시간을 보내고 있을 때, 옆자리 여자아이의 연습장에는 세일러 문이 그려져 있었다. 만화책에 나올 만한 퀄리티로 아주 세련미 있고 깔끔했다. 나는 아무 말도 못하고 그 아이의 옆얼굴을 훔쳐보고 있었다. 참고서와 연습장, 학원 강사는 눈에 들어오지도 않았다. 몇 시간이나 훔쳐보았을까. 그 아이는 시선을 느꼈는지 그리던 것을 멈추고 참고서를 뒤적거렸다.

며칠이 지나 그 아이는 쉬는 시간 나에게 말을 걸어왔다. 공부하는데 집중이 안 된다면서 왜 자꾸 자신을 쳐다보느냐 했다. 나는 순간적으로 할 말을 잃었다. 나도 모르게 '그림'이라는 단어가 나왔고 그 아이는 고개를 갸웃거리며 미소를 지었다.

처음 정면으로 본 얼굴은 동그랗고 커다란 눈이 인상적이었다. 세울 필요가 없는 귀족 코에 얇은 입술이 시디처럼 작은 얼굴에 조화를 이루며 댕기 마냥 많은 머리카락이 찰랑거렸다. 감청색 교복 안에 받쳐 입은 하얀 셔츠와 타이, 파란색 치마는 하얀색 긴 양말과 조화를 이루고 있었다. 그 아이의 이름은 정하영(鄭河永). 자신은 벽란여중에 다니고 있다고 했다. 왜 그림을 그리느냐 묻자 자신의 꿈은 일러스트레이터라고 했다. 우리는 비록 이성적으로 사귀지는 않았지만, 함께 있는 것이 마냥 좋았다. 학원은 공부하러 오는 곳이라기보다 그녀가 그리는 새로운 그림을 보며 나는 그것에 대해 만화 스토리를 짜거나 그녀의 그림을 따라 그리는 경우가 많았다. 학원의 교육에 비해 성적은 올라가지 않았지만 행복했었다.

그녀의 밝은 옆얼굴을 훔쳐볼 수 없게 된 것은, 프리지아 꽃향기가 짙게 나던 겨울에 있었던 그 일 때문이었다. 첫 눈이 내리던 날, 어둠이 짙게 깔린 학원 주위에는 조금씩 눈이 떨어지고 있었다. 학원을 나와 우리는 손을 잡고 걷던 중 버스 정류장에 다다랐다. 헤어져야 할 시간이었다. 안녕, 그녀는 밝게 웃고 나도 미소를 지었다. 눈에 비치는 밝은 빛이 우리를 축복하듯이 감싸고 있었다. 그 때 어디선가, 빛을 따라 육중한 코뿔소가 한 마리 달려왔다. 둔탁한 엔진 음과 함께 나의 발키리를 데려갔다. 그 순간 하영은 그렇게 날아가 버렸다. 그와 동시에 주상복합 건물들, 사차선 도로, 통조림 공장이 내 눈 앞에서 무너졌다. 아무것도 남아있지 않은 세상이 펼쳐져 있을 때 십 미터쯤 튕겨져 날아간 그녀의 머리는 부서져 있었다. 마리오네트 관절 인형처럼 제각각으로 따로 놓고 있는 팔 다리는 완전히 꺾어져 있었다. 크림슨 색의 물감이 그녀의 육체와 검은색 아스팔트를 물들이기 시작했다. 그곳으로 뛰어가야 하는데, 나의 몸은 움직이지 않았다.

앞으로 가야 해. 빨리 손을 잡아야 한다고 조금만, 조금만, 조금만, 조금만 더, 이대로, 이대로, 이대로 있으면 모든 게 부서져 버려. 계속 심장 뛰는 소리와 함께 머리속을 어지럽히는 내 안의 소리는 티브이의 볼륨을 맥스로 올리고 있었다. 그와 동시에 어두컴컴한 세계는 하얗게 내 시야를 가렸다.

내가 깨어난 것은 그녀가 날아가 버린 날로부터 삼일 뒤였다. 나는 어떻게 병원에 왔는지도 몰랐다. 부모로부터 들은 바, 그 현장에서 내가 사람들이 비키라는 말에도 아랑곳하지 않고 돌처럼 굳어 있었는데, 구급요원 중 한 사람이 나에게 다가와 몸에 손을 대는 순간 뒤로 밀려 바닥에 쓰러졌다고 한다. 그리고 그녀가 있는 이 병원으로 후송되었는데 전혀 깨어나지 않아, 다들 나를 그녀가 데려갔다고 생각했다고 한다.

나는 부모에게 그녀가 있는 병원의 영안실을 알려달라고 했지만, 시신은 이미 화장되었고 지금은 내가 안정을 취해야 한다는 말만 했다.

한 달 동안 병실에 누워 지냈다. 티브이도 보기 싫고, 좋아하던 댄스음악도 듣지 않았다. 밥만 먹고 대소변을 보는 것이 전부였다. 내 머릿속은 사실상 백지 상태였던 것이다. 그런데, 이상한 것은 그녀의 얼굴이 도통 생각이 나지 않았다. 단지, 사고 당시 그녀를 비추던 찬란한 빛만이 내 머리 속에 남아 있을 뿐이다.

퇴원 후, 그녀의 유골함이 있는 납골당에 갔다. 영정사진을 봐도 그녀의 모습은 처음 보는 사람 그 자체일 뿐, 아무런 것도 기억나지 않았다. 하영의 얼굴은 그 찬란하고 아름다웠던 빛에 녹아버린 것일까. 아니면, 나의 뇌 속에 그녀의 그림자가 덮여 버린 것일까.

분명한 건, 아름다운 하영은 마리오네트 인형처럼 부서진 채로 뜨거운 불 속에서 아름다움의 싹을 피워보지도 못하고 죽어갔다는 것이다. 반면, 하영을 죽인 덤프트럭 운전사는 오 년형을 선고받았다. 정말, 세상은…… 술이 떡이 되게 마시고 여중생을 쳐 죽인 쓰레기가 고작 오 년. 아무것도 머리에 들어오지 않았다.

집으로 돌아와 이불을 뒤집어쓰고 잠들어 있다 깨어났을 때는 새벽이었다. 형광등 조명을 켜자 땀에 젖어 있는 내 몸이 보인다. 왼쪽 손목의 혈관이 푸른빛을 띠고 있었다. 새파랗게 한 줄로 쭉 이어진 선로 같은 푸른 동맥이 미웠다. 하나로 이어지지 못한 것들도 많은데, 내 몸의 일부라지만 너무 아름다웠다.

갑자기, 나는 서랍에서 커터 칼을 꺼냈다. 더 이상 나에게서 아름다운 것은 어울리지 않는다고 외치며 왼쪽 손목에 칼날을 대는 순간 잠시 망설여졌다. 그어야 할 것인가 말 것인가, 초조한 기분이 내 머릿속을 사로잡았다. 칼날이 피부를 찢지도 않은 상태에서 심장은 미친 듯이 뛰고 있었다.

나는 눈을 감고 커터 칼로 팔목을 가로로 그었다. 피부를 찢고 뜨거운 혈액이 흘러나온다. 그렇게 내 육체 곳곳은 뜨겁게 덥혀지고 있었다. 눈에 뜨거운 이슬이 고였다. 뿌옇게 습기가 찬 안구는 안개가 낀 것일까. 하얗게 물든 시야에 한 여자아이의 얼굴이 보인다. 누군지 알 것 같다. 빨리 와 달라고 말하기도 전에 고통은 지나가 버렸다. 그 아이의 얼굴을 봤다는 것 하나만으로도 모든 것은 그렇게 안도감과 함께 날아간다.

그 날, 그렇게 나는 처음 리스트 컷을 했다. 그 행위는 내 고교생활 전반을 채워주며 왼팔과 오른팔에 무수한 가로와 세로의 상처자국을 남겼다. 짧은 스포츠머리에 안경을 끼고 교복을 입었던 작은 키의 꼬마는 그 날로 사라졌다.

잠깐 본 거울 속에는 꼬마 대신 하얀색으로 탈색된 머리카락에 호일퍼머를 해서 여기저기 부풀어진 머리이고, 귀에는 체인으로 연결된 피어싱이 빛나며 눈에는 붉은색 컬러렌즈를 낀 채 각질마냥 메마른 입술에는 화살 모양의 피어싱이 꽂혀 있다. 양쪽 손목에는 리스트 컷을 한 흉터자국으로 가득하다. 검은 가죽 재킷과 애나멜 팬츠는 백팔십오 센티의 큰 키를 받쳐주고 있었다. 레더부츠는 뒷굽이 아주 뾰족하다. 나는 찡그린 얼굴에 걸쳐져 있는 입술에 담배를 꺼내 물고 불을 붙였다.

2.

두 번째 열차가 출발하는 소리가 들려온다. 담배를 입에 문 내 앞에 교복차림에 의미 없는 단어와 욕을 지껄여 대는 사내들 너댓명이 서 있다가 그 중 한 놈이 불 좀 있냐고 건들거리며 묻는다. 나는 그 말에 일회용 라이터를 건넸다. 라이터를 받은 녀석은 갑자기 솟아오르는 불길에 깜짝 놀라 피우려던 담배를 떨어뜨렸다. 라이터 레버를 플러스 표시에 젖혀 놓고 개조를 해놓은 효과가 큰 것 같다. 세상은 쉽게 바뀌지 않아, 애송이.

그 순간, 담배를 떨어뜨린 사내는 욕설을 내뱉으며 다가왔다. 간단하게 그가 뻗는 주먹을 피하고 손목을 잡은 동시에 다리를 걸어 넘어뜨렸다. 그리곤 얼굴 정면을 정확하게 부츠 뒷굽으로 찍어버렸다. 다른 녀석들이 달려들었지만, 풋내기들이라 간단하게 팔을 꺾거나 기본적인 던지기로 땅바닥에 쓰러트리니 놈들은 전의를 상실하고 도망쳐 버렸다.

그 날 이후, 날로 심해져 가는 가슴 통증이 심장약화라는 사실을 알게 되어 심장 강화를 위해 배웠던 유도와 합기도는 이런 일이 있을 때마다 아주 멋지게 빛을 발하고 있었다.

대학시절, 혼자 살던 나는 전갈을 두 마리 키웠다. 하얀색의 모습을 띈 놈의 이름은 '스팅'이었다. 반면, 검은색을 띈 놈은 '마크'. 처음에는 그저 호기심으로 '스팅'을 데려왔었다. 먹이도 대충 간단한 곤충 종류를 주었을 뿐 애정은 별로 느끼지 못했다. 조그만 유체라서 그런지 그냥 먹이인 귀뚜라미를 주면 조용히 받아먹는 정도였다. 애완견과 다를 바 없고, 독도 없는 것 같아서 무섭지도 않았다. 자극시키면 몸을 움츠리며 도망가는 꼬맹이 같았다.

어느 날, 재혁이 내게 물었다. 왜 전갈을 키우냐고. 그래서 별 생각 없이 기르다 죽어버리거나 혹은 쓸모없으면 가차 없이 버릴 것이라 말하자 그는 어이없어하며 말했다.

"차라리 두 마리를 키우지 그래? 네 성격에 전갈이 그냥 죽어가는 건 흥미 없을 거야."

"그것을 두 마리씩이나 키워서 뭐하게, 내 방이 무슨 동남아 밀림이라도 되는 줄 아냐?"

나의 물음에 재혁은 책을 읽다가 덮고 말했다.

"사람마다 다르지만, 네게 있어 지루한 사육보다 생존본능의 짜릿함이 마음에 들 거야."

그의 말을 듣고 나는 곧바로 '마크'를 구입했다. 이미 '스팅'은 중간 크기로 자라 있었기에 스팅과 같은 크기로 자란 것을 골랐다. 색도 대비를 이루는 검은색. 재미있는 것은 두 놈의 성격이 매우 틀린 것이었다. '스팅'은 항상 모래 밖으로 나와 있었고, '마크'는 돌을 파헤쳐 그 속이나 모래 안으로 파고들어 숨어 있는 편이었다. 두 놈은 충실하게 애완동물의 생활을 했다. 먹이인 귀뚜라미를 충실히 먹고, 모래를 상대로 숨바꼭질을 하는 것이 일상이었다.

나는 두 마리를 키워도 별 영향이 느껴지지 않아서 지루함을 느꼈다. 그러다 보니 녀석들의 먹이가 소진되어 가도 별 신경을 쓰지 않았다. 오히려 죽어가는 날만을 기다렸다.

일주일 뒤, 나는 아주 재미있는 광경을 보게 되었다. 먹이인 귀뚜라미는 놈들을 피해 달아나고 있었다. 그런데, 갑자기 녀석들은 귀뚜라미가 아니라 서로를 공격하기 시작했다. 꼬리로 상대를 공격할 줄 알았지만, 그것은 나의 잘못된 생각이었다. 녀석들은 집게로 서로를 잡아채고 던지는 등 마치 그래플러 식의 레슬링 싸움을 하고 있었다. 대체 무엇 때문에 두 놈은 서로 싸우는 것일까.

인터넷을 검색해 보았다. 나는 뒤늦게 배우게 된 놈들의 습성은 재미있었다. 원래 전갈은 암수끼리 두면 상관이 없지만. 먹이가 한정되는 공간에서 같은 성 개체를 두게 되면 싸움을 하게 된다. 특히, 먹이를 챙기지 못했을 때 그 싸움은 격렬하다.

인터넷 지식 검색에 웃음이 나왔다. 이렇게 재미있는 케이지 싸움이라면 최고였다. 나는 더 이상 귀뚜라미를 주지 않았다. 햄스터의 새끼인 살아있는 핑키와 일반인들이 보기에 징그럽게 여겨지는 하얀 밀웜을 사서 넣었다. 물론, 먹이를 절대 그냥 주지는 않았다. 딱 한 마리만 던져 줬다. '스팅'과 '마크'는 먹이를 사이에 두고 미친 듯이 싸워댔다. 싸움에서 진 놈은 다른 수조로 옮기고 이긴 놈에게 먹이를 주었다.

냉동된 귀뚜라미를 조용히 먹을 때와 달리 두 녀석은 예전에 비해 공격성이 높아진 것이 사실이다. 핑키의 살을 집게로 잡아 뜯어가며 독을 쏘기까지 하는 녀석들은 싸움에 있어 더욱 영리해져 있었다. 고맙다, 최재혁. 역시 너는 내게 있어 얼마 되지 않는 친구다. 지금 생각해 보면, 내게 있어 친구는 한정된 품목이다. 고등학교 때부터 같은 교실에 앉아 똑같은 교과서로 배우는 녀석들에게 나는 아무것도 느끼지 못했으니까.

다자이 오사무를 읽고, 아무것도 모르는 고딩에 가까운 나라는 놈은 국가와 시대를 넘는 슬품을 공감해버리는 감성에 취해 바보짓을 할 무렵 내게 드디어 기회가 왔다. 간단하게 모든 것을 끝낼 수 있는 기회였다.

평소 세상에서 완전히 보내버리고 싶었던 놈이 있었다. 택용이라는 놈이었는데. 녀석은 아무나 붙잡고 돈을 요구하거나, 누구라도 심하게 따돌림을 시키는 주동자였다. 세상은 그런 쓰레기 같은 놈들이 자라서 각 분야에 걸쳐 뻗어 있기에 약자들이 못 사는 것이다.

그 날도, 리스트 컷에 의한 상처를 만지고 있었는데, 놈이 다가왔다.

"커터 칼 가지고 노는 거 재미있냐? 나도 좀 껴주라? 또라이."

찡그린 택용이 놈의 얼굴은 거대한 칼자국을 남기고 싶을 정도로 기분 나빴다. 나는 왼쪽 손바닥을 커터칼로 조용히 훑었다. 화끈거리고 뜨거운 혈액이 흘러나오고 있었다.

한편, 택용은 아주 가까이 얼굴을 들이대고 실실거리며 웃었다. 조금이라도 빈틈을 보인다면 내가 제압당할 수도 있었다. 그가 내게 집중하고 있는 사이 피가 흐르는 왼쪽 손으로 그의 옆구리를 훑었다. 이죽거리는 그의 얼굴을 쳐다보며 말했다.

"남 신경 쓰지 말고 묻은 피나 닦지 그래."

내가 택용의 옆구리를 가리켰다. 그는 옆구리 부분에 피가 묻은 것을 보고 화들짝 놀라 엎어졌다. 그리곤 이 새끼가 사람 죽이려고 한다며 고래고래 소리를 질러댔다.

"그거 내 피인데? 덩치는 산만치나 크면서 겁이 많네."

나는 웃으면서 일어났다. 택용은 자신이 찔린 줄 알았다가 망신을 당했다는 것에 큰 수치심을 느꼈는지 내게 옥상으로 올라오라며 소리를 질렀다. 옥상이라는 말에 나는 피식 웃었다. 다자이 오사무의 〈인간실격(人間失格)〉을 다 읽어 가고 있었다.

7교시가 끝나고, 택용이 말한 대로 옥상으로 천천히 발걸음을 옮겼다. 그는 자기 패거리를 이끌고 나를 기다리고 있었다. 나는 왼손에 든 〈인간실격〉을 내려 놓았다.

나는 피식 웃었다. 택용은 아까처럼 죽이네 살리네 하며 내게 다가오고 있었다. 나는 그의 주먹을 간단히 피해버렸다. 옥상에 온 이상 안전지대에 있는 것은 무의미하다.

나는 계속 펜스 쪽으로 이동했다. 생각대로라면, 깔끔하게 놈을 먼저 보내고 나도 천천히 다이브 할 수 있는 위치다. 택용은 씩씩 거리며 내 쪽으로 뛰어 들어왔다.

그가 주먹을 뻗었다, 나는 간단하게 우측으로 피했다. 그러자 택용의 곰 같이 육중한 몸이 머리부터 먼저 떨어지더니 퍽! 하는 소리가 났다. 3초 뒤, 학교를 울리는 비명소리가 울리자 아이들과 선생들이 뛰어 나왔다. 옥상에 있던 택용의 패거리와 뒤늦게 싸움구경을 온 아이들은 놀라 아래층으로 뛰어 가거나 오들오들 떨며 주저앉거나 기절하기도 했다. 나는 미친 듯 큰 소리로 웃었다.

나는 미소를 지었다. 다들 기다리라구, 이제 슬슬 지겨운 학교에 스완턴 봄을 날리고 자폭할 거니까. 다자이 마냥 다미가와 상수까지는 아니더라도, 나 같이 살 가치가 없는 쓰레기도 뛰어내릴 자격은 있으니까. 이왕 가는 김에 재미있게 가는 것도 나쁘진 않겠지. 두 팔을 벌리고 허리를 C자로 꺾으며 뛰어내렸다.

중력은 내 몸을 가볍게 만들고 빠르게 낙하했다. 이제 일 초 뒤면 나도 완전히 박살이 나겠지, 즐겁다고 생각하면서 눈을 감았다. 깨어나 보니 몸이 욱신거렸다. 죽은 건 택용이었고, 나는 뛰어나온 아이들의 머리 위로 떨어져 가벼운 찰과상을 입고 기절했던 것이다. 문제는, 이 일로 인해 교장과 담임은 사표를 냈고 교내폭력 단속 기간이라 경찰들이 수사를 하느라 학교가 발칵 뒤집혔다는 것이다.

그 사건 이후 유일하게 재혁만 다가왔다. 모두들 택용의 횡포에 그 동안 숨죽여 온 것은 사실이었지만 그를 죽인 것은 결국 따져보면 나였기에 모두들 나를 피했다.

"아직은 아니야, 탈출한 다음에 소망을 이루라고. 네 논리대로라면 최소한 통조림 공장에서 썩었다는 말은 듣고 싶지 않을 거 아니야? 제발 사람 놀라게 하는 건 그만 둬."

병원으로 찾아온 재혁은 조그만 책을 내밀며 말했다. 책 제목은 〈무소유〉였다.

"이건 내가 존경하는 선생님께서 내게 주셨던 책인데 읽어보고 많은 것을 느꼈어. 어제 읽던 중에 너에게 필요한 구절이 있더군. 그래서 어제 새로 한 권 사서 너에게 선물로 주는 거야. 참 79페이지 부분은 꼭 읽어봐. 나는 그만 학원에 가야 해, 퇴원하고 보자!"

재혁에게 책을 받고 나는 하루 종일 그 책을 읽어봤다. 정말 이해할 수 없었다. 타인이 보기에 카오스의 삶을 사는 내게 있어 절제와 지혜는 대체 어떤 의미란 말인가.

분명한 것은, 녀석 덕분에 고교 생활은 '점수'와 '탈출'을 위한 수단으로 조용히 흘러갔다는 것이다. 물론 가끔씩 무단결석을 해준 덕분에 여러 번 부모와 선생님들에게 혼이 났지만.

스물다섯 해가 되어 작가가 된 재혁이 첫 고료를 받은 날, 나는 녀석이 쏜다기에 나갔다. 처음엔 술인 줄 알았는데 수제 케이크 집에 가서 차와 함께 타르트라는 케이크와 와플을 먹는 것을 보고 한숨이 나왔다. 호러물을 좋아하는 놈이 좋아하는 게 계집애들 마냥 딸기 케이크라니. 술을 한 잔 마실 만도 한데 너무 얌전한 게 아니냐고 묻자 재혁은 웃었다.

"공포소설을 쓴다고 해서 지네튀김이나 피가 흐르는 레어 스테이크를 먹는 건 아니니까. 카쿠라(神樂) 씨."

말을 마친 재혁은 조용히 포크로 케이크에 있는 딸기를 꽂더니 입에 넣고 우물거렸다. 참, 내 이름을 일본어로 부르는 것은 왠지 기분이 좋지 않다. 그러고 보면 내 이름도 한심하다. 황신락이 뭐냐, 황신락. 자칫 아라카미아쿠(荒神惡), 신악(神惡)으로 불릴 수도 있는데.

그건 그렇고, 정말 이 녀석은 머리와 몸이 따로 노는 놈일까. 그런 생각을 하고 있는데, 학교에서 몇 번 봤던 여자가 지나갔다. 기억이 맞다면, 영문학과의 박사코스를 밟고 있는 '글래머

엘리트 퀸카 누님'이다. 이런 녀석에게 저 여자는 어떻게 비춰질지 궁금했다.

"저 여자 어때? 영문과 퀸카, 되게 지적이고 매력적이지 않아?"

내가 손가락으로 그녀를 가리키자 재혁은 케이크를 먹다가 고개를 천천히 들었다. 뭐가 지나갔냐는 어리둥절한 표정을 지으며 남은 케이크에 다시 손을 대고 있었다. 나는 그의 머리를 툭 치며 짜증을 냈다.

"이 자식아 사람이 말을 하면 좀 들으라고!"

이런 재혁의 모습은 정말 호러물과 어울리지 않는다. 온갖 몬스터와 악마, 고문과 추함을 묘사하며 독자들에게 공포심을 자극하는 이 녀석은 하얀 피부에 가는 눈꼬리에 색기(色氣)가 있는 눈동자와 가녀린 눈썹, 조각 같은 코, 계란형의 얼굴, 빨간 입술을 가진 이 녀석은 정말 속내를 알 수가 없다. 그가 내게 줬던 책과 전갈들의 싸움만 해도 그렇고, 하지만 나를 더욱더 놀라게 했던 것은 재혁이 그 때 케이크 집에서 지나가던 여자와 갑자기 결혼을 해버린 사실이다. 내가 모르게 녀석에게는 또 다른 눈이라도 있는 것일까.

하지만, 내가 전갈을 키우지 않게 된 것은, '하미' 때문이었다.

"오빠, 그거 안 키우면 안 돼? 싸우는 거 보면 무섭단 말야. 그리고, 햄스터가 불쌍하지 않아? 아직 눈도 뜨지 못한 아기인데."

그냥, 포상일 뿐이다 라고 말했다. 파이터들도 싸우고 대전료를 받는 것처럼. 저 녀석들은 내 눈을 즐겁게 하고, 야생성을 보존하기 위한 작업인 만큼 다른 개체에 대한 더 이상의 의미는 없었다. 이 녀석들의 치열한 싸움이 즐거울 뿐이다.

"이럴 거면 차라리 키우지 마, 오빠는 너무 사람이 잔인해."

너도, 게임하면서 네가 조종하는 플레이어로 적을 처리할 때 그만큼 포인트를 얻잖아. 그것과 이게 다를 바가 뭐 있지? 라고 하자 그녀는 뾰루퉁한 표정을 지으며 말했다.

"가상과 실제는 틀려, 사실이 소설보다 더 재미있듯이 말이야."

그렇다면 니가 한 마리 키워 봐. 야성 없이 온순하게 말야! 라고 말하며 '스팅'을 하미에게 넘겨버렸다. 처음에는 안 키운다고 하던 하미였지만 조용하게 받아갔다.

다음날 재혁에게 '마크'를 넘겼다. 또 한 마리는 어디 있느냐는 그의 물음에 여자친구에게 줘버렸다고 했다. 때 되면 짝 지어줘야겠네라는 그의 말에 피식 웃었다.

나만 빼고 다른 사람들에게는 종족번식이라는 것이 있는 것인가. 내 꿈이 이루어지려면 멀었다는 생각이 들었다.

3.

담배를 새로 한 갑 샀다. 포장을 뜯고 또 한 개비를 입에 문다. 한숨을 토해내며 하늘로 춤을

391

추며 날아가는 짙은 연기는 깊은 밤에 혼자가 아닌 긴 여운 뒤 잠시 동안 다른 세계로 날아가고 싶을 때, 천장을 보며 태우는 맛과는 전혀 다르게 썼다.

눈을 감고 나는 꿈을 꾼다. 세계를 찢어버리는 작은 소망이 하나하나 부서지는 것을 보면서 웃는다. 그 세계는 하나로 모여 잘게 잘게 조각나서 내 몸에 박힌다.

담배를 떨군 내 왼손에는 커터 칼이 들려 있다. 왼쪽 손목에는 이미 수십 군데의 상처가 선명하게 드리워져 있다. 망설이는 것은 한두 번이 아니다. 그어야 할 것인가, 그만 둬야 할 것인가. 오랜만에 고민하게 된다. 빌어먹을 기분을 안정시키기 위해 그어버리자.

칼끝이 오른쪽 손목 피부에 조금씩 홈을 낸다. 찢겨진 상처 사이로 흘러나오는 붉은 액체는 몸을 뜨겁게 한다. 그것을 흘려보낼 때마다 핑크색으로 상기된 상처 주위의 살들은 빨갛게 물이 든다. 심장이 밧줄로 조이듯 아파온다. 언제까지 이렇게 살아 있어야 하는 걸까.

하지만, 멈출 수 없다는 것이 현실이다. 이런 고조된 기분을 느낀 것은 중학교 때 수음을 했을 때가 처음이었다. 기분이 높게 쳐 올랐을 때 누가 오지 않기를 바라면서 방문을 모두 닫고 처음 생각했던 수음의 상상 속 상대가 누구였는지 생각나지 않는다. 이것 역시 빌어먹을 그 일 때문일까. 어느 때부터 아랫도리의 유희에서 느낀 재미는 끝나 버렸다. 체위를 아무리 바꿔 봐도, 상대가 바뀌어도 아무것도 느낄 수 없었던 것이다.

오히려 육체가 서로 뱀처럼 꼬여버리는 것은 지루해져 버렸다. 하미와 첫 밤을 보냈을 때도 마찬가지였다. 그나마 내게 안정을 준다는 것이 다를 뿐, 첫날 밤에도 유일하게 내게 복수하겠다고 화낸 여자도 그녀, 하미다.

그녀를 처음 만난 것은 대학 시절 소개팅 덕분이었다. 나는 전혀 원하지 않았던 자리였지만 일문과 후배들이 주선한 자리에 같은 과 동기가 빠지게 되어 내가 대신 나가게 되었다.

다른 여학생들은 별로 눈에 뜨이지 않았다. 하지만 도수 높은 안경을 쓰고 얼굴을 가리고 있는 긴 머리가 자꾸 눈에 거슬렸다. '하미'라고 해요. 자기소개가 끝나자마자 나는 오른손을 들어 어이, 메가네(안경) 머리를 올리는 게 훨씬 낫겠네 라며 그녀의 이마를 가린 머리카락을 손으로 뒤로 넘겼다. 순간 안경이 떨어지면서 맨얼굴이 드러났고, 모두들 내 행동에 깜짝 놀랐다. 하미는 얼굴이 빨개지며 안경을 찾아서 썼다.

다들 나에게 불쾌감을 느끼기 전에, 나의 무모한 행동보다 하미에게 눈길이 가고 있었다. 내 말 마따나 그녀가 나온 여자들 중에서 제일 괜찮았기에, 나를 제외한 남자들은 하미에게 러브콜을 보내느라 정신이 없었다. 어느덧 긴장감도 사라지고 소개팅 자리가 시시해져 버린 나는 미소를 지으며 찻값을 계산하고 조용히 나와 버렸다.

다음 날, '바보! 내 이마 물어내!'라는 문자가 왔다. 하미는 그렇게 내게 다가왔다. 첫 만남에서부터 우리는 꼬였지만, 에프터 상대로 나를 지목한 이유는 그 행동 덕분이었다. 그녀는 여고 시절부터 만화를 그리느라 자기 자신에게 별다른 신경을 안 썼기에 자기 외모에 깔려 있는 매력에 대해 모르고 있었다. 그럴 수밖에 없었던 것은 그녀의 하루 일과는 전공과 거리가 먼 게임과 만화 그리기였기 때문이다. 동인지를 내며 인터넷을 통해 판매를 할 정도로 일러스트레이터의 길을 걷는 그녀에게 왜 만화를 그리게 되었냐고 물어보자 그녀는 자기 의지는 아니라고 했다. 그림을 잘 그리지 못했는데 어느 날부터 시작하게 되었다고 했다. 그 어느 날이 언제냐고 묻자 그녀는 아무 말도 하지 않았다.

하미와는 편하게 지냈다. 그녀가 리드하는 대로 만나 데이트하고 통화하거나 메신저로 대화했다. 한편으로는 귀찮기도 했지만 나를 좋아해주는 사람이 있다는 것만으로 서로 존중할 필요가 있었다.

단지, 중3 때부터 내가 살아있다는 것을 확인하는 행위로 리스트 컷은 중단되었다. 커터 칼로 피부를 찢어가며 뜨거운 피를 확인하는 것이 더 이상 무의미했다. 게다가 그 덕분에 나는 한 번도 즐거운 기분을 가지지 못했던 것이 사실이다.

사는 것이 귀찮았던 내게 있어 잠시나마 고통을 잊고자 연애보다도 클럽에서 몸을 움직여 대고 서로 필이 꽂히면 근처에서 원나잇스탠드를 즐기기도 했던 때가 있었다.

처음에 즐긴 섹스는 서로의 몸을 탐닉하고 체액교환에 불과했기에 재미가 없었다. 즐기고 나면 상대의 얼굴이 흑백으로 보였다. 혀가 혀를 먹어치우고 아랫도리가 얽혀도 상대의 얼굴에 있는 모공과 조그마한 땀 한 방울마저도 내 눈에는 크게 보였다. 게다가 육체에서 풍겨져 나오는 화장품 냄새, 뱀의 비늘 같은 피부는 혐오감마저 불러일으켰다.

차라리, 너희는 더미(Dummy)가 되는 것이 낫겠다는 생각에 조금은 힘들지만 커터 칼을 가지고 다니며 섹스 전에 상대 여자들에게 제의했다. 몸을 좀 더 뜨겁게 하고 싶어 약간의 피를 보고 싶다고. 대부분의 여자들은 욕설을 퍼부으며 관계를 하기도 전에 도망쳤다.

나는 하미에게 정말 이런 제의를 하기 싫었다. 하지만 머릿속의 그림자를 떨쳐내기 위해서는 잠시나마 필요하지 않을까? 라는 생각이 계속 들었다. 하미가 과연 자기 자신을 나에게 허락할 것이라는 보장도 없고 다른 여자들처럼 도망갈 수도 있었다.

그 날은 기일 전날이었다. 납골당에 갔다가 집에 돌아왔다. 내 방은 일어번역가라는 직업 특성상 일어로 된 원어책과 문법 관련 책이 꽂혀 있는 조그만 책장과 컴퓨터, 프린터, 미니냉장고, 세탁기가 차례대로 놓인 것이 전부이다. 가끔 하미가 청소와 빨래를 해주기에 나는 그녀에게 많은 신세를 졌다. 컴퓨터 책상 위에는 항상 담배와 라이터, 재떨이가 함께 있다. 구석에는 전갈 두 마리가 있었지만 재혁과 하미가 각각 한 마리씩 가져가서 이제는 아무 것도 없다. 이러한 풍경은 나처럼 원룸에 혼자 사는 사내에게 적절하게 어울리는 구조다.

신발을 벗고 들어가자 흐느끼는 소리가 들려왔다. 방으로 들자 하미가 침대에 누워 베개에 얼굴을 묻고 울고 있었다. 어디 다녀왔냐는 말에 오랜만에 친구를 보고 왔다고 하자 그녀는 자기를 버리지 말라며 갑자기 내 품에 안겼다. 무슨 일이냐고 물었지만 아무 말도 하지 않았다. 손수건으로 눈물을 닦아준 뒤 주위를 둘러봤다. 하미의 스케치 북이 방바닥에서 뒹굴고 있었다. 그것을 펼치자 평소 그녀가 그린 화려한 그림이 있었는데, 전부 엑스자로 그어져 있었다. 무슨 일이냐고 물어도 아무 말도 하지 않았다.

안아줘, 라는 말에 나는 그녀를 조용히 안아주었다. 하미는 이제 그림 같은 것은 더 이상 그리기 싫다며, 자기는 자기 자신이라며 울먹였다. 자신은 이대로 영원히 내 품에 안겨 있는 게 좋겠다고 말하며 울었다. 무슨 생각인지 이해 할 수 없는 상황에서 돌려보낼 수도 없었다. 아니, 돌려보낸다고 해서 갈 것도 아니었다. 그녀는 집에 가면 숨이 막힐 것 같다며 눈물을 닦았다.

자기는 누구의 대용품이 아니라는 등 전혀 알아들을 수 없는 말만 하고 있었다. 거듭해서 집에 들어가기 싫다고 했다. 철부지 같았지만, 강제로 데려다주기도 어려운 상황이었다. 나는 하미에게 그렇다면 오늘은 조금 길게 느껴질 수도 있는 내 이야기를 들어주겠냐고 물었다. 그녀가 '뭐든지' 라며 수긍하자 나는 다른 여자들에게처럼 뭉뚱거리는 말보다도 솔직히 말하는 것이 낫겠다고 생각했던 것일까. 중학교 때 있었던 하영에 대한 일과 오늘 친구를 만났다는 사실도 그 일 때문이라는 것을 밝혔다. 비록 그녀의 이름은 말하지 않았지만 그 동안 고통을 잊기 위해 해왔던 리스트 컷에 대해 말해버렸다. 하미에게 리스트 컷에 대해 말한 것은 처음이었다.

내 말이 끝나자, 하미는 무슨 생각을 했는지 침대에 누웠다. 그리고 옷을 하나씩 벗어던졌다. 그녀는 두 손으로 자신의 얼굴을 가렸다. 아담한 체격이면서도 빈약한 가슴은 아니었고 살결은 너무나도 희었다. 군살 하나 없는 하미의 육체는 나에 의해 고통을 받을 것이다.

나는 칼로 왼쪽 손목을 조용히 그을 준비를 마쳤다. 제발, 오늘로서 하영의 그림자는 사라져야 한다. 더 이상 고통 속에 사는 것은 힘들기에 마지막으로 얼굴을 떠올린다. 내 옆에는 하영이 아닌 하미가 있기에 잊어야 한다. 내 몸을 하미의 몸에 포개며 입을 맞추었다. 서로의 육체가 뒤섞이는 가운데, 의식이 끝나면 팔과 침대 한켠은 조금씩 붉게 물들 것이다. 나의 시야는 리스트 컷 때 나타나던 하얗게 점멸하는 빛과 함께 슬슬 하영의 모습이 나타날 것이다. 하미는 자신의 다리 사이로 발기한 남성이 들어오자 얼굴을 심하게 찡그린다.

나는 아랫도리를 조금씩 움직이며 왼쪽 손목을 커터 칼로 그었다. 마지막이라서 그런 것인지 별로 두렵지 않았다. 왼쪽 팔에서 조금씩 뜨거운 혈액이 배어 나오는 순간 나도 모르게 놀라고 말았다. 시야에 하얗게 비춰진 것은 하영이 아닌 나의 상처를 지혈하면서 또 한편으론 피부에서 핏방울을 핥고 있는 하미였다. 그 때처럼 교복만 입지 않았을 뿐 내가 열여섯 살 때부터 고통의 순간마다 떠올렸던 바로 그 얼굴이었다. 그녀는 예전의 그대로 있었기에 나는 더더욱 놀랄 수밖에 없었다. 내 뺨에는 눈물이 줄줄 흘렀다. 하미는 내가 들어오는 고통에 찡그린 표정을 지으며 뜨거운 숨을 토해내더니 출혈하는 나의 손목을 잡고 있었다. 심장이 가빠져 왔다. 하지만 멈출 수 없었다. 내가 진심으로 사랑했던 사람을 잊으려 했지만 그것이 불가능하다는 사실은 나와 하미 사이에 펼쳐질 육체의 쾌락 속에 영원히 달라붙어 있을 것이다.

그 날 이후, 나는 더 이상 리스트 컷을 하지 않았다. 서로를 아프게 하는 것보다 순수함으로 돌아가는 것이 더 좋았기에 죽을 때까지 그녀 앞에서는 피부를 찢는 것만큼은 하지 않겠다고 다짐했다. 단지 나와 하영에게 이런 고통을 준 사람의 현실과 미래를 내 눈으로 직접 보고 싶다는 것이 목표가 되어 버렸다. 오랜 시간 동안 나 자신을 구원하기 위해 빌어먹을 계획은 시작 되었던 것이다.

4.

하미로부터 문자가 왔다. 5분 뒤에 도착한다고 한다. 이제, 정리의 시간이 왔다. 나는 몇 시간 전 사람을 죽였다. 이것은 고의가 아닌 나 역시 놈처럼 알코올에 이끌렸을 뿐이다. 내가 죽인 놈도 어차피 그 말을 했기에 상관없는 것이다. 내가 그 놈을 죽이려고 살인 계획을 세운 것은 아주 오래 전이었다. 나 자신이 항상 죽으려다 죽을 수 없었던 것은 어쩌면 이 날을 기다려 왔기 때문인지도 모른다.

그 날, 나의 모든 것을 빼앗아 간 쓰레기에게 그 정도의 선물은 당연한 것이라고 여긴다. 일요일 아침, 고층빌딩과 상가 사이로 오가는 사람들의 얼굴은 각양각색이다. 물론 똑같은 옷을 입은 인간들은 다 거기서 거기다. 동네 곳곳마다 교회의 십자가가 걸려 있다. 얼마나 많은 사람들이 6일 간 저질렀던 죄를 청소하려고 모여드는 것일까. 나는 그 날 이후로 성경과는 거리가 멀어져 버렸기에 사람들이 교회에 꼬박꼬박 가는 이유를 이해할 수 없다.

쓰레기는 기도를 마치고 사람들과 교회에서 나오고 있었다. 지인들과 악수를 나누며 성경책을 들고 웃고 있는 그의 모습은 누구 못지않게 행복해 보였다. 정말 그 얼굴 가죽을 벗겨내고 싶었다. 가족들로 보이는 중년의 부인과 아이들이 보였다.

가와사키 닌자 모델의 모터사이클에 앉은 나는 조용히 헬멧의 쉴드를 내렸다. 더 이상 그들을 바라보면 결심이 흐트러질 것이다. 조용히 차량을 뒤쫓던 나는 그의 집 근처에 이르렀다. 가족들이 내려 집으로 들어가자 차를 주차하던 놈에게 쓰레기를 던졌다. 뭐냐고 소리치는 놈에게 돌을 던지자 차 유리가 박살이 나고, 놈은 나를 끈질기게 쫓아오기 시작했다. 얼마나 달렸을까, 한참을 달리다 화성시의 마을 외곽 도로에 모터사이클을 세웠다.

쓰레기가 차에서 내려 욕설을 퍼붓는다. 사람들 앞에서 공손하던 그 모습은 어디에 갔는지 궁금할 정도였다. 나는 조용히 그에게 다가가서 간단하게 한 방 먹였다. 놈에게 뻗은 주먹은 코에 적중했고 놈은 길바닥에 쉽게 쓰러져 버렸다. 놈을 들쳐 매고 테이프로 칭칭 묶어버린 뒤 차 트렁크를 열어 그곳에 집어 넣어버렸다.

　나도 모르게 계속 달렸다. 차에 부착된 네비게이션을 끄고 무작정 철로가 있는 곳으로 달렸다. 얼마나 시간이 지났을까. 건널목 근처에 인적이 드문 곳에 차를 세웠다. 트렁크에서 놈을 꺼내어 입에 부착된 테이프를 떼어냈다.

　"아저씨 오랜만이야. 빌어먹을 헤드라이트 비추는 건 여전하데?"

　겁에 질린 놈은 대체 왜 이러냐며 돈이 필요하냐고 물었다.

　"기억나? 니가 사람 쳤던 거 말이지. 그리고도 어떻게 잘 살아 있네."

　순간 놈의 얼굴이 일그러진다. 그 일은 이미 자기도 죗값을 갚았고 계속 그녀를 위해 기도하고 있다며 소리친다. 나는 쓰레기의 발목에 로프를 감았다.

　"어이, 목사 양반. 사람 죽여 놓고도 성경책 몇 구절 읽고 하느님 찾으면 다들 당신을 선량하고 아름다운 목회자로 볼 줄 알았어? 세상사람 전부 다? 하긴, 감추려면 뭔 짓을 못 해. 당신도 빵 다녀왔으니까 알겠지만 사형수들도 죽기 전에 하느님 믿으면 천국 간다는 말에 할렐루야를 외친다며? 똥 싸놓고 남이 치워주길 바란다니. 진짜로 믿는 사람들 엿 먹이네."

　제발 살려달라며, 이러면 지옥 불에 떨어질 것이라고 놈은 소리치고 있었다. 팔에 로프를 둘러 묶자 부인과 자식이 있는 몸이라며 제발 살려주면 신고는 하지 않겠다고 울먹였다.

　"지옥? 그런 게 있다면 당신은 왜 살아 있지? 함부로 사람 목숨 뺏어놓고 말야, 그리고 아저씨가 어떻게 살던 그건 나하고 상관이 없어. 당신도 술 먹고 사람 친 게 알코올에 취해 돌진했으니까 그런 거 아냐? 사람이 죽는 건 똑같은 이치야."

　그 때, 멀리서 기차의 경적소리가 들린다. 나는 놈을 철로에 묶었다. 누워있는 놈은 미친 듯이 울부짖기 시작했다. 점점 기차소리가 가까워져 간다. 이제 기차의 앞부분이 보인다.

　"잘 가요~ 니 혼자 구원 받은 새끼야."

　순간 놈의 몸 위로 기차가 지나갔다. 기차의 앞부분이 피로 물들고 동시에 철로 주변은 조각난 놈의 몸뚱이가 뒹굴고 있었다. 그것을 보며 나는 십자가 모양으로 예수가 못 박혔던 포즈를 취한다. 한참 지났을까, 내 머리 위로 눈이 내린다. 철로를 붉게 물들이고 부서진 몸 위에도 눈이 조금씩 쌓인다. 타인이 봤다면 천벌 받을 것이라고 생각될 나라는 놈은 아무런 의식도 느끼지 못했다. 그럼에도 아주 평온하게 눈이 내리고 있었다. 저 멀리, 시골 교회의 종소리가 들린다. 참회와 안식을 노래하는 일요일 임에도 불구하고, 나는 차를 세워둔 곳으로 가기 위해 반대편으로 발길을 돌렸다. 나도 모르게 눈물이 흘러나온다. 하얀 입김이 새어 나오며 프리지아 꽃향기가 어디선가 내 코를 찌른다.

　차 안에는 성경이 있었다. 그것을 창밖으로 던져 버리고 놈의 차를 운전하여 모터사이클이 세워져 있던 곳으로 가서 놈의 차량을 버린 채 다시 모터사이클을 타고 서울로 돌아갔다. 돌아가기 전에 하미에게 문자를 넣었다. '망원역 3번 출구에서 만나자'.

　경찰들에게 전화를 했다, 8톤 트럭을 몰고 사람을 죽인 뒤에 뻔뻔하게 착한 척하는 놈을 철로에서 열차에 치게 해 죽였다고 했다. 그들은 무슨 소리냐며 장난전화 하지 말라는 식으로 말했다.

　"경찰 새끼들아 내가 쓰레기 청소했는데 너흰 그게 장난으로 보여?"

　그들은 전화를 끊었다. 더 이상 전화를 한들 소용이 없을 것 같다.

　2시간 후, 나는 하미를 기다리고 있었다. 그 동안 있었던 일들을 뇌까리면서 말이다. 하미가 오고 있었다. 빨간 코트와 검은 부츠를 신은 그녀는 여느 때보다 귀여웠다.

　매서운 추위에 떨고 있는 하미의 볼은 상기되어 있었다. 나를 만나러 온 그녀에게 이제, 확실하게 말해야 한다.

　"부탁, 들어주겠어? 내 꿈을 실현시키고 싶은데. 미안하지만… 들어 줄 거지?"

　무슨 일이냐고 묻는 하미에게 단도직입적으로 말했다.

　"날 잊어 줘, 그리고 나를 죽게 만들어 줘. 그게 내 소원이야."

　내 말에 하미는 고개를 흔들며 무슨 일이냐고 묻는다. 그리고는 손을 붙잡았다. 누구도 의미 없이 태어난 것은 아니라며 자신에게 나는 어떤 의미냐고 묻는 하미의 말을 더 이상 들을 수 없었다. 이대로 손을 잡고 있으면 나뿐만 아니라 그녀에게도 계속 피해가 갈 것이다. 내 손을 꼭 잡고 우는 하미는 나를 부둥켜안았다. 이제 방법은 그것인가.

　조용히 품에서 커터 칼을 꺼낸 나는 하미의 왼쪽 손목을 칼날로 그어버렸다. 순간 하미는 내 손을 놓고 피로 물든 자신의 손목을 붙잡으며 고통스러워했다. 나는 무작정 뛰었다.

　하미를 잊어야 한다. 그리고 나는 더 이상 계속 있을 수가 없다. 주위 사람들은 손가락질을 하며 경찰을 부르고 있었다. 경비들과 경찰, 공익 몇 명이 나를 붙잡으러 뛰어오고 있었다. 그들을 따돌리며 나는 승강장으로 뛰어갔다. 새로운 열차 오는 소리가 들린다. 뒤에는 계속 경찰들이 쫓아오고 있었다. 승강장에는 사람이 얼마 없고 열차의 불빛이 점차 강렬하게 내 시선 속으로 빨려 들어온다. 나는 승강장 밖 열차로 몸을 날렸다.

　강하게 튕겨져 나간 몸이 욱신거린다. 오른쪽 눈만이 모여드는 사람들을 감지할 수 있다. 나는 내 모습을 볼 수 없지만 이미 왼쪽은 날아가 버린 것 같다.

　육체의 고통이 있었지만 조금씩 기어갔다. 사람들이 모여도 뱀처럼 꿈틀거리며 기어간다.

내 마지막 모습이 보고 싶어서 핸드폰에 부착된 거울에 나를 비추었다. 내 꼴은 제대로 참혹했다, 얼굴의 절반이 날아가 버렸고. 왼쪽 피부가 혈관과 뼈가 엉켜 있는 것이 선명하게 보였으며 붉게 물든 이마 윗부분의 뇌도 조금씩 보였다. 눈앞에서 점점 어둠이 한 꺼풀씩 깔리기 시작한다. 육체에서 비릿한 피 냄새가 날 줄 알았는데, 프리지아 꽃향기가 나고 있었다.

갑자기 떠나버려서 하미야 미안해, 혼자는 너무 외롭기에 길동무가 필요해. 아무나 붙잡기에는 너무 늦어 버렸는 걸. 이제 잠깐 동안의 망설임을 잊게 하는 것도 필요 없겠지.

최창수

1981년 광주 출생. 현재 한남대 문창과 박사과정 수료. 2006년 『문예연구』 신인문학상 당선. 제4회 한남문인상 젊은작가상 수상.

동화

한 남 문 학 선 집

말을 먹고 사는 새

박진용

사람들이 태어날 때, 하느님께서는 새를 한 마리씩 선물로 주십니다. 그래서 사람들은 누구나 가슴 속에 새를 한 마리씩 기르고 있지요. 첨엔 비둘기나 갈매기 새끼들처럼 아주 귀엽고 예쁜 새였는데, 사람들이 자라면서 제각기 다른 모습으로 살아가는 것처럼, 그 새들도 주인을 닮아 각각 다른 모습을 지니게 됩니다. 사람의 마음속에서 자라는 새!

참으로 신기한 일입니다.

내가 사는 아파트에 창민이라는 애가 살고 있어요. 우리 아파트에서는 아주 유명한 애인데, 사람들이 창민이라면 모두 혀를 내둘렀지요. 친구들한테 욕설하기, 동생들이 가지고 노는 공 빼앗아서 혼자 치고 다니기, 화단에 핀 장미꽃을 똑똑 잘라서 시멘트 바닥에 내동댕이치고 발바닥으로 비비기, 여기저기 다니면서 이상한 낙서하기…….

그런 창민이가 요즘엔 아주 얌전해졌다고 어른들의 칭찬이 대단하지요. 어른들을 만나면 인사 잘하고, 동생들 잘 데리고 놀고, 친구들에게 친절하게 대해주고, 아파트 화단에 무성하게 자라는 잡초를 뽑아 주는가 하면 목말라하는 나무에게 물도 주지요.

"어쩌면 저렇게 달라질 수 있을까?"

어른들은 참으로 신통한 일도 다 있다며 수군거렸습니다. 그렇게 달라진 아들을 바라보는 어머니의 마음은 매우 기뻤습니다. 못된 아들을 두었다고 날이면 날마다 이웃집 사람들의 항의 때문에 이사를 가기로 결심까지 한 적이 있는데, 저렇게 정반대로 달라지다니! 어머니의 마음은 기쁘면서도 한편으로는 은근히 걱정도 되었습니다. 혹시 이렇게 된 게 아니냐며 손가락으로 허공을 향해 동그라미를 그려 보이는 이웃집 아주머니를 보았기 때문입니다.

'정말로 돌아버린 것은 아닐까?'

그러나, 어머니의 이런 걱정은 아랑곳하지 않고 창민이의 선행은 계속되었습니다. '공부'라면 혀를 내둘렀던 창민이가 책상에 붙어 있는 시간도 많았고, 동생에게 동화책도 읽어주었습니다.

창민이는 새를 보았습니다. 누구도 볼 수 없는 자신의 새를 본 것입니다. 천둥 번개가 요란하고 장대비가 내리던 날 밤, 창민이는 자신의 새를 보았습니다.

'크르릉, 꽝!'

천둥소리에 놀라서 잠을 깼다가 다시 잠을 청하고 있는데, '푸드득, 끼욱!' 하는 소리에 눈을 떠보니 검은 새 한 마리가 책상 위에 앉아 있었습니다.

얼마나 놀랐는지 창민이는 새우처럼 웅크리고 그 새를 쳐다보았습니다. 어둠 속에서도 너무나 뚜렷하고 선명하게 보였습니다.

그 새는 온통 검은 빛을 띠고 있었습니다. 프로메테우스의 간을 쪼아대던 독수리의 부리처럼 날카롭게 생긴 주둥이를 오물거리며 실핏줄이 거미줄처럼 엉켜있는 툭 튀어나온 눈으로 창민이를 쏘아보고 있었습니다.

"너, 너는 누구냐?"

창민이는 턱을 덜덜 떨며 말했습니다.

"저는 주인님의 종입니다."

"무슨 소리야?"

"예, 저는 주인님께서 이제까지 길러준 주인님의 새입니다. 앞으로 더 많이 사랑해 주십시오."

그 새는 마치 저승사자의 검은 도포 같은 날개를 한 번 쫙 펴 보이며 굵은 목을 웅크렸습니다. 그러자, 검게 빛나는 목줄기의 털들이 싸움닭처럼 빳빳하게 일어섰습니다.

창민이는 소름이 돋았습니다.

"꺼져, 꺼지란 말야, 임마!"

그러자, 검은 새는 창민이가 한 말을 꿀꺽 삼키더니 입맛을 쩍 다셨습니다.

'아니? 저럴 수가!'

검은 새의 핏기어린 눈빛은 더욱 빛났습니다.

"놀라지 마십시오, 주인님. 저는 그 동안 주인님께서 하신 말을 먹고 자랐습니다. 주인님께서 말끝마다 욕을 해주셔서 저는 그 욕을 먹고 이렇게 튼튼하게 자랄 수 있었습니다."

"엉터리! 그런 멍청한 소리가 어딨어? 빨리 꺼져, 이 더러운 새야!"

창민이는 소리를 버럭 질렀습니다. 번개가 지나가더니, 천둥이 요란하게 울었습니다. 검은 새의 머리털이 가시처럼 솟아오르고 눈에는 핏발이 섰습니다.

"주인님, 저는 주인님의 몸속에서 자라온 새입니다. 즉, 주인님의 분신이지요. 이 세상에서 가장 힘센 새가 되기 위해서는 주인님의 심장이 필요합니다. 캬악!"

순식간에 일어난 일이었습니다. 검은 새는 창민이의 가슴을 찍어대더니 심장을 물어 뜯었습니다. 창민이는 저항할 틈도, 힘도 없었습니다. 그 순간 번개가 번쩍 하더니 벼락 치는 소리가 들렸습니다. 그리고, 정신을 잃었습니다.

아침에 일어나 창문을 열었습니다.
밝은 햇살, 푸른 하늘이 눈부시게 빛나고 있었습니다.
창민이는 자기의 방을 말끔히 치웠습니다. 먼지도 닦아냈습니다.
"아니? 해가 서쪽에서 떴니?"
어머니의 눈이 꽈리처럼 부풀어 올랐습니다. 창민이는 멋쩍게 웃으며 학교로 갔습니다. 아이들이 욕을 하며 장난을 걸어도 피식피식 웃기만 했습니다.
이따금 눈을 들어 푸른 하늘을 나는 비둘기를 쳐다보았습니다.
그 날부터 창민이의 마음 속에는 예쁜 새 한 마리가 다시 자라기 시작했습니다. 아무도 알지 못하는 파랑새 한 마리를 키우고 있습니다.

박진용

1950년 세종시 출생. 한남대 국어교육과 졸업. 1983년 『아동문예』 등단. 동화집 『우리들의 도깨비』 외 다수. 한국아동문학 작가상, 대전문학상 수상. 대전문인협회 부회장, 대전문학관장.

김치 담그는 날

이은하

내 이름은 '열무', 내 동생 이름은 '김치'입니다.

그렇다니까요. 불행히도 우리 쌍둥이 형제 이름은 '열무'와 '김치'입니다.

얼마나 많은 놀림을 받았을지 말하지 않아도 짐작하겠죠?

부모님이 김치공장이나, 열무냉면 가게를 하시냐고요? 아니면 김치연구가?

푸훗! 철부지 우리 아빠는 직업 하나 없는 백수랍니다.

아빠가 콧노래를 부르면서 냄비에 물을 끓이시네요.

"라면 한 박스를 벌써 다 먹은 거야? 열무야! 김치야! 라면 사와라!"

아무 대답도 들리지 않자 아빠가 투덜거립니다.

"십일 년이나 애지중지 키워놨더니……. 먹기만 해봐라!"

아빠가 가스 불을 끄고 후다닥 옥탑방 계단을 뛰어 내려갑니다.

무릎이며 엉덩이가 늘어질 대로 늘어진 트레이닝복은 동네에서도 유명한 아빠의 유니폼입니다. 씻지도 않고 방에서 뒹굴다가 나가는 아빠의 머리는 지푸라기로 새둥지를 튼 것 같습니다.

"히야! 계란 노른자 제대로 터졌네. 맛있겠다!"

아빠가 팔팔 끓인 라면을 상 위에 놓으면서 호들갑을 떱니다.

작고 동그란 상에는 찌그러진 냄비와 열무김치 접시뿐입니다. 나와 김치는 배가 고팠지만 거들떠보지도 않았어요.

"후루룩 쩝쩝- 역시 라면엔 열무김치가 최고야! 새콤 달콤 기가 막히게 익었군!"

아빠는 일부러 요란한 소리를 내면서 맛있는 척을 했습니다. 나와 김치는 입을 꾹 다문 채 숙제를 하고 있었습니다.

"열무김치는 할머니가 담그신 게 정말 맛있지! 새파란 열무에 칼칼한 새우젓 끓여 붓고, 보기만 해도 입안이 얼얼한 고춧가루를 와르르……. 아빠가 매운 열무김치를 좋아하잖아. 하얀 쌀밥에 새빨간 열무김치를 올려서 아삭아삭 먹으면……, 후루룩- 풋풋한 열무 향이 입안에 쫙

퍼지지. 싱싱한 열무 잎사귀, 떨떠름한 생김치 맛이 얼마나 시원하고 맛있는 줄 알아? 고기반찬이 필요 없다니까. 너희들, 정말 안 먹을 거야? 아빠가 다 먹는다!"

아빠의 입가에 라면 국물이 지저분하게 흘러내렸어요. 나는 식욕이 싹 사라져서 고개를 흔들었습니다.

"싫음 말고. 후루룩- 엄마가 너희들 가졌을 때, 입덧 심했던 거 얘기했었지? 불고기를 사줘도 웩-, 자장면을 사줘도 웩-, 만날 웩웩- 뱃속에 오리새끼들이 사는 줄 알았다니까. 그런데 참 신기하지! 두 달 동안 먹지 못해서 꼬챙이처럼 마르던 너희 엄마가, 글쎄 할머니가 담가오신 열무김치를 보더니 눈이 휘둥그레지는 거야. 새빨간 고춧가루에 버무린 파란 열무김치를 손가락으로 마구 집어먹는데, 웬걸? 잠잠한 거야! 진수성찬을 봐도 고개를 내젓던 너희 엄마가 커다란 김치 통을 끼고 앉아서 밥 두 그릇을 뚝딱 해치우는데……! 크크! 볼록한 배를 실룩거리면서 대자로 누워서 자는 모습이란! 드르릉드르릉 코까지 골면서 자는 네 엄마 입가엔 빨간 김칫국물이 잔뜩 묻어 있고……. 그 모습을 보고 나랑 할머니랑 어쩌나 웃었는지……. 그 뒤로 너희 엄마는 자나 깨나 '열무김치', '열무김치' 노래를 불렀단다. 아침에는 뜨거운 물에 밥을 말아서 열무김치를 올려 먹고, 점심에는 열무김치랑 고추장 넣고 쓱쓱 비벼먹고, 저녁에는 열무김치 냉면을 해먹었지. 신 김치로 김칫국을 끓이면 또 얼마나 맛있게 먹던지! 후루룩- 쩝쩝- 너희들이 엄마 뱃속에 있을 때, 엄마랑 아빠가 '무럭무럭 자라서 영양 최고, 맛도 최고, 열무김치 같은 사람만 되어라! 싸랑한다!'라고 했던 말 기억 안나?"

"그만 좀 해!!"

갑자기 동생 김치가 버럭 소리를 질렀습니다. 글씨를 꾹꾹 눌러쓰고 있던 나는 뚝 부러진 연필심만 내려다보았습니다. 놀란 아빠는 젓가락을 떨어뜨렸어요.

"시끄러워서 숙제를 못 하겠어요! 학원에도 안 보내주고 공부도 봐주지 않으면서 왜 이렇게 떠들어요! 회사에도 안 나가면서 학부모 상담에도 안 오고, 급식 당번도 안 해주고, 준비물도 안 챙겨주고, 이번 달엔 급식비도 안 줬잖아! 월세 값도 다섯 달이나 밀렸다면서! 인터넷도 끊겼는데, 이러다 전기랑 수도랑 가스도 끊기는 거 아냐? 다른 집 아빠들 좀 봐! 아침부터 밤중까지 일하고 주말엔 아이들이랑 놀이동산에도 가고 백화점에도 간다고요. 아빠는 할 줄 아는 게 뭐야? 라면 끓여서 먹는 거랑 열무김치 타령밖에 할 줄 아는 게 없지!!"

"……!"

라면을 씹다 만 아빠가 입을 벌린 채 아무 말도 하지 못했습니다. 아빠의 눈썹이 파르르 떨리는 것 같았습니다.

"돌아가신 할머니, 엄마 얘기 좀 그만해! 매일 먹는 열무김치, 이젠 꼴도 보기 싫어! 지긋지긋한 열무김치, 내가 다 갖다 버릴 거야!"

기어이 김치가 일을 저질렀습니다!

김치는 기관총처럼 쉬지 않고 쏘아붙인 뒤에 냉장고 문을 거칠게 열었습니다. 김치 통을 꺼내서 뚜껑을 열고 반쯤 남은 김치를 쓰레기통에 부어버렸습니다.

코를 찌르는 김치 냄새가 순식간에 방안에 퍼졌습니다. 방바닥과 벽에 튄 김치 국물이 붉은 얼룩을 만들었습니다.

다음 날, 아빠는 옥탑방 앞마당에서 새로 사 온 열무로 김치를 담그셨어요. 다른 때보다 양이 훨씬 많았어요. 아빠는 아무 일도 없었다는 듯이 절인 열무를 깨끗이 씻고 젓갈과 양념을 준비하셨어요.

"에취! 고춧가루가 눈에 들어갔나 봐. 김치야, 아빠 눈 좀 닦아줘. 매워 죽겠네. 아이고~"

김치는 아빠한테 못되게 군 게 마음에 걸렸는지 군소리 없이 물수건을 들고 가 아빠의 눈 주위를 닦아주었어요.

"이제야 앞이 보이네. 김치야, 깨소금 좀 팍팍 뿌려라. 옳지, 됐다! 그럼 슬슬 몸 좀 풀어 볼까. 야뵤~"

아빠는 고무장갑을 낀 두 팔을 휘저으면서 무술 배우 흉내를 냈습니다.

장난기 가득한 얼굴로 야단법석 준비 운동을 마친 아빠는 중요한 임무를 수행하는 사람처럼 진지한 얼굴로 김치를 버무리기 시작했어요. 열무 잎이 짓이겨지지 않도록 젓갈과 양념을 골고루 섞어 살살 무치는 아빠는 귀한 아기를 다루는 엄마 같았어요.

잠시 후, 빨간 양념에 버무려진 열무김치에서 윤기가 자르르 흘렀습니다. 빛깔만 보아도 입맛이 돌았어요. 아빠는 열무김치 한 조각을 맛보시고는 황홀한 표정으로 눈을 감으셨죠.

"열무야, 냉장고에 삼겹살 사놨다. 어서 구워라."

눈이 휘둥그레진 나와 김치는 기쁜 표정을 감추지 못했어요.

우리는 어제 일은 싹 잊어버리고 삼겹살을 구웠어요.

갓 담근 열무김치와 함께 먹는 삼겹살은 입에서 살살 녹았습니다. 우리는 오랜만에 배가 터지도록 고기파티를 했어요.

"김치 갖다 버리면, 집에서 내쫓을 줄 알아."

아빠는 큼직한 고기 한 점씩을 김치와 내 입에 넣어주시면서 으름장을 놓았어요. 나는 열무김치를 손가락으로 집어먹으면서 헤벌쭉하게 웃었지요.

시무룩해진 김치가 미안한 얼굴로 아빠의 빈 잔에 소주를 따랐어요.

"일자리 구했다. 몇 달 열심히 일하면 정식 직원으로 써 준다니까 학교 급식비랑 방값 밀린 것 걱정 마. 고모가 자주 들러서 봐주신다니까 고모 말씀 잘 듣고. 석 달만 떨어져 지내는 거야. 딱 석 달. 캬~ 술맛 좋다~!"

아빠가 지방으로 떠나신 날, 우리는 학교에 가지 않았습니다.

학교 앞 낮은 담벼락 아래에서 꽃밭으로 둘러싸인 학교를 보았습니다. 웃고 떠들면서 등교하는 아이들은 즐거워 보였어요.

나는 한숨을 길게 내쉬면서 등을 돌렸습니다. 아파트 베란다에서 학교 가는 아이에게 손을 흔드는 아줌마가 보였어요. 김치는 입이 한주먹 나와서는 애꿎은 전봇대만 앞발로 찼습니다. 세상에서 우리만 떨어져 나온 듯 했습니다. 엄마도 할머니, 그리고 아빠마저도 우리 곁을 떠나버렸으니까요.

우리는 누가 먼저랄 것도 없이 발길을 돌렸습니다. 따뜻하고 평화로운 곳에 우리는 어울리지 않는 것 같았습니다.

터벅터벅 발길 닿는 대로 걸어가는 열무와 김치, 우리는 얼뜨기 바보 형제 같았습니다. 숨이 죽을 대로 죽은 열무김치, 아니 누렇게 색이 변한 시들은 열무김치. 우리는 시래기가 된 것 같았습니다.

며칠 동안 학교에도 안 가고 쏘다닌 우리는 똑같이 감기몸살을 앓았습니다.

고모는 집에도 안 가고 우리들을 끌어안고 울었습니다. 선생님도 다녀가셨어요.

나와 김치는 긴 터널 같은 시간을 견뎠습니다.

고모가 가져다 준 겉절이와 깍두기, 계란말이와 멸치조림. 우리는 동그란 상에 여러 가지 반찬을 놓았지만 아빠가 담근 열무김치에만 손이 갔습니다.

딱 석 달째 되는 날, 아빠가 담근 열무김치가 바닥났습니다.

'아빠가 오시는 날, 함께 김치를 담가야지!'

'싹 비운 김치 통을 보시면 입이 귀에 걸리실 걸?'

우리는 아빠가 오기로 한 그날까지 열무김치를 다 먹기로 약속한 듯 했습니다.

가슴 설레게 반가운 날, 괴상한 글씨의 편지 한 통이 날아들었습니다.

열무! 김치!

아빠 글씨 어떠냐?

왼손으로 쓰니까 진짜 재밌네!

기쁜 소식을 알려 주마!

드디어 아빠가 정식 직원이 되었어!

곧 함께 살게 될 거야.

신나지? 좋아 죽겠지? 히히히-

한 달만 기다려라.

딱 한 달이야.

열무김치, 파이팅!

삐뚤빼뚤 초등학생 글씨보다 못한 엉망진창인 글씨로 아빠가 편지를 보내온 것입니다.

"딱 한 달이라고?!"

우리는 웃어야 할지 울어야 할지 몰랐습니다. 발가락으로 쓴 것 같은 편지만 넋을 놓고 보았지요.

며칠 뒤에 고모가 근심 가득한 얼굴로 찾아왔어요.

우리는 김치 국물과 남은 열무 몇 가닥을 넣고 쓱쓱 밥을 비벼먹고 있었습니다. 새콤 달콤 매콤한 김칫국물은 맛이 일품이었어요. 김치가 마지막 한 숟가락을 맛있게 먹고 나자 고모가 입을 열었습니다.

"아빠가 공장에서 일하시다 손을 많이 다치셨어. 잘린 손가락을 붙이는 수술을 하셨더라. 너희들 속상할까봐 다 나을 때까지 말하지 말라는데……. 주말엔 아빠한테 다녀오자……."

고모가 참았던 눈물을 쏟았습니다.

숨이 멎는 것 같았습니다. 김치는 입술을 꾹 깨물면서 터져 나오는 울음을 꿀꺽꿀꺽 삼키고 있었습니다. 무서워서 심장이 터질 것 같았습니다. 우리는 고모 무릎에 얼굴을 파묻고 슬픈 짐승처럼 꺽꺽 울었습니다.

내 이름은 '열무', 내 동생 이름은 '김치'입니다.

앞으로 얼마나 많은 놀림을 받으며 살게 될지 짐작이 간다고요?

부모님이 왜 그런 이름을 지어주셨는지, 너무한 것 같다고요?

두 말하면 잔소리죠.

그렇지만 가끔은 엄마 뱃속에서 들었던 아빠 목소리가 아득히 들려오는 것도 같아요. 소라 껍데기를 귀에 대고 있으면 파도소리가 들려오는 것처럼 말이에요.

'맛도 영양도 최고인 열무김치처럼 자라거라……'

날개 부러진 새들처럼 학교에서 집으로 돌아오는 길. 야채가게 앞에 놓여있는 새파란 열무를 보자 엄마 아빠의 웃음소리가 들려오는 것 같았어요.

그리고 우리는, 흥분된 마음을 가라앉히며 태어나서 처음으로 김치를 담갔어요.

먹을 수 있겠느냐고요?

입덧으로 쫄쫄 굶던 엄마를 구해낸 게 바로 '열무김치'예요. 설마 병원에서 나오는 밥보다 못하겠어요?

열무김치를 들고 아빠한테로 가는 우리들.

창밖 풍경만 멍하니 바라보는데 동생 김치가 말을 꺼냈어요.

"형! 밥은 형이 떠 드려. 열무김치는 내가 맡을게."

이은하

1976년 서울 출생. 명지대학교 문예창작학과 졸업(문학박사). 아동문학평론 신인상(동화), 세계동화문학상 수상. 저서 『콧구멍 속의 비밀』 외 다수. 한남대학교 국어국문·창작학과 교수.

공주 구하기 1

임선아

일요일 아침이었다. 태연이는 언제나처럼 낚싯대와 고무 물통을 챙겨 들고 바닷가 방파제로 나갔다. 방파제 끝에 서 있는 하얀 등대에서 곧장 아래로 네 번째 삼발이가 태연이가 낚시하는 곳이다.

신진도 항구에 사는 태연이는 물고기 잡는 방법을 잘 안다. 아주 어릴 때부터 3학년인 지금까지 낚시를 했다. 어떤 미끼를 써야 물고기가 잘 무는지도 알고, 어느 곳이 물고기가 잘 잡히는지도 알고 있다. 신진도 항구 방파제로 낚시하러 오는 어른들보다 물고기를 더 잘 잡는다.

초여름 햇살에 바다가 더욱 파랗게 빛나는 걸 보며 태연이는 하얀 등대로 걸어갔다. 흥얼흥얼 콧노래가 저절로 나왔다. 등대에 거의 다다를 무렵이었다. 태연이는 눈이 휘둥그레졌다.

등대 앞에 자그마한 텐트가 눈에 띄었다. 태연이 또래 아이 둘만 들어가도 꽉 찰 만큼 작은 텐트였다. 텐트만 있다면 그렇게 놀라지 않았을 텐데, 텐트 가운데 벌어진 지퍼 사이로 얼굴 세 개가 조르르 매달려 있었기 때문이다. 마치 얼굴로 삼층탑을 쌓은 것 같았다.

'쟤들, 뭐야?'

맨 위에는 5학년쯤 되는 여자아이가 있고, 그 아래에는 어린 남자아이가 둘이었다.

태연이는 얼굴 탑을 바라보다가 여자아이와 눈이 딱 마주쳤다. 눈동자가 꼭 잘 익은 포도알처럼 동그랗고 까맸다. 갑자기 태연이는 가슴이 꽉 조이는 걸 느꼈다.

'내 가슴이 왜 이래?'

괜스레 여자아이 때문인 것 같아 태연이는 고개를 휙 돌리고 잰걸음으로 삼발이 쪽으로 걸어갔다. 네 번째 삼발이에 서서 태연이는 낚싯대를 바다에 드리웠다. 그러고는 낚싯대 끝에 매달린 방울이 '딸랑딸랑' 울리기를 기다렸다. 방울이 울리면 물고기가 낚싯바늘을 꽉 물었다는 신호였다. 그런데 방울소리를 기다리던 태연이 뒤통수로 목소리가 날아들었다. 텐트에서 나오는 여자아이 말소리였다.

"아빠, 나만 나가면 안돼요?"

"소라야, 들어가 있어라. 너 나오면 동생들도 나오지."

태연이는 누가 텐트에다 대고 대답하는지 보려고 주위를 둘러봤다. 텐트 주위에 있던 낚시꾼들 가운데 빨간 조끼를 입은 아저씨였다.

"지퍼 올리고 놀아."

태연이는 두 사람이 주고받는 말을 듣고 여자아이 이름이 '소라'이며, 낚시하는 아빠를 따라왔다는 사실을 알았다. 텐트 주위나 아빠 옆에 소라엄마처럼 보이는 이는 없었다.

아무래도 소라는 엄마와 같이 오지 않은 것 같았다.

사실 방파제는 말썽쟁이 어린아이들이 뛰어다니기에 위험한 곳이다.

발을 헛디뎌 바다에 빠지거나 삼발이 따위에 다리를 긁혀 다칠 수도 있었다. 어른이 아이를 따라다녀야 한다.

'찌익!'

텐트에서 지퍼가 올라가는 소리가 났다.

태연이는 자꾸 텐트에 신경이 쓰였다. 왜 그런지는 자기도 몰랐다. 그냥 낚싯대 방울소리보다 텐트에서 나는 소리가 더 잘 들리는 것뿐이었다. 낚싯줄을 바다로 던지면서도 텐트 쪽으로 귀를 쫑긋 세웠다.

얼마 안 가 낚싯대 끝에 매달린 방울이 '딸랑딸랑' 울렸다. 텐트에 신경을 쓰느라 하마터면 다 잡을 고기를 놓칠 뻔했다.

태연이는 얼른 낚싯줄을 끌어올렸다.

몸통이 환히 비치는 학꽁치 한 마리가 걸려 있었다. 초여름에 잡히는 학꽁치는 아직 어려서 작고 가늘었다. 길이래야 태연이의 손으로 한 뼘 정도밖에 되지 않았다. 태연이는 고무 물통에 바닷물을 채우고 학꽁치를 담았다. 학꽁치가 물통 안에서 이리저리 돌아다니며 헤엄쳤다.

'딸랑딸랑!'

태연이의 낚싯대에서 또다시 방울이 울렸다. 이번에도 학꽁치였다. 학꽁치를 물통에 담는데 텐트 속에서 울음소리가 났다.

"으앙! 으앙!"

남자아이가 우는 소리였다. 소라 동생일 것이다. 곧 이어서 소라 목소리도 들렸다.

"울지 마. 형이 모르고 친 거야."

동생은 울음을 그치기는커녕 점점 더 악을 썼다.

"앙! 앙! 앙!"

우는 소리만큼 소라의 목소리도 커져버렸다.

"그만 해! 시끄러워!"

태연이는 갑자기 텐트가 성으로 보였다. 벽돌을 쌓아 튼튼하고 높은 성. 성안에는 소라라는 예쁜 공주과 두 괴물과 함께 갇혀 괴로워하는 상상이 떠올랐다. 왕자는 성 밖에서 공주와 괴물을 바라보며 공주를 어떻게 구할까 고민하는 중이었다. 그러나 태연이는 퍼뜩 상상에서 빠져나왔다.

"악! 악!"

"그만 해! 그만 하라고!"

소라가 소리쳤던 것이다.

텐트에서 나는 소리가 너무 커서, 여기저기 서 있던 낚시꾼들이 투덜대며 한마디씩 했다.

"물고기도 귀 있다. 니들 소리에 다 도망쳐."

"낚시 방해되네. 좀 조용히 하지."

그러자 소라 아빠가 텐트로 걸어갔다. 태연이는 침을 삼켰다. 눈을 동그랗게 뜨고 아빠가 뭐라고 할지 지켜봤다. 그저 불안했다. 소라 아빠가 지퍼를 올리며 말했다.

"얘들아, 그만 가자."

순식간에 텐트를 걷더니, 소라 아빠는 아이들을 데리고 방파제를 떠났다. 태연이는 왠지 가슴에 아주 차가운 얼음손이 쓱 지나가는 듯 느껴졌다.

'내가 물고기라도 줄 걸 그랬나? 그러면 재밌게 놀았을 텐데.'

물통에서 헤엄치는 학꽁치를 바라보며 태연이는 이런 생각이 머리에 스쳤다. 그러자 물고기 잡는 게 시시해져 학꽁치를 놔주고 집으로 돌아갔다.

임선아

한남대 국어국문학과 졸업. 2005년 《조선일보》 신춘문예에 동화 당선. 저서로 동화집 『호랑이식당 범희네』, 그림동화 『난 늑대가 싫어』, 『빛으로 가득한 세상』 등이 있음.

달이의 긴 하루

이순진

"부우웅 콰앙!"

담 벽 가득 빨간 엑스 표를 받은 집이 힘없이 무너져 내렸습니다. 집은 먼지가 되어 파란 하늘을 뿌옇게 뒤덮습니다. 먼지는 다시 마당에 뒹구는 깨진 거울에, 세발자전거에, 꽃밭에 내려앉습니다. 아무도 살지 않는 달동네 철거 촌에 요란한 하루가 시작되었습니다.

"어어 이 녀석 아직도 있네?"

꼭대기집 대문 아래 누워 있던 달이가 고개를 들었습니다. 작업복에 안전모를 쓴 남자가 대문 앞에 서 있습니다. 며칠째 달이네 집을 기웃거리던 남자입니다.

"으르릉 으르릉."

달이가 남자에게 이를 드러냈습니다.

"썩 가지 못해! 이놈!"

남자가 작은 돌멩이를 집어, 던지는 시늉을 했습니다.

"으르릉 컹컹."

달이가 무섭게 짖어댔습니다. 남자는 대문 밖으로 물러나 주머니에서 빵을 꺼내 던졌습니다. 달이는 빵과 남자를 번갈아 바라보았습니다. 꿀꺽 침이 넘어가지만, 아직 남자가 지켜보고 있습니다.

"알았다. 알았어. 이 녀석아. 그런데 내일은 너네 집 차례야."

남자가 손을 털며 돌아갔습니다. 달이는 대문 밖으로 따라 나와 남자를 지켜보았습니다. 남자는 낙서로 가득한 골목을 지나 부서진 앞집을 지나 사라졌습니다.

동네는 무시무시한 기계가 집을 먹어 치우고 눈 똥으로 가득했습니다. 예삐네 집에서 먼지가 뽀얗게 올라오고 있습니다. 먼지는 하늘을 뒤덮더니 똥으로 변한 예삐네 집에 내려앉습니다. 달이의 까만 코와 하얀 털에도 내려앉았습니다.

달이는 마당으로 들어와 대문간에 누웠습니다. 남자가 던져 놓은 빵에 개미 몇 마리가 붙어 있습니다. 개미들이 빵을 뜯어 달아나고 있습니다.

"켁켁 켁켁."

목구멍에 푸석한 빵이 걸린 모양입니다. 물을 찾아 두리번거리지만, 수돗가도 고무다라도 말라 있습니다. 장독대로 달려가자 깨진 장독에 물이 고여 있습니다. 벌레가 둥둥 뜬 물에 파란 하늘이 떠 있습니다. 볼품없이 변한 개 한 마리도 떠 있습니다.

달이는 대문 밖에 앉아 누렇게 변한 털을 핥고 있습니다. 주인 할머니가 자신을 못 알아볼 것 같기 때문입니다. 아무리 싹싹 핥아도 하얗던 털은 누렇기만 합니다.

"저런 똥개는 아파트에서 못 키운다니까요."

짐을 나르던 아들이, 며느리의 눈치에 재촉했습니다. 할머니는 세숫대야에 사료 한 포를 쏟습니다. 고무다라에 물도 한 가득 받아 놓습니다. 달이는 할머니를 졸졸 따라다니며 꼬리를 흔들고 있습니다.

할머니가 마당에 쪼그려 앉자 달이가 배를 훌러덩 내밀었습니다. 할머니는 달이의 머리와 배를 살살 쓰다듬습니다. 달이는 가만히 눈을 감고 꼬리를 흔들었습니다.

"달이야, 아이고 우리 달이 불쌍해서 워쪄. 야야 에미야, 영 안 되것냐?"

"아유 어머니. 달이는 밖에서 돌아다니며 살던 개라 집 안에서 못 키워요. 저 지저분한 털 좀 보세요."

"깨깟하게 씻어 놓으면 월매나 허옇고 이쁜디 그러냐. 이게 다 그 아파튼과 머시기 때매 그려. 아유 반평생 살던 동네에서 쫓겨나고 이게 웬 말이다냐……."

"어머니, 그런 소리하지 마세요. 재개발 덕분에 아파트에서 같이 살게 됐잖아요. 얼마나 넓고 좋은 줄 몰라요."

"난 그래도 여그가 좋다. 손바닥매난 텃밭도 있고 이웃들도 있고 우리 달이도 있고……. 가겟방 할매는 셋집이라 돈도 얼매 못 받았다는디 갈 곳은 정했나 모르것네이."

할머니가 주름진 손으로 눈가를 훔쳐냈습니다.

"짐 다 실었어요. 어서 나오세요."

할머니가 대문을 천천히 넘어 갔습니다. 달이도 껑충껑충 할머니를 따라 나섰습니다.

"워이 이 녀석. 저리 가지 못해!"

아들이 달이에게 발길질을 했습니다. 달이는 깜짝 놀라 할머니 뒤에 숨었습니다. 할머니는 입술을 꼭 깨물고 달이에게 손을 휘둘렀습니다.

"달이야. 따라오믄 못 써. 집 지켜야지. 할미 어데 좀 갔다 올 테니께 집 잘 보고 있어라."

할머니가 좁은 골목을 내려가고 있습니다. 구부정한 허리에 뒷짐을 지고 천천히 내려갑니다. 몇 발짝 내려가다 뒤돌아섰습니다. 대문 앞에서 달이가 지켜보고 있습니다. 할머니는 콧

날이 시큰해졌습니다. 들어가라고 손짓하자 달이가 대문 안으로 들어갔습니다. 할머니의 느린 걸음이 빨라졌습니다. 대문 앞에서 달이가 골목 끝으로 사라지는 할머니를 지켜보고 있습니다.

골목 끝에 무시무시한 기계가 나타났습니다. 기계에는 집 앞을 기웃거리던 남자가 타고 있습니다. "으르릉 으르릉!"

달이가 기계를 향해 이를 드러냈습니다.

골목마저 똥으로 변하면 할머니가 집으로 오는 길을 찾지 못할 것 같습니다. 매일매일 기계가 집들과 골목을 파먹고 있는데, 예삐도 가겟방 할머니도 앞집 뒷집 모두 보이지 않는데, 할머니는 얼마나 기다려야 돌아올까요.

어느덧 해가 머리 위에 떠 있습니다. 더위에 요란한 기계 소리도 잠시 멈췄습니다. 달이는 풀로 뒤덮인 꽃밭으로 들어갔습니다. 할머니가 알면 "이놈" 하고 야단을 쳤을 겁니다. 그럴 땐 앞발을 가만히 내밀면 할머니는 껄껄 웃고 맙니다.

달이는 무성히 자란 풀을 헤치고 흙바닥에 배를 깔고 누웠습니다. 봉숭아 꽃잎이 콧등에 떨어졌습니다.

"크웅."

작년 여름, 수돗가에서 봉숭아꽃을 찧던 할머니 냄새였습니다. 달이는 자기도 모르게 스르륵 눈이 감겼습니다.

"달이야 할미 왔다."

할머니가 대문을 열고 들어섰습니다. 꽃밭에서 달이가 고개를 삐죽 내밀었습니다.

"이눔! 할미가 꽃밭에는 들어가지 말랬잖여. 에구구 봉숭아 다 떨어졌네."

달이는 낑낑 콧소리를 내며 할머니에게 앞발을 내밀었습니다. 할머니는 웃는 얼굴로 달이에게 꿀밤을 때렸습니다.

"아이쿠 요놈. 할미가 순대 사왔는디 예삐는 주지 말고, 니 혼자만 먹어야 한다이."

할머니는 떨어진 봉숭아꽃을 찧어 손톱에 올려놓았습니다.

"달이 때문에 오랜만에 꽃물도 다 들여 보고."

할머니가 장난기 어린 얼굴로 달이의 이마에도 꽃물을 올려놓았습니다. 달이는 간지러워 자꾸 머리를 흔들었습니다.

"아따 이쁘게 해 준다는디 가만 좀 있어 봐라."

잠들어 있는 달이의 콧등에 봉숭아꽃이 그대로입니다. 잠결에 크웅 냄새를 들이마셨습니다. 달이의 얼굴에 다시 미소가 번졌습니다.

달이는 이마에 꽃물을 들인 채 신나게 골목길을 내달렸습니다.

"예뻐야. 니 남자친구 왔다. 근데 저 녀석 이마에 저건 뭐래?"

가겟방 할머니가 달이를 보고 깔깔 웃었습니다.

달이는 물고 온 순대 두 점을 예뻐 앞에 내려놓았습니다. 예뻐가 먹는 걸 보다 자기도 모르게 침이 꿀꺽 넘어갔습니다. 예뻐가 바라보자, 달이는 부끄러워 하늘만 올려다보았습니다.

예뻐와 함께 동네 골목골목을 돌아다녔습니다. 마을 개들과 어울려 뒷산도 뛰어다녔습니다.

"달이야. 밥 먹어라."

할머니가 부르는 소리입니다. 신나게 놀다보니 벌써 하늘 끝이 붉게 물들었습니다. 달이는 오늘은 쌀밥에 고깃국을 먹게 될 것 같은 예감이 들었습니다. 꼭대기 집을 향해 신나게 골목길을 내달렸습니다.

"멍멍아~ 흰둥아~"

작업복에 안전모를 쓴 남자가 대문 앞을 기웃거리고 있습니다. 달이는 꿈속에서 고깃국을 먹느라 정신이 없습니다.

"어어 어디 갔지? 이제 가버렸나."

남자가 조심스레 대문을 열고 마당으로 들어섰습니다.

"삐그덕."

대문 소리에 달이는 잠이 확 달아났습니다. 할머니일 것입니다. 오랫동안 혼자 집 지키게 해서 미안하다고 맛있는 것을 잔뜩 사 왔을 것입니다. 달이가 꽃밭에서 후다닥 뛰어 나왔습니다. 마당을 두리번거리던 남자는 깜짝 놀랐습니다.

"아휴 간 떨어질 뻔했네."

"으르릉 컹컹 컹컹."

할머니일 거라 생각했는데……, 달이는 목이 쉬도록 남자를 향해 짖었습니다. 눈물까지 핑 돌았습니다.

남자는 대문 밖으로 나가더니 돌아갈 생각을 않습니다. 아예 철푸덕 바닥에 앉아 버렸습니다.

남자가 비닐봉지를 펼쳐 대문 안으로 밀어 넣었습니다. 김이 모락모락 나는 순대입니다.

"너 주려고 일부러 사 온 거야."

달이는 순대를 힐끔거리다 남자와 눈이 마주쳤습니다. 남자가 씨익 웃습니다.

"내일이면 너네 집도 부수게 될 거야. 그런데 여기 있으면 어떻게 하니?"

달이는 남자를 빤히 쳐다보았습니다.

"아저씨가 개를 키워 본 적은 없는데, 뭐 그렇다. 솔직히 자신은 없지만……. 아저씨가 혼자 살거든. 일 갔다 오면 너만한 녀석이 반겨주면 얼마나 좋을까 가끔 생각했거든. 에… 그래서 말인데……."

남자의 얼굴이 빨개졌습니다.

"나랑 같이 살래?"

달이는 동네 앞 다리에서 할머니와 만났던 기억이 떠올랐습니다.

"니, 할미랑 같이 살래?"

달이는 다리 아래 웅크리고 있었습니다. 집 잃고 떠돌아다니다 달동네에 들어온 지 한 달째였습니다.

고개를 들자, 다리 위에서 구부정한 할머니가 내려다보고 있습니다. 가끔 먹을 것을 주던 할머니였습니다. 달이가 꼬리를 살랑살랑 흔들자, 할머니가 장바구니에서 주섬주섬 무언가를 꺼냈습니다. 달이는 신이 나서 다리 위로 올라갔습니다. 할머니가 김이 모락모락 나는 순대 한 점을 호 불어 달이 앞에 내려놓았습니다. 달이는 날름 받아먹고 또 달라 낑낑거렸습니다. 이번엔 순대를 봉지째 내려놓았습니다. 달이는 허겁지겁 먹느라 뜨거운 줄도 몰랐습니다.

"아따 이눔아. 천천히 묵어라. 니 그러다 입천장 홀딱 까진다."

할머니가 달이의 머리를 살살 쓰다듬어 주며 말했습니다.

"할미도 혼자 사는데, 니 할미랑 같이 살래?"

달이는 먹다 말고 할머니의 눈을 빤히 올려다보았습니다.

"워떠, 니도 좋지?"

달이가 할머니를 따라 달동네 골목길을 올라가고 있습니다.

"가만, 니 이름하나 지어줘야겠구먼. 긍게…… 다리에서 만났으니께 다리 어떠냐? 잉?"

달이는 좋다고 껑충껑충 할머니에게 매달렸습니다.

"가만 다리는 쫌 그렇고…… 이 맞다. 달이. 달이가 좋겠구먼."

달이는 또 좋다고 껑충껑충 할머니에게 매달렸습니다.

"이제부터 달이랑 할미랑 알콩달콩 살아 보자."

달이의 눈빛이 반짝이고 있습니다.

"횐둥아, 이리 온."

남자가 부르자, 달이는 대문 앞으로 다가갔습니다.

"좋은 주인이 돼 줄게."

남자가 달이에게 손을 내밀었습니다.

"어어…… 야, 어디 가니?"

남자는 황당하다는 듯 부서진 골목을 뛰어가는 달이를 지켜보고 있습니다. 똥으로 변한 골목과 집들 사이를 달이는 신나게 달려가고 있습니다. 다리 위에서 할머니가 집으로 오는 길을 잃고 기다리고 있을 것입니다. 김이 모락모락 나는 순대를 호호 불고 있을 것입니다.

꼭대기 집만 덩그라니 남은 달동네 철거촌 위로 노을이 붉게 번져가고 있습니다.

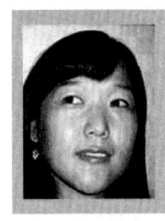

이순진

한남대 국어국문학과 졸업. 2011년 《강원일보》 신춘문예에 동화 당선.

온달장군과 헤드폰을 쓴 고양이

한기훈

"콰콰쾅!"

"우두두두두!"

쾅음과 떨림이 멈춘 온달이네 집에 뽀얀 먼지가 날리기 시작했어요. 온달이네 집은 박사의 연구실 아래에 있는 넓은 굴이에요.

"박사의 발명품이 거의 다 완성됐나 보군."

온달이 아빠가 신문을 접으며 말했어요. 그러자 온달이 엄마가 텔레비전 리모컨을 누르며 신경질적으로 대꾸했지요.

"아유, 저 박사는 쉬는 날도 없나? 하루도 조용할 날이 없어요, 정말!"

하지만 온달이는 아무 말 없이 눈알을 굴리며 박사의 발명품을 상상해 보았답니다.

온달이는 조용하고 온순하지만 호기심이 많은 뚱뚱보 쥐예요. 다리와 꼬리는 몹시 짧았고 아랫배는 언제나 불룩했지요. 하지만 구슬처럼 까만 눈만은 누구보다도 빛났답니다.

온달이 아빠는 둘째 아들이 온달장군처럼 용감하고 훌륭한 쥐가 되길 바라며 '온달'이라는 이름을 지어주었어요.

"야옹이는 길을 비켜라!"

"온달장군 나가신다!"

이름 덕분에 온달이는 '장군'이라는 별명도 얻게 됐지요. 하지만 온달이는 '장군'과는 거리가 좀 멀었어요. 온달이는 친구들보다 소심했고, 몸도 상당히 굼떴거든요. 장애물 피해 달리기도, 높이뛰기도 꼴찌는 언제나 온달이의 차지였어요.

게다가 다른 쥐들이 '고양이의 약점과 습관', '고양이를 만났을 때 살아남는 열 가지 방법' 같은 걸 공부하고 있을 때, 온달이는 사람들에 대해 공부를 했답니다. 그래서 가족들 모르게 '서당 개 어학원'에 다니며 사람의 말도 배웠지요. 뭐, 겨우 알아듣는 수준이었지만요.

그런 온달이를 보며 온달이 할머니는 말했어요.

"홀홀홀. 넌 참 재미있는 아이구나."

"친구들은 바보 같다고 놀리는데요?"

"홀홀홀홀. 남들과 다르다고 해서 문제가 있는 건 아니란다. 세상엔 남들과 경쟁하는 것보다 더 중요한 일도 있는 법이지. 넌 늘품이 좋으니까 잘 할 수 있을 거야."

"제가요?"

"물론이란다."

할머니의 말씀은 온달이에겐 좀 어려웠지만 대화하는 시간만큼은 언제나 즐거웠답니다.

부르르르.

다시 한 번 천장이 가볍게 떨렸어요.

이번에도 온달이 엄마는 가탈을 부렸지요.

"그러게 내가 뭐라고 했어요. 터무니없이 싼 집은 뭔가 문제가 있을 거라고 했잖아요!"

"요즘 집 구하기가 얼마나 어려운 줄 알고나 하는 소리야? 내 꼬리만 한 월급으로는 이런 집도 감지덕지라고……."

온달이 아빠는 조심스럽게 온달이 엄마의 꼬리를 바라봤어요. 꼬리에는 붉은 보석이 박힌 금반지가 걸려 있었답니다. 꼬리반지인 셈이지요.

"흥! 이건 절대로 안 돼요!"

온달이 엄마는 재빨리 꼬리를 감추었어요.

'배고플 때 먹지도 못하는 금반지가 뭐가 좋을까?'

금반지를 바라보던 온달이는 문득 박사의 발명품이 보고 싶어졌어요. 그래서 슬그머니 박사의 연구실로 향했답니다.

온달이가 막 연구실에 도착해 쥐구멍에 고개를 내밀었을 때였어요. 누군가 큰 소리로 말했답니다.

"허허허……. 성공이군, 성공이야."

목소리의 주인공은 머리가 새하얀 박사였어요.

"으허허허허! 드디어 레이저 총을 완성했어. 내 노력이 헛되지 않았다구!"

박사는 큰 소리로 웃으며 만세를 불렀어요.

'저 총이 발명품일까?'

온달이는 박사의 손에 들린 작은 총을 보았답니다.

박사는 총의 몸통 부분을 만지며 말했어요.

"여기, 코끼리 모양 단추를 누르고 총을 쏘면 물건을 크게 만들 수 있지. 그리고 옆에 개미 모양 단추를 누르면 어떤 물건이라도 작게 만들 수 있다, 이 말씀이야! 흐흐흐……."

온달이는 박사의 혼잣말을 들으며 어학원에 다니길 잘했다고 생각했어요.

"우하하! 이번 발명품도 성공이야, 성공!"

박사는 괴상한 미소를 지으며 더덩실 춤까지 추기 시작했지요.

그때 연구실 안에 또 다른 목소리가 들려왔어요.

"발명품이 완성됐나?"

누군가의 질문에 박사는 춤추던 것을 멈추고 진지하게 대답했어요.

"음…… 아직 한 가지 문제를 풀지 못했지만, 거의 성공했다고 할 수 있지. 이젠 나도 자유롭다고!"

"자유라고?"

"치지지직!"

잡음과 함께 목소리가 끊겼어요.

"헤드폰이 또 말썽이군. 평강아 이리 온!"

박사는 허리를 굽혀 무엇인가를 가슴에 안았어요. 그제야 온달이는 목소리의 주인공을 볼 수 있었답니다.

"냐앙!"

박사가 평강이라고 부른 동물은 다름 아닌 헤드폰을 쓴 고양이였어요. 헤드폰 옆에는 작은 마이크가 달려 있어 동물의 말을 사람의 말로 바꿔주는 것 같았지요.

평강이를 보자 온달이는 감전이라도 된 것처럼 몸이 몹시 떨렸어요. 그리고 온몸에 식은땀이 흐르기 시작했답니다.

박사는 헤드폰의 몇 가지 부품을 교체하고 평강이의 머리에 헤드폰을 씌워줬어요. 그러자 평강이의 입에서 또다시 사람의 말이 튀어나왔답니다.

"도대체 뭐가 자유롭다는 거냐?"

평강이의 물음에 박사는 눈치를 살피며 조용하게 말했어요.

"우리 집사람 주차 실력이 아주 엉망이잖아. 그래서 자동차를 가방에 넣고 다니게 해준다고 약속했거든. 게다가 장을 보러 가면, 구입한 물건들을 주머니에 넣어 올 수도 있으니까 일석이조 아니겠어?"

"뭐, 그럴 수도 있겠군."

박사는 평강이의 등을 쓰다듬으며 흐뭇한 미소를 지었어요.

"자, 발명품이 완성 됐으니 축하 파티를 열어야겠지?"

"그럼 생선과 오징어 요리를 마음껏 먹을 수 있겠군!"

박사는 책상에 레이저 총을 내려놓고 평강이와 함께 연구실을 나갔어요. 연구실에 혼자 남게 된 온달이는 긴장이 풀린 나머지 주저앉고 말았지요.

"우와! 사람의 말을 하는 고양이라니! 그런데 이를 어쩌지?"

온달이는 평강이 때문에 더 이상 박사의 연구실에 있고 싶지 않았어요. 그러면서도 박사의 발명품이 너무나 보고 싶었지요. 결국 온달이는 주위를 살피며 책상 위로 올라갔어요. 다른 쥐들이라면 5초도 안 걸렸을 테지만, 온달이는 5분도 더 넘게 걸렸답니다.

책상에 올라간 온달이는 조심스럽게 레이저 총을 들어 봤어요. 총은 아주 작고 가벼웠지요. "개미 모양 단추를 누르면 물건을 작게 만들 수 있다고 했지."

딸깍!

온달이가 단추를 누름과 동시에 연구실 문 앞에 웬 그림자가 나타났어요. 그림자의 주인공은 바로 평강이였지요. 평강이는 면도날 같은 눈빛으로 온달이의 몸을 훑기 시작했답니다.

"오늘따라 퀴퀴한 냄새가 난다 싶었다."

"······."

평강이의 말에 온달이는 온몸의 털이 곤두서는 것 같았어요.

휙!

온달이를 노려보던 평강이가 사라지는가 싶더니 순식간에 온달이 앞에 나타났어요. 그 바람에 온달이는 무의식적으로 레이저 총의 방아쇠를 당기고 말았지요.

방아쇠를 당기자 총에서 녹색 빛이 뿜어져 나와 평강이를 감쌌어요. 그러자 놀란 평강이는 괴로운 듯 책상을 구르다 연구실 바닥에 떨어지고 말았답니다.

"나, 나에게 총을 쏘다니······. 각오해라!" 평강이는 서슬이 시퍼런 발톱을 드러냈어요. 하지만 말뿐이었어요. 발톱을 드러낸 자세 그대로 평강이의 몸이 작아지기 시작했답니다. 처음엔 온달이만 하게, 그리고 점차 줄어들어 열쇠고리 인형만 하게 변했어요. 평강이는 오들오들 떨며 온달이를 쳐다보고 있었지요.

그 순간 온달이는 할머니의 말씀이 생각났답니다.

'세상엔 남들과 경쟁하는 것보다 더 중요한 일도 있는 법이지.'

온달이는 헤벌쭉 웃으며 말했어요.

"걱정 마. 아무 일 없을 테니까."

온달이는 평강이를 어깨에 태우고 씩씩하게 쥐구멍으로 향했어요.

굴로 돌아온 온달이는 가족들을 불러 모았어요. 그리고 박사의 발명품으로 호박씨, 해바라기씨, 쌀알, 포도알, 치즈 조각, 사과 조각, 과자 부스러기를 크게 만들었지요. 그리고 이웃들을 불러와 잔치까지 열었답니다.

이웃들이 모두 돌아간 후, 온달이네는 레이저 총을 구경했어요. 평소 박사를 욕하던 온달이 엄마까지도 그날은 박사를 칭찬했답니다.

"박사가 나를 위해 발명품을 완성했군. 이 레이저 총만 있으면 황금도, 보석도 모두……. 오호호호호!"

그러자 온달이 아빠도 목에 힘을 주며 말했어요.

"흠흠! 더 이상 고양이를 무서워할 필요가 없어. 이제 세상의 모든 고양이가 우릴 무서워할 테니까 말이야!"

그때 온달이 엄마가 온달이의 어깨를 가리키며 물었어요.

"그 지저분한 인형도 박사의 발명품이니?"

"이건 고양이예요."

온달이의 말에 온달이 아빠의 얼굴에서 난딱 웃음이 사라졌어요. 그러자 옆에 있던 온달이의 형 쌩쌩이가 빈정거리기 시작했지요.

"잘하면 고양이랑 살자고 하겠다, 너."

쌩쌩이는 온달이 어깨에 있는 평강이를 잡아챘어요. 그러고는 덴겁하며 비명을 질렀답니다.

"맙소사! 사, 살아 있잖아! 살아 있다고!"

쌩쌩이는 굳은 채로 비명만 질렀지요.

"너, 이거 어쩔 거야! 크기는 작아도 고양이라고, 고!양!이!"

그러자 온달이 엄마가 평강이의 귀를 만지며 말했어요.

"넌 형이 돼서 왜 그렇게 흥분하고 그러니? 어차피 이빨 빠진 고양이일 뿐이야. 박사의 발명품도 있고, 이제 우린 부자잖아? 이 기회에 애완고양이 하나 키우는 것도 나쁘지 않다고 봐, 난."

온달이 엄마의 손아귀 안에 든 평강이의 얼굴이 잿빛으로 변했지요.

그러자 온달이 아빠가 심각한 얼굴로 말했어요.

"당신, 지금 제정신이야! 저건 우리들의 원수라고! 지금 우리가 이 굴 속에 숨어 사는 것도 다 저 괴물 때문이라고! 알아?"

온달이 아빠의 핏발 선 눈은 복수심으로 가득 차 보였어요.

그때 사태를 지켜보던 온달이 할머니가 입을 열었어요.

"박사의 발명품과 고양이를 가지고 온 건 온달이니, 온달이가 결정하도록 하여라!"

그 말에 가족들은 모두 온달이의 얼굴을 주목했어요. 그러자 온달이는 밝은 얼굴로 입을 열었지요.

"남의 물건을 함부로 가져오는 건 좋은 일이 아니잖아요. 지금쯤 박사는 이 발명품을 찾고 있을 거예요."

온달이의 말에 온달이 할머니를 제외한 모두가 흙탕물을 뒤집어 쓴 얼굴이 되었어요. 그런 가족들을 보며 온달이가 다시 입을 열었지요.

"그리고 평강이는 평범한 고양이가 아니에요. 제, 제게 사람 말을 가르쳐 줄 선생님이에요! 세상에 평강이보다 사람 말을 잘 하는 동물은 없을 거예요."

온달이의 말에 온달이 할머니가 활짝 웃으며 말했어요.

"잘 생각했다 온달아. 박사의 발명품이 없을 때에도 우린 행복하게 살았는데, 이제 와서 왜 저것이 필요하단 말이냐. 게다가 쥐가 고양이를 키운다는 게 올바른 일인가 생각해 보려무나."

그 말에 온달이 엄마의 얼굴이 가을철 고추처럼 붉게 변했어요.

그때 평강이가 입을 열었어요.

"참 재미있는 가족이군!"

갑자기 평강이가 온달이의 어깨에서 뛰어내리며 핑그르르, 재주를 넘었어요. 그리고는 눈앞에서 점점 커지기 시작했지요.

"야호! 다시 커진다!"

평강이의 말에 온달이네 가족은 돌처럼 굳어버렸답니다. 날쌔기로 소문난 쌩쌩이마저 뻘뻘, 땀만 흘리고 있었지요.

그때 평강이가 총을 가리키며 말했어요.

"박사는 한 가지 문제를 풀지 못했는데, 그건 시간이 지나면 물건이 원래 모습으로 돌아오는 거야."

그리고 앞발을 들어 온달이에게 내밀었어요. 그 바람에 온달이 엄마는 그 자리에서 기절하고 말았답니다.

"덕분에 구경 잘 했어. 구멍 속으로 달아나는 쥐들을 볼 때마다 꼭 한 번 들어와 보고 싶었거든."

"그럼 자주 놀러와. 그리고 사람 말을 좀 가르쳐줬으면 좋겠어."

온달이의 대답에 평강이는 배시시 웃으며 온달이의 손을 잡고 위아래로 흔들었어요.

"여긴 좁고 너무 어두워. 다음부턴 네가 밖으로 놀러와. 다른 쥐들은 몰라도 난 너희 가족이라면 언제든지 환영이니까."

"정말!"

온달이는 날아갈 것 같은 기분이 되어 힘껏 소리를 질렀지요. 하지만 온달이 아빠와 쌩쌩이는 정말 기절할 것만 같았답니다.

한기훈

1982년 충남 당진 출생. 한남대 문창과 졸업. 2013년 국제신문 신춘문예 동화 등단. 우석동화문학상 수상.

희곡

하늘 바람이어라

도완석

무대/ 무대는 후면에 큰반원의 배경막이 있고 그 앞쪽으로 좌우와 중앙에 각각 사선구조로 된 계단과 단이 설치되어 있다. 반원 밖과 안쪽은 언제나 명암으로 대비되어야 하며 반원 안쪽은 무대 장면에 따라 코러스들이 등장하거나 배경막이 교체되게 한다.

배우/ 배우들은 공연규모에 따라 각각의 역할을 중복하여 출연인원을 조정할 수도 있다. 의상은 고려민평복을 기본으로 하되 특정계급 역할의 경우 상징적인 의상을 덧입어 사용한다.

음향과 조명/ 본 작품에서는 음향과 조명이 매우 중요하다. 특별히 관심을 기울여주시길…

1(프롤로그)

무대 열리기 전부터 한서린 음악이 흐르다가 막이 오르면 서서히 F.O되고 계단 중앙에 세 사람의 그림자가 보인다. 배경막에는 수많은 별들이 빛나고 다시 조명이 세 사람의 그림자를 벗겨낸다.
쓰러진 망이를 부축하고 있는 옥수. 고려향가가 은은히 들려오는 가운데 임종준이 긴 백발 수염을 흩날리며 서 있다.

임종준 : 중서성 이가두가 추밀원 손가김가 필봉을 꺽이우고 황각에 앉았는데
어쩔까 주먹바람이 천만번도 더부누나, 동북면 병마사의 애절한 넋이여
지병마사 역장소리 녹사의 통곡소리 철새떠난 빈하늘에 한숨소리 절로나네.
내 어이 회복하리오. 삼사년에 주먹바람 천만번도 더부누나.

세 사람을 비추던 조명 사라지고 다시 계단 밑 우편 쪽으로 희미한 조명 속에 역시 다른 세 사

람이 다툰다. 이 때 어디선가 아이들의 노래소리가 들려오면서 그곳에 조명이 밝아진다.

아이들 : (노래)숯가마 탄가마 꽃가마 짚가마 술래 술래 술가마 얼레얼레 시악시
갑또랑에 먹감고 구룽둔뫼 올라서서 휘어이- 휘어이-숯병이촌
서방님 언제언제 오실까 오실까 오실까 오실까 깍꾸-웅

촌장 : 나으리! 이게 사람 사는 꼴인감유? 목숨이 웬수지라 뭐라도 먹고는 살아야 쓰것는디
그럴 형편들이 못되어 이렇게들 비실대고 있쟎유. 그랑께…!

역졸 : 그려 그려! 먹고는 살아야겠제 그럼 그 뭐시냐… 먹을 것은 놔둘 테니까 거 숯탱이 두
어짝 허구 짚새기 스므 댓커리 정도만 내노세. 그럼 우덜도 얼룽 갈탱께….

망이모 : 시상에 그렁거 내놀 여유가 있으면 버얼써 공주 장터에 가서 옥시기 가루라도 바꿔
애덜 주둥이에 풀칠 해줬겠네유.

역졸 : 오메메! 이 여편네좀 보소? 아니 우덜을 숫체 마현 골째기에 사는 산적놈 취급을 하네
그려! 아 우덜은 지금 너거들 땅지고 사는 토전세 내라는 거쟎여!

촌장 : 하늘에서 사람 살라고 내려준 땅에서 우덜이 살고 있는디 하루이틀도 아니고 허구헌
날 토전세를 내라니 우덜같은 천것들은 토전 땜시로 굶어 죽어두 좋단 말인감유!

역졸 : 그려! 죽든말든! 우리네 알바 아니구먼 지기미 이런 천것들 굶어죽는다고 나라에서
곡   할 사람은 아무도 없을텐께.

망이모 : 이미 지덜은 죽은 목숨이나 진배 없구먼유. 덕진현 골마루에 해 넘어가두 왠종일 쑥
죽 한 그릇 먹고 허기져 누버 자빠져있는 저 어린것들을 보면서도 그러남유.

이 때 갑자기 마른 하늘에 번개와 천둥이 친다. 조명이 어두워지고 그리고 다시 임종준과 망
이, 옥수 세 사람에게 조명이 비춘다.

임종준 : 어찌된 일인가? 네놈은 어디로부터 온 누구이며 어인 일로 이 험한 옥중까지 오게

되었느냐?

망이 : 지는 공주현 유성 둔뫼 골짝 명학소라는 곳에서 숯 굽는 천것인디유. 관아 놈들의 행패가 극심혀 그만 혈기를 참지 못허구설랑 관졸놈들을 흠씬 두둘겨 패주다보니 이 꼴이 됐구먼유.

옥수 : 오메, 어린 니놈이 참말로 관아놈들을 흠씬 두둘겨 패주었는감! 야! 고놈 참 신통하다. 요모양 요꼴이 된건 않됐다만서도 그래도 고놈 혈기 하나는 제법 칭송받을 만 허내그려.

임종준 : (하늘을 우러르며) 하늘과 땅 그 서로 맞다음은 천지의 이치 또한 같음이라… 땅 밟고 하늘이고 봄바람에 짝짓고 그런저런 정나누다 북풍일 때 떠나는 인생. 모두가 일장춘몽 병가지 상사로다 인생길에 상하귀천이 어디있는고! 일어나거라 내 너의 관상을 보니 비록 어리고 천것이라 하지만 천운이 있음이렸다. 너를 장차 사람들이 "산행병마사"라 부를 것인즉 때를 기다리고 이곳 옥중에서 무예를 익히거라! (다시 천둥번개와 함께 세사람에게 조명이 흐려진다)

이 때 무대 반원 안쪽 중앙에 허리 구부러져 지팡이에 의지한 노파가 나타난다.

노파 : 참으로 이상허구면 그려! 내 간밤에 생시같이 똑똑한 꿈을 꾸었는디 아! 글씨 저 놈이 근엄한 갑옷을 입구설랑 저 산마루 높은 곳에 덩그러니 서있더란 말여! 워찌나 보기가 좋던지 내 큰소리로 녀석을 불러봤지! 이눔아! 왜그리 높은 곳에서 혼자 그렇게 서있는게여? 아, 그랬더니 금시 지금 매냥 마른 하늘에 뇌성벽락이 치더니만 글씨 눈부실 정도로 허연 말 한마리가 하늘로부터 강림하더란 말이시. 그리고 원제 올라탔는지 저 놈이 금새 그 말 잔등에 올라타 있는기여. 아무리 꿈일망정 내 어찌나 기분이 상쾌하던지 글씨 꿈속에서두 혼자서 덩실덩실 춤을 추질 않았겠냐! (다시 한 번 번개와 천둥)

　　2

아름다운 음악과 함께… 잠시 후, 까치 울음소리가 들린다. 무대 밝아지면 좌편 한켠에 쪼그린 자세로 망소이와 분이가 앉아 있다.

분이 : 워메, 벌건 대낮에 왠 까치 울음소리래? 귀한 손님이라도 올라는 가벼? 혹시… 망이 오래비 소식이라도 올려나…?

망소이 : …….

분이 : 못된 놈들…지놈들이 헌짓은 까맣게 잊고 오라비가 지놈들 헌테 헌일이 뭐그리 대단한 잘못이라고 여태껏 산사람을 그렇게 생감옥에 가두어 놓는기여, 벌써 다섯 해쯤 된기여?

망소이 : …….

분이 : 오라비가 그리된기 다섯 해쯤 된 거냐구…. 아, 아녀 여섯 해인가?

망소이 : (멍하니 하늘만 응시)

분이 : 왜 그러는디… 왜 자꾸 물어싸도 대답을 않는기여?

망소이 : 일곱 해여!

분이 : 워메, 참말로 오래됐구먼이라… 허기사 우덜이 요로콤 쬐만 했을 때 일이니께 그러콤 됐을끼여.

망소이 : (역시 먼 산을 응시하며)분이야!

분이 : (활짝 반가움에) 왜!

망소이 : 우리 형아가 지금 우덜을 알아보기나 할까? 형아도 많이 달라졌겠지? (눈물을 훔치며)먹는 것이 부실혀서 산송장 매냥 거죽만 남았을텐디….

분이 : 야는 맨날 날 다정스레 불러놓고는 항상 딴말 뿐이여!

망소이 : 허긴 산송장 매냥 됐다 허드라도 살아 돌아오기만 했음 좋겠다.

분이 : 그럴건디 왠 걱정이 그리 많은기여!

망소이 : (갑자기) 가, 가만… 좀 조용혀봐!

분이 : (놀라며) 옴메, 왜 그러는 기여?

망소이 : 쉬! 가만….(주변을 두루 살핀다)

분이 : (망소이 등 뒤에 붙어서) 오메, 무서버 죽겠네… 아, 뭔 일이냐께?

망소이 : (분이를 이끌고 반대편으로 가 엎드리며) 아, 글씨 조용히좀 허라니께! 그러네,

분이 : (무서워 떨며) 뭐여, 범이라두 나타난 기여?

망소이 : 쉬!

잠시 후 삿갓을 쓰고 허름한 등짐을 진 사나이, 무대 중앙으로 나타나 좌측 계단으로 내려와 앉는다. 힘에 겨운 듯 이마의 땀을 훔친 뒤 짚신을 벗고 발을 주무른다. 그러다 갑자기 주변을 두리번 거린다. 그리고 지팡이로 된 검을 집어든다.
사나이 : 거기 솔나무 아래 숨어있는 자가 뉘시오? (잠시 침묵, 산새 울음소리)

갑자기 망소이 재빠르게 몸을 회전하여 우편으로 가면 사나이 역시 몸을 세 번 회전하며 망소이 앞에 선다.

사나이 : 누구냐고 묻질 않더냐?

망소이 : (긴장하며) 댁이야말로 뉘시유? 지…지는 이곳 숯뱅이골에 사는 사람인디.

사나이 : 숯뱅이골? 아니, 그럼 예가 바로 명학소란 말이더냐?

망소이 : 그…그렇소. 근디 뭣때메 그러는데유?

사나이 : 옳거니, 바로 찾아왔구나. 그런데 왜 사람을 보고 솔나무 아래로 숨었드냐?

망소이 : 그…그거야 낯선 과객이 수상한 거동으로 이 재를 넘어오니께 뭔일인가 싶어 숨었던게쥬! 혹시나… 위장한 관가 역졸이 아닌가 싶어….

사나이 : 하하하! 보아하니 아직은 젊은 연령같은데, 난 역졸이 아니다. 내 어떤 연유가 있어 이곳 숯뱅이골 사람들을 만나러온 임천에 사는 손가라는 사람이다. 네 이름자는 무엇인고?

망소이 : 천 것이 뭔 이름자가 있겠시유! 근데. 왜 그러는데유?

사나이 : 자네 움직임이 매우 빠르더구나.(갑자기 지팡이에 손을 대고 소나무를 응시하며) 저 뒤에 자네 말고 누가 또 있었드냐?

망소이 : (머뭇거린다)

사나이 : (긴장을 풀며) 이제 그만 나오시게나 처자!

망소이 : (훔짓) 아니? 처자인줄 어찌 아셨대유? (사이) 부, 분이야 그만 나와!

(분이 짚신을 입에 물고 덜덜 떨며 나온다. 그리고 황급히 망소이 등 뒤로 몸을 숨긴다)

사나이 : 하하하! 처자도 이곳 명학소에 살고 있느냐?

망소이 : 그… 그런디유!

사나이 : 참 곱구나. 그럼 네 아우인가 보구나.

망소이 : 아닌디유.(분이를 힐끔 쳐다보며) 장차 지 각시될 처잔데유!

사나이 : 그래? 하하하 참 복두 많구나 저렇게 예쁜 처자가 각시가 될 거라니! 자! 이제 그만 긴장을 풀거라. 나는 나쁜 사람이 아니다. 그러니 어서 마을까지 길잡이를 좀 해다오.

이 때 좌우 중앙으로 또 다른 삿갓 쓴 검객들이 숨어있다가 모습을 드러낸다. 기겁을 하는 분이의 비명소리와 함께 조명 암전.

3.

둥근 달과 수많은 별들이 몹시 아름다운 밤. 촌장, 사나이, 망소이, 망이모, 분이가 모닥불 주변에 둘러앉아 사나이의 이야기를 듣는다. 멀리서 가느다란 풀잎 부는 소리가 들려온다.

촌장 : 아니? 그 그럼 우리 망이가 여태껏 건장하게 살아있단 말이유?

사나이 : 그렇습니다. 촌장어른!

망이모 : (눈물을 글썽이며) 그러니께 참말로 댁네들이 우리 망이놈과 함께 공주옥정에서 같이 보냈단 말이지유?

사나이 : 우린 다섯 해 동안이나 망이도령과 함께 그곳에서 고락을 같이 했습음입죠.

촌장 : 헌데 뭔 연유로 이런 누추한 곳까지 찾아왔는감유? 예는 숯댕이나 굽고 사는 천것들 동넨디…….

사나이 : 촌장어른 말씀 낮추셔도 됩니다. 저도 임천 자기(磁器)소가 고향인 천민 출신이옵고 저기 밖에서 대기하고 있는 저와 함께 온 이들도 모두가 같은 처지이옵니다. 우리가 여길 찾아온 연유는 망이도령의 근황과 우리의 뜻을 전하러 왔습니다. (서로 쳐다보며 놀랜다)

촌장 : 자, 자! 모두 조용히 하고…(사나이에게) 어서 하던 말을 이어 계속 하구려!

사나이 : 네, 말씀드립죠. 우리들은 지난 다섯 해 동안 옥중에서 망이도령을 중심으로 거사를 도모해 왔습니다.

망소이 : 아니 거사라니유?

망이모 : 이보시유! 지같은 천 것 아낙은 다 모르것구유 댁네가 아까 부터 망이도령, 망이도령 해쌓는디 그거이 우리 망이녀석을 두고 하는 말인감유?

사나이 : 그렇습죠.

망소이 : 아니 우리 형아도 근본이 천것인디 망이도령이라 부르는 연유는 뭐래유?

사나이 : 망이도령은 천기를 받으신 분으로서 비록 천민으로 태어나셨지만 여느 사람과는 다른 분입니다. 그 분은 우리 천민들을 도탄에서 구명해 줄 하늘이 점지해주신 분이라 했습니다.

망이모 : 누가 그러던감유? 우리 망이가 천기를 받은 하늘이 점지해주신 분이라니유?

사나이 : 임종준이라는 글 높은 분이 계셨지요. 그 어른은 조위총 나리의 외숙 되시는 분으로서 천기를 아시고 나라운세와 사람의 운명을 예견하는 분이시온데 그 분께서 그리 말씀하셨습죠.

망이모 : 그래서유! 그래 워찌 된다는건디유? 지, 자식놈 망이가유?

사나이 : 그 어르신께옵서는 난신적자들의 농간으로 억울한 옥살이를 하시다가 작년에 돌아가셨습죠. 하지만 돌아가시기 전 까지 지난 다섯해 동안 옥중에서 망이도령에게 병법과 무예를 가르치셨고 우리 모두에게 망이도령을 주군으로 잘 섬기며 따르라 이르셨지요. 그래서 우리는 모두 의기투합을 했고 먼저 출옥한 우리들이 뜻을 전하러 이리로 찾아온 겁니다.

(이 때 갑자기 천둥소리와 함께 노파의 소리가 울려 퍼진다. 배우들 동작을 멈춘다)

434

노파(소리) : 히히히! 거 보거라. 내 꿈이 맞질 않았는감. 망이녀석은 보통 놈이 아니란 말여! 비록 우덜이 천것으로 모질게는 살아왔지만서도 사람 보는 눈은 있어야 되는기여! 어여 이 사내놈들의 말을 받아들여 허자는대로 따라들 혀! 모다 하늘의 뜻잉께…!

촌장 : 허면 이제 우덜이 어찌해야 헌데유?

사나이 : 이제 이곳 사람들도 싸울 준비를 해야겠지요. 황도의 개경 군사들처럼 용병술도 배우고 칼잡는 검법도 익히고 체력을 연마해야 합죠. 그래서 망이도령이 옥출하여 우리에게 돌아오는 날을 기다려 그 분의 뜻을 따라 거사에 참여하면 되는 겁니다.

망소이 : 아니 그럼 우덜도 개경군사들 매냥 참말로 칼도 쥐고 투구도 쓰는 그런 군사가 되는감유?

사나이 : 그렇지요. 그래서 도탄에 신음하는 우리 같은 천민들을 구해내야 합니다.

망소이 : 정말 신나는 일이로구먼유. 우덜은 지금 꺼정 그져 숯탱이나 굽어다 팔아먹는 숯뱅이 신센디 군사가 되다니유? 근데 이봐유 아제! 우리 형아, 아니 망이도령은 원제쯤이나 옥출하는감유?

사나이 : 글쎄… 그건 아직 잘 모르겠소만 만약에 몇 달을 더 기다려봐도 옥출하지 않으면 우덜이 직접 나서는 수밖에요! 우리모다 공주관아 옥사를 쳐부수고 망이도령을 구해와야겠지요.

망소이 : (벌떡 일어서면서) 그려 맞아유! 아제 말씀이 지당한 것 같아유! 지는 이제부터 아제를 따르겠시유! 지에게두 검쓰는 법과 용병술을 가르쳐주세유. 내 열심히 터득하여 우리 형아를 도울 테니까유. (강한 합창음악과 함께 조명 암전)

4

합창음악이 서서히 F.O되고 밤하늘에는 별빛이 반짝인다. 그 별빛 아래서 무술을 연마하

는 사람들. 다시 신비한 음악이 울려퍼지면서 건장해진 망이 등장, 모두들 그의 곁으로 모여
든다.

　망이 : 우덜은 지금꺼정 성씨조차 제대로 갖지 못한 천민으로서 허구헌날 관아의 횡포와 수
탈로 허기진 배를 움켜쥐며 살아왔시유! 허나 이제는 그럴 수 없구먼유. 우덜도 하늘로 머리들
고 사는 사람인 것을 세상에 보여줘야만 해유. 우리것 우리가 간수혀서 배불리 먹고 우덜 자손
에게도 글을 깨우치게 해서 사람이 사람답게 사는 법을 맹기려 줘야만 해유.

　사나이 : 산행병마사 만세!

　일　동 : 산행병마사 만세! 와! 만세! (모두 일렬로 서고 망이 깃발을 들고 가운데 서서 함께
합창을 한다)

　　　일어나자 일어나서 달려가자 달려가서 우리가슴 맺힌한을 모두떨쳐 버리세
　　　달려가자 달려가서 날아가자 날아가서 우리들의 빼앗긴꿈 모두찾아 오세나
　　　넘어진들 어떠리 쓰러져도 좋구나 북풍에 얼은가슴 남풍불때 녹이고
　　　실패한들 어떠리 죽음인들 어떠리 허기진 배고품은 자장가로 달래보세
　　　일어나자 일어나서 달려가자 달려가서 잃어버린 우리인생 모두찾아 오세나
　　　달려가자 달려가서 날아가자 날아가서 사람으로 사람다운 밝은세상 살아보세
　　　(조명 서서히 F.O된다)

　　5

　무대 밝아지면 궁중음악 소리. 우측 상단 계단 위에서 관모를 내던지고 왕의만을 입은 채 술
에 취해 있는 명종. 실루엣으로 왕궁 문에 그림자만 비추이는 경대승 읊조리고 앉아 있다.

　경대승 : 마마! 이러하실 때가 아니옵니다. 지금 궐밖에는 황실과 조정을 향한 백성들의 분노
가 극에 달하여 있사옵고 김보당의 죽음을 억울하게 여긴 백성들이 관과 힘을 합쳐 지금 연주
로 많은 무리들이 집결하고 있사온데 어이 이토록 주흥을 펼치고 계시오니이까?

명종 : 어느 놈이기에 감히 짐의 주흥을 깨뜨리려 하는고?

경대승 : 신, 하늘 아래 땅이 있음같이 황상폐하 아래 신(臣)과 민(民)이 있음을 아는 자이옵니다. 허나 시국의 위태함을 고해야 할 까닭이 있어 이같이 목숨을 내걸고 황상폐하께 읍하고 있사오니 통촉하여 주시오소서!

명종 : 삐뚤어진 입으로 말은 감칠맛 나게 잘하는 자로구나. 하늘 아래 땅이 있음같이 짐 아래 신과 민이 있음을 잘 아는자라…? 좋다 목숨까지 내밀며 직언하는 용기도 가상타만 말에 법윤이 들어있는 자로다. 그래 네놈 이름은 무엇인고?

경대승 : 신, 성씨는 경이옵고 이름은 대승이라 하옵니다.

명종 : 무어라? 경대승! 아니? 허면 네놈은 중서시랑평장사를 지낸 경진대감의 자제란 말이더냐?

경대승 : 그러하옵니다. 마마!

명종 : 문을 열라! (문이 열리고 경대승의 모습이 보인다) 음… 약관 15세로 음서교위에 올랐고 지금은 사심관으로 있는 자가 아니더냐? 그리고 보니 지 애비의 형상을 쏙 빼닮았구나. 그래 그대는 진정 하늘아래 땅이 있음같이 황상 아래 있는 신이렸다!

경대승 : 그러하옵니다 마마.

명종 : 그러하다면 너의 충정으로 숨김없이 고하라! 짐의 허물이 무엇인고?

경대승 : 하늘 같으신 황상폐하께 어찌 허물이 있을 수 있겠사옵니까! 하오나 민심이 천심이온지라 신 감히 황상폐하께 민심이 무엇인지는 고할 수 있사오니 윤허하여 주시오소서.

명종 : 적실히 고하라. 무엇이 민심이고 무엇이 천심인지는 몰라도 그 안에 짐의 허물이 들어 있질 않겠느냐!

경대승 : 아뢰옵기 황송하오나 신이 들은바 백성들 사이에서는 이 나라 조정에는 말더듬이가 원로를 이끌고 소경이 천문을 살핀다는 말이 떠돌고 있다 하옵니다.

명종 : 무어라? 말더듬이가 원로를 이끌고 소경이 천문을 살피다니 그 무슨 해괴한 말이던고?

경대승 : 황상폐하! 이는 실로 조정대신들을 두고 하는 말로서 폐하의 성덕을 가로막고 온갖 술책으로 자신들의 이권만을 탐하는 역적 관료들에 대한 백성들의 원성이옵니다. 통촉하여 주시오소서.

명종 : 가슴이 답답하구나 억장이 무너지듯 답답해… 내 비록 저 무리들에 의해 보위에 오른 왕이라고는 하나 이 자리는 만 백성을 천명에 따라 다스리라 하는 자리거늘 수하에 있는 조정대신 하나 제대로 점거할 수 없는 무능한 황상이니 그대에게 달리 내릴 본부조차 없구나.

경대승 : 그렇지 않사옵니다. 황상폐하!! 그 누가 뭐라해도 이 나라 어버이는 황상이옵고 또 궐내에는 마마를 따르는 궁인들이 있사오며 궐밖에는 백성들이 있사옵니다. 하오니 심지를 굳게 하시오소서! 황상폐하!

명종 : 허면 내 어찌하면 좋단 말인가?

경대승 : 먼저 황상폐하의 정사를 농간하는 권신들을 내치시고 모든 일에 있어 민심에 귀를 기울이심이 옳을 듯 하옵니다 폐하!

명종 : 그것이 문제로다. 뜻있는 권신들은 한결같이 그대와 같은 간언을 고하고 있으나 과인의 뜻이 조정 밖으로 나갈 수도 없으려니와 궐내에서조차 실현될 수가 없으니 장차 이 일을 어찌하면 좋단 말인가?

경대승 : 황상폐하! 본부하여 주시오소서, 신 미천한 목숨이오나 황상폐하를 위해 목숨을 바쳐 소임을 다하겠나이다.

명종 : 진정 그러하다면. 과인은 장차 그대를 견룡행수로 봉할 것인즉 먼저 이 나라 방방곡

곡을 암행하면서 민심을 살펴 짐에게 소상히 고하도록 하라! 특히 충청도 공주관아에 속한 어느 곳에서는 민심이 심상치 않다고 들리는 바이나 어느 권신 하나 짐에게 그 일을 고하는 이가 없으니 내 참으로 답답하도다 허나 이 약조는 그대와 나만이 아는 봉명이니 은밀히 거행토록 하라. 그리 할 수 있겠느냐?

경대승 : 본부 받자와 목숨을 다하겠나이다. 황상폐하! (강한 음악과 함께 조명 Out)

6

단 아래에서 각각 가면을 쓴 난장터 장삿꾼들이 목청을 돋으면서 장사를 하고 있다.

엿장수 : (흥타령조로 노래하며 춤을 춘다)
　엿사세유 엿을사 쫀득쫀득 엿을사 심산유곡 칡덩이 잘근잘근 물내어
　달콤살콤 엿기름 찹쌀가루 뒤범벅 가마솥에 휘젖고 사흘밤낮 불때서
　지극정성 고아낸 끝내주는 엿을사 이엿먹고 힘내어 늦둥아들 만드소
　엿사세유 엿을사 살살녹는 엿을사 돈없으면 가거라 돈있으면 사거라
　(노래와 엿가락 장단을 멈추고) 헌디 세상사 이럴 수는 없는건디 이럴수는 없는 기여!

방물장수 : (자진모리장단조로)
　애기씨 아가씨 날좀보소 이잘난놈 보기가 민망허면 여기에 이방물 구경하소
　세상에 이런거 처음봤지 홍댕기 청치마 비단신발 금비녀 옥반지 거울색경
　(여자흉내내며)어머나 맙소사 이걸어쩌 내커서 돈주면 아니되오 엣끼!
　(노래와 춤을 멈추고) 그러게 말여. 참말루 못된 세상 아니것어라!

옹기장수 : (육자배기조로)
　금강산 일만이천 산봉우리 예있소 계룡산 은선폭포 그물줄기 예있소
　이옹기에 물붓고 메주덩이 띄우면 금강산 계룡산 신선들이 예놀지
　장맛단맛 고추장 간장된장 청국장 옹기면 다옹긴가 장맛보고 사가소
　(노래와 춤을 멈추고) 이런 제길헐 노랫가락에 장단은 없지만 듣는
　장꾼들 추임새는 있어야 허는거 아녀! 젠장 재미없어 못허건네. 그나저나 아 뭔 일인데 아까부터 죄다 육자배기 한 가락씩 뽑고서는 혀끝을 차는 기여?

엿장수 : 아 증말 뭔일인지 몰라서 그러는겨? 아 회덕장터서 품팔려면 귀동냥은 밝아야 하는디 임자 정말 큰일이구먼 그려!

방물장수 : 지금 황도에서는 정중부라는 자가 문하시중이 되어 황상폐하를 등에 업고 조정을 휘두른다쟎여! 그런데 문제는 뭔고 허니 그놈과 동행했던 난신적자들로 하여금 각 지방마다 권세를 부리게 하여 고을은 고을대로 탐관오리들이 득세하여 우덜 피를 빨아먹고 있응께 그거이 큰일이란 말여! 우덜 모두가 아사 직전이란 말이시!

엿장수 : 워디 고거시 그 뿐인감! (주변을 살피다가 목소리를 낮추어) 선왕의 억울한 죽음을 만 백성에게 알리고 역적 잔당들을 퇴출시키고자 하여 충신 김보당 일행이 조정에 궐기하여 일어섰으나 실효를 거두지 못하자 다시 서경유수 조위총 나리가 중심이 되어 관민의 뜻을 모으고 봉기를 거사코자 일어섰는기여.

옹기장수 : 오메, 오메! 그렇게 그것이 사실이였구먼 그려!

일동 : 아니 고건 또 뭔 말인겨? 사실이라니?

옹기장수 : (주변을 두리번거리며) 모두 귓떼기 한쪽씩만 내 주둥아리에 바짝 내밀어들 보라구!

일동 : (소곤소곤 후) 아니? 그거시 참말인기여?

엿장수 : 아니 그렇게 그 숯뱅이골에서 인물났다던 그 망인가 뭔가 하는 두 형제가 참말로 일을 내긴 낸기여? 참말여?

옹기장수 : 아 그러니께 저렇게 개경 군사놈들 까지 내려와 쫘-악 깔린게지!

방물장수 : 아니 그럼 원제적부터 망이 형제가 둔지미 골짝으로 사람들을 모은 게여? 우리도 이참에 확 그냥 이 봇짐들 내팽겨쳐 불고 그곳에 가는게 옳치 않나 싶네 그려?

440

엿장수 : 근데 중말 승산은 있는기여?

방물장수 : 아 승산이 있고 없고가 뭔 문제여! 그냥 이참에 관아놈들 머리통에 똥물 좌악 끼얹어 주자는 거지!

이 때 먼 곳으로부터 북소리가 F.I되고 무대조명 F.O된다.

7.

명종 : 아니, 도적떼가 관아를 습격하여 파행케 하다니, 그 무슨 말인고?

이광정 : 적당패의 수괴는 공주 명학소의 망이, 망소이라는 형제놈들이옵고 공주현 예하의 대여섯개 고을 백성들이 모두 그 적당패를 추종하여 그 자를 따르고 있다 들었사옵니다.

명종 : 참으로 해괴망측한 일이로고…. 아니 도적괴수를 백성들이 추종하고 따르다니….

이광정 : 아뢰옵기 황송하오나 지방관리들의 수탈로 허기진 백성들은 관아곡간을 부수고 곡물을 분배한다는 괴수의 말에 현혹되어 부지중에 저를 따랐을 뿐이라 사료되옵고 이후 정황에 대해서는 아직 상고된 바가 없사옵니다.

명종 : 짐의 부덕한 소치로다. 모두가 부덕한 짐의 소치야! 아직껏 서경반역 도당들의 반란 또한 진압지 못한 터인데 어찌 또 한쪽에서 도적떼들의 봉기라니….

정중부 : 신 문하시중 정중부 아뢰옵니다. 황상께오서는 너무 심려치 마시오소서. 이번 공주 관아 사태는 서경괴수들의 반란과는 달리 한낮 도적떼들의 소행인지라 우리 조원정 장군 휘하 군사들로 하여금 저 적당패들을 토벌하라 이르겠사오며 서경반란 진압을 위해서는 이미 윤인첨과 두두을 장군을 파견토록 했사옵니다.

문극겸 : 황상폐하, 신 승선 문극겸 감히 폐하께 아뢰옵니다.

명종 : 말하시오!

문극겸 : 옛글에 백성은 나라의 근본이니 근본이 굳어야 나라가 국태민안이 될 수 있다 하였사옵니다. 이번 공주반란은 백성들이 도적의 괴수를 추종한다는 상서의 글만으로 볼 때에 저들 반란의 주모자들을 단순한 도적으로 치부하기에는 옳지 않다고 사료되옵니다. 하오니 토벌에 앞서 먼저 조정에서 선유사를 파송케 하여 그 곳의 올바른 정황을 소상히 파악함이 가한 줄로 아뢰옵니다.

염신약 : 신 또한 승선대감의 주청에 일리가 있다고 사료되옵니다. 지금 황도의 정예군이 서경 반란군과 대치하고 있는 상황이옵니다.

(이 때 조원정 급히 등장한다)

조원정 : 황상폐하! 급보이옵니다.

명종 : 무슨 내용인지 어서 소상히 고하라!

조원정 : 지금 공주관내에서 파생된 소행은 예산현 백성까지 적당패와 합세하는 결과를 초래하여 남도뿐 아니라 양광도 도적무리까지도 가세하여 예산관아와 홍주관아 그리고 현에 속한 열두 고을의 모든 관아가 봉변을 당했다 하옵니다.

명종 : 무엇이라?

조원정 : 아뢰옵기 황송하오나 저들은 지금 비록 갑주는 입지 않았사오나 조련된 정예군 못지 않은 군율이 있사옵고 노도와 같은 기강이 있어 그 기세로서 관아를 습격하고 있다 하옵니다.

정중부 : (조원정에게) 더 두고 볼 것 없네! 지금 곧 상장군의 지휘하에 토벌군을 조성해서 적당패들이 황도에까지 도달하기 전에 놈들을 진압토록 하게나!

문극겸 : 그리하면 아니 되오!

정중부 : (문극겸을 노려보며) 아니 되다니! 승선은 무슨 말씀을 그리 하시오?

문극겸 : 문하시중, 그리하면 아니되오! (명종에게) 황상폐하! 문하시중의 명을 거두게 하시오소서! 나라의 근본은 백성이라 하지 아니 하였사옵니까! 지금 황도군사들을 파견케 하시오면 굶주려 도탄에 빠져 단순히 가담하게된 많은 백성들이 희생을 따르게 될 것이옵니다. 그리하면 외적이 아닌 황상폐하의 군사로 하여금 그리되었다 하는 원성이 더욱 높아질 것이온즉 차라리 회유책을 강구하심이 옳을 듯 하옵니다.

명종 : 회유책이라니? 그 무슨 말이오?

문극겸 : 화친책이라 함이 더 옳을 듯 싶사옵니다. 이는 물길 흐름을 바로 잡고자 함이온데 저들의 소행은 필시 관의 약탈로 인한 배고픔에서 시작된 것이온즉 먼저 적당패의 주모자에게 황명을 전달하시어 관아탐관들을 징치하고 관아곡간을 열어 백성들에게 곡물을 하사하신다 하여 주소서. 아울러 저들이 병기를 버리고 생업으로 돌아가면 이번 봉기를 불문에 부친다 명하소서. 하오면 저들의 불길이 잡힐 것이옵니다.

염신약 : 신 또한 승선대감과 같은 소견이옵니다. 더불어 첨가하올 것은 저들은 지금 천민대우를 받고 있음에 원한을 품고 있을 것이온즉 이번 봉기의 근원지인 명학소에 현령을 파견하시어서 소를 현으로 승격시켜 줌으로서 저들로 하여금 황상폐하의 성은에 머리를 조아리게 하심이 옳을 듯 하옵니다.

명종 : 무어라? 소를 현으로 승격하고 현령을 파견하라고. 이 또한 무슨 계책인지 좀 더 소상히 고하시오.

염신약 : 아뢰옵기 황송하오나 소(所)라 함은 천민들의 집단지로서 노동의 생산지를 일컫는 고을을 칭함이온데 저들은 지금껏 관아의 탄압과 억눌림 속에서 황상폐하의 성은과 멀리하여 살아온 자들이옵니다. 하여 이번 반란을 계기로 황상폐하의 하늘같은 은총을 저들에게 베푸신다면 저들은 이 후로도 반란을 꾀하지 않을 것이오며 황상폐하의 은덕에 감격하여 살아갈 것이옵니다.

명종 : (좌우를 둘러보며) 중신들은 어찌들 생각하시오?

일동 : (조아리며) 신들의 뜻도 같사옵니다.

명종 : 중신들의 공론이 그러하다면 그리들 하시오. 이번 봉기의 근원지인 명학소를 나라에 충성하고 황명에 복종하는 고을이라 하여 충순현이라 명하고 중신들은 공론대로 화친책을 마련하여 저들로 하여금 회유토록 하시오!

일동 : 황은이 망극하옵니다. (강한 음악과 더불어 무대 암전)

8

무대 다시 조명이 들어오면 삼경에 즈음하여 둥근 달이 떠 있다. 그 아래 망이모와 분이, 그리고 아낙들. 모두 죽창을 하나씩 들고 있다.

망이모 : 모다 애썼네들 그려, 남정네도 아니고 아녀자들 몸으로 요로콤 밤마다 뫼방을 슨다는 것이 워디 쉬운 일인감!

아낙 1 : 아 근데 성님! 우덜이 원제까지 요로콤 뫼방을 서야 한데유? 아, 나라 임금님께서 우덜 마을 을 충순현이라고 했다면서 우덜이 계속 이래야 하는감유?

아낙 2 : 아 고것은 말뿐이지라. 마을 이름이 바뀌었다고 시상이 바뀌지는감. 남정네들 야기를 들웅께 아적까진 쬐매 더 두고봐야 한다더구먼유. 공주관아에서는 군졸들이 우덜한테 이를 갈고 있다던디유!

망이모 : 오메, 그게 뭔소리여? 우덜이 병장기를 내려놓으면 작년에 거두지 못한 곡식꺼정 대주고 당분간은 토전세도 없는 걸로 해준다던 놈들이 뭔 웬수 졌다고 산사람헌테 이를 간다는 기여?

아낙 2 : 글씨 지놈들이 우덜헌테 헌 짓거리는 생각지 않고 우덜 땜시로 지덜 몸땡이가 성헌 곳 없다면서 훗날 시상이 또 변하는 날엔 가만두질 않겠다나 워쩐다나 아주 독설을 퍼붓드래

444

유 글씨….

망이모 : 냅두라고 혀, 지놈들 헌 짓꺼리는 하늘이 알구 땅이 아는 것잉께 그걸 모르면 그거시 인간이여!

아낙 1 : 뭔놈에 팔자가 이리도 고된지 모르것네유. 하루 웬종일 일에 고되고 일 끝났다 싶으면 이래 뫼방에 고되고 거기다 야밤엔 서방헌테꺼정 시달려 고된 팔짠께… 어히구 기집년 팔자라더니….

아낙 2 : 아, 성님! 시방 누굴 약올리는거유 뭐유? 서방없는 년 앞에서 무슨 유세람, 참말로 서러버 못 살것네.

망이모 : 거 입조심들 혀? 애들 듣는 앞에서 함부로 지껄이지들 말구!

아낙2 : 어메메, 큰성님두 참… 아 분이두 이자 알거 죄다 알아유! 곧 새색씨될 몸인데 그걸 모르고 시집갈라구유! (이 때 어디선가 소쩍새 울음소리)

망이모 : 아니 이 여편네가 글씨…

아낙 1 : 히히히…(사이) 근데 이동상 맴 허전허게시리 뭔 달이 저리도 둥굴데유! 그리고 아까부터 왠노메 소쩍새가 저리도 소쩍, 소쩍 울어대는 기여 또?

망이모 : 아 잔말말구 어서 싸게싸게 내려가! 서방 안기달려? 후딱 시달리구 잠이라두 한숨 더 자든가 맨날 하품만 해싸대지말구!

아낙1 : 아이구 성님두 참….

망이모 : (분이에게) 우리 먼저 싸게 갈텡께 닐랑 달구경하고 천천히 오너라이.

분 이 : (얼굴 붉히며) 아, 아줌씨…!

(아낙들 한바탕 웃어대며 퇴장한다. 분이 머뭇거리는 사이에 원 안쪽에서 망소이가 나타난 다)

망소이 : 분이야!

분 이: 아, 뭔노메 소쩍새가 그렇게 거칠게 울어대는기여! 사람들 죄다 눈치 채게시리.

망소이 : 오늘도 힘들었지? 쬐메만 기다려봐. 이자 곧 엄니가 우덜 혼례를 치루게 해준다고 했응께.

분 이 : 얼레 혼례만 치루면 뭐 단가! 이자 나도 시집가 아줌씨가 되든 저 아줌씨들 매냥 이 렇게 매일밤마다 뫼방을 서야할텐디. 그라고….

망소이 : 아, 그것도 잠깐 뿐이랑께…. 아직은 서경군이 저렇게 버티고 있응께 그러지 곧 서 경군 사기가 꺾이고 황도군사들이 득세허면 우덜도 이짓꺼리를 고만 둘텡께.

분 이 : 아, 조금전 아줌씨들이 그러는디 여자 팔자는 고된 거라데. 낮엔 일에 고되고 밤엔 서 방헌테 고되고… 그게 여자 팔자라네. 니는 내게 그렇게 허믐 안돼야 알았지!

망소이 : 너 그게 무슨 말인지나 알고 그러는기여?

분 이 : 바보 같으니라구…!

망소이 : (분이를 끌어안으며) 그려, 내는 니를 꼭 지켜줄끼여. 하늘과 땅이 뒤바꿔두 내는 니 만을 좋아할꺼구 또 니를 지켜줄껴… 그렁께 니두 내 만 믿구 절대로 약해져서는 안되여! 니는 산행병마사 아우의 색씬께. 알았제!

분 이 : (고개를 끄덕인다) 서정적인 음악과 둥근달과 별들이 몹시도 아름답다.

　　　　　-아름다운 음악과 함께 조명 F.O-

9

긴박한 음악과 함께 무대 사각조명이 켜지면 그 안에 정중부와 이광정, 조원정이 서 있다.

정중부 : 적당패거리들이 집단 거주하는 명학소를 충순현으로 승격한다니… 그것이 말이 되는가? 아무리 나라꼴이 이러하다 해두 그럴 수는 없는 게야!

이광정 : 지당하신 말씀이옵니다. 달리 어떤 방도를 강구해야지 황상의 명만으로는 조정이 온통 백성들로 하여금 조롱거리가 될 겝니다.

조원정 : 그러합지요. 황상은 황실의 존재로 보위를 지키시면 그만일 것을 어찌 여기 문하시중 나리께서 계시온데 사사로운 지방관아의 일까지 관여하려 하는지 내 참! 알다가도 모르겠더이다.

정중부 : 문제는 문승선과 염신약이 문제인 게야! 허구헌날 조정에서 나라 실정을 모른 채 주자학만을 가지고 황상의 혜안을 어둡게 만들고 있으니 내 원참!

이광정 : 하오면 문하시중 나리께옵서는 이번 황명을 어찌 조정하시렵니까? 황명을 따라 명학소를 충순현으로 승격시키시렵니까? 만일 그리된다면 다른 소에서들 가만히 있을라구요! 아무리 생각해봐도 대안이 없는 황명이십니다.

조원정 : 그러니 계책을 세우자는 것 아니오니까?

정중부 : 계책이고 말고 할 것 없네. 내 이번 일은 황상 앞에서건 어디서건 책임을 질 것인즉 대감들은 처음 우리의 계획대로 밀어 부치게나!

조원정 : 하오시면 황도군을 모으라는 말씀이오니까?

정중부 : 그러하게! 내 문극겸, 염신약이의 주청이 그릇되었음을 알게 할 것인즉 자네는 비밀리 앞으로 열흘 안에 황도군 정예병사 삼천을 모으고 공주현으로 내려가 명학소인지 뭔지를

초토화시키고 농민군이고 뭐고 닥치는대로 전멸해버리게나.

이광정 : 현명하신 판단이옵니다, 제깐 천 것들이 감히 조정을 업수이 여기고 봉기를 감행하다니… 나라 무서운 줄을 알게 해야만 또다시 이런 반란이 일어나지 않을 겝니다. 그럼 본부 받자와 대장군 정세유를 좌도병마사로 또 이부를 우도병마사로 하여 저희가 직접 출정을 하겠습니다. (조원정에게) 자 그럼 상장군! 문하시중 나리께서 본부하신대로 어서 시행하십시다!

조원정 : 알겠습니다.

무대 비장한 음악과 함께 사각조명 사라지고 샤막으로 뒷배경 붉은조명과 더불어 천둥번개가 치는 가운데 황도 군사들이 명학소 마을을 기습 사람들을 죽이며 만행을 저지른다. 이 장면을 무용으로 표현해도 무방하다, 어둠 속에서 사람들의 애처로운 울부짖음-에코로- 다시 샤막이 올라가고 무대가 밝아지면 초토화된 명학소, 여기저기 연기가 솟아오르고 죽은 시체들이 즐비하다. 무대중앙에 분이 망이모를 끌어안고 흐느끼고 있다.)

망이모(에코) : 분이야! 망…이는 소 이는 어디있는…기여?

분이(에코) : (흐느껴 울며) 엄니! 정신차리서유. 네 엄니…(사방을 향해 소리치며) 아무도 없시유? 아무도 없냐구유? 여기 엄니가 아적 살아계시구먼유… 사람좀 살려 주세유 네! 흑흑.
분이의 외침이 울려퍼질 때 군사 한 명이 분이에게로 다가와서 칼로 내리친다. 쓰러지는 분이.
강한 음악과 함께 무대 조명 F.O

10

다시 무대 밝아지면 무대 중앙에 망이모와 분이의 시신이 놓여있고 망이가 칼을 의지하여 의연히 앉아 눈물을 흘린다. 그 옆에서 망소이가 오열을 한다. 뒤편에는 농민군들이 죽창을 들고 일렬로 서있다. 비창한 남성코러스가 은은하게 울려 퍼진다

망소이 : 엄니 저 망소이여유? 엄니! 어서 눈을 떠봐유 어서유! (다시 분이에게) 분이야 너는

또 왜이러는기여 응 우리 이자 곧 혼례를 치루고 함께 좋은세상 만나 잘 살아보자 혔잖여. 그런데 왜이러는기여 응 왜 이러는 거냐구 어서 벌떡 일어나란 말여, 응 분이야! (통곡과 오열) 보세유! 이것이 형님이 말하던 시상인감유? 이것이 나라의 근본이라 했던 백성들의 모습인감유? 이제 어찌 하실건데유! 어찌허실꺼냔 말여유? (오열)

손　청 : 산행병마사! 우리가 예산땅으로 떠난 후 사흘째 되던 날, 조원정이가 이끄는 진압군이 이곳 명학소를 습격하여 백성들을 도륙하고 마을을 이 지경으로 만들어 놓았소! 도륙당한 사람들은 모두 구덩이에 던져놓고 불에 태워 시신조차 찾을 길이 없게 해놨소 이것이 이 나라 조정의 참모습인게요!

망소이 : (모친의 시신을 부여잡고 오열한다) 어머니!

망　이 : (자리에서 일어나 검을 뽑으며) 농민군들이여! 모두 나를 따르시오!

　　강한 음악이 울러퍼지는 가운데 농민군들의 함성소리와 함께 조명 F.O

　11

무대 다시 밝아지면 황궁 내실 안, 술잔을 기울이는 명종 앞에 경대승이 무릎을 꿇고 앉아 있다.

경대승 : 황상폐하! 이럴 수는 없사옵니다. 어찌 조정대신들이 황명을 어기고 이토록 무참히 백성들을 살해할 수가 있사옵니까! 이것이야말로 반역이요, 대역무도한 행위옵니다. 폐하!

명종 : 그러니 어찌하면 좋을꼬! 과인이 저들의 힘에 부쳐 이러지도 저러지도 못하는 마당에서…. 이 심정, 긴긴날 단 하루도 마음 편할 날이 없으니 내 술로 달랠 수밖에….

경대승 : 지금 남적들은 다시 봉기하여 예산의 손청과 합류하여 예산관아를 습격하고 이어 가야산을 향해 진격하고 있다 하옵니다. 저들은 마치 성난 노도와 같이 밀려들어 그 누구도 막을 길이 없사옵고. 이제는 그 어떤 회유책도 저들에게는 소용되지가 않을 듯 싶사옵니다.

명종 : …서경에는 북적이 남에는 남적이 오랑캐도 아닌 내 나라에서 두 개의 적이 공존하여 나라를 이 지경으로 혼란케 할 줄이야!

경대승 : 황상폐하! 아뢰옵기 황송하오나 이제는 용단을 내리셔야 할 때이옵니다.

명종 : 용단이라니…? 그 무슨 용단이란 말이더냐! 달리 묘책이라도 있단 말인가?

경대승 : 황상폐하! 이나라 종묘사직을 위해 혜안을 넓히셔야 하옵니다. 소인 듣자옵건데 해주 정씨 가문의 기세가 이 조정을 장악할 뿐 아니라 황상폐하께도 안하무인격으로 방자히 행한다 하온데 이참에 저들의 근본 뿌리를 잘라내야 될 줄로 사료되옵니다. 심지어 정중부의 사위되는 송유인은 문하시중의 세도를 업고 평장사 벼슬을 달라고 황상폐하께 술주정까지 했다는 소문을 들었사옵니다.

명종 : 기억하고 싶지도 않은 과인의 수치일세!

경대승 : 하오니 혜안을 넓히시고 결단을 내리시오소서.

명종 : 어떻게! 어떻게 혜안을 높이고 어떤 결단을 내려야 한단 말인가?

경대승 : 소인에게 명을 내리시오소서! 황상폐하께옵서 소인을 믿으시온다면 이 모든 황상폐하의 어려움을 소인이 맡아 보겠나이다!

명종 : 내 그대를 믿고 또한 그런 까닭에 이 야심한 밤에 내전으로 불러들임이 아니였더냐! 이제 내 운명까지도 그대에게 맡기노니 과인을 대신하여 이 나라 백년대계를 위한 그대 소견에 따라 마음대로 시행토록 하라!

경대승 : 본부 받자와 소임을 다하겠나이다. (강한 음악과 함께 조명 암전)

12

무대 밝아오면 농민군들이 깃발을 펄럭이며 서서 합창을 시작한다. 망이,망소이가 중앙에 서 있다.

농민군들의 합창 : 동해바다에 해가뜨고 서산너머로 해가지네/ 우리네 살림엔 언제 해뜨고 우리네 가슴엔 언제 달뜨나/ 남풍이 불어와 처녀가슴 불지르고 북풍이 몰려와 총각가슴 눈물 짓네/ 가거라 세월아 멀리 떠나라 오너라 봄바람 내몸 녹여라/ 명학소에 북울린다 어서어서 잠 깨어나 이 어둠을 일깨우자 새아침이 밝아온다 (북소리 둥둥) 둔뫼 중천에 달이 뜨면 갑천 냇가에 달이 뜨고 우리네 살림에 달이 뜨면 우리네 가슴에 달이뜬다/ 모여라 모두다 낫과호미 손에쥐고 저넓은 산천을 달려가자 건너가자 가거라 세월아 멀리 떠나라 오너라 봄바람 내몸 녹여라/ 명학소에 북울린다 어서어서 잠깨어나 이어둠을 일깨우자 새아침이 밝아온다

(합창이 끝나면서 동시에 전쟁을 상징하듯 북춤과 깃발춤이 음악에 맞추어 시작된다. 춤과 함께 나레이션이 들려온다.)

나레이터 : 다시 2차 봉기를 시작한 망이, 망소이군은 성난 노도와 같이 일어나 덕산 가야사를 점령하고 홍경원을 불태우는 등 분노를 표출하며 진격해 나갔다. 아산을 함락하고 청주를 제외한 충주를 비롯하여 대부분의 청주목을 장악하였고 나아가 지금의 경기지역인 양평도를 거쳐 개경으로까지 진출을 시도하려 했다. 하지만 이즈음 윤인첨으로 하여금 서경반란이 진압되자 조정에서는 조원정으로 하여금 대대적인 토벌작전을 감행하여 망이가 이끌던 난민들도 완전히 포위되어 결국 망이, 망소이의 2차 봉기 역시 실패로 끝나게 된다. 그리고 1177년 7월 망소이는 장렬한 전사를 하게 되고, 망이는 조정군에 의해 붙들린다.

(무대조명 서서히 F.O)

13

다시 무대에 중앙 안쪽으로 강렬한 조명이 비춰지면 무대 좌편에 삿갓을 뒤집어 쓴 세 명의 사나이들이 서 있고 우쪽에 무장한 황도군 세 명이 서 있다. 그리고 중앙 하단에는 망이가 피투성이가 되어 큰칼로 결박당한 채 앉아 있다.

황도군 : 신임 견룡행수 납시오! (경대승 등장한다, 삿갓 쓴 세 사람 삿갓을 벗어재친다)

정중부 : 하하하! 견룡행수, 정말 수고가 많았네. 내 자네 선친과는 막역한 동지로서 자네 유아시절부터 사람 됨됨이를 보아 왔었는데 어느새 이토록 듬직한 건각청년이 되다니… 그리고 조정반열에 올라서서 궐내 시름을 덜게 해 주다니… 내 정말 자네가 자랑스럽기 그지없네 그려!

이광정 : 그러게나 말입니다. 이번 망이, 망소이라는 남적괴수들을 포박하고 남적들을 초토화시킨 자네의 기백이야말로 정세유장군의 공적과 버금가는 일이였네 그려….

조원정 : 두분께서 혹이 이토록 신임 견룡행수를 치켜 세우심은 장차 사위로 삼아 해주가문 사람이 되게 하시려 함이 아닌지요. 너무 탐을 내시는 것 같사옵니다.

정중부 : 하하하! 내게는 더 할 나위없는 위로이내만 아직 내 딸년이 방년 두 돌박이라서… 하하하! 하지만 견룡행수가 십 년만 더 기다려 줄 수만 있다면야….

일동 : 하하하하!

경대승 : 그럼 어디 한번 황상폐하께 주청이라도 올려볼까요?

조원정 : 하하하! 이 사람아! 이제는 매사 황상폐하가 아닌 여기 문하시중 나리 뜻이 우선일세 그려! 아직 조정의 형편을 잘 모르는 모양이구먼 하하하!

경대승 : 그럴 수는 없음입죠. 군주(君主)아래 신(臣)이 있음이 정한 이치가 아닐런지요!

정중부 : 아니 뭐, 뭐라구?

경대승 : 소인은 매사 황상폐하의 뜻이 먼저라 사료되옵니다. 하여 무엇이든 황명을 받자옵고 이행코저 하오니 너무 원망들은 마시옵소서!

이광정, 조원정 : 아니? 뭐…뭐라 이런 고얀지고….

순간 세 명의 황도군사들 정중부, 이광정, 조원정의 등 뒤에서 칼을 높이 치켜들고 내리친다.

정중부 : (쓰러지며) 경…대 승…네 이…놈! (세사람 모두 분노의 몸짓으로 쓰러진다)

강한 음악, 이어 삿갓을 쓴 사나이 긴 죽창을 거머쥐고 원 중앙으로부터 등장 노래를 부른다.

(독창) : 천년설움 바람되어 한밭벌에 휘날릴 때 풀초롱 맺힌 이슬 누구의 운명인가
　　　　허기진 산천초목 한서린 명학소 둔뫼 갑천에 뜨는 달 정든님 얼굴인가
　　　　솟구치는 그리움에 목메여 불러보는 아! 내 사랑이여! (간주)
　　　　천리길 먹구름 바람타고 몰려올 때 처마밑 호롱불 누구의 운명인가
　　　　산높고 물맑고 정 많아 삼천리 갑천 중천에 저별빛 내님의 눈물인가
　　　　초가삼칸 푸른꿈 그언제나 다시올까 아! 내 사랑이여! (노래가 약해질 때에)

경대승 : (칼을 쓴 망이에게로 다가선다) 죄인은 고개를 들라.

망 이 : ….

경대승 : 나라에 반역하고 수많은 선량한 백성들의 목숨을 초개와 같이 쓰러뜨린 죄인 괴수로서 감히 고개를 하늘로 향할 수 없는 게로구만….

망 이 : ….

경대승 : 정녕 그대는 그대가 거사했던 이 봉기가 성사될 것이라 믿었더냐?

망 이 : (천천히 고개를 들며)나는 성사 여부에 대해선 단 한번도 뜻을 모사해 본 적이 없소이다. 단지 내 가족 내 백성들의 굶주림을 어찌 면하게 할꼬… 오로지 그 생각 뿐이었오.

경대승 : 하하하! 그대는 그대의 소행이 옳다 여기겠지만 하늘 아래 땅이 있음 같이 군주 아

래 신하가 있는 법, 그것을 몰랐다 함은 손에 검만을 쥘줄 알았지 글이 없었기 때문이 아니겠느냐! (천천히 무대상단으로 오르며) 망이 산행병마사! 그대가 시운만 잘 타고났더래도 장차 이 나라에 큰 기둥이 될 인물이었을 텐데… 그것이 몹내 아쉬울 따름이야. 부디 먼길 잘 가시게나 어쨌든 반역은 반역인 게야! 여봐라! 어서 시행토록 하라!

북소리, 비장한 도수부가 칼춤을 춘다. 시뻘건 노을이 진다. 천둥번개와 용틀음 울음소리가 들려오며 무대 전면이 빨갛게 물들어 온다. 그리고 조명 F.O 되고 이어 어둠 속에서 망이의 비명소리가 크게 들려온다.(에코로 메아리 친다)

14 (에필로그)

어둠 속으로부터 은은하게 울려퍼지는 진혹곡(구음), 무대 푸른 조명이 서서히 비추어올 땐 연기가 자옥하다. 이 때 등을 들고 등장하는 출연자들 무대 중앙으로 모인 후 가운데로 길을 열어줄 때 나룻배를 탄 망이, 망소이를 희미하게 비쳐준다. 진혼곡이 울려퍼지면서 망이, 망소이를 비추던 조명 서서히 F.O된다. 구음으로 계속되는 진혼곡, 여전히 자옥한 안개가 피어오를 뿐이다.

도완석

1953년 충북 괴산 출생. 한남대 미술교육학과 졸업. 저서 『명학소의 북소리』, 『베들레헴의 꿈』 외 다수. 뮤지컬 사모곡, 갑천, 앞서가는 사람들(KBS 라디오 드라마) 외 다수. 제22회 전국연극제 대상(대통령상), 대전시문화상, 한남문인상 수상. 한남대 공연예술학과 겸임교수.

싸이렌(Sirene)

송 전

　　장소 : 대도시 대단위 아파트 단지 주변에 자리한 어느 건물 지하층에 위치한 제법 규모가 있는 호프식 카페. 그 운영 방식은 약간 복고풍으로 80년대 후반 풍이다. 처음에는 옥호가 "다혜(多惠)"였다가, 사장이 바뀌면서 "싸이렌(Sirene)"으로 바뀐다.

　　시간 : 현대[1]

　　등장인물

　　나우현 : 40대 중반. 시인. 수석 수집가. 예언의 소양이 있음.
　　김 약사 : 전라도 출신의 약사. 도매약국인 백양약국 약사. 30대 중 · 후반.
　　한 사장 : 경상도 출신의 핸드폰 대리점 사장. 30대 중반. 호방한 편에 술을 즐기는 편. 말씨가 쾌활함.
　　장 교수 : 서울 말씨를 사용. 40대 초반
　　우덕주 : 30대 초반의 덩치 좋은 순한 성격의 젊은이. 격투기 선수 출신이다. 주한 미군부대에서 코치로 활동하고 있으나, 전업은 아니다.
　　최 마담 : "다혜"의 사장. 마음 선하게 보이는 수더분한 인상.
　　홍 마담 : 미모에 지적인 분위기. 군림하려는 듯한 성격의 소유자. 발음이 명확하고 냉정하다.
　　오 양, 현 양, 박 양 : 20대의 술집 여 종업원. 노래 솜씨와 댄스 역량 필요.
　　김선기 : 20대 초의 웨이터. 노래 솜씨. 나중에 한 사장 역을 겸함.
　　매니저 : 카페, "싸이렌"의 지배인. 김 약사 역과 겸함.
　　어머니 : 나 우현의 어머니. 최 마담 역과 겸함.

---

[1] 본 작품은 이청준의 소설, 『예언자』를 각색한 작품이다.

김 형사 : 40대 중반.

그 밖의 단역들 몇 명 : 연극 진행 중에 술집 좌석을 차지하기도 하고, 춤추는 장면에서 함께 참여. 백 댄스 훈련을 할 필요. "싸이렌"의 노래를 함께 노래할 수 있도록 함.

제 1 장

조명 들어오기 전에 어둠 속에서 한 남자가 전자 음악 반주에 맞춰 유명 가수의 발라드 풍 노래를 산뜻한 솜씨로 분위기 있게 부르고 있다. 서서히 조명이 들어온다. 가수 흉내를 낸 복장을 한 술집 웨이터 김 선기가 활달한 춤 동작을 곁들여 노래를 모창(模唱)하고 있다. 연극 시작과 더불어 산만할 수 있는 객석 분위기를 다잡고 관객의 관심을 한 순간에 끌어 모을 수 있도록 세심히 설계되어야 한다. 선기 한 동안 노래를 하다 마치며.

선기 : (표준말을 쓰려 하지만, 경상도 억양이 느껴지게) 안녕하십니까, 이렇게 여러분들을 만나뵙게 되어 너무 너무 반갑십니다. 우리 시대의 톱 스타, 영원한 사랑의 가수, 여인의 마음을 살포시 멘져주는 가수 "금 성기", 여러분께 인사드립니다.(공손히 인사를 한다. 박수 소리를 관객으로부터 유도해 내기 위해 노력한다. 경우에 따라 즉흥 연기도 첨가할 수 있다.) 다음에는 흘러간 명곡 한 곡을 선사하겠심니다. (공연이 이뤄지는 시점에 적합한 대중가요를 한 소절 모창으로 가능한 유사하고 흥겹게 부르는 순간, 안에서 선기를 부르는 음성이 크게 들려나온다. 노래와 함께 춤동작을 하며 관객의 참여를 적극적으로 유도한다.)

최 마담 : (안에서 목소리만 들려 나온다) 애, 성기야.

선기 : (선기 흠칫 놀라더니 대답을 안하고 분위기 깨졌다는 듯한 태도를 내보인다) 아우, 또 판이 깨지나?

최 마담 : (다시 한번, "성기야!" 이름을 부르고 나서, 무대 위에 나타나

선기 : 에이, 마담 언니, 내 이름은 성 기예요, 김 성 기. 맨날 고쳐줘도 성 깁니꺼.

최 마담 : (여름의 수수하고 편한 복장으로 모습을 드러낸다) 그래, 니 함자가 김 선 기란걸 안다만, 니가 언제 선 기라고 발음했냐. 항상, (경상도 발음과 함께 우습고 독특하게 인사하며) "지는 금 성 깁니더"라고 했지? 얼마나 좋냐, 번쩍이는 성기니…? 입에 짝짝 달라붙는구먼…호호…. 건 그렇고 너 부탁한 거, 한 사장님께 갖다 드렸어?

선기 : 조금 있다가 가면 안됩니꺼? 오늘 라디오 노래 시합 신청해 났는디… 한 10분 밖에 남지 않았다 아입니꺼.

최 마담 : 뭐, 라디오 콩꾸르? 너, 잘 나가는구나? 시간 없단 말이야… 금방 다녀올 수 있잖아! 한 5분 안에….

선기 : 에이, 알았심더. (주방 쪽으로 다시 들어가 옷을 챙겨입고 출입구 쪽으로 뛰어 나가다가 금방 들어서는 나우현과 부딪혀 함께 뒤로 나동그라진다. 수석수집을 하는 나우현 오랜만에 들어선다. 안경을 낀 깡마르고 예민한 인상의 위인으로 나이는 대략 40대 후반. 산 계곡이나 물가에서 금방 돌아온 듯한 복장이다) 어이쿠!

최 마담 : 어마마! 이를 어째!

나우현 : (부축을 받으며 일어서면서) 이게 누구야, 선기 아냐. 녀석아 급하더라도 조심해야지. 어디 다친 덴 없냐? 어이 녀석, 항상 조심해야지!

선기 : (툴툴 털고 일어나, 겸연쩍은 표정과 동작으로) 나 선생님, 죄송합니다. 빨리 갔다올리다 보니…, 그만. (마담에게) 얼릉 다녀오게요.(뛰쳐 나간다)

나우현 : 최 마담, 쟤 어디 가는 거야?

최 마담 : 심부름이요, 한 사장님께….

나우현 : (잠시 생각하는 듯 하더니, 고개를 갸웃거리며) 쟤 안 가는 게 좋을 것 같은데….

최 마담 : 이 근천데요 뭘. 아무 일 없을 거예요.(하다가 무슨 예감이 스치는 듯 급박하게) 얘, 성기야, 성기야, 잠깐만.(밖으로 뛰어 나간다. 이때 박 양 손거울을 들고 자신의 모습을 살피며 등장. 그때 밖에서는 오토바이가 뿌다닥! 하며 출발하는 소리가 들린다)

나우현 : (배낭을 테이블 위에 내려놓는다. 혼자말로) 어이구, 며칠 돌아다녔더니, 제법 피곤하군,(박 양 발견하곤) 어, 미스 박, 잘 있었어?

박 양 : (화드득 놀라며) 어머, 안녕하셨어요, 나 선생님. 오랜만이시네요.

나우현 : 그래, 그렇군. 마시다 남은 맥주 찬 맥주 있어?

박 양 : 아이 참, 마시다 남은 거라니요. 금방 내 올께요.(테이블에 따라와 안자, 나우현의 손을 잡더니) 그런데…나 선생님, 저어…. 있지요, 오늘 부모님들이 올라 오셨걸랑요. 저 선보이러… 지난번 말씀하신 대로…. 전 전혀 생각 않고 있었는데… 그냥 농담이시려니 했거든요. 어떻게 그렇게 딱 알아 맞추셨어요? 비결이 뭐예요?

나우현 : 비결은 무슨 비결. 그냥 해본 소리가 맞은 게지., 허허. 맥주나 어서 가져와!

박 양 : 우연이라기엔, 날짜까지 대충 맞지 않아요?

최 마담 : (홀로 돌아 들어와 우현의 테이블로 다가오면서, 웬지 불안한 듯이) 짜식, 빨리도 가네요. 박 양아, 맥주 좀 가져와라. 웬지 신경 쓰인다.

박 양 : (머쓱해하며) 나 선생님, 비결 안 가르쳐주시면 맥주 안 따라 드릴 거예요.(박 양 주방 쪽으로 간다)

최 마담 : (불안이 스민 혼자말처럼 우현에게) 선기 애, 빨리도 갔어요. 얼른 돌아와서 라디오 노래 시합할 욕심으로… 그냥 놔둘걸…. 뭐 아직 어둡지 않고, 원래 날렵한 녀석이니….(그 사이에 박 양 맥주를 가져온다)

나우현 : 그럼, 그럼, 마담 맥주나 한잔 해. 열내지 말구. 박 양도 이리 와 앉지 그래.

최 마담 : 아니, 나 선생님, 그래도 되시는 거예요. 도대체 그렇게 코빼기도 안 내미실 수 있어요? 뭐 유감 있으세요? 아님, 한물 갔다고, 물건처럼 보여요? 흥, 서운해요.

나우현 : (능청맞게) 암, 서운하지. 지난번에 내 친구 글쟁이 놈과 들렀을 때, 내겐 눈길 한번 안주고, 그 코 큰 녀석한테만 알랑방귀를 꾸던데 뭘. 그때 나 자존심이 심히 상했다구.(최 마담 볼을 살짝 튕기며) 내 애인이지, 했는데 말씀이야….

최 마담 : 어머머, 억지로 그 분 곁에 눌러 앉힌 게 누구였는데….(박 양이 맥주병을 따고 우현에게 술을 따른다)

나우현 : 하하하. 농담이야 농담. 한 이 주일 동안 산천을 좀 돌아다녔댔지. 단양 계곡, 문경 새재를 거쳐 저기 내설악 계곡. 그리고 저기 백담사 쪽으로.(함께 앉은 여자들에게 두루 맥주를 따른다) 휴가철이 지나 이제 좀 조용하더군. 아무도 없는 이름 없는 깊은 계곡 물에 발가벗고 몸을 담구었다가 정신이 나면, 다시 돌을 구경하러 나가곤 했지. 이번엔 수확이 없진 않았어. 자, 우리 한잔 해! (세 사람이 함께 마신다)

박 양 : 나 선생님은 좋으시겠어요, 마음만 댕기시면, 그렇게 좋은 델 언제든지 다녀오실 수 있고… 좋은 돌을 많이 구하셨죠? 얼굴에 씌어있어요, 그렇다구…. 좀 보여주세요, 네?

나우현 : 자꾸 드러내면, 돌 속의 기가 달아나는데… 에이, 여기서야 감출 순 없지. 어디…(배낭을 뒤적이며 돌을 꺼낸다, 두 손에 들어 올만큼의 크기에 윤기나는 돌. 살갗에 무늬가 있다) 자, 어때. 백담사 쪽 계곡에서 찾은 거야. 만지면 심오한 질감이 느껴져. 단단하면서도 갓난이의 보드라운 살결 같은 촉감이 안 와? 우리 박양 이쁜 마음씨 같은 게 느껴지기도 하고….

박 양 : 어머머, 제 마음씨요? 예쁘게 봐주셔서 고마워요. 돌무늬가 있네요?

나우현 : 뭐가 생각나, 최 마담?

최 마담 : 막 날개를 펴려는 학처럼 보여요.

나우현 : 마담이 날고 싶은 게군. 돌 밖으로 드러난 결이나 모양은 내겐 중요하지 않아. 그 안에 숨겨진 태고의 비밀이 내 손길에 미쳐오느냐 하는 게 중요하지. 석수장이들은 돌을 가공하기 전에 살짝 두드려. 소리로 질감을 확인하려고. 수석하는 사람들도 마찬가지야. 모양새 이전에 돌의 질감을 먼저 살피거든.(지긋이 최 마담과 박 양을 쳐다보면서) 최 마담, 이제 곧 이 집을 떠나겠어. 다시 보긴 어렵겠구만. 다른 일 하더라도 남자 끼고 하지 마! 박 양에겐 내가 수석 한 점 줄 날이 곧 오겠다. 아냐, 아냐! 그간 못 본지 오래더니, 말이 많아지는구나…. 요놈의

못된 버릇이 금방 도진다니까…원.

　　최 마담, 박 양 : 네?

　　박 양 : (고개를 갸웃하며) 이번에 선 보면 결혼하게 되는 거예요?

　　나우현 : 글쎄다. 건 잘 모르겠는 걸…. 차분히 생각해, 급하게 굴지 말구….

　　마담 : 전 지금 업종 바꿀 생각 전혀 없어요. 팔자가 바뀔 것 같지도 않…(말이 그치기 전에 오토바이와 자동차 급브레이크 소리가 들리며, 거센 충돌 소리가 들리고 날카로운 비명소리. 나 우현을 제외한 최 마담, 박 양 모두 귀를 막고 캬악 소리를 지르고, 곧 이어 최 마담이 귀에서 손을 떼며 객석을 향해 "안돼, 성기야!"하고 외치는 순간. 암전)

제 2 장

(카페 내부 공간에 약간 변화가 있었고, 전체적으로 화려해진 느낌이다. 술집의 단골 손님들이 테이블에 앉아서 맥주잔을 기울이고 있다. 김 씨, 한 씨, 우측 전면 한 테이블에 앉아 있고, 한 구석 테이블에는 박 양을 옆에 둔 채 나 우현과 장 씨가 심각한 표정으로 맥주를 마시며 담배를 피우고 있다. 앞 쪽 테이블에 맥주병이 어지럽게 놓여있는 가운데 우덕주가 몽롱히 취한 상태에서 현 양의 어깨 위에 손을 얹고 앉아 있다. 얼굴에 군데군데 피멍이 들어 있다. 무대 왼쪽 깊은 곳에 홍 마담, 거만한 표정과 유난한 복장으로 앉아서 파란빛이 도는 칵테일을 입에 가끔 축이고 있고, 말쑥하게 차려 입은 매니저가 가끔 그녀에게 귓속말을 건네고 있다.)

　　나우현 : 장 교수 오랜만이야. 자넬 보니 세월이 많이 갔네. 요즘 대학은 고3 입시생들 야간 학습장 같아. 나오는 소리라곤 그저 퇴익 몇 점, 스펙이 뭐 어떻고…. 대학이 화이트 공장이 되었나봐.

　　장 교수 : (제법 취해 있다) 흥, 대학 꼰대? 비판적 지성? 웃기는 얘기네. 대학 교육은 이미 시장이 집어 삼켰네. 대전시장님이 아니라, 스마트 폰 시장이…! 가장 심하게 시장 눈치를 보는 조중동 따위가 나서서 대학 품질 평가를 한다고 덤벼든다네…원, 그거 광고비 챙기는 또 다른 방법 아녀? 교수나 학생이나 그 평가에 맞출려고 쩔쩔매고 있고 말이야… 이제 한국의 대학은 없어졌어… 직업인 생산 공장이 되어버려. 사회정의? 인권? 자유? 귀신 씨알 까먹는 소리야… 그 따위 단어들은 먼지 낀 종이 사전에나 들어 있을 거야.(갖고 있는 최신 핸드폰을 치켜 들며) 여기엔 그런 단어들 없어!(고개를 푹 숙이며 잠시 쉬었다가 잔을 들어 올린다) 자네 문학은 안녕하셔?

나우현 : (피식 웃으며) 요즘 누가 시나 소설 읽고 또 연극을 보겠나?… 부연 안개 속에 갇힌 기분이야… 방향을 잡을 수도 없고, 안개에 취해 힘은 빠져 나가고… 놈현이 갔을 때 온 나라가 뜨거웠지만… 역시나였어. 이젠 웬만한 일이 터져도 대중은 눈 하나 깜짝하지 않아…여자들의 관심은 TV 드라마나 홈 쇼핑이구, 남자들의 관심은 직장에서 살아남기야. 처절한 생존투쟁. 이제 없어졌나 싶은 일들이 다시 횡행하는데 말씀이야… 대포폰에, 여론조작에, 부끄러움이 없는 거짓말에…. 시는 트위터의 토막말로나 남을 게야. 요즘 대학 데모가 없어져서 그래도 편한 거 아닌가?

김 씨 : (마담이 앉아 있는 자리를 향해 힐끔힐끔 눈치를 보며 은밀한 목소리로 한 사장에게,) 그런디 말이여, 새로 온 마담 대단하담서? 스카이 대학 출신이라든디? 거 뭐여 메이 퀸까지 했디야. 대학 다닐 때부터 어떤 재벌 아들이 꽁무니를 쫓아 다녔는디, 애라 돈맛이나 실컷 보자 하고는 그 놈과 결혼을 해줬데. 그런디 그 놈이 또 바람을 피우니까는, 당당하게 이혼을 요구했다는 거여. 그러니까는 니만 뭐 달렸냐, 나도 뭐 있다 허고 말이여. 위자료를 두둑히 챙겨 소일 삼아 이 일을 시작했다드만. 오 양 내 말 맞어?

오 양 : 저도 잘은 몰라요. 어쨌든 먹물을 약간 칠한 모양이예요. 그래봐야 별 볼일 있겠어요. 흥, 술집 년은 술집 년이지?(샐쭉한다)

한 씨 : (경상도 말씨로 약간 눈치 없이 큰소리로 이야기를 시작해 나중엔 흥분상태에 이른다) 형님, 듣자니까 그 남편이라는 작자도 그럴 수밖에 없었을 거 같습니다. 여자가 그기 원칸 쎄갔고. 밤마다, 여보야… 나랑 놀자. 나 심심타! 함서 덤벼들었다 캅니다.(슬쩍 마담 있는 쪽에 눈치를 주면서, 그러다 소리를 죽이며) 그라믄 정말 우짭니까. 생명의 위협도 느낄 만하지 안켔습니까. 그기 아무리 조타카더라도 말입니더. 으히, 내일 아침 꼴깍 숨 넘어 가드라도 마, 나도 한 분 화끈하게 그래 봤음 조켔다… 생명보험부텀 들어봐야 할 낀가? 아니제, 성님, 나 비아그라 좀 주소.

오 양 : 으히! 한 사장님은 그저 그것만… 아이, 징그러워….(허벅지를 꼬집으려다 화드득 놀랜다) 허머! (부끄러운 듯이 눈을 똥그랗게 뜨며, 제 손을 쳐다본다)

한 씨 : (응큼스럽게) 이 야가 뭘 맨지고나서 그러코 놀래노? 니 질투하나?

장 교수 : 앞뒤 없이 제 놈들만 "민주(民主)"고 "선(善)"이라고 악악대던 녀석들이 기가 빠진 건 다행이지만, 이젠 남녀 할 것 없이 온통 노랑머리, 빨강머리, 파랑머리… 때 없는 옷조각… 길쭉 뾰족한 구두… 정신없네… 정신없어… 강의실에서 그 힘겨웠던 박정희 유신 시대, 전-노 군사정권 시대 얘기를 좀 해볼라치면… 입에서 말이 떨어지자 마자 눈은 동태눈깔이 되고, 여기저기서 하품이 터진다네…. 역사? 혁명? 민주주의? 사회정의?… 건 이미 외계인 언어야… IMF 터지고 나선 좀 긴장한다 싶었는데 도로 마찬가지야…, 세상에 정신은 사라지고 남

은 건 돈과 섹스 뿐이야…. 요즘 문학동네도 그렇지?

　나우현 : 그래… 글마다 어떻게 하면 사람들의 말초 신경을 자극할 수 있나 궁리하기에 바빠. 그렇게 허기질까? 그 관음주의 말일쎄… TV에서 써먹는 그 몰카라는 것… 허참! 문자는 사라지고 순간의 영상 만 휘몰려 다니니… 누가 문학 작품을 읽겠나?

　김 씨 : 이 봐, 동생! 비아그라 탐내지 말어! 혈압 높은 사람, 남의 배 위에서 꼴깍하기 십상이여. 그런디, 저 황 마담, 술집을 해도, 한 군데서 오래 않는담서? 그 동네 남자 다 잡도리 하고나면, 금방 자리를 옮긴다더면서? 동생도 조심해. 다행이 저 여자가 이제 나이 서른을 넘겨서 옛날같지는 않겠지만. 우리 동네서 산송장 몇 구 치르는 게 아닌지 걱정되는구면.

　한 씨 : 형님도, 모른 말씀 마시소 마. 여자는 서른부터라 안합디까. 삼십대 여자는 과일에 비기면, 달콤한 오렌지 맛이라고….

　김 씨 : 왜 오렌지 맛인데?

　한 씨 : 건 말입니더. 땟깔 매끈해서 이쁘지, 벗기면 야들야들 보들보들허지, 씹으면 부드럽게 씹히며 단물이 움찔 나오지. 아, 그래서 오렌지 아입니꺼.

　김 씨 : 그럼 이십 대는 뭔 맛이랑가?

　한 씨 : 이십대요? 고건 살구맛 아닝교! 왜냐? 겉으로 보본 살이 통통히 올라 맛있게 보인는디, 실상 먹으믄 시기 십상이라.(어조를 바꿔 간드러지게) 오 양 맷살이나? 니는 아마 옴팍 익은 살굴끼라. 그러체?

　오 양 : 흥, 한 사장님, 웃겨 정말! 저는 요, 이래 뵈두요, 요즘 잘 나가는 영계, 십 대예요, 십대! 씹어도 입에 남아나는 게 없이 사르르 녹아나는….

　한 씨 : 오 양아, 니 뭘 모른대이. 십 대는 말이다, 아무리 깔락케도 안까지다가, 어렵게 까문, 먹잘 게 없는 기 호도다. 그럼 니 아직 뭐 모리겠네?

　오 양 : 모르긴 뭘 몰라요. 계룡산에 올라 규방비술을 전수한 이 몸인데….

　김 씨 : 동생, 그러면, 새 마담한테 오렌지 한 상자 선물하면서, 은큼한 속내를 보여 볼까?

　한 씨 : 성님, 그런 말씀 마시소. 사십 대 남자들은 밤일을 사생결단 하듯이 한다캅디다. 그라문 일 내지요. 우리 삼십 대 같이 삼삼하게 해야지요. …그랑께, 생명공학적으로 생각해서 넘보지 마시소! 저 오렌지는 내껍니더!(갑자기 핸드폰 소리가 울린다. 느긋히 핸드폰을 열고 약간 거만하게) 아, 여보세요.(갑자기 화드득 놀래며, 입술에 손가락을 세우고, 주위 사람에게 정숙을 요청한다. 급히 일어나 한 구석으로 옮아가 주눅 든 목소리로 통화한다. 그 옆으로 오 양이 따라가 바짝 다가서서 통화를 엿듣는다.) 당신이가? 난 급한 손님이 있어 얘기 중이다. 여자?(가슴에 기대어 있는 오 양을 밀치며) 와 이러노. 알았다. 금방 들어갈 끼다.(전화를 닫으며) 휴, 십년 감수했네. 구신이다, 구신! 차라리 전화번호를 바꾸사 쓰것네.

오 양 : (갑자기 엄격한 표정으로) 바꾸면 안돼요!

한 씨 : 와?

오 양 : 자기, 다쳐!

김 씨 : (오 양의 장난에 웃음을 터뜨린 후) 제수씨구만? 왜 그리 꽉 잽혀있는겨? 의무방어를 못하는 모냥이구먼. 그려, 동생, 삼수갑산을 가드래도, 비아구라를 먹어사 쓰것네. 내일 나헌테 와. 한 상자 줄땡께.(한 씨에게 줄을 권하며) 빨리 들어가 봐. 쫓겨나기 전에….

오 양 : (한 씨를 처다보며) 흥, 한 사장님은 순 허풍쟁이야!

박 양 : 장 교수님. "씨레네"가 무슨 말이예요?

나우현 : 내가 최 마담에게 준 이름이 없어져 서운하더구나. 하긴 은혜를 너무 베풀어 장사를 망쳤는지도 몰라… 미안키도 하고.

장 씨 : 도발적이야, 이름이. 싸이렌… 싸이렌… 바다의 요정이지. 해안가에 앉아 노래를 부르며 뱃사람들을 유혹하는 요정. 그게 싸이렌일걸, 아마, 그렇지, 나 형? 뱃사람들의 정신을 몽롱하게 만들어서, 고기밥 만들어 버리는…….

나우현 : (쓸쓸하게 웃으며 고개를 끄덕인다)

홍 마담 : (칵테일 잔을 손에 들고, 어느 사이에 한 사장 테이블 가에 와 있다가 말을 당당하면서도 교태스럽게 김 씨와 한 씨를 보며 말한다) 저는 오렌지를 싫어하지요. 너무 늘큰해서요.

김 씨, 한 씨 : (화드득 놀라며) 아이쿠 마담, 다 들었는가배.(빈 의자를 뒤로 빼며 권한다) 여기 앉으소. 우리 서로 트고 지냅시다.

홍 마담 : 김 선생님, 한 선생님, 저는 아주 잘 익어 몸을 터뜨린 석류를 좋아해요. 그 맛이 시긴하지만, 맛이 익으면 입에서 뗄 수 없지요. 언제 한번 맛보여 드릴게요.(두 남자를 지긋히 바라 본다. 오 양 샐쭉한 표정으로 외면한다) 앞으로 잘 좀 부탁합니다.(공손히 절을 한 후 나 우 현의 테이블로 발을 옮긴다)

홍 마담 : (두 사람을 향해서 고개를 약간 숙여 인사한 후) 안녕하세요? 전부터 여기 자주 오셨댔지요. 이름이 바뀌었는데, 어떠셔요?

장 씨 : (나우현이 안경 너머로 홍 마담을 유심히 살피는 가운데, 장 씨 여유있는 표정으로) 나, 장 규환이오. 우리헌테 가게 이름이 어떤들 무슨 상관이겠소? 헌데 그 이름을 어떻게 정했습니까?

홍 마담 : 네, 아신 분들에겐 좀 공격적일 것 같군요. 유혹 그리고 파멸을 의미하는 이름이지만, …재미있지 않아요? 스릴이 있어서? 변화 없는 일상에서 한번쯤 느껴봄직한. 아이들이 놀이동산에 가듯이.

나우현 : (약간 냉소적인 어투로) 시레네와의 놀이는 정해진 틀이 없는 게 다른 점이겠구려.

홍 마담 : 호호호, 그렇군요. 나 선생님, 잘 좀 봐주세요.

나우현 : (어둡게) 글쎄, 내가 해야 할 말이 아닐지… 놀이가 흔히 싸움으로 변하는 법이니… 서로 잘 지냅시오. 여기 분위기가 바뀌어서 산뜻해졌으니 말이오. 자…(맥주병을 들어, 홍 마담에게 잔을 권하려는 순간에. 다른 테이블에서 술을 마시고 있던 우 덕주가 갑자기 대성통곡을 시작한다. 그 옆의 현 양도 그를 위로한답시고 덩달아 훌쩍거린다. 울음이 터지는 순간 홍 마담의 시선이 그 쪽을 향한다.. 다른 손님들은 여느 때처럼 그러려니 하는 눈길을 던지며, 실실 웃으며 술을 마신다)

우덕주 : 으흑흑! 현 양아, 니 네 맘 알지, 응.(울음을 터뜨리며 현 양 어깨를 얼싸 안는다)

현 양 : (덩달아 훌쩍거리며) 그래, 흑흑, 오빠 맘 알아!

우덕주 : 그 개자식들이 말이야. 한 주먹 밖에 한되는 깜둥이 스미스 중사, 그 놈을 내일 그냥 박살 내줄거야. 이젠 더 이상 난 참아. 돈 몇 푼 준다고 말이야, 이 우덕주 챔피온을 그저 떡 치듯 마구 패? 이런 캐새끼!(자리에서 벌떡 일어나 복씽 폼을 잡아 주먹을 힘차게 휘두른다)! 야, 이 양돼지들 새끼! 어헉헉 그 흰둥이 해리 새끼! 그냥 으흑흑.(픽 주저 앉아 테이블에 머리통을 처박는다)

현 양 : 덕주 오빠, 그러니까 내가 양키 클럽에 나가지 말라고 했잖어, 흑 흑, 불쌍한 가엾은 우리 오빠, 그만…, 그만 해.(머리를 껴안으며 멍든 상처에 키스하며 그를 자리에 앉힌다. 우 덕주 현 양을 왈칵 껴안으며)

우덕주 : 현 양아 난 너 밖에 없어. 우흑흑. 그런데 짜식아, 내가 돈 많이 벌 테니까, 너도 술집에 나오지 말라고 했잖어, 너, 나 못믿어, 얌마, 너 정말 그럴 거야? 나 이래뵈도 의리 밖에 없는 놈이야. 한번 뱉은 말은 세상이 뒤집혀도 책임지다구. 알아? 지금까지도 걸 몰라, 임마? 흐흑…… 야, 술 가져와! 여기 돈 있다구.(청바지에서 지갑을 꺼내 있는 돈을 거칠게 흩뿌린다)

김 씨 : (우는 우덕주 쪽을 바라보면서) 시간이 다 된는갑다.

한 씨 : 글쎄 말입니다. (손목시계를 보며) 정각 12시네요. 저 울음은 귀신이여, 귀신. 어쩌면 저렇고 시간을 잘 맞추는지 난 대체 모르겠습니다. 입 속에 타이마를 두었나?

오 양 : 하여간 땡시계여요. 땡시계.(시니컬하게, 노래하듯이) 홍, 열두 시에 만나요, 브라보 콘! 열두시에 울려요 브라보 우!

(한동안 우덕주를 쳐다보고 있던 홍 마담이 서서히 무대 중앙으로 걸어나간다. 화려하고 자극적인 의상에 짙은 화장. 온몸에 거만과 교태와 성적 매력이 용해되어 발산된다. 홍 마담의 발언이 시작되는 순간 우덕주는 현 양의 가슴에 얼굴을 처박고 소리를 죽인다)

홍 마담 : (서서히 조명이 무대 중에 선 홍 마담에게 좁혀드는 가운데 홍 마담 손을 들어 박수

를 느린 리듬으로 그러나 힘차게 친다) 손님 여러분 누추한 저희 "싸이렌"을 찾아 주셔서 정말 감사합니다. 이제 영업 시간이 다 되었군요. 밤새 모시고 즐거운 시간을 더 가졌으면 좋겠지만, 또 활기찬 내일을 위해 여러분을 가정으로 보내드리지 않을 수 없습니다. 여러분께 감미로운 "싸이렌"의 노래를 더 이상 들려 드릴 수 없어 제 마음이 너무 너무 아픕니다. 내일 또 뵙기를 진심으로 기다립니다. 안녕히 가십시오!(지극히 공손히 인사한다. 어둠 속에서 남자 고객들 소리 없이 사라진다.)

홍 마담 : (다시 조명이 전체적으로 들어온다. 손으로 박수를 치며) 자, 자! 모두들 이리로 모이도록 해. 결산도 하고 내가 할 말이 있으니까. 모두들 나와요.
(박 양, 오 양, 현 양, 무대 안쪽 객실에 있던 여급들 3명 정도가 더 나타난다. 모두들 긴장된 표정으로 홍 마담을 쳐다본다)
홍 마담 : 내가 이 〈다혜〉를 인수하기 전에 대충 이야기를 들었지만, 가게 위치나 규모, 손님들 수준으로 볼 때 영업이 부진할 이유가 없어요. 우리의 써어비스 방법이 문제예요. 손님들을 부담없이 즐겁게 해줘야 하는 것인데, 그게 안되고 있어요. 자, 매니저!(손짓을 보낸다)
매니저 : (말없이 여러 개의 서양 가면들을 가져 나온다)
홍 마담 : 자 이 가면을 봐요.(하면서 특별히 요염하고 화려한 가면을 하나 골라서 쓴다) 어때요. 지금부터 말하는 걸 명심하고 꼭 지켜주도록. 지금까지 여기에서 일해온 여러분들과 난 계속 함께 일하고 싶지만, 내 규칙이 마음에 맞지 않아 여길 떠나겠다면 말리지는 않겠어요. 절이 싫으면 중이 떠나는 법이니까. 내 규칙은, 첫째. 내일부터 밤 10시 이후엔 반드시 가면을 착용하고, 가면 착용 없이는 테이블에 나갈 수 없어요. 원하면 그 이전이라도 착용 가능해요. 둘째. 홀 안에서 남이 보는 데서 가면을 쓰고 벗지 말 것. 셋째. 가면을 쓰고 테이블에 들어가면, 손님들에게도 가면을 권하도록. 손님이 거부할 경우, 술 파는 것을 거부해도 좋아요. 손님이 가면을 쓰고 벗을 때는 자리를 피해주도록. 또 손님이 일단 쓰면, 가게를 나가기 전에 그것을 벗는 일이 없도록 할 것. 이상. 혹시 질문 있어요?
일 동 : (심드렁하게) 없어요.
홍 마담 : (거만하게 자세를 바꾸며) 당장 내일부터야!
(음향과 함께 암전)

제 3 장

(그 다음날 〈싸이렌〉 밤 10시 경. 안쪽에서 신호의 종이 울린다. 각 테이블에 여급들이 안으로 들어가 가면을 쓰고 나와 김 씨, 장 씨, 한 씨가 함께 앉아 있는 테이블로 간다. 손님들에게 건네줄 가면들을 가져온다. 약간의 승강이가 일어나고, 비슷한 일들이 각각의 다른 테이블에서도 진행된다.)

오 양 : (손에 가면을 하나 들어 뒤에 감춘 채, 가면을 쓴 모습으로) 호호호! 김 선생님, 여기서 뵈니 반갑군요.

김 씨 : 어! 이게 누구여? 하지만 가면 썼다고 내가 모르것냐? 우리 이쁜이 오 양 아녀. 그런디 이게 갑자기 뭐다냐? 잠깐 다녀온대더니, 그래 귀신 되갔고 나타나부렀네? 무슨 장난이여, 응?

오 양 : 우리도 몰라요. 마담 언니가 시킨 일이니까 하자는 대로 따를 뿐이예요. 하지만 뭐 가면을 썼다고 불편할 건 없지 않아요. 손님 앞에서 멀뚱멀뚱 맨 얼굴을 디리밀 때보다, 이걸로 얼굴을 가리면 마음이 편해지지 않겠어요?(보다 교태스럽게) 자, 어서요, 김 선생님!(가면 하나를 김 씨에게 건넨다)

장 씨 : 아구야, 불빛 아래서 보니까는 으시시한 느낌이 드는 걸….

김 씨 : 오 양아, 모르긴 뭘 모르냐. 문자 그대로 안면몰수 아녀. 어이, 장 교수, 홍 마담 역시나 수가 쎄마 잉? 아야, 오 양아, 서로 얼굴 가리며 염치없이 놀아보자 그 얘기제? 그런디, 나만 쓰능겨?

오 양 : 호호호, 안면몰수하셔서 어떡하시게요?

김 씨 : 이렇게 하라는거 아녀?(갑자기 오 양을 껴안고 더듬으려 한다)

오 양 : (기겁하며 저항한다) 어머머, 김 선생님, 왜 이러세요, 네! 이거 봐요!

박 양 (가면 1) : 자, 장 선생님도 쓰셔요.(가면을 내민다)

장 씨 : 아니, 꼭 써야 하는 거야? 난 내 맨 얼굴이 좋은 걸. 그걸 가리고 나면 난 날 책임질 수 없어. 요게 박 양인가, 아니면 현 양인가?(은근히 몸을 껴안고 얼굴을 요모조모 살핀다) 올커니, 현 양이군!(가면을 받아들고 쓸 수도 안 쓸 수도 없는 어정쩡한 태도이다)

현 양(가면 2) : 자, 한 사장님도…. 멋진 가면이죠?

한 씨 : (웬지 아무 말 없이 지켜만 보고 있다가, 가면 2로부터 가면을 권유받던 한 씨 거부감을 강하게 드러낸다) 이게 무슨 구신 물어갈 헛 장난이고? 난 안 쓴다!

가면 2 : 호호, 그럼 여기서 술 드실 수 없겠네요?(짐짓 암행어사 납신다! 는 식의 길게 빼는 발음으로) 무 가면 퇴장이오----!

한 씨 : (더욱 화를 내며) 뭐라코? 그래, 가맨을 쓰지 않으면 술을 안 판다꼬? 10년 단골한티

이래도 되는 기가? 마담 좀 오라케라! 좀 따져사 쓰것다!

　가면 2(현 양) : (순간 당황해서 머뭇거린다) 한 사장님, 그게 아니구요, 그러니까….

　한　씨 : 이 가시나야, 니 뭐하꼬? 안 불러올래?

　김　씨 : 어이 동상, 좀 진정혀! 야들이 뭘 알건능가?

　장　씨 : 그래, 한 사장, 진정하시게, 그만….

　(한 씨가 일으킨 소란스러움 때문에 다른 손님들이 가면을 안 쓰고 한 씨 쪽을 쳐다보고 있는 순간 홍 마담이 안쪽에서 나와 예의 거만하고 당당한 태도로 화려한 가면을 쓴 채 한 씨를 향해 다가간다)

　홍 마담 : (간들어지고 상냥하게 그러나 당당하게) 부르셨어요, 손님?

　한　씨 : 당신이 마담 맞능교?

　홍 마담 : 호호, 가면을 써서 잘 모르시겠지요. 마담 맞습니다.

　한　씨 : 아니, 마담, 지금 손님들을 몽땅 도깨비로 만들 참이가? 이 무신 도깨비 소굴인가 말이여!

　홍 마담 : 아이, 한 사장님께서도… 이건 무슨 나쁜 생각으로 한 게 아니에요. 손님들께서 좀 더 즐겁게 놀다 가시도록 해드리려고 제가 고심해서 만든 규칙이랍니다. 이해해 주서요.

　한　씨 : 규칙이라코? 손님을 도깨비 맹그는 규칙 말이가?

　홍 마담 : 도깨비가 아니라, 인간의 규칙이지만, 이 "씨레네"에 계시는 동안 잠깐 도깨비가 되보시는 것도 나쁘진 않잖아요? 이 각박한 세상에서 살면서 허구한 날 시달리기 마련인데, 가끔씩은 좀 풀면서 살아야 하는 거 아닌가요. 도덕이니 윤리니 체면이니, 하는 허접쓰레기들을 떨어 버리구요. 그러기 위해 제 얼굴 좀 감춰 보자는 건데….(간드러지게) 너무 깨끗하신 분인가 봐, 한 사장님은, 호호호….

　한　씨 : 얼굴은 도깨비가 되고 아랫도리만 사람으로 놀라는 말이가?

　홍 마담 : 호호호, 한 사장님두….(볼에 가볍게 키스를 한다)

　한　씨 : (잠시 당황하다가, 계면쩍은 듯이) 이거 와이러노, 뭐 미인게 쓴다고, 내가 넘어갈 줄 아나….(마담을 밀치며 등을 돌리더니 가면을 툭툭친 다음, 슬쩍 얼굴에 맞춰본다) 허긴 이놈의 튀튀한 얼굴이 거추장스러불 때가 많았제… 마담, 이거 쓰면, 나 이제 한 영교 사장 아닌기요, 사람 아닌기요? 알았제? 나 책임질 일 없소!

　홍 마담 : 호호호, 사람이 아님, 뭐지요? 어서 쓰세요.

　한　씨 : 조타 마, 한 분 가볼 때까지 가보자. 일 터지먼, 마담, 책임져라!

　홍 마담 : 그러지요, 호호호! 자, 우린 자리를 피해드려요.(여자들에게 손짓을 보내고 함께 뒤로 퇴장)

(모두들 재빨리 혹은 느리게 받아든 가면들을 뒤집어쓰고 서로를 쳐고, 손가락질하며 재미있어한다. 가면은 입만 밖으로 드러나게 만들어져 있고, 눈을 드러내는 모양과 코 모양을 적절히 변형시킨 것이며 전체적인 모습에서는 특정한 대상, 즉, 늑대, 곰, 고양이, 뿔 염소, 독수리, 원앙새, 여러 꽃 모양 등을 인식할 수 있어야 한다)

김 씨 : (가면을 쓰는 장 씨를 보며) 장 교수, 당신 정말 응큼한 플레이 보이 같은디, 눈꼬리가 축 처진 것이 말이어, 으흐흐! 영낙 없는 돈판임마!

한 씨 : 그 점잖은 얼굴이 사라지고, 마, 양기 오른 코밖에 안 보입니다.

장 씨 : (호랑나비 가면을 쓴 한 씨를 보며) 헌데 성깔 내던 우리 한 사장은 하늘거리는 호랑나비가 되셨구려. 어디를 그리 날아 다니려고, 후후후….

한 씨 : 암요, 여기 씨레네 섬에 핀 꽃들 꿀을 쪼옥쪼옥 빨아 맛 좀 볼랍니다. 가시나들이 지 손으로 달아준 날개 아닝교.

김 씨 : 그러타고, 너무 날라다니질 말어! 그런 말도 있지 아녀… 추락하는 것은 날개도 없다고… 괜시리 날개쭉지에 물벼락 맞지 말고….(천천히 가면을 쓴다. 다 쓰고 나서) 자, 어뗘? 폼 나?

장 씨 : 김 선생, 며칠 굶은 승냥이처럼 보이네. 뭘 그리 먹고 싶누?

한 씨 : 가면 쓴게, 완전히 달리 뵈네. 그 얌전한 얼굴 어데 갔노?

김 씨 : 그려. 나도 인자 좀 잡아묵고 살아야 것구만. 누가 알어, 임자 없는 암팡진 암사슴 고기 맛을 볼지? …으흐흐! 자! 얼굴 없는 얼굴로 한판 놀아보자구.(여러 사람들이 맞장구를 치며 히득거린다)

장 씨, 한 씨 : 맞어! 맞어!

(손님들이 대개 가면을 다 착용한 순간에 여급들과 함께 홍 마담이 들어온다. 그 순간 경쾌한 음악이 흐른다)

홍 마담 : 이제 가면의 왕국이 세워지는군요? 이 새 왕국 창건을 축하해야겠지요? 오늘 저녁 비용은 이 홍 나희가 집니다. 마음껏 마시고 즐기세요, 여러분, 축하합니다!

황 씨 : 우히! 홍 마담, 멋쟁이다! 자, 이 싸이렌 왕국을 위하여, 위하여!

일동 : 위하여! 싸이렌을 위하여!

장 씨 : 자, 싸이렌의 참혹한 유혹과 우리의 황홀한 파멸을 위하여!

일동 : 유혹과 파멸을 위하여! 위하여!

김 씨 : 싸이렌 섬의 여왕, 홍나희를 위하여! 위하여!

일동 : 홍나희를 위하여! 위하여! (이어지는 경쾌한 댄스곡에 맞춰 춤을 춘다. 춤은 혼란스럽지 않게 어느 정도 규칙을 지니며 이뤄진다. 모두가 깊게 어우러진다)

장 씨 : (춤추는 대열에서 떨어져 나와서. 그가 말하는 순간 음악은 사라지고 나머지 인물들은 무대 위에서 소리없는 마임동작으로 춤을 계속한다. 무대 좌측 모서리로 나와, 자신의 가면을 가리킨다) 이걸 쓰니 내가 아주 달라져버린 느낌입니다! 전혀 남을 의식하지 않아도 되는군요! 제 직업이 그렇고 그래서 언제나 남들의 이목을 의식해야 하고 주의해야 하거든요. 요즘 여대생들 얼마나 무섭습니까. 선생이 잘했다고 등쓸어줘도, 성 추문이다 뭐다 해서, 스트레스 팍팍 쌓이게 만드는데… 이거 괜찮은데요?(다시 춤의 대열로 들어간다)

한 씨 : (대열에서 떨어져 나와) 지는요, 갱처갑니다, 갱처가! 장사는 안 되서, 당장 내일이 걱정인데요… 안 있습니꺼… 집에만 가문, 마누라가, "돈 내봐라!" 하고, 또 잠잘 때가 되든 은근히 눈치줍니다. 의무방어 하라구예. 그라문 기가 팍팍 죽습니다. 내둥 잘 되던 기 요즘 엉망입니더. 그런디(가면을 가리키며) 요것이 모든 걸 잊게 해줍니다.(대열로 복귀)

박 양(가면 1) : (대열에서 나와) 여기 나오면, 늘 찜찜했어요. 이것도 분명히 직업이지만, 어째든 웃음을 팔아야 되는 일 아네요? 나중에 어떻게 시집갈 수 있을까, 하는 게 제일 큰 걱정이지요. 나중에 선보러 나갔는데, …남자가, "어, 당신 어디선가 봤는데… 어디더라…?" 하면 무슨 창피예요? 그런데 이걸 쓰면(가면을 가리킨다) 날 숨길 수 있잖아요. 한참 즐기고 가면만 벗으면, 난 또 다른 내가 되니까요.(관객을 향해 요염하게) 어서 와요! 즐겨요, 네?(다시 대열로 들어가 어울려 점점 난잡해져가는 춤을 춘다)

일동 : (춤 동작과 노래. 그 한 가운데에 홍 마담의 모습이 선연히 떠올라야 한다)

즐거운 인생 / 아름다운 사랑 / 술 한 잔에 맺어지는 / 우리의 약속 / 근심 걱정 떨어 버려 / 오늘은 오늘 / 내일은 내일 / 오호, 싸이렌!

황홀이 내 몸을 뚫고 지난 후 / 당신의 품에 안겨 / 당신의 심장 소리를 들어요 / 언제 멈출지 모르는 그 소리 / 더욱 세차게 들려줘요 / 오호, 싸이렌!

당신과 사랑할 때 / 새어나오는 신음소리 / 나를 더욱 뜨겁게 하고 / 당신의 향기는 내 몸을 휘잡아 / 내일없는 내게 / 지금은 영원 / 오호, 싸이렌!

(노래와 춤동작이 반복된다. 그때 무대 왼쪽에서 맨 얼굴의 나우현 등장. 춤추는 무리를 한동안 지켜본다. 무리들 동작을 통해 그의 동참을 유도하려는 듯이 보인다. 여전히 한 곳에 북박이처럼 서 있는 나우현. 한 순간 걸음을 옮겨 어떤 스위치를 내린다. 반복이 되는 한 순간 갑자기 음악 뚝 끊긴다. 무리들의 노래와 동작이 진행되다가 갑자기 멈칫하며 동작이 굳어진다. 별도의 조명 속에 나우현의 모습. 분기가 느껴진다.)

김 씨 : 어! 갑자기 왜 이래?

한 씨 : 나 선배! 뭐 어떻게 했능교?

장 씨 : 뭘, 그렇게 서 있어. 함께 놀자구.(객석을 향해) 어이, 음악!

박 양 : (가면을 쓴 채, 이미 어느 정도 얼근한 음성으로) 나 선생님 어서 오세요. 저 알아보시겠어요. 박 양이에요, 박 양!(나우현을 농염하게 껴안았다, 몸을 뗀 후) 가면 하나 가져다드려요, 예쁜 걸로?

나우현 : (생경한 음성으로) 필요 없어! 술로 내 얼굴을 흘려보낼 생각은 없으니까.

김 씨 : 에이, 나 형, 뭐 그럴 거 없당께. 뭐 한번 놀아보는 건디. 한번 써 봐. 기분 괜찮혀!

한 씨 : 나 선배, 한 분 써보소. 지도 첨에는 기분이 나빳는디, 괜찮네요. 편해요, 편해. 너무 심각하지 맙시다. 존게 존거 아닝교.

장 씨 : 나 선생, 이거 제법 예술적입니다요, 허허….

박 양 : (그 사이에 가면을 하나 골라온다. 중후한 느낌을 주는 사자 모양의 서양가면이다) 자, 써보세요. 나 선생님!

나우현: (앞의 세 사람과 다른 여급, 손님들을 주욱 훑어보더니 마담을 향해서) 마담, 이 가면놀음을 중지하시오. 끝이 좋지 않소!

홍 마담 : (거만하게, 부드러움 속에 강인함을 담은 음성으로) 걱정을 해주셔서 감사해요. 하지만, 여긴 제가 고객에 최대한의 즐거움을 드리기 위해 제가 마련한 무대예요. 여기에서 누구의 간섭도 받고 싶지 않아요. 여기 분위기는 제가 만들어요. 싫은 분은 여길 떠나시면 되요. 가면을 쓰지 않은 분은 여기에 참여할 의사가 없는 것으로 간주하여, 술과 서어비스를 드리지 않습니다.

나우현 : (박 양이 억지로 손에 쥐어준 가면을 내려보다가, 박 양의 눈을 들여다보다가 시선을 천천히 들어올려 마담을 쳐다본다. 이윽고 가면을 얼굴로 가까이 옮겨간다. 조명이 음울한 분위기로 바뀌며 어두워질 때, 취객들이 다시 여왕 만세, 홍 마담 만세! 여왕을 위하여! 위하여! 위하여!를 연발하며 벌쩍벌쩍 뛴다. 다시 반복되는 춤과 노래. 나우현은 가면을 쓴 채 무대 뒤쪽으로 발을 옮기고, 무대 중앙에 서서 이 환호를 즐기는 홍 마담의 표정에 조명이 집중되며,

관객에게 득의만만함이 느껴진다. 이를 나우현이 지긋히 바라보고 있는 순간 서서히 암전)

제 4 장

(보름 후. "싸이렌"의 내실. 매니저와 홍 마담의 대면이 이뤄진다)

홍 마담 : 지배인, 어때요, 술집의 규칙을 시작한지 보름이 지났는데, 반응들이?

지배인 : 대성공입니다. 마담. 사실 저희 가게 손님들은 모두 이 동네 사람으로, 서로 잘 아는 처지들이지요. 그래서 가게에서 만나면 어색해하기도 했지요. 그런데 가면을 쓰더니 훨씬 자유로워진 것 같습니다. 모두 밤 10시만을 기다리며, 가면 쓰는 시간을 앞당길 수 없냐고 은근히 묻더군요. 손님이나 여자들이나 서로 가면으로 사귀어서 그런지, 가면만 벗으면, 내가 언제 그랬냐 하듯이, 가면 썼을 때의 일을 새까맣게 잊어먹더군요. 잊는 척 하는지…. 그러다 보니 술판이 그야말로 낭자합니다. 매상도 전 보다 다섯 배 정도는 올랐고, 팁이나 써어비스를 둘러싸고 여자 애들과 손님들과의 시비는 전혀 없어졌습니다.

홍 마담 : 그래요?(득의의 미소를 흘린다) 이제 모두들 자기들의 가면을 정했나요.

지배인 : 거의 모두, 나우현 선생만 빼놓구요.

홍 마담 : 네? 나우현? 그 점 본다는 사람 말이예요? 그 사람에 대해 좀 자세히 말해 봐요.

지배인 : 글쎄요. 좀 불가사의한 인물이죠. 문인으로 알려져 있는데, 돈 씀씀이는 제법 여유가 있습니다. 소문에 의하면 신통한 예언 능력이 있어, 가끔 자문에 응해주고 감사 인사를 받는답니다. 자신이 뭘 요구하진 않지만, 찾아오는 사람들이 워낙 거물들이어서… 한 달에 한 두 번 수석을 모으러 여행을 떠나는 외엔 줄창 저희 가게를 찾습니다. 아이들에게도 따뜻히 잘 대해줍니다. 모두 제 오빠나 아버지처럼 좋아하지요. 술 한 잔 하면 장난삼아 이런 저런 일을 예언하는 버릇이 있었는데, 요즈음은 통 안 한다는군요. 여자애들이 이상스러워 해요. 말수도 적어졌다고 하고….

홍 마담 : 그래요?(잠시 무엇인가 골똘이 생각하듯 하다) 알았어요, 지배인. 앞으로도 가게 운영에 애를 써줘요. 나가 일 보세요.(지배인 굽신 인사를 하고 나간다. 마담 이제야 궁금한 것이 풀려다는 듯이, 그러나 일종의 비밀스러운 적개심을 드러내며) 이제 알겠어. 바로 그자야. 가게를 인수한 후부터 모든 일이 잘 풀려가고 있는데, 마음 한구석에서 무엇인가 찝찔한 게 남아 나를 불안스럽게 했어. 내가 편히 잠을 잘 수가 없었던 것, 바로 이 자 때문이야. 가면의 지혜에서 빌어 온 나의 완벽한 구상이 이 자 때문에 허물어질지도 몰라.(자신을 스스로 이해할

수 없다는 듯이 고개를 갸웃거리며) 헌데 내가 왜 그 자 때문에 이렇게 불안감을 느껴야 하지? 그 자가 예언을 하지 않는다고? 내가 오면서부터? 그 자는 지금 나를 향해 어떤 저주스런 예언을 하고는 그것을 감추고 있는 것이 분명해. 이 자를 그냥 둬서는 안 돼.(이 순간 무대 뒷쪽에 어슴프레한 빛 속에 우중충한 나우현의 모습이 나타난다. 그의 고집스러운 시선은 마담을 쳐다보고 있다. 마담이 마침내 그쪽으로 방향을 틀어 시선을 보내지만 감각적으로는 못 느낀다. 관객에게는 그러나 두 사람의 시선이 마주치는 듯이 보여야 한다. 마담은 그 순간 그 나우현을 치는 듯이 테이블 위에 놓여 있던 채찍을 들어 세차게 내리친다.)

(무대 전체가 환해지고 카페 내부 공간이 시야 속에 드러난다. 〈싸이렌〉 홀 안의 장면. 단골들을 비롯한 취객들이 여급과 난잡한 자태로 뒤엉켜 술을 마시고 있다. 여급들의 교태와 남자들의 음탕한 웃음 조명, 음악, 의상들을 통해 소돔과 고모라의 분위기가 연출된다. 이 장면을 위해 영화 중에서 상응하는 장면을 편집해서 음악과 함께 LCD를 통해 무대 뒷면에 투사할 수 있다. 홀 안에는 무대 허공으로부터 각종 가면들이 주렁주렁 매어달려 있어 새로 들어온 손님은 그 중에 마음대로 선택하여 쓸 수 있게 되어 있다. 이때 박 양이 잠시 홀을 나갔다가 돌아오면서 부주의하게 가면을 쓰지 않은 채, 홀을 지나간다. 마담이 불러 세운다)

홍 마담 : 미스 박!(더 이상의 말을 하지 않고 싸늘하게 째려본다)

박 양 : 네?(영문을 모른 채 마담을 쳐다보다가 문득 얼굴을 만지더니, 자신이 가면을 쓰지 않은 것을 알고 화드득 놀랜다) 어마!(급박하게 홀을 벗어났다가 가면을 쓴 채 돌아온다. 홀 안의 분위기는 급속히 냉각되고 모든 사람의 시선이 두 사람을 향한다)

홍 마담 : 가면을 벗어라!

박 양 : 용서해 주세요!

홍 마담 : 벗어!

박 양 : 살려주세요!(목소리에 공포감이 배어나고, 바닥에 무릎을 꿇는다)

홍 마담 : 벗어!

현 양 : 안돼요….

홍 마담 : 넌 이제 네 얼굴이 없어! 맨 얼굴로 견딜 수 없으면 이 집을 나가!

(홍 마담의 태도가 더욱 냉냉해지자 체념한 듯, 가면을 서서히 벗어 무릎을 꿇은 자세에서 지극히 공손히 홍 마담에게 올린다. 홍 마담은 거만하게 천천히 가면을 받아 들더니, 가까이 있는 테이블에서 성냥을 취하여 가면에 불을 붙인다. 가면이 타오른다. 타오르는 명도와 반대로 조명은 서서히 약해지고 나중엔 가면을 태우는 불빛만이 남고 그 불빛으로 걸려 있는 가면들

이 어른거리고 손님의 가면들도 음침하게 어른거린다. 이 동작이 진행되는 동안 홍 마담의 시선은 나 우현을 향해 있다. 불이 다 타면 다시 원상으로 돌아오는 조명. 꿇은 상태에서 자신의 가면이 타 없어지는 것을 보던 박 양, 흑! 하는 울음과 함께 뛰쳐나간다. 홀의 손님들 시선이 모두 현 양의 뒷쪽을 향해 있지만, 마담은 정면을 향해 흐트러짐이 없는 자세를 유지하며 의미심장한 미소를 입가에 띄운다. 어색한 분위기를 지우려는 듯이 단골 손님들이 곁에 있는 여급들에게 술을 권하거나 술을 따르라고 명한다. 홍 마담 무대 중앙에서 홀 테이블을 주욱 둘러 본 다음 손님들에게 말을 한다)

홍 마담 : 저 앤 아마 내일 나와서 나한테 용서를 빌 거예요. 하지만 안 돼요. 난 가면을 허락하지 않을 거예요. 그럼 얼굴 없이 여러분의 술시중을 들겠지요. 그러나 그 고통을 저 애가 견딜 수 있을까요? 또 여러분은 얼굴 없는 애와 술 마실 기분이 나실까요? 어떨까요? 호호호… 자, 한 사장님 저의 집 풍속이 마음에 안 드시나요? 그러심 말씀하세요. 원하시는 대로 다 해 드릴테니까요….

한 씨 : (어색하고 비굴하게) 나 말이가? 어디… 난 좋다 마!

홍 마담 : 장 선생님, 어때요, 가면을 벗겨드릴까요?

장 씨 : 아, 나야 원래부터 가면을 좋아하잖어!

홍 마담 : 김 선생님은요?

김 씨 : 하이고, 인자 가면 안 쓰면, 술맛이 안 난당게, 나는 이것이 좋아!

(홍 마담의 시선이 나우현을 향하면서 고정된다. 잠시 눈싸움이 이어지다가, 홍 마담이 방향을 바꾸며 나우현을 외면한 채)

홍 마담 : 나 선생님, 제가 가면을 벗겨드릴까요?

나우현 : (차분하게) 벗을 때가 되어, 벗게 되면 내 손으로 벗을 거요.

홍 마담 : 호호호, 그러세요! 자, 자, 우리 모두 함께 한 잔 하고, 함께 춤을 춰요. 자, 음악!

(모두 함께, "싸이렌!", "위하여!"를 외치고 나서 함께 술을 원샷으로 마신 후, 마담을 중심으로 춤을, 서서히 음탕한 분위기와 동작으로 춰나간다. 나우현도 엉거주춤 이 과정을 따라간다. 음악의 템포도 이에 맞춰져야 한다. 서서히 조명 아웃되면서 마담 위로 조명이 떨어진다. 어둠 속에 취객의 군무는 진행되는데, 홍 마담 춤동작을 멈추면서 독립 장면을 만들어 조용한 독백이 흘러나온다. 이 순간 나머지 무리들은 소리없는 춤동작을 계속한다)

홍 마담 : 이 "싸이렌" 섬은 나의 왕국이야. 저 나우현이라는 자의 손발을 난 꽁꽁 묶어둘 수

있어. 아니, 그런데 마음을 놓을 수가 없어. 불길한 예감이 없어지질 않아. 누군가 내 왕국을 훼방하고 나설 것 같은 배반의 예감이 없어지질 않는단 말이야. 저 자가 고분고분하면 할수록 마음에 걸려….(조명 아웃)

제 5 장

(호텔 방. 덩치 큰 우덕주와 홍 마담. 홍 마담이 요염한 자세를 취하고 있고, 끄억 끄억 울고 있던 우덕주는 어리벙벙한 상태이다. 홀 한 쪽에선 맨 얼굴의 나우현이 김 선생, 한 사장, 장 교수와 번갈아 이야기를 나누며 어두운 표정으로 예의 그 예언을 하고 있다. 무대는 오른쪽, 왼쪽 끝에서 이뤄진다. 서로의 공간은 단절되어 있는 것으로 상정한다)

홍 마담 : 우덕주 씨, 당신 참 재미있어. 술 한잔 한 날이면, 어떻게 꼭 12시에 그렇게 울음을 터뜨리지? 호호호… 오늘을 유난히 얼굴이 보기 좋더니만…. 스파링을 몇 번이나 한 거야?

우덕주 : (우는 음성으로) 우흐흑! 마담은 몰라. 불 맞은 멧돼지마냥 식식거리며 댐벼드는 깜둥이 놈들헌테 샌드백처럼 얻어터져야 하는 기분을. 난 때릴 수 없어. 그냥 맞기만 하는 것으로 계약이 되어 있으니까. 으흑!

나우현 : (얼근히 술이 오른 상태에서 김 씨에게 음침하게) 이봐, 김 형. 저 홍 마담 살인을 하게 될 거요.

홍 마담 : (요염한 자세로 우 덕규의 얼굴을 쓰다듬으며) 그리고 보니 오늘은 유난히 얼굴이 부었는걸… 그래 아까 이제 그 일도 못하게 되었다는데 어떻게 된 셈이지?

김 씨 : (벌쩍 놀래며) 살인? 아니 왜?

나우현 : 저 여잔 진짜 여왕이 되고 싶으니까….

김 씨 : (일부러 호탕함을 가장하여 큰소리로)으하하하, 홍 마담이 여왕이 돼? 먼 소리 하능겨? 나도 엊그저게 만나 갓고 점심을 했는디, 낮에 봉께 더 참한 여자드만…(여유있는 표정으로 담배를 입에 물며 나우현으로부터 얼굴을 휙 돌리며) 씰데 없는 말씀 인자 그만 두서!

우덕주 : 크윽, 그 개새끼들! 그 깝짝대는 핸더슨이라는 깜둥이 새끼를 맘먹고 패버렸어. 눈에 핏대를 세우고 하두 몰아치길래, 그냥 나도 모르게… 그랬더니 깜둥이들이 몰려 나와 날 둘러싸고… 허이! 왕창 쌈이 붙었지. 나랑 같이 일하는 몇몇 토종들과 양놈들이 패싸움을 벌린거야… 으흑…으흑….

홍 마담 : 이 덩치 큰 애기씨! 그만 울어. 내 오늘 밤 젖 먹여줄 테니까… 자! 덩치 크고 나면

여자 젖을 먹어야 진짜 어른이 되는 법… 자!(마담이 앞을 열고 우덕주를 품자 마담의 지시에 충실히 따른다. 달아오르는 마담. 거친 호흡으로) 젖을 먹었으면, 내가 되야지….(침대 위로 쓰러진다. 거친 호흡, 어두운 조명 하에 교접이 홍 마담의 주도 하에 거칠게 다양한 체위로 진행된다. 이 장면이 진행되는 동안 나우현의 예언은 계속된다. 관객은 두 공간을 동시에 볼 수 있도록 하며, 서로 단절된 공간이지만, 나우현과 김 씨 등의 대화는 홍 마담의 행위공간 쪽을 향한다, 마치 보고 있는 듯이)

　나우현 : (여전히 낮고 음침한 목소리로) 저 여자가 여왕이 되는 건, 우리가 저 여자 종이 되고 나중에는 파멸한다는 얘기야.

　김　씨 : 에이, 나 형, 헛소리 그만 두랑께! 아, 그래 그 잘난 홍 마담이 뭐땀새 그래 살인을 한단 말이요? 그렇지 않아도 벌써 우리들 여왕이 되버렸는디….

　나우현 : 저 여잔 그보다 더 강하게 그렇게 되어가고 있소.

　김　씨 : 글고, 아니, 여왕이 되면 됐지, 왜 살인을 한단 말이오?

　나우현 : 살인이 지배력의 완성이니까. 가장 완벽한 지배는 죽음 이상의 것이 없어. 살인으로 진정한 여왕이 될 거요, 저 여자는.

　김　씨 : (약간 주눅이 들면서)　죽이면 누굴 죽인단 말이오?(부분 암전)

　나우현 : (허공에 매어달린 가면들을 가리키며) 물론 이 가면들 중의 하나겠지.(나우현의 목소리가 초조함으로 떨린다)

　홍 마담 : (교접이 모두 끝난 뒤 탈진한 상태에서) 우 씨, 내일부터 클럽 나가지 않더라도 걱정할 필요 없어. 우 씨만 괜찮다면, "싸이렌"에서 함께 지내줘. 당신은 내 곁에서 술만 마셔주면 돼. 내가 장사하는 데 찝적거리는 파리들이나 가끔 청소해 주고….

　우덕주 : (침대 위에 등을 대고 누워있다가, 벌떡 일어서며 거칠게 끌어안으며) 마담을 누가 건드려? 내가 박살을 내줄 거야!(부분 암전)

　(좌 상수에 불이 들어오며, 나우현과 한 사장)

　나우현 : 한 사장, 저 여자는 무서운 왕국을 꿈꾸고 있어. 저 여자가 고용한 우 씨를 봐! 충직한 종이 되어 버렸어, 어느날 느닷없이.

　한 사장 : 어메, 형님 저 보소! 마담이 우 씨한테 곰 탈을 씌우네.(무대 우상수에서 실제로 요염한 몸매의 마담이 우 씨에게 탈을 씌워준다. 우 씨가 마치 로마 시대의 검투사처럼 번들거리는 몸매에 복장을 취하며 위협적인 자세를 취한다.) 우 씨가 우에 저로코 고분고분한지 모르겠네. 옴팍 빠진 모양이제. …흐흐 그기 좋긴 좋긴 모양이다… 안 그요?

　나우현 : 그래, 저 여자는 우 씨를 정말 곰으로 만들어 갈 거야. 우씨는 또 기꺼이 곰이 될 거구. …살인은 일어나고 말 거야, 꼭!

한 사장 : 하이고, 성님, 그만 하이소, 마! 그냥 재미로 하는 긴데, 무에 그리 걱정하시는교. 뭐 총칼로 억지로 뒤집어 씌우는 게 아니고, 우리가 자발적으로 동참한 기 아닙니까? 말씀처럼, 정말 이상타 싶으믄, 가면 벗어 뿔면 안됩니까?… 하긴 성님 말이 하도 기뚱차게 잘 맞혀서, 그 말 들음서 겁이 안 나는 건 아닌 거라요. 그래서 어떨띠는 술집을 안 들른다, 하는디도, 그기 그냥 〈그 집 앞〉인기라. 어느 새 여그 들어와 있는 기라요. 이기 중독 증센가?

나우현 : 그래, 일이 이렇게 된 건 저 여자 탓만도 아니지. 허물의 시작은 우리편에 있었으니까. 우리가 저 여자에게 즐겁게 복종한 탓이야. 이젠 저 여잔 우리의 복종을 즐기고 있어. 즐기면서 더욱 철저한 복종을 요구하고 있는 거야….

한 씨 : 글고, 성님 말입니더. 앞으로 살인이 일어 날거라고 그렇게 앞일을 내다보심서, 그걸 피할 방도는 없습니까? 지가 보기에는 성님 정도면 피할 방도도 있을 낀데, 와 아무 말도 안 하요! 괜히 겁만 주는 거 아닙니까?

나우현 : 살인을 막을 방도? 허허허…(허탈하게) 나도 몰라, 난 그저 예감할 뿐이야. 그걸 안다면 내 이렇게 조바심을 내지 않을 거야. 살인, 살인, 그래 일어나고 말 거야….(부분 암전)

홍 마담 : (우 덕주의 몸 위로 오르며 얼굴을 뒤로 돌리며 쾌감에 몸을 맡기며) 꼭 하고 말거야… 아, 좋아….(암전)

(다시 여왕봉 홀 안. 어둑어둑한 조명 아래 가면을 뒤집어 쓴 취객들이 여급들과 어울려 혹은 남자 손님들끼리 낭자한 자세로 술을 마시거나 노닥이고 있다. 음산하면서도 정신을 마비시키는 듯한 음악이 배경음악으로 낮게 깔리고 있다. 역시 영화의 한 장면을 투사해도 좋다. 무대 가운데 테이블에 곰 가면을 쓴 우덕주가 우람한 몸체를 드러낸 채 혼자 독주를 들이키고 있다. 뒤쪽에서 홍 마담이 작은 가죽 채찍을 들고 나타난다. 홀을 한 바퀴 돌면서 취객들과 눈인사를 나눈다. 인사를 나누는 취객들이 홍 마담의 시선과 마주치는 순간 마법에 취한 듯하면서, 흔들리는 채찍을 보고 주눅이 든다.)

홍 마담 : 한 사장님 조심하세요! 김 선생님도 조심하시구요! 장 선생님, 옆에 아가씨한테 빠져 긴장을 풀지 마세요! 조심하셔야 해요!(가면 쓴 얼굴들을 채찍으로 가볍게 툭툭 친다. 그러나 우 덕주에겐 사정이 다르다. 처음엔 다른 고객들과 마찬가지로 입에 미소를 띠며 장난스럽게 채찍질을 시작했다가, 그 기세가 살벌해진다) 우 씨, 내가 조심하라고 했죠! 조심해요! 조심해야 한다구! (마담의 채찍질은 급격히 에스컬레이트되고, 우덕주는 채찍질을 피하려는 듯이 얼굴을 전후좌우로 도리질하지만, 끝내 테이블에서 일어서지는 않는다. 고통을 참는 신음소리와 우우우! 하는 소리만을 낼 뿐이다. 끝내 우 씨의 가면이 찢겨나가고, 채찍에 피가 묻어나기

시작한다. 손님들은 넋이 나간 듯이 멍한 표정으로 그 매질을 보고만 있고, 누구하나 이를 제지할 생각을 못한다. 드디어 매질을 견디다 못한 우덕주가 무너지듯이 테이블에서 바닥으로 나동그라지는 순간, 조명은 마담의 잔인한 표정을 중심으로 뻗어나가다가, 아웃된다)

제 6 장

(경찰의 조사실. 객석을 향해 4개의 의자가 놓여 있고, 우측으로부터 홍 마담, 우덕주, 나우현 순으로 앉아 있다. 조명은 취조 순서를 따라 옮겨간다. 조사를 담당한 강 형사는 의자 뒤쪽에 서서 말을 던진다)

강 형사 : (도대체 이해가 안 된다는 듯) 어떻게 그런 일이 있을 수 있소?

홍 마담 : (태연하게) 우리 가게에선 있을 수 있어요.

강 형사 : 그럼 살인도 일어날 수 있겠네요?

홍 마담 : 그런 말은 안 했어요.

강 형사 : 고발 내용대로라면, 그건 살인과 다름 없는 잔인한 행위였소. (마담의 대답이 없자) 우선 이유나 들어봅시다. 뭐요? 사랑싸움이오?

홍 마담 : 이유는 없어요. 다만 둘 사이의 약속일 뿐이에요. .

강 형사 : 약속? 당신은 채찍질을 하고, 그 우 씨는 무조건 맞아주기로 했단 말이오? 왜 그런 약속을 한 거요?

홍 마담 : 이해가 안 되겠죠. 나도 분명히 말 못해요. 다만 우리 가게에선 그런 일이 가능하다는 것 외엔.

강 형사 : 그리고 그 가면들은 대체 뭐요? 무슨 죽은 자들의 무도회도 아니겠고….

홍 마담 : 우리 가게 풍속일 뿐이에요. 손님을 끌기 위한….

강 형사 : 왜 그런 아이디어를 생각한 거요?

홍 마담 : 사람들이 가면을 쓰면 편해하니까요.

강 형사 : 가면을 쓰면 편해지는 거요?

홍 마담 : 한번 직접 해보시죠.

강 형사 : 가면을 이용해서 "싸이렌"의 여왕이 되고 싶어한다면서요?

홍 마담 : 나우현 씨 얘기겠죠? 난 그 사람이 제품에 늘어놓는 예언 따위엔 관심 없어요. 뭐 살인이 어떻고 지배가 어떻고 얘기를 했겠지만…….

강 형사 : 어떻게 가면을 생각했던 거요?

홍 마담 : 어릴 때, 울적할 때 가면을 쓰면 편했어요. 나를 마음대로 발산하고 나서, 버리면 모든 게 말끔 정리되더군요. 그래서 생각해낸 거예요.

강 형사 : 우덕주 씨를 미워하나요?

홍 마담 : 아뇨.

강 형사 : 나우현 씨는?

홍 마담 : 지금은 안 미워하는 것 같네요.

강 형사 : 댁 가게에서 살인이 일어날 거라는 예언에 대해 어떻게 생각하시오?

홍 마담 : 나 씨가 어제 일이 벌어질 거라 했지만, 안 일어났어요. 제가 말할 성질의 것도 아닌 것 같구요.

(강 형사의 위치가 얼굴을 붕대로 감싸고 앉아 있는 우 덕주 뒤쪽으로 옮아간다)

강 형사 : 마담이 댁을 죽일 작정었다는데….

우 씨 : (단호하게) 그럴 리가 없습니다. 전부터 어제같이 채찍 장난을 하긴 했지만, 그걸로 절 해친 적은 없습니다.

강 형사 : 그 해괴한 약속 말이요?

우 씨 : (대답을 잠시 미루다가, 결국 약간 바보스러우면서, 어눌하게) 말로 한 약속은 아니지만, 난 마담의 매질을 참을 수 있습니다.

강 형사 : 어제 밤엔 마담이 당신을 까무러치도록 채찍질하지 않았소!

우 씨 : 저도 잘 모르겠습니다. 왜 그랬는지….

강 형사 : 모른다니?

우 씨 : 가면을 안 쓰고 있어서요. 가면 썼을 때와 안 썼을 때, 그 기분이 영판 달라서요. 가면 벗었을 땐, 썼었을 때의 일들을 별로 기억할 수 없으니까요.

강 형사 : 때릴 때 피할 수 있었을 텐데, 왜 피하지 않았소? 가면 때문인가?

우 씨 : 그, 그럴 겁니다.

강 형사 : 나우현 씨의 예언은 알고 있소? 여왕, 살인 등의 얘기를?

우 씨 : 전 마담이 여왕이 된대도 상관치 않습니다. 마담은 우리를 편하게 해주니까요.

강 형사 : 살인 얘기는? 나우현 씨의 예언은 예전부터 잘 맞기로 소문났다는데…. 그리고 당신은 그 소문 때문에 겁을 먹고 있었다지요? 어제 밤에 맞을 때, 자신이 죽을지도 모른다는 걸 느끼지 않았소?

우 씨 : 죽음을 느꼈다면, 제가 먼저 죽였을 겁니다.

강 형사 : 주위 사람들은 마담이 당신을 죽일 듯한 기세였다는데?

우 씨 : 모르겠어요. 기억이 안 납니다.

(강 형사 마지막으로 나우현에게 다가간다.)

강 형사 : 나 선생은 직업이 시인이시더군요. 어떻게 어젯밤 일을 미리 알 수 있었습니까?

나우현 : 어떤 영감 때문이오.

강 형사 : 좀 풀어 설명해 주시지요.

나우현 : 댁은 알 수 없어요. 또 예언은 원래 설명하지 않는 법이오.

강 형사 : 설명할 수 있다는 말도 되는군요.

나우현 : 난 그저 스스로에 정직하고 싶을 뿐이오. 자신의 정직은 설명할 수 없잖소!

강 형사 : 너무 자신만만하신데… 어제 밤의 예언은 틀렸소.

나우현 : 아직은 모르지요.

강 형사 : 어제밤 사건에서 거기 있던 사람들은 우 씨가 살인을 하지도 모른다고 느꼈소. 하지만 나 선생은 홍 마담이 살인을 할 것이라 했었소.

나우현 : 우 씨의 살인이 마담의 살인이 될 수도 있소.

강 형사 : 우 덕주가 마담을 죽일 수도 있소.

나우현 : 그렇소. 내 예언은 마담에 대한 경고이기도 하오. 그녀도 해를 당할 수 있다는. 마담도 그 점은 알고 있소. 그렇기 때문에 화를 면할 게요. 또 우 씨는 그럴 계재가 못 되고….

강 형사 : 우 씨가 왜요?

나우현 : 이미 마담의 종이 되어버렸으니까. 복종하는 종이 주인을 죽이는 법은 없소.

강 형사 : 그렇담, 누가 누구를 죽인단 말이오? 나 선생도 아직 모르잖소?

나우현 : 글쎄, 여왕의 증거를 드러내고 싶어하는 건 마담이겠지만, 왕은 원래 제 손에 피를 묻히지 않으려는 법….

강 형사 : 나 선생은 정말 살인을 믿소?

나우현 : 마담이 여왕이 되고 싶어하는 한!

강 형사 : 사람들은 마담이 여왕 되는 걸 싫어하지 않소. 그들은 편안함을 느끼니까. 여왕의 종이 되어도 상관없다고 생각하고 있소.(나우현의 계속된 침묵) 그들은 당신의 예언을 두려워하고 있소. 아니 이제 그거까지도 두려워하지 않을지도 모르오. 어제 살인이 안 일어났으니까.

나우현 : 아니! 마담은 그들이 종이 되었다는 증거가 필요할겁니다. 살인은 일어납니다.

강 형사 : (격앙되어) 살인은 기다리고 있구려! 살인이 그토록 분명하다면, 그 막는 방도도 알 거 아니요?

나우현 : 난 그저 살인만을 알 뿐이오. 원하든 원하지 않든 살인은 일어날 거요. 거기선 충분

히 그럴 수 있소.

　강 형사 : 거기라니 밤마다…… 가면 귀신들의 무도회…. 그래 대체 그 가면이 뭐요?

　나우현 : 가면은 인간의 본능이 발산되는 데 통로를 만들어주는 구실을 하는 게요. 가면 무도회나 우리의 탈춤은 바로 인간에 내재한 추악한 본능을 떳떳이 드러내는 놀이란 말이오.

　강 형사 : 그걸 그렇게 나쁘게 볼 까닭이 있소?

　나우현 : 간혹 그렇다면 별 문제가 아닐 것이오. 그러나 그런 삶의 일탈이 습관화되면 큰 문제지요. 또 습관화하게 유도한다면… 그건 범죄요.

　강 형사 : 다른 사람들은 크게 문제 삼지 않은 것을 왜 나 선생만 유독 극렬하게 경계하는 겁니까?

　나우현 : (잠시 침묵을 지킨 후, 긴 한숨과 함께) 선생의 이해를 위해 잠시 옛 이야기를 좀 하리다. (이야기를 시작하는 것과 더불어 무대 우하수 쪽에 작은 회상공간이 생기고 거기에서 나우현의 모친의 모습이 보이며, 일련의 동작이 이뤄진다. 중년 여인이 소박한 한복을 입고, 거울 앞에서 머리를 정갈히 빗고, 그 위에 가면을 조심스럽게 나서는 모습. 이어 달을 하염없이 쳐다보는 모습 등이 만들어지면 좋을 것이다.) 내 모친은 시집 오신 지 2년만에 청상이 되셨소. 내가 자그마한 시골에서 초등학교를 다닐 때였소. 가문 있는 집안의 규수로 처신이 엄정하셨던 어머닌 밤이 깊어지면, 어디서 구하셨는지, 새색시 탈을 쓰고 마실을 나가셨소. 그리고 한밤중에 들어오시는 것이었소. 그 시간에 무슨 일이 있었는지 아무도 몰랐소. 특별한 소문이 떠도는 것도 아니었고… 다음날 아침이면 어머닌 흠잡을 데 없는 얌전하고 정숙한 여인으로 돌아오셨소. 그런데 어느 가을날이었소. 문득 깨어보니 어머니 자리가 비어 있어 놀라 나가 보았더니, 마침 어머니는 집 뒤 언덕바지를 허정허정 내려 오시더니, 한 순간 발걸음을 멈추고 하염없이 달을 바라보고 계셨소. 온 몸에 기력이 하나도 없이…. 난 그 가면 뒤에 흐르고 있는 어머니의 눈물을 느낄 수 있었소….(말을 멈추고 고개를 숙여 안경 안쪽으로 흐르는 눈물을 훔친다) …(어조가 변하여) 그리고 얼마 안 돼서 어머닌 자진(自盡)하시고 말았소. 말씀 한 구절 남기지 않으시고, 그냥 쓰시던 가면만을 태워버리시고는….

　강 형사 : 죄송합니다… 나 선생. 그런 가슴 아픈 일이 있으셨군요.

　나우현 : (다시 예전의 침착한 모습으로) 가면은 일상의 가장 작은 부분이어야 할 터인데, 거기에 오는 사람들은 오히려 그 반대가 되고 있소. 모두 제 정신을 잃고 있어요. 가면의 세계와 일상의 세계를 지배하고 있어요.

　강 형사 : 그 집 아가씨들 옷매무새가 그렇게 야하고 때로는 속옷을 안입고도 부끄러워하지 않는다지요?

　나우현 : 가면으로 자신의 인격이 가리워졌다고 생각하니까.

강 형사 : 가면 쓰고 한 일은 기억에 남지 않나요? 왜 그때 일은 아무도 말하지 않죠?

나우현 : 기억 안 나는 게 아니라, 기억해내기가 싫은 것일 게요. 그래봐야 불편하니까.

강 형사 : 기억해 낼 수 있다는 말인가요?

나우현 : 한번 직접 해보시구려. 가면을 쓰게 하고 말 시키면, 선생이 알고 싶은 이야기를 더 쉽게 얻어낼 수 있을지 모르니까….

강 형사 : 이거 참, 내가 도깨비 굴에 잘못 들어온 것 같군요!(강 형사 난감한 표정으로 말하는 순간, 암전)

제 7장

(다시 카페 "싸이렌" 홀 안. 손님들이 각 테이블에 앉아 몸을 거의 드러내 놓고 있는 여급들을 옆에 두고 술을 마시고 있다. 조명은 전 공간을 지배하기도 하고 장면에 따라 그 일부분을 지배하기도 한다. 손님들은 단골 손님인 김 씨, 한 씨, 장 씨 그리고 나우현 등이고 우덕주는 여전히 무대 뒤쪽 중앙 테이블에 엉버티고 앉아 술을 마시고 있다. 손님과 여급들이 모두 가면을 쓴 채이고, 거기에 새 단골이 첨가된다. 강 형사는 독수리 가면을 쓰고 있다. 그가 나우현과 여급 없이 대작을 하고 있다. 이미 취한 상태로 혀가 굳어 있다.)

강 형사 : (거나한 음성으로) 나 선생. 나한테 접 때 직접 한번 겪어보라고 했죠? 내가 지금 그러고 있는 중이오. 어때요. 내 가면이…. 후후후! 살인 사건! 우스꽝스런 잠꼬대란 걸 이제 확실히 알았다구요. 확실히! 끄억! 아시겠소, 나 선생? 아직도 생각이 변함없소이까? 아니야, 나 선생! 선생 예언은 이제 간 거야! 맛이 간 거라구! 끄억! 처음에는 도대체 뭐가 뭔지 알 수가 없습디다. 다만 여기서라면 어떤 일이라도 벌어질 수 있을 것 같습디다. 어쨌든 난 상관 없수다. 여기서 이렇게 가면 뒤집어쓰고 술 마시는 게 편하니까. 나도 이제 이 풍속을 즐기고 있다, 그 말씀인 거요. 내가 마담에게 홀린 걸까요, 나 선생… 후후후….

나우현 : (명징한 음성으로 조용히 말한다) 강 형사가 이곳 손님이 됨으로써 다른 손님들이 안심이 되겠군요. 살인 사건 가능성을 조사할 입장에 있는 분이 고객이 되었으니…… 그만큼 내가 한 예언의 값은 바닥에 떨어진 게고… 하지만 난 상관 안 해요. 결국은 내 말대로 될 테니까요….

(홀 전체로 조명이 확대되면서 각 테이블의 취중 분위기가 낭자하게 드러난다. 홀의 중앙 부분을 마담이 걸어간다. 복장이 특이하다. 목이 긴 장화를 신고 번쩍이는 짧은 가죽 스커트를 입었다.)

가면 1(여) : (술 취한 음성으로) 자기, 오늘 증말 멋져 보이네. 가슴에 팍 눌려 나 자고 싶다, 알아? 자기?

가면 2(남) : 흐흐…, 언니가 남자 보는 눈이 있구마안…. 그래 좋다, 좋아, 한번 밤을 낮처럼 밝혀보자꾸나… 그저께 밤이 좋았던 모양이지, 흐흐…(마침 지나는 홍 마담을 향하여 오만하게 일어서며, 섹시하게) 아, 우리의 여왕이신 마담, 자, 한 잔 쭈욱… 어떻소.

가면 1(여) : 홍, 자기, 마음이 벌써 나를 떠나셨나 봐?…(방자한 기색이 느껴지게) 자, 언니 한 잔!

홍 마담 : (취객들의 발언이나 동작에 신경쓰지 않고, 짧은 채찍으로 자신의 손바닥을 가볍게 내리치면서 손님들의 테이블을 지난다. 개별 손님들을 향해 채찍을 겨누면서 낮고 굵은 음성으로) 조심해요, 조심해!(이때 손님들의 반응은 배역을 맡는 이들이 즉흥적으로 분위기에 맞게 만들어 낸다)

가면 3(남) : 흐흐, 내 우스개 소리 하나 헐까? 남자들 여럿이 골프를 치고 나서 한 잔 마시다가 조금 심심했겠다. 마누라들도 거기 있어서 함께 장난을 친 거야. 남자들이 모두 아래를 내리고 얼굴을 가린 채 마나님들로 임자를 찾아보도록 시험을 했겠다. 아 그런디, 부인들이 도대체 못 찾아내는 거라. 그래서 여비서들을 오라고 해서 찾아보라고 시켰거든. 그런데 그 여자들은 용케들 재빨리 찾아내는 거라. 이 웬 조화냐! 왜 그랬겠어?

가면 4(여) : (간드러진 음성으로) 아, 그야 당연허지요. 마나님들이야 그 물건을 밤에만 봐서 모르지만, 여비서들이야 낮에만 보았으니, 곧 찾아낼 수밖에. 호호호!

나우현 : (마담의 모습을 시선으로 뒤따르며) 저길 봐요. 마담의 모습을 지금 속으로는 초조해하고 있는 겁니다.

우 씨 : (홍 마담이 홀을 한 바퀴 돈 다음 재차 무대 왼편으로 발걸음을 옮겨놓는 순간, 곰의 탈을 쓰고 술이 거나해진 음성으로) 마담! 뭘 그렇게 심각하게 생각하고 다니는 겁니까? 아직도 걱정꺼리가 있으시우? 이젠 안심해도 돼! 마담은 이제 진정 여왕이 된 거야! 우리들의 여왕이! 안 그렇소 여러분?

손님들 : (함성과 박수소리가 어우러지며) 옳소! 맞아요! 홍 마담 만세! 씨레네의 여왕, 홍 마담을 위하여! 여왕마마 만세! (떠들썩한 분위기에서 떨어져 나와 그 광경을 유심히 차갑게 쳐다보다가 중앙을 가로질러 휑하니 내실로 올라 가버린다) 여왕마마 퇴장! 와–우–햐–만세!

홍 마담 : (전체 조명은 꺼지고, 내실만 가시공간으로 나타난다. 독백으로) 이것들이 버르장머리가 없어졌군! 어제 잠자리에서도 우덕주 저것이 감히 내게 명령을 했겠다! 뭐? 다섯 여자, 여섯 여자가 되어 보라구?

우덕주 : (홍 마담과 분리된 공간에서 상징적인 동작으로 성행위를 묘사한다. 홍 마담도 마찬가지이다. 조명이 양 공간을 만들어낸다) 난 지금 여왕마님을 받들고 있는 거예요. 자 이제 좀 다른 여자가 되어보라구요. 여러 가지 여자가 되어갈수록, 즐거움도 그만큼 커지는 거라구요. 자, 이렇게, 그렇지… 헉헉….

홍 마담 : (다시 본디 태도로 돌아와서, 독백으로) 저들이 처음으로 날 여왕으로 부르는 순간인데, 마치 모욕당하는 기분이야. 맥이 탁 풀려버리는군. 내가 정말 여왕을 꿈꿨던 걸까? 여왕이라는 소리를 듣는 순간, 여왕 자리에서 쫓겨난 기분이야. 이럴 순 없어!(채찍을 강하게 내리치는 순간 유리잔이 서너 개 깨지는 소리와 함께 내실공간 사라진다. 암전과 음악)

제 8 장

(어둠이 서서히 걷히는데 홍 마담의 채찍질 소리와 우덕주의 신음. 이 장면은 비현실적인 공간으로 축조된다. 홍 마담, 우덕주 그리고 나우현이 각각 한 영역씩 차지하고 독립되어 있는 듯이 보이나 어떨 땐 세 인물의 상관관계가 나타나기도 하고 단절되기도 한다. 예컨대 홍 마담의 채찍질은 직접 우 씨에게 가해지지 않고 동작과 음향으로 처리되고, 우 씨는 동작으로 반응한다)

홍 마담 : (채찍을 휘두르면서) 자, 우덕주 씨. 그 예언 알고 있겠지! 내가 우 씨를 죽일 거라는데? 어때? 기분이 상하지 않아? …내가 정말 우 씨를 죽일까? 대답해 봐, 어서!(채찍질을 한 후 약간 쉬면서 우 씨로부터 떨어져 나온다) 아니야, 난 오히려 우 씨가 걱정스러워. 그 사람 예언은 틀린 적이 없다잖아. 그렇다면 살인은 일어나고 말 거야. 하지만 난 아니야.(세찬 채찍질). 내가 아니면…… 누구지? 딴 사람이 우 씨를 해칠 수도 있어.(갑자기 동작을 멈춘다) …나우현! 맞아, 그 자일 수도 있어! 예언을 한 작자니까!

우 씨 : (얼굴에 채찍질로 인한 피자국이 나타난 얼굴에 심통을 드러내면서 무뚝뚝하게 고개를 도리질한다) 그럴 리 없어요. 그 자가 날 해치려 하다간 내가 제 놈을 먼저 죽일 테니까. 골로 가는 거라구!

홍 마담 : (다시 채찍질하며) 그럴까?

우 씨 : (신음소리) 우읔!

홍 마담 : (채찍질) 그 작잔 예언의 능력과 지혜가 있어. 불안해.

우 씨 : (다시 도리질하며) 우읔! 개자식! 문제 없어요.

홍 마담 : (채찍질) 우 씨가 그 작자의 지혜를 이길 수 있을까?

우 씨 : (신음소리) 우읔! 지혜고 뭐고, 한 부먹, 한 칼이면 끝나요!

홍 마담 : (채찍질) 작자가 정말 우 씨를 죽일 작정이라면…? 하지만 너무 걱정 말아. 지혜가 모자란다면 나라도 도울 테니까.

우 씨 : (불안함을 멍청한 웃음으로 씻어내면서, 벌떡 일어나 충직스러운 태도를 보인다) 고맙습니다, 마담!(그를 밝혀주는 조명 아웃)

홍 마담 : (조명이 톱으로 그녀를 여전히 밝혀주고 있는 동안 채찍으로 자신의 손바닥을 두드리며 서성인다) 웬지 모르겠어. 불안해.(순간 무대 한편에 다시 조명이 톱으로 떨어진다. 그 공간 안에 가면을 뒤집어쓰고 홍 마담의 동작을 유심히 살피고 있는 나우현의 모습이 드러난다) 역시 저 자였어. 저 독사 눈 같은 까만 눈. 저 눈의 독기. 나에 대한 적개심 때문에 생긴 고통이 배어 있는 눈. 아니야, 어쩌면 나한테 뭔가를 호소하는 절망의 눈빛 같기도 해. 어쨌든 나를 불안하게 하는 저 눈빛. 이제 끝장을 내야 해.(은근하면서도 뜻을 굳힌 단호함이 배인 미소가 가면 쓴 홍 마담의 입술을 스쳐간다) 그래, 나 선생님은 아직도 예언이 이뤄질 거라 생각하세요?

나우현 : (고개만 천천히 끄덕인다. 수석을 한 점 앞으로 내밀면서) 자, 홍 마담 받으시오. 그동안 갖고 있던 수석들을 모두 나눠주었소. 여태껏 난 받을 줄만 알았지, 나눌 줄 몰랐소. 이건 내 마지막 돌이오. 일생석. 돌장이가 그 일생에서 만난 최고의 돌이 일생석이오. 2년 전 여름 태백산맥 정봉 근처에서 구했소. 일주일을 걸려 뙤약 볕 속을 헤매며 찾아 갖고 내려왔었소. 자.(돌을 건넨다. 태도가 지극히 진지하다)

홍 마담 : (돌을 받으며 나우현의 눈을 줄곧 쳐다보며) 선생님은 이미 끝났어요. 살인은 일어나지 않았어요.

나우현 : 아직은… 하지만 결국 일어날 거요.

홍 마담 : (대들듯이 격하게) 그렇군요. 세상이 끝난 건 아니니까. 하지만 살인이 언젠가 일어난다고 하더라도 선생님은 그 예언의 방향을 바꿔야 할 거예요.

나우현 : 왜지요?

홍 마담 : 선생님은 자신의 예언을 정직하게 말하지 않았어요. 내가 살인할 거라 했죠? 하지만 원하시는 건 그게 아닐 텐데요. 선생님은 내가 살인의 제물이 되길 바라고 있어요. 난 알고 있어요. 선생님은 그 예언으로 우 씨를 자극하여 나를 해치게 할 작정이예요. 그렇지 않나요?

483

나우현 : 내가 왜 그걸 바란단 말이오?

홍 마담 : 선생님은 내가 이 "씨레네"의 여왕이 되는걸 누구보다 싫어해 왔으니까요.

나우현 : (어이없다는 듯이 자신을 가리키며) 내가?

홍 마담 : (나 우현의 반응을 무시한 채) 그러니까, 이제 예언을 바꾸세요. 정직하게.

나우현 : (무거운 목소리로) 마담은 정말 내가 예언을 바꾸길 바라는 거요?

홍 마담 : (자제력을 잃고 날카롭게) 난 살인 안 해요!

나우현 : (진지하게) 그렇담 나보다 마담이 더 불안해지고 섭섭할걸요.

홍 마담 : (완강하게) 난 선생의 예언을 알아!

나우현 : 어쨌든 마담은 여전히 우리들의 여왕이 되고 싶을 거요.

홍 마담 : 난 살인 안 해요. 바라는 대로는 안 될 거예요.

나우현 : (고통을 견디는 듯한 정서로) 살인은 여왕의 증거요. 증거가 있어야 사람들이 마담을 진짜 여왕으로 모실 거요. 증거가 없으면 그들은 마담을 배반할 거요.(침묵 후 음울하게) 난 예언을 바꿀 수 있소. 하지만 마담이 그걸 원치 않을걸. 내가 예언을 바꾸지 않은 한 살인은 일어날 거요. 그때 비로소 마담은 여왕이 되는 것이오.(날카로운 눈싸움. 홍 마담 위에 떨어진 톱 조명이 사라지고, 나우현의 모습만 남아 있다. 불안스러운 음성으로 독백이 진행된다) 저 여자는 이미 마음을 굳혔어. 여왕이 되려는 거야. 예언을 바꿀 수는 없어. 어쩔 수 없는 일이야. 여왕봉에 오는 손님들이 아무도 내 예언을 믿질 않아. 그들은 증거를 요구하고 있어. 예언은 이뤄져야 해. 마담도 증거가 필요해서 내 예언을 바꾸지 못하게 결심을 한 거야. 고마운 일이기도 하구만. 이건 마담의 잘못이 아니야. 그렇게 만든 사람들 잘못이야. 그래 난 내가 할 일을 알고 있어……

홍 마담 : (다시 가면을 쓰지 않은 상태에서 우덕주와 어울려 조명 속에 나타난다. 우 덕주는 반쯤 벗은 몸으로 의자 위에 앉아있고, 그의 무릎 위에 등을 객석을 향해 앉아있던 마담이, 몸을 일으켜 등을 돌려 걸어 나오면서 냉정하게) 우 씬 이젠 날 떠나줘야겠어. 내일부터 나우현 그 사람이 나를 찾기로 되어 있으니까….(우덕주 무표정한 눈길로 허공을 쳐다본다. 암전)

제 9 장

("씨레네" 내부 공간. 경쾌하면서도 날카로운 음이 뒤섞인 음악이 흐르는 가운데 손님들과 여급들이 어울려 춤을 추고 있다. 그 복장들이 대담한 편이고 모두 가면을 썼다. 춤은 추상화되어 표현되고 있으며, 장면 장면에 따라 음악소리가 들렸다가 잦아들고 무성음과 춤사위가 어울릴 때도 있다. 이 장면은 한 동안 계속된다. 영화에서 편집한 장면들이 중간 중간 분위기에 마춰 투사된다. 우덕주는 예의 중앙 테이블에 곰탈을 쓰고 우두커니 앉아 있다. 홍 마담은

채찍을 들고 홀을 오가며 도취 상태에서 놀고 있는 남녀들 사이를 거닐고 있을 뿐이다. 간혹 출입구 쪽에 시선을 두며 무엇인가를 기다리는 눈치이다)

홍 마담 : (서서히 우덕주 자리로 다가간다) 분명히 말했었는데… 나가요.(우덕주 물끄러미 바라보며 미동도 않는다) 나가라니까!(채찍을 세차게 휘두른다) 나가랬잖아, 나가, 나가, 나가란 말이야!

(그녀의 채찍질은 어느 때보다 격렬하며, 자제심을 이미 잃고 땀을 뻘뻘 흘리며 매질을 한다. 우덕주의 가면은 찢겨나가고, 얼굴에서 피가 흘러내린다. 춤추던 손님과 여급은 처음에는 늘 상 있는 장면을 보는 듯이 가볍게 즐기는 듯하다가, 마담의 태도가 이상하게 느껴지자 두려움을 느끼며 무대 주변으로 밀려난다 조명은 넓은 범위에서 마담과 우덕주를 중심으로 집중 축소된다. 우덕주의 커다란 몸이 부시시 일어나고 피가 서린 얼굴 위의 눈에 공포와 분노가 뒤섞힌 눈빛이 작열한다. 채찍질을 하던 홍 마담 우 씨의 동작에 멈칫 하더니 약간 높은 위치에 있는 내실 쪽을 향한 계단 쪽으로 한 두 걸음 뒷걸음 친다. 우 씨 번쩍이는 칼을 빼들고 홍 마담에게 접근한다. 두 사람 사이에 팽팽한 긴장. 이때 무대 왼쪽 출입구 쪽에 가면을 안 쓴 나우현의 모습이 나타난다. 맑은 표정의 얼굴. 마담을 향하던 우 씨의 몸이 그 쪽으로 쏠린다. 홍 마담의 시선도 우 씨의 그것을 따라간다. 우 씨에게 칼을 달라는 듯 손을 내밀고 접근하는 나 우현. 나 씨에게 칼을 넘길 듯 하던 우덕주 돌연 칼로 나우현을 찔러 쓰러뜨린다. 우 씨 나우현의 시체를 보며 뒤로 서서히 물러서고 홍 마담 역시 쓰러진 나우현에게 싸늘한 눈길과 애매한 웃음을 흘리며 내실 쪽으로 걸어 올라간다. 이때 광란의 축제 장면이 무대 뒷면에 투사되고 무대 전체로 희부연 연막. 그 속으로 술집에 나타났던 남녀가 각자의 가면을 쓴 채 몸이 드러나 보이는 투명한 비닐 옷을 입고 바닥을 기어 나와 서로 얽힌다. 쓰러진 나우현을 발견하고 각자 비명 소리를 날카롭게 지르며 놀라 서서히 일어선다. 나우현 주위에 빙 둘러서면서 느린 동작으로 가면을 벗어 손에 든다. 이윽고 몸을 서서히 객석으로 돌리고 전면의 조명 속으로 망연한 표정을 드러낸다. 함께 장중한 음악. 서서히 막)

송 전

서울대학교 독문과 졸업. 한남대학교 독어독문학과 교수.

처용별곡(處容別曲)

나오는 사람들
중년 사내와 그의 아내 그리고 거리의 계집

무대 / 아파트의 응접실과 거리를 나타낼 수 있으면 족하다. 굳이 사실적인 필요는 없다. 좌측엔 소파와 전화기, 전축 그리고 술병이 진열된 장식장이 있고 우측에 선정적 광고지가 부착된 전신주가 있다.

청소차에서 울려 퍼지는 종소리와 함께 신문 배달 소년의 외침 소리, 청소원들의 쓰레기 수거하는 소리, 자동차 소음이 뒤섞여 소란스럽다. 소리 점점 작아지면서 막이 오르면 사내는 소파에 앉아 신문을 펼쳐 든다.

사내 : 어디 보자…… 마약사범 일제 단속령이라, 대규모 인신매매단 검거, 10대 가정파괴범에 법정 최고형 구형…… 이건 또 뭐여, 보험금 노린 청부 살해라? 부산 남창동에 사는 심모 여인은 남편이 1억 원의 생명보험에 가입한 사실을 알고 평소 정을 통해 오던 주거부정 25세 조모군과 공모하여 남편을 독살한 혐의로 경찰에 체포되었다. 한편 이와 유사한……

(이 때, 찻잔을 들고 아내 등장)

아내 : 여보, 뭐하세요? 차 드세요.
사내 : 차 한 잔으로 아침 식사가 되나?
아내 : 왜 이러세요, 새삼스럽게…… 좋은 기사라도 났어요? 요즘은 부동산보다도 주식에 투자하는 게 유리하다던데…… 어제 보험회사에 다니는 동서가 왔었어요.
사내 : (눈이 휘둥그레지며) 뭐! 보험이라구?

아내 : 난데없이 보험은요? 보험회사 다니면서 주식으로 돈 좀 모았다는 작은 동서가 왔었다구요. 그런데 당신, 왜 그렇게 놀래요?

사내 : 놀래긴 누가 놀랬다구 그래. 아, 아무 것도 아니야. 난 무슨 보험에 든다는 줄 알았지.

아내 : 보험에 묵혀둘 돈이 어딨어요. 하다못해 주식이라면 또 모를까…….

사내 : 그럼, 당신 주식에 투자할 돈은 있는 게로군?

아내 : (당황하며) 돈은 무슨 돈이 있어요. 얘기가 그렇다 그거지.

사내 : (장난기 어린 표정으로) 당신 요즘 이상한 데가 있어.

아내 : 이이가? 이상하긴 뭐가 이상하다고 그래요. 나는 당신이 이상하데요. 괜히 사람 떠보려고나 하고…… 신문이나 이리 줘 봐요.

사내 : 신문? 안 돼!

아내 : 아니, 왜 역정을 내고 그래요. 연속극 예고 기사나 보려는데.(사내, 무안해 하며 신문 한 장을 골라 건네 준다.)

아내 : (신문을 보며) 당신도 이 연속극에 나오는 여자 같은 마누라 얻어서 속 좀 포옥 폭 썩어야 하는 건데…….

사내 : 누가 그런 여잘 데리고 사나? 내쫓아 버리지.

아내 : 그러기가 그렇게 쉬운 줄 알아요?

사내 : 아, 그럼. 하면 하는 거지 뭐.

아내 : (장난스레 머리를 디밀며) 해봐요, 해봐요오~.

사내 : 어허, 왜 이래, 이 사람이…….

아내 : (정색을 하며) 참, 그런데 여보! 엊저녁 뉴스 시간에

사내 : 뉴스 시간에?

아내 : 예, 거기서 그러는데 요즘 도둑들이 극성이래요. 돈만 뺏어가는 게 아니라.

사내 : (능청스레) 도둑이 돈이나 훔쳐가지 또 뭘 가져간다는 게야?

아내 : 참, 당신도…… 냉장고를 뒤져서 한 상 잘 차려 먹고 심지어는 집지키는 부녀자들 몸까지도 버려 논대요. 신고를 못하게 그런다나…….

사내 : 그런 거야, TV에서나 나오는 뉴스거리지 뭘 그래.(아내를 힐끗 쳐다보고 신문을 소파 밑으로 밀쳐 넣는다.)

사내 : 아, 그리고 유비무환! 거 왜 옛 말에도 있지. 호랑이에게 물려가도 정신만 차리면 산다고 말이야. 그래서 혹시나 있을지 모를 만약의 사태에 대비해서, 저번에 당신과 내가 꾀를 내어 해놓은 조치, 그 기막힌 조치, 생각 안 나?

아내 : 왜 안 나요. (장식장을 가리키며) 저 양주병에다 수면제 타 놓은 것 말이죠?

사내 : 쉿, 조용! 낮말은 새가 듣고 밤 말은 도둑이 듣는다잖아. 그럼, 잊지 않았나 점검해볼까? 얘기해봐. 무슨 색 술병에 무얼 넣었는지.

아내 : (목청을 가다듬고 노래하듯) 파란 파란 파란 병에 수면제 풀고 / 빨간 빨간 빨간 병에 설사약 풀어 / 우리 가정 침범하는 도둑놈 잡자.

사내 : 그렇지, 당신은 역시 똑똑해. 그런 의미에서 한 잔 해야지. 가서 한 병 들고 와.

아내 : (놀라며) 예!

사내 : 놀라긴? 아무것도 안 탄 노란 술병 가져오란 말야.

아내 : 난 또 깜짝 놀랐잖아요. 그리고 아침부터 무슨 술이에요? 출근하셔야죠.

사내 : 출근? (시계를 본다.)이런, 시간이 벌써 이렇게 됐나. (양말을 신으며) 여보, 네 넥타이 좀…….

아내 : 알았어요.(아내, 찻잔을 들고 퇴장. 사내는 잠시 그 쪽을 향해 시선을 이동한다.)

사내 : (관객에게) 어때요? 제 아내, 집에서 살림하는 여자치고 너무 야하지 않아요? 등이 푹 파인 옷차림도 그렇거니와 화장은 또 얼마나 진해요. 일어나자마자 거울에 마주 앉아 크린싱 크림으로 얼굴을 닦아 내더니 영양크림을 듬뿍 바르고 아스트로젠트, 화운데이션 그리고 볼터치, 마스카라로 속눈썹을 세우고 아이새도우로 눈두덩을 시퍼렇게 멍들이고, 입술을 쏘옥 내밀고는 립스틱이란 립스틱은 다 내놓고 이것 칠해보고 지우고 저것 칠해보고 삐죽이고 하더니 결국은 쥐 잡아 먹은 형상이 되어 갖고 이제 겨우 차 한 잔 끓여 온 거예요. 문화인의 아침 식사는 그래야 한다나요. 빌어먹을 놈의 문화인! 개나 물어 가라지.

(소파 밑에 밀쳐 둔 신문을 주워든다.) 제 아내, 전에는 그러지 않았어요. 제가 그래도 명색이 화장품 회사 판촉과 대립니다. 신혼시절, 제 아내에게 화장품을 선물하면 그녀의 첫마디가 뭐였는지 아세요? 이거 바르면 배가 불러요? 돈이 생겨요오~? 하며 억척을 떨었다구요. 그러더니 요사이는 배만 부르면 사느냐고 대들기가 일쑤예요.

(신문을 흔들며) 세상이 이 모양으로 돌아가니까 함께 미쳐 돌아가는 건지 원 알다가도 모르겠어요.

(정색을 하며) 그리고 이건 참, 여기서 말씀드리긴 곤란하지만 뭔가 낌새가 이상하다구요. 사람에겐 육감이란 것이 있잖아요? 어쨌든 무슨 방법을 써서라도 제 아내의 속셈을 떠봐야겠는데, 그게 그리 쉽질 않지 뭡니까. 뭐 좋은 방법 있으면 말 좀 해 줘요.

(아내, 넥타이와 윗옷을 들고 등장)

아내 : 뭘 그리 혼자 중얼거려요?

(사내, 멈칫하며 관객에게 입을 막는 시늉을 한다.)

아내 : 여기 있어요. 서두르세요. 출근 시간 늦겠어요.
사내 : (넥타이를 매며) 별 걱정을 다하네. 출근 한두 번 하나? 이제 십삼 년째야. 문단속 잘 하고 집이나 잘 봐.
아내 : 알았어요. 걱정 마세요. 한두 번 집 봐요? 나도 십삼 년째예요. 일찍 오세요.

(사내 퇴장하고 나면, 아내는 전축을 틀고 소파에 누워 음악을 듣는다. 잠시 후 소리 작아지 며 암전.)

아내, 음악에 맞춰 콧노래 부르며 청소기로 주변을 치운다. 전화벨 소리 울리면 전축과 청소 기를 끄고 수화기를 든다.

아내 : 여보세요? 당신이에요? 무슨 일인데요? 출장을 가게 됐다구요? 어디로요? 마산? 알았 어요. 내일 오시겠네요? 예, 걱정 말아요. 예, 다녀오세요.
(수화기를 놓고 의아한 듯이 고개를 갸웃거린다.)
웬일로 갑작스런 출장이람. 아침에도 아무런 말이 없었는데…….

(청소기를 치우고 전축을 다시 튼다. 손걸레로 장식장을 닦고 작은 거울 앞에서 화장을 지운 다. 잡지를 골라 들고 소파에 가서 뒤적인다. 전화벨 소리 울린다.)

아내 : 무슨 전화가 이렇게 자주 오지? (수화기를 든다.) 여보세요? 아, 동서야? 응, 그래. 잘 됐어. 오늘 그이 마산으로 출장 갔어. 그렇지 않아도 밤엔 어쩌나 하고 걱정했는데…… 그래, 저녁에 와. 그래, 걱정 말고 오라니까. 으응, 기다릴게.

(홀가분한 듯, 전축을 더욱 크게 튼다. 그러다가 부착된 라디오의 다이얼을 이곳저곳으로 돌 린다. 간헐적으로 들려오는 라디오 소음과 뉴스-지이익 어제 오후 세 시쯤 서울을 출발하여 부 산으로 가던 경부여객 소속 찌이익 서산 간척지 주민 백여 명은 주변 공장에서 흘러나온 폐수 로 인하여 찌지지익 새벽 두 시경 귀가하던 열아홉 살 임모 양은 갑자기 나타난 신원 미상의 서

른 살 가량 지이익 찌익 찌익)

아내 : (신경질적으로 라디오를 끄며) 어떻게 된 게 매일 사고야. 사고 없는 날은 없나?
(잡지로 얼굴을 덮고 방에 눕는다.)

조명은 좌에서 우로 옮겨지고, 전신주 아래 사내 등장. 보퉁이를 들고 있다.

사내 : (시계를 본다.) 일을 벌이기엔 안성맞춤의 어둠이군.

(보퉁이에서 분장 도구와 모자, 가위를 꺼낸다. 얼굴은 우스꽝스런 삐에로의 모습으로 분장
하고 모자를 눌러 쓴다. 윗옷을 벗고 가위로 넥타이를 자른다. 흩어진 물건을 보퉁이에 싸서
전신주에 걸어 놓는다.)

사내 : (가위를 권총처럼 쥐어 보며) 이만 하면…… 오늘이야말로 아내의 속셈을 알아 봐야
지.

(사내, 떠나려는데, 미니스커트 차림의 계집 등장)

계집 : (호들갑스레 사내의 팔짱을 끼며) 어머, 아저씨 멋지시다. 백치미가 있으셔요. 그런데
이런 곳에서 뭐하고 계세요. 자, 가요. 가서 저하고 즐거운 시간 가져요.
사내 : (뿌리치며) 왜 이래. 아내의 속셈을 파헤치는 엄숙한 작업을 하려는 마당에…….
계집 : (깔깔거리며) 아내가 바람이라도 피운 모양이군요? 고귀하고 정숙하신 사모님들이 왜
그러는지 몰라. 그 바람 때문에 우리 생업에도 막대한 지장이 있다구요?
아내의 속셈을 파헤친다? 그것보다는 내 속살을 파헤치는 게 나을 걸요.
사내 : 지레짐작하기는…… 어쨌든 오늘은 안 돼! 암, 안되고 말구.(사내, 걸음을 옮겨놓는
다.)
계집 : 알았어요. 핑계는…… 여기 명함 있으니까 언제라도 연락 주세요. 전화해서 매미골
웅녀 찾으면 다 알아요.

(명함을 손에 쥐어 주고 계집 퇴장)

사내 : (걸어가면서, 더듬더듬 명함을 읽는다.)

국보 인력 대여 협회 여성분과 위원 매미골 옹녀 Tel. 5국에 2918? 오국에 이구시팔 이구시팔 이구시팔……. (암전)

(아내, 초조한 듯 시계를 쳐다본다. 밤 9시를 알리는 과장된 시계 종소리가 주변을 휩싼다.)

아내 : 이상하네…… 동서가 올 때가 됐는데.

(초인종 소리)

아내 : 동서야? (문 쪽으로 다가가며) 왜 이렇게 늦었어? 얼마나 기다렸다구.

(문 여닫는 금속성 소리, 무엇이 떨어져 깨지는 소리가 요란스런 가운데 아내의 비명소리)

아내 : 누, 누구세요?

사내 : 왜, 주민등록증이라도 제시할까? 누구라고 밝히는 도둑놈도 있나? 집안에 또 누가 있지?

아내 : 아무도…… 아니, 남편이 건넌방에서 자고 있어요.

사내 : 거짓말, 남편은 출장 갔잖아! 감춰 놓은 사내라도 있는 게로군.

아내 : ……?

사내 : (가위를 들이대며) 꾸물거리지 말고 돈 될 만한 것은 모두 내놔!

아내 : 어, 없어요.

사내 : 없긴 왜 없어. 주식 사려고 모아 놓은 것 있잖아.

아내 : 아녜요.

사내 : 그럼, 저 전축 밑에 감추어 놓은 예금통장 가져와!

아내 : 아니, 그걸 어떻게……?

(아내, 예금통장을 가져 온다.)

사내 : 도장도 가져와야지. 진열장 세 번째 서랍.

(아내, 사내의 얼굴을 유심히 본다. 사내, 외면한다.)

아내 : (결심한 듯) 좋아요.

(도장을 가져온다. 사내, 통장과 도장을 아무렇게나 주머니에 넣는다.)

사내 : (진열장을 보며) 술이 많군. 술병 모으는 게 남편의 취민가?

아내 : 그래요.

사내 : (비아냥거리듯) 우리, 신사적으로 일을 마쳤으니 술 한 잔 대접하는 것도 괜찮을 듯 싶은데…… 정숙하신 부인께서는 어찌 생각하시는지.

아내 : …….

사내 : 한 병 가져오시오. 안주는 부인의 입술을 택하겠소.

(아내, 노란 술병을 들고 온다. 나꿔채듯 술병을 빼앗으며, 의외인 듯 고개를 갸웃거린다.)

사내 : ……노란 술병이라. 노란색은 질투를 뜻하지. 좋았어. 색깔이 마음에 들어.

(사내, 병을 기울여 한 모금 들이킨다.)

사내 : (생각에 잠기며) 내가 나가면 소릴 지를 테지. 신고도 하고?

아내 : …….

사내 : 난 신고하지 못하게 하는 방법도 알고 있지. 이리 와!

(소파 뒤로 끌고 간다. 두 사람 소파에 가려 보이지 않는다.)

사내 : 벗어! 원한다면 단추 따는 수고쯤은 베풀어 줄 용의가 있어.

(잠시 후, 소파 위에 겉옷과 속옷 그리고 브레지어가 차례로 걸쳐진다. 갑자기 뺨을 때리는 소리, 아내의 비명소리가 들리고 사내가 소파 앞으로 뛰쳐나온다. 허탈한 듯 주위를 둘러보고 사내 퇴장)

(거리, 사내 등장.

잠과 술이 덜 깬 듯 옷매무새가 몹시 흐트러져 있다. 정신을 가다듬으려는 시도인 듯 전신주 주위를 돌며 광고지를 읽는다.)

사내 : (눈을 부비며) 선원모집월팔십만원보장전화사십사국에사팔오팔귀빈싸롱초보환영침식제공월백만원수입보장허리우드뒷편카사블랑카성인쑈화끈합니다라이카극장매일심야매매꾼행방불명된당신의아내와따알들은지금어디서무엇을하고있을까완전성인영화애란이십사일개봉남편을위해서라면창녀처럼이라도살수있어요서라벌그윽장성난금요일…….

(관객에게) 아니, 오늘이 무슨 요일이요? 에에? 그럼 엊저녁 일인데…… 내 아내란 여자, 여러분도 보셔서 아시겠지만, 내 짐작이 맞았다구요. 남편이 출장을 간다고 했으면 문단속을단단히 하고 행동에 조심해야지. 아무에게나 덥석 문을 열어 주질 않나, 마치 도둑이 오기를 기다리기라도 한 듯 반겨 맞으니 어떤 시러배 아들놈이 그냥 가겠어요, 그리고 그러한 사태에 대비해서 마련해 놓은 술병만 해도 그래요. 도둑이 술을 달라는 그 절호의 찬스에 왜 노란병을

가져다주느냐 말입니다. 이건 숫제 먹고 마시고 함께 놀아 보겠다는 요상한 심보라고밖에 달리 생각할 수가 없어요. 하기사 그녀의 그러한 끼는 일찌기 찬란하게 휘날린 적이 있었죠. 화냥끼가 다분한 '카르멘' 배역을 요염하게 연기해서 뭇 남학생의 입에 오르내리던 대학시절, 그 때도 난 무대 뒤의 분장실에서 도랑과 펜슬만 쥐고 있었으니까요. 그때 진작 눈치 챘어야 하는 건데…….

생각할수록 기가 차고 분통이 터질 일이지 뭡니까? 여러분도 보셨죠. 그녀가 옷 벗는 거. 이건 뭐 완전히 그 방면에 숙달된 조교예요. 아니, 조교 뺨을 좌우로 예배당 종치듯이 치는 격입니다. 하다못해 그 흔한 앙탈 한 번 부리지 않고 마치 매미가 허물을 벗듯 후울훌…….

(갑자기 가쁜 숨을 몰아쉬며 계집 등장. 손에는 남자용 팬티가 들려 있다.)

계집 : 이봐요. 팬티 바뀌었어요. 그게 얼마짜린지나 알아요?
(사내, 새삼스레 사타구니가 조이는 듯 다리를 벌려 보고 쪼그려 앉아 본다.)
계집 : (앙칼지게) 늘어나요. 빨리 벗어요.
사내 : 여기서 어떻게…….

(난감한 듯 주변을 둘러보다가 재빨리 주머니에서 지전을 꺼내어 계집의 손에 쥐어 준다. 돈을 확인한 후 들고 있던 팬티를 전신주에 걸어 두고 계집 퇴장)

사내 : 엊저녁 난, 도둑 앞에서 그토록 무기력하게 껍질을 벗는 아내를 보면서 역겨운 생각이 들었습니다. 남편의 독살을 모의하며 정부의 이불 속에서 옷을 벗는 독부, 정절의 가면을 쓴 창녀…… 온갖 잡스런 장면이 뇌리를 스치고 거기에 아내의 알몸이 겹쳐졌습니다. 순간, 아내의 뺨을 때리고 곧장 밖으로 뛰쳐나온 거죠. 그리고 가면이 없는 곳을 물색했습니다. 어리석게도 겨우 찾아낸 곳이 매미골이고요. 여러분도 기억하고 계시죠? 오국에 이구시팔! 그곳에서 밤새 영혼을 마비시키는 술독에 빠져 귀가 따갑도록 매미소리 듣고, 매미의 허물을 벗기고 벗기고 벗기우구…….(흐느낀다.)

(아내 등장. 밤새 찾아 헤맨 듯 초췌한 모습이다. 사내의 곁에 와서 어깨에 손을 얹는다. 사내, 흠칫 놀라며 고개를 든다. 경멸에 찬 눈빛이다.)

사내 : (손을 뿌리치며) 아니!

(아내, 물러섰다가 이내 냉정을 찾는다.)

아내 : (차분하게) 당신의 분장 솜씨는 예나 지금이나 서툴기는 마찬가지더군요.
사내 : (놀라며) 뭐라구?
아내 : 엊저녁 도둑으로서의 대사도 전혀 도둑답지 못했어요.
사내 : 아니, 그럼…….
아내 : 저도 처음엔 동서인 줄 알고 문을 열었다가
사내 : (말을 채며) 동서?
아내 : 그래요. 동서가 놀러 온다고 했거든요. 당신도 출장 중이고 해서 오라고 했죠.
사내 : …….
아내 : 대사가 그게 뭐예요. 당신이 구사한 대사의 내용은 우리만의 은밀한 비밀 사항이었으니 배역도 당신 아니면 나밖에 더 있겠어요? 그리고 분장은 또 어땠구요?
사내 : 분장?
아내 : (약 올리듯) 귀 밑의 커다란 점도 가리지 못하고, 손가락엔 결혼반지가 그대로 껴 있고 또 그 넥타이는 내가 당신 생일 선물로 사준 거잖아요. 좀 더 철저하게 분장했어야지요.

(사내, 겸연쩍은 듯 고개를 떨구고 전신주에 기댄다.)

아내 : 자, 가요. 이 꼴이 뭐예요? 이젠 당신으로 완벽하게 분장하세요.

허공을 응시하던 사내, 이윽고 아내의 어깨를 싸안으며 허탈한 웃음을 날리고, 신문 배달 소년이 호외를 외치며, 꽃가루처럼 뿌리고 지나간다.
-막-

신현보

한남대 대학원 박사과정 수료. 저서 희곡 『처용별곡』 외 다수. 충남문인협회 회장 역임. 충남문화재단 대표이사.

494

수필

한남문학선집

홀로 그리고 함께 외 1편

김조년

인간은 홀로 살면서 동시에 함께 산다. 원래 인간은 고립되고 독립된 존재이면서 다른 존재와 함께 사는 유적 존재다. 아무리 개인의 속성상 혼자이기를 즐기는 사람도 일정한 정도는 다른 사람이나 것들과 함께 하지 않으면 외로워서 힘들어한다. 그래서 끊임없이 홀로와 함께를 넘나든다. 고립되고 고독하지 않으면 깊은 명상과 성찰에 들어갈 수도 없고, 어떤 창작활동에 몰입할 수도 없다. 그러나 오랜 시간 그렇게만은 살 수가 없어서 스스로 그것을 깨고 공동의 마당으로 나온다. 이렇게 되는 것은 삶이라면 지극한 정상이다. 그러니까 홀로와 함께는 어느 것이 정상이고 어느 것이 비정상이란 말로 판단하거나 평가할 수 있는 일은 아니다.

그런데 최근에 많은 사람들은 '홀로사회'란 사회현상에 큰 우려를 나타내는 듯이 보인다. 쉽게 하는 말로 '혼밥' '혼술' '혼잠' '혼영'이란 말들을 만들어 쓰면서 혼자 사는 것을 마치 문제가 있는 것처럼 평가하는 것을 느낄 수가 있다. 한동안 우리 사회에서는 '미혼'이 비정상인 것으로 인정되기도 하였고, '이혼'이 문제가 되는 것으로 평가되기도 하였다. 어느 때는 너무 일찍 혼인하는 것을 바꾸려고 하다가 지금은 너무 늦게 혼인하는 만혼을 걱정한다. 농어촌 지역에서나 가난한 사람들 사이에서는 남성이 홀로 사는 경향이 더 높고, 도시나 경제력이 있거나 학력이 높은 사람들 사이에서는 여성이 홀로 사는 경향이 높다는 통계가 발표되기도 한다. 더욱이나 남녀를 막론하고 늦게 결혼하거나 결혼하지 않은 비혼상태로 사는 경향이 전에 비하여 상당히 높아진 것은 지금의 사회현상이다. 결혼한 뒤에도 자녀를 낳지 않고 사는 경우도 있지만, 혼인하지 않은 상태에서 아이를 낳는 경우도 있다. 앞의 경우는 주변 사람들이 염려하는 듯이 보이지만, 뒤의 경우에는 사회에서 어떤 부정의 평가를 받는다. 이른바 '미혼모'라는 딱지가 붙어서 고운 눈으로 보려고 하지 않는다. 이러한 과정을 통하여 '가족'이란 고정된 그림과 평가가 달라진다. 좀 심하게는 이런 현상을 두고 사회구성의 기초였던 '가족'이란 것의 해체라고 말하기도 한다. 심하게는 '가족해체'의 위기상황이라기도 한다. 그러나 가족은 끊임없이 해체되어 왔고, 새로 구성되었다. 이것은 해체위기가 아니라 가족의 변동이요 변화라고 해야 옳을 것이다.

다시 말하면 결혼을 통한 가족형성은 언제나 변하여 왔다. 결혼제도 역시 끊임없이 변동되었으며, 자녀생산이나 양육방식 또한 달라졌다. 혼인을 통하여 가정이란 것을 형성하든, 그냥 혼자 살든, 혼인이라는 절차 없이 남녀가 함께 살든 이혼이라는 과정을 거쳐 헤어져 살든, 그렇게 하여 다시 다른 이와 인연을 맺어 살든, 아니면 그냥 혼자 살든 그 자체로서는 어떤 가치 판단을 할 수 있는 것이 아니다. 당사자들이 처한 형편에 따라서 그런 삶의 양상을 따를 뿐이기 때문이다. 어느 것이 옳고 그르다는 판단을 할 수 없는 것이 그 부분이다. 물론 자기가 어느 삶의 모양을 선택할 것인가에 대한 것, 어느 삶의 모습을 더 좋아하는가 하는 문제는 개인의 몫이면서 동시에 사회의 몫이기도 하다. '홀로사회'라고 표현하여 염려하는 것은 바로 그런 점에 있는 것이 아닐 것이다. '홀로'라는 것의 좋고 나쁨, 옳고 그름의 문제가 아니라, '홀로' 사는 것 때문에 나타나는 어떤 '부정'의 요소들 때문일 것이다. '부정'이란 말로 표현하는 것이 옳을는지 모르지만, 아예 처음부터 홀로 사는 사람들, 함께 살다가 형편에 따라서 도로 홀로 살게 된 '돌싱' 상태의 사람들에 대한 사회인식이나 사회의식의 문제가 아닌가 싶다. 그 염려라는 것이 무엇일까? 그리고 그 염려상황이란 무엇일까?

홀로 사는 것과 함께 사는 것 그 자체가 문제가 아니라, 그러한 삶의 형태를 가진 다음의 행복과 불행의 문제에 있는 것이지 않을까? 상당히 많은 경우는 잘못된 결연 때문에 불행한 삶을 사는 사람이 있지만, 헤어져 홀로 사는 것에 두려움을 가지기 때문에 어쩔 수 없이 함께 하는 형태를 유지하는 경우도 있다. 또 어떤 경우는 아주 간절히 함께 사는 것을 바라지만 자신의 성향이나 주변의 형편 때문에 홀로 살 수밖에 없는 상황도 있다. 이것을 어느 누가 대신하여 해결하여 줄 수는 없다. 정부나 단체가 나서서 해결할 수 있는 것도 아니다. 다만 한 가지 좀 달라지고 계몽되어야 할 것이 있지 않을까? 그것은 바로 그러한 삶의 형태에 대한 고정된 인식의 변환이요 의식의 전환이다.

모든 삶의 형태는 끊임없이 달라진다. 진화한다고 할 수 있다. 그 말 속에는 고정된 정당한 제도와 그에 대한 판단은 없단 말이다. 다른 사람에게 해를 끼치지 않으면서, 자신을 괴롭히지 않는 범위에서 행복을 추구하는 삶의 형태의 다양성이 인정되는 것이 좋겠다. 사회의 눈이 무서워서 억지로 '홀로'나 '함께'를 유지하는 것은 달라져야 한다는 점이다. 농담처럼 던지는 말이라고 하겠지만, '지금 100세 시대에 어떻게 한 사람과 만나 70년 가까이를 함께 살아!' 하는 말이 쉽게 오고가는 것은 이 시대의 반영이라 할 수 있다. 그 말을 바꾸면 '이 긴 삶의 여정을 어떻게 외롭게 홀로 걸어갈 수가 있어!' 하는 것과 같다. 그렇다면 '홀로'와 '함께'를 유연하게 넘나들 수 있는 사회인식이 나타나면 좋겠다. 그러니까, 동성간의 함께 삶, 미혼상태로 함께 삶, 그렇게 하여 태어난 아이 사람에 대한 평가, 함께 삶의 다양한 계약관계 따위를 폭넓게 인정하는 것이 바람직할 것이다. 왜냐하면 홀로이기에 심리·사회상, 건강상, 문제해결상에서 나타나는 문제들이 많기 때문이다. 그러니까 개인과 사회의 건강과 행복을 위하여 '홀로'와 '함께' 사는 형태변화를 유연하게 받아들이고 정리하는 것이 좋겠다.

나쁜 나라, 좋은 나라

내가 어려서 초등학교에 들어갔을 때 배우고 부른 노래 중에 '우리나라 좋은 나라' 란 말로 끝나는 것이 있었다. 그 노랫말 속에는 좋은 나라의 조건들이 몇 개 있었다. 잠꾸러기가 없고, 거짓말을 안 하고, 서로 믿고 사는 데가 좋은 나라라고 돼 있었다. 그런데 어린이들 사이에서도 잠꾸러기가 참으로 많았고, 거짓말도 많이 했고, 서로 믿지 못해서 의심의 구름으로 가득한 삶을 살고 지냈다. 나이가 들어서 점점 더 어른에 가까워질수록 이 노래에 나온 말과는 아주 다른 삶의 현장을 경험하고 내 자신도 그런 삶을 살게 되었다. 말을 믿지 못하여 몇 번에 걸쳐서 도장을 찍으라고 하고, 그것도 인감도장을 쳐야 하고, 심지어는 열 손가락의 지문이 다 나오는 지장을 쳐야 한다. 그것도 믿지 못하여 공중을 하여야 한다고 한다. 불신이 가득한 사회였다. 노래와는 달리 좋은 나라는 아니었던 것이 분명하다.

그러다가 조금 나이가 더 들어서 다른 경험을 하게 되었다. 참말을 할 수 없는 사회나 나라가 참으로 많다는 것을 알게 되었다. 거짓말을 하지 말라고 하면서, 참말을 하면 벌을 받고, 삶에서 힘들고 고단하게 지내야 하는 삶의 현장과 사회 분위기. 그것은 참 슬프고 나쁜 현상이었다. 참말을 할 때는 쉬쉬 남이 들을까봐 조심해야 하고, 때로는 목숨을 내어 놓을 각오로 비장하게 해야 하는 현상. 그러한 것들이 어디에서 왔을까? 아주 가깝게는 일제의 식민통치에서, 더 가깝게는 이념갈등과 독재체제에서 연유한 것이지 않을까? 속으로는 그렇지 않으면서도 일본인이 다 된 척 해야 하는 일제시대, 맘으로는 아니라 생각하면서도 괜찮다고 말하고 좋다고 말해야 하는 독재시대. '낮말은 새가 듣고, 밤말은 쥐가 듣는다' 고 하면서 언제나 말조심을 하여야 하는 사회. 바른 말을 본업으로 하는 언론에도 재갈을 물려서 비뚤어진 말을 하여야 밥벌이가 온전하던 시대. 그런 시대와 사회와 나라가 곧 살고 싶은 괜찮은 나라요 사회요 시대라고 할 수는 없다. 집단이든 개인이든, 언론이든, 학문체계에서 참말을 못하게 하는 사회는 나쁜 것이요 정당한 것이 아니라고 할 수밖에 없다. 생명논리를 거역하는 것이기 때문이다.

생명논리, 그것은 곧 자유로움에 있다. 자유로움의 핵심은 생각과 말과 글의 막힘없는 펼침에서 나타난다. 그것을 좀 거창한 듯한 말로 표현하면, 사상의 자유, 언론의 자유, 표현의 자유와 학문의 자유다. 이것들은 곧 생각과 말과 글이라는 상징물들을 통하여 자기 자신을 나타내는 것들이다. 이렇게 자기를 나타내는 것은 생명의 본질이요 속성이다. 내가 그것과 다른 생각을 한다면 그 다른 것을 다른 말과 글로 표시하면 된다. 그렇게 하다 보면 자연스럽게 서로 다른 것들과 같은 것이 나타나고, 다른 것들끼리 조화할 수 있는 길이 나타난다. 그렇게 하여 한두 단계 홀쩍 뛰어오르는 진보와 진화를 경험한다. 이것이 곧 창조세계다. 그러한 창조의 가능성을 막는 사회와 나라는 나쁜 사회요 나라라 할 수 있다. 우리 역사에도 그런 때가 참으로 길고 어둡게 깔려 있었다. 그런 때는 인간이 인간으로 살기를 포기하도록 종용하는 시기다. 이른바 인간의 살 권리, 곧 생존권과 인권이라는 것이 소멸되거나 억눌린 시대다.

중국의 '반체제 인사'로 낙인되고, '중국의 만델라'라 불리며 오랜 감옥생활을 한 류사오보(劉曉波) 씨가 고립된 상태에서 지난 7월 13일 저녁에 세상을 떠났다. 감옥에서 얻은 중병을 앓고 있는 그가 해외치료를 요구했으나 불허, 부인 류샤에 대한 장기간 가택연금, 사망 이틀만에 화장하여 바다에 넣은 것은 매우 놀라운 슬픈 처리다. 그는 중국의 민주화를 요구하던 '천안문 사건' 때 미국에서 공부하다가 귀국하였다. 시민의 정당한 요구운동에 함께 할 생각이었다. 부당하게 억압되는 일반 사람들의 삶을 표현하였고, 그것을 누르는 세력에 그는 말로 저항하였다. 그러한 일을 할 때는 언제나 비폭력의 방법으로, 말과 글로, 때로는 예술작품으로, 학문연구로 표현하여야 한다는 것이 그의 핵심 주장이었다. 그가 그렇게 억압된 상태, 감옥에서 병을 얻고 죽어간 것에 대하여 무수히 많은 세계의 언론들과 지성들이 슬퍼하면서 비판한다. 그와 부인을 다른 나라에서 치료받도록 해달라고 요청하였으나 거절된 것에 대한 비판은 바로 인권을 무시한 중국정부에게는 큰 부담이다. 그가 노벨평화상을 수상한 사람이라서 그런 것은 아닐 것이다. 누가 되었든 생명권은 존중되어야 하고, 그것을 억압하는 체제는 비판받고 극복되어야 한다. 그런데 중국 정부는 그런 다른 나라의 노력과 비판과 요청을 '국내 문제'에 관여하지 말라는 말로 거부하였다. '국내 문제'란 말로 모든 관심과 비판을 차단하려는 것은 나쁜 나라, 나쁜 정부의 단골 식단이다. 인권, 사람의 생명권에 대한 문제는 국경을 초월하는 인류의 공동관심 사항이다. 자기 나라의 어떤 상황이 되었든, 인권문제는 '국내 문제'로 축소될 일이 아니다. 흉악한 범죄를 저지른 사람이라 할지라도 그의 인권은 소중한 것인데, 더욱이 정치범이나 양심범에 대하여는 말할 필요가 없다. 이번 중국정부가 류사오보를 감옥에 유폐한 것과 병을 치료할 수 없게 한 것과 가족들에게 주는 고통은 용납될 수 없는 일이다. 그러한 짓은 위대한 나라의 일도 아니고, 진보되고 진화한 나라가 할 일도 아니다. 그러한 일들이 단순히 중국에서만 일어나고 있다고 할 수는 없을 것이다. 이번 기회에 모든 사회, 모든 나라에서 아주 예민하게 인권이 침해되는 일들이 있는가를 따지고 고칠 수 있는 흐름이 강하게 일면 좋겠다. 좋은 나라? 자유로운 나라.

김조년

한남대학교 성문과 졸업. 저서 『성찰의 창문으로 바라본 세상』 외 다수. 《표주박 통신》 주필. 함석헌기념사업회 이사장. 사회복지학과 명예교수.

고려인의 정체성 회복을 위한 한국어 교육

김균태

난 2년 전 정년을 하고 조용히 나를 돌아보는 시간을 즐기고 있었다. 그러던 어느 날 안동대 민속학자 임재해 교수가 중앙아시아 구전설화 조사를 의뢰해 왔다. 이 사업은 한국학중앙연구원에서 발주한 프로젝트로 결코 만만치 않은 사업이다. 정년을 했지만 내가 아직은 쓸모가 있는 모양이라고 생각하니 기쁘기도 했다. 그렇지만 젊은이들에게 노욕으로 비치지나 않을까 조심스럽기도 했다. 그러다가 평생을 한눈 팔지 않고 구전문학과 민속을 연구했는데도 교수가 되지 못한 강 선생과 함께 이 일을 한다면 잘 해낼 수 있을 것이라는 생각도 들어 그 제안을 흔쾌히 수락했다.

나는 우즈베키스탄에서 한의원을 차려놓고 의료봉사를 한 또 다른 제자 덕에 오래 전부터 우즈베키스탄과 인연을 맺어 왔다. 그러다가 2009년에서 2013년 사이 세 차례에 걸쳐 우즈베키스탄 지역의 구전설화와 민속을 강 선생과 함께 조사한 적이 있다. 이 경험의 결과는 며칠 『우즈베키스탄 고려인의 이주와 삶』이란 제목으로 출간됐다. 이 책은 고려인들을 직접 찾아가 이야기를 나눈 증언록이니 머리로 쓴 책이라기보다는 발로 쓴 책이다. 이번에 안동대의 위탁사업을 수행하기 위해서 난 2월에 19일간 조사를 했다. 이때 만난 고려인 중 내 마음을 사로잡은 두 분이 기억에서 지워지지 않아 이 글을 쓴다.

1937년 스탈린의 정책에 의해 하루아침에 유랑의 길을 떠나야 했던 고려인들에게는 강제이주가 형언할 수 없는 고통이었다. 조사대상인 고려인들이란 이주 당시에는 어머니 뱃속에 있었거나 많아야 8~9세 된 어린아이였던 분들이다. 그들이 부모로부터 고려말을 배운 적이 있다고 해도 어린 시절 잠시였다. 이주 후에는 그들 앞에 놓인 삶의 절박함을 해결하기 위해 러시아말부터 배워야 했다. 뿐만 아니라 그들은 고려말을 안다고 해도 쓸 겨를도 없었으니, 그들을 상대로 구전설화와 민속을 조사한다는 것은 결코 쉬운 일이 아니다. 우리 팀은 조사기간 중에 60여 명의 고려인을 만났다. 드물지만 고려말을 구사하고, 이야기나 민요를 기억하고 있는 사람도 몇 분 있어 이분들을 상대로 구전설화와 민요를 조사했다.

우즈베키스탄 서북쪽에 자리한 누크스에서 만난 맹창범 노인은 피곤에 지쳤는지 처음에는 우리에게 귀찮다는 표정을 지었다. 이야기를 나누면서 차츰 마음이 누그러지더니 이야기를 곧잘 했다. 그는 먹고 살기 위해 안 해 본 일이 없다고 했다. 어려서 부모 따라 이곳에 와서 오직 살기 위해 일을 했는데 무슨 여유로 옛날이야기를 들었겠는가 하고 오히려 반문한다. 설령 들었다고 해도 고려말로 대화할 상대가 전혀 없었으니 고려말은 80년 넘게 자신의 가슴속 깊이 묻혀 있었단다. 그러던 그가 나와 두 차례 만나 고려말로 대화를 하다 보니 가슴속 깊은 곳에서 뜨거운 것이 올라온다고 했다. 그러면서 내 손을 잡고 죽기 전에 조국에 꼭 한 번 가보고 싶다고 했다. 나도 가슴이 먹먹했다. 러시아 이주 150년의 시간 간극에도 불구하고 고려말은 우리를 뜨겁게 이어준 마법의 도구였다.

타슈켄트에서 만난 태 니콜라이 노인은 상당한 지식인이었다. 그는 고려인 후손들에게 고려말을 가르쳐 주기도 했으나 젊은이들은 생업을 위해서 고려말을 배우려고 하지, 고려인의 정체성을 회복하기 위해서 고려말을 배우려 하지는 않는다고 했다. 고려말을 머리로 배울 뿐 가슴으로 배우려고 하지 않는다는 것이다. 그러면서 그는 고려인을 세계에서 가장 냉혹한 민족이라고 몰아세웠다. 민족끼리 헐뜯고 싸우는 데는 일등이라고도 했다.

요즘 우리 정부는 고려인들의 삶을 돕기 위해서 많은 배려를 하고 있으나 이들을 위한 한국어 학습을 머리보다는 가슴으로 배울 수 있게 학습교재며, 학습방법을 재고해야겠다. 고려말을 통해서 민족의 역사를 알고 정체성을 회복해 나가는 한국어교육이 됐으면 한다.

김균태

1948년 전남 장성 출생. 서울대 국어교육과 졸업. 창작오페라 「다라다라」 대본 집필. 한남대 국어국문학과 명예교수.

잊어버리고 잃어버린 말들

강정희

남들은 지나간 겨울은 그리 춥지 않았다고들 하는데, 나는 그 어느 때보다도 혹독한 겨울을 보내야만 했다. 왜냐하면 새로 이사 온 집이 계룡산 자락에 지은 아파트여서 겨울 산바람의 냉기가 만만치 않았기 때문이다. 게다가 산 그림자마저 더 빨리 내려앉아 겨울 하루 길이도 시내보다 훨씬 짧았다. 어디 그뿐이랴, 눈이 오면 그대로 쌓여 있어서 외출을 하려면 7층 아래로 보이는 하얀 눈길을 헤쳐나갈 일에 근심이 태산 같았다. 눈 쌓인 계룡산. 그림으로, 상상으로는 매우 낭만적이다. 그러나 현실은 전혀 아니었다. 도시에서 생태적으로 살려면 어느 정도의 대가는 감수해야 한다고 각오했지만, 계룡산 기슭으로 이사 오고 치른 첫 겨울의 대가는 생각만큼 가볍지가 않았다.

그런데 나보다 더한 친구가 있다. 이 친구는 이태 전 늦은 가을에 도시 생활이 싫어서 계룡산 갑사 가는 길목에 황토 집을 짓고 이사했다. 그리곤 공기, 경치, 집 자랑으로 친구들을 시도 때도 없이 불러들인다. 대전 시내에서 가려면 큰 맘 먹고 가야 하는 산속 황토 집은 여름도 좋지만, 겨울 온돌방의 진가는 도시 아파트 숲 속에서 벗어나지 못하는 우리들의 시샘과 부러움을 건드리다 못해 심사를 뒤틀리게 한다.

"야! 찜질방 가지 말고 우리 집 와. 저녁에 아궁이에 땔감을 넉넉하게 때면 말이야, 아랫목부터 윗목까지 절절 끓어, 군불 지펴 놓고 거기에 고구마 구워 줄게, 제발 좀 놀러 와라."

친구의 첫 집들이에 집알이하러 갔던 날. 우리는 타임머신을 타고 까맣게 잊고 있던 젊은 시절의 시골 고향집으로 되돌아가 있었다. 나지막한 울타리 안으로 텃밭을 지나서 들어가는 황토 집 현관에는 잠금 장치도 없었다.

"무섭지 않니. 현관문에 키 장치 안 해도 돼?"
"그래 아직은…… 현관 키 해놔 봐야 별 수 있겠니. 이 산속에 뭐 훔쳐 갈 것 있다고. 대신에

504

개 두 마리 데려다 놨어."

("현관 키도 없이 산다…….")

일 년 열두 달 아파트 문을 꼭꼭 잠그고 사는 우리로서는 불안하기 짝이 없다.

"웃풍은 없니. 구들은 어떻게 났니, 어머 장판 좀 봐! 이거 네가 한 거야."

"응, 니스 바르는 것보다 콩댐질하는 게 더 좋아서."

"이 문풍지 좀 봐!"

"응. 방문 틈새로 바람이 들어오는 것 같아서 멋 좀 부려봤지."

이 친구 집에는 집안 분위기에 걸맞게 전통 가구들도 많다. 반닫이, 화로, 문갑 등등 크고 작은, 조상들의 삶의 흔적이 푹 절어 있는 가구들이 마루와 방방이 가득하다.

"이 나비장 열쇠 좀 봐, 정말 물고기 같잖아!"

놋쇠로 만든 반닫이에 달린 자물쇠를 보며 한 친구가 호들갑을 떨었다.

"어이구, 이 친구야! 열쇠가 아니라, 자물쇠라구!"

"뭐, 자물쇠?"

"자물통이라고 하는 사람들도 있어, 열쇠는 이렇게 자물쇠 가운데로 끼워놓는 꼬챙이라구!"

"열쇠면 어떻고, 자물쇠면 어때, 그래도 참 좋다!!"

이렇듯 누구라고 할 것 없이 이 친구 집엘 가면 우리들 입에선 그동안 쓰지 않아서 잊어버렸던 옛날 말들이 거침없이 쏟아진다.

그렇다. 일상에선 기억조차 할 수 없는 말들. 우리 친구들이 억지로 기억하지 않아도 그 황토 집에 가면 술술 나오는 이 말들을 우리들은 언제부터, 어떻게 잊어버리고 잃어버렸을까.

2. 잊혀져 가는 말들

자연 생태계의 진행 중인 변화는 관찰 가능하지만, 말은 관찰하기가 쉽지 않다. 말은 사람들의 삶의 환경이 바뀌고, 시간의 흐름에 따라서 함께 바뀐다. 그러나 어떤 말이 어떻게, 언제부터, 어떤 방향으로 어떤 단계를 거쳐서 죽어 가는지는 식별하기가 쉽지 않다. 그것은 잊혀져 가는 말이란 사람들의 '기억' 이라는 인식 속에서 진행되는 정신 작용이기 때문이다. 그렇기 때문에 한 집단의 언어 변화는 일정한 시기를 경과한 후에야 알아차릴 수 있는 완성형으로서 그 윤곽이 드러나게 된다. 말이고 물건이고 쓰지 않으면 잊어버리고, 결국에는 잃어버리게 된다. 있던 것이 없어지면 그것과 관련된 어휘는 물론, 관련 표현들도 무더기로 없어진다.

최근 30년 사이에 우리들의 삶 가운데에서 '집' 과 관련된 생활어의 소멸이 이를 말해준다. 1970년 후반기부터 서울 강남 지역에 아파트가 들어서기 시작하면서 우리나라 전역에 주거 형태가 단독 주택에서 아파트로 바뀌기 시작하였다. 이 시기의 아파트 견본 주택(얼마 전까지만 해도 '모델 하우스' 라고 했다.)의 평면도에는 단독 주택 시대에 쓰던 주거 공간 어휘들을 찾아볼 수가 없었다. '안방, 건넌방, 문간방' 은 ROOM 1, 2, 3이나 방 1, 2, 3으로, '부엌' 은 '주방' 으로, '마루' 는 '거실' 로 대체되어 버렸다. 그 후부터 지금까지 아파트 공간에서 '방' 이름은 찾아볼 수 없게 되었다. 그러니, 신세대들이 사랑방 손님과 어머니의 '사랑방' 을 '찜질방, PC방' 같은 오락실과 같은 방으로, 표준어 규정에 나와 있는 양반 댁 안방에 딸려 있는 가구진열방인 '머릿방' 이 한글 맞춤법 공표 시기 훨씬 이전에 없어진 방 이름이라는 것을 알 리가 없다. 또한 아파트 방들의 출입문에는 '문지방' 이 없다.

이것은 진공청소기로 청소할 때 걸리적거린다고 해서 없애 버린 실용주의적 발상의 산물이다. 그러니 '문지방' 이 없으니 '문턱' 또한 있을 리가 없다. '문턱이 닳도록 문지방을 드나들다' 라는 말도 언제까지 생명이 유지될지 의문이다. '부엌' 과 관련된 말들은 어떠한가. '정제, 정지간, 정지' 등은 '부엌〉부엌' 의 사투리들이다.

옛날 초가집 '정지' 에는 짚방석을 깔고 앉아서 나뭇가지를 꺾어 만든 '부지깽이' 로 무쇠 솥 걸어 놓은 부뚜막 밑으로 불을 때던 '아궁이' 란 것이 있었다. 이 아궁이는 주거 형태의 변화로 '양옥' 인 단독 주택 시대에는 '연탄 아궁이', 아파트 시대인 요즈음은 '가스레인지' 로 진화되었다. 그래서 '아궁이에 불 지핀다, 얌전한 강아지 부뚜막에 먼저 올라앉는다, 부지깽이, 연탄집게, 연탄재, 연탄불 갈다, 연탄구멍 맞춘다. 불이 괄다' 등의 표현들은 현재 60대 이상 노년층의 추억담에서나 만날 수 있을 뿐이다.

아파트에는 '현관문' 은 있으나 '대문' 은 없다. '대문' 이라는 말도 현재 죽어 가고 있는 말들 가운데 하나이다. 전통 한옥의 '대문' 과 관련된 '빗장' 은 이미 죽은 지 오래된 말이다. 따라서 '빗장 걸다', 빗장을 완전히 걸어 잠그지 않고 반 정도 걸쳐 놓는 '사로 잠그다' 란 표현도 우리들 기억 속에서 찾을 수 없는 말이 되어 버렸다. '빗장' 과 관련된 잠금 장치인, 앞에서 말한 친구 집의 반닫이에 걸린 '자물쇠/자물통'은 요즈음은 뭉뚱그려서 '열쇠'로 통칭하고 있다. '자물쇠/자물통'은 현재 모든 출입문에 장착되어 그 기능을 수행하고 있긴 하지만, 이름을 잊어버린 지 오래다. 그래서 이 어휘는 현재 사전 안에 박제된 채 남아있을 뿐이다. 또한 '열쇠'는 한동안 외래종인 '키(key)'와 공존하면서 우리들 생활 안에서 건강한 삶을 유지했었다. 그러나 최근 아파트의 출입문과 자동차의 잠금 장치가 모두 전자 칩을 내장하는 시대로 접어들면서 이 둘의 생명력도 어느새 시들해지고 있다. 머지않아 '열쇠'나 '키' 없이 사는 디지털 세상이 오면 이 두 어휘도 죽음을 맞이할 대상이다.

주거 공간 어휘 중 가장 이름이 고급화된 것은 '뒷간'이다. 이 '뒷간'이 일제 강점기에 '변소'로 상승( )하더니, '변소'는 어느새 '화장실'로 품위를 갖추게 되었다. 뒷마당 구석이나 대문 옆 귀퉁이 장독대 밑에 있던 '뒷간'과 '변소'. 이 어휘들은 오늘날 '처가와 뒷간은 멀수록 좋다'라는 관용표현이 '처가와 화장실은 가까울수록 좋다'로 패러디되고 있는 걸로 미루어 보아 우리도 모르는 사이에 수세식 '화장실' 변기 속으로 휩쓸려 사라진 게 분명하다. '집' 관련 어휘의 삶과 죽음은 이와 관련된 소개업의 어휘에까지 영향을 끼쳤다.

그 대표적인 것이 '복덕방, 사글세'의 소멸이다. 이 두 어휘의 죽음은 지금부터 불과 10~20년 사이에 일어났다. 1990년대에 직업의 전문화 추세로 등장한 '공인 중개소'에 밀려서 사라진 '복덕방'은 할아버지들이 모여서 장기나 바둑을 두다가 집을 구하는 사람이 오면 집이나 방을 소개하고 약간의 소개비를 받던, 그야말로 '복을 팔고 덕을 쌓던 방'이었다. 또한 '삭월세'가 아니라, '사글세'라고 누구이 강조하던 '사글세'가 '월세'에 밀리기 시작한 시기는 불과 지금부터 10여 년 전 일이다.

요즈음 대학가 주변의 '자취생 구함' 광고지를 자세히 보면 '전·월세'는 보여도 '전·사글세'라는 어휘는 찾아볼 수 없다. 동네 입구에 어김없이 있던 '구멍가게, 담배 가게'도 이제는 '마트'나 '담배 자판기'에 밀려나고 있는 우리 동네 옛집 이름들이다. 이와 같이 주거문화 형태의 변화로 인한 우리들의 삶의 환경 변화는 우리 일상생활에 가까이 있던 생활어를 우리들 기억 속에서 밀어내고 있다. 그런데도 우리는 무엇을 잊어버리고 있는지조차 모르며 산다.

3. 잃어버린 말을 찾아서

멸종 위기에 놓인 생물체들은 보호받을 수가 있다. 또한 전 국민의 애통 가운데 화재로 전소되었던 유형 문화재인 '숭례문'도 원형 그대로 복원 작업 중이다. 그러나 말은 그렇지가 못하다. 말은 생물체와 유형 문화재처럼 대상화, 객관화할 수 없는, 말하는 사람의 정신세계 그 자체이다. 그러므로 내가 쓰던 말이 소멸되고 오염 되고 파괴된다는 것은 곧 내 정신세계의 어떤 영역의 소멸이자 오염, 파괴를 의미하는 것이다. 이것이 민족으로 확대될 때, 민족어의 소멸은 곧 민족정신의 소멸이라는 등식으로 설명되는 것이다. 말의 생로병사는 말하는 이의 생로병사와 함께한다. 어렸을 때 쓰던 말을 60이 넘은 지금 나는 다 기억을 못한다. 가끔 우리는 지나간 날 일기나 책 한 모퉁이, 수첩 어느 한 장에 메모해 두었던 기록들을 만날 때, 지금은 까맣게 잊어버린, 그 시절에 썼던 말들을 보며 새롭게 느낄 때가 있다.

이처럼 잊어버려서 잃어버린 우리들의 말을 복원할 수 있으려면 '기록' 하는 일만 충실히 해도 가능할 것이다. 우리들의 일상생활의 일을 글로 남겨 놓는 일이야말로 우리말을 영원히 보존할 수 있는 일이 될 것이다. 그러나 유감스럽게도 요즈음 우리들의 일상적인 글은 문자나 이메일로 대신한다. 파일로 보관하는 일은 중요한 서류 정도이고, 그 외의 일상적인 글들은 어느 시기가 지나면 용량 부담으로 지워버리는 것이 상례가 되어 버렸다.

우리들의 기억에는 한계가 있고 게다가 우리는 영원히 살 수도 없다. 그러므로 우리들의 삶을 기록해두지 않으면 우리의 생활사는 단절되고 소멸되어 대물림을 할 수가 없게 된다. 세계 언어 중 소멸된 언어들의 대부분은 기록물이 없는 언어들이다. 언어의 소멸 과정은 생각보다 간단하다. 앞에서도 말했지만, 일상생활에서 말을 오랫동안 쓰지 않고 기록해두지 않으면 그말은 죽는다. 언어의 죽음은 사회적 압력에 의한 '타살' 과 사람들이 쓰지 않아서 잊어버려서 결국은 잃어버리는, 이른바 '자살' (자연사)로 비유할 수가 있다. 오늘날 '우리가 쓰던 말이 없어졌다.' 는 현실은 이 두 가지 요인이 모두 작용된 결과이다. 그러니 이에 대한 책임은 우리 모두에게 있다는 것이다.

그렇다면 쓰지 않아서 '잊어버리고 결국은 잃어버리는 우리말들' 을 되살리고 대물림하기 위해서 우리가 책임져야 할 일은 무엇인가 그것은 무엇보다도 지금부터라도 소멸 위기에 놓인 말을 찾아내어 음성 자료와 문자로 기록해 놓는 일이다. 사실, 자료집에 문자로 기록된 말들은 엄밀한 의미에서 '살아있는 말' 은 아니다. 그래도 기록되지 않아서 영원히 자취조차 추적할 수 없는 말보다는 그 생명력이 훨씬 오래 유지될 수 있다는 데에 의의가 있다.

서해안 바다에서 어로 생활을 하는 어민들은 넓디넓은 갯벌에서도 낙지나 게, 꼬막조개가 묻혀 있는 곳을 한 눈에 알아차릴 수 있다고 한다. 그래서 그들은 갯벌 깊숙이 숨어 있는 낙지, 개불, 게, 꼬막조개 등을 누구보다도 쉽게 캐낸다. 이러한 일은 수십 년 동안의 경험이 요구되는 일이다. 그러므로 이런 어로 작업에 관한 한 서해안 어민들은 이 분야의 전문가들이다. 잃어버린 말을 찾는 일도 이와 같을 것이다. 이러한 작업을 위해서 우선 전문 조사 연구원의 양성이 전제되어야 한다. 그래서 훈련된 조사원들에게 우리들 생활 가운데에서 깊숙이 숨어 버리거나 사라져 버린 말들을 캐내는 방법과 안목을 길러 주어야 한다.

국립국어원이 2007년부터 수행하고 있는 '민족생활어 조사 사업'은 바로 이와 같이 우리들 일상생활에서 잃어버린 말과 소멸 위기에 놓인 생활어 기초 어휘들을 찾아내는 일을 하고 있다. 2013년 끝나는 이 사업의 성과에 관한 평가는 아마도 반세기나 1세기 후를 기다려야 할 것 같다. 그때 21세기 초기에 한국인들이 사용하던 생활어에 대한 국어사적 연구를 하는 우리의 후손들이 이 사업을 위하여 잃어버린 말을 찾으러 다니던 연구원들의 이름만이라도 기억해 주었으면 좋겠다.

강정희

1950년 제주도 출생. 이화여대 국어국문학과 졸업. 저서 『제주도방언연구』 외 다수. 한남대 국문과 명예교수. 한국어학당 원장 역임.

삶은 늘 위태롭다

정문권

높아진 맑은 하늘과 저마다의 색으로 치장한 나뭇잎들을 보고 있노라면 가을이 깊어지고 있음을 느낀다. 자연의 계절은 성숙하고 정갈하게 변하고 있지만, 사람 사는 세상은 언제나 번잡하고 불투명하기만 하다. 저성장시대의 도래, 불황의 늪, 청년실업, 저출산, 고령화, 극심한 가을가뭄 등등의 암울한 말들이 우리가 사는 세상을 뒤덮고 있다. 수많은 세상이야기들이 넘쳐나고는 있으나 내 이야기는 거기에 존재하지 않는 기분이 든다. 세상의 말들이 모여 내 삶에 영향을 끼친다고 생각하면 그것들이 가진 무게가 너무 무거워 슬그머니 내려놓고 싶어지기도 한다. 이렇게 보면 우리네 하루하루의 삶이 마치 곡예사의 그것만큼이나 위태로운 것이 아닌가하는 생각이 들기도 한다.

작년에 상영됐던 '인터스텔라'에 이어 최근의 '마션'에 이르기까지 우주를 배경으로 한 영화가 인기를 끌고 있다. 이 영화들이 인기를 끄는 이유는 치밀한 구성이나 기발한 상상력 등의 요소도 있겠지만, 영화의 배경이 우주라는 점이 한몫 하는 듯하다. 이제 우주라는 공간은 환상과 서정의 영역이 아니다. 우주는 여전히 미지의 세계이지만 엄연히 과학의 영역으로 넘어온 지 오래다. 이제 우주는 논리적 이야기로 소모될 수 있는 현실의 또 다른 공간이 된 것이다. 하지만 영화 속 우주는 편안한 분위기와는 동떨어져 있다. 그곳은 작은 실수로 생긴 미세한 틈도 큰 재앙으로 다가오는 살풍경한 공간이다.

그런데, 왜 우리는 이런 우주에서 벌어지는 사실상의 재난극을 돈까지 지불하면서 조마조마한 심정으로 보려고 하는 것일까. 우리가 땅을 딛고 살아가는 이 세상의 현실에서 벌어지는 재난들은 늘 있어 왔던 상투적인 것이기 때문일까. 그래서 지극히 위태로운 극단의 공간을 가슴 졸이며 동경의 눈길로 보는 것일까. 아마도 그것은 우리가 겪어내야만 하는 삶의 현실과 많이 닮아있기 때문은 아닐는지. 사람이 살아가는 이유는 제각기 다르겠지만, 살아 있는 모든 것은 위태로운 상태라 할 수 있다. 살아 있는 모든 존재는 삶이 치열해지고 팍팍해질수록 자신의 생이 결코 가벼운 것이 아님을 더욱 극명하게 느끼게 된다. 전쟁 이후 인간이 제일 먼저 고민했던 것이 바로 실존, 살아가는 것에 대한 문제였던 것처럼 말이다. 우리는 살아 있는 존재로서 우리의 시공간적 맥락에서 자유롭지 못하다. 내가 살아 있는 것을 확인하기 위해서는 우리 주변 환경을 돌아봐야 하기 때문이다.

그런데 그 환경이라는 것이 결코 만만치가 않다. 경제적인 어려움은 물론이고, 너무 많은 생명들이 한꺼번에 스러지기도 한다. 이런 면에서 볼 때, 우주에서 그려지는 위태로운 삶은 결코 허구가 아니다. 그러나 상황이 어렵다고 삶을 포기할 수도 없다. 영화 '마션'의 주인공은 자신의 목숨을 담보할 수 없는 위태로운 상황에서도 끊임없는 삶의 의지를 보여주고 있다. 결국 영화의 주인공은 많은 난관을 극복하고 살아남는다. 그의 그런 자세는 경이롭기까지 하다. 우리의 삶은 영화 속 우주에서 벌어지는 주인공의 위태로움과 다르지 않다.

영화의 주인공이 영원한 어둠 속에 남겨질지도 모른다고 느꼈을 공포나 위압감을 상상하면 뒤통수가 절로 서늘해진다. 그럼에도 불구하고 그는 살아남았다. 그는 사소한 어긋남이 그의 삶에 지난한 고통을 줄 때마다 더욱더 삶의 본질에 다가갔으며, 상처가 쌓일수록 스스로 강해져갔다. 그의 순수한 긍정성에서 보석 하나를 떠올리게 하는데, 그것이 바로 진주알이다. 보석인 진주는 조개의 내부에 들어간 모래알 등의 이물질이 조개의 여린 살갗에 상처를 내며 만들어지기 시작한다. 자신의 내부에 큰 상처를 안고 여물어 진주알을 만들어 내는 조개는 '마션'의 주인공과 크게 다르지 않다. 우리는 칠흑 같은 어둠 속에서 스스로 강해져가는 존재를 동경한다. 우리의 삶 역시 그러해야 한다고 스스로를 독려하기도 한다.

누군가의 아픔이 나에게 큰 위안거리가 된다는 것은 슬프고 치사한 일이지만 사실이기도 하다. 우리는 진주조개나 '마션'의 주인공을 보면서 대리만족과 함께 위안을 얻는다. 우리의 내부에 잠재해 있는 삶에 대한 열망을 조금이나마 되새기는 것이다. 하지만 우리는 바로 그 지점에서 가장 큰 아픔을 느끼기도 한다. 그것은 우리의 삶에는 우주라는 드라마틱한 공간도, 진주조개의 진주라는 아름다운 결과물이 없다는 생각이 들기 때문이다. 그러나 실재의 위태로운 세상을 살아가는 한 존재로서의 우리는 생에 대한 치열한 의지를 가져야만 한다. 마치 '마션'의 주인공이나 진주조개처럼 말이다.

정문권

1957년 충북 옥천 출생. 한남대학교 대학원 국어국문학과 박사과정 수료(문학박사). 배재대학교 국어국문학과 교수.

호(號)를 갖자

정기철

1.

대학에서 한문을 가르치다 보니 가끔 호(號)를 지어달라고 찾아오는 제자들이 있다. 그러면 대부분은 돌려보낸다. 호는 덕망이 높은 은사나 이름 있는 학자, 또는 고명한 어르신께 받아야 한다고 잘 설득을 한다.

그럼에도 불구하고 작정하고 덤벼드는 제자가 있으면 어쩔 수 없이 호를 지어주게 된다. 결혼하여 아이를 기르는 제자들이 찾아와서는 이제 한 가정의 어엿한 가장이니 호 하나쯤은 있어야 한다고 버티면 어쩔 도리 없이 호를 짓는다.

사실, 호를 지을 때는 여러 가지를 심사숙고하여야 한다. 그러나 실력이 얕은 나로서는 단지, 제자의 성격이나 인간 됨됨이를 살펴서 그를 잘 드러낼 수 있는 호를 지어주거나 아니면, 그가 살아가면서 새겨 두어야 할 문자를 호로 삼아 준다.

2.

나에게는 두 개의 호가 있다. 하나는 '초운(草雲)'이고 하나는 '행목(杏目)'이다.

초운(草雲)은 정 훈 선생님께 받은 호이다. 고등학교 시절 정 훈 선생님이 지도하시는 '머들령'이라는 문학 모임에서 활동한 적이 있다. 매주 토요일 문학을 사랑하는 남여 고등학생들이 정 훈 선생님 댁에 모여 시와 소설을 합평하고 문학의 밤이나 시화전도 개최하며 문학 창작에 열정을 가졌다. 그러다가 3학년 졸업을 하면 깨끗한 공책을 들고 정 훈 선생님 방에 들어가 무릎을 꿇고 정성껏 먹을 갈았다. 먹을 가는 동안 정 훈 선생님께서는 지그시 눈을 감고 명상에 잠기셨다가 문득 눈을 뜨시고는 붓으로 호를 써주셨다. 그렇게 해서 얻은 호가 초운(草雲)이다.

행목(杏目)은 박용래 선생님이 주신 호이다. 버드나무가 흐드러진 오류동에 사시던 선생님을 뵌 것도 문학에 열정을 가졌던 고등학생 시절이다. 대학에 다니던 선배들과 박용래 선생님을 뵈었을 때를 겨울로 기억한다. 선생님이 털모자를 쓰셨고, 선생님과 마주한 대폿집에 연탄 난로가 바알갛게 타오르고 있었으니 겨울이 분명하다. 그때 그 술자리에서 받은 호가 행목(杏目)이다. 대폿잔을 기울이시던 선생님이 "네 눈꺼풀은 꼭 은행 껍질을 닮았구나" 하시면서 내려주신 호다.

3.

문득 문득. 두 분 선생님은 나의 무엇을 보시고 그런 호를 주셨을까 생각하곤 한다.

정 훈 선생님이 지어주신 초운(草雲)은 '풀과 구름'이라는 뜻인데, 선생님은 내 속 무엇에서 '초운'을 읽어내신 것인가. 마치 불가(佛家)에 몸담고 있는 선사의 법명(法名) 같기도 한 이 호는 나의 무엇을 담고 있다는 말인가.

또 박용래 선생님이 지어주신 행목(杏目)에는 나의 무엇이 담겨져 있는가. 선생님께서 내 눈꺼풀이 은행 껍질 같다고 해서 지어주신 호이지만, 아무리 내가 내 눈을 뜯어보아도 은행 껍질 같지가 않다. 행목(杏目) 역시 시인의 혜안으로 보신 호(號)일진대, 내 안에 은행 껍질은 어디에 있는가. 내 무엇이 은행 껍질을 닮아 있는가.

나이를 더할수록 두 분 선생님이 지어주신 호의 의미와 그리고 그 호와 나와의 관련성이 궁금하기만 하다. 이럴 줄 알았으면 두 분 선생님이 살아 계실 때 여쭈어 볼 것을. 그러나 지금은 두 분 선생님이 다 계시지 않으니 어이할까.

4.

두 분 선생님이 지어주신 내 호에 나의 무엇이 담겨 있는지는 알 수가 없다. 하지만, 그 호에 나의 미래를 담으려고 노력한다.

초운(草雲) - 풀과 구름처럼 살아라. 바람보다 먼저 눕고 바람보다 먼저 일어나는 풀처럼 살아라. 삶이 나를 짓밟고 지나가도 언제나 다시 일어서는 풀처럼 살아라. 구름처럼 살아라. 세속에 얽매이지 아니하고 유유히 떠다니는 구름처럼 살아라.

행목(杏目) - 은행 껍질처럼 살아라. 내 안에 소중한 것을 담고 사는, 그러면서도 그것을 멋으로 삼고 자연인으로 살아라. 눈으로만 세상을, 사람을 바라보지 말고 가끔은 눈을 감고 가슴으로 느끼면서 살아라.

5.

호에는 자호(自號)라는 것이 있다. 자기 스스로 지은 호를 자호(自號)라고 한다.

나를 돌아 볼 시간도 없이 엄청난 속도로 살아가야 하는 현대 생활 속에서, 나를 돌아보기는 커녕 다른 사람과의 경쟁 속에서 살아가야 하는 우리들의 삶속에서, 문득 완숙하지 못한 자신을 발견할 때, 나 스스로 내 미래를 쌓아갈 수 있는 호를 가져보자.

고매한 뜻을 담지 않으면 어떤가. 되새길수록 깊은 맛이 우러나지 않으면 어떤가. 더욱이 호 짓는 법에 어긋난 조잡한 호이면 어떤가.

내 진정한 바람과 희망을 담고, 가끔은 나 스스로를 돌아보고 여유를 찾을 수 있는 호이면 된다. 다른 사람이 무어라 한다 해도 나를, 내 삶을 미래의 거울처럼 비춰 줄 내 호를 스스로 지어보자.

정기철

1961년 출생. 한남대 국어국문학과 졸업. 저서 『고전시가 퍼 올리기』 외 다수. 현재 한남대 국어국문창작학과 교수. 한남교육사랑 이사장.

냉정(冷情, 冷靜)

신태수

    살다 보니 내가 사람들을 善待하는 것이 오히려 뜻밖의 결과를 낳아 관계가 나빠지는 경우가 가끔 있습니다. 얼마 전 생긴 한두 가지 일로 요즘 새삼 깊이 생각하게 되었습니다. 이런 일을 당할 때마다 당황스럽고 불쾌했는데 아무리 생각해도 그 모순의 실마리가 풀리지 않았었습니다. 그런데 어제 오늘 곰곰이 생각하는 중에 문득 깨달은 바가 있어 용기를 내어 한번 이야기해 보겠습니다.

    사람의 내면에서 발한 것이니 情에서 비롯된 것이라 하겠습니다. 그것이 사람 사이의 일이니 人情이겠지요. 그런데 이 情이란 것은 아주 다양합니다. 有情이니 無情이니를 비롯해서 일일이 거론하자면 번거로우니, 여기서는 온도에 따라서 떠올릴 수 있는 몇 가지만 이야기하겠습니다.

    우선 뜨거운 熱情이 있겠지요. 물론 일순간에 끓어올라 분출되는 激情과 같은 類는 한켠에 제쳐두기로 하겠습니다. 뜨거운 熱情 다음으로는 따뜻한 溫情을 떠올릴 수 있습니다. 그리고는 수은주가 한참을 내려가 쌀쌀한 冷情이 있고, 또 그 아래로는 아예 꽁꽁 얼어붙은 非情이 있습니다.

    진 빚을 갚으려는 마음에서 하는 행동이니 사실 내가 품은 것은 溫情에는 미치지 못하는 온도입니다. 오히려 冷情과의 사이에 불과 근소한 온도차밖에 없는 것이라 하겠습니다. 그럼에도 불구하고 어떤 이들이 간혹 저에게서 느낀다고 하는 溫氣란 어찌된 영문일까요?

    아마도 그것은 저에서 기인된 것이 아니라 사람들 자신에서 비롯됐을 확률이 크다고 봅니다. 인간은 항온동물이긴 하지만 그렇다고 우리가 절대 온도를 느끼는 것은 아닙니다. 특히 사람이 피부로 느끼는 온도는 상당히 상대적인 것입니다. 쉽게 말해서 한겨울에 꽁꽁 언 손과 발이 미적지근한 물에만 닿아도 통증을 동반한 뜨거움을 느꼈던 경험을 떠올리면 될 것입니다. 다시 말해서 사람들이 내게서 온기를 느꼈다면 그것은 그만큼 그 사람의 몸과 마음이 오랫동안 추위에 노출되어 얼어 있었기 때문일 것입니다.

冷情(매정하고 쌀쌀함)과 冷靜(감정에 사로잡히지 않고 침착함)이란 同音異義語의 혼동도 거기에 일정의 몫을 하는 것 같습니다. 물론 인간은 감정의 동물이라고 하는 말에서 예견된 일이지만 우리가 감정에서 벗어나는 일은 거의 불가능하리라 봅니다. 하지만 감정에 사로잡히지 않는다는 것이 자칫 冷情과 非情으로 어긋나곤 합니다.

다른 사람의 溫情, 아니 溫氣나마 느끼며 산다는 건 좋은 일이라 하겠습니다. 그런데 『莊子·大宗師』에 이런 구절이 있습니다.

> "말라붙은 못에 있는 물고기는 진흙 위에서 서로 습기를 뿜어내어 서로의 몸을 적셔 목숨을 지탱한다. 그러나 이렇게 서로 돕고 사는 것은 강이나 호수 속을 헤엄쳐 다니며 서로를 잊고 있음만 못하다. 인간 역시 질서의 테두리 속에서 착한 것을 칭찬하고 악한 것을 비난하며 산다. 그러나 이것은 그 두 가지를 모두 잊고 道와 일체가 됨만 못하다. … 그래서 물고기는 강물 속에서 서로를 잊고, 사람은 道 안에서 서로를 잊는다."

그러나 현대인들이 서로에게 무관심하고 냉랭한 것은 '道'에 거하기 때문이 아닐 것입니다. 극도로 파편화된 오늘의 현실은 세상의 많은 것들을 회의적, 불확정적으로 만들었습니다. 너나 할 것 없이 세상이 갈수록 냉랭해지고, 몰인정한 사회가 돼 간다고들 합니다. 非情한 세태 속에서 세상의 거친 풍파를 온몸으로 부딪쳐야 하는 현대인들은 자신도 모르는 사이에 몸과 마음이 동상에 걸려 마비되고 있는지 모릅니다. 아까도 말했지만 동상에 걸린 손발은 미약한 온기에도 통증과 같은 강렬한 느낌을 받습니다. 그런데 더 슬픈 현실은 그들 중 어떤 이는 그런 강렬한 느낌을 찾아 즐기고, 어떤 이는 자신의 엔트로피(entropy)를 상승시키는 수단으로만 삼는다는 것입니다. 다른 한편으로는, 이들로부터 상처받은 사람들의 마음이 더욱 식어지는 것도 또 다른 슬픔입니다.

성경은 이러한 세태를 예언했고, 이러한 현상을 기이히 여기지 말라고까지 했습니다. 그러면서 우리에게 "너희는 이 세대를 본받지 말라"(롬12:2)고 명합니다. "흩어 구제하여도 더욱 부하게 되는 일이 있다"(잠11:24)고 합니다. 오히려 "주는 것이 받는 것보다 복 되다."고 주께서 친히 하신 말씀을 거듭 강조합니다.

그렇지만 내가 겪는 현실은 그리 간단하지 않았습니다. 방금 언급한 강렬한 느낌을 찾아 즐기는 사람과 자신의 엔트로피 상승의 수단으로서 하찮게 여기는 사람들은 받으면서 도리어 오만합니다. 그들은 이미 기름졌지만 오히려 먹잇감을 찾습니다. 나의 호의를 당연한 듯 여기고, 나아가 하찮게 취급하거나, 저급한 아부로 오해합니다. 나는 그 오만함이 불쾌했고, 그 터무니없는 오해에 화가 났던 것입니다.

하지만 이젠 내 善待에도 불구하고 맞닥뜨린 뜻밖의 결과에 당황하던 일의 실마리를 좀 찾을 듯합니다.

"자기 길이 형통하며 악한 꾀를 이루는 자를 인하여 불평하여 말지어다."(시37:7)

　나는 이제까지 뜻밖의 결과에 당황하며 불평했습니다. 그런데 그것은 내가 초점을 잘못 맞추었기 때문입니다. 그러한 세태를 기이히 여기지 말라고 했는데 저는 기이히 여겼고, 도저히 용인할 수 없는 것으로 여겼습니다. 그러니 불평과 불만이 가득했던 것입니다. 그런 세태와 그런 행태의 사람에게 초점을 맞추었기 때문입니다. 그러나 성경은 초점 전환을 요구합니다. "온전한 사람을 살피고 정직한 자를 볼지어다."(시37:37) "여호와를 의뢰하여 선을 행하라. 땅에 거하여 그의 성실로 식물을 삼을지어다."(시37:3) 저는 이 점을 간과했습니다.
　가장 핵심적인 문제는 나의 인지초점이었습니다. 뭐 눈에는 뭐만 보인다는 말이 있습니다. 어진 사람은 어질게 보고, 지혜로운 사람은 지혜롭게 본다(仁者見仁 智者見智)는 말이 중국어에도 있는 걸 보았습니다. 나의 초점을 사람들이 아닌 하나님께 맞추었어야 했고, 그것이 바로 관건이었습니다.

"네 마음으로 죄인의 형통을 부러워하지 말고 항상 여호와를 경외하라."(잠23:17)
"또 여호와를 기뻐하라(又要以耶和華爲樂)."(시37:4)

　선을 행할 때, 냉랭한 세상에서 온기를 나눌 때, 나는 하나님을 의뢰하여 행했어야 했습니다. 상대방에게 모종의 보답을 기대하거나, 보답은 그만두더라도 최소한 상대방이나 주위 사람들의 認定, 그것도 아니면 내가 베풀었다는 자기만족과 자부심 같은 것조차 포기했어야만 비로소 '뜻밖의 결과'로 인한 상처가 없었을 것입니다.
　여기까지 생각이 미치니 마음이 좀 가라앉는 것 같습니다. 차제에 이제부터라도 하나님 앞에서 사람에게 溫情을 품되 冷靜하기를 연습해야겠습니다. 冷靜은 冷情과 분명한 선을 긋고 溫情과 손을 잡아야 하고, 나의 초점은 사람에서 하나님께로 전환해야겠습니다.

신태수

한남대 국어국문학과 졸업. 저서 『위구르와 중국 이슬람』 외 다수. 현재 한남대 국어국문창작학과 교수.

한국어 문어체의 형성과 한문

문병열

  인간의 言語는 '말'로부터 시작된다. 이에 비해 '글'의 사용은 매우 늦은 일이라 할 수 있다. 先史時代의 遺跡들을 보며 우리는 '글'이 없던 시대를 그려볼 수 있을지 모르지만, '말'이 없던 시대를 想像하는 것은 꽤 어렵고 낯선 일이다. '말'의 歷史를 최소 수만 년으로 잡는다면 '글'의 歷史는 5,000년 남짓 될 것이다. '글'은 長久한 人類 歷史上 비교적 최근에 발명된 도구 중 하나로 볼 수 있다.

  글을 발명한 목적은 확실해 보인다. '말'을 記錄하기 위한 것이다. 무언가 잊어서는 안 되는 중요한 일을 記錄하는 것, 그것이 '글'의 목적일 것이다. '말'이 일상적인 대화 내용을 담아낸다면 '글'은 상대적으로 중요하며 그래서 반드시 기억해야만 하는 내용을 담는 데 特化되었을 것이다. 주로 표현하거나 담아내는 대상이 달랐던 '말'과 '글'은 서로 다른 文法을 형성했을 것이고 이렇게 '口語'와 '文語'가 分化되었다.

  따라서 文語는 어떤 집단의 중요한 共同 文化 資産을 기록하는 데 사용했을 것이며 이는 특정 文化圈을 형성하는 根幹이 되었을 것이다. 산스크리트어는 인도 브라만교의 경전인 ≪베다≫를 전승하는 데 사용되었으며 인도 문명의 共同 文語로 기능했다. 고전 아랍어는 이슬람교의 경전인 ≪쿠란≫을 기록하였고 이슬람 문화권의 共同 文語로 자리 잡고 있다. 라틴어는 기독교 ≪성서≫의 경전어로 로마 제국 시대 이래로 종교 개혁이 일어날 때까지 서유럽 문명권의 共同 文語로 사용되었다. 고전 중국어인 한문은 춘추 전국 시대에 이룩된 유학의 경전어로 사용되었으며 남북조 시대를 거치면서 佛敎 경전을 記錄·傳承하여 동아시아를 '漢字文化圈'으로 묶어 내는 根幹이 되었다. 共同 文語는 해당 문화권의 共同 文化 資産을 記錄·傳承할 뿐 아니라 그 문화의 要諦이기도 하다.

  共同 文語의 이러한 특성은 佛敎의 전파 과정에서 좀 더 명확하게 나타난다. 인도에서 발생한 佛敎는 중국에 전래된 이후 동아시아 전역으로 전파된다. 이때 漢文은 매우 중요하면서도 독특한 역할을 담당하게 된다. 漢文은 佛敎를 전달하는 媒介로 기능하면서 동시에 佛敎에 의해 전달되는 文化 資産의 核心이 되기도 하는 것이다. 다시 말해, 漢文은 佛敎를 전달하고 佛

教는 漢文을 전달하는 相互 依存的 關係가 형성된 것이다. 이는 동아시아 문화권의 共同 文語인 漢文이 해당 문화권의 共同 文化 資産을 記錄·傳承할 뿐 아니라 그 문화의 要諦로 기능하고 있음을 如實히 보여주는 현상이다. 이 때문에 동아시아 문화권은 '漢字文化圈'이라 불리기도 한다. 漢字·漢文은 그저 思想을 전달하는 도구가 아니라 그것 깊숙이 자리 잡고 있는 또 하나의 思想 그 자체라 할 수 있다.

이와 관련해서 사이토 마레시(齋藤希史)는 '漢文脈'이라는 개념을 상정하여 漢文과 그것이 담고 있는 思想 사이의 관계를 드러내고자 한 바 있다. 다음은 책 내용의 일부이다.

> 그런데 일단 '한문맥이 이러이러하다'라고 정한다 해도 이를 단지 어조나 문체의 측면에서만 바라본다면 문제의 핵심을 놓쳐버리게 될 것입니다. 그것은 단순한 어조의 문제가 아니라 사고나 감각의 틀에 관한 문제라고 말할 수 있기 때문입니다. 물론 문체라는 것 자체가 본디 그러한 것이기도 합니다. 사고가 문체를 정하고, 또 문체가 사고를 이끌듯이, 두 가지는 언제나 상호 연관되어 있습니다. 그리고 그것은 이 세계를 어떻게 파악하고 어떻게 구축하는가라는 문제로까지 확장됩니다.[1]

이렇게 보면 文體란 세계를 어떻게 把握하고 構築하느냐의 문제로 이어질 수 있다. 漢文이라는 文體 역시 이러한 思考·感覺의 틀을 담고 있는 것이 분명하며 그 틀은 漢文이 수백 년에 걸쳐 담아내었던 儒教와 佛教의 價値와 精神에서 비롯되었을 것이다. 漢文 文體는 漢字文化圈의 世界觀을 擔持하고 있으며 이것이 곧 '漢文脈'인 것이다.

韓國語의 文語는 '漢文脈'을 바탕으로 만들어졌다. 漢文의 受容과 그 飜譯 과정을 통해 韓國語 文語의 기틀이 마련된 것이다. 古代國語時期로부터 前期中世國語時期까지 확인되는 韓國語 文語의 痕迹들을 통해 우리는 韓國語 文語가 漢文의 受容을 통해 형성되었음을 알 수 있다. 또한 後期中世國語時期의 수많은 諺解書들을 통해 우리는 이 시기의 韓國語 文語가 漢文의 번역 과정에서 커다란 영향을 받았음을 짐작할 수 있다. 몇 가지 言語的 變改를 제외한다면 開化期의 國漢文混用體 역시 '漢文脈'의 영향을 받은 文體라 할 수 있다.

앞서 살펴본 바와 같이, 韓國語의 文語는 동아시아의 共同 文語인 漢文을 기반으로 형성되었다. 開化期 이후 '言文一致' 운동, 한글 專用 운동 등을 통해 韓國語 文語의 變改가 있었으나 여전히 '漢文脈'의 영향을 벗어낫다고 보기는 어렵다. 그저 표면상 漢字의 表記를 없앴을 뿐 漢字와 漢文이 담고 있는 동아시아의 共同 文化 資産을 몰아낼 수는 없는 것이다. 韓國語의 文語는 漢字文化圈의 共同 文語인 漢文을 통해서만 이해될 수 있는 一面을 여전히 지니고 있다.

漢字 教育의 重要性은 再三 論할 필요가 없을 것이다. 韓國語 語彙의 70%를 차지하는 '言語의 寶庫'가 바로 漢字語이기 때문이다. 또한 漢文은 韓國語 文語를 온전히 이해하기 위한 素

---

1) 사이토 마레시, 『근대어의 탄생과 한문』, 황오덕 외 역, 현실문화, 2010, 32면.

養이라 할 수 있다. 漢字 敎育을 통해 韓國語의 語彙力을 키울 수 있다면 漢文 素養을 기르는 것으로 韓國語 文體에 대한 이해의 깊이를 더할 수 있을 것이다. 漢字와 漢文은 韓國語에 대한 온전한 이해뿐 아니라 동아시아 共同 文化 資産을 이해하는 데 꼭 필요한 열쇠라 할 수 있다.

문병열

서울대 대학원 국어국문학과(문학박사). 저서 『방송에서의 신조어 사용 양상 연구』(공저) 외 다수. 「제6회 일석 국어학 학위논문상」 외 수상. 현재 한남대 국어국문창작학과 교수.

너로만 살던 나

백명자

한시도 고적한 시간을 보낸 적 없는 네가 무색할 만큼, 무료함을 느껴 본 순간이다. 너무 피곤하면 자연스레 방바닥에 몸을 뉘인다지만 머리가 닿자마자 일어나는 성격이다. 웬일일까? 일어서면 누울 자리를 먼저 생각하는 일상이 됐다. 보이지 않는 무거운 짐을 등에 잔뜩 진 느낌이랄까.

앞다리가 아닌 뒷다리를 뭔가가 방바닥으로 자꾸만 당긴다는 말이 맞을 것 같다. 펄펄 뛰던 다리를 짓누르는 무게감, 훨훨 날던 날개를 어깻죽지로부터 짓누른 세월 앞에 무릎을 꿇는 하루하루가 버겁다. 누운 몸 일으키기가 버겁지만 반복을 게을리하지 않는다.

남들은 마음이 먼저 지친다는데 몇 번의 시도 끝에 일어서지만 몇 분 못 가서 앉아야 하니 이 또한 문제다. 무릎이 거부하기 때문이다.

어르고 달래기를 몇 번 시도하다 결국 엉덩방아로 착지를 한다. 이런 일이 반복되기를 일상이 된지 8일째 갑자기 가슴 가득 치미는 울컥증이 너를 흔들었다지. 가까스로 중심을 잡고 섰는데 한 걸음을 앞으로 갈 수 없었다고, 다행한 것은 사고를 당해 중증 1급 장애인 남편의 전동 스쿠터를 일찍 사용했기에 전동 스쿠터에 온 몸을 의지하고 밖을 나갈 수 있었다니 남편 덕이라 아니할 수 없다.

어느 한 곳 소중하지 않은 것 없는 우리 몸이란 것을 새삼 느꼈다지. 몸의 중심축이 되는 허리가 고장이 나는 줄도 모르고 몸을 부려먹은 너는 용서를 빌 수도 없고 남은 생을 어찌 살꼬! 생각하고 네 몸의 총 지휘역인 머리가 중요하냐. 숨을 조절하는 심혈계냐.

밖에는 이글거리는 태양은 시원한 바람도 경계를 두지 않지만 네게는 경계를 두고 있잖아. 눕다 일어났다, 팔다리를 폈다 오그리는 것을 반복하다 남은 생을 이렇게 살아야 하나, 섬뜩 불길한 생각이 스치는 순간 너는 나를 발견한 것이다. 이제야 나를 찾아 어떻게 하겠다는 건데. 무료한 늪에 빠진 나를 바로 세우는 건 마음먹기 달렸다는 숙제를 풀기 위해 늦었지만 우선 나를 사랑하기로 했다. 너무 멀리 있던 나를 꼭 붙어살며 죽기까지 사랑할 거다.

사랑엔 쑥스런 낯가림도 하지 않고 보는 이들로 하여금 남사스러울 만큼 사랑할 거다. 제일 고생한 발을 씻어 용서를 빌 것이고, 바로 보고 바로 살지 못한 눈을 다시 씻어 밝게 할 것이다.

돌아보건대 숱한 날들을 요, 요 주둥이는 얼마나 많은 실수를 했을까, 재갈을 물릴 작정이다. 그리하면 불편했던 귀로 예쁜 소리, 고운 소리 들릴 때 너와는 달라진 나와 사는 거야. 행복이 뭔지를 물어 볼 때까지 세상에 오염된 찌든 때를 다 벗기고 새로 태어난 나를 사랑하며 살 거야.

허리에 효과가 있다는 산야초를 자연인이 보내왔다. 어떻게 나를 알았는지. 너로 살 때에 사내처럼 펄펄 뛰던 것을 산에서 보았다지. 나를 발견한 신기함에 산야초를 보냈다니 숙연해지는 나는 늘그막에 얼굴이 화끈거림을 처음 느꼈다.

고삐 풀린 망아지 같았던 너를 자연인도 알아보고 혀를 찼으니 나를 안 이상 온유하고 기품 있는 자세로 거듭나야 되겠다. 고상한 차림으로 건강할 때까지 다듬고 고장 난 부분을 수리하기를 게을리하지 않을 것이다. 우선 묻어두고 산 나를 찾았으니 존재감이 들지만 껍데기만 남은 나를 탄탄한 근육질로 살찌우는 것이 첫 번째인 것 같다. 부단한 노력 없이는 불가능한 일이라 생각하는 이웃이나 가족들의 힘찬 응원에 힘입어 저절로 힘이 솟는다만,

예쁘게 다듬어 놓은 나무들의 손짓이 어른댄다. 나지막이 흙을 향한 초록 치맛자락 펼친 반송의 다소곳함이며, 향나무의 은은한 향이며, 잘 자란 나무라서 주목을 받는 주목나무가 나를 자꾸 들썩인다. 전지사를 불러 전지하는 수업을 받아 곱게 단장해줬으니 어찌 나를 잊을 쏜가. 저것들이 눈에 어려도 갈 수가 없다. 전지를 안 해주면 까칠하고 미워질 텐데 저것들 걱정에 얽매인다. 호두나무, 매실나무, 구지뽕나무 다 자식 같은 것들을 돌볼 수 없으니 안타깝다.

사람이 죽고 사는 것도 천명에 달렸다는데 저것들이 살려면 내가 살아나야 될 일이다. 오색 단풍의 손짓도 아련하고, 도라지꽃, 철쭉꽃, 해맑은 목련 아래로 웃고 있는 수선화, 튤립, 원추

리가 기다리는 전원으로 가서 함께 어우르고 사랑하며 살 것이다. 울타리 무궁화가 지켜주는 이상 별 탈 없이 나를 기다리기를 바라며 오늘도 치료에 여념이 없는 하루가 즐겁지 않은가.

백명자

1947년 논산 출생. 한남대학교 사회문화행정복지대학원 문예창작학과 졸업. 2007년 문학세계 등 수필집 『토씨 가족과의 술래』 외 다수.

보리밭에서

구삼리

와, 저게 뭐야 파란 풀!

부모님 제삿날이라 고향에 갔을 때였다. 서울에서 생활한지 십여 년, 내가 떠나 있었던 동안 마을이 얼마나 변했을까 궁금해서 해변도로를 걷다가 보리밭을 보았다. '이럴 수가' 그동안 얼마나 바빴으면 계절 바뀌는 줄도 모르고 살았나 하는 생각이 들었다. 보리밭에 앉아서 나풀거리는 보리 잎을 만져 보고 냄새를 맡아보았다. 상큼한 보리향이 코를 간지럽혔다. 어릴 적 부모님이 처음으로 밭을 사서 보리를 수확했던 날처럼 감동스러웠다.

초가·기와집들이 백 여 가호 조가비처럼 다닥다닥 정겨운 이곳, 농어촌으로 이사를 오면서 우리 집의 어려운 생활은 시작되었다. 아버지는 바다에 나가시고 어머니는 남의 밭일을 하러 다녔다. 나는 젖먹이 동생을 업고 밭 언덕에서 온종일 쑥도 캐고 피비도 뽑고 색색의 풀꽃을 보면서 어머니의 밭일이 끝날 때를 기다려 집으로 돌아오는 것이 일과였다. 그럴 때면 '우리는 언제 밭을 가질 수 있을까' 라는 생각이 들었고 밭이 있는 집들이 부러웠다. 밭뙈기 하나라도 가지는 것이 소원이었다. 몇 년이 흐른 어느 날, 아버지께서 오늘에야 밭을 샀다면서 만면에 웃음을 띠고 말씀하셨다. 그 말을 듣고 나는 제일 먼저 옆집 영애와 순철이 집으로 달려갔다. 이제 우리도 밭을 샀다고 팔짝팔짝 띠면서 자랑한 것이 며칠 전의 일처럼 떠오른다.

나는 '우리 밭'이 보고 싶어 어머니를 졸랐다. 그때 어장에서 돌아온 아버지는 물고기를 살려서 팔아야 제값을 받는다고 하면서 응석부리는 나를 본체도 않고 어머니와 바다로 떠나가셨다. 떠나는 배 뒷모습을 보면서 나는 '밭에 가 우리 밭에 가!' 라고 울부짖었다. 목이 터져라 우는 나를 보고 나가던 배가 되돌아왔다. 오리 쯤 산길을 걸어 갈목고개를 넘어 내가 처음으로 본 '밭'은 엄청 크고 넓을 것이라 생각했던 기대와는 딴판이었다. 너무 작고 좁았다. 산비탈에 있는 밭 중앙에는 큰 돌, 작은 돌이 듬성듬성 박혀 있었다. 비가 오는 날은 금세 언덕 아래로 돌들이 굴러 떨어질 듯이 위태롭게 보이는 밭이었다. 내가 '무슨 밭이 이래요?' 라며 실망하니 어머니는 등을 토닥여주셨다. '이 산천 '밭뙈기'(조그만 밭)도 아버지께서 밤낮으로 고생해 어렵게 장만했다'고 하면서 소맷자락으로 눈물을 훔치던 어머니의 모습을 생각하니 지금도 내 가슴은 뜨거워진다.

삼사 년이 지나, 아버지는 결국 고기잡이 일을 그만두고 농사일을 시작하셨다. 볼락어 눈알처럼 불거진 돌들을 파서 아래로 굴리시며 묵정밭을 옥토로 만든다고 하셨다. 그러던 중 큰 돌을 무리하게 옮기시다 허리를 다치셨고 일 년을 꼬박 방에만 누워 계셔야 했다. 그때 아버지는 내게 심청전·콩쥐 팥쥐전 같은 재미있는 이야기를 많이 해주셨다. 어릴 때 내가 아버지로부터 들었던 이야기는 시골 소녀의 정서와 상상력을 무한히 넓혀주었고 지금도 글을 쓸 때면 아버지에게 이야기 빚을 계속 지고 있는 느낌이 들곤 한다.

그 후 다행히 어머니의 극진한 간호 덕분인지 아버지의 병환은 점점 호전되어 갔다. 어렵던 우리 가정 형편도 조금씩 풀리면서 겨울이 가고 여름이 왔다. 온 마을은 보리를 수확하느라 바빴다. 집집마다 곡식 가마니들이 마당에 가득 쌓였으나 우리 밭은 그렇지 못했다. 거름을 못 줘서 쭉정이 보리 이삭을 비벼 키질을 하니 한 말 가량 밖에 되지 않았다. 겉보리를 돌절구에 물을 묻혀 가면서 찧어 무쇠 솥으로 밥을 지어 하얀 사발에 담으시던 때, 어머니의 얼굴에서 땀방울이 둥글리며 떨어졌다. 쌀 한 톨 넣지 않은 질퍽한 보리밥을 풋김치와 강된장에 비벼 먹던 순간의 그 감동을 어떻게 말할 수 있을까. 이제 생각하면 처음으로 맛본 우리 밭곡식이라 더 감회가 깊지 않았나 싶다.

어릴 적 고향의 풍경은 늘 보리 향으로 가득하다. 보리대가 풀풀 날리며 뜨겁던 오뉴월이면 온 마을 사람들은 보리타작을 끝내고 또 다른 가을 곡식을 심었다. 가을걷이를 하고 나면 시월 중순쯤 남자들은 소를 코뚜레 줄로 잡아 당겨 '이랴' '이랴' 하는 소리를 내지르며 쟁기로 밭을 갈았다. 여자들은 부지런히 그 뒤를 따라 갔다. 치마로 소쿠리를 감싸 안고 보리씨앗을 뿌리면서 밭고랑을 따라가던 모습들이 선하다. 설을 보내고 바늘처럼 뾰족 뾰족 움을 틔운 싹이 손가락 한 마디 정도 자라나면, 어른 아이 모두 보리밟기에 나서곤 했다. 나도 친구들과 신나게 보리를 밟으면서 어른들을 향해 물었다. "왜 보리를 밟아요? 보리가 아프겠다."고. 보리는 본 옆 세장 정도의 싹이 올라 올 때부터 서너 번 밟아주어야 땅이 단단해지고 뿌리가 튼튼히 자랄 수 있다는 어른들의 대답이 돌아왔다. 그때는 그렇구나 하고 넘겼던 그 말이 세월이 지나 지금도 가끔 보리싹처럼 움틀 때면, 나는 내 삶이 단단해지길 바라면서 그 날의 보리밟기를 한다. 보리 같은 글쓰기를 한다.

진초록 완연한 봄, 마을뒷산 비탈 밭에는 김매는 사람들의 '농부가'가 한창이다. 김을 매다 허리를 펼 때쯤이면 여기저기서 참을 이고 오는 장관이 펼쳐진다. 돌담 밭고랑을 경계로 군데 군데 맛있는 음식과 농주 냄새는 보리냄새와 잘 섞여든다. 잊을 수 없는 추억 속의 그 맛 때문에 나는 요즘도 입맛이 없을 때면 자주 보리밥집으로 간다. 변한 세상이라 밑반찬도 더 다양하다. 갖가지 풋나물과 토종 된장·참기름·고추장으로 비벼서 감칠맛을 더한 보리밥은 부모님의 추억과 고향이 섞여들어 그 어느 식후보다 나를 행복하게 한다.

추운 겨울에도 꿋꿋하게 견디는 보리, 어려운 시절에 으뜸 곡식이었지만 한 때는 가축 사료로 쓰이기조차 한다는 말을 듣고 가슴이 아픈 적도 있었다. 그러나 도시인들이 다시 웰빙 음식으로 보리밥, 보리빵, 보리술(맥주) 등을 선호한다는 말도 들리니 안심이 되고 기쁘다. 늘 푸른 소나무처럼 버팀목의 곡식인 보리였기에, 나는 계절 따라 짬을 내 보리밭둑길을 걷곤 한다. 하늘을 찌를 듯이 예리하고 날카로워 보여 옛 여인들의 꿋꿋한 절개를 닮았다. 충성스런 군인의 도열처럼 줄줄이 서 있는 진초록 보리를 본다. 누렇게 익어가는 황갈색 보리도 본다. 보리만 보면 저절로 등이 가렵다. 어릴 적 부모님의 보리타작을 거들다 보리가시가 등에 들어가 껄끄러운 기억 때문일까…….

지금 이 순간 밭에서 하늘거리는 청보리를 본다. 내게 보리는 무엇이었나? 한기에도 굴하지 않고 흙속에서 끈질기게 견디어온 생명, 가난한 날의 아름다운 꿈이었고 정답던 부모님의 사랑이었다. 오늘은 왠지 초록 자수실로 한 땀 한 땀 내 마음 속 수틀에 청보·황보리 수를 놓고 싶다. 유년의 보리밟기를 하듯이 꼭꼭.

구삼리

1941년 통영 출생. 한남대학교 국어국문학과 졸업. 2008년 국제문인협회(현 국제문단)로 당선. 저서로 공저 『우리 꿈을 향한 불꽃』외. 한국문인협회 회원, 현 국제문단 자문위원.

색깔에 쌓아둔 성(城)

박영진

크레용 상자의 뚜껑을 열면 똑같은 크기와 모양이지만 얼굴빛이 각기 다른 녀석들이 나란히 누워있다. 알롱알롱 아름다운 색깔을 바라보면서 냄새를 맡고 있으면 나도 모르게 크레용 속으로 빠져든다. 순수하고 깨끗한 하양, 상쾌하고 찬란한 느낌을 주는 노랑, 애정과 부드러움을 연상시키는 분홍, 용기와 열정을 나타내는 빨강, 맑고 시원하게 느껴지는 파랑, 성장과 생명을 상징하는 초록, 우아하면서 고귀한 분위기를 연출하는 보라, 세련되고 강한 힘을 느낄 수 있는 검정….

양치질을 하면서 나는 쾌감을 느끼곤 한다. 치약의 부드러운 몸통을 가볍게 누르면 하얗고 파란 나비들이 사뿐히 칫솔 위에 내려앉고 손을 움직이면 구름이 뭉게뭉게 피어오르듯 서서히 하얀 거품과 함께 입 안 가득 퍼지는 페퍼민트 향이 기분까지 좋게 만들기 때문이다. 그런데 어느 날 아침, 세면대 앞에서 새로 꺼낸 치약의 튜브를 누르다가 깜짝 놀랐다. 통통한 튜브를 누르자마자 시커먼 치약이 꼬물꼬물 기어 나오는 것이었다. 윤기가 흐르는 것으로 보아 치약이 변질된 것은 아닌 것 같았다. 그래도 미심쩍어서 냄새를 맡아보고, 유통기간이 지나지는 않았는지 확인을 해보았으나 출고된 지 그리 오래지는 않았다.

그런데 새하얀 이를 검정 치약으로 닦는다? 내키지는 않았으나 이것밖에 없으니 별 도리가 없었다. 검정치약으로 뽀얀 이가 까맣게 물들지는 않을까 내심 걱정하면서 천천히 칫솔을 움직였다. 빨간 비누나 샛노란 바디 클렌저를 사용해도 흰 거품이 만들어지는 것처럼 입 속에 있는 검정 치약에서도 하얗게 거품이 피어올랐다. 서둘러 양치질을 끝낸 후 잇새와 잇몸을 꼼꼼하게 살펴보았으나 검은 빛은 남아있지 않았다. 그러나 전에 양치 후에 느끼던 상쾌한 기분은 느낄 수가 없었다. 치약회사의 상식을 뛰어넘는 아이디어로 까만 치약을 개발했겠으나, 나의 두뇌에 입력된 치약은 하얀색이거나 파랑이어야만 쾌적한 양치를 할 수 있었다.

우리 집 가까이에 대학 캠퍼스가 있다는 것은 축복받은 삶이라고 말할 수 있다. 넓은 캠퍼스는 사계절 내내 좋은 휴식처가 되고, 젊은이들의 활기찬 모습은 바라보기만 해도 절로 힘이 솟는다. 그래서 휴일이면 오후시간에 가끔 캠퍼스를 산책한다. 잘 가꾸어 놓은 캠퍼스 화단에는 계절마다 하양과 분홍, 빨강과 노랑 등 각양각색의 예쁜 꽃들이 다투어 피면서 지나는 사람들의 눈길을 사로잡는다. 그 사이로 벌과 나비들도 분주히 날아와 꽃잎에 입을 맞추면서 저들끼리 행복한 대화를 나눈다. 그런데 벌과 나비들은 하얀 꽃이든 빨간 꽃이든 편애하지도 차별하지도 않는다. 분주히 이 꽃 저 꽃 날아다니며 골고루 사랑을 나눈다.

대학 캠퍼스에 들어서면 우리가 글로벌시대에 살고 있음을 확연히 느낄 수 있게 된다. 이제는 낯선 이방인들이 자주 눈에 띈다. 모두들 영어를 사용하기에 어느 나라에서 온 사람들인지 알 수가 없고 피부색도 제각기 다르다. 새까만 피부에 곱슬머리, 검은 빛이 도는 얼굴에 검정머리, 하얀 피부에 금발이거나 주황색 얼굴에 노란 머리칼을 휘날리는 젊은이들이 캠퍼스를 활보한다.

그동안 우리는 크레파스의 연한 주황색을 살색이라고 불렀다. 살색은 문자 그대로 살갗의 빛깔을 가리키는 이름이다. 그런데 사람들의 피부색은 지역에 따라 다양하며 흑인, 백인, 황색인으로 구분하지 않던가. 아프리카나 남미 등 열대지역 사람들은 검다고 흑인, 서양 사람들은 흰색에 가까워서 백인, 동양인들은 대체로 누런 황색인이다. 그러므로 연주황을 살색이라고 부르는 것은 올바른 명칭일 수 없고, 인종차별을 담고 있는 표현이다. 지금 우리나라에서는 다문화가정이 점차 늘어가고 있어서 이제는 단일민족이라는 말을 사용하지 말아야 하는 시대에 살고 있다. 뒤늦은 감은 있으나 살색이라 지칭하던 크레파스 이름을 연주황이라고 바꾼 것은 다행한 일이다.

이뿐만이 아니다. 과일의 색도 이제는 고정관념을 뛰어넘었다. 속이 빨간 수박, 붉은 토마토, 녹색 키위, 예복은 검정과 흰색 옷, 치약은 희고 푸른색이어야 한다는 관념도 무너졌다. 속이 샛노란 수박과 키위, 노란 토마토가 과일가게에 수북이 쌓여 있어 손님들을 유혹한다. 그런데 다양한 피부색을 가진 외국인들과 마주칠 때면 하얀 얼굴의 서양인이나 주황색 동양 사람에게는 친근감이 가지만, 검은 진주 빛 젊은이들에게는 왠지 모르게 거리감을 느낀다. 더구나 늦은 시간에 가까운 거리에서 다가올 때면 멀찍이 돌아가기도 한다.

이런 일을 생각해 보면 나는 벌과 나비에게서 배워야 할 게 있다. 아직도 고정관념을 갖고서 색깔에 성(城)을 쌓아둔 채 살아가고 있기 때문이다.

박영진

1950년 대전 출생. 한남대학교 국어국문학과 졸업. 2015년 『그린에세이』 등단. 저서 『배우며 가르치고 사랑하면서』 외 다수. 대전대신고등학교 교장 역임. 한국산문협회 회원. 대전수필문학회 회원. 현재 한남대학교 총동문회 회장.

하기실음 관두등가? 가기실음 일하등가?

어느 회사에서 새해를 맞아 직원들에게 사훈(社訓)을 공모했다. 여러 사훈 중 직원 투표에서 일등을 한 작품은 다름 아닌 '日職集愛 可高拾多'(일직집애 가고십다)였다. 풀이하면 '하루 업무에 애정을 모아야 능률도 오르고 얻는 것도 많다'라는 의미였으나 사측 입장에선 영 어감이 개운치 않았다.

그리하여 내놓은 사측의 사훈은 이것이었다.

'溢職加書 母何始愷'(일직가서 모하시개)

'일과 서류가 넘치는데 애들 엄마가 좋아하겠는가'라는 뜻으로 한눈팔지 말고 열심히 일만 하자는 것이었다. 그러니 직원들의 마음에 들었을 리가 만무하다.

결국 양측의 의견이 상충된 끝에 사훈은 이렇게 정해졌다.

'河己失音 官頭登可'(하기실음 관두등가)

'물 흐르듯 아무 소리 없이 열심히 일하면 높은 자리에 오를 수 있다.'

한자어를 빙자(?)한 속보이는 사훈에 웃음이 절로 나는 얘기다.

힘없는 '을(乙)'인 월급쟁이들의 비애가 담겨있는 듯한 이 '하기실음 관두등가'라는 8자 성어가 최근 한 프로배구단 연습장에 나붙어 눈길을 끌었다고 한다. 이 팀의 감독은 매 경기마다 선수들이 절박한 마음으로 경기에 임했으면 하는 바람에서 이 문구를 손수 붙이고 '역설의 미학'으로 선수들의 승부욕을 불러일으키고 있는 것이다.

그런데 묘한 어감의 '하기실음 관두등가'라는 8자 성어가 회자되면서, 여기저기로부터 욕만 먹는 '높은 분'들에게 '하기 싫으면 그만두시라'는 말을 하고 싶다는 생각을 갖게 됐다.

우스갯소리가 괜한 분들에게 불똥을 튀기는 셈이지만, 지역민들에 의해 선출된 의원님들이 정작 당선 후에는 유권자들의 뜻을 저버리고 아집으로 독선을 자행해도 되는 것인지, 대전의 한 구의회는 무리하게 예산을 삭감했다가 '기초의회 폐지론'에 불을 붙이며 "차라리 없는 게 낫다. 즉각 해산하라"는 지탄에 직면했다.

청와대 문건 파동 속에 대통령과 국민여론 간의 극명한 간극을 확인한 신년 기자회견에 대해선 "국민이 정작 듣고 싶은 메시지는 듣지 못한 회견이었다"라는 부정적 평가가 여권 내에서도 흘러나오며, "차라리 하지 말았어야 할 회견"이란 비판이 제기됐고, 지지율 급락을 자초했다.

해외 토픽감으로 손가락질 받을 '갑질'을 하려면 아예 타지 말았어야 할 비행기에 오른 재벌가 3세는 땅콩 봉지 하나에 열이 받아 큰 물의를 일으켰다가 수의(囚衣)를 입은 채 법정에까지 서게 됐고, 억지로 김치를 먹이지 말았어야 할 어린이집 보육교사는 아이들을 무자비한 폭행으로 다스려 국민적 공분을 샀다.

돈을 벌려면 일찌감치 법복(法服)을 벗어야 할 판사는 사채업자로부터 수억 원의 뇌물을 받아 챙긴 사실이 드러나 공직사회의 도덕적 타락을 여실히 드러내며 사법부에 대한 신뢰를 크게 실추시켰다.

이 모든 추태가 '하기실음 관두등가'에 담긴 평범한 진리, 즉 '물 흐르듯 아무 소리 없이 열심히 일하면 높은 자리에 오를 수 있다'를 망각한 데서 비롯된 화(禍)가 아닐까 생각해 본다.

여기서 팁 한 가지. '하기실음 관두등가'의 대구(對句)는 무엇일까?

바로 '街己失音 壹河登可(가기실음 일하등가)'다.

'길가에 모든 소리 들리지 않아도 한줄기 물살을 헤치며 거슬러 위로 오르리라'라는 의미로, 모든 이들이 각자의 본분에 충실해 한 단계 도약하는 을미년(乙未年) 청양(靑羊)의 해가 되길 기원해 본다.

꿈보다 해몽이요, 해석은 독자들의 몫이로다. 〈2015. 1. 23. 금강일보〉

최 일

1973년 서울 출생. 한남대 정치외교학과 졸업. 《금강일보》 정치부장.

비평

한 남 문 학 선 집

조위한의 삶과 문학

민영대

「최척전(崔陟傳)」은 우리 소설사에서 비교적 이른 시기에 나타났고, 이전의 어떤 작품보다도 훌륭한 작품임이 밝혀졌다. 「최척전」에 대한 연구 목적은, 크게는 우리 소설사에서 사실계 소설이라는 소설의 한 양식의 범주를 잡아 그 특성을 살피기 위한 것이고, 작게는 지금까지 소설사나 문학사에서 제대로 언급되지 않은 작자와 작품이었기 때문에 이를 소상히 밝혀 정리하기 위한 것이다. 앞의 목적은 시간을 두고 더 많은 작품을 고찰하여야만 정리될 수 있는 것이기에 아직은 어떻다고 결론을 맺을 수가 없고, 뒤의 연구 목적은 본고에서의 고찰로 많은 부분이 정리되었다. 지금까지의 고찰을 종합하면 다음과 같다.

첫째, 작자와 그가 처하여 있던 시대는 작품과 밀접한 관련이 있음을 확인하였다. 작품이란 작자의 의도에 의해서 허구화된 것인데, 이런 작자의 의도 또한 작자의 삶을 통해 형성된 것이며 한 시대의 산물이다. 사실 조위한(趙緯韓)이 살던 시대는 「최척전」과 같은 작품이 나타날 수밖에 없는 시대였다. 임진왜란으로 인한 국가의 위기, 전화로 인한 백성들의 슬픔과 고난. 이런 상처가 채 아물기도 전에 광해군이 즉위하면서 일기 시작한 엄청난 옥사들, 거대한 토목 공사, 이처럼 어지러운 시대에 백성들은 정신적인 귀의처가 없어 끝없이 방황할 수밖에 없었다.

임진왜란으로 인하여 백성들이 당했던 고통은 이루 형언할 수 없었다. 도탄에 빠진 백성들의 삶은 말할 것도 없고 수많은 가족들과의 사별과 이산이 있었고, 이런 커다란 슬픔을 백성들은 가슴에 품은 채 좋아질 줄 모르는 어두운 정치 현실 속에서 불우한 나날을 보냈던 것이다. 임진왜란 후 처절한 전쟁의 상처, 그 중에서도 이산가족들의 슬픔은 조위한을 비롯하여 그 시대 사람들이라면 예외 없이 다 뼈저린 아픔으로 체험한 사건이었다. 따라서 「최척전」과 같이 아름다운 재회로 끝을 맺는 작품은 당시로서는 누구나 다 공감할 수 있는 공통된 내용을 담고 있어, 슬픔과 상처를 안고 살아가던 그 시대 사람들에게 하나의 희망과 꿈으로 제시되었을 뿐 아니라 큰 위로가 되었을 것이다. 이 점을 그는 놓치지 않고 간파하였으며 독창적인 작자 정신을 가지고 이 「최척전」이란 작품을 남겼다.

둘째, 지금까지는 자세하게 밝혀지지 않았던 조위한과 관련된 전반전인 상황을 상세히 고찰하였다. 그 동안 자료의 빈곤으로 이 작품의 작자에 대한 연구는 거의 없었으며, 또 간략하게 고찰된 것들조차도 실제와는 상당히 다르게 잘못되어 있었음을 발견하였다. 이로 인해 후속 연구에 계속적인 오류를 가져왔다. 그러나 근래 그의 후손들의 도움으로 그의 문집인 「현곡집」을 비롯하여 가장 필사본 「연보」, 「행장」, 「신도비명」, 「묘표」 등이 속속 발견, 정리되어 이제는 자료의 빈곤에서 벗어나게 되었다.

본고에서는 그의 모든 것에 대하여 정리하였는데, 요약해서 대강을 밝히면 다음과 같다.

조위한은 명종 22년(1567, 선조가 즉위하던 해임) 7월 25일 서울에서 조양정관 곡산 한씨의 4남 1여 중 셋째 아들로 태어났다. 그리고 그는 선조·광해군·인조 대를 살다가 인조 27년(1649) 1월 21일 83세의 장수를 누리고 생을 마쳤다. 광해군 초 그는 과거에 급제, 벼슬길에 올라 유학자로서 자신의 꿈을 실현하려고 하였지만 강직한 성격 탓으로, 소인배들의 시기와 정협의 무고로 인하여 계축옥사에 연루되어 삭직, 금고 생활을 하였다. 이어 인조반정이 일어나기 전까지 10여 년 동안 실의의 나날을 보냈는데, 이 사이 그는 남원의 주포에 머무르면서 「차귀거래사」, 「최척전」, 「유민탄」, 「유두류산록」 등을 지었고, 그 외에도 수많은 시문을 지었다. 그러다가 인조대에 비교적 평탄한 관직 생활을 영위하다가 생을 마쳤다.

이제 그의 인물됨을 정리하여 보자. 우선 그는 전통적인 사대부 가문의 출신이다. 그의 가문은 그에게 일생을 자신있게 살 수 있는 긍지를 심어주었으며, 한편으로는 어려서부터 엄한 아버지의 훈육으로 건전한 삶을 영위할 수 있는 자질을 갖출 수 있었다. 이런 가정적 분위기 탓도 있겠지만, 그는 본래 총명하여 어려서부터 학문을 좋아하였으며 두루 문학적 재능도 가지고 있었다. 특히 그는 해학을 즐겼는데, 듣는 사람들이 포복절도할 만큼 재치 있게 이야기를 잘 하였다. 그는 평생 충효를 실천하는 삶을 일관하였고 형제 사이의 우애도 매우 돈독하게 유지하였는데 그의 중형 조유한, 동생 조찬한과는 각별한 형제의 정을 나누었다. 또한 그는 자신의 영예를 위해서만 살지 않고 늘 정의를 위해서 살았으며 권력에 비굴하게 아부하지 않던 꿋꿋한 인물이었다.

평소에 그는 가정에 깊은 애정을 가지고 있었으며 바르게 법도를 지켰고, 불의를 보면 묵과하지 않았다. 외직에 머물렀을 때에도 백성들을 다스림에 있어 공명정대하게 치리했으며 구국을 위해서 자신의 몸을 돌보지 않고 싸우기도 하였고, 내적으로 들어와서도 권력에 연연하지 않고 소신껏 처신했던 인물이었다. 그러면서도 성격이 진보적이어서 형식적인 법도와 규범을 탐탁하게 여기지 않았다. 어려서부터 일생 동안 많은 여행을 통해서 여러 가지 체험을 하였으며 이런 체험을 바탕으로 한 많은 작품을 남길 수 있었다. 임진왜란과 병자호란을 거치면서 숱한 고난을 몸소 체험하였고, 이때 혈육들–어린 딸, 어머니, 아내–과 잇달아 사별하는 지극한 슬픔을 당하였다. 또한 가정을 잘 다스렸는데 지위가 높아졌어도 근검절약을 실천하여 항상 몸과 가정을 바르게 이끌었다. 그러면서도 그는 다른 사람의 불행이나 어려움을 서슴없이 도와주었던 대단히 인간적인 인물이었다. 이처럼 건전한 삶을 살았고, 가족에 대한 그리움을 몸소 체험한 인물이었기에 부부의 변함없는 애정을 테마로 한 「최척전」과 같은 작품을 남길 수 있었으리라 본다.

그가 남겼던 작품들을 모은 『현곡집』에 대해서도 간략하게 정리하였다. 물론 본고의 목적이 문집을 고찰하는 것이 아니기 때문에 상술을 피하였고 다만 문집에 어떤 작품들이 수록되어 있는가에 대해서 『현곡집』의 내용을 소개하는 정도에 그쳤다.

아울러 작자 정신이 작품에 어떻게 나타나고 있는가에 대해서도 살펴보았다. 특히 불교와 신선 사상에 대한 조위한의 생각이 어떻게 작품에 투영되었는가를 정리하였다. 그가 불교를 신봉하였는지는 확인할 길이 없으나 조선시대 사람들이 일반적으로 가졌던 척불 사상은 가지고 있지 않았던 것으로 보인다. 그는 불교에 대해 긍정적인 태도를 가졌다. 작품의 시작에서 끝까지 불교와 관련된 지리적 배경이 설정되어 있으며, 등장인물들에게 부처의 힘이 늘 작용하고 있는 것을 볼 수 있기 때문이다. 당시에 팽배하던 숭유척불과는 달리 그는 유학자로서 불교에 대해서도 사실상 긍정의 태도를 가지고 있었다. 그 자신이 실제로 부처에게 기원을 드리거나 자주 절을 찾거나 한 바도 있다. 이런 불교관 때문에 그는 불교적인 지리적 배경 및 부처의 음덕이 곳곳에 나타나도록 작품을 이끌었다.

그는 불교에 긍정적 태도를 가지고 있으면서도 한편으로는 현실에 대한 강한 집착을 가지고 있었다. 주인공이 괴로운 현실을 떠나 은둔하고자 하다가 포기하고 마는 것은 바로 그의 처세관을 드러내주는 것이다. 당시 유행하던 신선사상에 대한 강한 비판 정신이 깃들어있다. 즉 자신이 현실에 대해 애정을 가지고 장수하며 파란만장한 삶을 누리다가 만년에 이르러 비교적 안정된 삶을 살았던 것처럼 주인공도 현실에 머물게 하여 행복한 결과를 가져올 수 있도록 하였다.

셋째, 지금까지의 「최척전」 연구는 서울대학본을 텍스트로 이용하였다. 그러나 근래에 확인된 고려대학본과 대비한 결과 두 사본이 서로 수백 자씩 누락되어 있고 더러는 표기가 달리된 곳도 있어 많은 부분에서 차이가 남을 알 수 있었다. 두 사본의 내용이 모두 정확하지 못한 것으로 밝혀졌으므로 지금까지의 연구의 오류도 확인되었다. 그래서 본고에서는 두 사본을 자세히 대비하였으며 그 결과 두 사본을 합쳐 다시 정리하여야만 완전한 작품이 될 수 있음을 밝혔다. 본고에서는 상세한 대비를 생략하였지만 최근 입수한 천리대학본 「최척전」은 두 사본보다는 비교적 완벽한 사본으로 보이는데 특이한 것은 작자의 후기나 저작 동기, 저작 연대, 작자의 명시가 누락된 대신 후대의 전사자가 첨가한 것으로 보이는 최척 일가의 후일담이 간

략히 기술되어 있다는 점이다.

이어서 작품에 대해서도 상세히 분석하고 고찰하였다. 우선 먼저 살펴본 것은 작품의 저작 동기이다. 작품의 말미에서 보듯이 조위한이 남원의 남쪽인 주포에 살고 있을 때 최척이 찾아 와 자신의 일을 대략 이야기하면서 세상에서 잊히지 않도록 해달라고 부탁하여 작품화하였음 을 알 수 있다.

그런데 조위한은 왜 최척의 사적을 소설로 남겼을까? 이미 언급하였듯이 그는 최척의 부부 가 난리통에 경험한 만남과 헤어짐이 너무도 기이한 것이었기에 기술하였다. 특히 그는 아들 부부의 만남이 천우신조도 있었지만 그보다는 부부의 지성에 비롯된 것이라고 밝혀, 지극한 정성만 있으면 불가능한 것이 없음을 보여주었다.

이런 저작 동시와 함께 임진왜란을 통하여 조위한이 실제로 최척의 사적과 유사한 체험을 한 것이 작품의 소재가 되었음도 고찰하였다. 특히 그가 임진왜란 때 피난 와 있던 곳이며 동시에 광해군 때 계축옥사로 파직되어 실의의 나날을 보냈던 곳인 남원을 작품의 주요 지리적 배경 으로 한 일이나, 또 동생 조찬한이 남원에서 결혼한 일, 그 자신 자식을 낳기를 바라며 사당이 나 절에서 기원한 일, 임진왜란 때 의병에 참여한 일, 실의에 빠져 있다가 속세를 떠나고자 한 일 등으로 보아 그리고 작품에서의 사건과 배경이 그의 체험과 두루 유사한 점으로 보아 이런 것들이 작품의 직접적 소재가 되었다고 본다.

또한 제수인 고흥 유씨의 절사사건, 『삼국사기』의 설씨녀 이야기와 도미 이야기도 간접적인 소재로 작용하였을 것으로 보았다. 그리고 당시에 포로로 있다가 귀환한 사람들에 의하여 기 록된 노인의 『금계일기』, 강항의 『간양록』, 정희득의 『월봉해상록』과 같은 사실적인 기록물 이 나타나기도 하였는데 이런 기록들이 어느 정도 작품의 소재로 이용되었으며, 권필이 직접 강항에게서 들었던 포로 생활에 관한 이야기, 조완벽과 같은 인물이 포로로 잡혀갔다가 탈출 하여 멀리 안남국까지 거쳐 귀국하였다는 사실적인 이야기도 작품화에 영향을 미쳤을 것이다. 작자나 저작 연대가 미상이기는 하지만 「남윤전」과 같은 작품이 나타났던 것도 살펴보았다.

요컨대 최척에게서 들은 직접적인 동기와 전래되어 오던 소재들, 또 당시 조위한의 체험, 포 로들이 송환되어 오거나 탈출하여 돌아오던 시대적인 분위기 등이 본 「최척전」을 낳게 하였 다고 살폈다.

나아가 우리 고소설 대부분이 황당무계한 이야기와 이상적인 구성으로 되어 있어 비현실적 인 요소가 강한 것에 비해, 본 작품은 대단히 현실적인 삶이 그대로 소설화되었음을 밝혔다. 이처럼 현실적인 소설의 내용은 바로 조위한의 체험에서 비롯된 것일 터이다. 물론 작품의 짜 임새도 대단히 합리적으로 되어 있다. 특히 작품의 구조는 '만남 – 헤어짐 – 만남'으로 되어 있다. 아무리 어려운 과정을 거치며 살다가 생을 마칠지라도 인간은 본능적으로 마지막에 이르러서는 기쁨의 순간을 맞이할 수 있으리라고 기대한다. 사실 현재 전하는 우리의 많은 이야기들도 '만남 – 헤어짐 – 만남'의 구조이다.

'만남 – 헤어짐 – 만남'의 구조는 이미 전 시대의 이야기에서도 볼 수 있는 틀로 조위한이 새롭게 시도했던 것은 아니다. 이와 같은 구조는 인간의 희구를 담고 있는 정제된 이야기 틀이다. 그 자신도 많은 비극적 체험을 하였는데, 작품에서는 이를 승화시켜 아름다운 결과로 표현하였다.

또 조위한은 주도면밀한 계획으로 어떤 원인이 발생한 후에는 반드시 그 결과가 나타날 수 있도록 사건을 기술하였다. 작품 속의 여러 사건들은 명확한 인과관계를 이루고 있다. 이런 점만으로도 그의 작품화 능력은 높이 인정받아야 한다. 그렇다고 하여 순전히 사실적으로만 작품이 만들어졌다는 것은 아니다. 때에 따라서 적당하게 허구도 가미하여 흥미를 유발하는데, 그 대표적인 것은 작품의 진행 중 주인공이 위기에 닥칠 때마다 만복사의 부처가 나타나 도와주는 묘사이다.

지리적 배경 설정도 매우 사실적이다. 작품 속의 지명들은 조위한이 상상 속에서 설정한 것이 아니라 대부분이 실제 여행을 통해서 가보았던 곳이다. 국내뿐 아니라 중국이나 만주의 지역들도 모두가 사실적이며, 이들 사이의 지리적 이동도 매우 합당하게 그려져 있다.

사건의 진행과 함께 주인공을 비롯한 인물들이 적절히 등장한다. 이들 인물들은 모두가 작품 속에서 적당한 역할을 수행한다. 그런데 다른 소설들과는 달리 모두가 평범한 인물들이다. 신비한 능력을 가지고 태어나거나 탁월한 재주를 가지고 있지도 않은, 우리 주변에서 쉽게 대할 수 있는 인물로서 독자들에게 더욱 친밀감을 자아내게 한다. 또한 사건의 진행에 따라 그때그때 정확한 시간이 제시되어 작품의 내용을 더욱 사실적으로 느끼게 한다. 조선시대의 작자로서, 그것도 초기 계열에 속하는 작자로서 작품에서의 시간을 이처럼 조직적으로 짜맞추어 기술할 수 있었다는 점은 놀라운 사실이다.

위와 같이 인과관계에 의한 사건의 처리, 사실적인 배경 설정과 지역의 적절한 이동, 사건에 따른 정확한 시간 설정, 보편적인 인물의 등장은 작품의 사실성을 강하게 느낄 수 있는 장치로 당시로는 보기 쉽지 않은 조위한의 리얼리티 정신을 보여주는 좋은 예라고 하겠다. 한편 작품의 문학적 장치로 시간-특히 혼인과 관련한-을 적절히 삽입하여 이야기를 흥미 있게 전개하고 있음도 살폈다.

넷째, 본 작품을 창작하면서 작자의 관심사는 어떤 것이었을까를 살펴보았다. 지금까지 어느 누구에 의해서도 시도된 적이 없는 작자의 새로운 관심사를 보여주었다.

먼저 형식적인 면에서 작자는 특이한 결미 처리를 통하여 이야기의 신뢰성을 획득하고자 하였다. 남원에 사는 주인공인 최척이 남원의 남쪽에 살던 자신을 찾아와 이야기해 준 것을 기록

했다 하여 마치 최척에게서 들은 이야기를 그대로 기록한 것처럼 언급하였다. 이런 방법은 이미 당대의 전기소설 작자들이, 또 같은 시대의 권필이 이용했음을 확인할 수 있다. 그러나 작자는 이들보다 더 신뢰성을 가질 수 있도록 작품을 지었던 시기도 명확히 제시하였으며, 자신의 이름도 밝혔고, 바로 이 작품을 만들 당시 조위한이 남원의 남쪽 주포에 살고 있었음이 확인되었기 때문에 여타의 작자들보다 더 신빙성이 있다. 이야기를 조직하는데 있어서 독자들에게 어떻게 하면 더 신뢰성을 얻을 수 있을까 생각한 새로운 저술 태도를 시도한 셈이다.

옥영이라는 여주인공의 사고와 행동을 통하여 이전 시대에는 볼 수 없었던 전통과 근대 의식을 공유한 새로운 여인상을 제시하였다. 가부장제의 가족제도이지만 때에 따라서는 사돈들이 함께 어울려 살 수도 있음을 보여주었으며, 당시 수많은 백성들에게 고통과 슬픔을 안겨주었던 이산가족의 문제를 다루면서 행복한 결과로 이야기를 마무리하여 독자들에게 커다란 기쁨과 안위를 주었다. 단일 민족으로서 외국인과의 혼사를 부정적으로 보았을 때임에도 국제결혼을 구성하여 시세에 따라 어쩔 수 없는 경우에는 국제적인 혼인도 이루어질 수 있다는 긍정적인 사고를 나타냈다. 전쟁을 통하여 주인공들이 헤어지고, 그 동안 수많은 난관을 겪지만 마지막까지 부부의 믿음과 건전한 애정으로 단란한 가정을 유지한다는 것을 보여준 건전한 부부애를 지향하였다.

다섯째, 본 작품과 두루 유사한 유몽인의 「홍도전」과의 상관성에 대하여 고찰하였다. 작품의 기술은 플롯 중심의 장면 묘사와 스토리 중심의 보고적 서술로 나누어진다. 「최척전」은 복잡한 플롯 중심의 장면 묘사이고, 홍도 이야기는 간단한 스토리 중심의 보고적 서술이다. 「최척전」은 「홍도전」보다 이야기의 전개가 상당히 복잡하고 등장인물도 구체적이며 다양하다. 지리적 배경도 사실적으로 광범위하게 설정되어 있다. 작자의 의도도 달라 유몽인은 사실을 있는 그대로 요약해서 세상에 남기려 하였고, 조위한은 사실에 작자의 체험 및 주변의 이야기로 꾸미려 하였다. 결과도 중요하지만 그 과정도 중요시하며 작품화하였다.

흔히 간단한 홍도 이야기가 먼저 작품화되고, 후에 그것을 모델로 한 「최척전」이 창작되었다 하는데 실은 아무런 영향 관계가 없이 각기 다른 장소에서 두 작자에 의해 동시에 나타난 것으로 판명되었다.

여섯째, 이미 고찰한 바를 토대로 하여 작자 조위한과 작품 「최척전」의 관계를 정리하였다. 문학 작품은 작자와 별개로 존재할 수는 없다. 물론 우리의 많은 고소설 가운데 작자가 알려진 작품보다는 작자가 알려지지 않은 작품이 대부분이다. 때문에 그런 작품들을 본격적으로 연구하지 못하고 있는 실정이다. 작자가 알려지지 않은 작품은 그것대로 작품 외적인 상황과 함께 연구되어야 하며 작가가 알려진 작품은 보다 작품을 명확하게 이해하기 위해서는 작자를 비롯하여 작품 외적인 여러 요소들을 세밀히 연구하는 것이 중요하다.

작품 외적인 연구 중에서도 작자에 대한 연구는 작품 연구와 함께 가장 중요한 것으로 인식되어 왔다. 그것은 반드시 작품과 연관되는 가운데 이루어져야 한다. 쌩뜨 뵈브의 '그 나무에 그 열매'라는 말도 바로 이런 맥락에서 이야기된 것이다.

조위한이란 작자가 아니었다면 「최척전」이란 작품은 나타날 수 없었으리라는 것이 필자의 생각이다. 작품의 말미에 '天啓元年辛酉 閏二月素翁題'(367쪽)라는 기록이 있어 작자가 분명하게 밝혀져 있고, 몇몇 기록에 조위한이 작자임을 밝히고 있어 조위한이 본 작품의 작자임은 의심의 여지가 없다.

그러나 이를 보다 명확히 하기 위하여 본고에서는 작품을 분석하면서 그의 생애와 대비하였다. 그 결과 조위한이 아니었다면 「최척전」과 같은 작품은 나타날 수 없었다는 것이 보다 명백해졌다. 이런 고찰을 통해서 조위한이 이 소설에서 최척과 옥영의 변함없는 사랑-특히 부부의-을 그리려 하였음도 확인하였다. 그가 이런 주제를 표방하였던 것은 자신이나 그 시대 사람들 모두가 임진왜란이란 유례 없던 비극적인 전쟁을 치르면서 가정에 대한 애정, 그 중에서도 부부의 그리움이 얼마나 소중한 것인가를 몸소 체험했기 때문이라 보았다. 그가 실제로는 비극적인 체험을 하였지만, 그래서 슬픔을 간직한 채 여생을 보낼 수밖에 없었지만 자신을 포함한 당시 우리 백성들이 슬픔을 달래고 상처를 아물게 하기 위해서 이처럼 행복하게 부부의 사랑을 지켜나가도록 작품을 마무리하였다고 본다.

「최척전」은 광해군 13년인 1621년, 조위한이 남원의 주포에서 실의의 나날을 보내던 시절 이웃에 살던 최척이란 인물의 내방을 받고 그에게서 들은 파란만장한 삶의 이야기가 직접적 동기가 되어 만들어졌다. 그리고 거기에 조위한 자신의 가슴 아픈 체험과 주변에서의 실제 일들이 어우러져 이 소설은 나타났다. 그 시대 사람들과 그에게 커다란 슬픔으로 남았던 혈육들과의 뼈저린 이별의 아픔을 조금이라도 위로하고 쓰라린 상처를 치유하기 위하여 씌어진 부부의 변함없고 숭고한 애정의 승리를 주제로 한 작품이다.

일곱째, 지금까지의 논의를 토대로 「최척전」의 근대 소설로써의 성격에 대해서 살펴보았다. 저작에 대한 어떤 책임도 감수하겠다는 자신에 찬 작자 이름 명기, 시대를 반영한 작품의 소재, 독특한 계층의 인물이 아닌 평범하면서도 다양한 새로운 인물형의 제시, 비현실적인 요소를 배제한 작품의 구성, 현실 문제의 주제화, 국제적인 결혼 시도, 작자의 체험과 허구가 잘 조화되어 있다는 점 등으로 보아 18세기 박지원의 소설보다 먼저 나타났던 근대 소설로의 성격을 가진 작품임을 밝혔다.

마지막으로 「최척전」은 우리 고소설사 초기에 나타났던 작품이고, 저작되었던 당시부터 독자를 확보하고 있었으며, 조선시대를 통하여 자주 언급되었던 점으로 보아 본 작품이 후대의 소설에 어느 정도 영향을 미쳤음을 살폈다.

최척과 옥영의 이야기가 얼마나 사실적인가는 알 수 없지만 여러 실존 인물을 등장시켜 이야기의 사실성을 높였다. 각양각색의 등장인물이 있지만 이들 모두에게 각자의 역할이 주어졌으며, 특히 전통과 근대의식을 공유한 여주인공의 주도적인 활약을 그렸다. 기자 정성과 부처의 현몽에 의한 인물 출생, 위기를 만났을 때 이를 지혜롭게 벗어나기 위한 여화위남 묘사, 결혼 과정에서 본격적인 혼사 장애 도입, 여주인공을 돕는 시비의 등장, 지리적 배경 설정의 사실성과 국제적으로의 확산, 문학 장치로 서간을 삽입한 점, 당시의 현실 문제-전쟁과 이를 통한 가족들의 이산-를 소설화했다는 점, 현실성 있는 행복한 결미처리, 등장인물들 사이에서의 갈등 표출, 부부의 지고한 애정 문제를 다루었던 점, 이상과 같은 점들은 분명 후대 소설에서 문학적 장치로, 또는 소재로 즐겨 이용하였음을 확인할 수 있다.

지금까지 조위한과 「최척전」은 문학사에서나 소설사에서 제대로 언급되지 않았다. 따라서 조위한과 「최척전」은 위에 정리된 것만으로도 우리 소설사에서 정당한 위치를 차지하고 그 가치를 인정받아야 한다. 이전 또는 이후의 다른 작자들과 비교할 때, 시기의 전후와는 상관없이 매우 인간다운 삶을 영위한 작자였으며 자신의 체험을 반영하면서 한 편의 이야기를 창작한, 다른 어떤 작자보다도 더 훌륭한 작가임이 틀림없다. 소설사에서 볼 때 비교적 초기에 나타난 작품임에도 불구하고 양식 면에서, 작품화 기량, 그리고 사실을 허구화한 기법, 저작 태도와 주제 의식으로 보아 「최척전」은 후대의 어느 소설에도 뒤지지 않는 훌륭한 작품임이 입증되었기 때문이다.

「최척전」은 조선시대 초기 계열의 작품으로 작가와 저작 연대가 분명하고, 사실을 바탕으로 한 조위한의 건전한 주제 의식이 반영되어 있는 작품으로 그 가치를 당당하게 인정받아야 한다. 우리 소설사에서 비교적 이른 시기에, 그것도 소설 창작을 좋지 않게 인식하던 시대에, 이 작품은 뚜렷한 작자 의식을 가지고 씌어졌다는 것만으로도 높이 평가해야만 한다.

이상의 정리한 바를 토대로 하여 「최척전」의 소설사상 가치를 밝혀보면 다음과 같다.

1. 우리 소설사에서 보기 드물게 작자와 저작년대가 분명한 작품이며, 당대뿐만이 아니라 줄곧 독자를 확보했던 작품이다.

2. 소설사상 초기 계열의 작품으로 작자가 분명하다고 알려진 김시습, 권필, 허균의 작품과 김만중의 작품 사이의 공백을 매울 수 있는 확실한 작품이다.

3. 많은 애정소설이 있지만 소설사상 처음 나타나는 본격적인 애정소설로 특히 부부의 건전한 애정을 중시한 작품이다. 여타의 작품들처럼 결혼하기까지 여러 가지 방해 요소들이 있었지만 이를 다 이겨내고 사랑을 이루는 과정으로만 일관한 것이 아니고 부부가 된 후에도 사랑을 지켜나가기 위하여 노력하는 모습을 보여주는, 그래서 마지막에는 행복하게 이야기를 매듭짓는 작품이다. 또 남성 중심의 사회에서 남녀평등의 애정관을 보여준다. 그렇기 때문에 조위

한은 처음부터 끝까지 일부일처를 고수하였다.

4. 주인공이 아들을 얻기 위하여 행하는 기자 정성이나 태몽의 양상은 후기 소설에서 상투적으로 이용하고 있는 주인공이 기자정성과 태몽에 의해 기이하게 태어나는 구성의 효시가 되었다고 본다.

5. 4국을 무대로 광범위하게 펼쳐지는 지리적 배경의 확산을 볼 수 있는 작품이다. 이처럼 광범위한 지리적 배경 설정은 후에 나타났던 많은 영웅소설에서 넓은 지역을 배경으로 설정하는 계기가 되었을 것이다. 그러면서도 후기의 영웅 소설과 다른 점은 대부분의 지리적 배경이 가상의 지명이 아닌 사실적인 지명으로 설정되어 있다는 점이다.

6. 이야기를 전개하면서 사건의 진행과 함께 정확한 시간을 제시하였다. 그리고 이런 시간 설정은 실제의 역사적 사건과도 일치한다. 이 점은 같은 시대의 소설에서는 물론 후기의 소설에서도 찾아보기 어려운 것이며 이 때문에 작품의 사실성을 더하여 준다.

7. 등장인물이 역사상 실제의 인물과 허구의 인물로 구성되어 있으면서도 신비하거나 영웅적인 인물이 아니라, 대부분 일상적이고도 보편적인 인물이며 꼭 필요에 따라 인물이 등장한다. 이처럼 평범한 인물들의 등장은 독자들에게 보다 친밀감을 줄 수 있다. 한편 중요한 역할을 담당하는 것은 아니지만 실존 인물의 등장으로 말미암아 이야기의 사실성을 획득하고 있다.

8. 사건을 조직함에 있어서도, 우연이 아니라 필연적인 인과관계에 의해서, 용의주도하게 이야기를 조직하여 이야기의 흥미와 긴장감을 유발하도록 치밀하게 작품을 구성하고 있다.

9. 허구적인 작품이면서도 당대 어지러웠던 현실의 삶을 소설화하였고, 조위한의 오랜 삶을 통한 많은 체험을 반영한 작품이다. 그렇기 때문에 실제적인 지리적·시간적 배경과 보편적인 인물의 현실적 삶의 모습을 보여줄 수 있었으며 사건의 인과관계에 의한 필연성을 획득할 수 있었다. 바로 이런 점에서 본 작품은 조선시대의 다른 고소설에서 찾아보기 어려운 체험문학의 대표작이며, 리얼리티가 강한 사실주의 작품이라 할 수 있다. 따라서 본 작품은 우리 소설사에서는 최초로 근대소설로써의 성격을 띠는 작품으로 나타났다고 할 수 있다.

그러나 위에 제시한 소설사상의 가치 이상으로 중요한 것은, 이 소설이 인간의 변함없는 진실한 삶의 모습을 보여주고 있다는 점이다. 어느 시대, 어느 사회를 막론하고 인간의 살아가는 모습과 방법은 다를지라도 진리는 변함이 없다. 「최척전」은 남녀, 특히 부부가 자신들의 사랑을 지키기 위하여 어떻게 일생을 살았는가를 잘 보여준 작품이다. 그것도 평탄한 시기가 아닌 대단히 어지럽고 복잡한 시대에, 주인공들이 그들의 사랑을 지켜나가기 위하여 어떻게 몸부림쳤는가를 감동적으로 보여준다. 모든 역경을 이겨내고 끝내 행복을 쟁취하는 이 같은 아름다운 사랑의 이야기는 임진왜란을 겪은 당시의 사람들에게뿐만 아니라 물질문명에 오염되어 고귀한 정신문화를 잃어가고 있는 시대를 살아가는 현대인들에게도 여전히 감동을 주며 귀감이 되기에 충분하다. 따라서 「최척전」은 그 가치가 높이 인정될 수밖에 없으며 작품에서 볼 수 있는 진솔한 삶의 모습은 시대와 사회 환경이 변할지라도 그 빛을 잃지 않으리라고 본다.

민영대

한남대 국어국문학과 졸업(문학박사). 저서 『계축일기연구』, 『조선사실계소설연구』, 『조위한과 최척전』 외 다수. 한남대학교 국어국문학과 명예교수. 현재 중국 대학에서 강의.

문학과 종교

신익호

1.

문학과 종교의 관계를 생각할 때 문제시되는 것은 '문학의 종교기원설'로 문학의 기원을 종교행사 속에서 찾을 수 있다는 것이다. 문학의 기원에는 다양한 설이 있지만 '종교기원설'에 근거한 논의가 타당성을 얻고 있다. 종교가 모든 문화를 지배하고 있던 원시시대에는 문학의 기원이라고 인식한 것이 종교행사의 일부로서 나타나고 있다. 가령 찬가나 축사와 같은 형식은 신을 찬양하거나 신에게 기도를 드리기 위한 언어 표현이었다. 기독교에서 모세를 이스라엘 지도자로 택한 하나님이 그를 향해 "내가 네 입과 함께 있어서 할 말을 가르치리라"(「출애굽기」 4:12)고 한 것은 종교문학의 기원이 말씀에 있다는 것을 뜻한다.

종교와 문학이 다루는 본질적인 것은 삶이란 무엇이며, 어떻게 살아야 하고, 삶의 궁극적 목적은 무엇인가 등에 관한 문제이다. 종교는 우리들의 살아 있는 인격으로서 절대적 실재와의 만남에서 이루어진다. 만남은 천상에서 말하면 계시이지만 지상에서 말하면 체험이다. 체험의 내용은 천상에 대한 인격적인 생각이나 느낌을 형상화하는 인상에 지나지 않는다. 일반적으로 초월자에 대한 철저한 표현 속에서 신실하게 사는 것이 종교적 체험의 특징이다. 이 체험은 신과의 교제나 합일로서 실재성·직접성의 일면을 지니지만, 또 한편으로는 매개성·표현성·상징성 등을 필요로 한다. 표현과 분리된 실체란 존재할 수 없다. 불가시적인 실존을 가시적이고 유한한 세계를 담은 인간 언어로써 표현하기 위해서는 영적 세계를 계시적으로 나타내야 한다. 따라서 표현될 수 없는 것을 표현한다는 점에서 상징이 필요한 것이다. 이런 구체적 표상 속에 순수하게 산다는 것이 종교가 예술적 체험과 공통적으로 지니는 특징이다.

종교와 문학이 진리를 탐구하고 참된 삶의 문제를 추구하지만 그 방법은 다르다고 할 수 있다. 둘 다 체험의 세계에서 출발하지만, 종교는 믿음을 바탕으로 한 상상력의 세계에서 성성(聖性)에 치중하고, 문학은 순수한 상상력의 세계에서 미(美)에 치중한다. 종교적 체험이 철저한 실재를 대상으로 설정하여 접근하려는 것에 반해, 문학적 체험의 독자성은 실재와 떨어진 상상계 · 허구의 세계에 있다. 종교는 실재와의 관련을 고집하여 실감적이므로 미적 관조가 허구 속에서 유희적인 기분에 젖는 것과는 다르다. 문학 · 예술이 실감을 중요시하지 않거나 현실을 문제 삼지 않는 것은 아니지만, 그 독자적 영역이 허구의 세계 속에 있다는 점이 종교보다는 여유를 가진다. 종교가 실천에 관련된 것이라면 문학은 관조를 그 본질로 한다. 즉 기독교 같은 논리적 종교가 그렇듯이 종교는 신앙의 대상이 무엇인가에 큰 관심을 가진다. 그러나 신앙의 대상은 신이 존재하느냐, 존재하지 않느냐와 같은 문제에 국한되지 않는다. 신을 믿는다는 것은, 신의 실재성을 인정하는 것에 머물지 않고 그를 믿음으로써 자신의 인생 태도 전부가 결정된다는 것이다. 그런 의미에서 신앙은 인식의 문제가 아니라 실천의 문제이다.

그러나 예술(문학)의 독자적 영역은 관조성에 있다. 칸트는 미적 판단력을 분석하면서 무관심의 만족이라고 했다. 무관심이란 실제적인 이용 가치와는 관계를 가지지 않는다. 아무 관심 없이 어떤 대상이나 그 대상의 방법을 만족, 불만족에 따라 판정하는 능력으로 그 만족한 상태를 '미(美)'라고 한다. 문학은 어떤 상황에 대해 묘사하면서 교훈성을 당면 목적으로 하지 않고 암시하지만, 종교는 복잡한 문제에 대해 명쾌한 해결을 주고 구원을 궁극적인 목표로 삼는다. 그러나 문학의 소재들이 궁극적으로 종교에서 다루는 문제와 일치하므로 문학과 종교의 주제가 본질적으로 같다고 할 수 있다. 따라서 의식의 심층에 자리 잡은 종교성이 문학적으로 표현되는 것은 자연스러운 현상이라고 하겠다.

2.

문학과 종교를 논의한다는 것은 간단한 문제가 아니다. 그것은 문학과 종교가 만날 때 조화를 이루지 못하고 어느 한쪽에 예속되어 그 순수성을 상실하는 경우가 많기 때문이다. 문학이 오직 기능적인 것으로 치달을 때에 독자로부터 외면당하기 쉽다. 그렇다고 문학이 종교에 예속되면 예술성을 상실하여 호교성을 띠므로 종교의 시녀가 되기 십상이라는 견해가 일반적이다. 그러한 견해는 크게 두 입장으로 나누어 생각할 수 있다. 하나는 문학과 종교를 상반된 견해로 보는 입장이고, 다른 하나는 신학적 관점을 떠나 문학적인 견지에서 심미성을 옹호하는 입장이다.

문학과 종교를 상반된 입장으로 보고 있는 대표적 인물은 플라톤, 어거스틴, 키에르케고르 등이다. 플라톤은 문학이란 이성보다 감정에 사로잡힌 허구로서 진리가 결여되어 있고 비실용적으로 부도덕성을 지향하기 때문에 쓸모가 없다고 보았다. 어거스틴은 문학이란 사람에게 건전하지 못한 정서를 전염시켜 부도덕한 행동을 만든다고 하였고, 키에르케고르는 시인이 실존적으로 선과 진리를 구현하기에 노력하지 않고, 허구적인 상상력을 통해 절대자를 묘사하기 때문에 죄악의 존재로 보았다. 이처럼 문학과 종교를 상반된 견해로 보는 입장은 교리적 중심의 교부들이나 플라톤주의, 청교도의 금욕주의, 공리주의의 영향에 따라 쾌락을 악으로 보는 관점 때문이다.

그러나 필립 시드니는 「시의 옹호」에서 종교 문학에 대해 교리적 입장을 떠나 문학적 입장에서 심미성을 옹호하였다. 그는 문학은 가르침과 즐거움을 주기 때문에 엄숙한 신학적 효용가치보다 예술 작품의 심미성을 통해 즐거움을 내포해야 한다고 보았다. 신학자이며 문학비평가인 에이모스 와일더는 시적 체험과 종교적 체험의 관련성을 주장하며 종교는 표현 과정에서 시를 필요로 한다고 하였다. 이처럼 이들은 문학과 종교의 기능에서 공통성과 필요성을 기반으로 양자 간의 유기성을 제시하였다. 문학은 허구적인 가운데서도 상상력이 내포하는 실재성 때문에 현실의 진실성보다 더 진실된 가치성을 전달할 수 있다는 것이다. 허구는 사실을 바탕으로 재구성한 것이기에 보편성과 진실성의 사실적 가치를 지닌다. 시드니는 문학이론의 모델로서 성경의 예와 교리를 사용했다. 그리고 다윗의 「시편」과 성경 속의 예언을 문학 작품으로 보았고, 복음서에 나타나는 예수의 비유들을 구체성과 경험적 실감을 자아내는 시적 표현으로 보았다.

성서나 불경 등의 경전이 오랫동안 읽혀진 것은 완벽한 언어 구조물로써 문학양식으로 쓰였기 때문이다. 종교적 경전을 문학적으로 이해한다는 것은 그 의미를 확대하고 일반화하는 일이다. 문학이 인간사회를 탐구해 형상화시킨다면, 가령 성서는 우주적 서사물로 우주 만물과 세계 현상, 신과 인간, 인간과 자연, 인류 역사에 대한 총체적 탐구를 추구한다. 인간에 대한 탐구와 인식은 인간의 존재성과 인간을 구속하는 죄의 실체를 파악함으로써 자유를 찾아가는 과정이라 할 수 있다. 문학이 과거의 체험을 소재로 하였지만, 오늘의 세계 현상과 인간 문제를 드러내면서 미래의 비전을 제시하듯이, 성서는 과거의 역사적 사실을 토대로 독자에게 현재적 의미로 수용될 뿐만 아니라 미래의 복음으로 시간을 초월하는 것이다

성서는 역사적 사실을 취사선택해 재구성해서 전경화하였다. 이미 존재했던 역사적 사실이라도 어떤 의도에 따라 선택하여 재구성했다면 그 개별적인 사실은 전체구조 속에서 하나의 의미체로만 작용하므로 허구와 같은 것이다. 이런 사실과 허구는 상호 교통하면서 실체의 진실성을 극대화시킨다. 성서는 가식 없는 인간의 삶을 생생히 묘사하며 선악의 가치판단 기준을 정확히 제시하여 비유와 대화로써 사건을 구체적으로 나타낸다. 그리고 위대한 인물(선지자)뿐만 아니라 버림받거나 소외된 인물들의 현실에 대한 치열한 탐구 정신이 동시대 상황을 올바르게 파악하면서 미래를 향한 인간의 꿈을 형상화시키므로 리얼리티를 지닌다.

성서는 오랜 역사의 전통 속에서 항구적 진리의 생명력을 내포하고 있다. 일반적으로 우리

가 공감을 갖는 것은 진실한 사랑과 감정을 보편적으로 느낄 때이다. 따라서 문학은 모든 삶 속에서 야기되는 선과 악, 어둠과 빛, 육신과 정신, 죽음과 영원, 신과 무(無) 사이의 갈등과 투쟁을 반영해야 한다. 종교의식은 침해를 받지 않거나 의문시될 수 없도록 정착되거나 확립된 것은 결코 아니다. 그것은 영원히 위기의 소생 상태에 있는 것이다. 그러므로 우리 시대의 문학은 이러한 위기를 반영해야 한다. 이러한 위기는 확신의 대위법적인 외침과 신앙적 발견의 승리뿐 아니라 불안 탐구·형이상학적 절망·허무주의 등이다.

3.

고대 이후 문학과 종교는 일치되어 인류의 정신문화를 이끌어왔으나 중세시대에는 신학과 문학이 분리되었다. 우리나라의 고대 시가 중 상고시대의 샤머니즘, 삼국시대의 불교 중심의 향가, 조선시대의 유교적 삶 속에서 형성된 사대부의 시가 등에서 종교관을 극명하게 살필 수 있다. 외국에서도 인도의 베다 찬가, 아메리카 토인들의 주문, 이집트 피라미드의 비문 등 예배의식에서 주술적인 종교성을 엿볼 수 있다. 그래서 틸리히(P.Tillich)는 종교에 가장 가까운 학문은 시가라고 했다. 신앙의 극치에서 느끼는 황홀감은 신앙인과 시인이 느끼는 정신적 절정인 것이다.

역사적으로 볼 때 인간의 삶을 지배해온 세계관은 '종교적 태도'와 '휴머니즘적 태도'(인간중심적 태도)이다. 아우구스투스 시대(the Augusstan age)부터 르네상스 시대까지 인간의 삶을 지배해온 세계관은 '종교적 태도'로서 종교와 윤리에 절대적 가치를 부여한 것으로 완전한 종교만이 불완전한 인간에게 가치와 질서를 부여한다고 보았다. 즉 유한성과 원죄를 가지고 태어난 인간은 종교를 통해서만이 완전한 존재가 되어 구원을 받을 수 있다는 것이다.

그러나 중세 이후 현대는 '휴머니즘적 태도'로서 인간이 종교에서 해방되어 인간의 무한성과 선한 가치관을 스스로 인식하게 되었다. 중세시대는 절대적·교화적으로 신에게 예속되어 복종하므로 현세적·감각적 세계는 가치가 떨어져 금욕적인 삶이 중심이 되었었다. 이 때만해도 문학이 기독교적 체계 내에서 창작되고 읽혀져야 하는가는 큰 문제가 되지 않았다. 그러나 계몽주의 시대로 접어들면서 서구사회는 급속히 세속화 과정을 거친다. 계몽주의는 교권적 기독교로부터 해방된 인간의 이성을 중시하였다. 계몽주의의 영향으로 유럽에서는 전동 기독교 교단에 도전하려는 세력이 형성된다. 오랫동안 대결해오던 과학과 문학이 기독교로부터 자유를 선언함으로써 각각 독자성을 확보하게 된 것이다. 그 후 인간의 개성을 존중하여 발생한 문예사조가 18세기말의 낭만주의적 예술관이다.

낭만주의는 문학과 종교를 동일시할 뿐만 아니라 서로 성실성과 개방성을 제공하며 서구유럽의 문학 발전에 지대한 영향을 미쳤다. 낭만주의자는 인간의 무한한 잠재력을 믿기에 절대적 종교관을 생명적인 카테고리로 설명하여 인간의 완전성을 인격적인 개념으로 파악하였다. 그러므로 세속적 일환으로 성서에 계시된 신성이나 신비적 요소를 탈피하여 성서를 초대교회의 역사와 히브리인들의 삶이 명시된 문서로 이해하려 했다. 이 때 학자들의 관심사는 성서를 역사와 자연과학적 입장으로 접근하여 창조신화나 기적 사건을 역사적인 독특성 속에서 파악하여 합리적으로 설명하였다. 이에 편승하여 문학 연구자들도 성서를 문학적인 문서로 접근하여 성서 자체의 자율적인 구조가 가지는 예술적 구성이나 일관성, 문학적 형식에 중점을 두었다. 따라서 기독교 문학은 낭만주의 시대에 재발견되면서 적극적으로 유럽 문화에 동화되기 시작하여 세르반테스·셰익스피어·단테 등의 작품들이 번역되었고, 자아의식의 표본이 되었다.

중세 이후 문학에서는 스콜라(Schola) 철학에서 엄격히 구분한 두 가지 행위 형태인 '행하다'와 '창작하다'를 혼동하기 시작했다. 이것은 낭만주의 문학의 개성의식에 따른 결과로 '행하다'라는 행위는 모럴만으로 결합되었지만, '창작하다'라는 행위는 미와 예술에만 따른다고 할 수 있다. 중세시대 예술가는 '창조'에서 신의 창조를 연상했지만, 중세 이후 예술가는 신 대신에 창조의 의의 자체를 문학 속에 집어넣으려 했다. 그래서 작품 속의 미(美)만이 아니라 자기만의 모럴 흔적을 포함시켰다. '창작하다'와 '행하다'의 혼동은 미나 모럴이 신으로부터 오는 것이 아니라 작가의 개성에 따른 창작과정에서 기인한다. 그러나 그들의 궁극적인 지향점은 언제나 인간을 초월한 세계에 놓여 있으므로 신을 잃은 것이 아니라 대신하려 했다. 신을 버리고 인간적인 모럴이나 가치관을 추구했지만 신의 속성인 미나 모럴 등 절대적 가치성에 대한 동경심만은 포기하지 않았다. 중세 예술가는 인간의 불완전성과 절대미의 표현이라는 의무감 속에서 모순과 좌절을 끊임없이 맛보았지만 그런 갈등이 '창작하다'의 원동력이 되었다. 동경하는 구극미는 완전한 것이었으나 인간적 한계에 부딪쳐 한정된 소재와 신이 될 수 없는 인간의 시선으로 표현할 수밖에 없었다.

현대는 문학과 종교가 상보적인 관점에서 인간의 정신문명을 이끌어간다고 할 수 있다. 이 점은 시적 경험이 근원적으로 종교적 경험과 일치한다고 보는 것이다. 그래서 러스킨(Ruskin)은 미의 근원은 신의 속성이라 했고, 헤세(H. Hesse)는 예술은 온갖 것의 배후에 신을 나타내는 것이라 했다. 또한 마리오 프라쯔(Mario Praz)는 예술은 종교이기 때문에 그것은 삶에 가치를 제공할 권리가 있다고 주장했고, 파스칼(B. Pascal)은 기독교의 본질이란 현대인의 비극을 특수하게 각성시켜주는 것이라고 생각했다. 엘리엇(T. S. Eliot)도 기독교인의 정신적 생활과 문학적 경험을 일치시키려 했다. 그가 관심을 갖는 것은 종교문학이 아니라 종교와 문학의 관계는 어떠한 것이어야 하는가라는 문제이다. 종교는 상상력을 제한하기보다 무한한 상상력과 고결한 정서를 고양하도록 활력소의 역할을 해야 한다. 의식적이며 한정된 관계에서 의도적인 조작의 산물은 가치성이 없다고 할 수 있다. 리런드 라이컨(Leland Ryken)이 문학과 종교를 동등시하는 것은, 두 영역이 구체적인 인간의 삶 속에서 가치와 존재의 의미를 추구하며 신비와 초월을 지향하고, 언어도 비유적·역설적·상징적이기 때문에 무한한 의미를 내포한다고 보았기 때문이다.

인간이 「창세기」에서 하나님의 형상대로 창조되었다는 것은 인간의 인격성에 대한 것이지만, 창조자로서의 일면을 지닌 것으로 예술작품을 창작할 수 있는 재능을 부여받았음을 뜻한다. 인간의 상상력은 궁극적으로 조물주가 창조한 우주의 일부분에 국한된다. 인간이 창작에 동참함은 조물주의 창조과정의 일익을 담당하는 것이다. 문학은 하나님의 뜻을 이루기 위한 인간의 진정한 목적이 아니더라도, 이것과 어느 정도 유사하면서도 육체적인 즐거움이나 물질에 대한 인간의 본능에서 크게 벗어나지 않는 목적을 추구하기 위한 노력을 기록한 것이다. 문학에서 추구하는 가치관이 기독교에서 추구하는 가치관과 일치하지 않더라도 별개의 것이라고는 볼 수 없다. 그것은 문학적 주제가 주로 애정, 물질적·충동적 욕구, 범신론의 내용이라도 궁극적으로 사랑과 진리, 모럴의식 추구, 휴머니즘 옹호 등의 기독교 사상에 부합되기 때문이다. 문학이 인간성을 창조하고 모럴의식을 추구하며 비전을 제시해 주는 것이라면, 도덕적 가치를 추구하며 사랑과 봉사와 구원으로써 인간의 삶을 제시하고 꿈을 주는 성서가 가장 적합하다고 할 수 있다.

신익호

1951년 전북 부안 출생, 한남대 국어국문학과 졸업(문학박사). 1981년 『현대문학』 비평 등단. 저서 『현대문학과 패러디』, 『현대시론』, 『현대시의 구조와 정신』, 『현대문학과 종교』 외 다수. 현재 한남대 국문과 명예교수.

기독교인의 우리말 사랑

박영환

1.

이 글은 기독교인의 우리말 사랑에 대해 다룬다. 기독교인들이 우리말을 얼마나 사랑하고 우리글을 어느 정도 아끼고 있는지를 살핀다. 과거와는 달리 기독교인들이 우리말과 글을 잘못 사용하고 있는 것을 조목조목 들여다봄으로써 기독교인의 각성을 촉구하고 우리말과 글에 대한 새로운 자세를 견지해야겠다는 뜻에서 이 소논문은 작성된다.

주지하다시피 한국에 기독교를 전파한 서양인 선교사들은 우리나라 사람들에게 한글의 가치를 알리고 순한글로 된 문서를 보급하였을 뿐만 아니라 나아가 한국인들에게 한글을 가르치려 노력하였다. 19세기 말 우리나라의 문맹자가 거의 90%에 이른 상황에서 선교 활동의 중심 과제는 신자들로 하여금 한글을 깨우치게 하는 것이었다. 그리하여 그들은 근대식 학교에서는 물론 전국에 흩어져 있는 교회의 주일학교를 중심으로 성경을 가르치며 한글을 해득하게 하였다.

선교사들과 더불어 초창기 그리스도를 믿는 선현들은 성서 번역을 통하여 한글 철자법을 정리하고, 적정한 번역 어휘를 모색하며, 한문 문장이나 국한문 문장과는 다른 독특한 문체를 확립하는 데 정력을 쏟았다.

이와 같이 한글전용문장을 형성하고 보급하는 데 서양 선교사들과 초창기 기독교인들이 기여한 바는 막대하다. 그 이후 일본강점시기에 기독교를 믿는 국어학자들이 중심이 되어 국어 철자법을 확립하고 일본제국주의에 맞서 한글의 보급에 힘을 쏟으며 겨레의 혼을 살리는 데 앞장섰다.

그런데 이렇게 우리말과 글을 애지중지하던 선인들과 달리 요사이 기독교인들은 국어·국문을 애호하는 의식이 희박한 듯하다. 어법에 맞지 않는 말을 마구 사용하거나 국어 문법에 어긋나는 글을 함부로 쓰는 이들이 적지 않다. 다음 장에서는 이런 문제에 대해 자세히 살피려 한다.

2.

    (1) ㄱ. 하나님 - 유일신

       ㄴ. 하느님 - 하늘에 계신 우리 아버지

    기독교인이 가장 많이 쓰는 말은 아마도 '하나님'일 것이다. 그런데 실상 '하나님'이란 말은 그리 적합한 용어가 아니다. '하나님'에 해당하는 고형은 '하늘님'이다. '하늘님'은 '하늘'을 뜻하는 '하늘'에 접미사 '-님'이 붙은 형태이다. 곧, 하늘에 계신 분을 뜻하는 말이다. 그런데 '하늘님'이 '하나님'으로 바뀌게 된 데는 어학적인 고찰이 뒤따라야 한다. 우선 'ㆍ'는 그 음가가 불안하여 근대국어로 오면서 사라졌다. 비록 어형은 조선말까지 유지되었으나 소리는 없어졌던 까닭에 'ㆍ'는 그와 음이 유사한 'ㅏ'로 바뀌어 '하늘'은 '하날'로 되었다. 즉, '하늘님'이 '하날님'으로 바뀔 수밖에 없게 되었다. 그리고 어형결합시 불안한 자음인 'ㄹ'음이 탈락되어 '하날님'이 '하나님'이 되었다.

    이상과 같은 연유에서 '하나님'은 하늘에 계신 분을 일컫는 단어임을 알 수 있다. 다시 말해서 주님의 기도인 주기도문의 서두에 있는 하늘에 계신 우리 아버지를 가리키는 말이다. 개신교 신자 중에 요사이 어느 누구도 "하날에 계신 우리 아버지"라고 주님을 부르는 이가 없는 까닭에 '하나님' 대신에 "하늘'에 계신 우리 아버지"인 '하느님'이라고 사용하는 것이 옳다.

    그런데 이러한 과정을 모른 채 '하나님'이란 말을 '유일신'을 뜻하는 단어라면서 그 어형에 집착하는 이가 적지 않다. 우리말에서 접미사 '-님'은 유정명사 뒤에 붙는다. '아버님', '선생님'이 대표적인 예이다. 그런데 유정명사가 아니라도 존경의 대상이라고 여기기만 하면 무정명사에도 접미사 '-님'이 붙을 수가 있다. '해님', '달님' 따위가 그 예이다. 그러나 우리말에서는 수사 뒤에는 절대로 접미사 '-님'이 붙을 수가 없다. 따라서 수사인 '하나' 뒤에 접미사 '-님'이 첨가되어 유일한 분을 지칭한다는 말은 국어의 어형결합의 원리를 알지 못한 데서 비롯된 것으로 커다란 잘못을 범한 것이다.

    한편 (2)~(5)는 어법에 어긋난 어휘와 문장을 제시하고 있다.

    (2) ㄱ. 예수 믿고 천당 간다, 그리스도의 행하심은, 주여!

       ㄴ. 예수님 믿고 천당 간다, 그리스도님께서 하신 것은, 주님!

(3) ㄱ. 주의 영광을 내게 보이소서.

ㄴ. 주님의 영광을 저에게 보이소서.

(4) ㄱ. 총장님께 건강을 허락하시고, 목사님을 위로하시고

ㄴ. 총장을 건강하게 돌보시고, 목사를 위로하시고

(5) ㄱ. 당회장님의 말씀이 계시겠습니다.

ㄴ. 당회장님께서 말씀하시겠습니다.

(2)에서 '예수'와 '그리스도', '주'는 모두 우리가 흠숭할 대상이기 때문에 존경을 나타내는 접미사 '-님'이 덧붙어야 한다. 그 중에서도 아직 낯설게 느껴지는 '그리스도님'도 최근 천주교에서 이 용어를 채택한 바 개신교에서도 고려할 만하다. (3)에서 '주'는 (2)에서와 같이 '주님'으로 바꿔야 마땅하며, '주님'에 비하여 낮추어야 할 대상인 '나'는 '저'로 써야 올바르다.

(4)는 대표기도할 때 흔히 등장하는 문장으로, 기도하는 사람 입장에서는 총장이나 목사가 높여야 하는 대상이긴 하지만 기도를 받고 있는 하느님 입장에서는 그들이 하느님과 비교할 때 마냥 하찮은 존재일 뿐이다. 따라서 구성원의 입장에서 기도를 드린다 하더라도 기도를 듣고 있는 하느님을 고려하여 (4ㄴ)과 같이 하는 것이 옳다.

(5)는 일반 사회에서도 오류를 많이 범하는 것으로 '당회장님'의 말씀은 '있는' 것이지 '계시는' 것이 아니다. 그것은 마치 "당회장님의 모자가 여기 계신다"는 문장이 비문인 것과 비교하면 얼마나 잘못된 문장인지 알 수 있다.

(6) ㄱ. 욥기 3장 3절로 4절 말씀, 저가 말하기를

ㄴ. 욥기 3장 3절부터 4절까지의 말씀, 그가 말하기를

(7) ㄱ. 지금으로부터 삼일절 기념식을 거행하겠습니다.

ㄴ. 지금부터 삼일절 기념식을 거행합니다.

(8) ㄱ. 여인아 ; 왕이여

ㄴ. 아주머니, 아가씨 ; 임금님, 전하, 폐하

(6)은 현대어법에 어긋난 표현을 지적한 것으로 이전에 쓰던 방식을 아직까지도 답습하고 있는 양상을 보여 준다. 그런데 (6)의 앞부분에 있는 조사가 이중으로 나타난 (7ㄱ)의 형식이 가끔 눈에 띈다. 그것은 마땅히 (7ㄴ)으로 바꿔 써야 한다. "열 시로부터 삼일절 기념식을 거행하겠다."는 문장이 맞지 않는 것과 같이 (7ㄱ)은 쓰일 수 없는 문장이다. 또한 (6)의 뒷부분에 있는 '저'는 현대어에서 1인칭 겸양법에 쓰이거나 3인칭 화청자 원거리 지시어로 사용된다. 따

라서 (6ㄴ)에서처럼 3인칭 대명사인 '그'로 바꿔 써야 한다.

(8)은 호칭에서 오용되는 것으로 (8ㄱ)은 우리말에서 부름말이라고 볼 수 없는 말이다. 그것은 쓰이지도 않았던 문어투로 '여인아'인 경우는 결혼을 했을 것 같은 경우라면 앞에 있는 단어인 '아주머니'로 고쳐 써야 하고 그렇지 않을 경우에는 뒤에 있는 단어로 옮겨야 한다. 마찬가지로 '왕이여'와 같은 형태는 구어에서 전혀 사용된 적이 없으므로 (8ㄴ)의 뒷부분과 같이 수정해야 적정하다.

이와는 달리 과거에 쓰이던 어려운 한자어가 그대로 지금까지 사용되는 것이 있다.

(9) ㄱ. 강고하다, 연단, 담대, 자복하다, 완악하다
    ㄴ. 튼튼하다, 단련, 대담, 자백하다, 고집세다
(10) ㄱ. 시무하다 ; 증경회장
    ㄴ. 목회하다 ; 명예회장, 전임회장, 자문위원장, 고문
(11) ㄱ. 사역을 감당하다, 사역이 확대되어서, 인자함을 인해, 믿음을 소유하면서
    ㄴ. 일을 맡아서 하다, 일이 많아져서, 인자하시기 때문에, 믿으면서

(9)는 어휘 차원의 문제로서 (9ㄱ)도 사용할 수 있으나 되도록이면 (9ㄴ)으로 바꾸어 쓰는 것이 바람직하다. 더욱이 '연단'이나 '담대'로 써야만이 훨씬 더 기독교적이라는 인식을 하고 있다면 일반 사회에서 사용하고 있는 '단련'과 '대담'으로 변경하는 것이 낫다. 또한 (10ㄱ)과 같이 편협된 지역이나 사회에서 쓰이는 용어는 마땅히 (10ㄴ)과 같이 바꾸어야 훨씬 부드럽고 대중적인 용어가 된다. 그리고 (11ㄱ)에서처럼 어려운 한자어인 데도 마치 특수한 의미를 지니는 것으로 오해하여 널리 쓰이고 있는 것은 잘못이다. 어서 빨리 (11ㄴ)으로 바꾸어야 한다.

그런가 하면 의미상 간섭 현상을 일으키는 용어를 기독교인들이 수시로 사용하고 있는데 심사숙고할 사항이다.

(12) ㄱ. 하나님께서 간섭하소서, 하나님은 내 삶에 개입하신다, 친동생과 접촉하면서
    ㄴ. 하느님께서 보살펴 주소서, 하느님께서는 나를 돌보신다, 친동생과 만나면서
(13) ㄱ. 시험에 들지 않게 하시고 다만 악에서 구하소서, 낮에는 골몰하나 쉴 때도 오겠네
    ㄴ. 유혹에 빠지지 않게 하시고 악에서 구하소서, 낮에는 바쁘나 쉴 때도 오겠네

(12ㄱ)에서 '간섭'이나 '개입'은 비교적 의미평가 면에서 하락된 것으로 좋은 일이 아니라 나쁜 쪽의 일에 관련된 것을 일컫는다. 그러므로 일반인들에게 오해를 빚을 수 있는 표현이기

때문에 (12ㄴ)이 바람직하다. 그리고 (12ㄱ)의 마지막 예는 특수한 임무로 몰래 만나는 것이라면 몰라도 그저 외국에 나가 선교할 때 먼저 와 있던 동생과 만나는 것이라면 (12ㄴ)처럼 쉬운 표현으로 바꾸어야 한다. 그리고 (13ㄱ)에서도 '시험'은 일반 언중들에겐 전혀 다른 의미로 쓰이므로 '유혹'으로 바꾸고, '다만'은 여러 가지 가운데서 어느 것 한 가지를 콕 집어서 거론할 때 쓰이는 단어이기 때문에 이 문장에서는 적절하지 않아 삭제하는 것이 낫다. 또한 '골몰하다'도 어떤 일에 몰두한다는 뜻으로 언중에게 각인되어 있는 까닭에 '바쁘다'로 옮기는 것이 무난하다.

(14) ㄱ. 브엘세바, 야곱, 만나, 가나안
ㄴ. 메시지, 리더십, 워십컨서트, QT
ㄷ. 설교, 지도력, 경배와 찬양 ; 경건회, 명상의 시간
(15) ㄱ. 비젼, 크리스찬
ㄴ. 꿈, 야망; 기독교인

(14ㄱ)에서와 같이 성경에 나타난 지명, 인명 등으로 상호명이나 상표명을 삼는 것 등은 우리가 굳이 문제삼을 필요가 없다. 그러나 신앙생활을 하면서 (14ㄷ)과 같이 표현해도 전달 효과에 아무런 걸림돌이 없는 데도 굳이 (14ㄴ)처럼 사용하는 것은 재고해야 마땅하다. 더욱이 (15ㄱ)처럼 맞춤법 표기가 엉망인 것까지 눈에 띄게 하는 것은 정말 삼가야 할 것이다.

그리고 (16ㄱ)은 하루 빨리 (16ㄴ)으로 바뀌어야 할 것이다. 장애인이 (16ㄱ)을 싫어한다면 (16ㄴ)으로 바꾸는 것이 올바르며, 그토록 장애인을 사랑했던 예수님께서 지금 이 땅에 나타나셨다면 어떤 단어를 사용하셨을까 하는 것은 너무나도 자명하다.

(16) ㄱ. 장님, 벙어리
ㄴ. 시각장애인, 청각장애인

(17)부터는 문장에서 잘못 사용되고 있는 것을 자세히 살펴본다. (17)은 명사나 명사형 표현이 주를 이루는 것으로 동사나 동사형으로 표현되는 것이 바람직하다. 이 가운데는 외국어의 영향을 받아 외국어식 표현이 굳어진 것이 많이 있다. 그러나 그것의 반작용으로 오히려 (18ㄱ)과 같은 표현이 등장하는데 이것도 역시 올바른 국어로 자리잡기 이전의 모습에 불과하여 쓰지 않는 것이 좋다.

(17) ㄱ. 커다란 기쁨이 되었다, 집회를 가졌다, 병이 나음을 얻었다, 병고침을 받다

ㄴ. 매우 기뻤다, 모였다, 병이 나았다, 병이 치유되었다
(18) ㄱ. 가르침을 듣다, 기독인의 하나됨
　　ㄴ. 강의를 듣다, 기독교인의 일치

한편 (19)와 같은 이중피동 표현은 몹시 부자연스러우며, 수효를 나타내는 말과 진행형에서 몇 가지 생각해 볼 만한 것이 있다.

(19) ㄱ. 장로가 되어졌다, 씨앗이 심겨지면
　　ㄴ. 장로가 되었다, 씨앗이 심어지면
(20) ㄱ. 한 개의 사과나무, 많은 교회가 있다
　　ㄴ. 사과나무 한 그루, 교회가 많이 있다
(21) ㄱ. 가는 중이다, 행복으로 다가오다
　　ㄴ. 가고 있다, 행복해졌다

다시 말해서 영어투나 일본어식 문장에서 나타나는 이중피동 표현은 (19ㄴ)과 같이 정리될 필요가 있으며, (20ㄱ)과 같이 수량과 관련된 표현법도 진정 우리말인 (20ㄴ)처럼 써야 하며, (21)의 앞부분인 진행표현도 (21ㄴ)처럼 바꾸어야 한다. 혹자는 (21ㄱ)의 앞부분에서 무엇이 잘못인가 인식하지 못할지도 모른다. 곧 현재 진행형에 쓰이는 '중'은 명사 뒤에 붙어 '회의 중', '방송중', '식사중'처럼 쓰일 수는 있지만 동사와 함께 쓰이는 것은 부적절하다. 그러나 요사이 동사와 더불어 생산적으로 쓰이는 경향이 농후하다.
또한 명령형어미가 잘못 쓰이는 경우를 종종 본다.

(22) ㄱ. 저에게 주라, 주 예수를 믿으라
　　ㄴ. 그에게 주어라, 주 예수님을 믿어라

이뿐 아니라 (23)은 '-하다' 접미사가 붙을 수 없는 명사에 접미사를 붙여 이상한 어형을 빚 어낸 경우이고, (24)는 다른 표현이 버젓이 있는데도 명사와 명사를 관형격어미로 연결하여 부 자연스러운 문장을 지어낸 경우이다. 그리고 (25)는 '위해서' 앞에 쓸데없는 대격조사를 붙여 국어 문장을 훼손하고 있다.

(23) ㄱ. 자유함을 얻었다, 자유하는 사람
　　ㄴ. 자유를 얻었다, 자유로운 사람
(24) ㄱ. 은혜의 하나님, 감사의 하나님
　　ㄴ. 은혜로운 하느님, 고마우신 하느님

554

(25) ㄱ. 선교하기를 위해서 기도했다
　　 ㄴ. 선교하기 위해서 기도했다

　이 외에도 복수를 지시하는 어형을 지나치게 삽입하여 국어를 망가뜨리는 예를 많이 볼 수 있다. 특히 (27)에서 '상황'이나 '생활'은 이미 복합적인 것을 다 아우르는 단어인 만큼 절대로 복수형으로 나타나서는 안 된다.

(26) ㄱ. 성경들에서, 우리들의 마음들이, 그 시간들이
　　 ㄴ. 성경에서, 우리들의 마음이, 그 시간이
(27) ㄱ. 이 상황들을 보면, 인도에서의 생활들이
　　 ㄴ. 이 상황을 보면, 인도에서의 생활이

　비록 복수 표현이 아니라도 (27)과 유사한 어형이 자주 나타난다.

(28) ㄱ. 상황 가운데, 어려움 속에, 관계 속에서
　　 ㄴ. 상황에, 어려움에, 관계에서

　(28ㄱ)이 여기에 속하는 것으로, 비록 좀 더 구체적으로 표현하려는 욕구에서 그러한 어형이 등장하는지 모르겠으나 군더더기 표현에 불과하여 사용을 자제해야 할 것이다.
　그리고 (29ㄴ)에서처럼 평범하게 얘기하는 것이 더 나을 것 같은데 유달리 교회 안에서만 용납될 수 있는 표현이 등장하는데 다시 한번 깊이 있게 생각해야 할 것이다. 특히 (29ㄱ)의 뒷부분은 목회자는 얼마든지 사용할 수 있으나 평신도가 사용하는 데엔 큰 문제가 있다.

(29) ㄱ. 그 말씀에 도전을 받았다, 영광교회를 섬기고 있다
　　 ㄴ. 그 말씀에 해야겠다고 마음먹었다, 영광교회를 다니고 있다

　이와 아울러 관형격조사 대신에 주격조사가 들어가야 할 곳에 아직도 과거의 어형 모습이 남아 있어 어색하기 짝이 없다.

(30) ㄱ. 예수의 우리 사랑하심은, 나의 살던 고향은
　　 ㄴ. 예수님께서 우리를 사랑하시는 것은, 내가 살던 고향은

　그리고 (31ㄱ)에서와 같이 '이'는 자신을 포함하지 않은 경우에도 쓰이는 단어이기 때문에 '우

리'로 바꾸는 것이 훨씬 나으며, (32)에서와 같이 우리 나라 사람끼리 이야기할 경우라면 (32ㄱ)을 (32ㄴ)으로 고쳐 써야 한다.

> (31) ㄱ. 이 나라, 이 민족
> 　　ㄴ. 우리 나라, 우리 겨레
> (32) ㄱ. 저희 나라, 저희 민족
> 　　ㄴ. 우리 나라, 우리 겨레

이 밖에도 기독교인들이 똑같은 단어를 한 문장이나 문단에서 너무 자주 사용하는 것도 지양해야 한다.

> (33) ㄱ. 정말 제가 하나님을 정말 섬기면서 정말 인도에서 사역했습니다.
> 　　ㄴ. 제가 하느님을 정말 섬기면서 인도에서 선교했습니다.

한편 띄어쓰기를 해야 할 때 붙여 쓰거나 반대로 붙여 써야 할 때 띄어 쓰는 경우를 흔히 볼 수 있는데 기독교인들이 다른 이들에게 더 이상 책잡히지 않도록 맞춤법을 제대로 익혀야 할 것이다.

> (34) ㄱ. 아는대로 보게 된다, 있는데가 어디이기에
> 　　ㄴ. 아는 대로 보게 된다, 있는 데가 어디이기에
> (35) ㄱ. 교회 뿐만 아니라, 갈 지 모르겠다, 읽기는 커녕
> 　　ㄴ. 교회뿐만 아니라, 갈지 모르겠다, 읽기는커녕

3.

지금까지 필자는 기독교인들이 잘못 쓰고 있는 국어·국문의 어휘와 문장을 자세히 살펴보았다.

그리하여 초창기 기독교가 우리나라에 전래될 때에 외국인 선교사와 한국인 선각자들이 우리말과 글을 잘 닦고 보급하는 데 앞장섰던 것과는 달리, 요사이 기독교인들은 우리말을 올바로 쓰고 우리글을 똑바로 쓰는 데 매우 소홀하다고 생각하였다. 심지어 지도자에 해당하는 일부 기독교인이 앞다투어 외국어나 외래어를 남용함으로써 신자들에게 나쁜 영향을 끼친다는 것도 알게 되었다.

그러므로 앞으로 모든 기독교인들이 우리말을 더욱 사랑하고 우리글을 좀 더 잘 보살펴, 자

신의 신앙생활을 돈독히 하는 것은 말할 나위도 없고 이웃과 더불어 바람직한 신앙공동체를 형성하길 간절히 바란다.

박영환

1953년 충북 청원 출생. 한남대학교 국어국문학과 졸업(문학박사). 저서 『지시어의 의미 기능』, 『국어학의 전개 양상』, 『고운 우리말 높은 겨레얼』 외 다수. 현재 한남대학교 국어국문창작학과 교수.

한국문학, 현실의 아픔을 정화하는 씻김굿 되어야

김영호

1. 문학의 시대는 끝났는가?

광주항쟁으로 시작된 격정의 80년대는 87년 6월 항쟁으로 그 역사적 에너지를 뜨겁게 분출하여 국민주권 시대를 열어젖히며 바야흐로 민중문학의 절정기를 맞는다. 광주의 민중항쟁을 잔혹하게 짓누르고 집권한 신군부는 민중의 각성과 결집을 막고자 70년대부터 진보문학운동을 선도해오던 『창비』나 『문지』를 계급의식 격화와 사회혼란 조성을 구실로 폐간했다. 그러자 각 지역의 문학 동인과 젊은 문학인들이 비정기 간행물인 '무크지'를 발간하며 정권의 문화탄압에 맞서 민족민중문학의 열망을 이어갔다. 80년대의 '실천문학, 시와 경제, 반시, 마산문화, 민족과 문학(광주), 지평(부산), 삶의 문학(대전)' 등은 유격전적 문화운동이자 대안문화운동으로 그 시대적 역할을 감당했다. 90년대에 이른바 세계화로 표현되는 자본시장의 지구화로 삶이 자본에 종속되고 첨단산업 중심으로 산업구조가 재편되면서, 노동자나 농민 등 이른바 민중의 에너지를 결집하는 대규모 투쟁의 시대가 불가능하게 된다. 이로 인해 90년대 중반의 노동계 총파업 이후 노동운동이 점차 쇠퇴하기 시작한다. 특히 98년의 외환위기 이후 안정적인 노동지위가 크게 위축되면서 역사적 주체로서의 민중의식 또한 크게 퇴색한다. 흔히 얘기하는 '민중이 사라진 시대', '혁명이 불가능한 시대'가 된 것이다. 이렇게 민중의 역사적 변혁에너지가 위축되면서 '민족민중문학' 또한 서서히 사라져가게 된다.

이는 '가라타니 고진'의 『근대문학의 종언』에서 극명하게 드러난다. 고진은 문학평론가 김종철을 필두로 많은 비평가들이 문학 판을 떠난 것에서 문학의 쇠퇴 조짐을 포착하고, 문학이 사회를 선도하던 시대, 문학이 시대적 과제를 떠안고 나름의 영향력을 행사하던 시대는 기본적으로 끝났다고 판단하고, 근대문학의 종언을 선언한다. 그는 문학이 그 사회적 힘을 잃게 된 원인을, 나라마다 이미 국민국가를 확립했기 때문이라고 본다. 하지만 그의 이런 진단은 적어도 우리에겐 부적절하다. 아직도 우리에겐 민족분단의 극복과 통일국가 수립이라는 민족적 과

제가 여전히 남아 있고, 문학이 민족의 동일성과 정체성 형성에 나름대로 기여할 시대적 요구가 남아있기 때문이다.

이처럼 고진의 진단과 평가가 성급했다고 하면, 민중의 역사적 에너지 결집이 쉽지 않다고 해서 민중문학 또는 문학의 시대가 끝났다고 판단하는 것 또한 성급한 일이다. 물론 90년대에 실제로 민중문학이 크게 쇠퇴하고 이른바 후일담 문학이 사소설 형태로 성행하는 현상은 리얼리즘에 바탕을 둔 민중문학의 역할이 끝났음을 입증한다고 판단할 수 있다. 하지만 이는 문학행위를 사회구성체 변화에 대응하는 피동적이고 부수적인 현상으로 본다는 점에서 문제가 있다. 문학은 본질적으로 개인적 자아와 사회적 자아의 자기표현으로 비롯되는 것인 만큼, 집단적 응집력이 약화된 채 물신화된 시장구조에 얽매인 삶의 모습 또한 문학적 형상화의 대상일 뿐이다. 문학이 윤리적 당위성을 표방하며 사회 제반 현상을 선도하는 것만이 문학의 사회적 역할인 것은 아니다. 민중문학의 출현이 시대적 요구에 의한 것이라면, 민중문학의 소멸 또한 시대변화에 따른 불가피한 양태일 뿐이다. 근대문학의 종언이니 민중문학의 소멸이니 하는 진단은 결국 문학에 대한 새로운 변화 요구에 적절한 유연성으로 대응하려는 노력이 부족했던 것에 대한 냉정한 평가로 보아야 할 것이다. 따라서 문학의 시대는 끝난 것이 아니라 시대환경의 변화에 걸맞은 진화가 필요한 것이다.

2. 그렇다면 문학이란 무엇인가?

그렇다면 오늘날 우리에게 문학이란 무엇인가. 역사적 주체로서의 민중이 사라진 시대에 문학은 어떻게 진화해야 하는가. 시장화된 세상에서 사물화된 개인들로 파편화된 채 살아가는 현대인들에게 문학은 무엇인가. 이렇게 어려운 때일수록 근본을 되돌아보는 법고창신(法古創新)의 자세가 필요하다. 조선시대 최고의 사상가이자 시인인 다산 정약용은 그 아들에게 주는 편지에서, '나라를 근심하고 시대를 아파하며 세속에 분개하는' 시가 참된 시이며, '백성에게 혜택을 주려는 마음가짐을 지니지 못한 사람은 시를 지을 수가 없다'고 가르쳤다. 지나치게 문학의 공리적 기능에 치우쳤다는 비판이 가능하지만, 아파하는 이웃의 고통에 민감하게 반응하며, 그런 아픔이 극복된 세상을 꿈꾸는 것이 바로 시(문학)란 것이다. 지금 이곳에서 파편화된 채 이웃의 고통에 둔감한 사람들에게 그 아픔을 함께 느끼도록 자극을 주고, 아파하는 사람들에게 연민의 정으로 공감하는 것이 바로 문학의 원래 모습인 것이다. 그러니까 역사적 주체로서의 민중이 존재하지 않는다 하더라도, 삶의 아픔이 있는 곳이라면 언제나 문학은 존재할 수 있는 것이다. 이것이 바로 문학의 존재 이유이다.

이는 서양도 마찬가지다. 서양문화의 큰 축을 이루는 헤브라이즘의 근본인 성경문학 또한 마찬가지다. 성경에 묘사된 예수의 삶의 행태를 한마디로 요약하면, 자비와 사랑의 실천이다. 물론 그의 사랑은 보편적인 인류애를 지향한다. 하지만, 그의 사랑엔 우선순위가 있다. 그는 버림받은 아웃캐스트(outcast)들에게 기쁜 소식을 전하며 그들과 기꺼이 함께한다. 그는 버림받은 자들의 고통에 연민의 정으로 동정하며 아파한다. 연민을 뜻하는 '컴패션(compassion)'의 라틴어 어원인 'compati'는 '함께 고통 받다(com-함께, pati-고통 받다)'는 뜻이라고 한다. 그리고 예수가 생전에 쓰던 아람어에서 '동정하다'란 말의 어원은 '자궁'이라고 한다. 즉 엄마가 뱃속의 아기를 생각하는 것처럼 남의 처지를 생각한다는 것이다. 이렇게 남의 아픔에 공감하며 그런 아픔이 없는 다른 세상, 대안적 세상을 지향하는 게 연민과 동정의 원래적 의미인 것이다. 따라서 동서양을 막론하고 문학은 이웃의 아픔에 공감하며 그것을 승화시키는 바로 그런 것이다.

조지 오웰은 「나는 왜 쓰는가」란 산문에서, 자신이 글을 쓰는 이유를 네 가지로 제시하는데, 이 중에서 그가 제일 중시하는 것은 역사적 진실을 지키기 위해 분투하고자 하는 역사적 충동과 무고한 사람들의 억울함에 대한 분노라는 정치적 목적으로, 그는 이런 이유 때문에 스페인 내전에 참전했고 이를 바탕으로 『카탈로니아 찬가』를 썼다고 밝힌다. 그는 마지막으로 자신의 글이 맥없고 의미 없는 허튼소리가 될 때는 바로 정치적 목적이 결여됐을 때라고 고백한다. 이렇게 본다면 정약용의 공리주의적 태도가 그리 지나친 게 아닌 셈이다. 정치적 무관심으로 이웃의 고통을 외면하는 행위는 결국 자신의 안위도 보장할 수 없다는 진실을 간결하지만 강렬한 울림으로 노래한 독일의 신학자 '마르틴 니뮐러'의 입장 또한 정치적이다.

> 나치가 공산주의자들을 잡아들였을 때,
> 나는 침묵을 지켰다
> 나는, 그래, 공산주의자가 아니었다
>
> 그들이 사민주의자들을 잡아가두었을 때,
> 나는 침묵을 지켰다
> 나는, 그래, 사민주의자가 아니었다
>
> 그들이 노동조합원들을 잡아들였을 때,
> 나는 저항하지 않았다
> 나는, 그래, 노동조합원이 아니었다
>
> 그들이 유대인들을 잡아들였을 때,

나는 침묵을 지켰다
나는, 그래, 유대인이 아니었다

그들이 나를 잡으러 왔을 때,
나를 위해 저항할 수 있는 사람이 더 이상 아무도 남아있지 않았다
_「그들이 처음 왔을 때」

3. 무엇을 어떻게 할 것인가?

'소강(小康)사회'는 2500년 전 『예기(禮記)』에 나오는 공자와 제자 '자유'의 대화에서 유래하는데, 의식주를 걱정하지 않는 물질적으로 안락한 사회, 비교적 잘 사는 중산층 사회를 의미하므로 오늘날 우리의 모습에 해당한다. 하지만 개인주의가 팽배하고 능력과 힘을 사유화(私有化)하며 그것이 대대로 세습되고, 사회적 약자인 노인과 과부 어린애 등이 돌봄을 받지 못하는 그런 사회로, 지금의 우리 현실과 비겨도 큰 차이가 없다. 이렇게 사회 전반은 물질적으로 넉넉하지만, 빈부격차가 고착되고, 사회적 약자가 방치되는 데 대한 분노의 마음을 가지고 그들의 아픔에 적극적으로 공감하는 것, 그것이 바로 문학의 자리이다.

앞에서 살펴본 공감과 연민의 마음은 남의 고통을 함께 느끼는 데서 그치지 않고, 그 고통이 제거된 세상을 꿈꾸는 데까지 나아가야 한다. 그래서 『예기』에서는 '소강사회'의 대안으로 '대동(大同)사회'를 다음과 같이 묘사한다. "큰 도(道)가 행해지면 천하가 공정해진다. 현명한 사람과 능력 있는 사람을 뽑아 쓰면 신의가 돈독해지고 화목해진다. 그래서 사람들은 자기 어버이만 어버이로 모시거나 자기 자식만 자식으로 사랑하지 않고 남의 어버이나 자식도 자기 가족처럼 여기게 된다. 노인은 안락하게 여생을 보낼 수 있게 되고, 젊은 사람들에게는 일자리가 있으며, 어린아이들은 훌륭하게 양육되고, 홀아비·과부·고아, 그리고 의지할 데 없거나 병든 사람들도 모두 부양을 받게 된다. 남자에게는 직분이 있고 여자에게는 시집갈 곳이 있다. 재물이 쓸모없이 땅에 버려지는 것을 싫어하고 또한 그 재물을 개인의 이익만을 위해 가지지도 않는다. 힘은 자기 자신에게서 나오지 않는 것을 싫어하고 또 그 힘을 자신만을 위해 쓰지도 않는다. 그러므로 나쁜 꾀는 생기지 않고 도적떼도 생겨나지 않아서 대문을 닫지 않고 살 수 있게 된다. 이러한 세상을 '대동'의 세상이라고 부른다."

'대동사회'의 꿈은 오늘날 북유럽의 복지국가의 모습과 유사하니, 동서고금을 막론하고 사람다운 삶, 인간의 존엄이 보장되는 삶의 모습은 큰 차이가 없는 셈이다. 그러기에 민족주의 사학자이자 아나키스트인 신채호도 이런 꿈에 매료돼 연해주에서 〈대동〉이란 주간지를 간행

하기도 했다. 이렇게 공유정신으로 서로 보살피는 복지국가의 꿈, 인간다운 삶의 꿈은 지금 이곳 우리의 삶이 도달해야 할 이상적 모습이자 이 시대가 지향할 시대정신으로 우리 문학이 있어야 할 자리이다.

4. 제안 : '제노사이드 종단벨트' 작업, 화해와 상생의 씻김굿 프로젝트

민중이 사라진 시대, 더 이상 삶의 현장에서 문학으로 대중과 함께하는 작업이 쉽지 않은 세상이 되었다고 탓하지 말자. 지금 고통 받는 사람들이 있는 이곳이 삶의 현장이자 바로 문학의 자리이고, 고통을 극복하는 세상을 함께 꿈꾸는 것이 우리 문학인의 역할이다.

한국작가회의도 파편화된 일상 속에서 작은 소유에 안주하는 부박한 세태에 휩쓸려 전국 지회와 본부가 함께하는 작업이 많이 줄어들었다. 문학은 도처에 흩어진 아픔을 찾아 기록하고 기억하며 그 아픔에 합당한 이름을 붙여 그 한을 씻어주는 작업이며, 또 살아있는 사람끼리의 화해를 도모하게 해주는 씻김굿 역할이 바로 우리 진보문학이 진화해야 할 모습이다.

굴곡진 역사 속에서 우리 국토 어디인들 아픔 없는 곳이 있으랴만, 지금도 우리 민족사와 강산을 관통하는 한(恨)으로, 한국전쟁 전후 겪은 '학살의 상처'를 들 수 있다. 정확하진 않지만 민간인 집단 학살 희생자가 어림잡아 100만은 될 것이라 하니, 이를 기억하고 기록하여 진상을 밝히고 원혼들의 억울함을 달랜 뒤 유가족들의 아픔을 진심으로 위로하고 적절한 보상을 하며, 더 이상 이런 만행이 되풀이되지 않도록 학살현장을 평화교육의 장으로 승화시키는 일은 모든 지역이 함께할 수 있는 보편적 이슈라 할 수 있다. 물론 이를 문학으로 형상화하는 작업은 구체적 인물과 사건을 중심으로 화석화된 역사를 육화(肉化)된 현실로 복원해내는 작업이어야 할 것이다. 일단 서울에서 제주까지 남북으로 길게 종단하는 민간인 집단학살 기록 작업을 가칭 '제노사이드 종단벨트 작업'으로 명명해 보자.

구체적인 진행방법은 한국작가회의 13개 지회가 그 사업취지와 작업방법 등을 공유한 뒤 각 지회별로 전담팀을 구성한 뒤, 해당 지역의 학살 현장을 중심으로 기록과 증언 등을 취재하고 이를 분석 정리해 학살개요를 작성하도록 한다. 그 과정에서 특별히 이야깃거리가 될 것들을 찾아 별도의 문학적 형상화 작업을 거친다. 이렇게 지회별로 정리된 자료와 문학작품(시, 소설, 희곡, 시나리오 등)을 전국 단위로 수합하여 별도의 책으로 묶어낸다. 이 일련의 작업을 대전에서 총괄하는 방법도 고려해 볼 수 있다. 가령 대전의 '산내학살사건'은 해방 전후 남한 지역 내 단일장소로는 최대 학살지이고, 희생자가 제주에서 서울까지 남한 내 대다수 지역민들이 고루 있어 전국 각지의 유족들이 함께할 수 있고, 또 국토의 중간에 위치한 교통의 요충지라 진행과

정의 점검이나 회합 등에 편리할 것으로 판단되기 때문이다.

대전시 동구 낭월동 골령골(뼈잿골)에서 1950년 6월 하순에서 7월 중순까지 3차에 걸쳐 자행된 '산내학살사건'은 대전형무소 재소자와 대전충남북 일원의 보도연맹원 등 최대 7000여 명이 군경에 의해 집단학살된 것으로 추정되는 사건이다. 당시 대전형무소 재소자 중에는 제주 4.3 관련자나 여순사건 관련자도 있었고, 서울 경기 등의 형무소 재소자들이 인민군에 의해 석방되어 고향으로 돌아가다 대전역에서 다시 붙잡혀 희생된 경우도 있었다 한다. 또 1951년 1.4 후퇴 시 '부역행위특별처리법'에 의해 부역혐의자로 체포되어 산내에서 처형당한 사건까지 포함하면 그 희생자는 훨씬 늘어날 것으로 보인다.

이 작업과정은 일련의 '동심원 만들기 작업'이라 부를 수 있다. 같은 중심을 가지면서 반지름이 다른 두 개 이상의 원이 모여 이루는 동심원은 이 작업의 성격에 부합한다. 중심은 지금 이곳에서 현재 진행 중인 '집단학살의 아픔'이다. 여기에 각 지역에서 복원한 크고 작은 '학살의 기억'이 각기 반지름이 다른 여러 개의 원을 이룬다. 이렇게 반지름이 다른 원들이 아픔에 공감하는 문학인들에 의해 아픔의 연대체로 네트워크를 이루고, 과거의 아픈 상처를 복원한 뒤 아직도 중음신(中陰身)으로 구천을 떠도는 원혼들을 맑고 깨끗하게 씻겨 천도를 빌어주면 마침내 산자와 죽은 자의 화해가 이루어지게 된다. 이렇게 제노사이드 기억을 문학적으로 형상화하는 작업이 바로 현실의 아픔을 정화하는 씻김굿이다.

씻김굿은 삶과 죽음의 화해에만 그치지 않고 살아있는 사람들끼리 서로 위로하고 용서하고 화해하는 상생의 자리로까지 나아가는 것이 특징이다. 따라서 우리는 민간인 집단학살의 억울한 죽음들을 위로하고 정화하는 동시에 또 다른 희생자인 한국전쟁 중 지역 좌익과 북한 정치보위국에서 자행한 우익인사에 대한 보복학살 희생자들 또한 그 원혼을 맑게 씻기는 데까지 나가야 한다. 물론 우익인사 희생자들은 반공애국지사로 위령탑이 건립되고 각종 추모시설이 건립되는 등 국가로부터 그에 합당한 기림을 이미 받고 있다. 이렇게 군경에 의한 희생자에 대한 예우와 상당한 차이를 보이지만, 모두가 전쟁의 광기가 부른 참혹한 희생이라는 점에서 망자의 원혼을 천도한 뒤 살아남은 사람들끼리 서로 위로하고 용서하고 화해하는 것이 곧 씻김굿의 핵심이라 할 수 있다. 씻김굿은 망자들의 맺힌 한을 풀어주는 절차들을 통해 결국은 현실의 엉킨 실타래도 동시에 풀어내는 일이다.

이런 상생과 화해의 씻김굿을 남한의 중심부인 대전에서 좌우익에 의한 모든 학살 희생자의 유족들과 시민들이 모여 함께하는 굿판으로 기획해 실행할 수 있다면, 그야말로 국민화합과 진영화합의 큰 마당이 될 것이다. 우리 한국작가회의가 기획하는 '제노사이드 종단벨트 작업'이 국민화합의 기폭제가 되고 또 그 과정에서 문학의 힘과 가치를 확인하는 소중한 기회가 될 것이며, 문학인의 자부심 또한 자연히 회복될 수 있을 것이다. 이것이 바로 한국문학이 현실과 만나는 방법이며 또한 진보문학의 힘이다.

김영호

1953년 출생. 한남대 국어국문학과 졸업. 1983년 『창작과비평』 등단. 평론집 『지금 이곳에서의 문학』 외, 편저 『일본탈출기』 외 다수. 현재 대전민예총 이사장.

상징주의 문학의 수용과 굴절
– 한국 초기 현대시와 프랑스, 일본 –

이규식

1. 서론

1916~1920년 사이 우리나라 현대시 형성기 연구는 주로 '모방'에 관련하여 치중되어 왔다. 모방이란 원전에 대한 흉내내기며 원전과 모방 사이의 수직 관계, 주종 관계가 이루어진다. 원전을 완성된 것으로 보는 한 모방은 언제나 미흡한 것으로 드러나게 마련인데 이 미흡함은 시인의 경우 주로 습작기에 발생하는 것으로 이 시기를 거쳐 성숙된 자기 시세계가 구축되면 자연히 해소될 수 있다. 영향이란 수평적 의미로 원전을 완전히 삭혀 육화시키는 데서 발생한다. 진정한 의미에서의 영향이란 그 원전을 찾아낼 수 없을 정도이다. 그러므로 외국 작품에서 그 영향 관계를 추적, 개진하기란 창작된 작품을 두고 볼 때 매우 어려운 일이 된다. 이 경우 난점은 원전 수용시 굴절현상이 있기 때문이다. 이 굴절현상이 어떻게 이루어졌느냐의 고찰은 예를 들어 원전인 프랑스 상징주의 시를 한국 시인이 프랑스어로 읽는 것, 일본어역을 중역한 한국어로 읽는 것이 각기 다르다는 데서 드러날 수 있다. 번역 원전도 프랑스어, 일본어가 다른 까닭에 영향 받았다고 고백해도 그 영향을 시 작품에서 대입법으로 풀어낼 방법과 정답을 찾아내기에 어려움을 안고 있다. 역사와 비평, 철학을 통하여 인간 정신의 특수한 기능으로서의 문학을 보다 잘 이해하기 위하여 언어, 또는 사고의 국경을 넘은 여러 현상을 분석적으로 기술하고 관계적, 변별적으로 비교하고 종합적으로 해석하려는 학문으로서의 비교문학의 관점이 이러한 연유에서 필요하다. 이와 같은 상황에서 한국 현대시에 접속된 프랑스 상징주의가 부각된다.

19세기 말 새로운 시적 개념을 제시하면서 등장한 상징주의는 20세기 초기를 지나면서 유럽의 다른 장르 문학권이나 인접 예술분야에까지 폭넓은 반향을 불러일으키며 각국에서 나름대로 특수성을 창출하면서 강렬하고도 지속적으로 전개된 운동이었다. 동양권에서는 전폭적인 관심으로 그 도입을 가장 먼저 서둘렀던 일본이 중심이 되어 일어나게 되었고 한국 문단은 당시 여건상 그 직접적 영향권 안에 들게 되었다.

이 글에서는 프랑스 상징주의 수용과 한국 현대시 형성과정을 검토하면서 상징주의 시학이 갖는 독특한 시학이 한국 시단에 어떻게 수용, 이해 또는 굴절되어 투영되는가를 살펴보고자 한다. 상징주의 시의식이 1920년을 전후한 한국 초기 현대시에 반영된 흔적을 찾아 그 영향의 긍정적, 부정적 요인을 살피고 이 과정에 개입된 일본의 위상을 함께 이해함으로써 앞으로 보다 광범위하고 심층적인 문학 연구를 위한 한,일간의 협력제고 차원에서 매개학적 접근방법의 필요성을 강조할 것이다.

2. 한국인의 詩觀

프랑스 상징주의는 영미 모더니즘과 더불어 1900년대 초, 전반기 서구와 일본 문단에서 유행하고 있던 사조였다. 그런데 모더니즘의 현대성에 비하면 상징주의는 다분히 근대적인 사조라고 말할 수 있다. 상징주의가 19세기 말 발생한 사조라는 점에서도 그렇지만 그것이 본질적으로 낭만주의 세계관에 바탕을 두고 있다는 점이 두드러진다. 세계의 자아화가 시 장르의 한 가지 특성이라고 한다면, 또한 시 정신이 궁극적으로 세계와 자아를 융합하는데 중요하 의의를 두고 있다면 낭만적 세계관이 여기에 적절히 대응할 것이다. 상징주의 역시 물질계와 靈界, 可視界와 불가시계 사이의 상호 조응을 핵심 시학으로 하는 연결적 세계 인식에 바탕을 두고 있다는 점에서 낭만주의 세계관과 일맥 상통한다.

고대로부터 시에 대한 한국인의 관념과 사유방식은 대체로 낭만주의적 세계관을 근간으로 하고 있다. 자연과 인간의 조화를 이상으로 여기는 동양 전통적 관점이 삶과 문학의 일치를 요구하는 시관을 낳게 하였다. 이러한 흐름에 좀더 합치하는 사조가 프랑스 상징주의이다. 한국 현대 시문학사에서 1940년대까지(그 이후로도 다양한 변모로 지속되지만) 상징주의가 수용되었다는 것은 시문학적으로 중요한 의미를 내포하고 있다. 일제강점기 여러 복합적인 상황 속에서 한국시를 전통시와 연결시켜주는 역할을 상징주의가 담당하였다고 할 수 있기 때문이다. 아울러 상징주의 도입은 일본의 강점기간 중 한국 시문학을 현대시로 포괄하여 설명할 수 있는 논리를 제공하고 있다. 이렇게 볼 때 프랑스 상징주의 수용은 한국시에 현대성을 확립하는데 여러 부정적인 역할을 한 것이 사실이지만 이와 동시에 한국시의 전통을 연결시켜 주는데 매우 긍정적인 기여를 해왔다고 평가할 수 있다.

3. 1920년대 한국 현대시 형성

1910년 한반도에 대한 일제강점이 본격적으로 시작되면서 그 이전 한국 개화기에 민족의식을 고취시키고자 활발히 번역 소개되었던 역사, 전기류의 작품들은 제재받게 되고 문인들은 정치나 시사에 직접 관련되지 않은 순수문학으로 방향을 바꿀 수밖에 없었다. 백대진이 1916년 6월 『신문계』에 '20세기 초두 구주 제 대문학가를 추억함' 그리고 1918년 11월 『태서문학신보』에 「최근의 태서문단」이라는 글을 발표하여 프랑스의 보들레르, 말라르메, 모레아스, 레니에 등의 시인을 소개한 것이 한국에 알려진 최초의 상징주의 문학론이다. 그 이전에 최남선, 이광수의 2인 문단시대가 열리면서 일본이 메이지 유신 이래 서구문명 도입으로 개화와 근대화를 이룩한 것을 모델로 삼으면서 시작한 한국의 현대문학의 역사는 이미한 세기를 훌쩍 넘었다. 그러나 이 시기 민족계몽이나 애국심 함양 등의 목적 지향을 벗어나 시가 하나의 예술로서 자율성을 획득하려면 김억(1896-?)의 활동을 기다려야 했다. 프랑스 상징주의 도입과 진정한 의미의 현대시 출발 신호로서의 김억의 출현은 한국시사의 공백기를 메우고 그 명맥을 이어갈 수 있었다. 그의 프랑스 시에 대한 경도 및 이에 병합되는 시운동에는 황석우, 주요한 등이 참여하고 김유방, 김동명, 변영로가 가세하면서 한국현대시사 1장 1절은 상징주의 일색으로 물든다. 19세기말 개항 이후 한국 사회는 서구와의 접촉으로 새로운 물결에 휩싸이게 되고 이와 더불어 한국 문단은 외래자극과 충격을 받게 된다. 이에 대한 갈등이나 수용 혹은 저항이나 굴절 등을 통하여 근대화라는 수동적 변화의 국면으로 들어서게 되었다. 한국시의 근대화 과정에서 원천적인 문학배경으로 프랑스 상징주의는 결정적 영향을 끼쳤다. 그것은 앞에서 언급했듯이 당시 계도적 문학을 거부하고 문학 본연의 순수문학으로 시선을 돌리게 했고 시 번역에서 일어난 한국시의 시 언어 문제 등을 통하여 한국문학의 지평을 크게 열어줄 수 있었다. 이후 1930년대 들어서면서부터 한국문단의 서구사조 수용양상이 다각적이며 본격적인 국면으로 나아간다. 창작시도 어느 정도 현대성을 갖추어 나가기 시작하면서 그 수준을 달리할 수 있었다.

김억의 독자적 활동이 돋보인 것은 이러한 배경과 상황에 힘입은 바 크다. 1916년 9월 『학지광』에 「요구와 회한」을 발표함으로써 김억은 주로 베를렌 계열의 감상적 상징주의 소개에 주력하였다. 비교적 정확하고 객관적인 그의 평가는 오늘의 관점과 연구 성과에 비추어 보아도 타당성을 인정받을 수 있다. '회한의 눈물'과 '인공적 향락'으로 각기 베를렌과 보들레르의 속성을 요약하면서 본격적인 차원에서 프랑스 상징주의 이식에 노력하였다.

4. 김억과 상징주의 – 수용과 굴절

『태서문예신보』6, 7, 11호에 「Il pleure dans mon coeur」 등 4편의 베를렌 시를 옮겨 수록한 것이 한국에서의 프랑스 상징주의 번역 수용의 효시이다. 김억은 이후 베를렌 시번역에 힘을 기울여 21편의 시를 여러 차례 다듬어 발표하였는데 주로 『폐허』, 『개벽』, 『조선문단』, 『가톨릭청년』지가 그 매체였고 『오뇌의 무도』(1921)라는 한국 최초의 서구 번역시집으로 집대성되었다. 이 시집은 이미 지상에 발표한 번역시를 모아 한국에 상징적, 퇴폐적 시풍을 형성하는데 큰 영향을 끼쳤다. 모든 시가 거의 2번 이상 가다듬어져 발표되었는데 「거리에 내리는 비」, 「검고 끝없는 잠은」 그리고 「가을의 노래」 등 제목만으로도 취향의 감상, 여성취향이 드러난다. 김억은 베를렌의 인간됨과 시에 크게 끌렸으나 번역 태도는 전신자로서 직역보다 의역에 충실하였다. 1910년대 시 번역이 내용만 전달하면 된다는 무의식 시대를 거쳐 내용과 외형을 갖춘 단계로 나아갈 수 있는 길을 터주었다.

그러나 김억의 이론 기반은 매우 취약했다.
i) 상징이 가시와 불가시 세계, 영계와 물질계, 무한과 유한을 상통시키는 매개자가 된다는 사실을 포착하지 못했을뿐더러
ii) 공감각에 대한 인식박약
iii) 프랑스 시 운율 이해도 초보적 음악성 정도에 그치고 말았다.

상징 시학의 기본인 위와 같은 구도의 이해는 시인의 상상력이 소화하여 변모시켜야 할 일종의 양식이라고 할 수 있다. 그러나 김억은 나름대로의 소박한 이해와 번역상 음악적, 서정적인 면이 두드러진 기본태도를 유지하면서 상징주의시 번역 의식 기저를 한국에 수용된 프랑스 상징주의의 한 특징적인 면모로 치환시킬 수 있었던 것이다.

김억의 번역은 리듬 감각을 종결어미에 두고 화려한 산문체 문장을 잘라 행 구분을 짓는 일종의 '번역 창작'이었다. 미려한 서술체 구성 능력에 힘입고 있지만 리듬 감각만 줄 뿐 이미지를 만들어내는 데는 오히려 역기능이 이루어졌다. 김억의 상징주의가 굴절된 이유로는 i) 감

탄사와 감상의 과잉(때로는 취향의 한계를 넘어서는 차이와 오류로 이어진다) ii) 어학 실력 미흡 등의 이유로 역자 개인의 오해나 피상적 이해가 1920년대 한국 현대시 형성의 일정 역할을 담당하고 나아가 새로움의 선구자가 된 것이다. 김억이 쓴 '번역자의 인사 한 마디'에서 그는 자신의 번역 태도를 다음과 같이 표현하였다.

> ……자전과 씨름하여 말을 만들어 놓은 것이 이 역시집 한권입니다… 시가의 역문에는 축자, 직역보다는 의역 또는 창작적 무드를 가지고 할 수밖에 없다는 것이 역자의 가난한 생각의 주장입니다…….

그러나 원시에서 번역했는지 원시에서 했다면 어떤 텍스트인지 밝히지 않고 있다. 이와 연관된 여러 논란(프랑스어역, 영역중역, 일어중역, 에스페란토 중역 등)이 있으나 번역시=창작시의 입장을 밀고 나간 것은 분명하다. 불가능한 번역을 하려면 원시는 파괴해 버리고 새로 건설해야 하며 결국 할 수 없는 일을 해야 하기 때문에 역시는 창작시에 지나지 않는다고 주장한다. 한번 번역 발표한 뒤 다듬어 역시집에 수록하고 역시집 간행 이후에도 다시 수정하여 잡지에 발표하는 등 리듬과 뉘앙스에 가혹하리만큼 집착을 보이기도 하였다.

요컨대 프랑스 상징주의는 오역과 미흡한 수준으로 일정 부분 굴절되어 수용되었는데 중요한 것은 현대시 이전의 신(체)시가 4/4, 4/3, 3/4, 3/3조의 짜인 율조의 틀에 갇히거나 계몽적 애국 가사가 주류임에 반하여 자유시를 지향하였다는 사실이다. 프랑스의 경우 고답파나 그 이전의 시적 규범이 상징주의의 파괴 운동으로 '자유시'가 확립되었다는 점을 고려할 때 일본시나 서구시의 '모형'에 급급하지 말고 한국의 독특한 자유시 창조를 주장한 황석우의 주장은 시사적이다. 그는 명치유신의 신체시, 이미 일본 시단에서도 사라진 것을 답습하고 있다고 한탄하면서 한국적 개성의 시형 확립을 주장하였다. 이는 매우 전향적인 현상으로 '자아 발견 즉 건강적, 타인적인 한시에서 벗어나 자연적, 자아적인 글을 쓰라'는 취지로 "이 시집을 참고하여 새로운 시의 작법을 알고 그들의 사상 작용을 알아서 조선시를 짓는데 응용함이 필요하다"(「오뇌의 무도」)라는 권유를 덧붙였다.

이후 이 방향의 설정대로 시창작의 모방이 주류를 이루는 기현상이 지속되었다. 또한 상징주의 이외에도 이보다 반세기 정도 앞선 프랑스 문예사조인 낭만주의 이론 역시 선호, 투영되었다. 이와 같은 혼류 현상 위에서 한국 현대시가 형성되었는데 그것이 심층적인 차원까지 전개되었다기보다는 시적 발상법이나 시어 내지 이미지의 어느 한 양상의 영향에 머문 한계성을 노출하였다. 이것은 그 시대 한국 시단이 고도한 프랑스 상징파 시의 내면이나 의도를 수용할 수 없었던 역량과 기반에서 연유한다. 또한 프랑스 상징주의 계열시가 1920년대 한국문단에 미친 영향에 주목하여 검토한 기존의 연구들 역시 이입 과정을 통하여 실증적으로 정리하는 수준에 그치고 말았다. 즉 원천 탐색에 의한 유사성 추구에 치중하면서 구체적인 영향 양상의 제시에는 이르지 못하였다.

한국 현대시 형성기에서 상징주의를 선호하게 된 이유로는 보들레르의 진술처럼 '삶'의 고뇌와 권태를 해소하기 위하여는 순간적인 '삶'을 영위할 수밖에 없었던 그 시대 상황이 크게 작용한다. 어디를 향하여도 차단된 벽, 점증하는 불안과 공포, 지루한 시간의 연속에서 느끼는 권태감을 잊기 위하여는 도취할 수밖에 없었다. 삶의 곤궁함과 권태에 대한 염증, 도취, 열망, 동경 등은 사실 상징주의의 화두로 1920년대 한국 시인들이 즐겨 구사하였는데 심도는 취약하여도 동시대 한국시가 새로운 근거를 마련하였다는 점에서 중요한 의미를 갖는다. 개화기 이후 서구 문학과의 접촉으로 한국 현대 문학은 전대의 문학과 단절된 것으로 파악되기도 하였다. 이 두 문학 사이에 이질성이 존재함은 부정하기 어렵지만 그렇다고 한국 문학사의 전통으로부터 크게 벗어났다고 볼 수도 없다. 표면적인 이질화 양상은 잠복하여 흐르고 있는 전통의 연면한 지속성에 비하면 매우 일시적인 것인 까닭이다. 당시 서구화에 대한 열망이 한국 문단을 휩쓸었다는 것과 그것이 문학사적으로 성과를 거두었다는 것은 다른 차원의 문제이며 문학사적 성과를 거두기 위하여 많은 시행착오를 거치는 과정이 필요하다. 상징주의 시에 대한 이론 전개는 피상적이거나 더러 왜곡된 것들도 많지만 자유시의 형태, 운율의식 등 시인들은 저마다의 시세계 마련에 노력하였다.

5. 모방에서 개성으로

한국 현대시 초기의 프랑스 상징주의 시 이해는 그 폭이 협소하고 일화 중심이어서 '상징시=퇴폐화=비정상적인 삶과 기괴한 시'라는 공식과 그에 따른 오해가 발생할 수 있었다. 변영로를 중심으로 한 '상징적인 삶을 살자'라는 구호 아래 '언어를 통한 인간과 세계의 탐구'를 지향하는 경향은 불발에 그치고 말았다. 김억 등이 설령 바르게 이해했다 하더라도 그것을 받아들일 시형이 완벽하게 갖추어지지 않았으며 여성적 취향에 머물거나 그때까지 생경한 시어(우수, 낙엽, 눈물, 권태…) 따위를 남용하여 시대 고통을 일탈하려는 공허한 제스처를 쓰기도 하였다. 그런가하면 일상적 삶에서 벗어나는 기행 등을 시인이 하는 일로 착각하기도 하였다. 시작에 있어 감정 과다노출은 퇴폐적 낭만주의라는 비판을 받았지만 한국 현대시에서 큰 주류를 이룬 여성적 특성의 시세계 형성에 이바지하게 된다.

이른바 '자아와 서정과 자유의 발견'을 내세우면서 시인으로서 모국어에 대한 자각이 일어나고 '조선어'로 천대받던 모국어에 대한 사랑은 망국의 시인혼으로 깨어날 수 있었다. 그들이 배우고 익힌 일본어가 아닌 모국어로 현대시세계 형성의 토대를 마련하였다.

프랑스 상징주의 시 영향을 받아 한국 현대시가 출발한 것은 사실이지만 그것은 수직적 주종관계에 그친 것이 아니라 그것을 극복하고 뚜렷한 한국 현대시를 탐구하기에 이르렀다. 베를렌 시를 중점적으로 소개한 김억은 전신자로서 여성 편향적인 흐름을 이끌어 나간다. 앞에서 언급한 '자아, 서정, 자유'의 발견은 이를테면 i) 시예술의 자율성을 얻은 자아의 발견 ii) 운율의식을 통한 감각으로 깨워낸 서정의 발견 iii) 시 형식의 자유로운 추구로 자유시를 일구어나가는 자유의 발견으로 설명할 수 있다. 조선 왕조의 전통적 유교 이데올로기의 낡은 틀에서 벗어나 자율성을 지닌 시인으로서 진실된 자아 탐색, 한국 서정의 물줄기가 김억에서 출발하여 김소월, 김영랑, 박목월과 서정주 등으로 이어졌다.

프랑스 상징주의가 선호한 애매한 것, 희미한 것, 붙잡을 수 없는 것, 땅거미 진 세상의 표현과 꿈을 앞세워 음악에서 얻는 영감 등은 필연적으로 그 정조에서 여성 분위기를 짙게 드러낸다. 물론 프랑스 상징주의 시인들처럼 내면세계를 거쳐 역사관을 확대하는 관점이 아니라 1920년대 한국 시인들은 암울한 시대상황에 따른 개인적 감정 논리로 여성 취향을 형성하면서 베를렌의 음악성, 보들레르의 죽음 의식 등에서 그 구체적인 근거를 얻게 되었다. 비애 일변도의 감정 노출, 여성적 언어와 각운의 남용 등은 결과적으로 내면의식의 섬세한 음영이나 외부세계와 자아의 교감이라는 상징주의 시학의 본질적 측면을 간과하고 있으며 이 경우 여성주의는 이를테면 '기분의 시학'으로 이해될 수 있을 것이다. 다음의 시는 한국 문단에 충격을 주었을 뿐더러 한국 현대시 형성기와 그후로 오랜 동안 애상, 감각적 면모가 짙은 '가을'로 대표되는 하나의 독특한 시 주제의 영역을 일구어 놓기에 이르렀다. 이른바 여성주의를 지향하는 시세계가 열리게 되었다.

가을날/ 바이올린의/ 긴 흐느낌/ 외로운 가락으로/
내 마음에 상처 주네// 종소리 울리면/ 가슴 꽉 막혀/
창백한 얼굴로/ 지난 날/ 돌이켜 보며/ 눈물 흘린다//
나도 가버리리라, / 모진 바람에/ 실려/ 이리저리/

떠도는/ 낙엽과 같이.

_「가을의 노래」 전문

마지막 연이 상징적으로 드러내주는 세계, 일제 강점기 치하의 참담한 상황에서 빚어진 젊은이들의 정신 상황과 끊길 듯 절묘하게 부합되는 이 시의 분위기에서 바이올린의 긴 흐느낌 → 의식의 눈뜸 → 종소리에 깨어남 → 낙엽 이미지 → 몽상 속에 잦아드는 소멸의 미학이라는 내면 풍경이 애상적인 여성취향으로 서정적인 자아를 일깨우고 있다. 자유시 형태와 구조를 가르치고 있는 이 시는 김억이 8년간 6차례나 갈고 다듬어 개역하는 과정을 통하여 자유시 개척에 힘쓴 1920년대 시정신의 한 지표를 이해하도록 한다. 19세기 프랑스 상징주의 시인들이 모두 예술적 보헤미안이듯 한국의 시인들은 그들에게서 여성 편향적이고 퇴폐적인 면만을 추종한 것이 아니라 비로소 깨달은 '자아발견'에서 그들 자신도 보헤미안-떠돌이임을 자각할 수 있었던 것이다.

6. 결론 – 문학환경학, 매개학 연구의 필요성

황석우는 1920년 『廢墟』 창간호에서 '일본 시단의 2대 경향'이라는 글을 통하여 일본 시단의 두 경향을 논술한 뒤 바로 이어 상징주의 개념과 발생기원 등 그 본질적 속성을 지적 내지 정적 차원으로 유형화하였다. 당시 일본 시단은 상징주의 운동과 민중시가 운동 진영으로 나뉜 가운데 구어체의 자유시 흐름이 주조를 이루고 있었다. 이 두 경향은 향후 전개될 한국의 여건과 유사하였고 이 과정을 통하여 자유시에 대한 관심이 증가하게 되었다. 황석우는 일본 상징파 시인들을 上田 敏으로부터 荻原 朔太郎까지 시기별로 특색화하면서 일인자인 山宮 允의 이론을 바탕으로 상징주의의 협의와 광의의 두 개념적 차원을 해설하기도 하였다.

또 1년 전인 1919년 『백조』 창간호에는 島村藤村, 上井晩翠 등 이른바 낭만주의 시인들의 작품, 2호에는 蒲原有明, 岩野泡鳴 등 상징파 시가 '낭만적 상징주의'로 소개되었다. 이와 같이 공식적인 경로 이외에도 1920년대 초에 등장한 한국시인 대부분은 서구시를 일본역을 통하여 읽었을 것이라는 추론이 가능하다. 어학력의 미비와 수용관련 판단력 미흡이 굴절 작용의 주요 원인이 되겠지만 이 시기 프랑스 상징주의 시 번역은 원전과 대비하여 볼 때 내용 전달에 급급하여 원작과의 차이나 오역 여부 판별은 무의미하다고도 말할 수 있다. 실제로 여러 작품의 시구나 제목에서 일본어 투의 표현이 드러나고 일역본을 통하여 얻어진 인상이 분명한 경우도 적지 않다. 김억의 "자전과 씨름하여…"라는 고백 등을 예외로 한다면 당시 한국 시인들의 학력으로 보아 일본 역시와의 관계는 부인할 수 없는 측면이지만 영역본 그리고 에스페란토 역 시편 등의 참고도 여러 상황으로 보아 가능한 경로로 포함된다. 1930년대의 이하윤, 양주동 등에 이르면 원시 대비 번역의 징후가 드러나고 시학 소개 내용도 보다 구체화된다. 이 경우에 있어서도 일본어역의 참조 여부를 배제할 수 없을 것이다. 이와 같이 1920년대 홍수처럼 쏟아진 서구문학 작품 번역은 어떤 명확한 기준 도출이 어려웠다. 일본어역 중역이나 중중어역도 있을 수 있었고 번역자의 취향에 따라 줄이거나 삭제를 마음대로 행하였던 번역의 난세였다.

또한 프랑스 상징주의가 서구는 물론이고 일본에서도 당대 문단에 영향력을 행사하고 있었고 상징주의를 수용했던 한국의 시인들에게서 동시대에 보다 큰 문학 세력을 형성했던 모더니즘 시인들에 대한 대결 의식이 검출되고 있었다는 점 등의 문학 여건을 주목할 수 있다.

한국 상징주의 문학에 대한 올바른 평가를 위하여는 소개된 상징주의 시론에 대한 각 관점이나 개별 창작시에 개발된 일본 배경 여부와 발신자 → 매개자 → 수신자 사이의 위상을 연계적으로 살피며 영향 관계와 정도를 이해해야 할 것이다. 한국 현대문학 초창기에 있어 일본의 영향을 전적으로 무시하거나 지나치게 과대평가할 수는 없다. 문화수용 자세에 있어 영향 양상의 추구를 반드시 유사성이나 차이점의 비교, 대조로 달성하려는 평면적 입지는 바람직하지 않다 할 것이다. 수용되는 나라의 전통은 물론, 역사, 시대 상황, 수신자 개인의 내면 요구나 성향에 따라 변용되기도 한다는 전제 아래 한국적 특수성을 기반으로 한 굴절작용 역시 긍정적으로 수용되어야 하기 때문이다. 이러한 의미에서 한국의 상징주의 수용 연구에 있어서는 일본 문학이 참여하는 문학환경학, 매개학 연구의 중요성이 강조된다.

한국에 있어서의 프랑스 상징주의 수용 경로 연구를 통하여 전신자들의 이입 태도와 여건을 밝히는 동시에 중요한 매개요소인 일본의 역학 조명을 포함하여 현대시 형성, 발아 과정에 대한 제반 영향 요소들의 작용이 보다 세밀하게 분석되어야 할 것이다.

동일한 문예사조 수용을 통하여 드러낸 정조와 표현, 굴절 작용의 보편성과 상이점 규명에 대한 상호 협력 연구의 진전에 따라 한일문화 이해는 보다 깊어지고 넓어질 것이다. 이와 같은 견지에서 한국의 경우, 지금까지 상징주의 수용이라는 문학 현상을 전체적으로 조망하는데 치우쳐 개별 시인들에 있어서 수용 양상과 그 의미를 심도 있게 검토하기 어려웠던 것이 사실이다. 각 시인들을 구체적으로 분석, 검증하는데 있어서 수용 양상을 해명할 수 있는 구체적 자료가 아직 부족한 실정이다. 특히 동북 아시아권의 진정한 문화이해, 교류를 위하여 이 연구의 확대는 필요하다.

이규식

1953년 서울 출생. 한국외국어대학교 프랑스어과 졸업(문학박사). 작품집 및 번역서 『행간으로 읽는 문학』 등 32권. 대전문학상, 진로하이트 문학상 수상. 계간 『문학마을』 주간, 대전문인협회장 역임. 현재 한남대 프랑스어문학과 교수. 대전문학토론회장, 대전인문공동체 대표, (사)한국생활연극협회 부이사장.

홍상수 영화 〈해변의 여인〉에 나타난 실재계 연구

이상우

1. 들어가는 말

홍상수 영화 〈해변의 여인〉은 작중인물들이 모두 크고 작은 병리적 일상에 노출되어 있다. 그들은 정신적인 문제는 일상에서 가려져 우리가 인식하지 못한 현실로 영상화된다. 그는 정신적 장애에 대한 병리적 반응을 보여주는 것뿐만 아니라 그것에 대한 극복 방안을 인간의 삶 속에서 찾고 있다.

일상의 공간은 인간에게 많은 상처를 만든다. 그리고 그러한 상처를 어떻게 치유하느냐는 사람마다 각기 다르다. 그의 논지는 인간에게 받은 상처는 인간에 의해서 치유할 수 있다는 명제를 구체화해간다. 인간은 끝없이 상처를 주기도 하고 상처를 받기도 하는 이중적인 존재이다. 인간이 상처를 주고받는 것으로 끝나는 것이 아니라 상처를 치유하는 것 역시 인간을 통해서 해결하려는 의도가 홍상수의 영화 〈해변의 여인〉에서 보인다. 일상은 표면적으로는 아무렇지 않은 듯 보이지만 그 내면에 일일이 들여다보면 세계는 매우 복잡한 모습으로 다가온다. 홍상수의 일상은 매우 지루하다. 왜냐하면 반복되기 때문이다. 늘 비슷한 일들 그리고 단순한 대화나 섹스와 같은 것들이 홍상수 감독이 추구하는 일상이다. 그런 일상을 나름대로 다듬고 다듬어 새로운 색깔을 입히고 덧대서 일상을 낯설게 만든다.

홍상수 영화 〈해변의 여인〉은 일상에 표현된 무의식을 옮겨놓은 텍스트이다. 많은 정신분석학자들이 인간의 무의식에 대한 메커니즘을 발견하기 위해 노력을 해왔다. 라캉의 '무의식은 언어로 구조화되어 있다'는 명제는 인간의 정신계나 혹은 그것들이 현실에서 구동되는 실재계를 언어를 통해서 해석할 수 있다는 의미이기도 하다. 실재계는 '나보다 더 큰 나'인 것이다. 상징계의 합리적인 모습을 무너뜨리며 우리가 예측하지 못한 미지의 세계로 볼 수 있다. 홍상수 영화 〈해변의 여인〉에서 실재계는 작중인물 중래가 트라우마를 극복하고 치유하는 과정, 타자의 욕망, 그리고 작중인물 중래와 문숙을 통한 환상 가로지르기가 모두 실재계의 공간이라 볼 수 있다. 따라서 홍상수 영화 〈해변의 여인〉에 대한 무의식의 실재 구조를 밝히고자 한다.

2. 일상의 트라우마와 타자의 욕망

2.1. 일상의 트라우마

오늘날 광의로 트라우마를 정의하는 경우 일상에서 발생하는 외상적 사건도 포함한다. 이혼에 대한 고통(폭력에 의한 것과 간통에 의한 것), 재정파탄, 심각한 질병, 타인에게 거부당한 경험, 어린 시절 개에 물린 사건 등이 포함될 수 있다. 외상성 신경증이 발생할 경우 당사자는 놀람과 경악의 상태에 처하게 되는데 이는 타인들이 인지하지 못하는 경우가 대부분이다. 왜냐하면 외상의 체험은 외부로부터 받은 자극이 인간 개개인들의 환경과 정신세계에 반응하는 것들이 각각 다른 형태로 나타나기 때문이다. 그러므로 트라우마는 의식의 공간에서 안정화되지 못한 것이다. 주체가 타자로부터 자극된 것 중 긍정적인 것은 안정화되어 문화에 적응 및 생산적인 활동을 할 수 있으나 안정화되지 못한 부정적인 것은 동화되지 못하고 주체에 영향을 미친다. 게다가 트라우마는 주체가 운용하는 정상적인 의식을 뚫고 매순간 주체를 괴롭히며 반응하도록 하여 생활에 절대 기준이 되는 의식이다. 무의식과 욕망 등은 이것으로 인하여 언어로 구조화되어 일상의 대화 속에 나타난다.

> 나 어떡하지!
> 내 속에 병이 있어. 내 전처가 내 친한 친구와 예전에 잠을 잤어.
> 나 몰랐어. 나중에 알고나니까 용서가 안 되더라.
> 둘이 자는 거 보니까 그 이미지가 너무 강해서 계속 생각이 났어.
> 생각 이겨내려고 싶었거든, 책도 많이 읽고 일기도 몇 권을 썼는데
> 이겨내지 않더라.
> 정신 병원 가고 싶었어 매일매일
> 이성적으로 후진 놈이라는거 알아도 느낌 더러웠어
> 그 사람 힘들었을 거야 몇 년 동안
> 너도 그럴까봐 겁이 나, 나 너 너무너무 좋아 하는데
> 너 외국남자와 잤니 바보야(울면서)
> 너무 힘든 이미지 잖아(울면서)
> 나 또 그럴까봐 겁나

위의 인용은 중래가 신두리 해변에서 후배의 애인 문숙과 성교를 한 후 그녀가 독일 유학시절 2-3인 잤다는 고백을 듣고 외상의 고통을 표현하는 장면이다. 중래가 이혼을 하고 하루하루 고통 속에서 살고 있다. 아내에게 당한 배신과 친한 친구에게 당한 배신은 중래의 내면에 하나의 외상으로 자리잡는다. 처음에는 관대하고 이성적으로 대처하나 그러나 점차 저항할 수 없는 이미지가 중래를 덮쳐오기 시작한다. 친구와 아내가 벌인 성적인 모습을 상상할 때에 중래의 평화는 영원히 달아나 버린 것이다. 이러한 '나쁜 이미지'는 일상에서 부정적으로 반복되고 재생된다. 이러한 트라우마는 문숙을 만나면서 다시 감정을 뚫고 주체를 저항할 수 없는 지경까지 몰고 간다. 현실은 과거의 고통이 반복되고 '나쁜 이미지'는 점차 거대해져서 주체의 모든 기능을 마비시킨다. 상징계적 주체가 택할 수 있는 길은 두 가지로 생각할 수 있다. 먼저 죽음이다. 죽음은 스스로를 파괴해서라도 평화로운 죽음의 세계에 이르고 싶어 한다. 이는 죽음만이 주체의 욕망을 잠재우고 평화를 줄 수 있기 때문이다. 이는 상징계를 벗어나 실재계와 대면하는 것이다. 다음으로 중래가 트라우마를 극복하기 위한 현실적 몸부림이다. 책을 읽고 일기도 써보지만 현실의 고통은 벗어날 길이 없는 것이다. 두 가지 모두 부정적 현실을 벗어날 수 있는 대안이 될 수 없다.

가정은 감정의 풍요와 충만의 세계이다. 지극히 안정과 평화의 공간을 폭력적으로 파괴될 경우 외상적 실재가 발생한다. 따라서 중래의 억압된 무의식이 트라우마인데 언어의 기표를 통해서 의미 없이 주체를 간섭한다. 트라우마는 상징계에 포섭될 수 없고 의미로 드러날 수 없다. 중래가 문숙을 만난 것은 새로운 전기가 된다. 중래가 아내로부터 받은 상처로 인해 그의 행동은 매우 제한적이고 소극적이며, 문제가 봉착하면 피하거나 과거에 고착이 되어 벗어나질 못하고 있다. 큰소리는 치는데 조리가 없고 뒷감당을 못하는 결핍된 주체이다. 즉 불안한 주체이다. 트라우마의 상태의 주체는 현실에 대한 여러 가지 장애로 대체되는데 먼저 혼자서 일처리를 못하는 대인장애를 가진다. 일상의 일들이 뒤죽박죽되어 일처리를 미루거나 마감시기에 도달해야 겨우 일을 급히 수행하는 모습을 보인다. 중래의 일상의 삶은 겉보기에 정상적인 모습으로 보이지만 그의 행동과 정신 상태는 매우 불안하며 일처리를 제대로 못하는 인물이다. 일상의 삶은 정상적인 생활에 뿌리를 내리지 못하고 늘 겉도는 모습으로 산다. 인물이 벗어나기 위해서는 죽음만이 유일한 해결책이 된다.

2.2. 타자의 욕망(문숙과 선희)

부모와 자식 간의 양육형태가 어떠냐에 따라 자녀에게 일생을 두고 삶에 지대한 영향을 미친다. 육아에 대한 형태가 어린 시절이기 때문에 더욱 신체와 정신의 발달에 영향을 미친다. 라캉은 상상계에서 양육의 형태에 관한 많은 정보를 찾고 느끼는 자아가 있다고 생각한다. 자아는 주체로 성장하는 상징계로의 이행 이전 단계로 보지만 한순간 나타났다가 사라지는 정신구조는 아닌 것이다. 성인이 되어서도 상징계에서 상상계로의 도피나 갑자기 외부적 상황이 주체에게 위협이나 억압으로 다가올 때 주체는 자아의 공간을 회구하여 어머니의 자궁과 같은 아늑한 공간을 찾기도 하는 것이다. 그러므로 주체와 자아는 한 순간에 나타날 수도 있고 각각 나타날 수도 있다.

문숙의 양육형태는 아버지인 타자의 욕망의 대상으로 성장했다. 그러한 성장과정은 집착이며 집착이 가져오는 것은 매우 자아의 절대적 대상이 아빠기 때문에 남근적 욕망을 문숙이 가졌다고 볼 수 있다. 그러나 상징계로 진입할 때 오이디푸스 콤플렉스를 거쳐 어머니와 동일시하게 된다. 그러나 아버지의 집착은 계속되었기 때문에 문숙이 한국을 떠나 독일로 유학을 가는 계기가 되었다. 아버지와의 분리는 주체적 인간으로 성장하는 계기가 된다. 문숙이 상상계적 자아에서 상징적 주체로 성장할 수 있는 기회가 된다. 이것은 아버지의 집착을 벗어나 타자를 욕망의 대상으로 삼을 수 있다. 그는 아버지로부터 벗어나 독일인 2-3인과 깊은 애정관계를 갖게 된다. 그것은 아버지와 분리되어 다른 남자를 욕망했다는 점에서 오이디푸스 콤플렉스의 단계를 매우 슬기롭게 극복한 주체이다. 문숙은 주체적으로 남성들과 사귀고 사랑을 한다. 정신적 애인인 창욱을 속이고 중래와 섹스를 한다. 문숙은 사랑이란 섹스를 나눌 때 가능하다고 생각한다. 그래서 창욱은 사랑의 대상이 아니다. 상상계에 머문 대상일 뿐이다. 사랑의 대상은 오직 중래 뿐이다. 오직 문숙이 중래를 애정의 대상으로 욕망한 것이다. 그녀는 타자의 욕망으로부터 벗어나 주체로서 삶을 갖게 된 것이다.

선희는 어머니의 욕망의 대상이다. 어머니가 자신에 대한 집착으로 매우 고통스러운 상황에 처한다. 그녀는 그녀의 어머니가 자신을 삶을 망쳤다고 생각한다. 어린 시절 육아의 형태에서부터 지금까지 엄마는 선희 삶과 동시적인 것이다. 어머니의 집착은 오히려 남성인 아버지에 대한 오이디푸스의 단계에서 아버지에 대한 거세 콤플렉스를 자연스럽게 극복하고 어머니와 동일시함으로써 자신의 주체에 대한 상징계로의 진입을 자연스럽게 할 수 있다. 그러나 선희는 어린 시절에 어머니의 보호 아래 그가 넘어야 할 단계에 대한 학습이 부족했다. 선희의 경우는 어머니의 집착에 의한 어머니와의 동일시가 아주 강했기 때문에 아버지의 법에 대한 학습이 없었다. 학습의 부재는 결혼생활에서 남편에 대한 학습 또한 서툴렀기 때문에 결혼생활이 원만하지 못했다고 본다. 가족에 대한 전반적인 학습이 부재는 일상 결혼생활에서 결핍이 드러나기 마련이다. 어머니는 언어를 가르치면서 자신에 대한 이상도 아이에게 지속적으로 제공할 수 있다. 일상에서 현실까지 자신의 욕망을 아이에게 언어를 통해서 체계적으로 입력하여 복종시킨다. 그러한 교육은 여성인 선희가 현실에 필요한 것과 지속적으로 욕망해야 할 것들을 유아기로부터 성인이 될 때까지 어머니의 모유를 수유하는 것처럼 모든 부분의 사회적 삶을 제공함으로써 제때에 어머니와 분리를 통해서 아버지의 법을 배워 슬기롭게 오이디푸스 콤플렉스를 벗어나서 현실에 자연스럽게 진입해야 한다. 그러나 외향적인 삶은 모두 가능하고 쉽게 적응할 수 있지만 정신적인 단계를 거쳐야할 때 거치지 않음으로써 남성과의 인간관계를 맺는 과정은 어떤 자신의 주체를 제대로 표현할 수 없는 결여된 여성으로서 자아가 삶의 중심이 된다. 남편(남편의 외도)에게 배신당했다는 것은 남편에 대한 학습부재를 들 수 있다. 즉 남편은 가정을 버리지 않을 것이라는 시선, 이상적 자아를 통해서 타자인 남편을 바라보고만 있었기 때문이다. 타자인 남편의 시선으로 자신을 응시했더라면 선희의 삶은 달라졌을 것이다.

선희가 성숙한 여성으로서 중래를 만나 사랑을 나눈 것이 아니다. 마치 이상적인 자아를 만나 교감을 나누는 섹스의 성격을 가진다. 왜냐하면 그녀가 중래에 대한 친절은 논리적인 면보다 감각적인 면이 더 많이 차지하기 때문이다. 선희는 막연히 "저 감독님과 섹스 안할래요" 그리고 문숙이 중래와의 관계에 대하여 문자 문제에 적극적으로 대처하는 것이 아니라 중래처럼 회피적이고 소극적인 모습으로 일관한다. 선희는 "저는 아무래도 좋아요"라면서 남성을 소유하기 위한 화법을 택하는 것이 아니라 문숙에게 양보하는 것같은 태도를 보이는 것은 자신의 욕망을 감추기 위한 태도일 뿐이다.

선희의 사유체계에서 분명히 인간이 거쳐야 할 학습 단계가 생략됨으로써 결혼 생활이 뒤죽박죽이 된 것이다. 따라서 성인이 된 지금이지만 자신의 주체적인 세계를 확보하지 못하고 어머니를 원망하는 상상계에 갇힌 여성이다. 그러나 중래를 만나서 자신이 세계의 중심으로 나설 수 있는 계기가 될 수 있었다. 비록 남편과 정리하기 위해 온 여행이지만 중래를 만나서 자신의 본래의 모습으로 타자을 욕망할 수 있는 주체로서 선희가 될 수 있었다. 그러나 문숙이 중래와의 관계를 문자, "언니 화내지 나한테 화내지 말아요" "난 다 괜찮아요(울면서)"라며 문제를 이성적으로 해결하려는 의도보다 감정적인 상상계의 자아로 후퇴한다.

3. 일상의 반복과 치유

3.1. 일상의 반복으로서 삼각관계

홍상수 감독의 〈해변의 여인〉은 인물간의 갈등을 삼각관계로 설정하여 계속 반복하여 의미를 확장해 가는 구조이다. 마치 고대 소설에서 처첩간의 갈등구조를 보는 것과 같다. 인물 간의 욕망의 모습이 서로 대치되거나 제외 혹은 소외시키는 상태로 발전하는데, 이는 옛날이나 현재의 가족관계뿐만이 아니라 남녀관계에서도 삼각관계를 상정하여 갈등의 폭을 넓히거나 독자의 흥미를 지속적으로 견지하려는 욕망의 소산일 것이다. 이는 애정영상물인 경우 가장 기본적이고 근원적인 반복을 차용하여 주체의 욕망이 갈등과 긴장을 유발하여 흥미를 끌 수 있는 기법이기 때문이다. 한 쌍의 남녀에 갈등의 주체가 개입될 때 문제의 상황이 시작되는 것이다. 이런 삼각관계는 근대사회 이후 남녀관계에서 갈등의 실마리로 자주 사용되었기 때문에 홍상수 감독은 이를 반복적으로 사용한다. 이자관계를 통해서 세계에 대한 사랑이야기를 풀어갈 수 있겠지만 〈해변의 여인〉은 삼자관계가 인물의 중심구조이다. 이곳에서 인물들 간의 욕망구조는 다양하게 나타난다. 먼저 중래의 가족에게 찾아온 갈등의 핵은 불륜이다. 이 불륜으로 말미암아 중래의 정신적 고통은 이 영화의 중심에 놓이게 된다. 아내가 중래의 아주 친한 친구와 관계를 맺었다. 그것을 중래가 알게 되었고 그로 인해 중래에게 나쁜 이미지가 형성된다. 그리고 그 고통은 이혼 후 오 년이 된 지금도 지속되고 있다. 그는 나쁜 이미지와 계속 싸우고 있다.

먼저 첫 번째 반복은 중래를 중심으로 중래의 아내가 대립되는 위치에 있다. 중래의 위치에서는 아내는 보이지만 친구는 보이지 않는다. 가정을 이루고 남자는 자신이 완벽한 하나로 거듭난 부부로 되길 꿈꾼다. 그러나 현실은 여러 가지 문제에 부딪치면서 부부는 일상에서 변질되어 간다. 윤리적으로나 도덕적으로 상상계적 환상을 추구하지만 그 환상은 이중적으로 상처를 주면서 찢긴다. 하나는 아내의 불륜이라는 점으로 중래에게 정신적으로 상처를 준 것이다. 그리고 친구는 우정이라는 관계를 찢고 현실을 고통 속으로 밀어 넣었다. 현실은 부부관계가 깨지고 폭력적으로 재편되어 갈등이 파생된다.

두 번째 반복은 문숙이다. 문숙은 애인 창욱을 속이고 중래와 섹스를 맺는다. 문숙이 창욱과의 관계는 이상적인 사랑이다. 이들의 관계에 대해서 문숙은 친구로 창욱은 애인으로 서로 주장한다. 창욱은 섹스를 하지 않아도 애인이라고 주장한다. 그러나 문숙은 섹스를 하지 않는 것은 애인일 수 없다는 것이다. 이 두 사람의 주장은 매우 현실에서 이상적이며 현실적인 관계로 대립된다. 하나는 상상계적이며 또 하나는 상징계적인 범주에 있다고 보여진다. 앞에서 중래와 아내와의 관계는 이상적인 관계지만 친구가 깨뜨리면서 상징적인 단계로 해체된 상태이다. 문숙은 창욱을 속이고 중래를 선택함으로써 현실에 주체로 진입한다. 그는 중래를 선택한 것은 자신의 의지와 자신이 중심이 되는 섹스를 통해서 현실에 당당하게 진입한다. 자신이 사랑하는 대상을 알고 사랑에 대한 자기 생각이 분명하다. 그가 보여준 섹스는 당당하고 자기감정에 충실한 주체로서의 사랑의 모습을 보인다.

세 번째 반복은 중래가 새로운 삶의 상태로 이행하는 결정적인 역할을 한다. 그것은 중래와 선희의 섹스이다. 중래는 문숙을 속이고 선희와 관계를 맺는다. 중래가 삼각관계의 중심이고 갈등은 문숙과 선희이다. 문숙과 선희는 서로 모르는 사이다. 신두리 해수욕장에서 우연히 만난 것은 선희다. 중래가 문숙을 사랑하면서 선희에게 접근하는 이유는 삼각관계의 가장 중심축이 될 것이다. 그것은 중래가 아내와 문숙에게 받은 나쁜 이미지를 희석시키려는 의도가 짙다. 중래가 문숙에게 주장하는 도형에 대한 철학은 곧 나쁜 이미지를 반복하다 보면 원래 이미지는 점차 흐려지고 기존의 불결한 이미지를 깨뜨릴 수 있다는 논리이다. 중래는 이런 논리를 선희를 통해서 나쁜 이미지를 깨뜨릴 수 있는 순수의 대상으로 삼은 것이다. 홍상수는 중래를 통해서 결국 지금껏 나쁜 이미지에 사로잡힌 중래를 현실로 복귀시키기 위한 전략으로 보인다. 작중인물 중래가 선희를 문숙과 닮았다는 논리로 선희와 관계를 맺는다. 중래는 아내에게 받은 불결한 이미지가 문숙에게 반복되고 문숙으로부터 받은 나쁜 이미지를 선희를 통해서 순결한 이미지로 확장, 희석시키려 의도한다. 중래가 받은 순수이미지는 선희의 행동에서 찾을 수 있다. 그녀는 중래와의 섹스를 통해서 자신은 아무것도 바라지 않는다는 말을 함으로써 헌신적인 사랑을 중래에게 표현한다.

3.2 '돌이' – '똘이' – '바다'로의 반복과 치유

안정된 실체로서 오늘은 상징계이고 현실이다. 이러한 현실은 많은 가능성을 내포하고 있고 부정적인 요소도 매우 많다. 그리고 그 속에 존재하는 주체의 모습 역시 아주 다양하다. 정신분석 관점에서 볼 때 사회와 만나는 것은 주체이다. 주체만이 세계의 중심이 된다. 그러므로 주체가 사회를 만들어간다. 대타자의 의도를 벗어날 수 없는 주체는 대타자의 욕망을 욕망할 뿐이다. 그래서 사회의 한 요소이기도 한 주체는 무엇보다 사회와 개인 간의 문제를 야기하거나 주체는 타자의 관점에서 사회를 이해하고 받아들인다. 주체는 늘 세계를 안정화시키기 위해 노력하지만 그 실체를 만나지 못한다. 만나는 순간은 오직 죽음만이 가능하다. 늘 억압되고 충동적이며 결핍된 존재일 뿐이다. 주체가 이입된 상징계는 실재계와 깊은 관계를 맺고 있다. 실재계와의 불가분의 관계를 주고 받는 두 차원이 존재한다. 먼저 순수한 가정으로서 문자(상징계) 이전의 실재와 다음으로 상징적 질서의 요소들 간의 관계 덕분에, 즉 상징계를 통과함으로써 생성되는 불가능성에 의해 규정되는 문자 이후의 실재로 구분된다. 주체가 실재를 만난다는 것은 상징계의 상태를 새로운 틀로 대체하거나, 새로운 상태로 전치시키는 것이다. 상징계에서 주체는 트라우마와 환상 그리고 무의식의 욕망을 통해 주체는 새로운 차원으로 드러선다. 상징계는 새로울 것이 없는 현실이다. 낯설게 만든 현실과 직면하면 그것이 실재계가 될 수 있다. 이미 전경화되거나 고착된 현실은 상징계의 모습일 뿐이다. 실재계의 비언어가 언어화되면 상징계 내부에 안정된 실체로 남거나 사라지는 것이다.

홍상수는 작중인물 중래를 통해서 나쁜 이미지를 극복하는 논리를 만든다. 도형에 대한 논리는 나쁜 이미지라는 최초의 실체를 어떻게 사라지게 만들어 인간의 삶을 안정화시킬 수 있느냐라는 물음이라 보여진다. 중래가 일상에서 받은 나쁜 이미지는 도형의 논리대로 따라가면 극복할 수 있다는 것이다. 여기서 홍상수는 인간에게 받은 이미지와 상처는 인간을 계속 만남으로써 치유하고 초월할 수 있다는 논리를 세운다. 중래가 그러한 근거를 문숙과 선희를 통해서 보여주는데, 여기서 중요하게 거론된 것은 도형의 마지막 단계인 비대칭 육각형은 최초의 삼각형에서 완전 바뀐 형태의 기표의 모습이다.

홍상수 감독이 〈해변의 여인〉에서 표현한 아주 적절한 기표는 하얀 색의 진돗개인 돌이라는 개일 것이다. 개가 갖는 의미는 매우 충격적인 은유로 제시된다. 이것은 주제의 대체물인 인물들의 삶의 방식을 아주 단순하게 보여주는 기제라 생각된다. 첫 번째 만났을 때는 중래와 문숙 그리고 창욱이 '돌이'를 만난다. 그 때 중래는 어린 시절 개에게 물린 상처로 '돌이'를 두려워 피한다. 두 번째 만날 땐 문숙이 혼자서 스치듯 '돌이'를 만난다. 세 번째는 중래와 문숙이 함께 '돌이' – '똘이'에서 새로운 이름인 '바다'로 바뀐 진돗개를 만난다. 그리고 중래와 문숙과 '바다'는 신두리 해변에서 아주 유쾌하고 즐겁게 뛰어논다. 새로운 상태로의 실재계를 만난 중래가 '바다'인 것이다. '돌이' – '똘이' – '바다'로 진돗개의 이름이 바뀌는 과정은 중래의 삶과 중첩되고 병치된다. 중래는 나쁜 이미지를 아내로부터 받았고 그로 인해서 중래와 아내는 이혼했다. 그때 생긴 트라우마는 문숙을 만나면서 반복되고 극복된다. 즉 버려진 '돌이' 그리고 버릴까 말까 망설임 속에 있는 '똘이'로 반복되고 결국 버려진 '똘이'는 새로운 주인을 만나서 '바다'란 이름으로 불리면서 새로운 상태의 세계를 만나는 것이다. 불안정한 개의 상태에서 새로워진 상태의 개로 바뀐 것이다. 그와 같이 중래 역시 아내의 '나쁜 이미지'가 문숙이 독일에서 여러 남자와 성교를 했다는 말에 불결한 이미지가 반복된다. 그리고 문숙과 거리를 둔 사이에 선희를 만나서 새로운 세계로 진입하는 것이다. 즉 선희와 섹스는 나쁜 이미지를 벗고 새로운 이미지로 확장된 형태인 '바다'로 바뀐 것이다. '진돗개 바다'가 새로운 주인을 만나서 행복한 순간을 맞듯이 중래 역시 트라우마를 벗고 주체화의 길로 들어선 것이다. 그러나 문숙과 선희 두 사람과 성관계 한 후 중래는 나쁜 이미지를 벗어난 상태인 것이다. 중래는 개에 대한 트라우마 뿐만 아니라 아내로부터 받은 트라우마를 모두 극복한 상태이다.

주체가 실재계를 만나는 순간은 중래가 문숙의 불결한 이미지를 제거할 '순결한 대역인' 선희를 통해서 자신이 새로운 가치로 혹은 새로운 윤리적 실체로 바뀐 상태인 것이다. 중래가 '돌이' – '똘이'는 '전처' – '문숙'으로 반복되고 '바다'는 선희를 만나면서 나쁜 이미지가 사라지고 상투적이고 사악한 이미지를 깨뜨린 상태로 바뀐 상태로 볼 수 있다. 이는 독특하게 상징계인 현실에서 문숙과 선희를 통한 성교는 중래에게 안정된 주체화의 길을 걷게 만든 행위인 것이다. 아내에게서 받은 트라우마는 여성들을 만나면서 희석되고 극복되는 과정인 것이다. 이렇게 극복된 주체는 인간에게서 실망하고 인간에게서 새로운 길을 만나게 되는 아이러니를 체험하게 된 것이다. 다시 말해 상징계안에 실재계가 내재되어 있는 상태인 것이다. 그동안 풀지 못했던 중래의 고통을 문숙과 선희를 통해서 새롭게 현실로 복귀했기 때문이다. 잠시 중래가 만난 해법은 실재계의 모습이고 이것은 현실로 복귀함으로써 실재계는 사라지고 상징계로 주체가 안정화되는 것이다. 이는 상징계의 기표는 의미를 획득하여 일상화된 상태로 볼 수 있다.

4. 현실에서 환상 만들기

홍상수는 〈해변의 여인〉에서 환상을 창조한다. 환상은 욕망의 미장센이다. 환상은 순수하게 개인적 사건이 아니다. 환상은 '사회적 현실과 무의식이 한데 얽혀 나타나는 특권적 지대라고 할 수 있다.' 이는 주체가 실재계의 외상을 주체화하는 것이다. 주체화란 라캉에겐 존재차원에서 의미차원으로 이동을 뜻한다. 홍상수는 환상을 통해서 인물이 그들의 욕망을 구조화하고 조직하는 방식을 보여준다. 그것은 욕망의 근거가 된다. 환상 가로지르기는 인물이 실재계의 외상을 주체화하는 것이다. 고통은 결핍을 낳고 결핍은 극복하고자하는 욕망을 만들어 낸다. 작중인물인 중래가 '세 그루 나무 앞에서 기도하기'와 문숙이 이상한 나라 앨리스에 나오는 '주문'을 외우기를 통해서 그들이 직면한 고통을 스스로 치유와 극복의 모습을 보여주거나, 현실에 당당히 맞서는 문숙의 모습을 보여준다. 먼저 중래의 경우 글쓰기를 통해서 트라우마를 극복할 수 있는 방식이 존재하지만 홍상수는 중래의 글쓰기는 오히려 고통을 극복하는 차원으로 나아가지 못하고 억압의 기제로 나타난다. 중래가 선택한 것은 신두리 해변의 沙丘에 있는 세 그루의 나무 앞에서 울면서 기도한다. 중래의 선택은 현실에서 지속되어 온 고통을 끝내고 새로운 삶으로 전환하고 싶은 열망에서 나온 결과이다. 그의 간절한 기도는 환상을 창조하고 무의식의 실재 구조로 기도를 택한 것이다. 그가 '나쁜 이미지'와 싸워 온 자신의 고통을 벗어나고자 그는 스스로 이상적 세계에 대한 열망으로 자신을 환기시킨 것이다. 일상에서 복잡하게 얽힌 실타래를 풀지 못해 고통스러워 할 때, 초월적 존재인 환상을 창조함으로써 실재를 만나는 행위이다. 이는 주체가 절대적 존재를 통해서 어려운 난제를 해결하려는 무의식적 욕망이 전제되어야 가능한 것이다. 중래가 상징계 안에서 고통으로부터 벗어나려는 몸부림은 더 이상 의미가 없는 행위일 뿐이다. 아내의 '나쁜 이미지'와 불륜의 트라우마는 대타자의 욕망인 안정적 삶의 영위를 벗어나 있는 주체인 것이다. 일상의 욕망인 대타자의 욕망을 상실하고 실재계의 외상을 스스로 주체화할 때만이 가능한 방법인 것이다. 절대자에게 자신의 나약한 것을 인정하고 모든 것을 드러내놓고 울면서 기도하는 행위는 곧 또다른 차원으로 변할 수 있는 마음자세가 만들어지고 환상도 창조할 수 있다고 생각한다. 따라서 세 그루 나무 아래에서 중래의 간절한 기도는 중래가 그동안 행동했던 상태와 완전 다른 주체화의 상태로 바뀐 것이다. 다시 말해서, 트라우마에 사로잡힌 사람은 환상의 주체가 되어 자신의 상상을 생산해 나감으로써 고통을 극복한다. 결국 기도는 중래의 트라우마를 스스로 치유하기 생산해낸

자기 정화방식인 것이다. 이것은 상징계적 환경에서 실재계를 만나는 것이다.

작중인물 중래가 변모한 모습은 신두리 해변에서 환상(주이상스)을 맞는다. 특히 백구('바다')와 문숙 그리고 중래가 함께 해변에서 노니며 즐기는 유희는 아무런 가식이나 그들을 둘러싼 고통을 찾아볼 수 없다. 중래가 '기도'를 한 후 변화된 그의 모습은 웃음을 찾았다는 것이다. 그리고 중래의 손에 박힌 가시도 자신도 모르는 사이에 빠진 것이다. 중래가 신체의 변화를 느끼지만 홍상수는 중래의 상태를 백구(바다)와 일치시킨다. 즉 버려진 개에서 주인의 사랑을 받는 '바다'로 상태가 완전히 새로운 모습의 바다로 변모했듯이 중래 역시 이전의 고통스러운 존재에서 트라우마가 제거된 새로운 중래로 바뀐 것이다.

그러나 유희 중에 중래는 장딴지에 상처를 입는다. 이 상처는 쓰지 않던 근육을 썼기 때문에 생긴 상처인 것이다. 쓰지 않던 근육은 '나보다 더 큰 나'인 실재계의 영역으로 보여진다. 다시 말해 중래가 트라우마를 벗어나기 위해 노력한 흔적인 기도는 결국 중래의 내부에 무의식적인 공간인 근육을 사용함으로써 자신이 스스로 치유의 길을 열었다고 보여진다. 그것은 상징계에서 드러나지 않았던 근육인데 중래의 마음의 상처가 육체적 상처로 바뀌어 치유되어가는 과정으로 볼 수 있다. 그것은 새로운 차원의 일상이며 기표로 드러난다. 이는 무의식에 대한 기표로서 심리적인 일상의 나쁜 이미지를 벗어나 새로운 일상의 고통으로 대체됨으로써 심리적인 병리현상으로부터 점차 나아가는 길인 것이다. 이는 상징계안에서 주체화를 통해 실재계의 현상이 상징화된 현실로 내재된 것이다.

"아직도 사람을 통해서 뭔가 얻고 싶은가 봐요."

'인간으로부터 위로를 받고 싶다'는 문숙의 생각은 인간을 통한 소통을 욕망한다. 문숙은 사람을 만나면서 서로를 이해하고 보듬기보다 자신을 이익을 위해 타인을 이용하는 모습에 실망을 한다. 하지만 결국 사람으로부터 위로받고 소통하고 사랑할 수 있는 가능성을 열어놓고 싶은 것이다.

인간은 치유적 존재이다. 우리가 살아가는 현실은 많은 상처로 만들어진 공간인다. 이 공간을 채우고 있는 주체는 상상계의 자아가 상징계의 주체로, 혹은 현실의 주체로 형성된다. 인간이 상징계의 주체로서 결핍된 것을 찾으려는 노력은 인간에 대한 믿음의 욕망으로 나타난다. 문숙은 이상한 나라 앨리스에 나오는 동화적 상상력을 통한 환상에 기대어 어려운 현실을 극복하려는 무의식적 욕망을 보인다. 그녀의 이러한 행동은 하나의 신념처럼 문숙에게 힘을 줄 수 있는 것이다. "도마뱀 도마뱀 무슨 일이든 척척 해낸다"라는 노래를 부르면서 어두운 숲속의 길을 통과해 현실로 복귀한다. 이 노래는 중래의 태도에 대한 비판의 노래로 혹은 질타의 노래로 확장된다. 중래의 이중적인 사랑의 태도는 문숙에게 심리적 충격을 준다. 그녀는 중래의 태도가 심각한 도덕적 해이로 판단한 것이다. 따라서 문숙은 앨리스가 위기에 처했을 때 모두 도마뱀이 모두 해결해 주듯이 복잡한 문제를 해결하기 위한 주문인 것이다. 자신을 속이고 다른 여자와 자신의 방에서 성교를 했다. 더욱이 자신이 술에 취해 잠든 위로 두 사람이 넘어서 나갔다는 것을 알게 된 문숙은 중래에게 흥분하기보다는 논리적으로 따져 묻는다.

문숙이 도마뱀 노래를 부르면서 숲길을 빠져나온 것은 문숙이 동화 속의 주인공처럼 환상의 공간을 형성한 실재계의 주체로서 현실은 파편화시킨다. 그녀는 현실에서 한없이 나약한 존재이지만 그녀가 결심을 하면 상징적 현실에서 나약한 모습은 사라지고 고집스럽게 집착하고 파헤치는 실재계의 주체적 여성인 것이다.

결국 문숙이 본 것은 현실에서의 나약한 남성의 실체를 본 것이다. 중래가 영화감독으로서 영화에서 보여준 이미지와는 전혀 다른 모습을 통해서 "제가 한국 남자들을 좀 무시하거든요?"라고 말한 문숙의 태도는 겉과 속이 다른 한국적 남성의 논리를 비판하는 목소리인 것이다. 그러나 문숙은 "사람을 통해서 얻고 싶거든요"처럼 매번 실패를 하면서도 기대하는 주체화된 여성이다. 문숙이 중래를 사랑하지만 일방적인 사랑보다는 쌍방의 소통을 통한 새로운 관계정립을 생각한 또 다른 차원으로서의 주체화인 것이다. 사람에게 실망하고 사람에게 고통을 받지만 문숙은 그 가능성이 열려있는 새로운 길을 모색하고 있는 것이다.

5. 맺는 말

인간주체가 타자와의 관계형성을 통하여 문화와 문명을 이룬다. 홍상수가 만든 일상은 인간이 중심이다. 인간의 움직임은 사건이며, 문화가 된다. 〈해변의 여인〉의 작중인물들은 병리적 일상에 노출된 우리시대의 삶을 영상화한다. 작가는 그들의 정신적인 문제인 개개인의 의식에 내재된 정신적 상처만을 전경화시킨다.

작중인물 중래는 아내의 불륜에 대한 트라우마가 있다. 해변에서 만난 새로운 애인 문숙은 유학시절 몇몇 남성들과 관계를 갖는다. 아내의 '나쁜 이미지'는 문숙에게 재현되고 그는 고통과 쾌락의 주이상스를 맞는다. 그는 결국 또 다른 여인 선희를 만나면서 나쁜 이미지를 극복한다. 중래는 반복되던 '나쁜 이미지'를 순수한 선희를 만나면서 트라우마를 씻고 현실인 상징계로 복귀한다. 고통은 실재계에서는 쾌락으로 상징계에서는 고통으로 표현될 수 있다.

상징계의 주체는 늘 타자를 통해서 주체가 형성된다. 그래서 주체는 늘 결핍된 주체이다. 문숙과 선희는 타자인 문숙의 부와 선희의 모로부터 삶에 대해 강요받는다. 또한 환상 가로지르기는 작중인물인 중래가 자신의 트라우마를 세 그루 나무에 기도함으로써 믿음을 객관화한다. 문숙은 〈이상한 나라 앨리스〉에 나오는 도마뱀 송을 통해서 자신의 믿음을 강화한다. 그녀가 선희를 만나고 숲을 통과하면서 부른 노래는 환상을 통해서 자신의 의지를 다지려는 의도가 반영된 것이다. 여기서 숲과 노래는 실재계의 공간이다. 바로 문숙의 무의식적 욕망을 실재계로 보여주고 있다.

홍상수의 영화 〈해변의 여인〉은 현실에서 많은 인간관계가 형성되고 그 가운데 만나는 실재의 상태를 어떻게 극복하고 현실로 복귀하여 주체의 안정화를 취하느냐가 관건인 것이다. 작중인물들의 현실로 복귀는 상징계의 주체로 안정화됐다는 것이다. 주체가 현실의 대타자의 욕망을 벗어나 도덕적으로나 심리적으로 고통을 받고 있을 때 현실은 실재계와 만나는 균열된 모습이었고 주체가 환상을 통해서 상징계로 돌아왔을 땐 이미 이전의 상태로부터 벗어나 새로운 상징계의 현실로 복귀로 보여진다. 이것은 작중인물들이 새로운 차원의 일상적 주체로 지양된 것이다.

이상우

1957년 대전 출생. 한남대 국어교육과 졸업(문학박사). 1997년 『창조문학』 신인상 비평 당선. 저서 『서사와 문화읽기』 외 다수. 현재 한남대 국어교육과 교수.

타자와 시간에 대한 관심으로서의 문학 읽기

장수익

1.

　흔히 문학 작품을 읽는 것을 간접 경험이라고 합니다. '간접'이라는 말이 알려주듯이, 문학 작품이 아무리 그럴듯한 이야기로 이루어져 있다 해도, 그것을 읽는 것은 몸으로 '직접' 겪는 것과 같을 수 없다는 것이지요. 사실 그렇기는 합니다. 말로 이루어진 문학, 더군다나 '그럴듯한 거짓말'로 이루어진 문학이 우리 삶의 실제와 같을 수는 없을 것입니다. 말이 나온 김에 한 마디 더하자면, 간접 경험 가운데서도 문학 작품을 읽는 것은 더더욱 별 가치가 없는 것으로 간주되기도 합니다. '문학 작품을 읽지 않아도 우리는 잘 살 수 있어'라거나, '문학 작품 읽는 시간에 일(공부)이나 열심히 하지'라는 말들은 문학 작품 읽기에 대해 우리가 어떤 의미를 부여하는지 단적으로 알려줍니다. 요컨대 문학 작품 읽기는 우리의 '직접적'인 실제 삶에 아무런 실용적 도움을 주지 않는다는 것이지요.

　그렇지만 이처럼 문학 작품 읽기를 간접 경험으로, 그것도 좀 하등의 간접 경험으로 간주해 버리는 것은 문학이 줄 수 있는 많은 가치 있는 것들을 스스로 포기해 버리는 것이 아닐까 합니다. 우리가 문학 작품을 읽는 것은 실제의 이 세상 어디에서도 '직접' 겪을 수는 없는, 그러나 이 세상을 제대로 살아가기 위해서는 반드시 겪어야 하는 경험이기 때문입니다. 좀 어렵게 말하자면 세계와 인간의 본질을 '구체적으로' 겪어내는 경험이 문학 작품 읽기라는 것입니다. 이를 설명하기 위해 이야기를 잠시 딴 방향으로 돌리도록 하겠습니다.

　우리는 세상을 살아가면서 하나의 '주체'로 살아갑니다. '나'의 감각, '나'의 세계관, '나'의 육체, '나'의 정신, '나'의 기억, '나'의 현재 등등, '나'는 '나'에 기반하고 '나'를 중심으로 세계를 보고 판단하며 그 속에서 부대끼는 것입니다. 또 하나 주목할 것은 그런 '나'의 삶이란 일회적인 것, 다시 말해 한 번 스치면 결코 되돌릴 수 없으며, 모두가 죽음을 향해 달려가는 시간 속에서 존재한다는 것입니다. 그리고 보면 우리는 시간적인 유연성이라는 제한 조건 속에서 '나'를 중심으로 세계를 바라보고 경험하면서 존재한다고 할 수 있겠습니다.

그러나 이 철저한 '나' 중심 또는 '주체' 중심의 삶은 지극히 당연하게도 타인 또는 타자라는 존재, 그리고 그들의 삶과 함께 존재합니다. '나'는 나 중심의 주체적인 삶을 살아가지만, 타인들 역시 마찬가지로 자기 중심의 주체적인 삶을 살아가는 것이지요. 그리고 내가 그들과 함께 이 인간 사회에 존재하면서 그들에게 영향을 미치는 것처럼, 타인들과 부단히 관계를 맺으면서 '사회적 존재'로서 살아가는 것입니다. 물론 이 관계가 전적으로 조화로운 것일 수는 없습니다. 오히려 '사랑'이라는 이름의 조화로운 관계 대신 대립이나 갈등, 또는 무관심으로 이루어진 관계가 대부분일 것입니다. '나'와 '너'가 서로의 생각이나 욕망을 이해하고 동감할 수 있다면, 그런 부정적인 관계는 사라질 것입니다만, 불행히도 우리는 가장 가까운 사람의 생각이나 욕망도 바로 알 수는 없으며, 심지어 자기 자신의 생각이나 욕망도 그릇되게 알고 있는 경우가 많습니다.

좀 더 문제는 앞에서 말한 시간적 유한성이라는 문제에 있습니다. 인간은 미래를 알 수 없기 때문에 설혹 인간 사이에 조화로운 관계가 맺어진다손 치더라도, 그 관계 역시 시간이라는 제한 조건 속에 한계 있는 것, 달리 말해 헛된 것으로 변할 수 있다는 것입니다. 열띤 연인들이 나누는 사랑과 맹세라 한들, 그들이 죽은 후에는 또는 죽기 전이라도 무의미한 말로 변할 수 있는 것입니다. 더군다나 우리는 우리의 미래를 모릅니다. 미래가 어떻게 전개될 것인지 하루 또는 한 시간만이라도 미리 안다면, 인간 사회의 불행은 거의 없어질 지도 모릅니다. 하지만 우리는 불행하게도 바로 뒤에 일어날 일조차 짐작하지 못하기 때문에, 조화나 사랑 대신 갈등이나 무관심을 더욱 키우는 것입니다.

이처럼 우리는 시간적 유한성 속에 '나' 중심의 삶이 전부인 것으로 알고 살아갑니다. 그렇지만 이것이 우리 삶의 전부라면 그것은 너무 무의미하지 않을까요? 그러나 다행히도 우리 인간들은 '나'와 '시간'이라는 실존적 한계 속에 마냥 갇혀 있기만 하는 것은 아닙니다. 언제나 우리는 '나'의 생각만 알 수 있다는 바로 그 이유 때문에 다른 사람들은 어떻게 생각하는지 궁금해하고, 동시에 시간적 한계에 갇혀 있다는 바로 그 이유 때문에 '나'를 포함한 우리의 미래가 어떻게 될 것인지 궁금해합니다. 요컨대 인간은 실존적 한계 속에 살고 있지만, 그럼에도 불구하고 그 한계를 넘어서려는 지향 역시 또 다른 본질로 간직하고 있는 것입니다. 이를 요약하자면 '타자와 시간에 대한 인간 본연의 관심'이라고 할 수 있겠습니다.

2.

그렇다면 그 관심은 우리 삶에서 어떤 형태로 나타나는 것일까요. 제가 보건대 인간의 윤리나 도덕, 신앙, 그리고 인류가 지금껏 쌓아온 철학과 인문 사회 계통의 학문들은 그러한 관심의 대표적인 표현 양식들입니다. 어떻게 하면 '나'를 넘어서서 '나'와 '너'의 조화로운 관계를 맺을 수 있을 것인가. 그리고 그 관계가 시간적인 유한성을 넘어 어떻게 지속될 수 있을 것인가에 대해 인류는 역사 이래로 고민하고 풀려는 노력을 계속해 온 것입니다. 그렇지만 이것들은 니체의 기준을 따른다면, 아폴론적인 속성을 가지는 것들, 달리 말해 이미 추상적이고 관념적인 질서로 성립된 양식들입니다. 그렇기 때문에 그 추상성을 극복하고 다시금 우리의 실제 삶 속에서 그 양식들을 통해 성립된 것의 타당성과 실제성을 확인한다는 것은 매우 어렵습니다. 에를 들어 도덕이나 윤리, 신앙, 등등은 인간이 어떤 삶을 살고 있으며 또 살아야 하는지에 대해 많은 교훈과 시사를 주지만, 그 교훈과 시사를 실제로 우리의 삶 속에서 구체화시키기란 지난한 노릇인 것입니다.

여기서 인간이 실존적 한계를 넘어 타자와 시간에 대한 관심을 표명하는 것이면서도 추상성에 머물지 않는, 니체 식으로 말하자면 혼돈스럽지만 생생한 디오니소스적인 표현 양식을 들 수 있습니다. 그것이 바로 문학입니다. 물론 문학 속에서도 추상적이고 관념적인 도덕이나 윤리, 철학이 나타날 수 있습니다. 그러나 그것들은 문학에서 우리의 구체적인 삶의 현실과 결합하면서 본래의 그것과는 성격이 달라지고 맙니다. 단적으로 말해 윤리나 도덕 등은 문학 속으로 들어오면서 본래의 확실성 내지 진리성이 상실되거나 약화된 채 그것이 옳은지 그른지 시험test 받는 대상으로 되어버리는 것입니다. 예를 들어 작가가 어떤 도덕을 확신하고 그것이 옳다는 것을 증명하기 위해 소설을 쓴다고 합시다. 그럴 때 작가는 물론 그 도적의 편에 서 있지만, 소설이라는 글쓰기 방식을 택하여 구체적인 인물과 사건, 배경 속에 그 도덕을 밀어 넣는 순간 그는 불가피하게 그 도덕을 시험하게 되고 마는 것입니다.

하지만 여러분은 그래도 그 소설이 훌륭하게 끝나면 그 도덕은 확실하게 다시 부여받지 않겠느냐고 반문할지도 모르겠습니다. 물론 그렇습니다. 그러나 중요한 것은 그렇게 확실성을 부여받는 과정 자체입니다. 무언가 추상적인 결론만 있는 것이 아니라 왜 그것이 옳은지를 우리의 실제 삶을 빌어 작가는 그것을 입증하고, 나아가 독자들은 그 과정을 지켜봄으로써 그 도덕은 정말 우리 삶에 필요하고 도 있어야 하는 것으로 실감 있게 우리들에게 다가오게 되는 것입니다. 그러나 이처럼 도덕이 문학 속에서도 본래의 확실성 내지 진리성을 완전히 회복하는 것은 매우 드문 경우입니다. 실제로는 그 반대로 되는 경우가 대부분일 것입니다. 종래 정치적 이념의 타당성을 입증하려고 했던 많은 작품들이 끝내 실패한 것이 그 예가 될 것입니다. 설혹 작가 자신은 입증이 잘 되었다고 생각할지도 모르지만, 그 생각에 정작 독자들은 동의하지 않고 오히려 반대되는 생각을 가질 수도 있는 것이 바로 문학인 것입니다.

그러나 제가 이야기하고자 하는 것은 이와 같이 문학의 주제적인 것, 곧 도덕이나 이념 또는 교훈 같은 것에 문학을 읽는 이유가 있다는 것이 아닙니다. 우리는 흔히 문학 작품 읽기의 효용으로 여가 선용이나 교양 증진 외에 교훈을 배운다는 항목을 들기도 하지만, 사실 제가 보기에 그것은 문학 작품을 읽는 부차적인 이유는 될지언정, 보다 본질적인 이유는 될 수 없습니다. 보다 본질적인 이유는 문학 작품이라는 특수한 대상물을 읽는 행위 자체, 특히 그 형식적인 측면에 있습니다. 그러한 형식적인 측면이란 어떤 내용의 문학 작품을 읽어도 자연스럽게 하게 되는 행위들을 가리킵니다. 곧 문학 작품을 읽는 경험에만 내재된 특수한 성격인 것인데, 다음에서는 이 같은 문학 작품 읽기의 특수한 형식에 대해 말해보겠습니다.

3.

문학 작품 읽기의 특수성과 관련하여 먼저 짚고 넘어갈 것은 문학을 통해 인간이 타자와 시간을 완전히 '이해'하게 되는 것은 아니라는 점입니다. 문학 역시 인간의 다른 행위처럼 실존적 한계 속의 인간이 하는 '한계' 있는 행위일 뿐이기 때문입니다. 그러나 문학은 인간으로 하여금 타자와 시간을 완전히 이해하게 하지는 못하지만, 그것을 구체적으로 '경험'하게는 할 수 있다고 생각합니다. 이것이 바로 문학 작품 읽기의 가장 근본적인 특수성입니다.

사실 우리가 실제 현실에서 겪은 경험 역시 구체적인 것입니다. 앞에서도 말한 바와 같이 그러한 경험은 '나' 단독이 아닌, 타자 및 시간과의 조응 속에서 이루어지지만, 그럼에도 불구하고 그 경험을 우리는 또 타자와 시간에 대한 무지라는 한계 속에서 인식하기 때문에 결코 완전하게 그 의미를 이해하지는 못합니다. 문학에 나타난 구체성의 경험도 타자 및 시간과의 조응 속에서 나타난다는 점, 그리고 우리가 완전히 이해할 수 있는 것은 아니라는 점에서 현실의 경험과 동일한 성격을 띱니다.

그렇지만 우리는 문학 속에서 현실에서의 그것과는 무언가 다른 경험을 합니다. 그렇다면 그 경험의 특수한 성격은 어떠한 것일까요. 예를 하나 들어보겠습니다.

> 벙어리는 다만 두 손으로 빌 뿐이었다. 말도 못하고 고개를 몇 백 번 코가 땅에 닿도록 그저 용서해 달라고 빌기만 하였다. 그러나 그의 가슴에는 비로소 숨겨 있는 정의감이 머리를 들기 시작하였다. 그는 아픈 것을 참아가면서도 북받치는 분노를 억제하였다.
> 그때부터 벙어리는 안방에 들어가지 못하였다. 이 들어가지 못하는 것이 더욱 벙어리로 하여금 궁금증이 나게 하였다. 그 궁금증이라는 것이 묘하게 빛이 변하여 주인아씨를 뵙고 싶은 심정으로 변하였다. 뵙지 못하므로 가슴이 타올랐다.
> _나도향, 『벙어리 삼룡이』에서

손에 들리는 대로 뽑아본 예입니다. 이 작품을 읽으면서 우리는 우선 삼룡이라는 인물이 처한 객관적인 정황과 그 속에서의 주관적인 심리를 '간접' 경험합니다. 그러나 이때의 '간접'이란 현실의 그 어느 곳에서도 겪을 수 없는 구체적인 '간접', 따라서 그냥 '간접'이라고 부르기에는 무언가 부적당한 '간접'입니다. 이것이 무엇이 대단한 경험인가 할지도 모르겠습니다. 그러나

도대체 실제 현실 어느 곳에서 우리는 이처럼 타인의 심리를 직접 접근할 수 있고, 또 그 심리에 우리의 마음이 일치될 수 있을까요. 그렇지 않으면 문학이라고 할 수 없습니다. 이처럼 타인의 심리와의 일치가 다반사로 일어나기 때문에, 우리는 그만 무감각해져 버려서 문학에서의 경험을 대단치 않은 것으로 간주하게 된 것이 아닌가 합니다. 하지만 그러한 다반사란 오로지 문학 속에서만 일어나는 것이요, 다른 영역에서는 결코 일어날 수 없습니다.

더욱이 중요한 것은 이처럼 심리가 묘사된다는 것이란 현실 속에서는 발화되지 못하고 억압되거나 숨겨진 말들이 발화된다는 것을 뜻한다는 점입니다. 위에서 본 삼룡이는 이 말에 더욱 적당한 예인 것 같습니다. 현실 속에서라면 우리는 삼룡이의 발화를 듣지 못할 것이 당연하기 때문입니다. 그러나 말을 할 수 있다고 해서 우리가 내면의 모든 말을 모두 발화하는 것은 아닙니다. 오히려 우리는 하고 싶은 말을 사회적 조건과 상황 속에서 스스로 억눌러 버리거나 어쩔 수 없이 하지 못하는 경우가 더욱 많습니다. 그럼에도 불구하고 그 억눌려진 말들은 우리의 내면 속에서 아무런 힘없이 사라지는 것이 아니라, 반대로 우리의 성격과 행위를 무의식적으로 결정하는 힘을 발휘합니다.

그럴 때 그렇게 억눌리고 사회적으로 소통되지 못한 말들은 문학에서 정당한 발언권을 얻습니다. 문학은 '나'와 '너' 사이의 표면적인 발화로서는 도저히 짐작할 수 없는 상황의 총체성을 독자로 하여금 경험하도록 하는 것입니다. 타인의 내면과 외면, 달리 말해 타인의 마음과 그들이 놓은 객관적 상황을 한꺼번에 경험하는 것, 비록 완전한 것은 문학의 영역밖에 없다고 할 수 있습니다.

이상에 대해 또 다른 의문이 당연히 있을 것입니다. 단적으로 심리 묘사 없이 인물의 외적 상황만 객관적으로 묘사된 경우도 그런가 하는 의문입니다. 이에 대해서는 두 가지로 답할 수 있을 것입니다. 첫 번째는 그렇게 묘사하는 작가 또는 서술자의 목소리입니다. 그러한 목소리는 현실적 경험에서는 없습니다. 어느 누가 우리들이 처한 상황을 작가 또는 서술자처럼 중립적이고도 정확하게 중개해 줄 수 있겠습니까. 더군다나 그 목소리는 알게 모르게 인물의 심리를 독자들로 하여금 짐작하게 해주고, 나아가 사태의 진실한 모습을 알려줌으로써 우리들로 하여금 현실에서는 겪을 수 없는 진실하면서도 집약적인 경험을 하게 만들어줍니다.

그러나 이 첫 번째 답은 덜 본질적인 것입니다. 좀 더 중요한 두 번째 답은, 아무리 객관적으로 묘사된다고 하더라도 작품을 읽으면서 우리는 누군가의 입장에 서게 된다는 데 있습니다. 그런 입장이란 작품 속 한(또는 여럿) 인물의 입장일 수도 있고, 작가 또는 서술자의 입장일 수도 있고, 이도 저도 아닌 제3자의 입장일 수도 있습니다. 그러나 이 모든 다양한 입장들에는 공통성이 있습니다. 그것은 바로 무사심성unselfishness입니다. 곧 문학 작품을 읽을 때 우리는 작중 상황이 어떻게 되든 하등의 경제적 정치적 타격을 받을 이유가 없으므로, 아무 욕심 없는 눈, 곧 우리가 현실 상황을 경험할 때는 결코 가질 수가 없는 '자유로운' 눈으로 읽는다는 점입니다. 세상의 그 무슨 유혹으로부터도 자유로운 눈으로 우리는 작중 상황을 바라보면서, 타인들에게 아무런 사심 없는 일치를 할 수 있으며, 동시에 그들을 둘러싼 현실적 정황을 총체적으로 경험할 수 있게 되는 것입니다.

또 의문을 제기한다면, 그것은 아마도 '그렇다면 시는 어떤가, 시에서도 그러한 총체적인 경험을 하지는 못하지 않는가' 일 것입니다. 일단 이 의문은 타당해 보입니다. 그러나 시, 특히 서정시만큼 타인의 내면에 진실하게 접근하는 경험을 주는 표현 양식은 없다고 할 수 있습니다. 요컨대 시는 소설처럼 아예 '허구' 라는 껍질을 쓰고 있지도 않은, 그 자체 정신과 영혼의 진실한 표백임을 전제한 표현 양식이라는 말입니다. 이는 시인 개개인의 태도 문제가 아닙니다. 사실 거짓말하는 시인도 있을 수 있습니다. 그렇지만 만약 거짓말로 된 시가 있다 해도, 그것을 막상 독자가 읽을 때는 거짓말로 읽지 않습니다. 독자는 시를 읽을 때, '시란 내면의 진실이다' 라는 전제를 인정하고 읽는 것이기 때문입니다.(인정할 수밖에 없게끔 강제하는 것이 시의 힘이기도 합니다. 인정하지 않으면 읽지 못하겠지요) 이처럼 양식 자체가 진실을 전제한 것이므로, 시를 통해 우리는 시인이라는 타인의 이 세상의 사물 현상을 어떻게 보고 있는지 경험하게 되며, 나아가 '나' 자신이 세상의 사물 현상을 어떻게 보고 있는지를 비교 대조하면서 타인과 '나' 의 경험을 아우르는 제3, 제4의 총체적 인식에 도달하게 되는 것입니다.[1]

4.

아직 설명되지 못한 것은 시가에 대한 관심으로서의 문학에 대해서입니다. 먼저 말할 것은 문학 작품이 가지고 있는 반복 가능성의 문제입니다. 독서 행위란 채워 넣으면서 반복하는 행위입니다. 여러분도 알다시피 우리가 보는 문학 작품은 흰 종이 위에 글씨로나 이루어진 것입니다. 그것은 순수한 기호일 뿐, 그것이 지칭하는 사물 현상 어느 것의 모습도 실제로 보여주지 못합니다. 다만 독자들은 그것을 읽으면서 머리 속으로 그 글씨가 지칭하는 것들을 능동적으로 떠올림으로써, 달리 말해 그것의 이미지들을 연상함으로써 독서 행위를 하는 것이지요.

그러나 실제로 그 이미지들은 듬성듬성한 것입니다. 아무리 세밀한 묘사를 한다고 할지라도, 사물 현상 자체를 말로 다 바꿀 수는 없는 노릇입니다. 예를 들어 소설 속의 주인공들은 설혹 서술자가 그를 계속 따라다니면서 치밀하게 그의 행위와 사고를 묘사한다고 하더라도 여전히 밥도

---

1) 이를 비유를 통해 설명하면 다음과 같습니다. 비유가 원관념(A), 보조 관념(B) 사이의 변증적 결합(X)으로 형성된다면, 비유의 의미는 X라는 제3의 개념으로만 한정되지 않습니다. 오히려 A, B, X라는 세 요소 각각과, 그들이 결합하고 파생하는 총체적 과정 전체가 바로 비유니 것입니다. 그럴 때 우리는 비유를 통해 사물 자체와 그 사물이 관계하는 모든 것들에 대해 언어적으로 총체적 경험을 하는 것입니다.

잘 먹지 않고 뒷간도 잘 가지 않습니다. 현실에서라면 그렇게 먹거나 싸지 않고 살 수 있는 인물은 없겠지요. 그러나 아무도 그것을 이상하게 생각하지 않습니다. 왜냐하면 문학 작품을 읽으려고 작정한 순간부터 독자는 듬성듬성한 부분들을 능동적으로 채워 넣어야 한다는 암묵적인 계약에 동의하는 것이기 때문입니다.

이처럼 텍스트의 빈칸을 채워 넣기 위해 우리는 두 가지 의미의 반복을 합니다. 그 하나는 텍스트의 전후 부분을 실제로는 그렇게 하지 않는다 하더라도 왔다 갔다 하면서 상호 준거로 삼아 채워 넣는 것입니다. 현실에서라면 우리는 결코 반복적인 시간을 경험할 수 없지만, 문학 작품을 읽을 때 중간에 막히는 부분이 있으면 앞으로 되돌아가서 읽을 수 있습니다. 그리고 다 읽고 난 후에라도 인상 깊었던 장면을 다시 몇 번이고 볼 수 있습니다. 한 마디 더 한다면, 그렇게 다시 볼 때 일종의 시간적인 공명 현상이 일어난다는 것입니다. 앞에서 본 장면과 뒤에서 본 장면들이 서로 겹쳐지면서 우리는 각 장면들의 의미를 보다 심층적으로 겪을 수 있게 되는 것이지요.

빈칸을 채워 넣는 또 다른 의미의 반복은 우리의 실제 삶을 끊임없이 되살리면서 채워 넣는다는 것입니다. 문학 작품을 읽는 동안 우리는 실제 삶을 기억 속에서 되살리고 되풀이합니다. 그런 기억은 잠재적인 것이요 잊혀진 것이었지만 문학 작품을 읽는 동안 활성화되어서 비단 작품뿐만 아니라 우리의 실제 삶까지도 반성적으로 되돌아보게 만들어 주는 것입니다.

결국 문학 작품 읽기에서 일어나는 이러한 반복은 일회적이고 되돌아오지 않는 시간의 질서를 거스르는 의미를 가진다고 할 수 있습니다. 그리고 그렇게 반복하는 가운데, 문학 텍스트는 우리 머리 속에서 하나의 의미망 또는 작품 work으로 형성됩니다. 이 과정에서 우리의 실제 삶에서는 결코 되돌릴 수 없으며, 되풀이 생각도 못한 채 해야만 했던 행위들이 문학 속에서는 심사숙고한 행이, 의미가 뚜렷한 행위들로 되살아나는 것이지요. 아마도 프루스트가 자신의 과거를 찾는 것을 문학적으로 할 수 있었던 것도 문학이 그 본연적 성격으로서 시간에 대한 인간의 불가해한 관심을 풀 수 있는 유일한 영역이었기 때문일 것입니다. 물론 소설이나 희곡 속에서도 텍스트 자체의 시간은 반복적인 것으로 재생되며, 그렇게 재생됨으로서 우리는 일회적인 시간의 한계를 뛰어넘어 세상의 보다 심원한 경험을 할 수 있게 되는 것입니다.

하지만 이러한 독서 행위는 문학 이외의 것도 해당될 수 있습니다. 그럴 때 다른 것이 아닌 문학만이 유일하게 가지는 시간적인 의미는 무엇일까요. 그 답은 바로 허구와 관계됩니다. 우리는 시를 읽을 때나 소설을 읽을 때, 앞에서도 언급했던 것처럼 현실적으로 아무런 타격을 입지 않은 채, 타자의 입장에 '가짜로/진짜로' 설 수 있습니다. 그런데 좀더 중요한 것은 그 입장에 서서 주어진 문학적 정황을 시간적으로 경험할 수 잇다는 점입니다. 현실 속에서는 결코 설 수 없었던 입장들, 그 속에 '가짜로/진짜로' 서서 우리는, 또 현실에서와 다르게 반복할 수 있는 진행을 통해 그 입장에 선 사람들의 미래를 '허구적으로' 겪을 수 있습니다. 만약 문학 작품에서 교훈을 우리가 얻는다면, 아마도 그것은 우리가 무언가 추상적인 도덕이나 윤리를 작품 속에 부분적으로나마 언급한 구절들에서 직접 얻는 것이 아니라, 그 입장의 미래를 허구적으로 또 반복적으로 경험한 끝에 얻는 것이 아니라, 그 입장의 미래를 허구적으로 또 반복적으로 경험한 끝에 얻는 교훈일 것입니다.

　여기서 또 하나의 의문이 제기됩니다. 시간보다는 아무래도 공간 쪽인 시의 경우에 시간에 대한 관심이 어떻게 나타나는가 하는 것입니다. 여러 설명이 필요하겠지만, 핵심적인 것은 시가 공간적이라면, 그것은 시간의 일회성 및 무방향성에 대한 거부 내지 초월을 지향하기 때문이라는 데 있습니다. 요컨대 시의 언어는 막연히 시인 자신의 순간적이고 직관적인 내면 공간을 드러내는 데 그치는 것이 아니라, 그 공간을 출발점으로 하여 시적 발언 자체의 시간적 지속성 또는 영원성을 획득하는 것을 목표로 한다는 것입니다. 물론 그 지속성이 최종적으로 완성되는 것은 독자의 독서 행위라는 '간접' 경험을 통해서입니다.

　5.

　이제 정리하고자 합니다. 저는 이 글에서 문학의 창조 또는 생산에 초점을 맞추기보다는 작품을 읽는 경험 자체의 중요성을 말하고자 했습니다. 결론적으로 말한다면, 문학 작품을 읽는 행위는 단순한 여흥이나 좀더 나아가 교양 증진이 목표가 아니라, '주체' 중심과 '일회적 시간'이라는 실존적 한계를 결코 벗어나지 못하는 인간이 타자와 시간에 대한 관심을 본질적으로 경험하기 위해서라는 것입니다. 근래 문학의 위기가 운위되고 있지만, 아직까지 문학을 대체하며 타자와 시간에 대한 관심을 표명하고 경험할 수 있는 표현 양식은 없다고 봅니다.

장수익

서울대학교 국어국문학과 졸업(문학박사). 『소설과사상』으로 비평 등단. 저서 『한국 근대 소설사의 탐색』, 『대화와 살림으로서의 소설비평』 외 다수. 현재 한남대 국어국문창작학과 교수.

내면의 가난과 가난이 주는 풍요

조해옥

1. 시에 나타나는 가난의 의미

가난을 제재로 하는 시작품들을 살펴보기 위해서는 우선 물질적 가난과 시대 · 역사적 상관성에 대한 논의와 내면의 가난에 대한 정확한 의미 규정이 전제되어야 할 것이다. 물질적 가난과 시대적 상관성은 20년대의 프로문학 이후로 시작품에서 지속적으로 표출되는 특성이다. 이러한 물질적 가난의 극복방안도 정치와 시대의 모순 구조로부터의 해방과 긴밀하게 관련되어 전개된다. 반면에 내면의 가난은 가난과 시대의 연관으로부터 벗어나 있다. 여기에서 가난은 오로지 개인적 차원에 속하는 것이며, 시인 자신의 내면세계에 속한다. 시인의 시적 자아가 외부로부터 강요된 물리적 빈곤을 의식하고 그것에서 벗어나기 위해 외적 상황과 조건을 거부하거나 타개하려는 목적이 내재된다면, 그때의 가난은 주어진 가난, 혹은 외재적 가난이라고 부를 수 있다. 또한 시에서 그것은 추구의 대상이 아니라, 그것의 구속으로부터 벗어나야 하는 대상이 된다.

그러나 내면의 가난은 외재적 · 물질적 가난이 아니라는 점에서, 또한 시인의 내면에서 추구되는 가난이라는 점에서 외부에서 주어진 물질적 가난이 아니다. 이때의 가난은 욕망에서 벗어나기, 겸허함, 소외, 주변부 등의 주제어들로 집약된다. 가난은 삶의 조건을 결정짓는 요인이 아니라, 시인의 시적 자아의 인식의 영역에 위치하며, 시인의 시의식의 지향점이 된다.

시문학사에서 빈곤이 의식적으로 부각되었던 시기인 1920년대부터 80년대까지 '가난의 시'는 정치적 · 시대적 의미망 안에서 이해할 수 있다. 정치적 · 역사적으로 빈곤한 시대에 시인들이 거부한 것은 물질적 빈곤을 초래하는 사회 구조와 그로 인한 불평등이었다. 그러나 90년대 이후에 이르러 시대와 관련된 물질적 가난은 시에서 별로 눈에 띄지 않는다. 90년대에 이르러 가난을 소재로 한 시작품들을 보면, 시대의 가난, 혹은 물질적 빈곤 대신에 '내면의 가난'을 추구하는 작품들이 대부분을 차지하고 있다. 90년대 이후에 부각되는 가난의 시는 표층적으로 자연을 제재로 한 전통적 서정시의 계승으로 볼 수도 있다. 그러나 자연 속에서 자족하는 서정시와는 시의식을 이루는 바탕이 전혀 다르다고 볼 수 있다. 90년대 이후에 빈곤이 제재가 된 시작품들은 80년대까지 평등의식이 보편화되고 가난이 정치적 측면과 분리된 시점에서 창작된 작품들이다. 시적 대상을 대하는 시인의 자세 역시 종전과는 큰 차이가 난다고 볼 수 있다.

90년대 이후의 시인들은 시적 대상을 선택하는 데 있어서나 그것들을 형상화 시키는 데 있어서 미시적 접근 태도를 보여준다. 그러나 거대 담론이 사라진 시점에서 시의 미시성이 지니는 긍정적인 면과 부정적인 면들을 함께 살펴보아야 할 것이다. 시의 소재와 제재의 미시성과 시인의 시선의 미시성이 가져온 긍정적인 측면은 남루한 대상들에서 발견해 내는 풍요로움과 겸허한 자세로 나타나는 시인 자신의 남루한 자의식의 표출에 있을 것이다. 반면에 부정적인 측면으로는 시인의 '빈곤한 자아', 즉 시정신의 미시성을 들 수 있을 것이다. 물질적 풍요와 그에 따르는 위축된 시의식은 시인의 빈곤한 내면을 노출시킨다. 거대담론과 이데올로기의 해체에 뒤따르는 허무감이 90년대 이후의 시를 위축시키고 있다는 점은 분명하다.

2. 빈곤한 시대의 시

90년대 이전의 시에 나타나는 가난의 문제는 물질적 빈곤을 의미한다. 또 그러한 경제적 빈곤은 언제나 정치적 빈곤과 그 맥을 같이 해 왔다고 볼 수 있다. 해방 이후 『전위시인집』(1946)에 실린 김광현의 작품 「기아선에서」는 비참했던 일제 치하보다도 더 지독한 빈궁을 겪도록 하는 신지배 통치권력인 미군정을 비판한다. 박산운의 「포복의 시」 역시 미국이 남한에 베푼 원조는 한마디로 식민지 시장 개척을 위한 전략이었음을 보여준다. 미국이 원조를 끝낸 후, 남한은 미국 농산물의 시장 역할밖에 할 수 없게 된 한반도의 신식민지화에 대한 분노가 이 작품에 서려 있다.

60년대는 분단이 고착화되어가던 과정에서 신식민지화와 도시 산업화가 활발히 진행되던 시기였다. 도시의 성장과 더불어 그 기반으로 삼아진 농촌의 피폐화와 분열된 계층 간의 갈등이 뚜렷하게 자리잡아 가는 노정에 놓여 있었다. 신동엽은 60년대를 살아가는 빈곤한 시대를 사는 민중들의 곤궁한 모습을 형상화시킨다. 그의 「주린 땅의 지도원리」는 도시산업화에 따른 농촌의 황폐를 이야기한다. 신동엽은 도시에 편중된 행복이 다수의 민중을 소외시키고 존립하는 행복임을 보여준다. 그는 미국의 신식민지 정책 아래 그 비극성이 가중되었음을 인식한다. 여기에서 농촌의 궁핍은 다수 민중들의 곤궁함과 이어지고 계층 간의 괴리를 더욱 심화시키는 원인이라는 것에 초점이 맞춰진다.

도시산업화로 고향을 박탈당하고 도시로 이향한 농민들이 최하층을 형성할 수밖에 없었던 상황과 달러화 지배체제로 편입되어 가는 한국의 종속경제화와 분단 문제 등이 신동엽의 「종로 5가」에서 쓰러진 한 노동자의 모습을 통하여 드러난다. 이 시에서는 분단, 외세의 신식민지화, 이농 현상 등 60년대의 온갖 부정적인 사회 정황들이 각각의 민중들의 모습으로 시화되어 나타난다. 그러나 반면에 60년대의 가난한 현실 속에서도 생명력 있게 살아 있는 민중의 모습이 그의 시에서 그려지고 있다.

70년대는 60년대까지 순수문학 일변도로 지속되어 오던 우리 문단의 병폐가 반성되고 극복되어 가는 과정에 들어선 시기이다. 70년대의 순수와 참여의 대립은 시의 본질에 좀 더 가까워지려는 모색으로 볼 수 있다. 또한 이러한 대립은 80년대 시의 바탕을 이루게 된다. 70년대의 시단은 민중의 삶을 다룬 작품들과 개인의 삶 속에서 보편성을 찾고자 하는 시들로 양분된다. 70년대 시단의 폭넓은 현실반영은 다양한 측면으로 발전한 80년대 시의 초석이 되었다. 70년대 빈곤의 시대를 대변하는 신경림의 시 「파장」과 「농무」에서도 도시산업화와 그에 따른 농촌의 황폐함을 노래한다. 이들 작품에서 현실은 절망적이지만, 물질적·역사적 빈곤의 시대를 노래하는 작품들에는 밝고 힘찬 내적인 움직임이 담겨 있음을 볼 수 있다.

80년대 역시 70년대의 체제 모순은 그대로 내재되어 있는 상태였으며 군부독재의 계승은 부당한 권력 장악에 정당성을 부여하기 위해 은폐와 폭압적 장치의 강화를 꾀하는 등 소수의 특권 계층 형성으로 인한 대다수의 고통은 어느 시기보다도 그 힘이 가중된 때였다. 이러한 시대적 정황이 문학에, 특히 시에 큰 영향을 끼쳤음이 여러 양상으로 나타난다. 시형식의 새로운 모색과 파괴, 내용상의 강조, 부정기 간행물과 동인지의 활발해진 간행작업 등등의 다양한 문학적 행위는 기존의 문학형태로는 대처 또는 수용할 수 없게 된 체험의 다양화에 따른 것이다.

이른바 민중시라는, 내용의 강조에 뜻을 두고 전개된 양상 역시 80년대 한국시의 특징이다. 지배 세력에 대한 불만과 인간다움을 회복하고자 하는 몸부림이 시형식을 통하여 직접적으로 혹은 우회적으로 표현되는, 문학상의 민주화 양상이 활발해진 것이다. 민중시란 60·70년대에 참여시로 다루어졌던 시를 승계하며, 지배체제에의 저항과 비판 등 피지배계층의 목소리를 담은 시라고 대략적으로 말할 수 있다. 70년대에는 사회적 관심의 시들이 진보적인 지식인인 전문 시인들에 의해서 간접 체험한 대상을 통하여 민중의 목소리를 대변해 온 반면에, 80년대에 들어와서는 그러한 간접 체험자이기 때문에 겪어야 하는 시인들의 반성이 솔직하게 표현되었다. 또한 이 시기에는 독자와의 거리를 좁히려는 의도를 가지고 쉽게 읽히는 시를 지향하였으며, 민중 자체적으로 시인을 배출해 내어 좀 더 내밀하고 밀착된 민중의 체험을 드러냈다. 이는 문학을 향유하는 범위가 수평적으로 확대되었음을 의미한다. 박노해 시인의 「시다의 꿈」을 비롯한 일련의 노동자의 절망적 빈곤과 그러한 생의 조건을 벗어나려는 의식을 표출하는 노동 현장의 시는 민중시에 있어 획기적이었다.

80년대의 현실은 전에 없이 시의 사회적 기능을 크게 요구한 때였다. 따라서 이전의 시 양식이나 시인들의 자세로서는 그 요구에 대응할 수 없게 된 것은 당연하였다. 70년대에 순수·참여문학 논쟁의 열기가 역사적으로 축적된 민주역량에 의해 용해되면서 80년대의 고조된 사회적 불만의 표출방식으로 시적 민주화로 나타나게 된 것이다.

개인의 빈곤은 사회적 빈곤과 밀접한 연관을 맺고 있다. 그러나 이러한 물질적 가난은 내면의 빈곤으로 이어지지 않는다. 오히려 그것은 시에서 생 욕망이 약동하는 원천적 에너지로 작용하고 있음을 90년대 이전의 시작품들에서 찾아볼 수 있다.

3. 물질적 풍요와 내면의 가난 – 90년대 이후의 시

문학의 예술성과 참여성의 갈등이 첨예하게 노출되었던 시기를 살펴보면 현실의 문제가 문학의 존립을 위태롭게 할 정도로 급박했던 때였다는 사실이 나타난다. 시인의 내면은 현실에서 순수하게 자유로울 수는 없는 것이다. 그러나 90년대에 접어들면서 시인들은 시의 사회적 역할에 관한 심적 책무로부터 풀려난다. 문학은 정치의 직접적인 영향력에서 자유로워졌다. 후기 자본주의 시대이며 사회주의 핵심권이 붕괴된 시대, 서구적 합리성에 대한 근본적인 반성이 제기된 때가 바로 90년대이다. 그러나 90년대는 전반적으로 물질에 잠식되는 정신 영역의 위축을 보여준다. 물질이 인간을 다른 인간으로부터 구별하는 절대적인 기준이 되었다. 현대의 타자는 물질소유의 경쟁자에 불과하다. 여기에서 타자와의 소통 관계는 회복이 불가능한 상태에 놓인다. 현대 사회는 이처럼 전혀 융합할 수 없는 개별자들이 모인 거대한 집합체에 지나지 않는다.

90년대는 도시시, 신서정시, 해체시, 정신주의시, 생태시 등 다양한 시창작의 경향을 보여주는데, 이들 경향을 통합하는 구심력은 물질화에 대한 시정신의 대결이라고 볼 수 있다. 90년대의 시정신은 두드러지게 서정적인 경향을 띠고 나타나는데, 그것은 물질화에 의해 고갈된 인간의 따뜻한 감성을 되살려 내려는 시인들의 의지적 표출이다.

여기에서 우리는 시인들이 추구하는 서정성의 기저에는 내면의 가난을 추구하려는 정신이 내재하고 있음을 볼 수 있다. 시대의 구심력이 사라지고 그 대신 물질이 의식의 자리를 차지하게 된 시대에 시인들은 빈곤해진 자아에 대한 성찰을 보여준다. 시인들은 위축된 자아를 벗어나기 위한 노력으로 내면의 가난을 추구한다. 이러한 시정신은 90년대 이전의 시에서 보여주는 물질적 가난과 가난을 낳은 사회구조에 대한 비판정신을 표출하는 시와는 다르다.

90년대 후반부터 가속화된 물질화된 문명은 지금 우리가 살고 있고 앞으로 살아야 할 2000년대의 문화와 문학적 성격을 규정지을 것이다. 디지털화는 모든 영역으로 급속도로 확산되어 가고 고유한 영역들의 경계가 붕괴되는 현상이 현저해졌다. 문자로써 내면적 가치를 드러내는 형식인 시의 입장에서 바라볼 때, 이 같은 문화 현상은 우울한 현재를 경험하게 하고, 어두운 미래를 내다보게 만든다. 90년대와 2000년대에 두드러지게 서정성과 생의 본원적 문제에 대한 천착이 나타나는 것도 비인간적인 문명이 극대화되는 현실에 대한 반동으로 볼 수 있다.

시인들이 추구하는 내면적인 가난의 양상은 크게 미시성(微示性)으로 정리된다. 우선 시적 대상의 미시성과 그 대상들을 드러내는 미시적 묘사로 나타난다. 시인들이 다루는 시적 대상들은 작고 미소한 것들이다. 시인들의 작품에 등장하는 대상들은 대부분 작고 노쇠하고 무언가 결여된 모습을 가지고 있다. 이를 가리켜 남루함이라고 부를 수 있겠는데, 남루함에서 시인들은 세상을 이끄는 원동력이 내재하고 있음을 발견한다. 결여된 모습, 상처와 아픔을 내보이는 존재들에서 우리는 우리 생이 지니는 본질적인 단면을 보기 때문에 우리는 그것들에 연민과 동질감을 갖는다. 그런 점에서 시인들의 미시적 시선은 삶에 대한 성찰로 이어지는 것이다. 따라서 남루함을 다루는 시작품들은 어떠한 물질적 욕망이 침투하지 못하는 '무욕의 시'라고도 말할 수 있다. 시인들은 우리 일상의 하부구조에 있는 하찮은 것들을 소재 혹은 제재로 다루면서 그것들에 숨겨져 있는 주체적인 힘을 언어로 이끌어낸다. 작은 것들을 섬세한 시각으로 세밀하게 묘사함으로써 시인들은 생의 본원적 측면을 가시화시킨다.

> 내가 세상에 와 입은 옷은 몇벌이었나 옷은 제 옷을
> 셀 수 없네 몇십년 입은 옷 그게 바로 내 그림자 내 남루지
> ⋯(중략)⋯
> 옷이 처음 본 것은 누구였나 지나간 건 다시 오지 않듯이 처음은
> 언제나 끝이 되고 말지 그래도 끝나지 않는 것은 한 몸에
> 빛과 어둠을 입고 벗는 옷 그러는 동안 여기까지 왔네 옷의
> 일생은 늘 그렇지 그대여 옷이란 그런 것이네 옷과 함께
> 잘 낡아가는 것이네
>
> **_천양희, 「옷 입다 생각하니」 부분**

위 시에서 '옷'은 '삶'으로 바꿔 의미화시킬 수 있다. 시간이 흐르면 모든 것이 변하고 소멸한다. 화자의 삶은 그의 육체가 새 옷을 입었다가 낡아진 옷을 다시 새 옷으로 바꿔 입는 일이었다. 하지만 그러한 가변성 속에서 묵묵히 화자의 삶을 지속시키는 것은 그의 생 자체이다. 생 자체에 대한 비유는 가변적인 나의 모습에 드리워진 "내 그림자"이다. 화자의 그림자는 화자가 새

옷을 갈아입거나 낡은 옷을 입고 있을 때에도 여전히 몇십 년 동안 화자가 자신의 삶을 이끌어온 모습을 고스란히 담고 있다.

화자의 그림자는 화자가 살아 온 시간이 담겨 있기 때문에 남루한 모습으로 나타난다. 화자의 그림자는 "처음은/ 언제나 끝이 되고" 마는 시간의 흐름과 소멸 속에서, "빛과 어둠"이 교차하는 시간을 지나오면서 남루해진 화자의 삶을 위장하지 않고 그대로 드러낸다. 화자가 "옷 입다 생각하"는 깨달음이란 바로 남루한 자기 모습이다. 화자가 이처럼 자신의 본모습을 '남루함'에서 찾는다는 것은 자신의 생을-그것이 빛에 속하든지 아니면 어둠에 속하든지- '받아들이는 것'이다. 자신의 생이 어떠한 형상을 갖든지, 또한 그 형상이 남루하게 보일지라도 함께 더불어서 잘 낡아가는 일이야말로 우리가 생을 이끌어가는 유일한 길일 것이다.

기껏해야
나뭇가지 몇 개와
마른 풀 몇 올이 전부인데,

그래도 좋아라고
구김살 하나 없이
환하게들 피어 있다.

(중략)

집 한 채 소유하는 일이나
무슨 一家를 이뤄보겠다는 욕심에서
끝내 자유롭지 못한
나 같은 짐승이
삶을 좀먹는 동안에도
_이진수, 「까치네 집」 부분

불빛 나가는 창가에 줄을 쳐 놓았다

새소리와 꽃향기를 가로막고

내 집을 기둥 하나로 삼아

농부가 논두렁에 쪼그려 앉아 있다
_함민복, 「거미」 전문

이진수의 「까치네 집」과 함민복의 「거미」에서 시의 화자들은 자신들이 배우고 싶은 이상적인 삶의 모습을 자연의 소박함에서 찾아낸다. 그들은 까치와 농부의 이진수의 「까치네 집」에서 금수에 속하는 까치에 비하면 시의 화자는 욕심 사나운 '짐승'이다. 화자의 마음과 생활을 물질적인 욕심이 자리를 차지하고 있는 반면에, 욕심이 끼어들지 않은 까치의 생은 꽃처럼 환하게 피어 있다. 함민복의 「거미」를 보면, 인간인 농부도 자연의 한 부분을 당당히 차지하고 있음을 잘 보여준다. "새소리와 꽃향기"가 퍼지는 논두렁에 쪼그리고 앉은 농부는 마치 자연물들을 팽팽하게 응집시키고 있는 한 마리 거미 같다.

놀랍지 않은가
내내 생의 둘레에서 살던 쑥부쟁이가 오늘은
자갈밭 같은 마음에 걸어 들어와 꽃을 피우다니
그것도 노래로 허기를 채우던 시절처럼
한여름 빈혈 앓던 몸으로 바라보던 노을처럼
외갓집 가면서 구화란 불당재 이라울 양진터 용머리 나발터 지아말
여기 저기 꾹꾹 찔러주던 할머니 야윈 손가락처럼
그때 구불구불 출렁이던 산길처럼
가뿐 숨결처럼

얼마만인가
어린 쑥부쟁이에 서식하는 세상이 너무 환하다고
강물도 폭을 좁혀 울먹이다 가는
여기는 세상의 바깥인가 안인가
　　_이관묵, 「가을볕 속삭임」 부분

이관묵 시인은 그의 시에 분꽃, 쑥부쟁이, 가랑잎처럼 작고 여린 자연물을 소재로 하여 깊은 성찰을 담아낸다. 위 시에서 쑥부쟁이는 분꽃과 마찬가지로 생의 둘레 혹은 둘레의 생, 생의 주변부 또는 주변부에서의 생이라는 조건을 딛고서 피어난다. 쑥부쟁이는 세상의 무거움을 감당하기 힘들다. 그러나 그것을 견뎌냄으로써 쑥부쟁이는 세상에 대응할 힘을 얻는다. 오히려 세상이 가볍고도 여린 쑥부쟁이 둘레에 모여든다. "어린 쑥부쟁이에 서식하는 세상"에서처럼 쑥부쟁이는 세상을 응집시키는 구심력이 된다. 스스로의 생을 견뎌내는 공간에서 세상의 바깥과 안, 중심과 주변의 구별이 지워진다. 견딤의 지점에서 쑥부쟁이는 드디어 꽃을 피우고 스스로 중심이 된다. 시적 자아의 분신인 "가을볕"은 또 다른 분신인 "쑥부쟁이"에게 네가 세상의 중심이라고 따

뜻하게 속삭인다.

　자신의 삶에서 궁기(窮氣)를 들여다보고 있는 시인이 문인수 시인이다. 문인수 시인이 직시하고 있는 자신은 남루하고 늙었다. 그는 진심으로 피하고 싶었을 낡아가는 자신의 모습을 인정하고 받아들인다. 그가 시에서 시적 대상으로 삼은 낡은 것들은 그의 시적 자아의 분신들이다. 시인의 겸허하고 연민에 찬 시선은 시인의 내면을 투명하게 비추고 외부에 있는 사물로 향한다. 대상에 대한 연민의 시선이 시인 자신의 모습을 바로 보게 하는 힘이다. 문인수 시인은 자신이 남루한 존재임을 인정하고 있는 그대로를 사랑한다. 그는 삶이 우리에게 던지는 그늘인 슬픔을 진심으로 이해하고 있는 시인이다. 문인수 시인의 시적 자아가 대상들에게 애련한 마음을 갖는 이유는 그들에게서 시적 자아가 자신의 삶의 궁기를 보기 때문이다. 그는 낡은 사물들과 미소한 인간, 즉 자신이기도 한 그들에게 생의 의미를 찾아낸다.

> 저 긴 수평선, 당신도 입 꽉 다물고
> 오래 독대한 흔적이 있다.
> 바람 아래 모래 위 우묵한 엉덩이 자국이여
> 온몸을 실어 힘껏 눌러앉았던
> 이 뚜렷한 부재야말로 날개 아니냐
> 저 일몰 속 어디 어둑, 어둑,
> 훨훨훨 깔리는 활주로가 있다.
> **_문인수, 「나비」 전문**

　존재감이란 과연 무엇일까? 문인수 시인은 위 시에서 '부재'가 가장 '뚜렷한' 실존이라고 말하는 듯하다. 하늘과 바다가 맞붙은 수평선은 마치 우주가 "입을 꽉 다물고" 있는 듯한 형상을 보여준다. 이것을 생의 문제로 끌고 온다면, 수평선은 우리에게 어떤 방향성도 제시하지 않은 채 망망대해로 우리 앞에 펼쳐져 있는 삶의 비유가 될 수 있다. 삶은 우리에게 어떠한 해답도 제시하지 않는다. 생은 우리와의 소통을 거부하는 다문 입이다. 위의 시 「나비」는 소통이 차단된 생을 피하지 않고 그것과 대면하고 직시하는 시간이 바로 우리의 존재를 선명하게 드러내준다고 노래한다. 바닷가에 앉아서 "온몸을 실어 힘껏 눌러앉았던" 모래의 엉덩이 자국에서 시인은 나비의 비상을 본다.

　문인수 시인은 우리가 기대하는 생의 모습과 그 결과가 우리 생을 이끄는 힘이 아니라고 보고 있다. 생에 대면하는 시간이 흘렀던 자리, 이미 주체는 사라지고 흔적만이 남아 있는 자리가 비상의 의미를 갖는다. 나비 날개 같은 엉덩이 자국이 비상 혹은 자유로움으로 전환될 수 있는 것은 그 흔적을 남겼던 누군가가 자신의 생에 기대했던 욕망을 벗어던지고 일어났기 때문이다. 이때

부재가 "뚜렷한"이라는 수식을 얻을 수 있는 것이다. 부재는 욕망의 부재이며, 그 대신에 뚜렷해지는 것은 실존에 대한 자유로움이다.

> 어물전 개조개 한마리가 움막 같은 몸 바깥으로 맨발을 내밀어 보이고 있다
> 죽은 부처가 슬피 우는 제자를 위해 관 밖으로 잠깐 발을 내밀어 보이듯이 맨발을 내밀어 보이고 있다
> 펄과 물속에 오래 담겨 있어 부르튼 맨발
> 내가 조문하듯 그 맨발을 건드리자 개조개는
> 최초의 궁리인 듯 가장 오래하는 궁리인 듯 천천히 발을 거두어갔다
> 저 속도로 시간도 길도 흘러왔을 것이다
> 누군가를 만나러 가고 또 헤어져서는 저렇게 천천히 돌아왔을 것이다
> 늘 맨발이었을 것이다
> 사랑을 잃고서는 새가 부리를 가슴에 묻고 밤을 견디듯이 맨발을 가슴에 묻고 슬픔을 견디었으리라
> 아-하고 집이 울 때
> 부르튼 맨발로 양식을 탁발하러 거리로 나왔을 것이다
> 맨발로 하루 종일 길거리에 나섰다가
> 가난의 냄새가 벌벌벌벌 풍기는 움막 같은 집으로 돌아오면
> 아-하고 울던 것들이 배를 채워
> 저렇게 캄캄하게 울음도 멎었으리라
> **__문태준, 「맨발」 전문**

위 시에서 아픔으로 움츠러드는, 작아지는 인간의 본래 모습이 조개의 맨발로 잘 형상화되어 있다. 시의 화자는 어물전에 진열된 개조개가 빨판을 내밀고 있는 모습을 보고 있다. 그는 그것을 보면서 가난했던 과거와 그 가난을 힘들게 다스렸을 부친에 대한 기억을 떠올린다. 화자는 이전에는 몰랐던 아버지의 슬픔과 고단함을 개조개의 맨발을 보면서 문득 깨닫는다. 식구들의 배고픔 때문에 집이 컴컴하게 울 때, 화자의 아버지는 양식을 구하러 발이 부르트게 거리를 헤매고 다녔을 것이다. 그때 아버지가 가졌을 막막함과 고단함을 화자는 지금에서야 알게 된다. 아버지가 가져온 양식을 받아먹고서야 울고 있던 집은 캄캄한 울음을 멈춘다.

개조개의 빨판을 보고 촉발된 아버지의 맨발에 대한 기억은 우리에게 물질적 빈곤, 혹은 가난이 곧 결핍이 아니라는 것을 잘 보여준다. 문태준 시인은 이러한 사실을 환하게 '터득한다'. 화자가 아버지의 맨발이 지닌 의미를 터득하는 순간이 바로 화자가 자신의 맨발의 뜻을 알게 되는 시간이다. 아버지의 맨발은 아무것도 걸치지 않은 존재의 맨몸이기도 할 것이다. 화자는 아버지의 맨발을 떠올리면서 지금 자신의 생이 지닌 맨발의 뜻을 가늠해 보리라. 맨발의 뜻을 터득하는 순간 화자의 마음은 "죽은 부처가 슬피 우는 제자를 위해 관 밖으로 잠깐 발을 내밀어 보"였던 것

처럼 타자와 자신을 향한 진정한 사랑으로 가득 차리라.

위에서 살펴본 시인들은 강한 존재들에 가려진 작은 존재들을 노래한다. 그들은 강함이 아니라 연약함에서 삶의 아름다움과 기쁨을 발견하는 시인들이다. 그들의 시선은 권력의 중심으로부터 한없이 멀고 먼 대상들이야말로 반짝이는 생의 진수를 담고 있는 것으로 인식한다.

4. 시정신의 미시성(微示性)을 벗어나기 위하여

내면의 가난이 시창작의 에너지라고 볼 때, 내면의 가난은 시인의 의식적인 지향점이 된다. 내면의 가난은 특정한 시대와 역사와는 무관하게 시에 나타나는 보편적인 특성이라고 볼 수 있다. 위에서 살펴본 90년대 이후의 가난을 노래한 시작품들은 작품들은 대체로 가난과 겸허함 속에서 생이란 무엇인가에 대한 깨달음을 감각적으로 노래하고 있다.

90년대 이전의 시가 물질적 빈곤과 그로 인한 불평등을 비판하고 그러한 불평등의 조건을 벗어나려는 것이 가난을 노래한 시들에 나타나는 주된 시정신이었다. 반면에 가난과 시대의 연관으로부터 벗어나 있는 90년대 이후의 시에서 가난의 문제는 시인의 대사회적인 표현에서 벗어난다. 시에 나타나는 시적 자아들의 겸허한 자기 성찰, 소외되고 주변적인 대상들에 내재된 생의 에너지 등은 '내면의 가난'이라고 지칭할 수 있을 것이다. 여기에서 가난은 오로지 시인 혹은 시적 자아 개인에 속하는 것이기 때문이다.

90년대 이후의 시인들은 누추함과 남루함을 지닌 작은 대상들-여기에는 물론 시인의 시적 자아가 많은 부분을 차지하고 있다-에서 생의 비의와 환희를 발견한다. 시인들은 그들의 내면을 스스로 가난의 처지에 머물고자 한다. 어쩌면 그들에게 가난한 삶이 가장 이상적인 시정신이 구현된 것으로 여길는지도 모른다. 그들의 내면이 가난과 염결성의 추구에 시선을 두고 있을 때, 시인 자신을 포함하여 모든 남루한 시적 대상들은 남루의 조건을 벗어나 자유로움과 아름다움을 획득할 것이기 때문이다.

그런데 거대담론이 사라지고 미시적 담론이 지배적인 시대에 정작 문학의 위기가 거론되는 이유는 어디에 있는가? 비판과 거부의 정신은 거대담론의 시대에 시대적 담론과 문학이 서로 소통하게 만들었다. 그 소통의 힘으로 문학은 창작의 에너지가 축적될 수 있었다. 90년대 이전의 빈곤한 시대는 시인들로 하여금 끊임없이 새로움과 긴장의 시 정신을 환기시켰다. 그러나 90년대 이후부터 최근에 이르는 시단의 창작 경향을 볼 때, 시인들이 지나치게 개인 내면의 가난을 표출하는 데 집중하고 있음이 나타난다. 시인들의 시선과 내면은 작은 일상들 속에서 발견하는 생의 문제에만 천착하고 있는 듯하다. 이미 세워지고 굳어진 의식과 가치를 부정하는 데 시정신의 본의가 놓인다면, 지나치게 미시적인 범주 속에 안주하는 태도는 경계의 대상이 되어야 할 것이다. 시의 미시성이 곧 시정신의 풍요로움으로 이어지는 것이 아님을 우리들은 잘 알고 있기 때문이다.

조해옥

1963년 충남 부여 출생. 한남대 국문과 졸업(문학박사). 1997년 《서울신문》 신춘문예 비평 당선. 저서 『이상 시의 근대성 연구』, 『이상 산문 연구』, 『개정증보판 이상 산문 연구』, 『도로를 횡단하는 문학』, 『생과 죽음의 시적 기록』, 『전환의 문학』 외 다수. 이상 문학 전문잡지 『이상 리뷰』 편집위원. 현재 한남대, 고려대 강사.

시가 품은 시인, 시인이 노래하는 시
- 김완하 5시집 『절정』의 세계

천영숙

평론가 김현은 『문학이란 무엇인가』에서 좋은 작품과 나쁜 작품에 대해 언급하였다. 일반적으로 나쁜 작품은 작가나 독자들에게 일시적인 쾌락밖에 허용하지 않는다고 주장하였다. 나쁜 작품이 주는 해악은 삶에 대한 반성을 불가능하도록 작용한다는 것이다. 그것은 일시적으로 그 자신을 방기할 수 있게 할 뿐이라고 일갈하였다. 그러한 시들은 사고의 정당한 진전을 방해하며, 주어진 조건 속에 독자를 맹목적으로 이끌어 들이는 것임을 환기시킨다.

반면 좋은 작품 역시 그것을 읽는 자들의 감정을 세척시키는 것이 아니라 하였다. 그대신 읽는 자들의 정신이 편안해지려는 것을 오히려 자극하고 고문한다고 깨우쳐 준다. 좋은 작품은 정신을 해방시켜 주체를 망각케 하는 것이 아니라, 그 주체의 삶에 대한 태도와 세계 인식을 끊임없이 상기시켜 삶을 반성케 한다는 것이다. 그것은 그의 본래적 자아를 각성시켜 정직하게 세계와 인간을 바라다보게 한다는 의미이다.

나아가 좋은 문학 작품이란 일상적인 삶 속에 개인이 빠지는 것을 허용하지 않는다고 규명한다. 일상적 삶을 이루고 있는 허위와 가식을 잔인하게 벗겨버림으로써 그 가식 속에서 편안하게 살려는 잠든 의식을 잠깨움이 좋은 작품의 덕목이라 정의한다. 그래서, 삶과 인간과 세계의 진정한 모습을 다시 생각하도록 하는 것이 좋은 작품이라고 강조하였다.

김현의 문학론을 잠시 되짚어 보자면, 문학의 구성엔 우선 '쾌락'이 내재되어 있다는 것이고, 그 '쾌락'으로 인해 '삶에 대한 반성'이 '불가능'해지면 나쁜 작품이라는 것이다. 결국 좋은 작품 역시 삶에 대한 태도와 세계 인식을 '끊임없'이 상기시키어 '삶을 반성케' 하여야 한다는 것이 된다. 나아가 '정직하게 세계와 인간을 바라다보게' 할 때 좋은 작품이 된다.

좋은 작품, 좋은 시는 어떻게 탄생될까? 그것은 영웅의 탄생과 유사한 것이 아닐까 싶다. 영웅은 시대가 불러내듯, 명작 또한 시대의 요구와 그 역할의 합습이 일치되어질 때 우리 품으로 안겨 오게 된다. 시詩가 시인의 손을 잡아주면, 시인은 시들을 품어 누대(累代)의 삶들을 자극하고 각성시켜 순일한 삶을 이어 나가도록 노래한다. 지금까지의 세설은 시의 은택을 겸허하게 수용하며 시종 진지한 목소리로 시의 혼을 살려내려 하심의 자세로 시집을 상제한 『절정』의 숨결을 짚어 보고자 함이다.

1) 화음(和音)과 화엄(華嚴)의 시학

상월 초등학교 플라타나스에
딱따구리 나무 파던 흔적 남았다
우듬지부터 둥치 따라 내려오다
깊게 파인 구멍 하나 찾았다
나무의 옹이 아래 딱따구리는 둥지를 묻고
수없이 구멍 드나들며 하늘 물어오고
어둠을 길어 냈다
거기 한철 지내던 딱따구리 새끼 쳐 떠났다
딱따구리가 밤마다 둥지 틀 때
허공 속에는 목탁이 울었다
하늘의 별도 그 소리에 귀를 열고
더 또렷이 빛이 났다
딱따구리는 어둠 파내 밤을 뚫고
나무의 가슴 퍼 올리며
끝내 새벽 열어 한 채 집이 되었다
나는 그 안 들여다 볼 수 없어
까치발 들고 나뭇가지 밀어 넣어도
그렇다, 이 구멍은 끝내 닿을 수 없다
몇 날 밤 딱따구리 부리는 파고들어
플라타너스 옹이에 고인 어둠을 찍었다
나무의 멍든 가슴을 채워
허공이 지은 집 한 채
아직도 밤마다 어둠 속에서는
허공의 빗장을 푸는 딱따구리 살아 있다
_「옹이 속의 집」 전문

상월 초등학교는 갑사와 멀지 않은 신원사 가는 길목에 있다. 진달래 피는 봄길에서부터 한 여름의 진푸른 산빛과 가을의 으름 열매까지 향유할 수 있는 진경의 마을이다. 이 시는 계룡산 자락의 상서로운 기운으로 휘감긴 마을에 자리한 공간에서 출발한다. 시는 학교와 나무와 딱따구리라는 어휘를 엮어 한 폭의 그림을 완성해 낸다. 이 그림의 명도는 인생의 철학과 의미를 알맞게 섞어 내 질리지 않은 서정을 싣고 있다.

학교는 사원과 횡적 의미를 무릎맞춤한다. 교정의 플라타너스는 여린 새순 같은 아이들이 자라 거대한 재목이 되길 염원하는 사회적 은유로 어깨동무한다. 시인은 플라타너스 나무 위의 딱따구리를 시의 화폭에 그렸을 뿐인데 낭창한 아이들의 소리를 듣게 하는 환청까지 더한다. 그림 속의 소리, 시속의 청음(聽音)은 이 시의 아름다움이며 신비로움이다. 들리는가? 밤마다 둥지를 틀며 쪼아대는 딱따구리의 부리 부딪는 소리를. 그것은 '허공 속의 목탁 울음'이라는 걸. 시인은 청각적 화음을 이끌어 내며 곡진한 의미의 화음으로 시적 형상화를 꾀한다.

이 시에는 다층적 의미의 집이 내재한다. 형태적으로 가시화된 집은 '옹이 속의 집'과 '상월초등학교'이다. 집은 집합의 공간이며 동시에 이산의 출발점이기도 하다. 한 세대를 넘어 분가하고 그리하여 그만의 집을 완성함이 삶의 방정식이다. 참다운 집을 구축하는 과정이 곧 화엄華嚴의 여정임을 시는 일깨운다. 한 생명을 보듬기 위해 딱따구리는 수없이 구멍을 드나들며 '하늘을 물'어 오고 '어둠을 길어 내'어야 한다.

시인은 하나의 집, 획일화된 집을 경계한다. 손 뻗쳐 쉽게 얻을 수 있는 집도 거부한다. 그러기에 시인이 완성해 내는 집은 '어둠'을 파내고 '밤'을 뚫고 마침내 '나무'의 가슴 퍼 올리기까지 하여 '끝내' 새벽까지 연 후에야 한 채 집을 완성한다. 철저한 구도자적 심지를 여실히 관철하고 만다.

옹이는 나무의 굳은살이다. 상처이다. 시인은 그 나무의 멍든 가슴을 재운다. 허공은 멍든 가슴 위에 집 한 채 지어 딱따구리 그곳에 깃들게 한다. 그렇다, 허공이 지은 집은 바로 우주 삼라만상의 조화로운 집, 곧 화엄의 세상인 것이다. 화엄 세계에서 가장 귀한 덕목은 생명 존중과 평화의 구현이다. 시집 『절정』은 드난한 삶의 언저리를 넉넉한 꽃빛으로 물들인다.

> 마당 한 구석 작은 염소 한 마리가/ 그 가족의 모든 미래다/
> 온전히 기댈 언덕이다
>
> 여인 하나 제 몸보다 더 큰/ 푸성귀를 이고 푸른 들에서/
> 유채꽃밭을/ 걸어나온다
>
> 꽃과 꽃 사이 또 하나의 길이 열린다
> **_「인도풍 2 - 길」 전문**

이 시에서 화자는 염소와 여인과 유채꽃을 조망한다. 열거된 시어는 여린 생명들이다. 가난한 삶의 일부를 극명히 드러내고 있다. 그러나 이 시는 어둡지 않고, 남루하게 느껴지지 않는다. 작은 염소의 울음이 낭랑히 젖어드는 일연조차 궁기를 거둬들인다. 그 까닭은 화자가 언급한 '미래'와 '언덕'이라는 광휘 때문이다. '작은 염소'엔 희망이 있다. 어미 염소라면 임박하게 팔려가야 할 숙명으로 다가왔을지 모른다. 그러나 작은 염소는 더 자라야 할 잉여의 시간을 안겨주며 가족이 견주어 바라 볼 언덕이 되고 희망을 건 미래로 자리하고 있다.

두 번째 연에서 화자는 인도 여인을 묘사한다. 그녀는 '제 몸보다 더 큰' 푸성귀를 이고 푸른 들에서 걸어온다. 그녀는 거기 있는 유채 꽃밭에서 걸어 나온다. 여기서 푸성귀의 초록빛과 유채의 노란빛은 묘한 하모니를 이루지 않는가? 그리고 노란 유채꽃밭을 휘저어 걸어 나노는 그녀의 발걸음 소리가 들리지 않는가? 오직 작은 염소에 미래를 걸고 있는 가족의 일상을 꾸려줄 푸성귀를 인 그녀의 발걸음 소리는 작은 기쁨의 박자로 들리지 않는가? 여인은 주저앉지 않고 걸어 나왔으리라. 운명에 저어되지 않는 여인의 발걸음 소리를 이 시는 들려준다.

마지막 연에서 열리는 화엄의 세계는 아름답다. 아무 곁가지를 두르지 않은 단순함의 미학은 화엄의 극치이다. 14자로 이루는 삶의 화엄, 꽃과 꽃 사이 또 하나의 길이 열린다.

2) 오디세이아의 여정처럼

시는 신화의 다른 이름으로 존재한다. 그것은 시가 인간에게 필요한 이유와 신화가 인간에게 유용한 가치와 상응하는 이유를 지니기 때문이다. 즉 시와 신화는 자연과 인간에 대해 인류가 이해한 것들과 상상한 것들의 모두이다. 이 두 영역은 인간의 욕망과 운명에 대한 인간의 성찰과 사유의 모든 것을 내포한다. 거기엔 인류의 어제와 오늘을 담은 진실이 담겨 있다. 그리고 무엇보다 시와 신화가 선사하는 쾌락과 흥미야말로 인류에게 필요한 자양분이기 때문이다.

고대 그리스의 시인 호메로스는 유럽 문학에서 가장 오래된 서사시 〈일리아드(Iliad)〉와 〈오디세이(Odyssey)〉를 인류에게 선사하였다. 그의 서사시는 신화를 텍스트화한 것이다. 일리아드가 아킬레우스를 주인공으로 트로이 전쟁의 경과와 그리스군의 승리를 노래한다면, 그 후편에 해당하는 오디세이아는 오디세우스를 주인공으로 그가 트로이를 떠나 귀향하여 가족과 재회하기까지 겪은 온갖 모험의 과정을 그리고 있다. 특히 오디세우스는 호메로스의 표현처럼 신들도 인정하는 '지혜로운 사람'의 대명사가 되면서 지혜로운 자의 '원형'이 됐다. 오디세이아에서 나온 영어 'odyssey'는 훗날 경험이 가득한 긴 여정을 뜻하는 명사가 됐다.

오디세이아는 '오디세우스의 노래'라는 뜻이다. 지혜롭고 현명한 자의 대명사 오디세우스일지라도 그가 무사히 귀향하여 부를 수 있었던 노래 뒤에는 신들의 합의와 인도함이 있었기에 가능하였다. 신들은 회의를 소집해 오디세우스가 귀향할 수 있도록 도움을 주자고 제안하고, 특히 제우스의 딸 지혜의 여신인 아테네의 수호와 안내 없이는 불가능한 일이었다. 그 지난한 귀향을 노래로 남긴 서사시 오디세이아처럼 김완하의 시집 『절정』 역시 귀향과 아울러 삶의 도정을 노래한 시집이다. 또 하나 발견되어지는 공통적 요소에 오디세우스에게 아테네가 있었다면 김완하 시인에겐 고은 시인이 있다는 것이다.

마을로 난 길이 흐려 보이고/ 시를 생각하는 마음 굼뜰 때면/ 밖으로 나가 가까운 산을 바라보고 섭니다/ 산자락도 이어이어 가/ 큰 산맥에 가 닿으니/ 잠시 그렇게 큰 호흡으로 우러르다/ 돌아서면 가슴에는 밀물져 오는 그리움 가득합니다// 시를 향한 뜨거움 감당할 수 없던/ 젊음과 시대의 격정이 들끓던 날/ 작은 비탈에 넌지시 팔을 뻗는 산맥 하나 있었습니다/ 폭설이 내린 겨울 눈밭을 헤치며 찾아갔습니다/ 흰 눈밭을 배경으로 솟아있던 첫 기억은/ 지워지지 않는 흑백사진으로 남아 있습니다// 마주 앉아 대면하던 순간/ 너 평생 문학 할래?/ 너 평생 문학 할래?/ 너 평생 문학 할래?/ 세 번씩이나 재차 물으시던 뜻/ 돌아오며 산맥을 향해서 스스로에게 묻던 말/ 너 평생 문학할래?/ 긴 메아리로 달려와 작은 비탈 감싸주었습니다/ 한 달마다 한 번 씩 어린 풀잎을 품고 가 기대면/ 안경 너머로 깊은 눈빛을 쏘아내며/ 힘주어 격려의 메아리로 울리던/ 너는 되겠다/ 나의 1960년대 폭은 되겠다/ 너처럼 빨리 열리는 경우도 드물다/ 이제 됐다 투고해라/ 축배를 들자 십년을 밀고 나가라/ 그리고 도 십년을 밀고 나아가라/ 끝내 비탈을 사랑으로 들어 올리던 한마디/ 네가 나를 이륙했다/ 메아리, 메아리, 메아리 산맥에서 울려왔습니다/ 시인이 되던 가을에 주신 『나의 파도소리』가/ 아직도 푸른 물결 일구며 힘찬 목소리로 달려오고 있습니다/ 시인 생활을 빌며 1987년 추석/ 부디 노래 속에/ 거짓 없기를 바라네/ 함께 노래하세// 아, 돌아보니 비탈에도 어느새 작은 나무가 자라고/ 나무와 나무 어울려 숲을 이루는 시간/ 이제 산맥은 더 큰 산맥으로 뻗어 가야하는데/ 안성에 새겨진 만인의 삶과 역사 이어야 할 숨결// 산맥이 비탈에게 내려준 심명心鳴

/ 마음으로 울어라/ 마음으로 울어라/ 마음으로 울어라/ 산맥의 메아리는 언제나 세 번 씩 새겨야 하겠지요/ 마음으로 울어야 마음을 울릴 수 있겠지요// 마을로 난 길이 보이고/ 시를 생각하는 마음 굼뜰 때마다/ 밖으로 나가 차령 산맥을 향해 서있겠습니다/ 작은 비탈에도 나무가 자라고 푸른 숲이 열리면/ 큰 산맥에 가 닿으리니/ 언제라도 깊이 울리는 산맥의 메아리/ 돌아서면 가슴에는 밀물져 오는 그리움 가득합니다

_「산맥에 기대어 – 고은 선생님께」 전문

시인에게 귀향이란 언제나 시 본연에 대한 자세와 마음 다잡기의 연속이다. 김완하 시인은 1987년 문학사상 신인상에 당선되어 어언 삼십여 성상의 시력을 쌓고 있다. 지금이 그의 시력의 '절정'은 아닐까. 그러나 지혜로운 시인은 절정의 꼭지점을 반환하고 더욱 마음을 낮춰 진정한 시인으로 거듭나길 희구한다. 그는 시 스승과의 만남과 인연을 늘 가슴에 품고 산맥처럼 딛고 오르고 경애한다. 진정성은 마음을 꿰뚫어 발내밀 새로운 용기와 희망의 손길을 내어 주는 법이다. 김완하의 시집에 빠짐없이 내리꽂히는 상징성 주의 하나는 '눈발'이다. 그 눈발의 의미망은 이미 그의 스승 고은과의 만남에서 시작되어 면면히 반추되고 있다. 눈발은 시리다. 가슴을 서늘케 한다. 그리고 녹는다. 녹아 형체가 사라질지언정 그 감촉 기억마저 사라지는 것은 아니다. 그

러기에 더욱 가슴에 인화되기 마련이다.

  첫 번째 시집도 아니고 다섯 번째의 시집에 이르러서 완하 시인은 재삼 마음을 다잡는다. 그는 멀리 내다보고 우직하게 걸어갈 준비를 마쳤기 때문이다. 유럽 문학의 기저를 호메로스가 마련해 주었다면 극동지역과 아시아 문학의 원형은 무엇일까? 분명 우리에게도 중원의 시경(詩經)이 있다. 그것은 호메로스의 서사시보다 약간 앞선 시기에 탄생된 것이다. 시경 역시 우리 문학사에 커다란 영향력을 끼친 건 사실이다. 그러나 이제 우리도 우리만의 '오디세우스'가 필요한 시기를 맞은 건 아닐까? 이런 염원은 고은 시인과 김완하 시인의 대에서 성취될 수도 있고, 혹은 그들 후학들을 통해 획득될 수도 있을 터이다. 분명한 건 우리만의 유려한 시원詩原을 향해 정진하여야 하고, 우리만의 '오디세이아와 시경'이 탄생되어야 한다는 것이다. 이런 연유가 시와 신화의 연리지라고 본다.

  동백꽃 필 때면/바다 속에서도/온몸으로 우는 돌이 있다

  제 가슴 한쪽에/더 큰 바다를 재워놓고/
  파도 속으로 날을 세우는

  돌꽃
    _「독살」전문

  독살은 전통방식의 고기잡이다. 충청도 서산 지방의 전통 어업 방식으로 지금껏 그 명맥을 이어온다. 밀물 때 들어온 고기가 돌담에 갇혀 썰물에 빠져나가지 못하면 뜰망으로 떠서 잡는 방식이다. 여기서의 '독'은 돌의 다른 발음이며, '살'은 잡이의 다른 표기로 볼 수 있다. 소리와 의미, 모두 아름다울 수 없는 시어를 시인은 끝내 꽃이라 명명한다. 이 시는 시인의 시 쓰기 방식을 대변하고 있다. 시인은 전통 시적 서정의 끈을 놓은 적이 없다. 그의 시어는 해살거리는 가벼움 없이 대부분 묵직한 질감을 쌓아 올린다. 그러나 그는 다감한 마음 밭을 지닌 시인이다. 보이지 않는 이면을 들여 다 볼 줄 알고, 온몸으로 눈물을 떨굴 줄 안다. 그러나 더 큰 현상에 눈 뜰 줄 아는 시인이기에 그의 『절정』은 새로운 항해를 준비하는지도 모른다.

  김완하의 시에 이미지되는 꽃들은 선명하다. 동백을 어여삐 여긴다. 김훈이 『자전거 여행』에서 언급한 "돌산도 향일암 앞바다의 동백 숲은 바닷바람에 수런거린다. 동백꽃은 해안선을 가득 매우고도 군집으로서의 현란한 힘을 이루지 않는다. 동백은 한 송이의 개별자로서 제각기 피어나고 제각기 떨어진다. 동백은 떨어져 죽을 때 주접스러운 꼴을 보이지 않는다. 절정에 도달한 그 꽃은, 마치 백제가 무너지듯이, 절정에서 문득 추락해 버린다. 눈물처럼 후드득 떨어져 버

린다."라고 말한 절대 명문과 닮아 있다. 아름다운 미문의 향기가 그의 시 속에서 환생되어 시향을 날린다.

천영숙

1955년 경북 안동 출생. 한남대학교 국어국문학과 대학원(문학박사). 1988년 『시와의식』 수필 등단. 2005년 『문예연구』 비평 등단. 현재 KAIST 기수경영학과 초빙교수.

인문공학론(1) 모방의 본질과 기억의 네트워크

이용욱

1. 들어가는 말

필자는 「정보지식화사회와 인문공학」이라는 논문[1]에서 인문학 위기의 사회적 배경과 본질을 규명하고, '대중인문학'이나 '디지털인문학'이 오히려 인문학에서 인간을 지워버리는 오류를 범하였음을 입증하면서 그 대안으로 '인문공학'이라는 용어를 제안한 바 있다. 인문공학은 "정보화기술은 일상적 삶의 조건"이라는 맥락 하에, 기술을 인간의 시선으로 바라보고 사유와 성찰을 통해 해석하고자 하는 연구방법론이다.

본 논문은 「정보지식화사회와 인문공학」의 후속 연구로 예술의 본질인 모방과 창조의 작동원리가 매체의 변화에 따라 어떻게 달라졌는지를 구술매체(플라톤의 모방론)와 문자매체(아리스토텔리스이 모방론)의 관점에서 살펴보고, 디지털글쓰기저작도구와 마우스가 모방과 창조의 메커니즘에 개입하여 나타나게 된 '편집'이라는 기억의 네트워크 방식을 매체의 매개성과 연관지어 설명할 것이다.

2. 모방의 삼각형 : 역사, 개인, 매체

아리스토텔레스(BC 384년 ~ BC 322년)가 시는 인간 본성에 내재해 있는 모방의 쾌감에서 발생했다고 언급한 이후 문학에 대한 가장 견고하고 신뢰할 만한 정의는 "문학은 현실을 반영하고 재현한다"는 것이다. 모방은 문학과 불가분의 관계를 갖고 있지만 그 예술적 위치는 모방의 수단인 매체의 발전에 따라 변화해 왔다. 모방은 기억에 의존하고 기억은 저장매체를 통해 촉진되고 확장된다. 모방의 대상(역사)과 기억의 주체(개인)와 저장의 방식(매체) 사이의 변증법적 관계는 문학의 역사를 이해하는 데 매우 중요한 단서를 제공한다.

---

[1] 이용욱, 「정보지식화사회와 인문공학」, 『한국언어문학』 제91집, 한국언어문학회, 2014.

플라톤(BC 427년 ~ BC 347년)은 모방을 일종의 유희이며 진지한 것이 못된다고 하면서 진정한 의미의 모방자(시인)는 자기가 모방하고 있는 것의 좋은 점과 나쁜 점에 관해서 지식도 올바른 소신도 갖지 못하며, 모방술은 그 자신이 열등한 것으로서 열등한 것과 결합하여 열등한 것을 낳는 것이라고 비판하였다.[2] 모방에 대한 플라톤의 비판적 시각[3]을 직접적으로 공박하지는 않았지만 아리스토텔레스는 『시학』에서 시인의 모방이 그 자체로 유기적인 통일을 이루고 있는 사건을 필연적인 인과 관계의 테두리 내에서 재현하는 하나의 보편적인 진리를 말하는데 그 목적이 있다고 말함으로써 단순한 모방을 넘어 예술적 창조의 가치에 대해 통찰하였다.[4]

거의 동시대인인 두 위대한 철학자가 모방에 대해 왜 각기 다른 언급을 하였을까? 그것은 역사, 개인, 매체에 대한 인식의 차이에서 비롯되었다. 플라톤에게 이데아의 세계를 모방하는 도구(매체)는 '말'이다. 호메로스의 작품들은 운율과 율동과 화성으로 이야기되는 구술의 세계이다. 플라톤의 관점에서 호메로스는 역사를 직접 경험해보지 않았으면서도 『일리아드』와 『오딧세이』의 세계를 모방해 내었다. 전쟁을 소재로 작시(作詩)했지만 직접 전쟁을 지휘하거나 조언한 기록도 없고 사람들을 가르치고 지도하지도 않았다. 시인은 모방만 했을 뿐 인식할 수 있는 능력이 없어 애욕과 분노, 욕망과 고통과 쾌락이 우리를 지배하도록 내버려두었다.[5] 입에서 입으로 전해져 내려오는 구술의 전통은 모방자들에게 자신의 언어를 사용할 수 있도록 허락하지 않았다. 저자(개인)는 아직 등장하지 않았고 신의 전령이나 구술자만 있었다. 말은 인간의 기억력에 의지하며 기억은 과거의 재생이며 반복이다. 결국 플라톤에게 구술을 통한 모방은 허상을 만들어 내 예술을 이데아로부터 멀어지게 할 뿐이며, 상상은 현상들에 대한 감각적인 경험만을 제공하는 정신 활동의 가장 피상적인 형식에 불과해진다.

반면에 아리스토텔레스는 모방이 어떤 분명한 목적을 갖고 이루어진다고 보았다.

> 모방자는 행동하는 인간을 모방하는데 행동하는 인간은 필연적으로 선인이거나 악인이다. 비극과 희극의 차이도 바로 여기에 있다. 희극은 실제 이하의 악인을 모방하려 하고 비극은 실제 이상의 선인을 모방하려 하기 때문이다.[6]

> 시인은 모방하기 때문에 시인이요, 또 그가 모방하는 것은 행동인 이상 시인은 운율보다도 플롯의 창작자가 되지 않으면 안 된다는 점이다. 그리고 그가 실제로 일어난 일을 소재로 하여 시를 쓴다 하더라도 그는 시인임에 틀

---

2) 플라톤, 『국가』 제10권, 4장.(부분 발췌) : 천병희 역, 『시학』, 문예출판사, 2004.
3) 롱기누스는 그의 저서 『숭고에 관하여』 제13장에서 플라톤에 대해 호메로스에 대한 경쟁심에 지나치게 투지에 넘쳐 있다고 평가하면서 '젊은 전사가 만인이 경탄하는 경쟁자와 싸우듯이 호메로스와 제우스 신에 맹세코 온 마음을 다해 상을 다투지 않았더라면 자신의 철학 이론을 그렇게까지 꽃피우지 못했을 것이다.'라고 하였다. 아리스토텔레스는 『시학』에서 플라톤에 대한 직접적인 투지를 드러내지는 않지만 모방에 대한 학문적 언급을 통해 시인의 모방에 대한 예술적 가치를 규명하면서 자신의 철학이론을 분명히 하였다.
4) 『시학』을 번역한 천병희는 옮긴이 서문에서 모방에 대한 아리스토텔레스의 입장을 플라톤과 비교하여 설명하면서 아리스토텔레스에게 시인은 플라톤이 말하는 단순한 모방자가 아니라 일종의 '창작자'로 바라보았다. : 아리스토텔레스 저, 천병희 역, 『시학』, 문예출판사, 2004, p.13.(편집)
5) 플라톤, 『국가』 제10권.(편집) : 천병희 역, 『시학』, 문예출판사, 2004.
6) 아리스토텔레스 저, 천병희 역, 『시학』, 문예출판사, 2004, pp.31~33.(부분 발췌)

림없다. 왜냐하면 실제로 일어난 사건 중에서도 개연성과 가능성의 법칙에 합치되는 것이 있을 수 있고, 그런 이상 그는 이들 사건의 창작자이기 때문이다.[7]

비극은 진지하고 일정한 길이를 가지고 있는 완결된 행동을 모방하는 것이며, 쾌적한 장식이 된 언어를 사용하고 각종의 장식은 각각 작품의 상이한 여러 부분에 삽입된다. 그리고 비극은 희곡적 형식을 취하고 서술적 형식을 취하지 않으며 연민과 공포를 통해 이러한 감정의 카타르시스를 행한다.[8]

아리스토텔레스에게 모방은 시인이 되기 위한 필요충분 조건이다. 역사를 모방하고 행동을 모방하는 단순한 방식이 아니라 감정을 고양시키고 정신을 정화하는, 창작자가 행하는 예술적 행위이다. 과거의 재생이며 반복에 불과했던 기억이 서사양식을 선택하고 플롯을 구성하며 카타르시스를 행하기 위해 문학적 상상을 언어 안으로 끌어들임으로써, 기억의 매체는 모방의 형식이었던 '말'에서 창조의 형식인 '문자'로 변화한다.

시인의 임무는 실제로 일어났던 일을 말하는 것이 아니라 일어날지도 모르는 것, 즉 개연성 혹은 필연성의 법칙에 따라 가능한 것을 말하는 것이다. 시인과 역사가의 차이점은 운문을 쓰느냐 혹은 산문을 쓰느냐 하는 것이 아니다. 헤로도토스의 작품을 운문으로 고쳐 쓸 수도 있을 것이지만 그것은 운율이 있든 없든 간에 여전히 역사일 것이다. 진정한 차이점이란, 역사가는 실제로 일어난 것을 말하고 시인은 일어날지도 모르는 것을 말하는 것이다.[9]

플라톤의 『국가』는 소크라테스와 글라우콘 사이의 대화(말) 형식으로 씌어졌지만, 아리스토텔레스의 『시학』은 자신이 세운 학교 뤼케이온(Lykeion)에서 제자들에게 강의하기 위하여 문자로 저술되었다. 플라톤과 아리스토텔레스가 활동했던 BC 5-4세기경은 동(東)그리스문자(이오니아문자)와 서(西)그리스문자가 이오니아문자로 통일되면서 BC 8세기 페니키아로부터 알파벳을 도입한 이후 시작된 글 중심의 문화가 확고히 자리를 잡은 시기였다. 고대 고전 그리스어(BC 8-4세기)는 알파벳(자모문자)을 채택해서 쓰기 시작했으며 특히 모음을 나타내는 다섯 글자를 개발한 것은 그리스어의 혁명이었다.[10] 문자 중심의 문화로의 이행이 일단락된 상황에서 글이 갖고 있는 한계와 위험성을 직시한 대표적인 인물이 플라톤이다.[11] 플라톤은 『파이드로스』에서 파라오 타무스의 입을 빌어 이 전대미문의 기술(문자)로 인해 인류가 과거 같으면 잊었을 것을 기억하게 되었다고 칭찬하면서 동시에 "기억은 끊임없는 훈련으로 생기를 불어 넣어야만 하는 위대한 선물일세. 하지만 자네의 발명 때문에, 사람들은 더 이상 자신들의 기억을 훈련시키려 하지 않을

---

7) 위의 책, p.65.
8) 위의 책, p.49.
9) 위의 책, p.62.
10) 브리태니커온라인, 그리스어(Greek language) 항목 부분 인용.
   (http://premium.britannica.co.kr/)
11) 이강서 저, 인문학연구원 HK문자연구사업단 편, 「플라톤의 문자관」, 『문자개념 다시보기』, 연세대학교 대학출판문화원, 2013, p.200.

걸세. 그들은 사물을 내면적 노력을 통해 기억하는 것이 아니라, 단순히 외부 장치(문자)에 의지해서만 기억하려고 들 걸세."라며 걱정한다.[12] 칭찬과 걱정의 모순어법은 문자에 의한 문자비판이라는 플라톤의 담화 모순과 연결되는데 데리다는 이를 '파르마콘'으로 설명한다. 그리스어에서 '파르마콘'(pharmakon)은 '치유'와 '독약'이라는 상반된 뜻을 갖는다. 『파이드로스』에서 파르마콘은 글쓰기의 은유다. 글쓰기는 지성의 파르마콘(토트에게는 약, 타무스에게는 독)으로 나타난다.[13] 약이면서 독인 문자에 대해서 플라톤은 문자에서 구술의 이행이 아니라 문자에서의 내적 갈등을 자신도 모르게 겪게 되었다. 그것은 추방의 대상인 문자가 이미 플라톤의 정신 속에 내재화되었다는 증거이다. 외화된 문자의 객관적인 기술에 대해 플라톤은 내적으로 주관화된 문자의 정신에 힘입어 비판을 가한다.[14] 이처럼 문자는 그 도구를 사용하는 지식인의 "의식을 재구조화"시킨다. 쓰기에 대한 비판도 포함해서 플라톤 철학에 있어서 분석적인 사고는, 쓰기가 심적 과정에 미치기 시작한 영향 때문에 비로소 가능했던 것이지만[15] 플라톤은 대화의 형식을 취함으로서 글에 대한 저항을 포기하지 않았다. 그가 대화편에 자신의 아바타로 살아생전 단 한 줄의 글도 남기지 않았던 소크라테스를 내세운 것이나 문답의 형식을 차용한 것은 그가 '사유'라고 불렀던 진리를 구하는 혼들의 내적 대화를 실제로 행해지는 대화를 통해 독자에게 전달하고자 함이었으며, 살아 숨 쉬는 말을 글이라는 수단을 통해 구현하고자 했던 노력의 소산이다.[16] 말을 문자 위에 놓음으로써 서구 음성중심주의의 전통을 세운 플라톤이 구술로 이루어진 예술적 모방을 비판한 것은 철학자의 말과 시인의 말을 위계화했기 때문이다. 플라톤의 음성중심주의에서 음성은 절대 불변적인 이데아와 같은 것이며, 내면의 목소리는 의식에 현전하는 것이지 결코 다른 무엇의 대리에 의해서 재현되는 것이 아니다. 다른 무엇인가의 보충대리를 필요로 한다면 그것은 스스로 불완전함을 인정하는 셈일 것이기 때문이다.[17] 결국 시인의 모방은 음성의 현전성을 재현성으로 변질시켜 버림으로써 실재에 대한 객관적 이해를 도모하는 철학자의 사유와 같은 지식의 통일성으로 나아가지 못하고 그림자에 불과한 현실의 즐거움과 진리를 망각한 삶만을 보여줄 뿐이다.

플라톤이 말과 문자의 경계에서 구술문화의 가치를 증명하기 위해 고군분투하였다면, 아리스토텔레스는 오랜 기간에 걸쳐 완성된, 당시 그리스 문자문화의 언어학적 성취의 수혜자이다. 문자라는 매체의 도입과 과학의 발달로 인해 분석적 문법과 이성적 세계관이 지배적인 사회에서

---

12) 플라톤 저, 김주일 역, 『파이드로스』, 274c~278b, 이제이북스, 2012.
13) 진중권, 「진중권의 미학 에세이」, "파르마콘, 또는 독과 약"(부분 인용)
   http://www.cine21.com/news/view/mag_id/62364
14) 김희봉은 하나의 개념을 사건으로부터 분리해 그 문맥을 추상할 수 있는 '추상화' 능력을 인간에게 부여한 문자문화에서 플라톤은 구술세계의 전통(시인)을 거부할 수 있는 『국가』의 '이데아론'의 토양을 얻었다는 해블록의 견해를 인용하면서 플라톤의 문자비판은 시각적으로 보이는 문자적 자형을 넘어서 정신적으로 드러나는 문자적 의미세계의 가능성에 연관되었다고 본다. : 김희봉, 「저자담론 밖의 다른 사유가능성」, 『유럽사회문화』 제13호, 유럽사회문화연구소, 2014, p.174.
15) 월터 J. 옹 저, 이기우 외 역, 『구술문화와 문자문화』, 문예출판사, p.129, 1995.
16) 이강서, 위의 논문, p.200.
17) 박영욱, 「문자학에 대한 매체철학적 고찰」, 『법학철학』 제54집, 법학철학회, 2009, p.370.

어떠한 주장을 이론화시켜 타인을 설득하기 위해서는 철학적 단어의 발명이 필요했다. 아리스토텔레스의 경우도 레토릭에 관한 자신의 주장을 이론화하기 위해서 일정한 개념적인 체계와 전문용어들을 사용했다. 이론화 과정에서의 추상적인 개념의 사용은 플라톤과 마찬가지로 문자라는 뉴미디어의 영향력 덕분이었다.[18]

문자라는 새로운 매체에 대한 플라톤과 아리스토텔레스의 상이한 관점은 역사와 개인에 대한 인식론적 사유가 달랐기 때문이다. 플라톤은 이데아(역사)를 절대화 객관화하면서 시인(개인)의 모방을 주체성이 결여된 채 이데아의 그림자만을 좇는 허상의 행위라 보았다. 실재는 사유를 통해서만 본질에 다가갈 수 있는데 예술은 모방의 모방이라는 가장 저급한 방식으로 오히려 본질로부터 멀어진다는 것이다. 이데아를 설명하는 말 또한 사유의 모방인데 문자는 그 말을 다시 모방함으로써(자음과 모음의 표음문자) 말의 그림자에 불과하며 기억을 파괴하고 사유를 중단시킨다고 비판한다. 플라톤에게 문자는 말의 보조수단으로서의 의미를 가지며, '적절한 글쓰기'를 문자에 의한 글쓰기가 아니라 글로 쓰인 말에서 찾는 까닭이 여기에 있다. 구술문화를 옹호했던 플라톤과 달리 아리스토텔레스는 구술문화는 문자문화에 비해 낡은 것이며, 청중에게 극적인 감정을 불러일으키기 위해 수사의 과장됨과 장황함이 전달의 방식에 사용되고 있다고 비판한다. 아리스토텔레스는 청각보다 시각을 중시하였다. 그는 그의 저서 『형이상학』(Metaphysics)에서 "무엇보다도 인간들의 감각 중에서 시각이 매우 중요하다. 그 이유는 시각이 다른 어떠한 감각들보다도 사물에 대한 지식을 제대로 제공할 뿐만 아니라 매우 명료하게 사물들의 차이를 밝혀주기 때문이다"라고 주장했다. 그는 눈으로 보고 마음속으로 해석하는, 맥락에서 분리된 텍스트를 이용해 추상성을 도모하였고, 그를 통해 시간과 공간을 초월한 진리를 추구하고자 하였다. 구체적 맥락이 중요한 구술적 커뮤니케이션이 아니라 텍스트 자체에 의미가 부여되는 문자문화의 커뮤니케이션을 추구하고자 한 것이다.[19]

인류문화가 낳은 최초의 외적기억 수단인 문자의 발명은 기억의 공간이 인간의 신체(뇌)에서 분리되어 새로운 공간(책)으로 이동하였다는 표면적 변화를 넘어 모방의 방식을 혁명적으로 바꿔놓았다. 집합적인 정형구나 장황하고 다변적인 수사, 극적이고 과장된 묘사 능력 대신에 추상적이지만 간결하고 정확하며 분명한 새로운 문체가 각광을 받기 시작했다. 구술 커뮤니케이션 상황은 화자와 청중이 동일한 시공간을 공유함으로써 정서적 유대감을 바탕으로 진행되지만 문자 커뮤니케이션 상황은 작가와 독자의 시공간이 불일치함으로서 정서적 설득을 목적으로 하는 이성적이고 논리적인 '쓰기' 방식이 우선시되었다. 매체의 변화가 예술의 양식을 바꿔놓은 것이다.

---

18) 김형수 외, 「아리스토텔레스 『레토릭』의 재해석」, 『한국언론학보』 제57권 6호, 한국언론학회, 2013, p.79.
19) 위의 논문, p.90.

이 논문의 첫 장에서 문자매체에 대한 플라톤과 아리스토텔레스의 입장을 '모방'의 관점에서 살펴본 것은 예술화의 본질에 대한 학문적 시원을 확인하고 매체적 관점에서 문자문화(인쇄기)에서 전자문화(컴퓨터)로의 이행이 문학의 양식에 초래한 변화에 대한 우리의 인식이 결국은 플라톤과 아리스토텔레스의 학문적 성취와 기억의 네트워크로 연결(참조와 편집의 방식으로)되어 있음을 드러내기 위함이다.

3. 기억의 교환과 창조의 변증법

서구 문명사에서 기억과 쓰기는 늘 밀접한 관계가 있었다. 라틴어 'memoria'는 '기억'과 '회고록'의 두 가지 의미가 있다. 이러한 사실은 인간의 기억과 그 기억에 의존하지 않고 지식을 기록하려고 만든 수단 사이의 연관성을 뒷받침해준다.[20] 인류문화가 낳은 가장 최신의 외적기억 수단인 컴퓨터 역시 쓰기가 갖는 기억과 기록이라는 은유의 전통을 이어간다. 컴퓨터는 프로세서가 전자 메시지를 각인하고 나중에 다시 읽어내는 완전 자동화된 글쓰기 판이다. 데이터를 컴퓨터의 기억에 저장하려면 먼저 '읽어 들어야' 하고, 다시 불러내면 '읽어내기' 과정을 거쳐야 한다. 새 정보를 옛 정보가 들어 있는 곳에 저장하는 일을 '덮어쓰기'라고 하며 데이터는 '컴퓨터가 읽을 수 있는' 자료여야 한다. 정보는 텍스트와 무관하고 컴퓨터의 기능은 읽기와 무관하더라도 정보를 보조기억장치에서 하드디스크로 '옮겨쓰기'할 수도 있다. 오늘날 최첨단 인공 기억에도 여전히 메모리아(memoria)의 이중적 의미가 남아있는 것이다.[21]

인간의 신체와 분리된 최초의 기억저장매체인 문자의 발명 이후 인간은 기억을 보존하고 전달하고 재생산하기 위해 부단히 노력해 왔다. 매체의 변화는 단순한 기술의 진화가 아니라 인류문화발전의 가장 중요한 핵심적 역할을 담당했다. 특히 15세기 구텐베르크의 인쇄기와 20세기 컴퓨터와 인터넷의 등장은 각각 산업혁명과 정보화혁명을 이끌어 내면서 우리의 의식을 혁명적으로 재구조화하였다. 키틀러(Friedrich Kittler)는 글쓰기 도구가 인간의 생각을 기록하는 도구에 그치는 것이 아니라 그것은 "인간이 의식적인 반응을 보이기 이전에 우리의 사고에 기여하는 선행조건"으로 기능한다고 주장한다. 즉 글쓰기 도구는 인간의 의식에 깊숙이 영향을 미치는 물질적인 토대로 작용한다.[22] 기술의 변화는 필연적으로 인간의 감각비율의 변화를 초래하고 이러한 감각 비율의 변화는 사고의 방식과 우리가 욕망하는 대상과 그 형성에도 개입한다. 특히 변화하

20) 다우어 드라이스마 저, 정준형 역, 『은유로 본 기억의 역사』, 에코리브르, 2015, p.41.
21) J. D. Bolter, Turing's man, Western Culture in the Computer Age, London, 1984, p.157.
　　다우어 드라이스마 저, 같은 책, pp.73-74.
22) 권승혁, 「기술화된 현대시의 담론 네트워크」, 『T. S. 엘리엇 연구』, 제12권 2호, 2002. p.8. 재인용.

는 미디어의 환경은 새롭게 도입되는 미디어가 지닌 기술적 지향성의 발현을 통해 이루어지는 데 그 과정에서 인간의 욕망은 매체에 투사된다. 그러한 과정을 집약적으로 보여주는 개념이 바로 '재매개'라는 개념이다.[23]

J. D. 볼터는 리처드 그루신과 공저한 『Remediation : Understanding New Media』(The MIT Press, 1999)에서 "한 미디어를 다른 미디어에서 표상하는 것을 재매개라 부르자"고 제안하였다. 재매개는 새로운 디지털 미디어의 독특한 특징이며, 새로운 미디어와 오래된 미디어 사이의 지각된 경합이나 경쟁 정도에 따라 재매개의 다양한 방식들의 스펙트럼을 확인할 수 있다.[24] 볼터의 주장이 흥미로운 것은 새로운 매체는 구매체와 상호의존적이며 경쟁적인 관계를 꾸준히 유지해 나간다는 것이다. 이 같은 주장은 뉴미디어가 탄생하면 초창기에는 올드미디어의 기본적 양식을 차용하지만, 점차 새로운 매체에 적절한 형식의 언어를 개발하게 되면 기존 미디어의 차용을 중단한다는 기존의 통념을 정면 반박한 것이다.[25] 그의 저서가 정보화혁명의 진입기인 1999년에 출간된 것을 감안해 보면 뉴미디어 환경이 빠른 속도로 변화하고 있는 현 상황에서 올드미디어와 뉴미디어의 관계는 재설정되어야 한다.[26]

미디어의 발전 단계는 진입기 → 성장기 → 발전기 → 안정기 → 쇠퇴기의 과정을 거치는데 새롭게 등장한 뉴미디어는 기존의 미디어를 모방하면서 출발한다. 영화는 사진을 모방하였고, TV는 영화를 모방하였으며, 컴퓨터는 TV와 타자기를 모방하였다. 1960년대까지 군사적 목적으로 연구 개발되던 컴퓨터가 미디어 생태계에 진입한 것은 1975년 마이크로프로세서에 기반한 최초의 컴퓨터가 에드 로버츠가 설립한 MITS라는 회사를 통해 출시되면서부터이다.[27] 그후 10년도 채 안 돼 〈타임〉지는 1983년에 올해의 '인물'로 컴퓨터를 선정해 PC의 대중화 시대가 도래했음을 알렸다.

그 어떤 미디어보다도 단기간에 급속하게 발전한 컴퓨터의 진화에 가장 상징적인 마중물은 마우스(mouse)이다. 올드미디어의 모방에서 출발한 컴퓨터는 성장기에 접어들면서 자신만의 독창적인 형식기계를 갖추게 되는데 바로 마우스이다. 1968년 12월 9일, 스탠포드의 더글라스 엥

---

23) 김상호, 「욕망과 매체변화의 상관관계와 디지털 컨버전스 시대의 욕망구조」, 『디지털 컨버전스 기반 미래연구(1) 시리즈』, 정보통신정책연구원, 2009. pp.88-89.

24) 제이 데이비드 볼터·리처드 그루신 공저, 이재현역, 『재매개 : 뉴미디어의 계보학』, 커뮤니케이션북스, 2006, pp.53-54.

25) 엑스리브, '블로그는 어떤 매체를 차용한 걸까?', 2005.
http://blog.naver.com/sinfather/40010626604

26) 물론 새로운 미디어는 장벽 진입 초기 기존 미디어의 형식을 모방하고 표상한다. 플라톤은 뉴미디어인 문자를 사용하면서도 대화의 형식을 고집했고, 15세기 유럽의 출판업자들은 중세 필경사들의 필사본에서 영감을 얻었으며, 1990년대 컴퓨터의 가장 중요한 표상은 올드미디어의 인쇄와 편집과 출판 기능을 통합한 것이다.

27) 그후 스티브 잡스와 스티븐 워즈니악의 애플 컴퓨터가 개발한 애플 II 컴퓨터가 1977년부터 1980년까지 12만대가 팔리면서 성장기를 열었고, 1981년에 IBM은 인텔의 16비트 마이크로프로세서와 마이크로소프트(Microsoft)의 MS-DOS를 장착한 모델을 출시해 마이크로컴퓨터 시장에 일종의 '산업 표준'을 제공했다. IBM은 자사의 마이크로컴퓨터에 '퍼스널 컴퓨터'라는 이름을 붙였는데, 이는 이후 개인이 이용하는 마이크로컴퓨터를 가리키는 일반 명사로 자리잡게 된다. IBM PC는 1983년까지 100만 대가 넘게 팔렸고, IBM이 컴퓨터의 사양을 공개해 누구나 IBM PC의 복제품을 만들어 팔 수 있게 함으로써 PC의 확산은 더욱 촉진되었다. (김명진, 디지털 컴퓨터의 등장과 PC 혁명 후편, http://walker71.com.ne.kr/)

겔바트가 "디스플레이 시스템을 위한 x-y 위치 표시기"를 만들면서 시작된 마우스는 1970년대 후반 스탠포드 연구센터로부터 4만 달러에 마우스 특허권을 사들인 애플사에 의해 대량생산되면서 컴퓨터 사용의 새로운 전기를 마련한다. 내가 원하는 곳으로 순식간에 커서를 이동시키는 마우스의 등장은 2차원에 머물렀던 컴퓨터 인터페이스를 순식간에 3차원으로 확장시키면서 컴퓨터 사용에 놀라운 혁신을 가져왔다.[28]

마우스의 등장은 이동의 편리함을 넘어 인쇄문화에 익숙해 있던 우리의 사고를 재구조화하였다. 문자텍스트의 대표적인 사용자 환경인 책은 사각형 종이 위에 순서대로 문자를 배열하며, 제목과 저자, 인데스, 코덱스, 페이지 번호 등 권력적이고 위계적이며 선형적인 방식으로 디자인되었다. 위에서 아래로, 혹은 좌에서 우로 순서대로 쓰거나 읽어야 하는 텍스트의 2차원적 한계는 무엇보다 텍스트를 사이에 둔 작가와 독자 사이의 간극을 만들어 냈다. 목차와 페이지 번호는 거역할 수 없는 독서 동선의 가이드라인이며 텍스트의 시작과 끝은 인과적이고 논리적인 완결성을 갖추고 있음을 인정하도록 강요한다. 각주와 미주는 지식 저작권에 철저한 보호막이며, 숫자로 표시된 가격은 자식의 가치에 대한 자본주의적 해석이다. 권력적 위계적 선형적 인과적 논리적 완결성의 아날로그식 사고는 마우스에 의해 해체된다.

GUI는 인간과 컴퓨터 간의 상호작용적인 사용자 환경을 만들어 냈다. 도스 명령어가 턴 방식이라면 GUI는 실시간 쌍방향의 체현된 인터페이스이며, 키보드가 도스 명령어의 입력장치라면 마우스는 GUI를 종횡하는 이동장치이다.[29] 마우스의 자유로운 이동성은 선형적이고 인과적이며 위계적인 텍스트 구성 원리를 우연적이고 연상적이며 편집적인 방식으로 바꿔놓았다. 링크를 클릭하고 창과 창 사이를 이동하며, 다중작업을 진행하고, 앞으로 뒤로 위로 아래로 마음대로 멀티미디어 텍스트를 종횡하는 마우스의 자유로움은 문자텍스트에 갇혀 있던 우리의 인과적 사고를 "의식의 흐름에서 각각의 생각이 다음 생각을 이끌어내면서 연속되는" 비선형적 연상의 메커니즘으로 치환시켰다. 저장장치(본체)와 입력장치(키보드), 출력장치(모니터), 이동장치(마우스)로 구성된 컴퓨터는 광범위한 의미장 즉 은유에 의해 기억의 의미장과 연결됨으로써 활성화되는 다양한 연상의 네트워크이다.[30] 컴퓨터를 사용하면서 인간은 스스로 기억할 필요는 느끼지 않는다. 마우스는 유저가 필요한 정보를 찾아내 활성화와 비활성화를 반복하면서 데이터의 수집

28) 컴퓨터 키보드는 가깝게는 타자기의 모방이지만 더 거슬러 올라가면 1886년 오트마에 의해 만들어진 최초의 조판기계와도 연결된다. 두 손과 연결된 입력 장치는 문자 중심의 텍스트 환경에서는 유용하지만 애플사가 세계 최초의 GUI를 매킨토시에 채택하면서 잡스는 키보드의 순차적 선형적 이동 방식을 대신할 새로운 혁신이 필요했다.

29) 체현된 인터페이스란 '사상이나 관념 따위의 정신적인 것을 구체적인 형태나 행동으로 표현하거나 실현하다.'라는 체현하다의 사전적 의미와 인터페이스의 합이다. 즉 과거에 사용자가 컴퓨터와 상호작용하는 방법으로 주로 특정 명령을 화면상에 타이핑하여 프로그램을 작동시키는 CUI(Characteristic User Interface) 환경, 사용자가 마우스를 이용하여 하이퍼미디어 문서의 그림이나 아이콘 등을 클릭함으로서 서비스를 받을 수 있는 GUI(Graphical User Interface) 환경과 같이 마우스나 키보드등과 같은 매개체에서 벗어나 사용자 자신이 하나의 매개체로서 역할을 할 수 있다고 설명할 수 있다.
　　(김자용, 체현된 인터페이스, http://caumi2013.pbworks.com/)

30) 다우어 드라이스마 저, 정준형 역, 『은유로 본 기억의 역사』, 에코리브르, 2015, p.218.

과 분류를 추동하고 정보를 편집한다. 컴퓨터 환경에서 주체가 도구와 함께 행하는 정보생산과
정은 크게 네 단계[31]로 구분된다.

- 1단계 수집 : 검색을 통한 '찾기'
- 2단계 감식 : 구분과 분류를 통한 '추리기'
- 3단계 생산 : 해체, 접합, 변형, 추가를 통한 '재생산하기'
- 4단계 공유 : 필요한 공간에 '올리기'

마우스의 사용은 텍스트 편집을 쉽고 간편하게 도와주었다. 오려 두기와 붙여넣기, 블록 설정
과 복사하기, 삽입과 삭제의 용이함은 타자의 텍스트를 훼손한다는 윤리의식을 무감각하게 만들
며 표절과 짜깁기를 디지털 글쓰기의 일반적 방법으로 체현시켰다. 편집이 디지털 시대가 요구
하는 지식 정보 생산 능력이 되면서 우리의 사고 방식에도 영향을 미쳤다. 창의적 사고에 대한 강
박에서 벗어나 편집적 사고로의 전환이라고 요약할 수 있는데 창의적 사고가 '새로운 것을 만들
어 내는 것'이라면 편집적 사고는 '새롭게 만들어 내는 것'이다. 실상 우리는 새로운 것을 만들
어 낼 수 없다. 새로움에 대한 경배는 인쇄문화가 심어준 예술적 기만이다. 우리의 뇌는 끊임없
이 지식과 정보를 기억하고 축적하지만 동시에 망각하기도 한다. 기억된 정보는 어떤 계기로 인
해 연상 작용을 거치게 되면서 새로운 정보로 전이되는데, 여기서 '새로운'이라는 의미는 연상
에 의해 만들어진 정보가 기억된 정보를 대체하였다는 것이다. 과거의 기억이 새롭게 고쳐 쓰인
것인데 이 연상의 과정이 바로 편집적 사고이다.[32]

중요한 것은 주체와 도구의 상호작용으로 진행되는 이 편집 과정이 투명성의 비매개(transpar-
ent immediacy)로 진행된다는 것이다.[33] 볼터와 그루신은 뉴미디어의 계보를 구성하는 세 가지
속성으로 투명성의 비매개(transparent immediacy), 하이퍼매개(hypermediacy) 그리고 좁은 의
미의 재매개(remediacy)를 이야기한다. 그 중 앞의 두 속성을 재매개의 이중 논리(double logic)
라 부른다. 재매개의 이중 논리란 미디어를 증식시키고자 하면서 동시에 그 매개의 모든 자취들

---

31) 각각의 단계마다 편집의 메커니즘은 작동한다. 찾기 위해서는 검색어를 편집해야 하고, 추리기 위해서는 검색된 목록을 편집해야 하고, 재생산하기 위해서는 추려진 정보를 편집해야 하고, 올리기 위해서는 재생산된 정보가 가장 가치 있을 만한 네트워크 상의 유의미한 지점 들을 편집해야 한다. 의식적 활동뿐만 아니라 웹 상에서는 편집이 실제 물리적인 작동 원리로 구현되기도 한다. 인터넷 백과사전인 위키피 디아는 기본 메뉴로 '편집'이라는 기능이 버튼으로 구현돼 있어 유저가 원하면 언제든지 텍스트를 편집하고 저장할 수 있다. (이용욱, 「디 지털서사 자질 연구」, 『국어국문학』 158호, 국어국문학회, 2011년. pp.177-178. 각주 재인용)
32) 편집적 사고에 대한 이 문단은 졸고 「디지털서사 자질 연구」(『국어국문학』 158호, 국어국문학회, 2011년.)의 논의를 이어쓰고 고쳐 쓴 것이다.
33) 제이 데이비드 볼터 리처드 그루신이 『재매개 : 뉴미디어의 계보학』(커뮤니케이션북스, 2006)에서 사용한 용어로 사용자와가 무엇인 가 수행하고 있다는 것을 인지하지 못하는 몰입상태를 강조하는 것으로 비매개란 사용자에게 중간 매개체를 느끼지 못한 상태에서 감각 경험을 전달하려는 성질을 말한다. 투명성의 비매개란 투명성을 추구하는 논리 또는 방식으로 마치 매우 투명한 큰 창을 통해 창 너머의 풍경을 보는 것처럼 보는 이가 미디어 자체를 보지 못하거나 미디어가 있다는 사실을 느끼지 못하고 미디어가 표상한 대상에 주목하거나 빠져들도록 만드는 표상 양식이다.

을 지워버리려 하기도 하는 특성을 말한다. 이들에 따르면 새로운 미디어나 오래된 미디어 모두 자신이나 서로의 모습을 다시 만들어내기 위해 '비매개'와 '하이퍼매개'는 두 가지 논리에 호소하고 있다. 비매개가 주체와 도구의 상호작용을 의식하지 못한 채 경험하는 것이라면 하이퍼매개는 자신이 매체와 상호작용을 통해 경험을 수용하고 있다는 것을 인식하는 것이다.[34] 도스에서 맥킨토시, 윈도우 10에 이르기까지 미디어 생태계에 등장한 이래 컴퓨터의 인터페이스 변화는 수용자의 지각 가능한 모든 면에서 경험하는 가치의 향상을 추구함으로써 사용자의 경험(User Experience)을 확장시키려는 노력에서 비롯되었다. 유저의 사용자 경험은 자신과 자신을 둘러싼 세계가 밀착되어 있다고 믿을수록 강렬해지는데 그러기 위해서는 자신과 세계를 연결하는 매개체를 의식에서 삭제하여야 한다. 키보드가 하이퍼매개체라면 마우스는 비매개체이다. 마우스의 움직임은 어느 순간 시선의 움직임과 일치하면서 뇌의 명령이 바로 모니터 화면에 전달되는 몰입감을 가져다 준다. 우리가 특정한 명령을 수행하기 위해 아이콘이라고 부르는 그림문자를 클릭하는 순간 아이콘에 의미를 부여하는 것은 마우스가 아니라 주체의 표상이다. 기원전 4세기 구술문화의 모방에서 출발해 새로운 문체와 문장부호를 창조해낸 문자문화의 확립이 결국 서사양식의 변화를 초래했듯이 20세기 인쇄문화의 모방에서 출발한 컴퓨터는 읽고 쓰는 행위의 의식적 이동을 비매개하는 마우스의 발명으로 새로움이라는 강박과 작가/독자의 경계와 분리라는 전통적인 위계에서 자유로워졌다. 컴퓨터 사용자 환경에 마우스가 등장함으로써 디지털 환경에서 글을 읽고 쓰는 행위는 아날로그의 모방에서 새로운 창조로 전진할 수 있게 되었다.

그러나 마우스의 비매개성이 가져온 작독의 편집력이 문학에 미칠 영향은 의외로 미미할지 모른다. 편집적 사고의 파괴력이 약해서가 아니라 마우스의 시대가 조만간 막을 내리게 될지도 모르기 때문이다. 현재 디지털 플랫폼은 PC에서 태블릿과 스마트폰으로 빠르게 이동하고 있다. 2000년 이후 IT 생태계의 우세종으로 등장한 태블릿과 스마트폰은 터치로 상징되는 실감형 사용자 인터페이스 TUI(Tangible User Interface)를 채택하고 있다. 마우스나 키보드가 아닌 사람의 손이나, 다양한 물체, 도구, 공간 등을 활용하여 컴퓨터와 상호작용하는 TUI는 사용자가 실생활에서 오랜 시간 발전시켜 온 감각과 운동을 인터페이스에 적용시킨 것으로 가상공간 안에 명령을 실제 사용자를 통해 제어하는 체현된 인터페이스 개념이다.[35] 비매개에서 무매개(non mediacy)[36]로 사용자 환경의 몰입 강도가 더 강해지면 텍스트의 문자성은 모방과 창조의 예술적 의미를 상실하게 될 것이다. 문자는 그것이 하이퍼매개이던 비매개이던 작가와 독자 사이를 연결해주는 매체였는데 인간이 직접 표상을 만들어내는 직접 연결(Direct connections)의 시대에 오

---

34) 위키피아 '비매개' 항목 편집(https://ko.wikipedia.org/).
35) 김자용, 체현된 인터페이스, http://caumi2013.pbworks.com.
36) 무매개(non mediacy)는 볼터와 그루신의 비매개(transparent immediacy)에서 착안한 용어로 중간 매개체가 아예 존재하지 않는 신체와 기계가 직접 접속하는 온몸체감형 경험을 의미한다.

622

면 문자의 역할은 축소될 것이기 때문이다. 증강현실 기술이 완벽하게 VR을 구현한다면 최소한 IT 생태계 내에서 문자 문학은 사라지게 될 것이다. 디지털 음유시인(물론 굳이 사람일 필요는 없다, 방대한 DB를 활용한 강력한 편집력과 멀티미디어 제작 기술, 프로그레밍 능력을 갖춘 휴머노이드가 더 적합하다)이 등장해 문자문학이 떠난 자리를 컴퓨터게임 형식의 서사시나 뮤직비디오 형식의 로망스로 채우게 되면 다시 제2의 면대 면 구술시대가 도래하는 것이다. 문자의 시대에서 다시 말의 시대로 환원되는 순간 문학은 전혀 다른 몸을 갖게 될 것이다.

4. 맺는 말

기술은 분명한 도구적 지향성(instrumental intentionality)을 지니며, 글쓰기 도구는 우리의 의식에 참여하여 창작의 방식에 영향을 준다. 그리고 이것은 컴퓨터 이전의 도구에서도 분명하게 나타난다. 권승혁은 「기술화된 현대시의 담론 네트워크」라는 논문에서 모더니즘의 대표적인 시인인 T. S. 엘리어트가 당시로는 최첨단의 글쓰기도구였던 타자기의 영향을 받았음을 주장하였다. 타자기는 글쓰는 행위로부터 시각 작용을 분리시켜 의식과 글쓰는 행위 사이의 중계를 단절시킴으로써, 글쓰기 행위와 의식 사이에 뛰어넘을 수 없는 간극을 만들어, 파편화되고 이질적인 요소가 가득한 현실을 논리적이며 동질적인 요소로 전환하는 시각의 작용을 방해하고 비논리적인 사고, 이질성, 다층성 및 불연속성이 가득한 글을 낳았다는 것이다.[37] 그리고 이것은 작가 자신의 고백에서도 확인된다.

> 타자기로 글을 쓰고 난 뒤, 내가 예전에 그렇게 좋아했던 긴 문장을 벗어버리게 되었다는 것을 알게 되었다네. 마치 현대 불란서 산문처럼 짧고, 단음적으로. 타자기는 명백함(lucidity)에 도움이 되는데, 그것이 미묘한 차이(subtlety)를 드러내는데 도움을 주는지는 잘 모르겠네.[38]

타자기가 글 쓰는 행위로부터 시각 작용을 분리시켰다면, 컴퓨터는 사고 작용을 분리시켰다. 컴퓨터와 마우스와 인터넷이 제공해주는 새로운 글쓰기 환경에 적응하면서 인간의 쓰기 행위는 사유와 분리되어 타자화(他者化)되었다. 문자가 기억을 타자화시켰다면 디지털은 인간과 기계를 네트워크로 연결시켜 기억을 복원시킨 대신 사유의 방식을 기억과 DB 사이의 지식과 정보의 교환으로 치환시켰다. 이제 사유는 인간의 전유에서 벗어나 물질과 비물질의 경계에서 새로운 인터페이스를 갖게 되었다.

---

37) 권승혁, 「기술화된 현대시의 담론 네트워크」, 『T. S. 엘리엇 연구』, 제12권 2호, 2002. p.21.
38) T. S. 엘리어트가 1916년 8월 21일에 에이큰(Conrad Aiken)에게 보낸 편지 중 부분 발췌(권승혁, 같은 논문, p.11. 재인용)

기술은 우리의 의식과 육체를 모방하는 것에서부터 출발하여, 새로운 의식과 육체를 창조하는 방식으로 진화하여 왔다. 정보화기술은 인간을 모방하는 것에서 더 나아가 인터페이스에 최적화되는 방식으로 우리의 의식을 변형시키고 있다. 기술이 사악해지지 않기(Don't to be evil) 위해서 사용자(user)이며 행위자(player)인 우리에게 지식화를 넘어 새로운 질문을 만들어낼 수 있는 인문학의 지혜가 필요한 때이다.

이용욱

1968년 대전 출생, 한남대학교 대학원 국어국문학과 졸업(문학박사). 1996년 『외국문학』 비평 등단. 저서 『사이버문학의 도전』, 『문학, 그 이상의 문학』, 『온라인게임스토리텔링의 서사시학』 외 다수. 현재 전주대학교 인문대 한국어문학과 교수.

불안의 수사학

김홍진

시인은 세계와 갈등하고 불화한다. 근대 이후의 시인들이 너나할 것 없이 그래왔고, 또 앞으로도 그럴 것이다. 타락한 세계의 주변에 분열된 시적 주체들이 불안하게 서성거린다. 설령 분리와 소외, 결핍과 결여, 불안과 분열이 존재하지 않는 자아와 세계가 행복하게 일치하는 동일성의 세계도 따지고 보면 현실의 삶이 조화롭고 질서롭지 못하기 때문에 발생한 역작용의 결과일 수 있다. 그것은 꿈을 가로막는 결핍의 현실에 대한 반작용이다.

불화의 관계에서 시인은 탈주와 이탈을 꿈꾸고 현실의 저 너머에 존재하는 피안을 동경한다. 미지의 꿈과 동경을 포기한 자는 진정한 시인이 아니다. 아도르노의 표현처럼 예술은 세계의 모든 어둠과 죄를 자신의 내부에서 떠맡으면서 부정적 경험세계가 변화되었으면 하는 희망을 말없이 말한다고 했을 때, 이러한 선언적 명제에서 시인도 예외일 수 없다. 이럴 때 시인은 현실로부터 탈주하여 망명정부를 차리고 새로운 세계를 탐문하기 시작한다. 지금의 공간을 지배하는 문법을 대체할 다른 문법을 찾아나서는 것이다. 지배적 문법과 체제에 저항하는 망명정부에 소속된 시인들은 그랬다.

근대 이후 시인은 늘 고통스럽고 불행한 운명을 타고난 불안하고 분열된 자아의 초상을 하고 있다. 그들의 운명은 보들레르의 알바트로스처럼 비극적이다. 시인에게 행복과 만족은 현실 저편 너머에 초월적으로 존재하는 것이며, 그것을 방해하는 현실적 조건들과 생래적으로 불화하고 갈등하도록 태어난 불행한 자아이다. 그는 자기에게 주어진 현실에 만족할 수 없는 결핍된 자아이며, 그렇기 때문에 비극적 운명의 소유자이다. 그렇지만 역설적이게도 시인에게 결핍은 창작의 밑변을 떠받치는 토대이며, 결핍과 불행의 저주받은 자리에서 시는 탄생하는 것이다. 다시 아도르노의 표현처럼 세계의 불행을 인식하는 데서 시인은 자신의 행복을 갖는다. 그들은 항상 세계와 불화하며 긴장한다. 긴장하고 고통을 느끼며 살아 있음을 확인하고, 존재의 떨림을 감각하며, 세계가 변화되었으면 하는 희망의 가능태를 넘보는 것이다. 그러나 그것이 가능하기나 한 것일까.

임신한 여자가 뒤뚱대며 수박을 끌어안고 땀을 뻘뻘 흘리며 언덕을 걸어 올라가고 있다 뱃속에 수박만한 아이가 있는지 배는 터질듯 부풀어 오르고 언덕 위엔 상점이 없다 노인들은 평상에 앉아 마늘을 깐다 여자가 잠시 기우뚱 거린다 발을 잘못디디면 여자는 언덕아래 굴러갈 것이다 차가운 수박에 맺힌 이슬이 아스팔트 바닥에 떨어진다 반쯤 쪼개진 하늘에는 태양이 빛을 내뿜고 여자가 뒤돌아 자신이 걸어온 길을 바라보며 땀을 닦는다 마을버스가 언덕길을 돌아 내려간다 태양을 보자 어지럼증이 인다 이마저도 조심조심 살았기 때문에 깨지지 않은 것이다 여자는 다시 언덕을 걸어 올라간다 수박만한 머리가 가랑이 아래로 나올 때 곰팡이 냄새를 맡으며 아이는 자신의 운명을 알게 될까 여자의 등 위에서 피자배달 오토바이가 따라 올라온다 골목에서 여자는 비켜선다 맞은편에서 용달차가 머리를 들이밀고 오토바이가 넘어진다 뒷바퀴가 여자의 종아리를 밀자 주저앉은 여자가 수박을 놓친다 언덕 아래로 수박이 굴러 내려가기 시작한다

_김성규, 「수박」 전문

바니타스(Vanitas)의 정물화를 보는 듯하다. 그것은 이를테면 시적 분위기가 삶과 세계의 숭고함 대신에 저열하고 잔혹함, 역겨움과 혐오감, 풍자와 환멸, 기형화와 괴상함, 불행과 비극, 고상하고 엄숙함 대신에 비천함과 참상, 기쁨보다는 고통과 통증, 아름답고 사랑스러운 것보다는 추악하고 흉물스럽게 여겨지는 것들의 시적 변주에서 연유한다. 생은 축복이 아니라 저주받은 운명처럼 보인다. 악화될 대로 악화되어 더 이상 악화될 여지가 없는 운명, 생의 참상과 비극의 어느 임계지점을 지시하고 있는 듯하다. 그리하여 시를 읽는 일은 악몽 속의 풍경을 거니는 것처럼 끔찍스럽고, 저주 받은 운명으로 인하여 고통스럽다. 세계는 추(醜)하고, 그 안의 생은 처참하다.

전망 없는 미래, 역사의 진보에 대한 회의와 불신으로 가득한 나머지 화자는 미래에 대한 어떠한 기대나 희망도 내비치지 않는다. 이와 같은 비극적 탐색은 결국 출구가 보이지 않는 미래를 포함한 현재적 삶의 폭력적 현주소를 보는 듯하다. "임신한 여자가 뒤뚱대며 수박을 끌어안고 땀을 뻘뻘 흘리며 언덕을 걸어 올라"간다. 언덕을 오르는 모습은 그녀의 "터질듯 부풀어 오"른 배의 이미지로 연쇄되고, 부풀어 오른 배는 '수박'의 이미지와 겹치며 그것이 터지거나 깨질지도 모른다는 불안한 분위기를 더욱 증폭한다. 아울러 위태로움은 언덕에서 뒤뚱대고 기우뚱거리며 오르는 그녀의 발걸음, "수박에 맺힌 이슬이 아스팔트 바닥에 떨어진다", "반쯤 쪼개진 하늘", "어지럼증" 등으로 연쇄되면서 파탄의 분위기는 고조되고, 참혹한 삶의 풍경은 예감된다. 이러한 불안감은 결국 "수박만한 머리가 가랑이 아래로 나올 때 곰팡이 냄새를 맡으며" 나올 아이의 운명으로 전이되면서 어미나 아이 할 것 없이 모두 굴러 떨어져 깨질 비극적 상황을 연상시킨다. 그럼으로써 처참하고 가혹한 비극적 운명은 더욱 고조된다. 그리하여 언덕을 기우뚱거리며 오른 임신한 여자나 "수박만한 머리가 가랑이 아래로 나올 때 곰팡이 냄새를 맡으며" 나온 아이의 운명은 처참하기 짝이 없다. 유전되는 위험의 증폭과 남루하고 비참한 현실의 주소는 우리의 거처로 남아

있을 것이다. 삶과 세계는 불안하고 위태로울 뿐이다.

이와 관련하여 이성적 현실의 확실성에 대한 믿음과 미래에 대한 전망이 심각하게 훼손된 이 시대의 시적 사유의 중요한 징후 가운데 하나가 불안이라 부르는 정서적 경험들의 변주이다. 불안은 인간 실존의 가장 근원적 현상이다. 불안은 어떤 기분이나 감정으로 이성을 중심으로 하는 인식이나 지각의 정신활동에 관심을 갖는 사유의 논리 체계로는 객관화하기에 너무나 주관적인 감정에 속한다. 실존철학의 담론에서 불안의 기분이나 주관적 느낌이 중심을 차지한다는 것은 불안이 현대인에게 있어서 실존적 조건이 되었다는 점을 반증하는 것은 아닐까. 한때 삶과 세계에 의미를 주었던 최종적 권위들은 중심에서 밀려났다. 예컨대 신이나 이성, 이념이나 국가와 같은 중심은 붕괴된 지 오래이고, 그 자리에 들어선 낯선 타자들이 언설적 권력을 행사하기 시작하는데 불안도 그 한 축을 이룬다.

시인들은 이러한 불안의 증상에 매우 민감하게 반응한다. 그런 점에서 현대시는 일종의 불안의 증상 내지는 징후에 대한 정신 병리학적 임상기록일 수 있다. 시적 주체들은 세계와의 상호작용에서 발생하는 불안의 정서적 체험을 시적 언어라는 특수한 방식으로 포착해낸다. 말하자면 정신분석학이 즉자적인 의미의 보편과학이 되는 것을 경계하지만 어쨌든 불안과 같은 비합리적 상황과 언어를 분석하면서 기본적으로는 그것을 이성적 언어로 환원하는 것에 비해서 시는 불안을 언어적으로 대상화하면서도 육체적이고 감각적인 차원에서 그 자체를 임상적으로 내재화한다. 그런 점에서 시적 불안의 언어는 이성적 언어의 논리와는 다른 논리이다.

날마다 새로운 주소를 써내려간다
유리 담장에 걸린 깨진 구름도 있다
해지는 노인의 걸음이 푸른 신호등을 자꾸만 놓치는 사거리 길

빨간 우산을 쓴 여자가 자장면 집을 스쳐 지나가는 빨간 주소

창틀이 없는 유리처럼
하늘을 잃은 새처럼
과꽃 앞에서 과꽃을 모른다
어제는 가을 셋째 주 금요일, 서쪽의 종탑을 지나서 자주 들렀던 빵가게를 돌아 익숙한 맥문동 꽃향기에 도착한다
노인이 저 홀로 잠이 든 지 열흘이 지나고 있다

_정운희, 「방치」 부분

불안이 분열과 혼돈, 강박과 도착, 정신적 공황과 발작 등의 증상인 만큼 이런 종류의 시는 매끄럽고 순하게 읽히지 않는다. 불편하다. 불온하기까지 하다. 그래서 대중 독자들은 이런 시들이

어렵다거나 난해하다고 불평할 수 있다. 이러한 혐의의 알리바이는 재래적인 서정 문법의 제도적 학습에서 온 것이다. 그것은 특수한 내면 체험을 기존의 전통적인 서정시의 문법을 따라 직조하지 않고 새로운 시적 문법에 따라 구현하고 있기 때문이다. 그것은 또한 안정되고 통일된 동일성의 조화로운 세계를 지향하기보다는 자아의 내면에서 들끓다가 느닷없이 출현하는 또 다른 자아가 분열되어 나타나는 일그러진 모습 때문이다.

불안은 의학적으로 정신의 질병을 뜻할 수도 있지만 시에서는 그보다 하나의 수사적 은유 내지는 전략으로 보는 것이 타당하다. 우리가 흔히 비정상이라 일컫는 정신적 질병의 한 증상으로서 불안은 차라리 한 시인의 시혼(詩魂)의 극단을 보여주는 방식이다. 막연하고 모호하며 만성적이지만 그 실체가 잘 드러나지 않는 불안의 시적 묘사와 진술은 이성과 합리의 전횡에 의해 구축되는 현실원칙의 질서에 대한 부정과 반성적 사유이리라. 그것은 이상이나 전망이 사라진 현실을 쓸쓸히 확인하는 하나의 방식일 것이다. 불안은 확신에 찬 인간, 이성, 주체, 합리, 신념, 권위, 가치와 같은 중심이 흔들리며, 그 일그러진 모습을 드러내는 불쾌한 정서적 경험이다. 그것은 행복의 이데올로기가 조장하는 안정과 희망의 이데올로기가 조작 유포하는 전망에 대한 허위적 신비화를 걷어낸다.

뿌리 없이 방치된 삶의 운명, 정처 없이 떠도는 삶의 행방은 불안의 근원이기도 하면서 비극적인 것이기도 하다. "노인이 저 홀로 잠이 든 지 열흘이 지"난 채 '방치'된 죽음은 삶이 근본적으로 부조리하다는 시적 은유이다. "자꾸만 푸른 신호등을 놓치는 사거리의 길"에서 어디로 가야 할지, 어디에 있어야 할지 모르는 불가항력의 부조리한 운명에서 벗어날 수 없는 것이 존재의 전제 조건인 것이다. 그래서 삶은 "주소를 새로 써가는 개 한 마리"와 다름없이 떠도는 것이며, "창틀이 없는 유리"나 "하늘을 잃은 새처럼" 존재의 기반을 잃었고, "과꽃 앞에서 과꽃을 모"르는 것처럼 자명한 사실 앞에서 자명한 확실성은 무화되어 버린다. 무엇보다도 문면에 드러나는 존재의 뿌리 없음이 우리를 고통스럽게 만든다. 어떤 안정이나 평화를 찾아보기 힘든 압도적인 불안과 상실의 분위기와 세계에 대한 불신의 태도로 인해 시는 전체적으로 우울하다. 자신의 의지와 아무 상관없이 길 위에 방치된 삶과 죽음은 얼마나 부조리한가.

화자는 황량하고 피폐하기 짝이 없는 길 위의 생에 대해 쓴다. 그러나 "날마다 새로운 주소를 써내려"가는 길 위의 생은 세계를 새롭게 개시(開示)해나가는 건강한 어떤 것이 아니다. 그것은 "개 한 마리"로 의인화된 시적 대상이 "불법 쓰레기봉투에 코를 박는다"다거나 "해지는 노인의 걸음이 푸른 신호등을 자꾸만 놓치는 사거리 길"에서처럼 존재의 생성이나 트임을 지향하는 의미와는 전혀 다른 자질의 것이다. 그리고 존재의 뿌리 없음은 방치된 채 "노인이 저 홀로 잠이 든 지 열흘이 지나고 있다"는 것처럼 죽음을 바라보는 건조한 어조의 결구에 이르면 어떤 처연한 운명을 느끼게 한다. 아무렇게나 방치된 길은 실존의 불안을 더욱 확장하고, 아무렇게나 방치된 채 소멸해가는 죽음은 그렇게 비논리적으로 이루어진다. 그런데 이에 대한 냉정한 관찰은 화자의 개인적 내면의 차원에 머무는 것이 아니라 우리 시대의 보편적인 심리적 정황을 환기하는 것처럼 보인다.

사회심리학자 김태형이 우리 사회를 '불안증폭사회'라 진단한 것처럼 불안은 제도적으로 증폭 재생산되며, 우리 사회는 이른바 '위험사회'가 되었다. 앞서 불안의 정서가 현대인의 조건이 되었다는 점을 말했거니와, 특히 사회 경제적 생존이 생물학적 생존을 가늠하는 불안증폭의 위험사회에서 삶은 예측 불가능하고 통제 불가능한 것이 되어버린 시점에 이르면 불안은 인간을 지배하고 통제한다. 실제로 이러한 불안의 문화는 주지하다시피 권력이 통치의 한 수단으로 사용하기도 한다. 이러한 실존의 심각한 위기 상황은 개인은 물론이거니와 사회적 불안을 증폭하는 요인으로 작용한다. 그것이 정운희의 작품에서와 같이 한 개인이 자신의 자유로운 의지나 결단에 상관없이 실존적 운명이 방치되거나 결정되는 상황이 되었든, 아니면 사회 역사적인 것이 되었든 강박적인 불안의 증상이나 감정적 분위기, 그리고 불우하고 타락한 세계가 불러오는 공포는 이성적 주체의 의식을 분열시키고 정신을 마비시키는 불결하고 불온한 것으로 인식된다. 하지만 사실 그것은 강고한 현실원칙의 질서를 교란하고 무화시키려는 하나의 전략처럼 보인다.

> 내가 날 굽는 냄새가 피어오르자 해골과 부위 모를 뼈다귀들이 앞 다투어 모여든다. 석쇠 위에 고여 있던 핏물이 선지로 돌돌 말아 빚은 완자처럼 지져져 더욱 쫀쫀해진 내가 날 엿가위로 한 입 두 입 잘라 굽는다 따각따각 아귀 터지게 턱 벌리는 해골들에게 내가 날 잘라 구운 살점을 바삭 태워 먹여준다. 오일 바른 상아같이 매끈매끈한 뼈다귀들의 몸에 내가 날 잘라 구운 살점을 파스처럼 붙여준다. 불가에 모여 앉은 해골들과 뼈다귀들이 내가 날 잘라 구운 살점을 먹고 입고 점점 나로 살쪄간다

_김민정, 「내가 날 잘라 굽고 있는 밤 풍경」 중에서

내가 나의 살점을 잘라 석쇠에 구워 먹고 살찌는 몸을 찰칵찰칵 기념촬영하는 이 엽기적인 풍경은 무엇인가. 시의 문면에 잔혹하고 엽기적이며 그로테스크한 악몽의 풍경 같은 이미지들이 난무한다. 마치 사지절단, 내장노출, 핏덩이가 난무하는 잔인한 하드고어(hard gore) 영화의 한 장면을 방불케 한다. 분열의 언어로 장식되는 자기혐오, 자기파괴, 신체절단의 욕망이 들끓듯이 분출한다. 언어적 금기는 분해되고 해체된다. 종잡을 수 없이 수다스러운 분열의 언어와 펑키적이고 카니발적인 언어구사는 파괴와 혼돈 그 자체이다. 나의 몸을 잘라 구워 먹고 날로 살쪄가는 신체훼손과 자기파괴, 그것으로부터 육신의 살을 찌우는 이 해괴한 유머는 불쾌하고 불경스럽기 짝이 없다. 이렇게 느끼는 순간 우리가 경험한 서정시 고유의 규범은 산산이 분해되고 해체되고 만다. 이러한 분열과 파괴와 해체의 언어는 곧 신체를 물신화하는 시선, 그 시선을 가로지르는 상징 권력의 질서에 대한 분해이며 해체이고, 그에 대한 혐오의 발악과도 같은 표현일 것이

다. 말하자면 극단적 물신화인 훼손된 신체를 보여줌으로써 상징 질서를 파괴하는 분출의 무제한적 방식은 한국 시가 이제 자명하게 여겨왔던 미학적 명제와 경계의 틀을 부수고 결별하는 지점을 지시하는 듯하다.

이제 지상의 어느 곳에도 순결한 서정의 공간은 존재하지 않는다. 지고하고 순결한 서정의 공간으로부터 추방당한 저주받은 운명의 시인들은 결핍과 분열, 불안과 공포, 혼돈과 타락의 현실로부터 벗어나 그들만의 망명정부를 세우고 새로운 세계의 도래를 탐색하고자 했던, 저항의 전선을 탄탄하게 구축했던 어떤 윤리적 목적도 시적 권위도 내세우지 않는다. 지난 시대의 선배 시인들은 자신들이 세운 망명정부가 온전하게 승인된 정부가 되기를 꿈꾸었다. 역사적 죄의식에서 비롯하는 공동체적 선에 대한 욕망은 하나의 시적 강박이었다. 그러나 이즈음의 젊은 시인들은 차라리 무정부주의적인 시적 포즈를 취한다. 그것을 가능하게 하는 상상력은 역사적 경험의 동일성을 구성하지 않는, 말하자면 역사적 경험에서 기원하는 강박으로부터 자유로운 이유 때문일 것이다. 그러나 그것이 가볍다고 오해는 말자.

저 고단했던 역사적 기억으로부터 자유롭지 못했던 이전 세대의 선배 시인들은 억압과 타락의 환멸스러운 현실 저편에서 망명정부를 차렸다. 이들이 저항과 반성의 윤리적 포즈를 취했으며, 결핍과 분열의 폭력적이며 부정적 세계에 저항하고 그것을 대체할 시적 문법을 탐색했다면, 이즈음의 젊은 시인들의 정신은 결핍과 분열, 억압과 타락, 혼돈과 불안을 그대로 육화할 뿐이며, 그것에 대해 철저히 냉소적인 시적 포즈를 취한다. 그들은 이미 우리의 사회 문화적 지형을 지배적으로 구성하는 하위 문화적 상상력을 그들만의 존재방식으로 육화한 자들이라서 역사적 인력으로부터 자유로운 무정부의자의 시적 포즈를 취한다. 그들에게 세계는 지옥의 뒷골목처럼 추(醜)하고, 그런 세계와 대면한 시적 주체의 내면은 불안하고 분열되어 있다. 그 속에서 그들은 자기들의 개체적 미학을 수립하기 희망한다.

나날이 감각의 혁명을 요구하는 시대에 시인의 운명은 더더욱 불행하며 비극적인 것처럼 보인다. 왜냐하면 결핍과 소외와 불화의 양식뿐만 아니라, 자본의 논리에 따른 상품 미학의 가치가 사랑받는 문화산업의 시대에 문화의 중심에서 밀려날지도 모른다는 절박함이 그들의 주변에 짙게 드리워져 있기 때문이다. 그래서 그들의 실존적이며 미학적인 존재방식은 불안하고 위태로워 보인다. 그럼에도 불구하고 오히려 시는 건강한 정신의 역설로서 세계에 부딪쳐나가는 응전으로서의 갈등과 불화 속에서 희망과 화해의 가능성을 절실하게 보여주었던 것이 사실이다. 불화의 관계에서 그들은 운명을 돌파하고자 했다. 그것은 현실을 탈주하여 미래를 꿈꾸는 것에 다름 아니며, 재래적 서정의 익숙한 감각과 문법을 낯설게 갱신하려는 시적 모험을 감행하는 것이다.

근대 이후 서사 장르가 자본의 논리가 지배하는 출판 시장의 요구로부터 자유로울 수 없는 상황과는 달리 이즈음의 젊은 시인들은 서정 장르가 처한 반시장적 속성이라는 약점(?)을 무기로 삼아 오히려 역설적이게도 미학적 세계의 지평을 보다 더 첨예하게 밀어붙이는 형국이다. 그들은 그러면서 서정의 육체를 탈바꿈해 나간다. 현실로부터 버림받은, 상품 미학이라는 시장의 논리로부터 소외된, 대량 생산의 장에서 상품 미학적 가치의 척도와 타협하거나 공모할 수 없는, 그래서 소수의 독자나 전문가 집단에게만 인증된 저주받은 운명의 시인들은 자신에게 주어진 비극적인 운명을 생산적 토양으로 삼아 시의 미학적 자율성 내지는 문학성을 새롭게 써나가는 아이러니컬한 상황에 처해 있는 셈이다.

김홍진

1966년 충남 홍성 출생. 한남대학교 국어국문학과 졸업(문학박사). 계간 『시와정신』으로 등단. 비평집으로 『부정과 전복의 시학』, 『현대시와 도시체험의 미적 근대성』, 『풍경의 감각』 외 다수. 한남대학교 국어국문창작학과 교수.

고은 시인의 안성 자택, 어떻게 재공간화할 것인가?

장노현

1.

고은 시인은 2013년 8월 수원으로 이사할 때까지, 1983년부터 30여 년을 안성에서 살았다. 고은의 삶에서 안성 시절이 얼마나 중요한 시기였는지는 안성을 떠나면서 지은 시에 잘 나타나 있다.

> 안성 시절이 무르익었습니다
> 책 백 몇 권을 냈습니다
> …(중략)…
> 안성 30년 안성의 햇빛과 물
> 안성의 바람
> 안성의 더위와 추위
> 우리 삶의 절정은 길었습니다
> **_「안성이여 안녕」 부분**

그가 고백하고 있듯이, 안성은 고은의 삶과 문학이 고스란히 배어 있는 곳이다. 고은에게 안성은 일종의 '운명의 장소' 같은 곳이었다. 그는 안성에서 『만인보』 30권을 썼고, 서사시 『백두산』 등을 비롯하여 150권 이상의 작품 및 저서를 완성했다. 그의 삶과 문학에서 안성이 갖는 의미가 실로 막중하다 하지 않을 수 없다.

고은의 문학적 삶에서 안성이 남다른 의미를 갖는다면, 그가 안성 시절 30년을 보냈던 안성 자택 역시 중요한 의미를 갖지 않을 수 없다. 고은의 안성자택은 경기도 안성시 공도읍 마정리에 위치하며, 2층으로 된 흰색 건물과 250여 평 규모의 정원으로 이루어진 집이다. 봄이면 정원에는 매화, 산수유, 특히 목련이 화사하게 피어난다. 그런데 이 집은 고은이 수원으로 이주한 후 빈집으로 남아 있다.

최근 들어 안성 지역의 문인들과 제자들이 그의 문학 정신을 되새기기 위해 '고은문학연구소'를 설립하고, 이를 중심으로 '만인보아카데미'를 안성자택에서 멀지 않은 안성시 공도읍의 안성맞춤가족공원 주변에서 개최하기 시작했다. 이와 더불어 안성자택을 재공간화함으로써 새로운 활용 방안을 찾아보자는 논의도 함께 시작하였다. '재공간화'란 장소성을 새롭게 부여하고 구축하는 것을 의미한다. 모든 지역과 장소는 오랜 시간이 지나는 동안 자신의 독특한 성격과 의미를 축적하게 된다. 그것을 '장소성'이라 한다. 그런데 이런 장소성은 어떤 계기를 만나면 완전히 다른 것으로 변하기도 한다. 계기는 우연적 자연적 사건일 수도 있고, 계획된 인위적 사건일 수도 있다. 여기서 말하는 '재공간화'는 특정한 장소성을 계획적 인위적으로 바꾸어 나가는 것과 관련된다.

2.

고은 시인의 안성자택과 주변 지역의 재공간화 작업이 성과를 거두기 위해서는 이에 합당한 전략적 포지셔닝이 필요해진다. 포지셔닝은 마케팅 분야에서 특정 제품의 목표집단 분석(타겟팅)과 관련하여 주로 사용되었다. 최근에는 제품이나 서비스를 제공하는 기업 브랜드의 차별화 전략으로, 또는 시장을 개척하고 방어하는 종합적 과정으로 활용되고 있다.

포지셔닝은 정확하고 신중한 선택의 과정에 해당한다. 그것은 전략적 판단에 근거한 선택이다. 그렇다면 안성자택의 재공간화 포지셔닝 전략을 짜는 과정에서 고려해야 하는 요소들은 무엇일까? BTC 모델에 근거해서 이 문제에 접근해 보기로 하자. BTC 모델이란 '브랜드(B)-목표집단(T)-경쟁자(C)'라는 세 요소에 초점을 맞춘 일종의 환경 분석 모델이다.

BTC 모델에서 가장 핵심적인 요소는 브랜드(B)이다, 브랜드 환경 분석은 관련 조직의 정체성과 브랜드 구조에 대한 명확한 배경지식을 확보하는 과정이다. 일종의 내부 환경 분석에 해당한다. 사업의 주도적 조직이 되어야 하는 안성시는 현재 바우덕이 축제를 시의 대표적인 문화콘텐츠로 선정하고 여기에 모든 문화 역량을 동원하고 있다. 남사당 바우덕이의 예술정신을 계승·발전시키고자 2001년부터 시작한 바우덕이 축제는 2006년부터 유네스코 공식자문협력기구 CIOFF의 공식 축제로 지정, 우리나라 전통을 소재로 한 가장 한국적이면서도 세계적인 축제라고 평가되고 있다. 바우덕이의 축제성이 높게 평가되면 될수록 안성시는 안성자택 재공간화에 별 관심을 보이지 않을 수 있다. 다른 지자체들이 지역 문인을 기리는 문학관 건립에 적극 나서는 것과 비교하면 이런 상황은 사업 추진에 아주 불리한 여건이 된다. 더군다나 안성시 관내에는 이미 박두진과 조병화 시인의 문학관이 운영되고 있지만 이것의 운영에도 안성시는 적극 나서는 모습을 보여주지 않고 있다. 한마디로 조직의 사업 의지가 문제시되는 상황이다.

다음으로 브랜드 구조로서 고은 시인과 작품의 인지도, 안성 자택의 장소성 등은 어떤가? 우선 고은 시인은 현재 생존 시인이면서 최고 다작의 작가일 뿐만 아니라, 한국 시인 중에서 세계적으로 가장 인지도 높은 시인의 한 명이다. 노벨문학상 후보로 언론에서 그를 주목하기 이전부터 그의 시는 이미 20여 개 나라에 번역되어 세계인에게 많은 영감을 주고 있다. 북유럽에서는 그의 시가 특히 높은 평가를 받는다. 고은은 2005년 노르웨이에서 비에른손 문화훈장을 받았고, 2006년 스웨덴에서 시카다(Cikada) 문학상을 수상하였다. 그리고 안성 자택도 불과 2~3년 전까지 시인이 살았던 곳으로 보존상태가 현재까지는 아주 양호하며, 소장하고 있는 도서의 양도 만만치 않다. 한 마디로 브랜드 구조는 다른 문학관 사업과 비교해 훨씬 유리한 지점에 위치하며, 또한 세계적 인지도라는 측면에서 차별화된다고 할 수 있다.

이제 외부환경 중 목표집단(T)에 대해 생각해 보자. 일반적으로 문학적 장소의 재공간화 사업에서 목표집단은 그곳을 방문하게 될 탐방객이다. 탐방객의 유형은 크게 일반 관광객과 문학 답사객으로 나누어 볼 수 있다. 일반 관광객들이 문학관 탐방을 선호한다고 볼 수 없다. 그들은 여가 여행이나 놀이의 구색 맞추기 쯤으로 문학관 탐방을 생각하는 경우가 많다. 그들의 여행은 일반 관광지나 놀이공원의 스펙터클한 매력물을 중심으로 계획될 수밖에 없다. 그들이 추구하는 가치는 여행지나 놀이공원에서 느끼는 스펙터클한 재미와 즐거움이다. 이런 일반 관광객과는 달리, 문학 답사객은 문학의 가치와 의미를 이해하고 문학공간에서 느낄 수 있는 정신적 여유를 만끽할 준비가 되어 있다. 하지만 그들의 수가 많지 않다는 점이 문제이다. 이런 구조적 사실로 미루어 볼 때, 현재와 같은 방식의 문학관 사업으로는 탐방객의 획기적인 수적 증가를 기대하기 어려운 상황으로 판단할 수 있다.

BTC 모델의 마지막 요소는 경쟁자(C)인데, 문학관 사업에서 경쟁자는 서로 다른 문학관이 아니다. 문학관은 특성상 한 곳에 집중되어 있을 수 없기 때문이다. 목표집단을 설명하면서 이미 언급한 것처럼, 문학관 탐방은 여행의 구색 맞추기인 경우가 많기 때문에 문학관은 문학관끼리 경쟁하지 않고, 다른 관광지나 놀이공원의 스펙터클한 시각적 재현물이나 매력물과 경쟁해야 하는 구도에 놓여 있다. 안성시 지자체 관내로 한정하여 경쟁 관계 현황을 살펴볼 때, 이 사업의 경쟁자는 같은 관내에 있는 박두진 문학관이나 조병화 문학관이 아니라, 바우덕이 축제가 될 가능성이 높다. 그리고 지자체가 크게 관심을 갖고 있는 바우덕이 축제와의 경쟁에서 문학관은 불리한 입장에 있을 수밖에 없다. 그렇다면 그것을 경쟁자로 생각하지 말고 그들과 협력 보완의 관계를 구축하는 것이 훨씬 지혜로운 접근이 될 수 있다.

BTC 모델에 따른 점검 결과, 사업의 주도적 조직이 되어야 할 안성시 지자체의 의지, 외부환경으로서 목표집단과 경쟁자 요소의 현황 등은 안성 자택 재공간화 사업을 희망적으로 볼 수 없게 만든다. 하지만 세계적 시인으로서 고은과 그의 작품의 지명도, 안성 자택이 가지는 현재성과 상징성은 그나마 사업 추진의 가능성을 높이는 요소로 파악된다.

3.

BTC 모델에 따른 환경 분석으로 볼 때, 안성 자택의 재공간화 사업은 다음 4가지 포지셔닝 전략을 적용해 추진해야 할 것으로 보인다.

우선, 안성 자택 재공간화 사업은 지점 중심이 아닌 확장된 공간 중심의 포지셔닝 전략이 필요하다. 안성시가 바우덕이 축제를 안성의 대표 브랜드로 선정하여 이에 총력을 기울이고 있는 상황에서 안성 자택의 재공간화 사업은 현재로서는 시기상조라는 지역의 의견이 우세한 편이다. 뿐만 아니라 안성시는 안성 출신의 박두진, 조병화 시인의 기념사업도 규모 있게 진행하지 못하는 상황이기 때문에 이것과도 우선순위를 두고 좌고우면할 수밖에 없는 것이 현실적 입장이다. 결과적으로 고은 시인의 안성 자택만을 대상으로 재공간화 사업을 따로 추진한다면 반대여론에 부딪힐 가능성이 높다. 따라서 이 사업은 고은 자택을 원포인트로 개발하는 것보다 지역의 문화역량 강화 사업의 일환으로 접근하는 것이 좋겠다. 이를 위해 고은 자택과 근처의 안성맞춤가족공원을 연결하는 하나의 공간을 상정하고, 이를 대상으로 하는 지역 재공간화 사업으로 확대 추진하는 것이 유리할 수 있다.

둘째, 한국을 넘어서는 세계적인 시인과 관련된 공간으로 포지셔닝하는 전략이다. 고은은 현재 생존 작가이며 세계에 가장 잘 알려진 한국 시인 중 하나이다. 이런 강점을 충분히 활용하기 위해서는 재공간화의 초점을 '세계적 보편성을 갖춘 시인'이라는 점에 맞출 필요가 있다. 이렇게 할 경우 중요한 민족시인이지만 세계적 인지도 측면에서는 고은에 비해 열세인 박두진, 조병화 시인과 차별화를 꾀할 수 있고, 이를 근거로 관련 사업의 선후 논란을 벗어날 수 있다. 이런 포지셔닝 전략을 구사할 경우, 이 사업은 기존의 문학관 사업처럼 시인 관련 육필 원고, 시집 등을 전시 기념하는 공간에 머물지 말고 이를 넘어서야 한다. 다양한 문학 관련 활동이나 운동이 펼쳐지는 현재적 문학공간으로 성격 짓는 것이 필요해진다.

셋째, 시집 『만인보』의 인지도를 활용한 마케팅 포지셔닝 전략이다. 『만인보』는 사람들에 관한 연작시로, 총 작품 수는 4001편이며 30권으로 이루어졌다. 작품에 등장하는 5600여 명의 인물들이 대부분 전형적인 민중의 모습을 띠고 있거나 혹은 역사의 흐름과 무관하다고 인식되는 소외된 군상들이라는 특징이 있으며, 이들이 모두 실명으로 다루어진다는 점도 특징적이다. 이런 점에서 『만인보』는 안성 자택 재공간화 사업의 가치나 성격을 홍보하는 데 중요한 요소가 될 수 있다. 뿐만 아니라 『만인보』는 2005년 출간된 영어 선집을 비롯하여 스웨덴어, 프랑스어, 러시아어 등으로 번역 출판되어 세계성을 띤다. BTC 분석에서 확인했듯이 다른 불리한 요소들과는 달리 유일하게 긍정적인 요소인 브랜드 구조를 마케팅에 적극 활용할 필요가 있다.

넷째, 방문객의 가치와 상황을 중시하는 문학공간으로 포지셔닝하는 전략이다. 이를 위해서는 전원의 한가함과 시에서 느껴지는 매혹적인 삶의 향기를 경험하는 공간, 자존감과 성숙한 사랑이라는 가치를 추구하는 공간의 성격을 강화해야 한다. 이는 기존의 문학관이 주로 문인이나 문학작품의 의미와 가치에 대한 정보를 제공하는 것과 크게 차별화되는 지점이다. 즉 문인 중심, 문학작품 중심의 포지셔닝보다는 탐방객이 추구하는 개인적 내면적 가치를 회복시키고 치유하는 탐방객 중심의, 그야말로 진짜 문학적인 공간으로 포지셔닝할 필요가 있다. 사업의 주요 컨셉에 문학인을 놓지 말고 이곳을 방문하여 자신의 삶을 돌아보고자 하는 탐방객 개개인의 상황과 가치를 컨셉의 중심에 놓아야 하는 필요성을 제기하는 것이다.

이상의 4가지 포지셔닝 전략을 종합해 보면, 안성자택 재공간화 사업은 기존의 문학관 사업과 분명한 차이점이 확인될 수 있다. 우선 이를 도표를 통해 살펴보자.

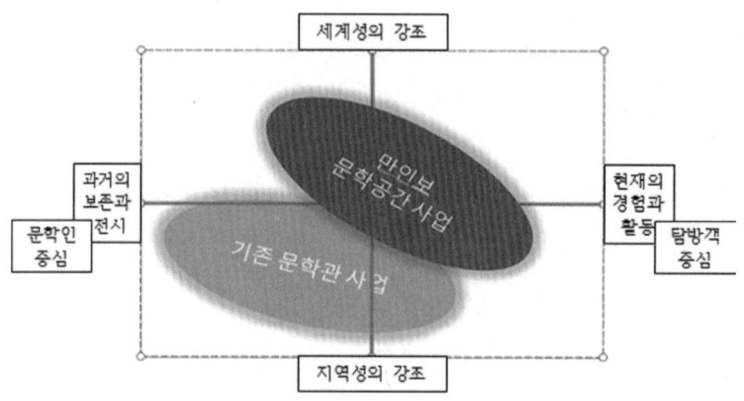

기존의 문학관 사업이 문학 관련 기록과 유물을 보존 전시하면서 문학인을 기념하고 이를 통해 해당 문학인의 출신 지자체를 브랜드화 하는 것에 초점이 맞춰진 사업이었다면, 이 사업은 탐방객들을 중심으로 그들의 경험과 활동을 중시하면서 지역성보다는 세계성을 강조하는 쪽으로 포지션이 이동한 것임을 알 수 있다.

4.

이러한 포지셔닝 작업을 고려할 때 이 사업은 다음과 같이 몇 개의 단위사업을 포괄하는 사업으로 완성될 수 있다.

첫 번째 단위사업은 '만인보아카데미'를 비롯한 각종 문학 관련 워크숍 및 세미나의 지속적 개최이다. 이는 사업의 분위기를 조성하고 이를 홍보하기 위한 목적을 가진다. 특히 안성 지역 주민들에게 고은과 만인보, 그리고 시문학 전반에 대한 이해도를 높일 수 있는 기회를 제공함으로써 자연스런 사업 추진의 긍정적 동력이 될 수 있다. 이 단위 사업은 고은문학연구소를 중심으로 한국연구재단이나 시도의 문화재단 등으로부터 학술지원금을 받아 수행할 수 있다.

두 번째 단위사업은 '시의 길' 조성 사업이다. '시의 길'은 고은 안성자택과 안성맞춤가족공원을 잇는 1Km 구간의 기존 도로를 따라 조성한다. '시의 길'은 우선 걷기 편한 길을 만들고, 이 길을 따라 시작품을 다양한 매체로 전시하고 디스플레이할 수 있도록 설계한다. 예컨대 도로면을 활용한 시작품 설치라든지 휴대폰과 정보를 주고받는 첨단 디스플레이 등 온/오프라인 매체를 적절히 혼용한다. 이 단위사업은 안성시의 주도로 시 예산을 투입하여 지역의 문화적 역량을 총체적으로 강화한다는 목표 하에 시행하는 것이 좋다.

세 번째 단위사업은 '만인보 전시관' 설치 사업이다. 만인보 전시관은 고은의 안성자택을 리모델링하여 고은과 그의 시문학 관련 자료를 체계적으로 정리 전시하는 공간으로 조성한다. 안성자택에는 고은이 읽고 소장했던 책들이 미처 정리되지 않은 채 보관되어 있는데 이에 대한 정리 작업도 함께 이루어져야 한다. 이 단위사업은 고은문학연구소가 안성시의 예산 지원을 받아 주도적으로 수행할 수 있다.

네 번째 단위사업은 세계시문학도서관 건립 사업이다. 한국 출신의 세계적인 시인을 기념하면서 동시에 세계 시문학의 메카가 된다는 목표를 내세우며, 여기에서는 세계의 시문학 도서 및 각종 멀티미디어 자료를 수집하여 열람 가능하도록 한다. 고은이 창작활동을 하던 안성에 세계시문학도서관이 건립된다면 고은의 노벨상 수상 가능성도 그만큼 높아질 것이다. 이 사업은 문화체육관광부와 안성시가 국비와 지방비를 적절한 비율로 투입할 수 있을 것이다.

다섯 번째 단위사업은 세계문학인포럼 개최 사업이다. 세계시문학도서관 준공에 맞춰 세계 문학인들이 함께 모여 포럼을 개최하도록 기획한다. 이 포럼은 2년 혹은 3년마다 다양한 의제를 가지고 세계 문학인이 만나는 기회를 제공하면서, 동시에 이 사업이 가지는 세계적 의미를 재생산하는 기제로 작동할 것이다. 고은문학연구소와 안성시가 중앙정부와 협력하여 추진해 갈 수 있다.

5.

고은의 안성 자택 재공간화 사업은 고은 개인을 위해서가 아니라, 보다 본질적으로는 《만인보》에 등장하는 5600여 명의 인물과 같은 평범한 사람들의 현재적 삶의 가치 제고에 필요하기 때문에 반드시 실현될 필요가 있다.

이 사업이 완료되면 많은 사람들이 저마다의 목적을 가지고 여기를 방문하게 될 것이다. 그 중 세계문학인포럼에 참석하는 한 베트남 시인의 사례를 가정하여 공간 스토리텔링을 완성하는 것으로 이 글을 마무리하고자 한다.

"베트남 시인 쩐당콰(Tran Dang Khoa)는 세계시문학도서관에서 열리는 세계 문학인 포럼에 참석하기 위해 안성을 방문 중이다. 전날 미리 둘러본 세계시문학도서관에는 베트남 시인들의 시집과 관련 멀티미디어 자료도 상당수 구비되어 있었다. 쩐당콰는 덕분에 미진하던 포럼 발제문을 손볼 수 있었고, 발표도 무사히 끝마쳤다.

그는 오후 세션 끝나고 다른 포럼 참가자들과 시의 길을 탐방하러 나섰다. 시의 길에 설치된 모니터에는 포럼에서 거론되었던 여러 나라의 시들이 디스플레이되고 있었다. 늦은 오후 한가한 전원풍의 길 위에서 만나는 시의 향연이 이채롭다. 한 모퉁이에 이르렀는데 그곳 모니터에서는 쩐당콰의 시 『마당과 하늘 Goc san va khoang troi』의 한국어 번역본이 흐르고 있었다. 쩐당콰 시인이 모니터 가까이 스마트폰을 가져가자 시가 스마트폰 안으로 들어왔다.

그는 주변 카페로 들어가 어떤 한국인에게 그 시를 한번 읽어달라고 부탁했다. 쩐당콰의 귀에 한국어로 번역된 자신의 시가 매력적인 한국인의 음성으로 들려왔다. 화사한 봄날 오후, 쩐 당콰는 환상 속으로 빠져드는 기분을 느꼈다. 뒤미처 도착한 만인보 전시관 정원에서는 하얀 목련이 봄날의 마지막 햇살을 받고 있었다. 꽃잎에 내려앉는 이국의 햇살은 저녁놀과 함께 그 대로 시가 되었다."

* 이 글은 『한국언어문화』 57집에 발표한 학술논문을 요약 정리한 것임을 밝혀둡니다.

장노현

한양대학교 국어국문학과 졸업(문학박사). 저서로 『한국문학 콘텐츠(공저)』, 『하이퍼텍스트 서사』, 한국 현대시어 빈도사전』, 『기층 리더십과 시민공동체』 외 다수. 현재 한남대학교 국어국문창작학과 교수.

이병주 소설과 기억의 정치학
- 『관부연락선』을 중심으로

손혜숙

1. 이병주 소설과 기억

일반적인 기억이 집단적 성향이 강한 데 비해 문학에서의 기억은 대개 개인의 특수한 체험을 근간으로 한다. 이병주 소설에서 개인적 기억은 선택과 조합의 과정을 거쳐 역사를 기록하고 재현하는 수단이 된다. 동시에 공적인 역사에서 배제된'희생자들에 대한 망각에 이의를 제기하고 추모와 애도를 통해 그들을 역사적 공간으로 호출해 낸다. 역사를 지배적 영웅이나 지배적인 위치에 있는 사람들 중심의 공적 서사 양식으로 보는 이병주는 공적인 역사에서 은폐되고 침묵 되어온 인물에 초점을 두어 역사를 다시 기술하고자 한다. 때문에 이병주 소설에서 소환된 개인적 역사체험 기억은 정전화된 공적 역사에 균열을 낸다. 이러한 역사 다시 쓰기 방식을 읽어내기 위해서는 공적 역사의 언표들 밑에 침전되어 있는, 때로는 그 언표들 사이의 틈을 뚫고 나와 공적 역사의 내러티브를 전복시키는 작가의 체험의 편린들에 주목해야 한다. 아울러 그것은 역사와 기억이 연동한다는 가정하에서 가능해진다.

이 글에서는 작가 이병주가 망각에 의해 봉합될 수도 있었던 과거의 기억을 현재의 시간 위에 호출해 내는 이유와 그것이 작가의식과 어떤 관계가 있는지에 대해 규명해 보고자 한다. 궁극적으로 공적 기억의 억압과 배제로 인해 소거되었던 개별적 체험을 통해 관제적으로 구축된 기억들을 재배치하고, 학습된 역사를 체험의 역사로 다시 기술하고자 하는 작가의식을 밝히는 데 목적이 있다.

2. 흔적과 기록, 망각의 복원

『관부연락선』은 이 선생이 E, H와 주고받은 편지를 중심으로 한 외부서사와 일본 유학생인 유태림이 '관부연락선'을 조사하면서 기록한 수기 및 해설자 이 선생이 유태림의 삶을 서술한 내부서사로 구성되어 있다. 편지를 중심으로 한 외부서사는 주로 현재의 시점에서 이뤄지며 유태림의 전기를 쓰게 된 동기를 설명하고 있다.

> 도쿄에서 이 원고를 읽으면 그 객관적인 의미를 납득할 수 있지만, 잘은 모르나 오늘의 한국에 앉아 이것을 읽으면 그 의미가 흐려지고 자칫하면 왜곡되지 않을까 두렵기도 해서 하는 말이니 양해하길 바란다. 그리고 이 '관부연락선'이란 원고 뭉치는 문자 그대로 원고 뭉치이지 소설도 아니고 논설도 아니고, 황차 체제가 완결된 기록도 아니다. 그저 편편片片한 자료에다 감상을 섞은 정도의 것인데 이대로 공개하는 것은 거의 무의미하다. 이 원고의 성립 과정을 잘 아는 사람의 설명이 없으면 어떻게 할 수도 없는 미완성 원고다. 나는 유군이 이것을 만들어나갈 때 시종 그를 도왔기 때문에 유군 다음으론 내가 그 사정을 가장 잘 알 수 있다고 자부한다. 만약 그가 살아만 있다면야 자기의 생각에 맞추어 자료를 정리하고 보완할 수도 있겠지만 그가 없는 지금 그것을 공개하고 가치를 부여하려면 부득이 나의 보충설명이 있어야만 한다.[1]

이병주는 위와 같은 E의 언술을 통해 '관부연락선'이라는 원고 뭉치를 메우고 있는 문자와 그 외연의 기억이 연동하여야 비로소 과거를 온전히 복원할 수 있다는 논리를 피력한다. '관부연락선'이란 원고 뭉치는 '황차 체제가 완결된' 텍스트가 아니라 유태림의 시대 증언이 담긴 흔적이다. 텍스트는 코드화한 정보와 그와 결부된 기록자의 시각을 포함한 한 시대의 의식적 산물이다. 이에 반해 흔적은 한 시대의 양식화되지 않은 기억을 증명해 주며, 어떤 검열이나 왜곡의 지배도 받지 않는 간접적 정보이다.[2] 이러한 점을 미루어 보았을 때 유태림이 남긴 '관부연락선'이란 원고 뭉치는 공적인 역사에서 배제된 부분을 복원하는데 유용한 자료가 된다. 주목할 점은 이때의 흔적은 과거의 것이고, 기록 당사자가 존재하지 않는 현재의 시점에서 복원작업이 추진되고 있다는 사실이다. 흔적에만 의거해 현재의 시점에서 복원될 경우 '관부연락선'이란 원고가 갖는 원래 의미가 회석되거나 왜곡될 가능성을 배제할 수 없다. 그래서 한일병합에 대한 생각이 문자로 기록될 당시 유태림과 함께했던 E의 기억에 근거한 주석이 필요한 것이다.

이처럼 이병주는 유태림이 남긴 기록을 서사화하기 위해 기록과 관련된 당시 체험 기억이 동반되어야 함을 강조하고 있는데, 이것은 역사를 서술함에서도 기록된 역사와 당대를 체험했던 기억이 함께 기술되어 역사와 기억이 연동하여야 한다는 인식을 공고히 한다. 이때 기억은 사적 역사의식의 근거를 이루며, 역사 왜곡을 방지하고 서술역사의 빈터를 메워간다. 동시에 동일한 역사적 사실에 대한 다원적인 해석과 평가를 용인하여 '중심'이 가하는 억압과 배제에 저항하고 자의적인 해석 논리를 해체하는 중요한 단서로도 작용한다.[3]

---

1) 이병주, 『관부연락선』, 한길사, 2006, 11-12쪽.
2) Aleida Assmann, 『기억의 공간』, 변학수 외 역, 경북대학교출판부, 2003, 267-268쪽.
3) 김영범, 『민중의 귀환, 기억의 호출』, 한국학술정보, 2010, 249쪽.

3. 식민지 기억의 상징 '관부연락선'

  흔히 구체적인 영상이나 상징물, 이미지들은 기억의 촉매제로 작용하며 이것들은 각각 내러티브를 담지하고 있다. 작품에서 '관부연락선' 역시 단순한 이동수단을 넘어서 숱한 역사적 의미들을 함의하고 있는 기억의 촉매제로 자리한다. 유태림은 '관부연락선'을 '영광과 굴욕의 통로', 일본 제국주의의 시발과 동격으로 인식하는데 여기에 관부연락선이 내포하고 있는 첫 번째 상징적 의미가 있다. 작품 속 유태림의 언술처럼 당시 일본 사람들은 지배와 군림을 목적으로 한국으로 건너왔고, 한국 사람들은 생계를 해결하기 위해 일본으로 건너갔다. 목적과 삶의 모양은 서로 다르지만, 이들은 모두 식민지 상황이라는 시대 속에서 '관부연락선'을 통해 이동했다. 당시 '관부연락선'은 높은 신분만 탈 수 있는 1등실과 누구나 탑승 가능했지만 비용이 비쌌던 2등실, 그리고 창고 같은 선저(船底)에 갇혔다가 목적지에 이르러서야 자유로워질 수 있는 3등실로 나누어져 있었다. 뿐만 아니라 3등실 이용자들은 '관부연락선'을 탈 때나 내릴 때도 형사들의 눈치를 살펴야 했다. 이러한 '관부연락선'의 구조와 당시의 시대적 상황 속에서 대다수의 조선인은 3등 선실을 이용했다. 그도 그럴 것이 관부연락선을 타고 한국에서 일본으로 건너가는 사람들은 소수의 유학생을 제외하고 대부분이 노동자였기 때문이다. 한국 노동자들은 "내기 어려운 도항증을 내어 개돼지 취급을 받으면서" 목숨을 담보로 한 위험한 노동에 종사하기 위해 그렇게 관부연락선을 탔다.

  결국, 관부연락선은 조선인들에게는 일제 식민지 수탈의 비애가 서려 있는 트라우마의 공간인 동시에 일본인들에게는 지배를 통해 더 윤택한 삶을 살 수 있는 기회의 보고였던 셈이다. 작가는 이러한 사실들에 착목해 '관부연락선'을 '영광'과 '굴욕'의 통로라 명명하고 있다. 여기서 간과하지 말아야 할 사실은 관부연락선이 상징하는 '영광'과 '굴욕'의 대상을 단순히 일본인과 한국인으로 이분하지 않고 있다는 점이다. 송병준처럼 시대의 야합에 편승했던 한반도인들에게는 관부연락선이 '영광'의 통로가 될 수도 있다는 사실을 유태림은 놓치지 않는다. 즉 작가는 송병준과 같은 조선인에게 관부연락선은 일반적인 조선인들처럼 식민지인의 굴욕을 내포하고 있는 상징물이 아닌 제국주의를 향한 일본의 독주에 야합하여 신분 상승을 노려볼 수 있는 기회의 통로였음도 함께 보여준다.

  이와 관련해 한일병합에 대해 언급하는 부분은 주목을 필요로 한다. 1910년 한일병합으로 조선은 식민지가 되었다. 그리고 이것은 다시 1965년 한일협정으로 반복되어 대한민국은 또다시 일본의 경제 식민지가 되면서 식민지 과거의 복잡한 문제들은 국가 논리로 환원될 위기에 봉착했다. 이러한 과정에서 식민 피해자들의 개인 기억은 억압되고, 그들은 또다시 정체성의 혼란을 경험하게 되었다. 때문에 이병주는 '한일병합' 의 문제를 소환해 내어 분석·평가해 보여줌으로써 정부 권력에 의해 독단적으로 이루어졌던 한일협정에 대한 비판의 날을 세운다. 즉 문학적 전유를 통해 동시대를 인식하면서 과거의 과오가 되풀이되고 있는 현실의 문제를 지적하고 있는 것이다. 이러한 문학적 전유는 부자유의 시대에서 역사·정치적 비평 담론을 펼치기 위한 이병주의 창작방식이라 할 수 있다.

한편 '관부연락선' 은 유태림으로 대변되는 식민지 조선 청년들에게 식민지인으로서의 자의식을 자극하는 모멸의 상징인 동시에 기억의 장소로서의 의미도 지닌다. 유태림과 E가 겪은 일본 경찰들의 급습, "이왕 관부연락선을 탈 바엔 그 악명이 높은 3등 선실에 타야만 모처럼 연락선을 탄 보람이 있는 체험을 할 수 있다면서 고집을 부" 리는 E와 2등 표를 사자는 유태림 사이에서 벌어진 격론 과정 등이 이를 방증한다. E에겐 한낱 이동수단 혹은 체험의 공간에 지나지 않은 '관부연락선' 이 유태림에게는 민족적 차별과 식민지인으로서의 비굴이 응축되어 있는 공간으로 작용한다. 때문에 유태림은 자신의 동료에게 민족적 '차이' 를 각인시켜 주고 싶지 않아 한다. 이러한 의미가 함축되어 있는 '관부연락선' 은 식민지 시기에 대한 '기억의 기반을 확고히 하고 그것을 명확하게 증명한다는 것을 넘어 지속성을 구현한다.'[4] '관부연락선' 이란 공간을 통해 당대의 상황을 기억해내고 그것을 서사화할 수 있는 것도 공간이 갖는 이런 특수성 때문이다. 주지하다시피 기억은 공간에 의해 공고해지는데 이때의 공간이란 상호작용의 장(場)일 뿐만 아니라 특정 집단의 정체성이 구체화되는 장소이다.[5] 다시 말해 그것은 유태림과 E의 관계가 식민지인과 피식민지인의 관계로 전이되는 공간인 것이다.

日露戰爭에 勝利한 그해 日本은 關釜連絡船을 始航하고 2次 大戰에 敗北한 해에 終航했다는 데 歷史로서의 또 다른 意味가 있기도 하다. 마지막 關釜連絡船이 떠난 지도 벌써 25年이 지났다. 25年이 지난 이 時間 속에서 關釜連絡船을 回想하려는 노릇은 산산이 부서진 유리조각, 더러는 散失하고 없어진 것도 大部分인데 그것을 모아 그대로 甁을 再構成하려는 노릇과 비슷하다. 하물며 이 배를 타고가고, 타고 온 數百萬 사람들의 感懷를 集約하고 反映할 수 있는 어떠한 手段도 없다.

그리고 바다의 無常엔 陸地의 無常이 겨눌 바가 못 된다. 陸地 위의 建物은 웬만하면 數百 年을 견딜 수가 있고 사람의 마음만 作用하면 廢墟를 通해 數千 年의 記憶을 간직할 수가 있다. 그러나 陸地의 建物을 標準으로 하면 數10層의 빌딩에 비교할 수 있는 豪華船도 1百 年의 세월을 견디기가 어렵고, 그만한 세월이 흐르고 나면 스크랩의 堆積으로 變해서 드디어 蒸發하듯 없어지고 만다. (중략)

關釜連絡船으로서 就航했던 10數隻의 배들도 그 가운데 1, 2隻을 除外하곤 이미 古鐵이 되었을 것이다. 그 배들에 對한 기억도 數百萬 乘客의 腦理에 雲散하고 세월과 더불어 霧消할 狀況에 있다. 그런 이유로 作者는 자기가 나지도 않았던 時間의 일가지를 虛構하고, 他人의 感精을 模倣하며 가냘픈 經驗에서 眞實을 描出하는 等의 强行

4) Aleida Assmann, 앞의 책, 392쪽.
5) Mark Crinson, ed., Urban Memory: History and America in the Modern City(Vew York, 2005) 비교역사문화연구소, 전진성, 이재원 엮음, 『기억과 전쟁』, 휴머니스트, 2009, 42쪽에서 재인용.

的 作業을 포기하고 柳泰林이란 非運의 靑年에다 關釜連絡船을 通路로 한 知識靑年의 一部를 代表하는 任務를 맡긴 것이다.[6]

이병주가 작가 부기에서 언급한 바와 같이 '관부연락선'이 단순히 사물로만 존재한다면 그것은 세월의 무게를 견디지 못하고 소멸되고 말 것이다. 그러나 '관부연락선'은 단순히 대상으로써의 사물이 아니다. 그것은 수많은 의미를 함축하고 있는 '기억의 장소'이다. '기억의 장소'는 시간을 멈추게 하고, 망각을 차단시키고, 죽은 것을 불멸의 상태로 만들고, 최소한의 기호 속에 최대한의 의미를 집어넣는다.' 이병주는 '관부연락선'이라는 최소한의 기호 속에 공적 역사가 외면해 왔던 역사적 의미를 부여하여 그것을 '기억의 장소'로 새롭게 재구축한다. 이렇게 다시 구축된 '관부연락선'은 "소실되고 망각된, 즉 역사의 차원에서 이미 낯설게 되었고 사라져버린 과거의 삶을 드러나게 해준다."[7] 그리고 그것은 다른 역사 텍스트들과 같은 해석을 거쳐 우리가 과거의 진실에 접근하는 데 도움을 주며 역사 인식의 지평을 넓혀 주는 데 일조한다.

4. 망자 추모와 애도, 역사 다시쓰기

기억의 장소는 자생적 기억이란 존재하지 않아 기록보관소를 만들고, 추도사를 해야 할 필요가 있다는 자각으로부터 발생하고 또 그것으로 존재한다. 때문에 소수 집단이 특별한 곳에 파묻혀 있는 기억을 지키고 보호하는 것은 모든 기억의 장소들에 대한 진실을 확연히 드러낸다고 할 수 있다.[8] 이병주가 패자의 역사, 정전화된 역사에서 배제되고 필연적으로 망각되어 왔던 인물들에게 천착하는 이유가 여기에 있다. 그들은 지배이데올로기가 만들어낸 지배 담론으로 인해 파편화되어 주변부로 밀려난 채 침묵을 강요받아온 '개별 기억'을 통해 다시 호출된다. 그리고 이렇게 호출된 역사의 희생자들은 추모와 애도의 과정을 거쳐 다시 쓰인 역사의 한 부분에 위치하게 된다.

앞에서는 흔적과 상징물로서의 '관부연락선'을 중심축으로 그것과 관련된 망각된 역사를 복원하고 공적인 역사의 틈을 메우려는 작가의 태도를 포착할 수 있었다. 이러한 태도는 비단 기록과 사물뿐만 아니라 '유태림'을 중심으로 하는 인물의 영역을 통해서도 드러난다. 유태림은 작가의 분신으로 역사의 파고 속에서 어떠한 제스처도 취하지 못한 채 시대를 견뎌온 나약한 식민지 지식인을 상징한다. 수기에서 유태림은 학병 당시의 기억을 떠올리며 자신을 '코스모폴리

---

6) 이병주, 「관부연락선」, 『월간중앙』, 1970.3, 436-437쪽.
7) Aleida Assmann, 앞의 책, 409쪽.
8) Pierre Nora 외, 『기억의 장소』①, 김인중·유희수 외 역, 나남, 2010, 42쪽.

탄'이란 견식을 모방하며 민족과 조국의 절박한 문제를 회피한 '망명인'이라 자인한다. 이러한 자책은 식민지 시기 지식인들의 고뇌를 단적으로 표명하는 대목이며 죄의식이 형성되는 시원이 되기도 한다. 나아가 죄의식의 탈출구로서 역사를 재전유(再專有)하려는 문학적 글쓰기의 동인이 된다. 때문에 이병주는 시간이 흐름에 따라 관부연락선에 응축되어 있던 역사, 인물, 감정들이 사라져감을 의식하고 과거 기억을 소환하여 역사를 재구성하려는 시도를 보인다. 그리고 다시 쓰인 역사의 재전유를 통해 학병지원에 대한 자신의 비겁함을 자인하는 동시에 자신도 나약한 시대의 희생자 중 하나였다는 사실을 공고히 한다. 이것은 "피압박 민족으로서의 콤플렉스를 지니며 어두운 나날을 보내다가, 젊음의 절정을 일본군(日本軍)의 용병(傭兵) 신세로" 지내고 "좌우충돌(左右衝突)의 회오리 속에서 생사지간(生死之間)을 방황해야 했던"[9] 자신에게 청춘은 없었다는 일종의 피해의식의 표출이기도 하다.

대부분의 사람은 살아남기 위해 자신들이 겪은 충격적인 경험을 의식의 심연 속에 묻어두고자 한다. 그러나 망각이 유지되는 한 '반복의 강제에 의한 정신적 억압'[10]에서 자유로워질 수는 없다. 억압에서 벗어나 과거의 상흔으로부터 자유로워지기 위해서는 과거의 경험과 직접 대면하여 그것을 객관화하는 기억작업이 필요하다. 따라서 이병주는 자신의 불편한 과거를 기꺼이 끄집어내어 자신의 과거를 반추하고 역사의 한 부분으로 기록하고 있는 것이다. 나아가 그는 시대의 상황 논리로 인해 죄의식을 가지고 살아왔을, 어떤 측면에서 보면 역사의 피해자가 될 수 있는 수많은 유태림들을 위로하고 애도한다. 이것은 부끄러운 자신의 과거를 직시함으로써 그 과거를 진정으로 극복한다는 의미로서의 애도 작업을 의미한다. 뿐만 아니라 유태림이란 인물을 추모하고 기념하는 행위는 학병 동원에 대한 자기반성을 포함해 어쩌면 역사의 피해자였을 학병세대들의 심경을 대변하고, 배제되어 온 과거를 복원하여 역사를 다시 쓰고자 하는 의미를 내포하고 있다.

이처럼 이병주는 정전화된 승자의 역사에 주목하기보다는 구성된 역사의 틈을 들여다보며 그 틈새 사이에 침묵 된 채 가라앉아 있는 패자의 역사와 구성된 기억에 의해 망각되어왔던 주변 인물들에게 주목한다. 그리고 애도를 통해 이들에게 정당한 역사의 자리를 찾아주려고 시도하며 이 과정을 통해 드러나는 아래로부터의 역사를 복원하여 역사를 다시 쓰고자 한다. 이것은 "현재와 과거의 대화 주체는 사회, 민족 혹은 계급과 같은 어느 하나의 거대담론이 아니라 이데올로기와 입장에 따라 달라지는 다원적 주체이기에 그들에 의해 구성된 역사는 하나가 아니라 복수일 수밖에 없다."[11]는 인식에서 기인한 것이다.

주지하다시피 이병주가 문학을 통해 역사를 말하는 방식은 실질적인 자료와 자신의 체험 기억을 병치시키는 것이다. 이를 통해 패배의 기록이나 체험과의 끈을 놓지 않으면서, 권력과 맞서 싸

9) 이병주, 「세우지 않은 碑銘-歷城의 風, 華山의 月」, 『한국문학』, 한국문학사, 1980. 6, 72쪽.
10) Sigmund Freud, 『정신분석학 입문』, 서석연 역, 범우사, 1990, 305쪽.
11) 김기봉 외, 『포스트모더니즘과 역사학』, 푸른 역사, 2002, 57쪽 참조.

우는 행동과 작용이 좌절되었다 하더라도 그런 결과를 낳게 된 과정에 관한 관심은 충분히 정당화될 수 있다는 것을 표명하기도 한다.[12] 그리고 이때 그가 작품 속에 담아 놓은 기억들은 원체험을 수반한 개인적이며 불연속적인 대항기억이며 동시에 그것은 공식화된 기억들로 고착된 역사에 대한 비판적 전략으로 읽힌다. 공적인 역사에서 배제된 사건이나 인물을 선택해 역사의 자장 안에 재배치하는 행위는 작가의 '역사의식'과 관계가 있다. 반면 기록과 자료에 대한 작가의 목소리 혹은 해석을 유보한 채 그대로 명시하는 방식은 '역사인식'의 표출이다. 즉 이병주 소설에서 역사서술 동기인 '역사의식'과 그것을 기술하는 방식인 '역사인식'은 착종관계를 이룬다. 이러한 글쓰기 방식은 그의 역사 기록 방식이 역사를 주관적으로 전유하는 역사의식의 한계를 극복하고 '역사인식'의 차원으로 확장되어 가고 있음을 의미한다.

---

12) Harvey J. Kaye, 『과거의 힘』, 오인영 역, 삼인, 2004, 225쪽.

손혜숙

1977년 충남 홍성 출생, 한남대학교 국문과 졸업. 탈메이지교양교육대학 조교수.

소외된 존재의 지극히 사적인 사랑
– 이만희 감독의 〈만추〉, 〈귀로〉, 〈휴일〉을 중심으로

김영성

1. 서론

1960년대의 한국 영화계는 국제 영화제 수상작의 적극적인 수입과 더불어 자국 영화의 국제 영화제 진출 경험을 통해 동시대 유럽에서 유행했던 누벨바그와 같은 영화 사조를 수용했다. 또한 당시 우리 사회는 '4·19 세대'의 시대정신과 함께, 전쟁의 악몽과 도덕관념에서 벗어난 '개인'의 삶에 대한 관심이 날로 커지던 시대였다. 이런 새로운 유럽 영화 사조의 유입과 한국 사회의 변화는 1960년대 한국 영화가 인간의 실존성과 내면세계에 천착하게 만들었다. 특히 1960년대 한국 영화 산업을 이끌어 간 장르는 멜로드라마였다. 한국의 멜로 영화는 무성 영화 때 신파극으로부터 시작되었다. 신파극의 뿌리는 바로 눈물의 여성사, 즉 비극이었고, 이는 1960년대까지 영화 내용의 주를 이루고 있었다.

그러나 1960년대 한국 영화가 갖고 있던 미적 근대성 앞에서 기존의 여성 비극형 멜로 영화는 고민 위에 놓이게 된다. 1960년대 초반 멜로 영화는 갈등과 화합이라는 구도 속에서 코미디와 신파의 양극단을 배회하며 가족의 틀에서 벗어나지 않았다. 1960년대 후반으로 갈수록 멜로 영화는 조금씩 가족이라는 공동체에서 벗어나 남녀관계 즉, '개인'에 초점을 맞추게 된다. 한국 사회가 근대로 이행하는 질적 변화의 핵심은 개인성으로 압축될 수 있기에 1960년대 후반에서 드러나는 멜로 영화 속에서 대두되는 개인은 한국영화의 근대화, 즉 모더니즘의 한 양상이라고 봐도 무방할 것이다. 이런 개인성은 1960년대 제작된 멜로영화 가운데 이만희의 대표작 〈만추〉(1966), 〈귀로〉(1967), 〈휴일〉(1968)에서 더욱 두드러진다. 이 작품들은 1960년대 후반 근대화 과정 속에 놓인 젊은 전후 세대들의 겪어야만 했던 우울함과 절망을 멜로드라마라는 기본적인 장르 속에서 새로운 영화 영상 형식으로 표현해내며 모더니즘 영화의 한 획을 그었다는 평가를 받고 있다.

영화감독 이만희는 당시 스토리 위주의 한국영화에서 벗어나 영상과 음향의 조합을 통한 영화 영상 언어 표현에 탁월한 재능을 보여줬다. 이만희 영화의 시나리오를 썼던 백결은 "당시의 다른 한국영화와 비교해볼 때 이만희 영화의 차별성은 대체로 다음 두 가지로 요약될 수 있다. 그 첫 번째가 스토리보다 캐릭터를 중시했으며 이야기보다 등장인물의 미묘한 성격 변화에 주목했다. 그리고 또 하나는 이만희에겐 영화적 이론이나 개념을 믿지 않았으며 진부하게 생각했다. 따라서 이만희 영화에서 어떤 전형을 찾기란 그리 쉽지 않다. 모든 종류의 다양한 영화적 실험, 이 것이 이만희 영화가 궁극적으로 다가가고자 하는 마지막 목표였다."라고 그를 평가하기도 한다. 또한 문학평론가 이어령은 이만희의 작품 〈만추〉를 본 후 "영화가 스토리의 번역이 아니라 심상 (心象)의 예술이라는 것을 보여주었다"면서 이만희를 잉그마르 베르히만와 비교하기도 한다. 이 만희는 전통적인 영화 관습에 얽매이지 않고 자신만의 새로운 영화 세계를 통해 '한국적 모더니 즘 영화'의 토대를 구축한 감독이었던 것이다.

2. 심상(心象)의 이야기화

이만희의 〈만추〉가 개봉했을 당시 평단의 관심은 무척이나 컸다. 〈만추〉에서 드러났던 현대적인 영화 기법과 영상 언어, 시도들은 '새로운 한국영화의 지평을 여는 획기적인 수확'으로 평가되는 동시에 '서구의 모더니즘 영화언어의 답습'이라는 유보적인 평가도 함께 불러일으켰다. 하지만 한 가지 분명한 건 〈만추〉는 이만희의 영화 세계에서 전환점이 된 작품이라는 사실이다. 〈만추〉 이전의 작품들이 대중적인 기호에 따르고 있다면 이후의 작품들은 기존의 작품보다 더 실험적이고 개인적인 스타일을 보여주며 진정한 작가 의식을 드러내고 있기 때문이다.

〈만추〉의 간단한 줄거리는 다음과 같다. 여주인공은 모범수로 특별 휴가를 보내고 다시 교도소로 돌아가기 위해 열차를 탄다. 우연히 그 열차 속에서 쫓기는 한 남자를 만난다. 그들은 아니 그녀는 억눌려 왔던 욕망을 참을 수 없어 열차가 잠시 멈춘 사이 빈칸에서 정사를 나눈다. 그들은 그 후 다시 만날 것을 약속하고 2년 후 그녀는 그곳에 나가지만 남자는 나타나지 않는다. 그는 경찰에게 붙잡혀 수감되고 말았기 때문이다.

〈만추〉의 시나리오 작가 백결은 이 영화를 찍을 당시 이만희와 함께 '대사를 최대한 줄이고 영상미를 살려보자'라고 이야기했다고 회고했다. 이는 기존의 멜로 영화가 가지고 있던 스토리텔링 위주에서 벗어나 개개인의 심리 묘사에 초점을 맞추고자 하는 감독의 의도가 담겨 있음을 알 수 있다. 영화 평론가 변인식은 〈만추〉가 기존 영화의 천편일률적인 스토리에서 벗어나 이만희 나름대로의 영화 언어로 화면을 엮어 나갔다고 이야기하고 있다.

영화 속에서 남녀 주인공들은 새를 파는 가게에 간다. 남자는 새장 속의 새를 날려 보내고, 주인은 텅 빈 새장을 가리키며 이렇게 말한다.

"저 새들은 보금자리가 없습니다. 그래서 다시 새장으로 돌아옵니다. 돌아오지 못하는 새는 죽는 거고요. 이 새장이 그들의 유일한 보금자리입니다."

새장에 갇힌 새를 보여주고 날려 보낸 후 다른 새가 새장으로 돌아오는 귀소본능을 보여줌으로써 감옥으로 돌아가야 할 운명인 여자의 심리와 그런 여자를 구원하려는 남자의 심리를 잘 묘사하고 있다. 또 죽은 새에서 살아있는 새로 장면을 전환하는 것은 단지 인물에만 부속되지 않고 그 자체로 미학적인 가치를 드러내고 있다.

이러한 영화적 영상미와 영화 언어의 사용은 이만희가 외적인 상황의 설명보다 등장인물의 심리적인 주관적인 상태를 그리는 것을 우선시했기 때문에 가능할 수 있었다. 등장인물의 디테일한 심리는 우리의 눈에는 보이지 않는다. 그들의 욕망, 외로움, 고뇌, 절망과 같은 복합적인 심리는 단순한 스토리 위주의 서술 구조로 설명하기엔 부족하다고 이만희는 느낀 것이다. 따라서 그는 스토리텔링 구조의 기존 방식에서 탈피하여 영상과 음악과 같은 묘사를 통해 인물의 심리 상태에 초점을 맞추고 있다.

〈귀로〉는 〈만추〉와 함께 이만희 감독의 여성 심리 묘사의 섬세함과 영상 감각이 돋보이는 작품이다. 정숙한 아내의 외도라는 모티브만을 놓고 볼 때 이 영화는 통속적인 멜로드라마의 관행을 따르고 있다. 하지만 60년대 한국 모더니즘 영화의 대표작이라고 할 만큼 감독의 스타일에 대한 집착이 영화 형식 속에 뚜렷하게 내포되고 있어 〈귀로〉의 서사는 훨씬 더 풍부한 것이 된다. 여기에서 무엇보다 중요한 것은 여주인공 지연의 심리 묘사가 섬세하게 표현된다는 것이다. 〈귀로〉가 개봉했을 당시 한 신문은 이 작품을 '고독한 여심의 영상'이라고 표현하기도 한다. 고독한 여심을 표현하기 위해 이만희 감독은 풍경에 인물의 정서를 이입시키거나 나아가 점층적 효과를 자아낸다. 특히 텅 빈 서울역 광장이나 쓸쓸한 호숫가, 불 꺼진 가로등, 도심의 빈 공간, 비어 있는 하늘을 배경으로 육교에 서 있는 여자의 앙각 장면 등은 여자의 황량하고 쓸쓸한 감성과 심리를 적절하게 반응한다. 이 영화의 시나리오를 쓴 백결은 "플롯보다는 영과 육의 갈등에서 방황하는 문정숙의 미묘한 심리 묘사에 주목"했고, 이를 위해 "텅 빈 서울역 광장, 직립해 있는 가로수, 숲의 흔들림, 불꺼진 가로등, 회전을 멈춘 축음기, 비 개인 새벽하늘 등에 보다 많은 영화적 언어가 숨어 있다"라고 이야기한다.

〈귀로〉에서 가장 중요한 건 여주인공 지연의 심리 상태이다. 그녀는 육체적인 사랑과 정신적인 사랑 사이에서 갈등하고 있다. 전쟁으로 성불구가 된 남편을 보살피는 그녀의 부부 관계에 대한 허기진 욕망은 손톱을 물어뜯거나 두 손을 깍지 끼는 행동을 통해 직접적으로 묘사된다. 성적 욕구 불만으로 인한 무의식적인 행위를 일상생활 속에서 포착한다. 이런 그녀의 심리적인 갈등은 도시와 집안의 대비를 통해 더욱 또렷하게 드러난다. 지연이 생활하는 공간은 크게 두 군데이다. 남편과 함께 살고 있는 답답한 공간인 집, 그리고 남편의 원고를 대신 전해주기 위해 다니는 곳, 강 기자를 만나는 곳, 근대화가 이뤄지는 공간이 도시이다. 도심의 모습은 집안과 극명한 대조를 이루면서 더욱 극화된다. 이렇게 근대화의 공간인 도시, 전통의 공간인 집안의 대비는 남편과 강 기자, 신념과 욕망, 근대와 전통 사이에서 고뇌하는 지연의 심리를 묘사하는 시각적인 장치로 기능한다. 여기에 지연 역할을 맡은 문정숙의 과잉되지 않은 연기까지 더해지면서 〈귀로〉는 기존의 통속적이고 신파적인 멜로드라마에서 한 발 더 발전했다는 평가를 받았다. 그녀의 사실적인 연기와 대사를 줄이고 영상미를 강조한 영화 기법을 통해 이만희가 추구하고자 했던 주인공의 심리 묘사를 통한 이야기화가 구현되는 것이 가능했다.

〈만추〉와 〈귀로〉에서 여성의 심리 묘사에 주력한 이만희는 〈휴일〉에서는 남성의 심리에 주목한다. 이 영화의 중심 서사는 일요일을 함께 보내는 남녀의 가난한 데이트 이야기이다. 일요일 아침부터 밤까지, 단 하루 동안 벌어진 그들의 데이트 서사는 기존의 스토리텔링 방식대로라면 영화 한 편을 채우기에 매우 부족한 시간적 배경이다. 이만희는 가난한 연인의 심리, 연인의 임신중절수술비용을 마련하기 위해 동분서주하는 남자의 모습과 그의 심리를 치밀하게 쫓아가며 영화 〈휴일〉의 서사를 빈틈없이 풍성하게 채워나간다.

〈휴일〉의 남자 주인공 허욱은 가난해 보이지 않는 일명 '귀티'가 흐르는 외모의 소유자이다. 또한 스스로 가난해 보이는 것을 극도로 싫어하는 성정의 소유자이다. 무일푼의 백수인 허욱은 허영심에 가득한 젊은 남성이다. 이런 허욱의 성격은 빠르게 변화하는 근대화된 도시, 물질만능주의 세상에서 결코 뒤쳐지고 싶지 않은 강한 승부욕을 표현하는 또 다른 기제로 작용한다. 그는 택시를 탈 충분한 돈이 없는데도 택시를 잡아탈 뿐만 아니라 가게에서 산 담뱃값까지 택시기사에게 물게끔 거짓말을 능숙하게 한다. 여기에서 그치는 게 아니라 담배에 불을 붙이기 위해 찾은 공사장에서 인부들에게 사기로 획득한 담배를 하나씩 나누어 주는 여유로움까지 보인다. 허욱의 이러한 허영심의 밑바탕에는 결핍이 존재한다. 그리고 이러한 결핍은 그에게 라이터가 없다는 사실로써 줄곧 강조된다.

허욱은 연인의 수술을 위해 허영심을 잠시 접어두고 친구들에게 돈을 빌리러 다닌다. 하지만 번번이 실패하고 결국 친구의 집에서 돈다발을 훔치고 만다. 이렇게 큰돈을 한 번에 얻은 허욱의 허영심은 그 돈을 수술비용으로만 쓰지 않는 것으로 드러난다. 그는 지연이 수술을 받는 동안 낯선 여자와 함께 밤새도록 술을 마시는 데 돈을 쓴다. 그리고 허욱과 여자가 공사장 건물에 정사를 펼칠 때 교회 종소리가 경고하듯 울려 퍼진다. 이는 그의 허영심과 방종에 대한 경고이다. 그리고 그는 지연의 죽음으로 응징을 받게 된다.

허욱의 허영심, 근대 문명에 편입하고자하는 갈망, 연인에 대한 사랑과 죄책감은 대사나 스토리가 아닌 라이터, 종소리, 도둑질, 택시, 앙상한 겨울나무로 묘사되고 된다. 애인의 아이를 임신했지만 낳아 기를 형편이 안 되어 임신중절을 하기로 하고, 그마저도 몸이 약해 죽어버린 인물, 지연도 근대화된 사회, 도시에 편입하여 안락하게 살고 싶어하는 인물이다. 그녀의 소망은 빨간 벽돌집에서 남편과 아이 셋을 낳고 사는 것이다. 하지만 가난한 그녀는 할 수 있는 게 없다. 가난한 연인의 아이를 가진 지연은 그가 돈을 가지고 오길 기다릴 뿐이다. 소극적이고도 외로운 그녀의 심리는 돈을 구하기 위해 떠난 허욱을 기다릴 때 불어 닥친 모래 강풍으로 표현된다. 그녀를 매섭게 감싸는 바람은 그녀와 뱃속의 아이의 죽음을 암시하고 있다. 그리고 그녀의 소망은 결국 좌절되고 말 것임을 강한 모래 바람이 보여준다.

〈사진 1. 영화 '휴일'〉

이렇게 공원에 불어대는 흙먼지 바람과 바람에 날려 흩어지는 휴지 조각들은 현재 가진 것도 없고 뚜렷한 삶의 목표도 없으며 방향 감각마저 상실한 듯 보이는 허욱, 그리고 미래에 대한 확신도 연인에 대한 기대도 할 수 없는 여자의 우울함을 효과적으로 표현한다. 흙먼지가 날리는 황량한 공원의 정경이야말로 근대 사회에서 소외된 젊은이들의 심리를 대변하고 있는 것이다.

〈휴일〉의 주배경은 앙상한 겨울나무의 가지가 바람에 흔들리는 모습, 모래 바람이 날리는 생기를 잃은 공원, 노동자들이 전부 빠져 나간 채 도심 한 복판에 방치되어 있는 공사 현장이다. 이러한 배경은 가난하고 암울한 시대, 젊은이들은 일자리가 없고 여유도 여가도 없는, 그래서 휴일에도 마음 놓고 쉴 수 없는 황폐한 허욱의 심리이다.

이만희의 세 편의 멜로 영화를 살펴본 결과 그는 스토리텔링이나 대사 대신 주로 영상으로 승부하고 싶어한다. 그리고 이런 영상을 통해 주인공들의 심리를 디테일하게 묘사하여, 서사를 더욱 풍성하게 만들어 관객들이 영화를 단순히 '보고 즐기는' 것에 그치는 게 아니라 '생각하며 즐기는', 즉 능동적인 감상을 가능하게 한다. 주인공들의 심리가 녹아있는 장면을 통해, 플롯을 이어나가고, 그를 통해 한 편의 영화를 만들어낸 이만희의 뚝심이 있었기에 우리 영화의 모더니즘은 진일보할 수 있었다.

3. 전통과 모던의 충돌

〈만추〉의 첫 장면은 창경원이다. 한 여인이 카키색 트렌치코트를 입고 천천히 걸어와 낙엽이 깔린 벤치에 조용히 앉는다. 그녀는 우수에 가득 찬 눈빛으로 고궁을 둘러본다. 그녀는 막 교도

소를 출감한 여주인공 혜림이다. 무심한 얼굴로 고궁의 가을 풍경에 젖어 있는 그녀의 얼굴 위에 한 남자의 독백이 겹쳐진다.

"가을이 왔다. 가을과 함께 여자도 왔다. 아직 남자는 오지 않았다."

그렇게 앉아 있는 여자의 모습에 기차의 기적 소리와 덜커덩거리는 바퀴 소리가 점점 크게 들리며 영화는 1년 전으로 돌아간다. 모범수인 여주인공 혜림은 사흘 간 특별 휴가를 얻어 어머니의 무덤이 있는 인천으로 가기 위해 기차에 몸을 싣는다. 감옥 안에서 바라보던 철창 밖의 풍경과는 너무도 다른, 살아서 움직이는 생동감 있는 풍경에 그녀는 자신이 살아있음을 새삼 실감한다. 그리고 그녀는 그 열차에서 한 남자를 만난다. 신문지로 얼굴을 가린 채 자신의 맞은편에서 잠을 자고 있던 그 남자는 쫓기고 있다. 살인 누명을 쓴 남자는 경찰에게 쫓기는 신세이다. 두 사람은 그렇게 '쫓김'이라는 공통점을 가지고 있다. 여자는 사흘간이라는 시간에 쫓기고 남자는 범죄자라는 현실에 쫓긴다.

두 사람은 근대화된 사회에 편입될 수 없는 개인들이다. '수감자'인 그녀와 '수감자가 될' 그는 사회에 속할 수 없는 존재들인 것이다. 두 남녀는 끊임없이 근대 사회로 들어가고 싶어한다. 또한 도시 속으로 들어가려고 발버둥친다. 아이러니하게 그들이 근대화된 도시로 들어가고자 하는 통로는 전통을 상징하는 창경원과 어머니의 무덤이다. 모범수인 혜림이 가장 먼저 찾아가는 곳은 바로 어머니의 무덤이다. 그리고 두 사람이 마음을 열고 가까워진 장소 역시 이곳이다. 남자는 여자를 따라 내린다. 두 사람이 도착한 곳은 잡초가 무성한 무덤이다. 무덤 앞에서 절을 하는 그녀를 바라보며 그도 함께 절을 올린다. 남자의 엉뚱함에 여자의 슬픔은 사라지고 그렇게 두 사람은 가까워진다. 서로 마음을 나눈 두 사람이 가는 곳은 바로 창경궁이다. 그리고 그들은 사흘 후에 헤어지며 다시 이곳에서 만나기로 한다. 내년 11월 1일 창경원 나무 아래 벤치에서 만나기로 하는 것이다.

세상과 단절되어 있는 감옥에서 지냈던 그녀, 세상 속에 살지만 사람들의 관계에서 단절된 그들은 근대화된 도시 속에서 숨을 공간을 찾아 헤맨다. 그리고 그곳은 바로 '어머니의 무덤'과 '창경궁'으로 대변되는 '전통'의 공간이다. 하지만 그런 전통은 힘이 없다. 그녀를 보호해줄 어머니는 이미 죽고 없다. 잡초가 무성한 무덤으로만 존재할 뿐이다. 그곳은 더 이상 그녀에게도, 그에게도 위안이 되지 않는다. 창경원도 마찬가지이다. 첫 장면에서 추억을 회상하며 그 약속을 믿고 기다렸던 여자의 희망이 바로 창경궁이었다. 하지만 남자가 감옥에 갇히며 약속을 지키지 못하게 되자, 창경궁에 담긴 '희망'은 허무하게 사라져버린다. 인적도 끊긴 고궁 벤치에는 바람과 낙엽만 뒹군다. 고궁 담 너머로 황혼이 진다. 쓸쓸한 고궁의 풍경 위로 안내원의 방송이 들린다.

"곧 폐문하겠사오니 아직도 원내에 계신 분들은 속히 나가주시기 바랍니다."

더 이상 기다릴 수 없는 여자는 힘없이 창경원을 빠져나간다. 이제 더 이상 창경원은 그녀에게 따뜻하고 아름다운 공간이 아니다. 차가운 도시 문명으로부터 두 사람은 어머니의 무덤과 창경원이라는 전통의 공간 속에서 위안과 희망, 사랑을 찾고자 하지만 결국 그것도 거부되고 만다. 근대화된 사회 속에서 전통은 그만큼 큰 힘을 발휘하지 못하는 것이다. 이만희 감독은 근대화된 도시 속에서 더 이상 전통으로부터 희망과 위안을 받기는 힘들다는 것을 〈만추〉에서 이야기한다.

〈귀로〉에서 전통과 모던의 충돌은 직설적이지는 않지만 명시적으로 드러난다. 성불구자인 동우의 행동은 약한 남성(전통) 주체가 결국엔 직접적인 서사를 이끌 수 없다는 것을 의미하고 있다. 성불구인 자신을 자책하면서도 부인에게 고마움과 미안함을 가지고 있는 동우는 그런 마음을 자신의 소설로 끌어들인다. 그러나 외도를 선택하는 소설 속 인물, 즉 허구의 주체와, 실제 주체인 아내를 수용하는 데서 그는 실패한다. 동욱은 허구와 현실 사이를 합리적으로 구분해내지 못하는 연약한 남성 주체인 것이다. 전통과 모던 양쪽 사이에서 어느 쪽으로도 결정을 내리지 못한 채 지연은 침대 위에서 시체처럼 누워있다. 그리고 결국 그녀는 죽음을 택한다. 이러한 지연의 선택은 이 영화에서 매우 중요한 모더니즘의 기표라고 할 수 있다. 양쪽 어느 것도 수용하지 못한 채 결국 극단적인 죽음을 선택하는 그녀의 모습에서 현대 사회의 불안이라든가 우울증의 정서를 엿볼 수 있기 때문이다.

〈귀로〉에서 드러나는 동우와 지연의 갈등의 근본적인 원인은 '한국 전쟁'이다. 전쟁은 극심한 인구 변동을 낳았고, 이는 봉건적 질서와 가치들을 함께 무너뜨리는 기폭제가 되었다. 아울러 전쟁의 극단적인 폭력 앞에서 개인이 가진 경제적·신분적 정체성들이 정치적인 선택에 따라 극단적인 변화를 겪게 되었다. 전통과 과거의 가치가 무너지고 그 대신 미국 문화가 빠르게 그 빈 공간을 채우게 된다. 시기적으로 1960년대 한국 사회는 전쟁으로 인해 가부장제의 위기뿐만 아니라 남성 신체의 위기까지 불러오는 전통 질서의 혼돈의 시기가 될 수밖에 없었다. 남편 동우는 이런 한국 전쟁이 준 가부장제와 남성, 즉 전통의 위기와 자연스럽게 연결된다. 불구가 된 그의 신체는 전쟁이 남긴 전통의 상처이고, 그로 인해 남편의 역할을 제대로 수행해낼 수 없게 된 것은 가부장제의 해체와 연결된다. 전통의 권위가 약해지면서 새롭게 고개를 들고 있는 당대의 모던과의 충돌은 더 이상 피할 수 없게 된다. 동우는 개를 총으로 쏘아 죽이면서 무너져가는 권위를 회복하고자 하지만, 시대가 변하며 그의 힘은 그저 발버둥에 불과한 것이 된다. 지연이 그를 선택하고 가정으로 돌아오지만, 침대에서 그를 외면한 채 죽음을 맞이하는 〈귀로〉의 결말은 결국 '전통'이 모던과 충돌해서 권위를 잃고 무너진다는 것을 의미한다.

공동체에서 벗어나 개인적인 멜로를 중심으로 그려낸 〈귀로〉 속의 가족은 해체된 모습을 보여준다. 점점 붕괴되고 해체되는 가족 속에 존재하는 지연이지만 결국 그녀는 다시 가족으로 돌아올 수밖에 없는 여성의 위치에서 벗어나지 못한다. 집이라는 공간으로 이해되는 남편과 도시의 공간으로 이해되는 강 기자 사이에서 고뇌하던 지연이 결국 욕망을 뿌리치고 남편을 택한다. 불구자이지만 남편이라는 기표를 쉽게 저버릴 수 없기 때문이다. 하지만 남편에게 돌아가 눈물을 흘리며 용서를 구하는 대신 그녀는 침대에 누워 죽음을 택한다. 그 침대에는 남편은 없이 그녀 혼자 존재할 뿐이다. 이런 모습은 연약한 주체이고, 흔들릴 수밖에 없는 주체이고, 결국 전통 앞에서 무릎 꿇을 수밖에 없는 모던의 주체인 그녀가 할 수 있는 마지막 힘이다. 가족, 남편의 곁으로 다시 돌아왔지만 결코 그와 공존할 수 없는 지연의 존재는 결코 함께 할 수 없는 전통과 모던의 충돌의 모습을 보여준다. 이렇게 〈귀로〉가 표현하고 있는 완전할 수 없는 부부관계는 연약한 도시(여성) 주체, 그리고 전쟁을 극복하지 못한 남성(전통)의 불안을 또렷하고 극명하게 표현한다.

〈휴일〉에서는 물질화된 세계, 즉 근대화된 세상과 그 속에서 부속물로 존재할 수밖에 없는 인간의 불편한 관계를 보여준다. 점점 근대화되어가고 있는 세상과 전통을 의미하는 인간과의 충돌, 물질과 비 물질의 충돌을, 사랑, 빈부격차, 돈이라는 기표를 통해 드러내고 있는 것이다.

허욱과 지연, 허욱과 친구들, 허욱과 익명의 여자, 허욱과 지연의 아버지까지 영화 속에 등장하는 인물들의 관계는 모두 부정적이다. 허욱의 불안은 내면적으로 당대의 주체의 불안이라 할 수 있다. 이런 불안의 주체는 도시의 세상, 근대에 편입하지 못한 채 방랑할 수밖에 없다. 영화가 시작된 순간부터 허욱은 방황하고 충동적으로 행동한다. 이성보다 감성적으로 행동하는 그는 '모던적 감수성'의 소유자이다. 허욱의 여자 친구 지연이 아이를 갖는 것 역시 감성이 앞선 행동의 결과물이다. 그들은 아이를 가질 만큼 여유로운 형편이 아니다. 아니 여유롭다는 단어도 사치로 느껴질 만큼 가난한 상황이다. 하지만 현실을 직시하는 이성보다는 사랑이라는 감성에 치우쳐 지연은 임신한다. 허욱은 중절수술 비용을 위해 친구의 돈을 훔쳐 달아나는 행동으로 이성적 판단이 결여된 모습을 연속하여 보여준다. 지연이 수술을 받으러 들어가고 허욱이 공허한 마음에 술집에서 만난 여자와 공사장에서 정사를 벌이는 장면 또한 매우 감정적이다. 그때 휴일이 끝남을 알리는 12시의 종이 울리면서 허욱은 마치 신데렐라가 된 듯 다시 정신을 차리고 여인을 공사장에 내버려둔 채 병원으로 뛰어간다. 이렇게 영화가 끝날 때까지 허욱은 이성보다 감성에 치우친 방랑자로 존재한다. 방랑자로서의 도시 주체는 자본주의적 구도에서 밀려나 있고, 철저히 불편한 인간관계 속에서 물질성을 획득하지 못한 채 정서에 호소할 뿐이다.

이만희 감독의 〈휴일〉은 1968년이라는 묘한 시기에 만들어진 영화다. 당시 한국에서는 박정희가 5대 대통령으로 재선된 뒤 3선을 위한 개헌의 포석을 깔고 있었다. 자본주의가 밀어 닥치며 산업이 급속도로 성장하기 시작했지만, 문화 및 언론은 반공 및 경제 발전이라는 이데올로기 아래서 극심한 억압을 받았다. 〈휴일〉도 이런 정권의 억압에서 자유로울 수 없었다. 내용이 지나치게 '퇴폐적이며 비윤리적'이라는 이유로 시나리오 수정을 요구받았고, 결국 개봉까지 이뤄지지 못했다. 이런 억압을 받기까지는 남자 주인공 허욱이란 인물이 큰 역할을 했다. 하루 종일 거리를 배회하는 〈휴일〉의 허욱은 당대 현실이 요구하는 남성성과 거리가 멀었다. 그는 경제적 떳떳함의

징표라고 볼 수 있는 규칙적인 노동을 하지 않고 있었다. 이렇게 일도 하지 않는 그가 정착의 생활을 구현할 수 없음은 당연할 일이었다. 이런 점에서 허욱은 사회적 기준에는 한참이나 모자란 남성으로 묘사된다. 거기에 더해 그는 퇴폐적이고 때로는 허세 가득한 모습으로까지 그려진다. 사회적 기준에 미달되는 그의 남성성은 사랑하는 여자와 그 사이에서 잉태된 아이를 책임지는 가장이 될 수 없는 경제적 무능의 지점에서 허물어지고 해체된다. 근대화에서 밀려난 남성(주체)은 더 이상 예전에 가지고 있던 권력을 누릴 수 없다. 이는 자연스럽게 '전통'과 '모던'의 충돌로 이어진다.

허욱은 영화 〈귀로〉에서 한국전쟁의 상처 때문에 불구가 된 남편 동우와 자연스럽게 오버랩된다. 전쟁 때문에 신체적으로 상처를 입어 남성 구실을 할 수 없게 된 동우가 부인 앞에서 자신의 권력을 상실해간다. 허욱은 동우와 달리 신체적으로는 건강해서 자신의 아이를 갖게 된다. 하지만 자본주의 사회에서 가장 필요한 '돈'과 '노동력', '직장'을 가지고 있지 못해 자신의 권력을 잃어버린다. 이는 결국 남성이란 이름으로 대변되는 전통이 빠르게 변하는 '근대'에 적응하지 못하면 새로운 '모던'과 충돌하게 되고, 결국 그 힘을 잃어버리고 만다는 것을 의미한다.

5. 결론

많은 평론가와 영화 담당 기자들은 이만희의 영화에 관심을 가졌고 호평을 아끼지 않았다. 하지만 그는 그들의 이야기에 큰 관심을 두지 않았다. 이만희 감독은 영화를 학문적이고 학술적인 예술이 아닌 실용적이고 대중적인 예술이라고 보았고, 영화는 이론이 아니라 실제라고 생각했기 때문이다. 이런 그의 태도는 작품 속에 고스란히 나타난다. 그는 어떠한 전형이나 영화적인 이론과 기술에 얽매이지 않고 새롭고 다양한 실험을 작품 속에서 끊임없이 구현했다. 이만희 감독의 많은 작품과 장르 중에서도 멜로영화 〈만추〉, 〈귀로〉, 〈휴일〉은 기존의 스토리텔링 위주의 서사에서 벗어나 개인의 심리 묘사에 중점을 두고 있다. 또한 전통과 모던 사이에서 방황하는 등장인물들의 갈등을 통해 이전까지 인류 보편적 감성으로 표현된 '사랑'을 개인의 것으로 치환시키는 데 성공했다. 그리고 이는 이만희 감독만의 모더니티를 확립시킨다. 그의 작품에서 드러난 모더니티는 천편일률적이고 매너리즘에 빠져있던 신파조의 1960년대 기존 멜로 영화에 지친 관객들에게 신선한 자극을 주기에 충분했다. 이만희 감독의 작품 속에서 볼 수 있는 가난과 고독과 허무에 젖어 있던 선남선녀들의 방황과 탈출을 꿈꾸는 몸부림은 급변하는 근대 도시에서 소외되고 상처받은 대중들에게 위안을 주었다. 당시 대중들은 이만희 영화 속 주인공들에게 자신의 모습을 투영했던 것이다. 이는 멜로 영화가 관객들이 울고 웃으며 즐기는 데에서 한 단계 더 나아가 현 사회를 비판할 수 있는 역할까지 하게 되었다고 할 수 있다. 이만희 감독의 이러한 모더니

티는 당대의 작품뿐만 아니라 현 시대 우리 영화를 포함한 대중 예술이 나아갈 길을 제시해준다. 그 어떤 전형이나 형식, 이론에 얽매이지 않고 끊임없이 새로운 시도와 실험을 바탕으로 한 자유로움, 그리고 그 속에 당대 사회를 비판하는 서늘한 시선까지 놓치지 않는 이만희 감독이야말로 우리가 배워야 할 진정한 '모더니티'이자 '근대적 미의식'이기 때문이다.

김영성

1978년 부산 출생. 한남대학교 문예창작학과 박사과정 수료(문학박사). 현재 한남대학교 강사.

한남문학 60년사

김지숙

1. 들어가며

한남대학교의 역사는 1956년 3월, 미국 남 장로교 세계선교부 한국선교회 유지재단(이사장 인돈 William A. Linton)이 4년제 '대전기독학관'을 설립하면서 시작되었다. 개교 당시 성문학과 120명, 영어영문학과 120명, 화학과 120명 등 총 360명의 학생들로 출발하였는데, 현재는 학생 수가 17,720명(2017. 4. 1. 재적생 기준)에 이르는 대학으로 성장하였다.

학교의 발전과 더불어 한남대학교 출신 작가도 다수 배출되었다. 1959년, 우리대학 1호 작가로 알려져 있는 오승재 소설가의 《한국일보》 신춘문예 등단을 시작으로 한남대학교 출신 작가는 현재 200여 명에 이른다.

전국 각지의 문단에서 활동하는 한남의 문인들이 한 자리에 모인 것은 1996년 4월 27일이었다. 당시 국어국문학과 박요순 명예교수를 중심으로 60여 명의 동문 작가들이 모여 동문 간 결속력을 바탕으로 진취적인 문학 활동을 이어나가고자 '한남문우회 창립총회'를 가졌다. 이후 '한남문우회'는 1대 회장 도한호 · 2대 회장 신익호 · 3대 김완하 현 회장을 주축으로 우리 대학 출신 문인들의 발전을 공동으로 모색하기 시작하였다.

'한남문우회'가 본격적인 활동을 전개해 나가면서 1998년 7월에는 한남대학교 출신 문인들의 작품을 모아 『한남문학』 창간호를 발행하였다. 『한남문학』의 창간은 한남문인의 응집력을 도모하고 문학적 발전을 함께 실천할 수 있는 문학의 장을 만들었다는 점에서 의의가 있다. 뿐만 아니라 앞으로 성장해 나가는 회원들의 문학적 성과를 충실히 담으면서 한남문학의 역사를 기록 할 수 있는 가능성을 열었다. 현재 『한남문학』은 2집(2003년 12월) · 3집(2006년 10월) · 4집(2012년 12월) · 5집(2015년 12월)으로 이어졌다.

2006년에는 한남대학교 개교 50주년을 맞이해 '한남문인상'이 제정되었다. 이은봉(운문 대상) · 한창훈(산문 대상) · 윤선아(젊은작가상)가 제1회 수상의 영광을 안았으며 이후 2016년에는 한남대학교 개교 60주년을 맞아 회원들의 적극적인 의지와 중지가 모여 2017년 『한남문학선집』을 발행하게 되었다.

이러한 흐름 속에서 60여 년 동안 꾸준하게 한남 문학의 명맥을 이어온 작가들이 문단 활동을 시작하였던 시기의 기록을 모아 '한남문학 60년사'를 정리한다. 우리 대학 출신 문인들을 한 명 한 명을 소개하고 조명하는 것이 옳겠지만 부득이 1959년 1월부터 2017년 9월까지 본격적인 작품 활동을 시작한 문인 중 『한남문학선집』에 작품이 수록된 작가를 대상으로 했다는 점을 미리 밝힌다.

2. 한남문학의 형성(1950~70년대)

한남문학의 역사는 1950년대부터 시작되었다. 이 시기 한국 사회는 매우 혼란스러웠다. 1950년 6·25전쟁이 시작되면서 이데올로기에 대한 고민과 이로 인한 사회적 갈등이 최고조에 달하였다. 특히 대전은 문자 그대로 쑥대밭이었는데, 전쟁의 참혹한 피해 현장 속에서도 대전의 문인들과 서울에서 피난 온 문인들이 교류하며 활약하던 시기이기도 하였다. 대전에서는 1951년 11월 11일 공식적인 창립 행사를 가지면서 '호서문학회'가 만들어졌고 현재 이 단체는 한국 최고(最古)의 종합문학단체로 평가받고 있다.

1955년에는 '한국문학가협회 충남지부'가 결성되었다. '호서문학회' 회원 중 중앙문단에 등단한 작가들이 '호서문학회'를 탈퇴하고 '한국문학가협회 충남지부'에 합류하면서 대전 문단은 분열 양상을 보이고 있었는데, 대전 문단의 이러한 혼란한 분위기 속에서 한남대학교 역사의 시작인 '대전기독학관'이 설립되었다.

'대전기독학관'이 정규 4년제 대학으로 승격된 것은 1959년 4월의 일이었는데, 그 해 1월은 한남문학의 역사가 태동한 시기이기도 하다. 수물과 오승재의 소설 「제3 부두」가 《한국일보》 신춘문예에 당선된 것이다. 1933년 전라남도 강진군에서 출생한 오승재 작가는 이후 미국 북텍사스주립대에서 박사학위를 취득하고 모교 교수로 재직하다 1998년 정년퇴임을 한 작가로, 『아시아제』·『급매물 교회』·『신 없는 신 앞에』 등 4권의 작품집과 9권의 에세이집 그리고 4권의 번역집을 펴냈다. 한국문학비평가협회 작가상과 한국장로문학상을 수상하였으며 '북한의 계관시인'으로 불리는 오영재 시인의 형으로도 알려져 있다. 이러한 실적으로 오승재 소설가는 제11회 한남문인상 특별상을 수상하였다.

1959년 4월에는 '대전기독학관'이 '대전대학'으로 교명을 변경하였고 이후 4·19 혁명과 5·16 군사 정변으로 시작되는 1960년대가 이어졌다. 문단에서는 전쟁이라는 비극적 체험과 이데올로기의 격심한 대립으로 혼란스러웠던 사회 현상을 작품에 담아내려는 노력과 언어 형식의 실험 등을 통해 새로운 창작기법을 실현하려는 분위기가 형성되고 있었다. 동시에 문학의 전통과 순수를 지키려는 움직임도 나타났는데, 이처럼 한국 문단이 다양한 흐름 속에 전개되었던 1960년대 한남문학사의 시작을 알린 것은 도한호 시인이다.

1939년 경상북도 경주 출생인 도한호 시인은 1962년 9월부터 《중도일보》에 매주 1편씩 40~50편의 시 작품을 발표하며 작가 활동을 시작하였는데 이후 1983년 『월간문학』 신인상을 수상하기도 했다. 『감격시대』・『나무를 심으며』・『언어유희』 등의 작품집을 출간하였으며 2008년에는 한남문인상 대상을 수상하였다.

1964년 1회 추천을 시작으로 1969년 3회 추천을 완료한 이운룡 시인은 1937년 진안 출생으로 『현대문학』을 통해 등단하였다. 이후 문학평론가로도 활동한 그는 『이운룡 시선집』 외 단행본 15권, 이론서 11권을 냈으며 한국문학평론가협회상, 월간문학 동리상, 조연현문학상, 한성기문학상, 대한민국향토문학대상, 전라북도문화상 등을 수상하였다. 전북문학관장을 역임하였으며 우리 대학 국어국문학과 대학원을 졸업하였다.

1970년대에 들어서 우리대학은 당시 '소수 정예의 질적 교육'이라는 설립목적과 이념이 동일했던 서울 소재 숭실대학과 통합을 진행하였다. 그리고 숭실의 '숭' 자와 대전의 '전' 자를 모아 교명을 '숭전대학교'로 변경한다. 한국 최초 양 캠퍼스 체제의 시작이었다.

그 즈음 한남 문단에서는 계속해서 시인들의 활약이 눈에 띄었다. 1973년 『월간문학』을 통해 허형만 시인이 문단 활동을 시작하였는데 시집으로 『영혼의 눈』・『불타는 얼음』・『가벼운 빗방울』 등 15권을 펴냈다. 한국예술상, 펜문학상, 한국시인협회상, 영랑시문학상, 인산문학상 등을 수상하고 현재 목표대학교 명예교수이다.

1976년에는 권선옥 시인이 『현대시학』을 통해 등단하였다. 같은 해 정순량 시인은 《대구매일》과 『시조문학』 천료를 통해 작가의 길로 들어서게 된다. 1978년에는 『현대시학』을 통해 우리 대학 출신 두 명의 시인이 배출되었는데, 바로 구재기 시인과 이관묵 시인이었다. 다음 해인 1979년에는 『현대문학』을 통해 정진석 시인이 창작 활동을 시작하였다. 정진석 시인은 이후 1986년 『월간문학』 평론 부문에 당선하면서 문학평론가의 길을 걷기도 하였다.

1950~1970년대 등단 문인

연도	이름	장르	지면
1959	오승재	소설	한국일보
1961	도한호	시	중도일보

1969	이운룡	시	현대문학
1973	허형만	시	월간문학
1976	권선옥	시	현대시학
1976	정순량	시	대구매일
1978	구재기	시	현대시학
1978	이관묵	시	현대시학
1979	정진석	시	현대문학

3. 한남문학의 성장(1980년대)

1980년대를 이야기할 때 빼놓을 수 없는 것이 5·18 광주 민주화 운동이다. 광주시민과 전라남도민이 중심이 되어 민주 정부 수립과 전두환 보안사령관을 비롯한 신군부 세력의 퇴진 그리고 계엄령 철폐 등을 요구하면서 한국 사회는 억압에 대한 저항을 실천하고 민주화에 대한 강한 의지를 드러내게 된다. 이러한 과정 속에서 사회적 분노와 좌절 그리고 절망감이 극대화되고 동시에 우리 앞에 야기된 비극적 상황을 극복하려는 움직임이 끊임없이 나타났다.

우리 대학도 이 시기 새로운 국면을 맞는다. 1980년 캠퍼스의 봄을 맞이하여 숭전대학교 서울 캠퍼스와 대전 캠퍼스가 분리를 주장하여 성취하였다. 그리고 1982년 12월, 지역사회와 구성원들의 요구에 의해 '학교법인 대전기독학원'을 설립하고 교명을 '한남대학'으로 변경한 것이다. 곧이어 1985년 11월에는 종합대학으로 승격하여 지금의 '한남대학교'로 인가를 받게 되었다.

문학에서도 새로운 움직임이 나타나기 시작하였다. 신군부세력의 언론통폐합조치로 『창작과비평』·『문학과지성』 등 문학잡지들이 강제 폐간되었고, 기존 문예지가 보수적이라는 생각을 갖는 작가들이 나타나기 시작하면서 무크지 운동이 전개된 것이다. 책과 잡지의 성격을 동시에 지닌 부정기간행물인 무크지는 강한 현장성과 기동성 그리고 문화 게릴라적 성격을 바탕으로 작가들의 현실에 대한 비판정신과 진보적 이념을 담기 시작하였다.

이 시기 한남 문단에는 『실천문학』·『삶의문학』 등 무크지를 비롯한 다양한 문예지를 통해 작품 활동을 시작한 작가들이 늘어나면서 오늘날 한남문학사를 성장시키는 원동력이 된다. 1981년에는 다섯 명의 문인이 등장하는데, 『월간문학』의 김상환 시인·『충청일보』의 김석환 시인·『현대문학』의 변재열 시인·『현대문학』의 신익호 문학평론가·『창그리고벽』의 전인순 시인이다. 눈에 띄는 것은 문학평론가의 등장인데, 1980년대 한국 문단은 '비평의 시대'라 불릴 만큼 비평 문학이 활성화된 시기이기도 하였다. 1970년대까지만 해도 문학비평은 몇 몇의 경우를 제외하고는 대부분 외국문학을 전공한 사람들이 중심이 되어 있었다. 그러다 1980년대에 들어 국문학 전

공자들의 평론 활동이 시작되고 무크지를 비롯한 다양한 문예지들의 등장으로 작품 발표 지면이 확대되면서 신진 평론가들의 활동이 활성화되었다.

1982년에는 『호서문학』을 통해 김명아 시인이 작품 활동을 시작하였고, 이어 1983년에는 강병철 소설가와 김미영 소설가가 『삶의문학』으로 등단하였다. 같은 해 김영호 문학평론가는 창비에서 펴낸 『한국문학의 현단계Ⅲ』에 작품을 발표하면서 본격적인 평론활동을 시작하였다. 그리고 이 시기 한남 문단에는 아동문학이 등장하였는데, 1983년 『아동문예』를 통해 아동문학가 박진용이 작가로서의 길을 걷는다. 같은 해 연용흠 소설가는 《중앙일보》를 통해 등단하며 한남문학사의 시작을 알린 오승재를 비롯하여 강병철·김미영으로 이어지는 소설사의 명맥을 이어나갔고 이은봉 시인·이재무 시인·전무용 시인·조기호 시인·채진홍 소설가는 『삶의문학』에서 문학적 역량을 펼쳐나갔다. 주목할만한 점은 『삶의문학』을 통해 많은 작가들이 배출되었다는 것인데, 당시 『삶의문학』은 1978년 창간되어 1982년 4호로 종간한 『창그리고벽』의 정신을 계승하며 대전·충남 지역의 현실주의 문학을 이끌어나가고 있었다. 그리고 이러한 문학적 흐름의 중심에는 우리 대학 출신 작가들의 활약이 있었던 것이다.

1984년에는 백남천 시인이 『월간문학』·윤중호 시인이 『실천문학』·황재학 시인이 『삶의문학』으로 등단하였고, 1985년에는 신웅순 시조시인이 『시조문학』·안용산 시인이 『좌도시』·김영숙 시인이 『시문학』을 통해 작품 활동을 시작하였다. 1985년은 《대전일보》가 대전 지역 최초로 신춘문예 작품을 공모하여 당선자를 배출하던 해였는데, 이는 우리 대학 출신들이 지역 신문사를 통해 작품 활동을 시작하는 계기가 되기도 하였다.

1987년에는 김완하 시인이 『문학사상』으로 등단하며 현실의식을 바탕으로 서정성을 추구하는 신서정의 작품을 발표하기 시작하였고, 같은 해 박순길은 『시문학』을 통해 한남의 시문학사를 이어나갔다. 이어 서울올림픽대회가 열렸던 1988년에는 김광순 시조시인이 《충청일보》로 등단하였으며 1989년에는 『한맥문학』에 문희봉 시인·『심상』에 송계헌 시인·『실천문학』에 이강산 시인·『시와의식』에 이돈주 시인이 등단하며 1980년대 한남문학사 성장의 주춧돌이 되었다.

1980년대에는 희곡 장르에서의 활동도 눈에 띄는데, 이 시기부터 도완석 극작가는 지역 연극 활성화를 위해 노력하며 100여 편의 연극을 연출하고 드라마와 희곡을 집필하는 등 활발한 활동을 펼쳐오고 있다.

1980년대 등단 문인

연도	이름	장르	지면
1981	김상환	시	월간문학

1981	김석환	시	충청일보
1981	변재열	시	현대문학
1981	신익호	문학평론	현대문학
1981	전인순	시	창그리고벽
1982	김명아	시	호서문학
1983	강병철	소설	삶의문학
1983	김미영	소설	삶의문학
1983	김영호	문학평론	창비
1983	박진용	아동문학	아동문예
1983	연용흠	소설	중앙일보
1983	이재무	시	삶의문학
1983	전무용	시	삶의문학
1983	이은봉	시	삶의문학
1983	조기호	시	삶의문학
1983	채진홍	소설	삶의문학
1984	백남천	시	월간문학
1984	윤중호	시	실천문학
1984	황재학	시	삶의문학
1985	신웅순	시조	시조문학
1985	안용산	소설	좌도시
1985	김영숙	시	시문학
1987	김완하	시	문학사상
1987	박순길	시	시문학
1988	김광순	시조	충청일보
1989	문희봉	시	한맥문학
1989	송계헌	시	심상
1989	이강산	시	실천문학
1989	이돈주	시	시와의식
1980년대	도완석	희곡	-

4. 한남문학의 다양화(1990년대)

1989년 1월 1일, 하나의 행정권이었던 대전과 충청남도가 분리되면서 1990년의 길목으로 들어서는 이 시기 대전 문단에는 많은 변화가 있었다. 먼저 문인협회의 분리작업이 진행되었는데, 1989년 4월 23일 '한국문인협회 대전직할시지부'가 창립총회를 가졌다. 더불어 대전의 문인들은 20호까지 발행되었던 『충남문학』과 결별하고 『대전문학』 창간호를 발간하였다. 이 시기 『대전시단』이 창간되고 장르별 문학단체로는 '대전아동문학회'가 만들어졌으며 1990년에는 '대전문인총연합회'의 창립과 『문학시대』의 발간이 이어지는 등 대전 문단에 다양한 움직임이 일어나기 시작하였다.

한국 사회는 정치적 억압과 긴장이 선명했던 시기를 힘겹게 지나고 있었고, 자연스럽게 문학 작품 속에서도 사회 문제보다는 개인 실존에 대한 물음과 삶에 대한 고민 그리고 미학적인 탐문을 지속하는 작품들이 발표되었다.

이처럼 변화의 움직임과 새로운 시도들이 끊임없이 이어졌던 1990년대 한남문단은 1950~1970년대의 형성기와 1980년대의 성장기를 바탕으로 문학의 다양화를 꾀했던 시기였다. 이 시기 작품 활동을 시작한 작가들을 살펴보면 시 · 소설 · 동시 · 동화 · 문학평론 등 다양한 장르에서의 활동이 눈에 띄며 등단 지면도 확대된 것을 알 수 있다.

먼저 1990년대 한남 문단에 첫 발을 내딛은 것은 1990년 《중앙일보》 신춘문예를 통해 등단한 임영봉 시인이었다. 바로 이어 1991년에는 월간 『아동문학』을 통해 김숙자가 아동문학가의 길을 걷기 시작하였고 이면우 시인은 시집 『저 석양』을 펴내며 작품 활동을 시작하였다.

1992년 이봉직 아동문학가는 《동아일보》에 당선되었고 한창훈 소설가는 《대전일보》에 단편소설 「닻」이 당선되며 작품 활동을 이어나갔다. 1993년에는 여섯 명의 작가가 배출되었는데, 먼저 김해미 소설가는 《대전일보》를 통해 작품성을 인정받았으며 박헌영 시인은 시집 『나 사는 집』을 발간하며 본격적인 창작 활동을 시작하였다. 이어 빈명숙 시인은 『문예한국』· 정덕재 시인은 《경향신문》· 함순례 시인은 『시와사회』· 안일상 소설가는 『문예사조』를 통해 등단하며 다원화된 시대 속에 자기 개성을 담은 작품들을 발표하였다.

1994년에는 안용산 시인과 주용일 시인이 등단한다. 안용산은 『실천문학』을 통해 다시 작품성을 인정받았고 주용일은 『현대문학』을 통해 시인 활동을 시작하였다. 이어 1995년에는 이섭 시인이 《국민일보》 국민문학상에 당선되었고 이은심 시인이 《대전일보》를 통해 등단하였다.

1996년은 한남대학교가 교육부로부터 교육개혁우수대학에 선정되고 한국대학교육협의회 주간 대학종합평가 우수대학으로 선정되는 등 대외적으로 그 우수성을 인정받는 해였다. 그리고 그 해 4월, 국어국문학과 명예교수였던 故 박요순 선생의 제안으로 동문 작가 60여 명이 모여 '한남문우회 창립총회'를 개최하고 '한남문우회'를 발족하는 등 우리 대학 출신 문인들의 발전과 문학의 진취적 활동을 공동으로 모색하기 위한 활동이 전개되었다. 이러한 한남 문단의 다양한 모색 안에서 임익문 시인은 『문학21』로, 조완수 시인은 『창조문학』으로 등단하며 이름을 알렸다.

다음 해 1997년에는 조해옥이 《서울신문》 신춘문예에 당선하면서 1981년 신익호, 1983년 김영호로 이어졌던 평론 문단의 명맥을 이어나갔다. 그리고 이 시기에 여섯 명의 시인이 나타났는데, 1998년 김동준(오늘의 문학)· 양선규(현대시학)· 윤임수(실천문학), 1999년 고완수(동양일보)· 안후영(한맥문학)· 이현옥(조선문학)이 그들이다. 그 사이 1998년 7월에는 『한남문학』이 창간되면서 한남문학사의 새로운 지평을 열었다.

1990년대 등단 문인

연도	이름	장르	지면
1990	임영봉	시	중앙일보
1991	김숙자	아동문학	아동문학
1991	이면우	시	『저 석양』 출간
1992	이봉직	아동문학	동아일보
1992	한창훈	소설	대전일보
1993	김해미	소설	대전일보
1993	박헌영	시	『나 사는 집』 출간
1993	빈명숙	시	문예한국
1993	정덕재	시	경향신문
1993	함순례	시	시와사회
1993	안일상	소설	문예사조
1994	안용산	시	실천문학
1994	주용일	시	현대문학
1995	이 섬	시	국민일보(국민문학상)
1995	이은심	시	대전일보
1996	임익문	시	문학21
1996	조완수	시	창조문학
1997	조해옥	문학평론	서울신문
1998	김동준	시	오늘의문학
1998	양선규	시	현대시학
1998	윤임수	시	실천문학
1999	고완수	시	동양일보
1999	안후영	시	한맥문학
1999	이현옥	시	조선문학

5. 한남문학의 융성(2000년대 이후)

2000년대 이후의 문학은 현재 진행 중이다. 문학은 고정되어 있는 것이 아니라 끊임없이 움직이고 변화하며 새로운 의미를 찾아다닌다. 2000년대 이후의 문학이 지니고 있는 이러한 변화의 속성 때문에 이 시기의 문학사를 개관한다는 것은 어려운 일이다. 그러나 2017년 현재까지 진행된 한남 문단의 흐름을 되짚어 보면 신진 작가의 활약이 60여 년 동안 이어져온 한남문학사의 전개를 탄탄하게 이어나가고 있음을 확인해 볼 수 있다.

2000년에는 우리 대학에 문예창작학과가 신설되면서 문학에 대한 관심이 증폭되었는데, 특히 창작에 대한 작가로서의 고민뿐만 아니라 창작 방법론에 대한 학문적인 접근과 체계적인 연구가 활성화되면서 한남 문단도 한층 활기를 띠었다. 첫 번째 교수로 부임한 김완하 시인의 노력으로 많은 제자들이 문단으로 전출하기 시작하여 오늘에 이르고 있다.

먼저 이강철 시인이 2000년 『오늘의문학』을 통해 작가 활동을 시작하였고, 2001년에는 강홍수 시인(시집 발간) · 길상호 시인(한국일보) · 노금선 시인(오늘의문학) · 이가희 시인(대전일보) · 이명식 시인(아동문예)이 문단에 나왔다.

2002년에는 세 명의 시인이 배출되었는데, 김숙과 정대중은 『문학사랑』을 통해, 양인경은 『시현실』을 통해 본격적인 작품 활동을 시작하였다. 이어 2003년에는 박세아 시인이 『포스트모던』에 작품을 발표하였고, 양동길 시인과 오희용 시인은 각각 작품집 『무지랭이의 노래』와 『박꽃』을 펴내며 주목을 받았다.

한남대학교 문예창작학과 교수 김홍진은 2004년 『시와정신』을 통해 등단하며 문학평론가 활동을 시작하였다. 같은 해 안현심 시인은 『불교문예』로 등단했는데 이후 2010년에는 『유심』에 평론이 당선되면서 시창작과 평론창작 활동을 활발하게 전개해 나가고 있다. 2004년 오유정과 윤선아는 『시를 사랑하는 사람들』을 통해 문단에 나왔다. 특히 윤선아는 우리 대학 문예창작학과 1기 졸업생인 동시에 첫 등단자로 주목을 받았다.

2005년에도 문학적 성과는 이어졌는데 특히 아동문학 분야에서의 활동이 주목할 만했다. 먼저 오진원이 장편동화 『플로라의 비밀』로 역대 최연소 대산창작기금을 받으며 한남의 위상을 높였고, 같은 해 임선아 역시 《조선일보》 신춘문예 당선을 통해 동화작가로서의 길을 걷기 시작하였다. 두 명의 시인과 한 명의 문학평론가도 있었다. 김종익 시인은 『문예연구』로 정용재 시인은 『시와정신』으로 등단하며 문학적 성과를 이뤘으며 천영숙 문학평론가는 『문예연구』를 통해 본격적인 작품 활동을 시작하였다.

2006년에는 한남대학교 개교 50주년을 맞아 '한남문인상'을 제정하였다. 현재까지 36명의 문인이 수상하였으며 연도별 수상 내역은 다음과 같다.

한남문인상 수상 문인

회차	연도	부문	수상 작가
제1회	2006	운문 대상	이은봉
		운문 대상	한창훈
		젊은작가상	윤선아
제2회	2007	젊은작가상	오진원

제3회	2008	운문 대상	도한호
		산문 대상	강병철
		젊은작가상	노금선
제4회	2009	운문 대상	구재기
		산문 대상	조혜옥
		젊은작가상	최창수
제5회	2010	운문 대상	이재무
		산문 대상	김조년
		젊은작가상	손 미
제6회	2011	운문 대상	허형만
		운문 대상	정순량
		젊은작가상	임선아
제7회	2012	운문 대상	김석환
		아동문학 대상	이봉직
		젊은작가상	안현심
제8회	2013	운문 대상	이관묵
		운문 대상	신웅순
		젊은작가상	성은주
제9회	2014	운문 대상	함순례
		산문 대상	김영호
		젊은작가상	전건호
제10회	2015	운문 대상	길상호
		산문 대상	이강산
		젊은작가상	신영현
제11회	2016	특별상	오승재
		운문 대상	안용산
		운문 대상	김광순
		젊은작가상	김명이
제12회	2017	특별상	도완석
		운문 대상	정진석
		운문 대상	천영숙
		젊은작가상	박송이

'한남문인상'이 제정되었던 2006년 『문예연구』에 김은순의 시와 최창수의 소설이 당선되었고, 같은 해 전건호 시인은 『시와정신』을 통해 문단에 나왔다. 2007년에는 백명자 수필가(문학세계) · 이태진 시인(문학사랑) · 이혜경 시인(문예연구)이, 2008년에는 김종덕(시와정신) · 신영연(시에) · 이장근(매일신문) · 조재숙(시와정신) · 한정근(시와세계)이 시를 통해 문단활동을 시작하였다.

2009년에는 손미 시인이 『문학사상』 신인상을 수상하였는데 이후 김수영문학상을 수상하는 등 활발한 창작활동을 펼치고 있으며 같은 해 신현자 시인이 『월간한울』, 이광석 시인이 『오늘의문학』을 통해 등단하였다. 한기훈은 우석동화문학상을 수상하며 아동문학가로서의 활동을 시작하였다.

이어 2010년에는 일곱 명의 시인이 주목을 받았다. 먼저 강은미 시조시인은 『현대시학』을 통해 문단에 나왔고, 김명이(호서문학)·김채운(시에)·박인정(작가마당)·박정선(호서문학)·백혜옥(시와정신)·성은주(조선일보)가 한남문단에 합류하였다. 특히 성은주의 등단은 문예창작학과 졸업생으로서 첫 번째 신춘문예 당선이었다.

2011년에는 구지혜(시와정신)·노수승(문학시대)·도복희(문학사상)·박송이(한국일보)·설동호(서울인문학) 시인이 등장했으며 같은 해 이순진은 『강원일보』 신춘문예에 당선되며 아동문학의 명맥을 이었다.

2012년부터 현재 2017년까지는 12명의 등단자 모두가 시 장르에서 두각을 나타냈다. 박영섭(대전문인협회)·박한라(내일을여는작가)·우기식(시와정신)·곽은희(시와정신)·배세복(광주일보)·정우석(시와정신)·오영미(시와정신)·장용자(시선)·김선환(문학사랑)·박은주(애지)·김다은(시와정신)·박종영(시와정신) 등 신진 작가들이 앞으로 지속될 한남문학사의 든든한 버팀목이 되기를 기대한다.

2000년대 이후 등단 문인

연도	이름	장르	지면
2000	이강철	시	오늘의문학
2001	강홍수	시	『마지막 불러보는 그대』 출간
2001	길상호	시	한국일보
2001	노금선	시	오늘의문학
2001	이가희	시	대전일보
2001	이명식	시	아동문예
2002	김 숙	시	문학사랑
2002	양인경	시	시현실
2002	정대중	시	문학사랑
2003	박세아	시	포스트모던
2003	양동길	시	『무지랭이의 노래』 출간
2003	오희용	시	『박꽃』 출간
2004	김홍진	문학평론	시와정신
2004	안현심	시	불교문예
2004	오유정	시	시를사랑하는사람들
2004	윤선아	시	시를사랑하는사람들
2005	김종익	시	문예연구
2005	오진원	아동문학	『플로라의 비밀』 출간
2005	임선아	아동문학	조선일보

2005	정용재	시	시와정신
2005	천영숙	문학평론	문예연구
2006	김은순	시	문예연구
2006	전건호	시	시와정신
2006	최창수	소설	문예연구
2007	백명자	수필	문학세계
2007	이태진	시	문학사랑
2007	이혜경	시	문예연구
2008	구삼리	수필	국제문인협회
2008	김종덕	시	시와정신
2008	신영연	시	시에
2008	이장근	시	매일신문
2008	조재숙	시	시와정신
2008	한정근	시	시와세계
2009	손 미	시	문학사상
2009	신현자	시	월간한울
2009	이광석	시	오늘의문학
2009	한기훈	아동문학	우석동화문학상 수상
2010	강은미	시조	현대시학
2010	김명이	시	호서문학
2010	김채운	시	시에
2010	박인정	시	작가마당
2010	박정선	시	호서문학
2010	백혜옥	시	시와정신
2010	성은주	시	조선일보
2011	구지혜	시	시와정신
2011	노수승	시	문학시대
2011	도복희	시	문학사상
2011	박송이	시	한국일보
2011	설동호	시	서울인문학
2011	이순진	아동문학	강원일보
2012	박영섭	시	대전문인협회
2012	박한라	시	내일을여는작가
2012	우기식	시	시와정신
2014	곽은희	시	시와정신
2014	배세복	시	광주일보
2014	정우석	시	시와정신
2015	오영미	시	시와정신
2015	장용자	시	시선
2015	김선환	시조	문학사랑
2016	박은주	시	애지
2016	김다은	시	시와정신
2017	박종영	시	시와정신

6. 나오며

　지금까지 한남대학교의 역사와 더불어 60년 간 꾸준하게 발전을 이어온 한남문학사를 개관해 보았다. 1950년대 오승재 소설가로부터 시작된 한남문학의 태동은 한국전쟁 이후 혼란했던 사회적 분위기 속에서도 한남문학의 오랜 역사와 전통을 지켜나갈 문학의 뿌리를 만들었다. 1950년대부터 1970년대까지 이어진 이 시기를 한남문학의 형성기로 보았다.

　이어서 1980년대에는 언론통폐합조치로 주요 문예지들이 강제 폐간되는 상황 속에서 기존 문예지가 가지고 있던 문제점들을 보완한 새로운 형태의 문학잡지가 모색되던 시기였다. 그 결과 작가들이 작품을 발표할 수 있는 지면이 확대되면서 다양한 문예지를 통해 작품을 발표하며 창작 활동을 시작한 문인 또한 늘어나게 되었다. 이 시기 등단한 문인들은 한남문학의 성장기를 만들며 현재 한남문학의 명맥을 이어나가는 중심인물들로 성장하였다.

　1990년대에는 한남문단의 형성과 성장을 바탕으로 변화의 움직임과 새로운 시도가 끊임없이 이어져 한남문학의 다양화를 꾀하던 시기였다. 1990년대 작품 활동을 시작한 작가들을 살펴보면 장르와 등단 지면이 이전 시대보다 확대되어 나타나고 있음을 알 수 있었다.

　2000년대 이후에는 신진 문인들의 등장과 활약이 눈에 띄었다. 특히 우리 대학 내 문예창작학과가 신설되면서 창작방법론에 대한 학문적인 접근과 체계적인 연구가 활성화된 것을 확인해 볼 수 있었다. 더불어 2017년부터는 국어국문학과와 문예창작학과가 통합되어 국어국문창작학과로 운영되면서 문학 이론과 창작 활동의 교류가 보다 활발해졌다. 이 시기 등단한 문인은 70여 명에 이르며 60여 년 동안 쌓아온 한남문학의 역사를 탄탄하게 이어나가고 있다는 데 큰 의의가 있다고 하겠다.

　한남문학사의 흐름을 읽는 과정에서 동문 문인들의 다양한 문학적 실험과 성과를 함께 확인할 수 있었다. 200여 명에 이르는 우리 대학 출신 문인들이 추구해온 개인의 역사는 곧 한남문학의 역사이며 전통이 된다. 앞으로 '한남문우회'와 그들이 만들어가는 『한남문학』을 통해 한남문학의 역사와 전통이 더욱 발전하기를 기대해 본다.

그동안 한남대학교 동문 문인들이 일궈온 문학적 성과는 한남을 넘어 한국문학 전체의 큰 틀 속에서도 하나의 빛나는 업적으로 평가될 수 있다. 이제 21세기의 새로운 지평 속에서 한남문학은 한층 도약하여 세계문학 속으로 웅비하는 계기가 마련되기를 기대해 본다.

 **김지숙**

한남대학교 문예창작학과 박사과정 수료. 현재 대전문화재단 문학관운영팀 근무.

한남문인회 연혁

1996년 4월 27일　창립총회

1998년 7월 1일　『한남문학』창간호 발간

2003년 12월 2일　『한남문학』2호 발간

2006년 10월 1일　『한남문학』3호 발간

　　　　11월 25일　제1회 한남문인상 시상식

2007년 10월 22일　제2회 한남문인상 시상식

2008년 12월 2일　제3회 한남문인상 시상식

2009년 12월 2일　제4회 한남문인상 시상식

2010년 11월 26일　제5회 한남문인상 시상식

2011년 11월 23일　제6회 한남문인상 시상식

2012년 7월 12일　한남문학 여름콘서트

　　　　12월 1일　『한남문학』4호 발간

　　　　12월 8일　제7회 한남문인상 시상식

2013년 7월 13일　한남문학 여름콘서트

　　　　12월 20일　제8회 한남문인상 시상식

2014년 12월 20일　제9회 한남문인상 시상식

2015년 6월 20일　한남문학 여름콘서트

　　　　12월 1일　『한남문학』5호 발간

　　　　　　　　　제10회 한남문인상 시상식

2016년 11월 13일　제11회 한남문인상 수상자 발표

2017년 3월 4일　제11회 한남문인상 시상식

　　　　7월 1일　한남문학 여름콘서트

　　　　11월 11일　『한남문학선집』발간 기념 및 제12회 한남문인상 시상식

편집위원

도한호 (시인, 전 침신대 총장)
신익호 (비평가, 한남대 국문과 명예교수)
이은봉 (시인, 광주대 문창과 교수)
김완하 (시인, 한남대 국어국문창작학과 교수)
안용산 (시인, 금산문화원)
이재무 (시인, 천년의시작 대표)
이강산 (시인, 사진작가)
김홍진 (시인, 한남대 국어국문창작학과 교수)
천영숙 (시인, 카이스트 초빙교수)
김광순 (시인, 대전문학진흥협의회 공동대표)
조해옥 (비평가, 이상 리뷰 편집위원장)
함순례 (시인, 심지 대표)
김명이 (시인, 호서문학 편집)
성은주 (시인, 한남대 강사)

한남문학선집
1956–2016 한남문학 60년

발행 한남문인회
       대전광역시 대덕구 한남로 70,
       한남대학교 문예창작학과 내 한남문인회사무국
       전화 042-629-7800

발행일 2017년 11월 11일
펴낸곳 시와정신(042-320-7845)

공급처 (주)북센
경기도 파주시 문발로 77(문발동) (10881)
Tell 031-955-6777 Fax 080-250-2580

ISBN 979-11-959539-8-1

값 37,000원